KB039203

장미밭의 전쟁

이어령 전집

13

장미밭의 전쟁

아카데믹 컬렉션 1
문학평론_한국 문학 논쟁의 전설

이어령 지음

21세기북스

상상력과 흥의 근원에 관한 깊은 탐구

박보균 | 문화체육관광부 장관

이어령 초대 문화부 장관이 작고하신 지 1년이 지났습니다. 그러나 그의 언어는 여전히 우리 곁에 남아 새로운 것을 볼 수 있는 창조적 통찰과 지혜를 주고 있습니다. 이 스물네 권의 전집은 그가 평생을 걸쳐 집대성한 언어의 힘을 보여줍니다. 특히 '한국문화론' 컬렉션에는 지금 전 세계가 갈채를 보내는 K컬처의 바탕인 한국인의 핏속에 흐르는 상상력과 흥의 근원에 관한 깊은 탐구가 담겨 있습니다.

선생은 우리 시대를 대표하는 지성이자 언어의 승부사셨습니다. 그는 "국가 간 경쟁에서 군사력, 정치력 그리고 문화력 중에서 언어의 힘, 언력言力이 중요한 시대"라며 문화의 힘, 언어의 힘을 강조했습니다. 제가 기자 시절 리더십의 언어를 주목하고 추적하는 데도 선생의 말씀이 주효하게 작용했습니다. 문체부 장관 지명을 받고 처음 떠올린 것도 이어령 선생의 말씀이었습니다. 그 개념을 발전시키고 제 방식의 언어로 다듬어 새 정부의 문화정책 방향을 '문화매력국가'로 설정했습니다. 문화의 힘은 경제력이나 군사력같이 상대방을 압도하고 누르는 것이 아닙니다. 문화는 스며들고 상대방의 마음을 잡고 훔치는 것입니다. 그래야 문화의 힘이 오래갑니다. 선생께서 말씀하신 "매력으로 스며들어야만 상대방의 마음을 잡을 수 있다"라는 말에서도 힌트를 얻었습니다. 그 가치를 윤석열 정부의 문화정책에 주입해 펼쳐나가고 있습니다.

선생께서는 뛰어난 문인이자 논객이었고, 교육자, 행정가였습니다. 선생은 인식과 사고思考의 기성질서를 대담한 파격으로 재구성했습니다. 그는 "현실에서 눈뜨고 꾸는 꿈은 오직 문학적 상상력, 미지를 향한 호기심"뿐이었다고 말했습니다. 그는 마지막까지 왕성한 호기심으로 지知를 탐구하고 실천하는 삶을 사셨으며 진정한 학문적 통섭을 이룬 지식인이었습니다. 인문학 전반을 아우르는 방대한 지적 스펙트럼과 탁월한 필력은 그가 남긴 160여 권의 저작물로 남아 있습니다. 이 전집은 비교적 초기작인 1960~1980년대 글들을 많이 품고 있습니다. 선생께서 젊은 시절 걸어오신 왕성한 탐구와 언어의 발자취를 따라가다 보면 지적 풍요와 함께 삶에 대한 진지한 고찰을 마주할 것입니다. 이 전집이 독자들, 특히 대한민국 젊은 세대에게 문화 전반을 아우르는 교과서이자 삶의 지표가 되어줄 것으로 확신합니다.

100년 한국을 깨운 '이어령학'의 대전大全

이근배 | 시인, 대한민국예술원 회원

여기 빛의 붓 한 자루의 대역사大役事가 있습니다. 저 나라 잃고 말과 글도 빼앗기던 항일기抗日期 한복판에서 하늘이 내린 붓을 쥐고 태어난 한국의 아들이 있습니다. 어려서부터 책 읽기와 글쓰기로 한국은 어떤 나라이며 한국인은 누구인가에 대한 깊고 먼 천착穿鑿을 하였습니다. 「우상의 파괴」로 한국 문단 미망迷妄의 껍데기를 깨고 『흙 속에 저 바람 속에』로 이어령의 붓 길은 옛날과 오늘, 동양과 서양을 넘나들며 한국을 넘어 인류를 향한 거침없는 지성의 새 문법을 만들기 시작했습니다.

서울올림픽의 마당을 가로지르던 굴렁쇠는 아직도 세계인의 눈 속에 분단 한국의 자유, 평화의 글자로 새겨지고 있으며 디지로그, 지성에서 영성으로, 생명 자본주의…… 등은 세계의 지성들에 앞장서 한국의 미래, 인류의 미래를 위한 문명의 먹거리를 경작해냈습니다.

빛의 붓 한 자루가 수확한 '이어령학'을 집대성한 이 대전大全은 오늘과 내일을 사는 모든 이들이 한번은 기어코 넘어야 할 높은 산이며 건너야 할 깊은 강입니다. 옷깃을 여미며 추천의 글을 올립니다.

시대의 언어를 창조한 위대한 상상력

'이어령 전집' 발간에 부쳐

권영민 | 문학평론가, 서울대학교 명예교수

이어령 선생은 언제나 시대를 앞서가는 예지의 힘을 모두에게 보여주었다. 선생은 한국전쟁이 끝난 뒤 불모의 문단에 서서 이념적 잣대에 휘둘리던 문학을 위해 저항의 정신을 내세웠다. 어떤 경우에라도 문학의 언어는 자유가 되어야 한다는 신념으로 문단의 고정된 가치와 우상을 파괴하는 일에도 주저함 없이 앞장섰다.

선생은 한국의 역사와 한국인의 삶의 현장을 섬세하게 살피고 그 속에서 슬기로움과 아름다움을 찾아내어 문화의 이름으로 그 가치를 빛내는 일을 선도했다. '디지로그'와 '생명자본주의' 같은 새로운 말을 만들어 다가오는 시대의 변화를 내다보는 통찰력을 보여준 것도 선생이었다. 선생은 문화의 개념과 가치의 중요성을 일깨우고 그 새로운 방향을 제시하면서 삶의 현실을 따스하게 보살펴야 하는 지성의 역할을 가르쳤다.

이어령 선생이 자랑해온 우리 언어와 창조의 힘, 우리 문화와 자유의 가치 그리고 우리 모두의 상생과 생명의 의미는 이제 한국문화사의 빛나는 기록이 되었다. 새롭게 엮어낸 '이어령 전집'은 시대의 언어를 창조한 위대한 상상력의 보고다.

일러두기

- '이어령 전집'은 문학사상사에서 2002년부터 2006년 사이에 출간한 '이어령 라이브러리' 시리즈를 정본으로 삼았다.
- 『시 다시 읽기』는 문학사상사에서 1995년에 출간한 단행본을 정본으로 삼았다.
- 『공간의 기호학』은 민음사에서 2000년에 출간한 단행본을 정본으로 삼았다.
- 『문화 코드』는 문학사상사에서 2006년에 출간한 단행본을 정본으로 삼았다.
- '이어령 라이브러리' 및 단행본에서 한자로 표기했던 것은 가능한 한 한글로 옮겨 적었다.
- '이어령 라이브러리'에서 오자로 표기했던 것은 바로잡았고, 옛 말투는 현대 문법에 맞지 않더라도 가능한 한 그대로 살렸다.
- 원어 병기는 첨자로 달았다.
- 인물의 영문 풀네임은 가독성을 위해 되도록 생략했고, 의미가 통하지 않을 경우 선별적으로 달았다.
- 인용문은 크기만 줄이고 서체는 그대로 두었다.
- 전집을 통틀어 괄호와 따옴표의 사용은 아래와 같다.
  『　』: 장편소설, 단행본, 단편소설이지만 같은 제목의 단편소설집이 출간된 경우
  「　」: 단편소설, 단행본에 포함된 장, 논문
  《　》: 신문, 잡지 등의 매체명
  〈　〉: 신문 기사, 잡지 기사, 영화, 연극, 그림, 음악, 기타 글, 작품 등
  '　': 시리즈명, 강조
- 표제지 일러스트는 소설가 김승옥이 그린 이어령 캐리커처.

차례

III 문학 논쟁

문학의 감동을 지키는 전사

장미는 아름답지만 가시가 있다. 그러나 그것은 가시만 있어 피를 흘리게 하는 엉겅퀴가 아니다. 아름다운 꽃 모양과 향기 때문에 가시는 창이라기보다 방패 구실을 한다. 1950년대 문단 데뷔에서 1970년대까지 나는 논객이라는 이름 아래 많은 코피를 쏟았다. 하지만 분명히 말할 수 있는 것이 있다면 그것은 이전투구가 아니라 장미밭의 전쟁이었다고 할 수 있다.

문학 논쟁을 통해서 나는 수사학을 배웠고 논리의 칼날을 벼리는 솜씨를 익혔다. 그리고 언어는 총탄보다 무섭게 표적을 맞히기도 하고 때로는 능히 포탄을 막을 수 있을 만큼 단단한 성벽이 되기도 했다. 정말 그랬다. 독감처럼 유행하는 정치적 이념이나 플래카드의 싸구려 구호로부터 순수한 문학의 언어와 감동을 지키기 위해서 나는 많은 사람과 싸우는 전사의 역할을 감수했다. 하지만 문학을 떠난 현실에서 그들은 내 스승과 같은 선배들이었고 절친한 문우나 후배였다. 못 마시는 술이라도 함께 잔을 기울이고 정을 나누는 데 결코 인색하지 않았다. 김동리와 서정주 선생이 그러했고 김수영, 이형기 형들이 그러한 관계였다. 하지만 한국의 정신 풍토에는 토론 문화가 부족하여 때로는 장미밭의 전쟁이 이전투구의 싸움으로 번지기도 한 것이다.

그때 그 논쟁을 통해 나에게 상처를 입은 분이 있다면, 이제 이 자리를 통해서 정중하게 사과드리고 싶다. 그리고 논쟁집이면서도 저작권 문제로 상대편 글을 게재하지 못한 점도 아울러 양해를 구하고 싶다. 번거로운 일이기는 하나 부록의 '작품 목록'을 참고하여 그 게재지들을 찾아 함께 읽어주시기를 바란다.

1993년 4월
이어령

I
우리 문학의 쟁점

한국 소설의 리얼리즘 비판

솔거의 〈노송도〉는 다시 심판되어야 한다

사람들은 황룡사 벽에 그린 솔거率居의 〈노송도老松圖〉를 신화神畵라고 부른다. 그리고 그 그림의 위대성을 입증하기 위해서 날아가던 새들이 벽화의 그 노송을 보고 앉으려 하다 부딪쳐 죽었다는 고사故事를 내세우고 있다. 이런 이야기를 들을 때마다 일말의 회의가 스쳐 간다. '솔거의 〈노송도〉는 정말 훌륭한 그림이었을까?' 날아가던 새들이 그 노송의 벽화를 보고 앉으려 했다는 고사를 의심해서가 아니다. 도리어 그 고사를 믿을 때 솔거의 예술에 대한 회의가 생겨난다.

솔거의 노송이 정말 위대한 예술성을 지닌 것이었다면 결코 날아가던 새들이 와서 앉으려 들지는 않았을 것이다. 실재의 나무와 똑같은 노송, 금수禽獸까지도 착각할 정도의 노송을 그린 솔거는 예술가로서 칭찬을 받기보다는 차라리 수렵가로서 인정되는 편이 옳을 것 같다.

그것은 일루전이 없는 한 그루 소나무의 모형에 불과한 것이다. 우리는 거기에서 그물을 치지 않고도 새를 잡을 수 있다는 수렵적 의의 이외의 다른 가치를 발견해낼 수 없을 것 같다.

〈노송도〉가 새의 눈을 속인 것처럼, 교묘하게 만들어진 백화점의 마네킹들은 때때로 시골 손님들의 눈을 속인다. 그러나 정말 사람처럼 느껴지는 그 마네킹을 보고 우리는 훌륭한 조각이라고 감탄해본 일이 있었던가? 솔거의 〈노송도〉나 백화점의 마네킹이나 장미의 조화나 건축의 모형물이나 그것은 다 같은 의미에 있어서 '비예술적'이다. 그것들은 오직 사실에 충실할 뿐이다.

우리는 무엇 때문에 실재와 똑같은 나무, 실재와 똑같은 사람 그리고 실재와 똑같은 장미를 원할 필요가 있겠는가. 무엇 때문에 예술에 있어서까지 실재적인 감동과 똑같은 내용을 감수하려고 들 것인가? 흔히 사람들은 솔거의 그런 〈노송도〉를 예술의 리얼리티 문제와 관련시키려고 하는 경우가 있는데, 이것이야말로 새의 착각보다도 더 큰 착각이다. 실제로 새가 와서 앉을 정도의 소나무 그림이라면 그것은 리얼리티가 아니라 리얼 그 자체다. 작품의 리얼리티는 일루전 속의 리얼리티다.

이폴리트 텐Hippolyte Taine은 솔거의 〈노송도〉와 비슷한 예를 연극의 경우에서 지적한 일이 있다. 미국 극장에서 〈오셀로〉가 상연되었을 때의 일이다. 질투에 불타오른 오셀로가 데스데모나의 목을 조르는 장면에 이르자, 갑자기 관람석에서 병사 하나가 무대로 뛰어올라왔다. 그리고 "깜둥이 녀석이 감히 백인 부인을 죽일 작정이냐?"고 소리치면서 배우(오셀로)를 저격하여 그 손에 상처를 입혔다는 이야기다. 이런 것이 리얼리티일까?

새가 와서 앉으려 했기 때문에 솔거의 〈노송도〉에 리얼리티가 있다고 생각한 사람들은 역시 이 〈오셀로〉의 연극도 리얼리티에 가득 찬 '신극神劇'이라고 칭찬할지 모른다. 관람석에서 병사를 뛰어오르게 한 그 배우의 연기를 리얼리즘의 성공이라고 부를 것이며, 저격받은 상처를 '영광의 휘장徽章'이라고 생각할지도 모른다. 만약 이런 것이 연극의 리얼리티라면, 배우들은 언제나 '방탄조끼'를 준비해두지 않으면 안 될 것이다. 그리고 노련한 배우일수록 백전노장의 그것처럼 흉터투성이가 되어야 마땅하다.

아무리 숨 막히는 리얼리티가 있다 할지라도 무대가 현실로 착각된다면 예술은 거기에서 끝난다. 우리가 무대 위에서 구하고 있는 것은 현실 그 자체가 아니라 '현실의 일루전'이기 때문이다. 오셀로의 질투, 데스데모나의 그 고통은 이미 이매지네이션imagination으로 화해버린 그런 질투요 그런 고통이다. 무대에서의 살인과 거리에서의 살인이 각각 다른 반응을 일으켜준다는 사실은 췌언할 여지도 없다. 말하자면 상상적인 현상과 실재적인 현상은 혼동되지 않는 평행선 위에서 각기 다른 현실감을 던져준다. 이것이 만약 서로 혼동되는 일이 있다면 현실도 예술도 다 같이 소멸되고 만다. 무대에는 무대의 현실이 있다. 실재에는 실재의 현실이 있다. 현실적인 현실이 무대의 현실일 필요도 없으며 무대의 현실이 실재와 똑같은 현실로 변해야 될 이유도 또한 없다.

장황한 언설을 늘어놓을 필요도 없이 희곡상의 현실과 경험상의 현실을 서로 혼동하는 데에 대하여 반대한, 즉 희곡과 인생의 차이를 강조한 L. C. 나이츠와 E. E. 스톨과 L. L. 슈킹 등의 이론이 오늘날 많은 주목을 받고 있다는 사실을 깊이 생각해보면 납득이 갈 것이다. 그것을 입증하는 다음과 같은 일화가 있다.

코쿠렝이 연극에서 낮잠 자는 역을 맡았을 때의 일이다. 어느 날 그는 몹시 피로하여 그 장면을 연기하다 말고 정말 낮잠을 자버렸다. 그다음 날 신문의 극평은 "코쿠렝이 웬일일까? 그의 낮잠 자는 연기는 몹시 부자연스러웠다"라고 비난했다는 이야기다. 이 한 토막 일화야말로 현실의 질서와 무대의 질서가 엄연히 다른 존재임을 여실히 방증해주고 있는 자료가 아닐까?

'연기'는 '사실의 행동' 그 자체가 아니다. 무대 위에서 실제로 '잠을 자는 것'과 '잠을 자는 체하는 그 연기'는 서로 다르다. 그냥 다른 것이 아니라 사실 그대로의 행동을 무대에 옮겨놓았을 때는 도리어 '부자연스러운 것'이 되어버릴 수밖에 없다. 안약을 넣고 우는 여배우의 표정이 실제로 남편의 시체를 끌어안고 통곡하는 미망인의 그 표정보다 훨씬 더 리얼리티가 있다는 사실은 뉴스영화와 극영화를 비교해볼 때 자명해진다.

이상의 여러 가지 예를 가지고 볼 때 우리가 예술 작품을 놓고 곧잘 사용하는 리얼리티란 말이 결코 사실과의 일치를 뜻하지 않는 것임을 알 수 있다. 솔거의 〈노송도〉에 새가 와서 앉았다는 것을 가지고 그 작품에 리얼리티가 있다고 생각하는 사고야말로 가증할 상식의 병이다. 도리어 그것은 솔거의 그림에 리얼리티가 없었음을 의미하는 거다. 그런데 사실 속에 리얼리티가 있는 것이 아니고 일루전(심벌 또는 이미지라고 불러도 좋다) 속에 리얼리티가 있다는 이 평범한 미학의 ABC가 이따금 건망증이 심한 한국의 비평가와 작가들 사이에서 잊혀지고 있음은 여러모로 민망스러운 일이 아닐 수 없다.

예술은 현실과 같아서는 안 된다. '……인 것처럼' 보여야 한다. 어디까지나 유사해야 한다. 이 한계를 넘어선 것은 리얼리티가 없을 뿐만 아니라 예술성도 없다. 사실과 같으면서도 같지 않은 데 리얼리티의 패러독스가 있기 때문이다. 돈키호테의 환상만으로도 안 되며 산초의 현실만으로도 안 된다. 요컨대 예술의 리얼리티는 상상과 현실의 결혼 속에서만이 태어날 수 있는 기이한 혼혈아다. 이러한 관점에서 한국 소설의 리얼리티를 진단해볼 때 과연 어떠한 해답이 나올 것인가?

한국 소설은 '청개구리의 뜨거운 김'에 휩싸여 있다

사실 그 자체의 재현이 리얼리티가 아니라는 광범한 이론을 위해서 꽤 쑥스러운 땀을 흘린 것 같다. 그러나 앞에서 잠깐 훑어본 것처럼 사실을 무시한 상상 속에서도 역시 리얼리티의 꽃은 피지 않는다. 이것을 설명하기 위해서라면 굳이 땀까지 흘릴 필요는 없겠다. '사실성'을 떠난 리얼리티는 리얼리티 이전의 문제이기 때문에.

그렇다면 우선 한국 소설에 있어서 리얼리티를 논하기 전에 리얼리티 이전의 그 문제부터 따져가는 것이 순서일 것 같다. 그러나 우리는 이 문제를 논하는 데 있어서 한국 현대 문학사 첫 페이지를 들추자마자 곧 절망해버리고 말 것이다. 염상섭의 「표본실의 청개구리」는 한국 현대 문학사의 리얼리즘 제1장 제1절에 속하는 작품이라고들 한다. 대학입시 문제에 등장해도 조금도 억울할 것이 없는 통설이다. 그리고 리얼리즘의 소설이라고 하면 어느 문학 유파의 작품보다도 '사실'에 충실을 기하고 있는 것이다. 소설 작법을 몇 장만 들춰본 사람이면 사실주의 작가들이 사물의 과학적 관찰과 분석을 위해 얼마나 피땀 흘려가며 수고를 하였는지 알 것이다.

디킨스Charles Dickens는 작중인물의 행동을 묘사하기 위해서 언제나 원고지 옆에 거울을 준비해둘 것을 잊지 않았다. 바닷속을 그리기 위해서 잠수복을 입고 몸소 해저로 잠입한 것은 존경할 만한 리얼리스트 키플링Rudyard Kipling의 일화이며, 인명人名을 고찰하기 위하여 파리 인명록을 상비해두었다거나, 기관사 이야기를 쓰기 위해서 기관차를 타고 다닌 것은 역시 리얼리즘의 살아 있는 사전 플로베르Gustave Flaubert와 졸라Émile Zola의 이야기다.

그런데 한국의 리얼리스트(그것도 파이어니어) 염상섭 씨의 「표본실의 청개구리」는 어떠하였던가? 이 소설의 표제일 뿐 아니라 전 내용의 심벌이라고 할 수 있는, 그리고 음악의 후렴처럼 여러 차례 되풀이되는 다음 대목을 보자.

내가 중학교 2년 시대에 박물 실험실에서 수염 텁석부리 선생이 청개구리를 해부하여 가지고 더운 김이 모락모락 나는 오장을 차례차례로 끌어내서 자는 아기 누이듯이 주정병酒精甁에 채운 후에 옹위하고 서서 있는 생도들을 돌아다보며 대발견이나 한 듯이,
"자 여러분 이래도 아직 살아 있는 것을 보시오."
하고 뾰족한 바늘 끝으로 여기저기를 쿡쿡 찌르는데도 오장을 빼앗긴 개구리는 진저리를 치며 사지에 못 박힌 채 벌떡벌떡 고민하는 모양이었다.

이 대목이 리얼리티가 있다고 마구 칭찬한 김모 비평가의 보람도 없이 생물학 교본은 그만 까무러칠 수밖에 별도리가 없다. 말하자면 '청개구리'의 해부 광경은 '리얼리티 이전'이라는 이야기다. 대발견을 한 것은 텁석부리 생물 선생이 아니라 다름 아닌 작가 염상섭 씨 자신이다. '개구리의 오장에서 김이, 그것도 더운

김이 모락모락 난다'는 것은 적어도 개구리가 냉혈동물이라는 생물학 상식을 가진 사람에게는 기적에 속하는 이야기다. 체온이 없는 개구리의 내장은 외계外界의 온도와 언제나 일치한다. 이런 조물주의 섭리를 어기고까지 표본실의 청개구리는 작가의 의도대로 '더운 김을 모락모락' 피우고 있었을까?

만약 그게 정말이라면, 그것은 소설의 자료로 쓰기에는 너무나 아깝다. 박물관의 귀중한 표본으로 기증하는 편이 좋지 않은가? 개구리의 오장에서 김이 모락모락 난다는 그 묘사에서 리얼리티를 발견한 비평가는 개구리의 '배꼽'을 묘사한 소설이 아직 나타나지 않았음을 한탄하고 있겠지만 말이다.

결국 염상섭 씨의 이 대목은 사실에 입각해 있는 것이 아니고 베개를 베고 생각한 그 공상에 더욱 충실했음을 입증한다. 문제는 조물주의 품목에 없는 온혈 개구리쯤 그린 것을 가지고 짓궂게 헐뜯자는 데 있지 않다. 한국 작가의 병폐인 비非실증적인 안이한 제작 태도가 리얼리티 이전에 속해 있음을 한 가지 샘플로서 제시한 것뿐이다. 사실에 충실하다 하더라도 작품의 리얼리티를 얻기 힘든 판에 그 사실마저 등한히 하는 한국 작가의 작품에서 리얼리티의 박진력을 구하기란 얼마나 힘든 일인가?

염상섭 씨의 김 나는 개구리 오장과 같은 예를 들자면 장장 수십 페이지의 지면을 소비하고도 부족할 것 같다(이미 필자는 언젠가 월평을 통해서 위암이 간까지 퍼졌다는 환자가 댄스를 하고 다니고, 야광 시계처럼 지적을 분간할 수 없는 어둠 속에서도 환히 빛나는 기괴한 인물들의 예를 든 일이 있으니 중언부언하지 않겠다).

　비단 '청개구리'의 묘사만이 비과학적인 것이 아니라 그러한 안이성은 인물의 행위에 대한 모티브나 사건의 움직임에 대한 프라버빌리티probability에 이르기까지 모두가 '뜨거운 김이 모락모락 나는' 식이다.

　말하자면 자살에 대한 '나'의 강박관념만 해도 바로 그 광인狂人의 정체처럼 근원이 불투명하다. 이것은 염상섭 씨에게만 해당되는 것이 아니라 현대의 젊은 작가에게서도 똑같이 발견되는 애매성이다. 오상원이 그리는 인물들을 보라. 객관적인 인과관계 없이 입으로만 행동하는 그 작중인물들은 '사실'의 대지에 발을 디디고 있지 않은 유령들이다. 무엇 때문에 그렇게 고민하고 무엇 때문에 늘 그렇게 절실해서 항상 '……그는 다가섰다', '……그는 다가섰다'의 연발인지 알 도리가 없다. 이 '청개구리의 내장에서 모락모락 피어나는 정체불명의 김'은 한국 소설을 안개처럼 휩싸고 있는 것이다.

　리얼리즘을 경멸하는 20세기의 작가들이라 할지라도 모리아크François Mauriac는 '보르도 사교계'의 연감年鑑을 주시하였고 카르코Francis Carco는 집필 전에 '라프' 거리의 댄스홀을 드나들었다. 뉴욕의 지가紙價를 올린 존 허시John Hersey가 『히로시마Hiroshima』를 쓰기 위해서 일본을 답사한 것은 그만두고라도 외국에서 작가라면 약방에 감초를 마련해두듯이 '고증 카드'를 상비해둔다는 점은 피콩Picon의 증언 그대로다. 보석에 대한 오스카 와일드Oscar Wilde의 지식, 졸라의 유전학에 대한 연구 또는 위고Victor Hugo의 기상氣象에 대한 고찰, 멜빌Herman Melville의 고래에 대한 식견 그리고 톨스토이Lev Nikolaevich Tolstoy나 골즈워디John Galsworthy의 법정에 대한 분석 등은 모두 전문가의 뺨을 치는 것으로 정평이 있다.

도스토옙스키Fyodor Mikhailovich Dostoevsky의 『백치』에 나오는 독충 '전갈'을 그 묘사한 부분대로 모형으로 만들어본 결과 실물과 조금도 다름이 없었다는 것은 너무나도 유명한 말이다. 사실을 탐구하기 위해서 외국의 작가들은 먼저 과학자가 된다. 그런 다음에 시인이 되는 것이다. 그래서 외국의 소설을 흔히 '발의 문학'이라고 하지만 우리의 경우는 슬프게도 '베개의 문학'이라고 하는 것이 정직하다. 소설의 소재에 대한 과학적인 관찰, 체험 그리고 그 채집과 사실의 분석을 토대로 하고 있지 않는 대부분의 한국 소설은 리얼리티 이전이라고 말한다 해도 별로 뺨 맞을 말은 아니다. 그러면 이야기를 더 진전시켜보자.

일차방정식과 같은 단순한 공식의 산물

다시 중언重言하지만 소설의 리얼리티는 소재에 대한 과학성(사실에 대한 추구)만 가지고서는 안 된다. 그것은 기껏해야 '솔거의 〈노송도〉'처럼 새가 와서 앉게 하는 효과밖에는 거둘 수 없다.

포Edgar Allan Poe의 말대로 예술은 경이여야 한다. 예기하지 않던 것, 때 묻은 일상적인 경험의 단조한 반복이 아닌 것, 그것은 암중暗中에서 돌연히 솟아난 광선이 아니면 지층을 뚫고 용출하는 한 줄기 물이어야 한다. 놀람의 시선, 새로운 발견을 향한 전율 그리고 가능한 또 하나 다른 현실의 창조다.

무엇이 이런 경이를 창조하는가? 그것은 모든 예술이 그 특권으로 부여받고 있는 상상력의 소산이다. 그러한 상상력이 현실의 빛깔과 만나 하나의 무지개를 만들 때, 경이의 광망光芒이 뻗친다.

작가의 상상력이 빈곤한 작품에는 그러한 경이와 긴장감(리얼리티의 일면)이 없다. 허구는 일상적 생활의 평면적 경험, 말하자면 상식에 절망했을 때 생겨나는 양식이다. 프루스트Marcel Proust식으로 말하자면 육안으로 볼 수 없는 것을 확대경을 통해서 발견하듯이 우리는 허구(작품)를 통해서 은폐된 현실의 의미를 발견하고 '가능한 현실'을 목도한다. 물론 상상력에는 여러 가지 다른 국면이 있지만 소설에 있어서의 그 원초적인 기능은 확대경의 렌즈와 같은 구실을 한다.

육안과 렌즈의 차이—그것이 사실적인 현실성과 상상적 또는 상징적 현실성과의 차이라고 하더라도 별 잘못이 없겠다. 그런데 한국의 소설은 확대경이 아니라 대체로 도수 없는 유리 조각이다. 육안(일상적 경험)을 통해서 본 현실이나 작품을 통해서 내다

본 현실이나 별로 큰 차이가 없다는 말이다. 우리에게 어떤 경이와 긴장감을 던져주는 소설이란 '가뭄의 콩'이다. 그것은 일상적인 현실에서 만나는 그런 인물, 그런 거리, 그런 건축, 그런 사건과 오십보백보다. 신문 사회면의 스크랩 같은 소설.

이것을 더 구체적으로 부언하자면, 한국 소설의 작중인물들은 강한 상상력 속에서 탄생된 것이 아니라 상식적인 관습에서 분비된 마네킹이란 점이다. 한국 작가의 상상력이 빈곤하다는 것은 작중인물의 단순한 정식화 또는 평면성에서 곧 눈치챌 수 있을 것이다.

과거 십수 년 동안 한국 작가들이 생산한 인물들의 그 품목을 나열해본다면 양품점에 진열한 넥타이보다도 더 변화가 없다고 하면 과장일까. 전후의 사회상을 그리기 위해서는 으레 상이군인과 양부인洋婦人이 등장한다. 현실악을 고발하기 위해서는 '구두닦이'와 '펨푸'(호객꾼)가 나온다. 사장과 여비서가 나오는 소설은 으레 읽어보지 않아도 끝장을 알 수 있다. 실직자는 으레 정의파이며 대학생은 철학자로서 현대 사상의 대변자다. 이들이 생활하는 범위도 똑같이 정식화되어 있다. 다방은 현대의 고민을 만들어내는 공장이요, 무역회사 사장실은 황금 지상주의의 표본실이요, 선술집은 패자가 모이는 감정의 하수구로 되어 있다. 인물과 배경만 그런 것이 아니다. 그들이 일으키는 사건도 성격도 장단이 잘 들어맞는다. 몇 가지 공식만 알고 있으면 인수분해처럼 기계적으로 척척 풀려나가는 것이 한국 소설의 드라마다.

어떤 회사에 양심적인 청년이 하나 등장한다. 이런 문제의 해답은 감원(실직)이다. 구직을 하러 다니던 가난한 제대군인이 친구를 만났다. 이런 문제가 나올 때의 그 문제의 해답은 옛날 동창생이 아니면 군에서 같이 있던 동료—그리고 그는 으레 부정한 수법으로 치부를 하였거나 정실 인사로 출세한 관리 정도다. 그 모든 문제는 일차방정식의 수식 같은 단순한 공식에 의해서 해명될 수 있는 것들이다. 빈곤한 상상력은 시그널 뮤직 같은 조건반사의 구실밖에 이렇다 할 힘을 발휘하지 못하고 있는 것이다.

조건반사는 상상력의 시체 위에서 벌어지는 곡예다. 리얼리티는 사라지고 메커니즘과 상식의 먼지만이 남는다. 베르나노스Georges Bernanos는 『무셰트의 새로운 이야기Nouvelle histoire de Mouchette』를 쓴 동기를 다음과 같이 말한 일이 있다.

"그때(스페인 내란 당시) 나는 트럭이 지나가는 것을 보았다. 트럭 속에는 무장한 경비병에 둘러싸인 불쌍한 사람들이 있었다. 그들은 무릎에 손을 얹고 먼지투성이의 얼굴을 하고, 꼿꼿이 앉아 스페인이 잔인무도한 상황에서도 끝내 저버리지 않는 그런 의연한 태도로 얼굴을 높이 치켜들고 있었다. 나는 물론 이 정경情景에서 한 편의 소설을 만들려고 결심한 것도 아니다. 이 눈으로 본 것을 불행과 부정에 쫓긴 한 소녀의 이야기로 전치轉置하려고도 하지 않았다. 그러나 내가 만약 이 정경을 목격하지 않았더라면 『무셰트의 새로운 이야기』를 쓰지 않았을 것만은 확실하다.”

기통의 말대로 이런 작가의 설명이 없었더라면 아무도 『무셰트의 새로운 이야기』를 '스페인의 내란'과 관련하여 생각할 사람은 없을 것이다. 『무셰트의 새로운 이야기』에서 스페인 내란의 그 체험은 분간할 수 없을 정도로 완전히 상상과 윤리 가운데 녹아 수용된 까닭이다. '트럭에 실려 간 여수女囚'들은 마치 밥이 피가 되는 것처럼 작가의 상상 속에서 용해되어 『무셰트의 새로운 이야기』가 된 것이다.

만약 상상력이 부족한 작자가 베르나노스와 같은 그런 정경을 목도하였더라면 하나의 조건반사처럼 금세 스페인 내란에 대한 이야기를 썼을 것이며, 소설 가운데 그 정경이 직접 등장하여 역사의 불의, 부정을 고발하는 포스터가 되었을 것임은 틀림없다. 그러나 베르나노스는 그러한 외계의 정경을 환상적이고 내면적인 인간 전체의 정경으로 바꿔놓았다.

중죄 재판소에서 남편을 죽인 여수를 보고 모리아크는 『테레즈 데케루Thérèse Desqueyroux』를 썼고 도스토옙스키는 대학생의 살인 사건을 보고 『죄와 벌』을 썼다. 그러나 그 '사실'과 '작품' 사이에 개재된 상상의 강하江河는 얼마나 깊은 윤색을 가해주었던가? 배가 나온 사장을 보고 곧 짓밟힌 순진한 여비서를 상상하여 소설을 만들어내는 한국 작가의 그것이 일차방정식 같은 수식이라고 한다면 전자의 그것들은 적어도 고차방정식 같은 복잡한 의식의 수식을 갖고 있다고 할 것이다.

베르나노스처럼 을지로 네거리에서 용수를 쓴 여수들이 실려 가는 트럭을 보고 한무숙 씨는 『감정이 있는 심연』이란 소설을 썼다고 한다. 그러나 불행히도 제목의 '심연'과는 달리 씨의 그 상상력에 심연이 없었던 것은 『무셰트의 새로운 이야기』와 비교해보면 알 것이다.

리얼리티는 사실이 상상력의 용광로 속에서 녹아 흐를 때 생겨난다. 만약 이 상상력의 불꽃이 약할 때는 녹지 않은 철편鐵片 그 것처럼 사실은 사실 그대로 남는다. 한국 소설의 작중인물이 동양인의 얼굴처럼 '평면적'이라는 것도 바로 상상력의 빈곤을 의미하는 것이다. '놀부'는 언제 보아도 악하고 '흥부'는 또 한결같이 선하기만 하다. 이것이 바로 상상력의 빈곤에서 오는 인물의 평면성이다.

입체적인 인물은 천사이자 악마인, 그런 복합성을 동시에 내포한 존재다. 그리고 평면적인 인물은 발전하지 않지만 입체적인 인물은 악에서 선으로, 선에서 악으로 부단히 탈피하고 진전하고 변모해간다. 소설의 서두에 나오는 인물은 그 종말에 가서 완전히 다른 인간이 될 수도 있다는 것이다. 입체적 인물에는 인간성의 실험 과정이 있기 때문이다. 서구 소설과 한국 소설 사이에 가장 상이한 요소가 있다면 바로 이러한 '입체적 인물의 이중성과 그 편력의 양식'일 것이다. 정신적인 모험과 그 편력은 우리 소설의 인물에서 찾아보기에 가장 힘든 부분이다.

『파우스트Faust』와 『신곡La Divina commedia』 그리고 지드André Gide와 카프카Franz Kafka의 그 모든 작품은 하나의 정신적 여행기라고 볼 수 있다. 그것은 편력의 문학으로 '벌어져가고 있는 것'이다. '유동적인 것'이다. 지옥과 천국, 선과 악, 불행과 행복, 절망과 기대, 이러한 모순적인 풍경이 차창으로 스쳐 지나가듯이 인물의 정신은 다양한 변화 속에서 전개된다. 작가는 이 이질적인 풍경 속에 편력하며 생의 의미를 터득해간다. 『돈키호테Don Quixote』에서 『길 위에서On the Road』(케루악Jack Kerouac)에 이르기까지 서구 소설은 '편력'의 전통 속에 뿌리를 박고 있다.

그러나 평면적 인물로 대표되는 한국 소설은 진행형이 아니다. '이미 벌어졌던 것'의 '완료형'이다. 이도령은 이도령으로 '완료된 인간'이고 변사또는 변사또로 '완료된 인간'—그들의 성격은 발전하지도 않고 변하지도 않는다. 차창이 아니라 움직이지 않는 창문 앞의 풍경이다. 단조하고 지루한 풍경이다.

"소설은 시간 속에서 벌어지는 사건의 표현이며 이 사건을 그 출현과 발전의 조건에 의하여 표현하는 것이다. 그런데 레시récit(이야기)는 이미 일어난 사건을 독자에게 제시하는 것, 그때 화자는 설득의 법칙에 합치하도록 표현 방법을 조정할 따름이다"라고 말한 뮈아의 공식을 가지고 본다면 한국에는 소설보다 아직 레시가 더 많다고 하는 편이 정직한 고백일 성싶다. 헉슬리Aldous

Huxley는 "전면적 진실"이란 말을 쓰고 있다. 그리고 그는 그 예로서 호메로스Homeros의 『오디세이아Odysseia』의 1절을 인용한다.

오디세우스의 6인의 동료는 괴물 시라에게 잡아먹힌다. 살아남은 오디세우스 일행은 그 위기에서 벗어나 시칠리아의 강기슭에 배를 정박시킨 다음 휴식을 취한다. 요리가 만들어지자 사람들은 기갈을 채우게 된다. 배가 불러오자 그들은 죽어버린 동료를 생각하고 울기 시작한다. 울고 나니까 이제는 졸음이 온다.

헉슬리는 이것이야말로 전면적 진실이라고 생각하였다. 아무리 비참하게 사별을 한 자에게도 식욕은 생긴다. 그리고 요리사들은 그런 경황이 없을 때도 음식을 만든다. 공복이 채워지면 비탄에 젖고 그 비탄은 다시 피로를 일으켜준다. 즉 인간은 정신적인 면(비탄)만 있는 것도 아니고 육체적인 면(공복)만 가지고 사는 것도 아니다. 이 양자가 다 합쳐졌을 때 리얼리즘은 있다.

그와 마찬가지로 한 인물을 보는 데 있어서도 복합적인 양면을 무시해서는 안 된다. 이러한 양면성을 거부하는 데서 한국 작품의 주인공들과 같은 평면적이고 단순한 인물이 탄생한다. 도스토옙스키의 내면적 갈등을 평면적 인물에서는 기대하기 어렵다. 춘향이에게서 우리는 고민을 느낄 수 있을 것인가? 변사또의 채찍 밑에 고통을 받는 춘향은 생각할 수 있어도, 우리는 고민하는 춘향은 생각할 수 없다. 왜냐하면 춘향이는 평면적 인물, 즉 열녀와 성녀이기 때문이다. 춘향은 정절을 지켜야 한다는 그 일념에만 불타오르고 있다. 정절의 무의미성, 혹은 뇌옥牢獄의 고통보다는 차라리 정절을 버리는 편이 낫다고 회의하는 춘향은 없다.

여기에서 리얼리티는 사라진다. 춘향이에게는 내부적 갈등이 없다. 살고 싶다는 욕망과 '이도령을 따라야 한다'는 그 경계 사이에서 번민하는 춘향의 정신적 편력은 없다. 드라마가 있다면 오직 외적인 것뿐이다.

'평면적 인물'은 한국 작가의 약점이라기보다 동양인의 숙명일지도 모른다. 동양의 성자聖者와 서양의 성자를 비교해보라. 천국의 열쇠를 맡은 성 베드로를 볼 때 그는 생명의 애착심 때문에 예수를 세 번 배반하지 않았던가? 춘향이는 베드로보다 훌륭할지는 모르나 그만큼 인간적인 리얼리티는 희박하다. 예수도 악마가 유혹했을 때는 그 유혹을 참기 위하여 피땀 흘렸으며, 십자가에 못 박혀서 "엘리 엘리 라마사박다니"[1]라고 아프게 부르짖었다. 그러나 동양의 성자들은 피땀을 흘리지 않는다.

군자는 요동하지 않는 법이다. 그렇기에 군자에게서 자기 투쟁의 과정을 우리는 목도할 수 없다. 이러한 '평면적 인물'에서 리얼리티를 구할 수 없는 것은 마치 백지장에서 부피를 느낄 수 없는 것과 다름이 없다.

현대 작가들이 그리는 인물과 춘향은 얼마나 거리가 있는 것일

---

1) 나의 하나님, 나의 하나님, 어찌하여 버리셨나이까?

까? 오영수의 인물은 따뜻하기만 하고 손창섭의 인물은 늘 침울하기만 하다. 사장은 언제나 '놀부'고 사원은 언제나 '흥부'처럼 착하다. 이 '완료형 인간들', '군번軍番처럼 등록된 인물들'은 도전을 할 때나 순응을 할 때나 항상 싱겁게 마련이다. 정신적인 편력이 없는 평면적 인물에는 리얼리티가 없다.

'문체는 인간이다'라는 망령에서 탈출해야 되는 이유

결국 예술의 질서가 자연의 질서와 다르다는 것은 실實인생이 곧 예술이 될 수 없다는 이론이 될 것이다. 인생이 곧 예술이라면 예술을 좌우하는 것은 방법이 아니라 정신일 것이다. 정신이나 체험만으로 예술이 될 수 없다는 것은 너무나도 뻔하기 짝이 없는 이야기다. 일선에서 전투를 한 병사의 일기보다는 후방에서 신문만 읽고 앉아 있던 소설가가 전쟁 장면을 더 여실히 그릴 수 있다는 점은 실험을 해봐도 알 수 있는 일이다.

그런데도 불구하고 뷔퐁Georges-Louis Leclerc de Buffon의 낡은 정의 "문체는 인간이다"라는 말이 아직도 애용을 받고 있으니 웬일일까? 마크 쇼러Mark Schorer도 지적하고 있듯이 만약 문체가 인간이라면 성자만이 성스러운 소설을 쓸 수 있다는 이야기가 될 것이다. '문체는 인간이다'라는 명제는 '문체는 자연 발생적이다'라는 말로 고쳐질 수도 있다. 억지로 만드는 것이 아니라 인간 성품의 자연적인 투영이라고 보는 사고방식이다. 문장 수업을 하기 위해서는 인간 수업을 해야 된다는 식, 혹은 문체는 인위적으로 어찌할 수 없다는 숙명론을 우리는 그대로 긍정할 수 없다.

예술은 그 어원 그대로 기술(art=craft)이란 점을 잊어서는 안 된다. 모든 정신, 인간적인 모든 성품까지도 예술에 있어서는 하나의 '기법技法'을 통해서만 구현된다. 체험이 예술에 참여하는 데도 역시 기법을 통해서만 가능한 것이다. 훌륭한 사상을 가졌기 때문에 작가가 되는 것이 아니다. 훌륭한 기법을 가졌기 때문에 작가다. 그렇기에 쇼러는 '표현으로서가 아니라 발견으로서의 기법'을 말하였고 '문체는 인간이다'가 아니라 '문체는 주제다'라고 주장했던 것이다.

한국 작가가 빠져 있는 그 공통적인 병폐가 있다면 바로 그와 같은 '방법에의 눈'이 없다는 점이다. 누차 되풀이하는 말이지만 예술에 있어서의 리얼리티는 만들어내는 것이지 그냥 재현되는 것이 아니다. 어째서 우리는 예술의 인위성을 말하면 그렇게도 질색하는지 모르겠다. '문체는 인간이다'라는 자연 발생적 예술관의 노예를 자처하기보다는 그 망령을 추방하는 데 용감해야 할 작가가 출현해야 된다.

한국 소설은 지금껏 사상(주제)적인 면에서만 검토되어왔고 또 비난을 받아왔다. 그러나 그것은 공허한 소동이다. 우리에게 지금 필요한 것은 '소설의 방법론'이요, 우리가 지금 고민해야 할 것은 '방법의 빈곤'인 것이다. 일례를 들어서 '시점視點의 문제' 하나만 두고 보더라도 그렇다. 무엇을 이야기하느냐보다도 어떠한 입장에서 이야기하느냐에 따라 소설의 리얼리티는 좌우된다.

주제를 선택하는 것보다 주제에 적당한 방법을 선택하는 것이 소설의 리얼리티를 형성하는 힘이다. 작가의 사상을 전달하는 수단으로서 기법이 있는 것이 아니라 기법 그 자체 속에서 작가는 사상을 발견한다. 기법과 사상은 서로 분리될 수 없는 동전의 안팎이다.

카뮈Albert Camus의 작품에 등장하는 알제리나 모리아크의 보르도는 단순한 세팅(배경)으로서만 존재하는 것일까? 그렇지 않다. 알제리의 황량한 불모지, 작열하는 태양과 푸른 바다, 숨 막히는 식민지의 거친 도시와 미풍이 불어오는 고요한 놀, 말하자면 도시의 감금과 바다의 해방, 대낮의 열도와 저녁의 냉한, 이러한 알제리의 대립하는 자연, 그 북아프리카의 풍경은 바로 '생과 사', '희망과 절망', '감금과 해방', '평화와 잔학' 등…… 온갖 모순하는 생의 부조리에 휩싸인 뫼르소의 정신 그 자체다. 보르도의 막막한 황무지는 단순한 소설의 액세서리가 아니라 모리아크가 그리고 있는 인간 내면의 고독과 절망 그 자체다.

우리는 여기에서 알제리나 보르도의 세팅이 곧 『이방인 L'Étranger』과 『테레즈 데케루』의 리얼리티를 창조해주고 있음을 느낀다. 세팅뿐일까? 플롯이든 문체든 모두가 마찬가지다. 소설의 리얼리티는 새로운 기법에 의해서 미지의 현실을 발굴해낼 때 생기는 것이며 그러한 기법은 상상력과 과학이 혼례식을 올리는 '예식' 속에서 개화한다.

　결론적으로 말하면 앞서 지적한 한국 소설의 맹점을 극복하기 위해서는 '기법'에 대한 철저한 반성이 있어야 된다는 점이다. 소설의 리얼리티는 문체(방법)에 있다. 문체는 인간이 아니다. 문체는 체험 내용을 상상의 세계로 전치시키는 작업이다. 우리의 시선은 바로 그곳에 옮겨져야 한다.

현대 문학의 출구

새 길은 있다

"길은 따로 있는 것이 아니다. 사람들이 다니기를 원하면 거기 길이 생긴다." 산골짜기로 가는 길이 있는가 하면 대해大海로 혹은 사막으로 뻗어간 길이 있다. 그러다가 아주 인적이 끊어져버린 길도 있는 것이다. 유적遺跡의 길, 폐허의 길, 그리하여 무너진 길엔 슬픈 물이 흐르기도 한다. 하늘 아래 새로운 것은 없다지만 새로운 길은 얼마든지 있다. 도처에 인간들이 걸어간 그 길이 있다.

안개의 틈으로 흐르는 한 줄기 햇살처럼 그것은 수시로 명멸하고 또 변화한다. 그러니까 우리들의 길이 사라지기 전에 우리들의 길을 보자. 그것은 어떻게 굽어 있으며 그것은 어떻게 이어지고 있는가? 단절된 곳에는 가교架橋라도 있어야 한다. 절벽이 있으면 침울한 굴이라도 뚫어야 한다. 가기를 원하던 것이라면 결코 그것을 버려서는 안 된다. 그런데 방향을 잃었는가. 이 길은 유적처럼 황량하다. 그리하여 잡초에 묻힌 이 길은 분명 끊기고 말았는가? 차마 그대로는 허망하다. 도표를 찾자. 잃어버린 우리의 길을 찾자.

경향 1 순수에의 반역

　문학에서 생활로 통하는 길도 생활에서 문학으로 이르는 길도 없다. 언어의 대담한 새로운 결합, 이것만이 영혼에 있어 찬탄할 만한 선물이며 안티누스의 「소년 입상」에 못지않은 것이다.

─호프만슈탈

　이러한 구실 밑에서 시인들은 유리벽 속에 스스로 자신을 유폐시켰다. 그리고 그 진공의 현실 속에서 시인들이 하는 일이란 온갖 기억과 온갖 사람을 미라로 만드는 일이었다.

　그들은 미라가 되어버린 이 핏기 없는 생명을 '영원'이라는 말로 부르고 있었다. 또한 현실과 절연된 유리벽, 그 미라의 분묘들을 순수의 세계라 이름했던 것이다. 그리하여 시인들의 언어는 현실과의 교통을 두절하는 불량도체不良導體의 그 구실을 한다.

　그러나 유리벽 속에서는 내란이 일어났다. 시에서 생활로, 생활에서 시로 통하는 하나의 비밀을 찾기 위해서 시인들은 투명한 유리벽의 벽들을 부수기 시작했다. 말하자면 순수에의 '반역'이 봉기한 것이다. 그래서 전영경은 먼지 구덩이와 진흙밭에서 뒹굴기 시작한다. 매니큐어와 같은 언어는 이제 그를 매혹시킬 수가 없다. 쓰레기 같은 속어의 퇴적이 한 편의 시를 이루고 있다.

「조국상실자」, 「이간구 각하」에 나오는 말들은 주로 누더기 옷을 입은 품팔이꾼이나 창녀나 술주정꾼들이 상용하고 있는 것들이다. '우라질 새끼', '염병할 계집', '외양간', '가래침', '개 돼지' 등등의 상스러운 말을 폭포처럼 대담하게 퍼붓고 있다. 말하자면 '순수에의 반역'이 언어의 반동으로 나타난 경우이다.

"순수 시인들의 고민은 어떻게 하면 언어를 그 일상적인 의미로부터 해방시킬 수 있을까?" 하는 것이다. 증류수로서의 언어다. 그러나 전영경은 어떻게 하면 보다 일상적인 언어를 시에 담을 수 있을까 하는 데 고민이 있는 것 같다. 탁류로서의 언어다.

우리는 고전주의자와 낭만주의자들이 '나귀'란 말을 두고 싸운 예를 기억하고 있다. 루소주의자들은 고전주의에 반역하기 위해서 '나귀'를 찬양했다. 고전주의자들은 나귀 같은 천한 동물은 절대로 시가 될 수 없다고 믿었기 때문이다. 우리들은 또 E. E. 커밍스Edward Estlin Cummings가 대담한 속어를 사용했다든가 또는 T. S. 엘리엇Thomas Stearns Eliot이 '톱밥'이라든가 '굴 껍데기', '커피' 같은 일상적인 생활어를 씀으로써 시의 새로운 혁명을 음모하였던 사실을 알고 있다.

그와 같이 꽃 이름과 청노루와 구름과 혹은 바람이 시어로 행세하던 과거의 시에 도전하기 위해서 전영경은 살아 있는 속어를 갖다 댄다. 그럼으로써 자연히 그의 눈은 하늘로부터 지상으로 옮겨진다. 상아탑에서 먼지 구덩이로, 그래서 영원일 수 없는 속진俗塵의 생활이 시의 모티브가 된다. 야유, 풍자 그리고 조소, 그런 것들이 거칠고 단조한 리듬을 타고 피스톤처럼 폭발한다. 램프 속에서 뛰어나온 그 『아라비안나이트』에서의 거인처럼.

그러나 극단에의 극단은 똑같은 모순을 범하고 있다. 북극이 추우면 남극도 춥다. 하늘을 향해 나는 한 마리의 파랑새가 시인이 아닌 것처럼 역시 쓰레기통을 찾아다니는 쉬파리가 또한 시인일 수도 없는 일이다. 쉬파리의 웅성거리는 날개 소리가 전영경의 시다. 그러나 생활과 문명은 그러한 날개 소리로는 미칠 수 없는 보다 으슥한 곳에서 낮잠 자고 있는 것이다. 역시 상징을 통해서만 이것들을 깨울 수 있다는 것이다.

이인석의 「Made in Korea」는 직접 의미의 세계로 뛰어들어간다. "시인은 육교에서 기대어 서서 네온사인이 미답媚睿하는 자유도시의 심장을 내려다보며 무역업자가 된 것이다."

그러나 이 무역업자 이인석은 이 시에서 너무도 천하게 금이빨을 내놓고 웃고 있다. 엘리엇은 타락한 신교新教를 야유하기 위해서 그 교회당에서 울려오는 찬송가 소리를 교미기의 하마가 소리치는 고함 소리로 비유한 일이 있다. 그러나 그는 그들을 '군납품으로 수출'하라고까지는 하지 않았다.

또 순수에의 부정이 현실에의 풍자적 태도로 나타난다는 것은 아무래도 과도기적인 과오다. 풍자어는 시인의 또 다른 하나의 은둔술이기 때문이다. 뒷짐을 지고 현실을 바라보는 사람은 현실에 눈을 가리고 청산에서 사는 사람보다도 은둔적이라고 할 수 있기 때문이다.

안도섭의 「을지로입구 시론」이라든가 박봉우의 「겨울에도 피는 꽃나무」, 「뒷골목의 수난사」 등도 역시 시의 순수성에 반역하고 있는 작품이다. 전영경이나 이인석이 제3자적인 위치에 서서 현실 그것을 풍자하고 있는 데 비하여 이들은 그것을 당사자적인 입장에서 직접 받아들이고 있다. 그러니까 그들은 가두의 인간들 곁에서 함께 괴로워하고 함께 분노하고 함께 걸어가고 있다. 현실에의 따뜻한 온정지상의 것에 대한 애착, 언어는 숨결처럼 살아 있다.

그러나 대개 구체적인 현실의 내용을 시의 모티브로 삼으려 할 때 시인들은 속물로 타락하기 쉽다. 흔히 사람들은 이것을 예술성의 상실이라 표현했다. 군가나 혹은 저속한 가십이 되어버린 시들을 우리는 보아왔다. 시인은 산문가처럼 현실을 비판하지 않는다. 현실을 재건할 따름이다. 시인은 시인으로서 현실을 본다.

이런 의미에서 박남수의 「소리」는 우리에게 하나의 희망을 준다. 「소리」는 3·1운동이라는 역사적 사건을 시로써 형상화한 것

이다. 3·1운동 기념식전에서 민족의식 운운하는 값싼 축사들과
는 별개의 것이다. 이 시인의 입장에서 3·1운동을 말하고 있는
것이다.

> 오늘의 귀에 들리는
> 그 우렁찬 포효와
> 울림의 여울이 번지는
> 그 무엇을
> 아! 나는 무엇인가 기억記憶 같은 원시原始의 정적靜寂에서 기지개를
> 켜며 잠을 깨는 분노를 듣는다.

　예술성을 상실하지 않고 우리는 어떻게 그 현실을, 역사를, 문
명을 형상화할 수 있겠는가? 이러한 평범한 과제가 '순수에의 반
역' 이후에 오는 시련일 것이다.

경향 2 확대되는 서정의 영토

　서정抒情의 영토는 확대되었다. 전봉건, 김수영, 박성룡 그리고
황운헌, 이제하 등의 시작詩作은 확실히 스폰테니어스spontaneous
한 종래의 서정에 변혁을 일으켰다. 부패한 단지에서 솟아나는
서정이 아니라, 신비한 몽환의 세계에서 눈물처럼 한숨처럼 흘러

나오는 서정이 아니라, 그것은 새벽의 우물처럼 신선하고 건강한 서정이다.

전봉건의 연작시 「고전적인 속삭임 속의 꽃」에서의 '꽃'은 '너'와 '나'가 분열된 시대 의식 속에서 빚어지고 있는 서정의 세계다.

이 세상에서 가장 가깝고도 먼 그렇게 불가사의한 거리를 두고 더불어 있는 나와 당신의 손가락이다.

—「고전적인 속삭임 속의 꽃 3」

'부정과 긍정'(가깝고도 먼) 사이를 시계추처럼 오가는 거기 불가사의한 거리에서 씨의 서정이 탄생된다. 그것은 복잡한 악기의 소리다. 바람만 불면 절로 소리 내어 우는 풍경風磬이 아니라 오랜 인내와 연습(체험)을 통해서만이 소리를 낼 수 있는 복잡한 악기.

헤르만 코헨Hermann Cohen은 '너 속의 나', '나 속의 너'와 같은 이원적 감정의 융합이 서정시라고 하였다. 대상과 합일되지 않고 서정시는 탄생되지 않는다. 그러므로 가장 초보적인 서정시가 연애시라고 할 수 있다.

나와
당신의 손은

어디서고 만난다.

그렇게

당신이

원한다면,

어디고 없이

나는 내버려져 있는

이끼이고

돌멩이기도 하다.

천 년을

그렇다,

당신의 손이

나에게 와 닿으면

오천 년도 일순一瞬이다.

　분리된 세계에서 하나의 결합을 생각하는 전봉건의 서정시는 평범한 연애의 감정이 아니라 바로 인간 그것에의 의식이다. 서정의 세계를 이렇게 고양시킨 것은 바로 역사적인 체험에서 우러나온 힘이라 할 수 있다.

　씨는 서정의 영토를 역사적 체험에 의해서 넓혀주었다. 김수영은 서정을 지적 비판에 의해서 변용시킨다. 날감자와 불에 구운 감자의 맛이 다른 것처럼 일단 지성의 화덕에 들어갔다 나온 서정의 밀도는 본래의 그것과는 다르다.

「모리배」는 성공한 시는 아니나 그의 새로운 서정을 이해하는
데는 아주 편리한 카탈로그다.

언어言語는 나의 가슴에 있다.

나는 모리배謀利輩들한테서

언어의 단련을 받는다.

……

언어는 원래가 유치한 것이다.

나도 그렇게 유치하게 되었다.

그러니까 내가 그들을 사랑하지 않을 수가 없다.

아아 모리배여 모리배여

나의 화신化身이여.

이분의 시에서 맛볼 수 있는 그 맛은 호두다. 딱딱한 껍데기를
깨고 속을 빼먹는 그 고소하고 야무진 호두 맛, 아니 그보다도 더
기름기가 없을지 모른다. 그런데 무엇보다도 달라진 것이 있다.
옛날의 서정시는 대체로 감정을 묘사했다. 말하자면 설명적인 것
이었다. 하지만 오늘의 시인들은 그와 같은 감정을 시적 대상으
로 옮겨놓고 있다. 그러니까 거의 독백하지 않는다.

숲을 날으는 새의 나래처럼

스쳐가는 취우驟雨……

연한 캔디 같은 별이

아이의 손을 닮은 잎과

……

숱하게 채색彩色된 풍선風船처럼 거품 이는

샘에서 돋아난 수목樹木의 껍질에

숲을 날으는 새의 나래처럼

따스한 미소微笑가 머물렀다.

「PRELUDE」라는 황운헌의 시다. 많은 직유가 사용되어 있다. 그러나 '처럼', '같이', '닮은' 등이 조금도 설명적인 것이 아니다. '병아리가 속삭이는 것처럼 비가 온다'든지 '먼 데서 여인이 옷 벗는 소리처럼 눈이 내린다'든지 하는 그 직유와는 성질이 전연 다르다. 이 비유는 묘사가 아니라 하나의 이미저리imagery인 것이다. "음악은 감정의 묘사가 아니다"라는 한슬리크Eduard Hanslick 의 말은 시의 경우에 있어서도 똑같이 적용된다.

박성룡은 가장 참신한 서정 시인이다. 새로운 감각이라고 하는 것보다 새로운 감성이라고 하는 편이 그에게는 알맞다. 그의 감성은 사물의 가장 은은한 음영까지도 식별해내고 있는 것이다. 「가을에 잃어버린 것들」은 센티멘털리즘과 리리시즘lyricism의 한계를 설명하는 데에 좋은 예가 될 수 있는 시다. 따지고 보면 씨의 것으로는 그렇게 짜여 있는 작품은 아니지만 흔히 안가한 감상에 빠질 수 있는 그런 소재를 아슬아슬하게 잘 주무르고 있다.

「가을에 잃어버린 것들」의 추체험─1연의 '나뭇잎'(시각), 2연의 '바람 소리', '벌레 울음', '종소리'(청각), 3연의 '정서' 그것을 다시 4연과 5연에서 아코디언처럼 폈다간 오므린다. 또는 심호흡처럼. 그리하여 외재적인 리듬뿐만이 아니라 그 의미(이미지)까지도 리듬을 이루고 있다.

뿐만 아니라 이 시는 센텐스sentence가 아니라 독립된 하나하나의 프레이즈phrase로 꾸민 것이다. 그러니까 종결어미 '다'는 하나도 사용되어 있지 않다. 그냥 체언으로 끝나고 있다. 그러나 한 토막 한 토막의 어구는 신비한 인력을 가지고 서로 결합된 채 연속된다. 이분이 목수라면 못을 하나도 박지 않고 집을 세울 수 있을 것이다. 그래서 기묘한 '의식의 흐름'과 같은 현상이 생겨난다.

그러나 그저 그것뿐이다. 잔재주꾼, 당분간은 그것으로 괜찮을 것이다.

경향 3 VOYANT

그들은 노래하지 않는다. 탐구하는 것이다. 랭보Arthur Rimbaud

와 같은 천리안을 가지고 존재하는 사물 하나하나에서 의미를 찾는다. 외형의 베일을 벗기고 시는, 아니 시인은 사물 속에 젖어들어간다. 그리고 은폐된 그것의 존재성을 개시한다. 이렇게 해서 존재의 밝음으로 사물들은 뛰어나온다. 언어들은 그것을 해방시킨 것이다. 나체의 세계다. 세계는 이렇게 해서 변한다. 한마디로 그것을 VOYANT의 시 또는 물상시物象詩라고 한다. 우리나라에선 지금 이러한 시가 많이 유행되고 있다. 릴케Rainer Maria Rilke 등속의 시인을 모방하고 있는 것이지만.

이러한 시인으로 김춘수가 있다. 그리고 좋든 싫든 간에 이러한 계열의 작품을 참고적으로 대강 나열하자면, 「사과」(윤부현), 「상대위법」(신기선), 「눈의 작업」(김해성), 「꽃병」(한성기), 「포도소묘」(이성환), 「제1자세」(이경남) 등등이다.

대개는 정물을 우유적인 것으로 그려주고 있는 것들이다. 대체로 알레고리와 같은 천박한 발상법이다. 이솝 우화 정도의 시로서는 말이 안 된다.

"나는 우화에 떨어지지 않으려는 노력 때문에 몇 페이지의 원고를 찢어 없앴다"라고 예이츠William Butler Yeats가 말한 적이 있다.

"꽃병은 울며 돌아앉은 너의 모습 가까이 가서 그 가냘픈 어깨를 툭툭 치고 보면 벌써 너는 굳어버린다." 한성기의 「꽃병」은 우유적인 것으로 보는 것보다 상징적인 것이라고 말하는 편이 옳다.

우화 작가는 추상에서 출발하여 구체적인 허구를 만들어낸다. 상징주의자는 구체적 허구에서 출발하여 정신적 실재로 나간다. 이러한 틴달의 해설을 생각해보면 더욱 명확하다. 그는 꽃병이라는 구체적인 허구에서 출발하여 정신적 실재로 들어가고 있다. 존재의 세계로……

> 꽃병은 잊어버린 우리들의 시간時間
> 시간을 움직이면서 실은
> 그 이부二部는 끝내 움직이지 않는다.
> 주위周圍는 헝클어진 머리카락……
> 그러한 것으로 어둡고 답답하니 파묻힌
> 얼굴은 벌써 떠나가버린 공간을
> 외면外面한 지 오래이다.

『성서』에 "귀한 것(생명)이 토기(육체)에 담겼다"는 구절이 있다. 씨의 「꽃병」은 분명히 그러한 토기의 의미를 개시한 것이다. 그러나 "상징은 사물을 드러내고 반면에 또 은폐한다."—반투명성, 이 반투명체의 꽃병은 존재 그 자체다. 비교적 성공하고 있는 시다.

신기선의 「상대위법」은 사물 간의 연상 관계를 만드는 힘, 즉 콜리지Samuel Taylor Coleridge가 '팬시fancy'와 구별하고 있는 그 '이

매지네이션'에 의해서 빚어진 시라고 할 수 있다. 물, 별, 고독, 바람 같은 현상을 '춘하추동'의 계절적 의미와 비교하였다. 제목 그대로 '상대위법像對位法'이다. 씨는 온갖 사물을 깊은 이해와 애정으로 바라보고 있다.

그러나 사물을 투시하고 해체시키고 그것에서 하나의 착란을 맛보는 현대 의식이 그에게는 없는 것 같다. 천리안이 아니라 혹시 색안경을 쓰고 있는 것이나 아닐까? 그리고 씨는 릴케를 오해하고 있는 것 같다. 릴케는 고독의 시인이 아니다. 고독을 출발점으로 하고 있는 시인이다. 고독에서 도주하려는 것이 그의 시다. 말년의 작품 「두이노의 비가Duineser Elegien」를 생각해보라. 무서운 부정의 폭풍을 통해서 그는 비로소 세계 내면 공간을 획득할 수 있었던 것이다.

우리나라에는 릴케를 잘못 이해하고 있는 사람들이 많다. 소녀의 스카프 정도로 말이다. 어림도 없는 소리다. 콜럼버스는 미 대륙을 우연히 발견한 것이 아니다. 그 무시무시한 죽음의 항해, 그리고 폭풍―그 사투 끝에서만이 그는 또 하나의 대지를 찾았던 것이다. 릴케의 모방자들에겐 콜럼버스의 그 달걀의 교훈이 필요할 것 같다. 눈물을 질질 흘리고 있는 이성환의 「포도소묘」가 특히 그렇다.

이경남의 「제1자세」는 상징이 아니라 우유에 가깝다. 단테Alighieri Dante의 장미처럼 의인화된 꽃이다. 그러나 그 의미의 다

양성은 놀랄 만하다. 흔해빠진 꽃을 소재로 한 시지만 상투적인
찬가조에서 벗어나 있는 것은 다행한 일이다.

천년千年을 두고 울어도 못다 울

만년萬年을 두고 울어도 못다 울

빙하氷河 같은 설움이……

서정주의 특허 용어가 눈에 띈다. 남에게서 언어를 빌려다 쓰
다가는 시인이 아니라 부채자가 될 우려가 있다.

그런데 이러한 부류의 시에서는 선도자 격이었던 김춘수가 요
새 와서 좀 달라져가고 있는 기미가 엿보인다. 속단인지는 모르
나 「귀향」의 시를 보면 횔덜린Friedrich Hölderlin과 같은 전회轉回의
과정을 밟고 있지 않은가 싶다. 낭만적 요소로부터 고전적인 세
계로. 횔덜린의 말년에는 그리스 정신이 등장하기도 한다. 조화
의 세계—그런데 씨의 「귀향」을 봐도 그리스적인 균정감과 밝은
조화를 느끼게 된다.

문명과 자연, 시대적인 것과 영원적인 것, 어둠과 밝음, 이러
한 상대적인 두 요소가 조화를 이루고 있는 것이다. 그 언어의 사
용에 있어서도 그렇다. '군화, 석탄, 석유'와 같은 인공적 언어와
'개나리, 산토끼, 솔가리' 등의 자연적인 언어들이 동시에 배열되
어 있다.

지금은 아니 무너진 성城이 없고

무구無垢한 아무것도 없는데

왜

유구悠久한 하늘 아래 어디서는

새봄의 속잎들도 돋아나고 있을까

　왜를 분수령으로 해서 두 개의 다른 세계가 대칭형을 이루고 있다. 좀 더 두고 볼 일이다. 고아高雅한, 그러나 민요적인 리듬도 재미있다.

경향 4 난해한 시

　시의 난해성을 여기서 운운할 기력은 없다. 그러나 내가 생각하기엔 정말 난해한 시가 한국 안엔 없는 것 같다. 너무 난해하지 않아 걱정이다. 결국 난해하다는 것은 그만큼 자연물에 가깝다는 것이다. 언어가 '자연적인 사물'(스스로 존재하는)로 화했을 때 난해성이 생기는 것이다. 나무, 돌, 산 이런 것들이 사실 얼마나 난해한가? 나무가 무엇인지 해석할 사람이 있는가? "나무는 연료다." 어떤 사람은 이렇게 말할는지 모른다. 그런데 또 어떤 사람은 "나무는 푸른 것이다"라고 말할는지도 모른다. 나무를 완전히 해석할 수 있다 하더라도 그것은 나무 그 자체로 되돌아간다.

대부분의 난해한 시는 그 언어가 자연물들처럼 사물로 화해버린 언어다. 그러나 비교적 도구는 설명하기 쉽다. 삽은 흙을 파는 것이고 비누는 때를 씻는 것이다. 그것들의 존재는 어떠한 목적의식에 의존해 있기 때문이다. 산문적인 언어는 이러한 도구처럼 조응으로서의 의미를 가지고 있다. 이때의 의미는 비교적 명확하다.

　난해하지 않은 시는 그만큼 산문에 가까운 것이라 해도 망발은 아니다. 프랑스의 레지스탕스 시인들은 대개 초현실주의에서 개종한 사람들이다. 산문가처럼 그들은 현실을 고발하기 위해서 초현실주의와 결별했다. 시는 쉬워졌다. 엘뤼아르Paul Éluard의 초기시와 후기시를 비교해봐도 알 수 있을 것이다.

　송욱의 「하여지향」이 난해하다고 한다. 그러나 그의 시가 난해하다면 장돌뱅이의 장타령도 난해하다. 장타령에는 의미가 없다. 그와 마찬가지로 송욱의 「하여지향」도 의미 없는 시다.

　　　은하銀河와 농하濃河

　　　뱀인지 새끼줄인지

　　　그리고 한강漢江가에

　　　날라라 날라며

　　　영감슈監과 대감大監이며

　　　　　　　　　　　　　　　　　　　—「하여지향 9」

이 시의 언어를 일일이 의미상으로 따져보다가는 절망할 것이다. 그러나 "은하銀河와 농하濃河", "날라라 날라며", "영감令監과 대감大監", "극약劇藥을 먹는 희극喜劇" 등으로 언어의 음상音相만 가지고 볼 때는 납득이 갈 것이다. 이거 좀 미안한 소리지만 속가俗歌와 마찬가지 경우다.

오전五錢이란 무엇이요
점심 먹기 전이 오전午前이지
육전六錢이란 무엇이요
고깃간이 육점肉店이지

오전五錢과 오전午前, 육전六錢과 육점肉店의 결합은 의미에 의한 것이 아니라 그 음의 유사성에 의한 것이다.

그런데 김구용의 「꿈의 이상」도 난해하다고 불릴 수 있는 시다. 정확하게 말해서 난독시難讀時다. 조이스James Joyce의 『율리시스Ulysses』와 경쟁할 작정인 모양이다. 솔직히 말해서 읽어보지 않았으니, 아니, 읽어보지 못했으니 뭐라고 말할 수도 없다. 이 시인의 건강이 염려될 뿐이다.

파이프로 한동안 유명했던 김종문의 새로운 연작시 「Cupido」에 손을 대었다. 이분도 난해한 시를 쓰는 분으로 알려져 있다. 그러나 비교적 이분의 시는 구체적이다.

「완구점」 같은 것을 보면 엘리엇의 「객관적 상관물」이라는 시의 한 기법을 해득한 분인 것 같다. 「Cupido」는 극시적인 형태를 시도하고 있는 작품인 것 같다. 엘리엇의 「칵테일 파티」를 번역하더니……. 그저 그렇다는 이야기다. 한가로운 때 조용히 생각해보자.

그런데 참 요새 연작시가 유행하고 있는데 이것은 무슨 경향인가? 장시長詩에의 의욕으로 보아야 할까? 조병화 씨의 「밤의 이야기」, 김차영의 「마아환상」, 전봉건의 「고전적인 속삭임 속의 꽃」, 김종문의 「Cupido」, 송욱의 「하여지향」, 이동주의 「산조」, 신동문의 「조건사」, 신동집의 「눈을 위한 시」……. 대단한 숫자다. 한 번에 많은 지면을 얻을 수 없기 때문에 곗돈 붓듯이 나누어 발표하는 모양이다. 그런데 평가評家의 입장에서 보면 몹시 거북하다.

"당신의 시는 이렇고 저렇던데……." 그러면 시인은 "그건 연작시야, 그것만 봐서 되나 전체적인 것을 봐야지……. 말하자면 하나의 건축이거든……."

그렇다. 연작시에 대해선 좀 더 기다려보는 것이 좋을지도 모른다.

이 밖에도 원로급으로 서정주와 유치환 씨가 있다. 그러나 새로운 경향을 찾아보자는 것이 이번 총평의 의도다. 건재하고 있는 이 두 분의 시는 다음 총평 때나 말해보기로 하자.

경향 5 상징적 소설

20세기의 소설—그 현저한 특성은 일종의 시적 암시성을 지니고 있다는 점이다. 말하자면 상징적 소설 혹은 시적 소설이다.

멜빌의 『모비 딕Moby-Dick』이 현대의 독자들에게 영합된 것도 바로 그러한 특성 때문이다. 현대 소설의 아버지라고 불리는 헨리 제임스Henry James만 해도 "이야기해서는 안 된다—서술을 말야"라고 말했다. 카프카, 울프Virginia Woolf, 조이스, 헤밍웨이Ernest Hemingway, 카뮈 등등의 현대 작가에게서 우리들은 언제나 그 의식적인 상징성을 발견하게 된다.

사실 현대의 소설에는 인물이 나오지 않는다. 인물이 아니라 그것은 전부 추상적인 관념을 나타내는 메타포metaphor다. 그러니까 주인공의 신분, 직업, 행동 그리고 그를 에워싸고 있는 도시, 바다, 숲, 방 같은 배경들도 모두가 상징적인 다원적 의미를 갖고 있다. 그것들은 모두 아지랑이처럼 가물거리고 있다. 외형의 세계가 아니라 깊숙한 어느 내부의 혼돈, 그 속에서 피어나는 아지랑이인 것이다.

장용학의 「대관령」이 그렇다. 주인공 '나'가 호적도 없는 사생아라든가, 백희가 되놈의 정부라든가, 그리고 심지어는 대관령이란 그 지명까지도 상징적인 메타포다. 그러므로 주인공이 "역류逆流. 나는 범죄에서 탄생했다. 내가 범죄한 것이 아니라 범죄에서 내가 잉태된 것이다"라고 독백할 때 '나'는 곧 '인류'요, 범죄는

'원죄'요, 탄생은 '역사의 시작'을 뜻하고 있는 것이다.

뿐만 아니라 주인공이 자기 어머니를 '시시한 여자'라고 경멸하는 것은 마치 인간들이 그 조상(아담, 이브)을 죄인으로 가정하고 경멸하는 것과 동일한 암시가 있는 것이다. 이것은 다시 확대된다. 어머니(혈연)를 경멸한다는 것은 곧 인류의 역사에 대한 저주이며 조국에 대한 경멸인 것이다. 사람들은 "그 한마디를 가지고 어떻게 그리 속단할 수 있는가?"라고 반문할 것이다. 그러나 씨의 다음과 같은 말을 보라.

푸른 사슴이 놀고 있는 푸른 나라가 있다. 인간은 거기에 찾아갈까 봐 그 근처의 말뚝에다 철사를 쳐서 막고 가지가지의 위장을 해놓는 데에 역사를 낭비하고 있다.

"조선말도 가르치구······"

"조선말······"

갑자기 얼굴빛이 어두워지면서 손을 드는 것이다. 그러지 말아 달라는 것이다. 조선말에는 어지간히 진저리가 난 모양이다.

결국 씨가 하고많은 인간 중에서 사생아를 선택했다는 것은 사생아적 인간 조건으로서 현대의 한국인을 심벌라이즈symbolize하려는 의도였던 것이다.

주인공이나 백희는 오늘의 한국 남녀를, 그 정신의 세계를 상징하고 있다.

주인공을 '한국판 이방인'으로 만든 것도 정신적 지주를 상실한 한국의 현대인들이 어찌할 수 없이 밀려오는 서구 사상을 모방(사생아)하고 또 그렇게 방황하고 있는 우리의 현실적 조건을 암시한 것이다.

백희는 다시 사생아를 잉태하고 대만으로 떠난다. 주인공 '나'는 대관령으로 가고 밭을 간다.

지도상으로 보면 여기는 동해 쪽에 훨씬 가까웠지만 그의 남루한 옷자락에서 느껴지는 것은 서해의 바닷바람이었다.

높은 대관령에 올라 남루한 옷자락에서 서해의 바닷바람을 느끼는 '나'—이것은 한국의 젊은 지성인들의 초상이다. 황색 인종(지도상으로 보면 동해)의 내면에 휘부는 서구 정신(서해의 바닷바람)—육체는 한국에 있으면서도 그 정신은 서구와 보다 가까운 지점에 우리가 있다.

사생아들. 이것이 장용학이 그려준 추상적인 한국인의 초상화다.

이병구의 「마음의 지점」도 조잡하기는 하나 시적 암시의 세계를 산문에 도입한 일례가 될 것이다. 한국인이 처해진 입장을 '갑동이'의 반평생으로 심벌라이즈한 것이 그것이다.

앉은뱅이 아비에 업혀 다니던 갑동이─어미는 갑동이를 낳고 도망쳤다. 이러한 갑동이의 유년기는 그대로가 하나의 암시다. 다음과 같은 상징적인 대화를 읽어보라.

"멀리 희끄무레한 신작로가 가로누워서 박모 속에 아삼아삼했다."
"북에서 남으로 뻗은 길일세."
"춘천이 나서나?"
"저 중에서 자네는 어디로 가겠나, 갑동이."
"글쎄!"
……
"저같이 어디론가 한없이 간 길이었네."
"갈라진 허벅다리에 짚신을 신고 손으로 나막신 짝을 누르며, 아버지가 나를 꼽새 태우고 뭉개 가셨네. 어렸을 제 그대롤세…… 그런데 그 사람들이 나보고 뭐라고 한 줄 아나?─못난 자식! 보람 없이 사는 자식! 김일성이한테 삯 없이 머슴 살다가 잡혀와서 마음에 없는 동정을 뿌리치지 못하는 자식! 제 애비 등말 타고 다니는 자식!"
……
"나는 아버지를 업고 그 내를 건널 수 있을 것일세. 내가 아버지를 업고 내를 건넌다─아아 나는 얼마나 기뻤는지 모르네!……"

그러나 우리나라에선 이 상징적 소설이 대개 성공을 거두지 못하고 있다. 리얼리티가 전혀 없다. 상징적이라 해서 리얼리티가 무시되는 것이 아니다. 카프카의 『변신Die Verwandlung』의 경우를 생각하면 알 것이다. 더구나 「마음의 지점」은 구성에 있어서 실패한 작품이다. 산중의 동굴 이야기(남녀의 정사)는 완전한 사족이다.

그리고 「대관령」은 몇 조각의 언어들이 단편적으로 남을 뿐, 그 뼈대는 흐느적거린다. 아직 상징적 소설이라고 부를 만한 작품은 찾아볼 수 없지만 이러한 경향이 차츰 나타나고 있다는 것은 부정할 수 없다.

경향 6 심경소설의 변용

우리 현대 소설이 일본의 영향 밑에서 신장해왔다는 것은 좀 억울해도 별수 없이 시인해야 된다. 그런 탓으로 우리나라엔 심경소설적인 경향을 띤 단편들이 압도적으로 많다. 그러나 심경소설적인 요소를 지니고 있으면서도 그것을 색달리 변형시켜가고 있는 반가운 증상도 있다. 강신재, 한무숙, 박경리 등의 여류 작가에서 그러한 것을 찾아볼 수 있다.

강신재의 「절벽」은 3인칭으로 서술되어 있지만 역시 심경소설적인 냄새를 풍기고 있는 작품이다. 그러나 어떤 개인의 심경이 개인 그것의 심경으로만 그려져 있지 않다. 보다 넓은 생명의 여울과 관계지어져 있는 것이다.

이야기는 여주인공 경아가 위암의 진단을 받은 데서부터 시작되고 있다. 말하자면 죽음의 선언을 받은 그 순간에서부터 이야기가 전개된다.

그는 환자들 틈에서 완전히 별종의 사람인 것처럼 가볍게 사뿐사뿐 걸어 나갔다. 검은빛 슈트가 잘 어울리는 날씬한 몸매를 가진 그를, 가운 옆에 노트를 낀 의학생들이 흘깃흘깃 돌아보며 지나갔다. 그가 머지 않아―아마 이 복도의 누구보다도 먼저―죽지 않을 수 없으리라고는 아무도 생각하지 않는 것 같았다. 그런 생각이 들자 경아의 입가에는 저절로 가느다란 미소가 떠올랐다. 비밀이란 어떤 때이고 조금씩은 즐거운 것인가 보다.

마치 그레고르 잠자가 하나의 벌레로 변신한 것을 알면서도 조금도 놀라지 않는 그런 심정과도 같다. 그러나 경아의 변신적 상황은 돌변한다. 모든 것이 그의 외부에 있다. 풍경이라든가 인간의 호의라든가 그러한 생활 감정이 죽음의 의식 속에서 백지화된다. 그러나 강신재는 죽음을 앞둔 한 여성의 넋두리만을 그리려 하지 않았다. 오히려 경아 그것의 특수한 시추에이션을 통해서 경아 아닌 모든 인간의 존재를 말하고 있는 것이다. 칵테일 드레스를 걸치고 레스토랑에서 '그린 샐러드나 어니언 수프를 마시고

있는―그리고 필요하면 알렉산더나 핑크로즈의 양주 이름쯤은
무난히 주워섬길 수 있는' 그런 경아와 함께 우리는 어두운 죽음
에 사로잡힌 또 다른 인간들을 보는 것이다. 경아의 심경은 곧 한
계 상황에 처해 있는 모든 인간의 심경으로 변용되어 있는 것이
다.

미래는 어둡다. 그 어둠 속의 스포트라이트, 이것이 경아가 생
존하는 장소이며, 또한 인간이 현존하고 있는 그 시간의 자리다.
과거에서 현재로, 현재에서 미래로 통하는 길은 아무 데도 없다.
위암에 걸린 것은 경아만이 아닌 것이다. 사실 모든 사람이 경아
의 경우처럼 죽음의 예고 속에서 살아가고 있는 존재다. 그렇기
에 그녀가 옛 애인과 해후하게 된다든가 그 죽음의 의식(절망의 세
계) 때문에 그 애인의 요구를 들어줄 수 없다든가 하는 평범한 비
극의 이야기도 심경소설의 그 경우처럼만 느껴지지는 않는다.

죽음의 절벽에 직면해 있는 인간 조건을 그리고 타인과의 결
합이 불가능한 절대 고독을 느끼게 한다. 또 비정적인 문제, 싸늘
하면서도 습기 찬 분위기 이런 것이 안가한 심경소설에서 이 작
품을 구제해주고 있는 것이다. 그러나 너무도 우연한 허구(옛 애인
과 만나게 되는 경위 등) 때문에 이 소설을 그만 「추월색」 같은 신소설로
만들어버린 것이 애석하다.

박경리의 『표류도』(장편 미완)는 자전적인 투이면서도 꽤 인간의
깊숙한 곳을 파헤치고 있다. 심경소설의 심화다. 기대할 만한 작

품이다. 한무숙은 쉬고 있는지 작품이 보이지 않는다. 작품이 없으니 함께 언급할 수가 없다. 섭섭하다.

이러한 경향과는 정반대로 직접 대사회적인 소설을 쓰고 있는 전광용의 「G.M.C」, 「퇴색한 훈장」 등을 들 수 있다. 「G.M.C」는 현실의 부정, 그것과 직접 대결해나가는 작가의 준엄한 정신을 느끼게 하는 작품이다. 은둔 고사풍의 그릇된 한국 문학의 그 전통을 생각해보면 반가워해야 할 작품임에는 분명하다. 그러나 작가란 프루스트의 말대로 육안(일상인의 눈)의 눈으로는 볼 수 없는 그 현실의 내용을 파헤쳐야 한다. '배은망덕', '못 믿을 세상'이러한 주제는 라디오 프로그램 〈인생 역마차〉에서도 많이 들어본 것 같다.

경향 7 구성의 문제

주제라든가 문장이라든가 하는 것에 대해선 많이들 노력하고 있는 것 같지만 소설의 구성에 대해선 어지간히들 무관심하다. 구성의 문제를 두고 한번 논의해볼 기회가 있었으면 싶다. 그런데 유주현의 「장씨일가」와 오상원의 「보수」는 소설의 구성에 대해서 새로운 시도를 가한 작품이다. 상식적인 문제지만 철학과 문학이 구별되는 것은 바로 그 형식에 있어서인 것이다.

우리는 여태껏 테마만 가지고 따져왔다. 그러나 어느 소설이든 그것의 혁신은 새로운 하나의 형식을 획득할 때 비로소 가능해지는 것이다. 조이스가, 프루스트가 그랬다. 낭만주의에 항거했던 리얼리스트들이 또한 그랬다. 고전주의에 대한 로맨티시스트들이 또한 그러했다. 새로워지려면 상투부터 잘라야 한다.

「장씨일가」는 사건 중심의 평면적 구성으로부터 탈피한 작품이다. 입체적 구성─건축미를 발휘하고 있다. 부분부분의 장면이 하나의 정점을 향해서 집중되어 있는 그 기하학적 구성은 주목할 만하다. 하나의 지붕 밑(장씨 댁)에서 전개되는 여러 가지 잡다한 인간의 세계.

장군이 되려던 바로 그 직전에 애석하게도 실명해버린 장정표, 10만 명을 대표해서 일하는 그의 아버지 장만중 의원, 장군의 부인 일보 직전에서 전락해버린 아내 경심, 고등학생인 아우 성표 그리고 아버지의 비서이며 대학 후배인 김윤이와 하녀 그리고 개루비까지 하루의 생활 몽타주 수법으로 전개된다. 아침에 풀어놓고 이들을 다시 저녁에 긁어모을 때까지 실로 다양한 국면이 주마등처럼 돌아가고 있다. 그러나 이 작가의 풍자적인 눈은 여전히 경박하다.

오상원의 「보수」는 전작 「모반」과 거의 같은 구성이다. 스크린의 장면 전환처럼 생략적이다. 문장에 대해서 말썽이 있었는지라 좀 신중하게 글을 다룬 것 같다. 그러나 아직도 김동리가 보면 지성적이라고 할 만한 것들이 여러 군데 눈에 띈다. 언어 감각이란 인력으로 어찌할 수 없는 것인가?

소금 장수 이야기와 비슷한 구성으로 소설을 이끌어나가는 작가들이 참 많다. 처음 몇 장 읽어보면 뒤는 읽을 필요도 없는 그 편리한 소설들(총평을 쓰는 비평가들에겐 고맙지만)엔 정말 싫증이 난다. 형식을 빼고 나면 영靈이라는 것이 모든 예술의 위대한 약점이며, 동시에 위대한 장점이라는 것을 우리들은 알고 있다. '소설의 형식'은 생각해볼 만한 문제다.

경향 8 장편

2~3년 전부터 우리나라의 소설가들은 장편에 대한 의욕을 갖기 시작했다. 장편소설이 없었던 것은 아니지만 대개가 다 흥미 본위의 통속소설(신문소설)들이었다. 외국에선 소설 하면 장편소설을 뜻한다. 그런데 우리나라에선 단편을 연상하기 일쑤다. 그러니까 우리나라에선 단편이 장편보다 항렬이 위다.

그러나 역시 산문 문학의 본령이 장편소설이라는 것은 부정할 것이 없다. 계절과 함께 모든 것은 변해간다. 형태는 이지러지고 파괴되고 그래서 멸망해간다. 그러나 기원전 피라미드는 아직도 모래바람을 향해 분명히 서 있는 것이다. 우연한 사실이 아니다. 견고한 석재石材, 치밀한 설계 그리고 안정된 구조가 그것으로 하여금 불멸의 얼굴을 지니도록 한 것이다. 장편소설이야말로 한 시대의 피라미드인 것이다. 거기엔 보다 많은 정신력과 보다 많은 인내가 필요하다. 그리고 또 혼자의 힘만을 가지고는 이루어지지 않는다. 테이블과 종이쪽만 가지고는 되지 않는 역사役事다. 더구나 현실적인 조건으로(특히 한국) 그것을 발표할 수 있는 지면이 문제다.

그런데 때마침 《사상계》에서는 장편 전재라는 특전을 베풀고 그리하여 손창섭의 『낙서족』과 안수길의 『북간도』 두 장편을 얻게 되었다. 그리고 《자유문학》의 『망국노군상』(주요섭), 《현대문학》의 『표류도』(박경리), 『태양의 계곡』(손소희) 등이 나오고 있다. 반가운 일이다.

한데 참 이상스러운 일도 많다. 박경리와 손소희의 작품을 제외한 다른 장편들은 모두가 일제시대가 아니면 한말韓末 당시의 역사물들이라는 점이다. 그냥 간과할 수 없는 현상이라고 생각된다. 혹시 이것이야말로 한국 문학의 전통이 무엇인가를 암시해주는 것이 아닐까? '민족의식'―이런 것이 우리 문학의 뒷받침이 되어오는 것 같다는 이야기다. 어느 외국인이 쓴 한국사에도 보면 한국의 감정적 특질을 민족 감정에다 두고 설명한 것이 있다.

끊임없는 외족外族의 침입으로 해서 한국인들은 민족의식이 그만큼 강해질 수밖에 없었다는 것이다. 그래서 외족과 싸워 이긴 명장들이나 나라를 위해 목숨을 바친 의사들을 찬양하고 영웅시하는 경향이 어느 나라 사람들보다도 더 현저하다는 이야기다.

이광수, 심훈 등의 민족 계통이 이것을 단적으로 설명해주고 있다. 선우휘의 『불꽃』에서도 그러한 경향을 엿볼 수가 있다. 장편소설은 작가 정신의 전모全貌다. 그리고 거기에선 거짓말을 할 수 없다. 그러고 보면 한국의 장편소설이 민족의식에 뿌리를 박고 있다는 이 사실은 곧 한국 작가의 정신이 어떠한 것인가를 설명하는 증거물이 될 것이다.

'북간도'는 한국 민족의 수난을 상징하는 지역이다. '북간도', 그것은 사실 단순한 지명이 아니라 한국 민족 그것이다. 굶주림, 학대, 이민족에의 속종屬從, 동족끼리의 반목 그리고 반항—많은 눈물과 많은 피를 흘리게 한 고장이다. 안수길은 이 『북간도』를 주인공으로 해서 하나의 장편—(민족의 서사시)을 전개하고 있다. 그러므로 거기에 나오는 여러 인물들은 도리어 북간도의 배경이라고 할 수 있다.

작품으로선 어떠냐? 그런데 이 작품은 우리가 아직도 이인직의 신소설 시대에서 살고 있다는 슬픈 사실을 인식시켜주는 데만 공헌하고 있다. 조각보처럼 누벼 붙인 이 『북간도』는 그 서술 양식부터가 달구지 같다. 민족의식이 인류 의식으로 확대되지 않는한, 현대적인 각광을 입지 않는 한 그것은 계몽문학의 테두리를 벗어날 수 없다. 프랑스의 '저항문학'이 우리에게 공명을 주는 것은 독일 민족에 지배된 프랑스 민족에 대한 동정이 아니라, 바로 인간 그것에의 감정인 것이다.

김창윤이라는 한 인물의 성장을 통해서 안수길은 우리에게 무엇을 보여주었던가? 그것은, 창윤의 성장은 곧 민족의식의 성장이다. 되놈의 감자를 캐먹는 그 반항에서 화포대火砲隊 대원이 된 창윤―창윤의 성장은 인간의 성장이 아니라 민족의식 그것의 성장이라고 할 수 있다.

민족의식이 어쭙잖다는 말이 아니다. 나치들을 보라. 그들은 하나의 인간으로서가 아니라 나치스 당원들로서 성장해가고 있지 않았던가? 군복을 입은 히틀러 유겐트. 그들은 스웨스티커의 테두리 안에서 자라나고 스웨스티커의 테두리 안에서 죽어갔다. 그렇기에 그들은 얼마나 무서운 일을 저지를 수 있었던가?

『북간도』는 '민족의 서사시'인 동시에 '인간의 서사시'여야 한다. 인간이 없는 민족에게선 광신도들에게서 느낄 수 있는 그런 허망한 감정을 얻게 될 뿐이다. 『북간도』의 주제 자체가 이미 민족 수난에 있는 것이지만 그렇다고 해서 민족을 보는 눈이 항상 이광수 시대의 감각에서 머물러 있으란 법은 없다.

『낙서족』은 민족의식 앙양의 그 진부한 계몽문학 투에서 벗어난 작품이기는 하다. 그러나 인간을 공깃돌처럼 놀리고 앉은 손창섭의 그 유희가 눈에 거슬린다. 더구나 그게 장편이고 보면 작가의 그 약점이 한층 더 두드러지게 나타난다. 이미 독후감을 이야기한 터이며, 또 여기는 총평의 자리니 더 긴 이야기는 하지 않겠다.

장편소설의 의욕은 보이지만 아직 그들의 작가적인 정신이나 사상의 심도나 그리고 기술의 연마가 부족한 것 같다. 한마디로 그것들은 모래로 쌓은 피라미드다. 그래서 결국은 민족의식 운운하는 계몽소설로 떨어지고 만 것 같다.

  앞에서도 이야기했지만 우리나라 문학이 민족의식에 뿌리를 박고 발전되어온 것이 사실이라면 지금 우리들에게 필요한 것은 그러한 민족의식을 어떻게 심화시키고 어떻게 변용시키는가가 중요한 과제일 것이다. 피지배자들의 테두리, 지배자에의 본능적인 항거—이러한 낡은 민족문학에서 말이다.

소설 속의 주인공

소설과 인물

소설의 숙명은 인물을 요구하는 데 있는지 모른다. 물고기에 있어서 물과 지느러미의 관계처럼 작가에게 있어서 산문과 인물이라는 관계는 떼어낼 수가 없다. 그러므로 구체적인 인물이 등장하지 않는 소설은 자연히 서정시와 가까운 형태로 되어버린다. 인간을 그리는 서사적인 예술—그 소설에 있어선 모든 사상과 모든 미와 그리고 모든 관심이 인물이라는 거점 위에서 부챗살처럼 펴지게 마련이다. 그 인물들은 호적이나 신분증명서 위에 기록된 사항처럼 구체적인 생활 범위를 가지고 있다. 국적이라든가 직업이라든가 연령이라든가 성별이라든가 개별성을 지니고 있다.

그러므로 작가가 특정한 하나의 주인공을 선택하게 될 때, 이미 그 소설은 주인공의 그러한 개성과 마찬가지로 어떠한 지평을 갖게 마련이다. 다시 말해서 작중인물은 곧 그 소설의 시야이며 또한 그 시야의 한계가 된다는 것이다. 결코 '보바리 부인'을 통해서 테레즈 데케루의 세계를 그릴 수는 없는 것이며 허클베리 핀을 시켜 키릴로프의 고민을 말하게 할 수도 없는 노릇이다. 주인공은 소재가 아니라 차라리 주제에 가깝다. 그렇다면 지금 한국 작가들이 그들의 소설에서 다루고 있는 주인공, 혹은 그 여러 작중인물을 살펴보면 대체로 그들 작업의 윤곽과 성격이 드러나게 될 것이다.

그런데 이러한 문제에 있어서 우리의 관심을 제일 먼저 끌게 되는 것은 그들이 다루고 있는 작중인물의 세대 문제다. 이 세상에는 아직 사회의 문전에서 자기들 차례가 오기를 대기하고 있는 미성년자들로부터 이미 사회 그것에서부터 점차 추방되어가는 노년들에 이르기까지 세대의 여러 층이 존재하고 있다. 이러한 연령의 담이라는 것은 티보데Albert Thibaudet의 말대로 "사회라는 직물 가운데서 성의 차이, 인물의 차이와 같이 주어진 것"일는지 모른다. 특히 한국과 같은 후진 사회에 있어서 이 세대의 차이라고 하는 것은 거의 인종의 차이와 같은 혹심한 단절을 가지고 있다.

그러므로 한 작가가 적어도 그의 작품 속에 하나의 인물을 등장시키는 데 있어서 그 세대의 선택이란 거의 결정적인 역할을 하고 있다. 한국의 카프KAPF 문학에 있어서 10대 소년이 많이 등장했던 그 사실이나 혹은 최남선, 이광수 일파의 계몽주의 작품에 있어서 노장층보다 소년이나 혹은 연소한 청년층이 절대적 비중을 차지하고 있는 현상을 보더라도 그것을 곧 짐작할 수 있을 것이다. 어떠한 세대를 향해 쏠리고 있는 작가의 눈초리는 그대로 그 작가가 지니고 있는 사회적 관심을 암시하는 열쇠가 될 것이다.

떫은 열매들

그렇다면 요즘의 작가들은 대체 어느 인물을 주인공으로 삼고 있는가 하는 궁금증이 생겨난다. 그런데 그것을 우선 10년을 단위로 해서 구분해놓고 통계를 내보면 다음과 같은 숫자가 생겨난다(1960년 현재).

10대 주인공 ············ 12편

20대 주인공 ············ 71편

30대 주인공 ············ 43편

40대 주인공 ············ 18편

50대 이상 주인공 ······ 12편

즉 이 156편 가운데 거의 반수를 차지하고 있는 것이 20대를 주인공으로 한 것이며 그중 30대가 27퍼센트(강), 40대가 11퍼센트(강) 그리고 10대와 50대 이상의 것이 각각 7퍼센트 강약을 차지하고 있다. 물론 어느 시대 어느 나라건 20대 청년층이 소설의 히어로 또는 히로인으로 많이 등장하고 있는 것은 극히 보편적인 현상이다.

그러나 거의 반수가량이나 20대 청년이 소설의 주인공 역을 맡고 있다는 것은 모르면 몰라도 한국 소설의 한 특수성을 나타낸 것으로 보아도 별 잘못이 없을 것 같다.

우리가 기억하는 범위에 있어서 외국 작품의 경우에는 40~50대의 인물이 20대 청년 못지않게 주인공 역을 맡고 있다. 아니 20대보다는 대개의 경우 30~40대의 중년층이 더 많은 비중을 차지하고 있는 것이다. 가까운 일본만 해도 이시카와 다쓰조[石川達三]의 『48세의 저항』이라는 작품이 전후 문단에 큰 파문을 던진 일이 있었다. 가장 전위적인 인물형으로 나타난 『자유의 길 Les Chemins de la liberté』(사르트르Jean-Paul Sartre)의 마티유는 40대이며, 『페스트La Peste』(카뮈)의 의사 리외나 파트리스 페리오(뒤아멜George Duhamel)만 해도 중년층이다.

그런데 우리 작가는 어째서 30대나 40대의 중년층보다 20대라는 벡불랑(풋내기)을 더 많이 내세우고 있는 것일까? 이 비밀을, 또는 그 원인을 따지는 일보다 그런 벡불랑을 주인공으로 삼았을 때 자연적으로 어떠한 풍의 소설 경향이 생겨나는가 하는 데 우리는 주목할 필요가 있다.

무엇보다도 20대 인물은 한 가정의 호주가 되기엔 너무 어린 연령이란 것을 기억해주기 바란다. 한 가족의 주인일 수 없는 것처럼 역시 한 사회에 있어서 주인공의 위치를 차지할 수 없는 입장에 놓여 있는 것이 20대다. 좀 우스운 그리고 동떨어진 이야기 같지만 케네디가 40세의 나이로 대통령직에 올라도 어쩐지 벡불랑 취급을 받고 있다는 사실을 보아서도 20대는 한 사회의 아웃사이더임이 분명하다.

그렇기 때문에 소설에 있어서 20대의 주인공은 연애를 하든, 정치를 하든, 인생을 사색하든 혹은 사회를 비판하든 30대나 40대의 그것과는 다르다. 말하자면 결코 호주의 입장에 서 있는 것이 아니다. 그들은 아직 한 역사에 또는 한 사회에 예속되어 있지 않고 있다. 하나의 상속자로서 하나의 후보자로서 인생의 티켓을 들고 혼잡한 대합실의 벤치에 걸터앉아 있는 그런 존재다.

그러므로 20대를 주인공으로 한 소설은 모험적이거나 저항적이거나 그렇지 않으면 아주 이상적인 색채를 풍긴다. 그것은 회고하는 인생이 아니다. 또 그것은 실천하는 인생도 아니다. 간단히 말해서 들떠 있는 인생이라고 할 수 있다. 산미酸味가 가시지 않은 떫은 열매들이다.

그러니까 오늘날의 작가들은 주로 우리 독자들에게 이 '떫은 열매'를 준 것이다. 우리가 거기에서 안정된 그리고 성숙한 세계가 아니라 들떠 있는, 그리고 부산한 세계를 엿볼 수가 있다. 그러므로 현실 비판도 자연히 제3자적인 성격을 띠고 있으며 인생의 행동을 모색하는 데 있어서도 생활 경험을 토대로 하고 있지 않은 것이 많다. 그 소설을 뒷받침하고 있는 것은 자유분방한 아이디어의 문자이거나 미래형의 환각들이다.

한국 소설은 아직 서장적序章的인 것이며 또 그만큼 어리다. 신문 광고란의 대부분은 갱년기에 들어선 세대를 위한 정력제의 약 광고가 차지하고 있지만 우리나라의 소설들은 그와 정반대로 대개 사춘기의 세대를 위해 바쳐지는 떫은 열매로 채워지고 있다.

성숙한 지성, 세련된 감정 그리고 담담한 생활 의식은 역시 40대를 넘어선 작중인물 등에게서 풍기는 체취일 것이다. 우리 소설에서 중년이나 노년기에 들어선 인물의 이야기를 많이 찾아 볼 수 없다는 이 경향은 결국 무엇을 의미하는 것일까? 사회의 호주가 없는 소설은 어떠한 것일까? 다음 주인공의 직업 문제를 논하며 그것을 더 확대시켜보기로 하자.

뿌리 없는 나무/직업

그리스 비극을 지배한 것은 운명이었다. 오이디푸스 왕의 패배는 오로지 운명에서 온 것이었다. 그러나 18세기에서 19세기 중엽까지의 인간 비극은 운명이 아니라 성격이었다. 작든 크든 몰리에르Molière의 인물들이나 이아고나 자기 성격 속에 비극의 씨를 잉태하고 있는 것이다. 오이디푸스가 "오! 나의 운명이여!"라고 말했을 때 오셀로나 이아고는 "오! 나의 성격이여!"라고 한탄했을 것이다. 그런데 19세기 후반에 들어선 자연주의 작품에 나오는 인간상들은 사회적인 계급이, 운명이나 성격의 그 자리를 대신한다. 그러므로 쥘리앵 소렐이나 춘희는 "오! 나의 사회적 신분이여!"라고 한탄했을 것이다.

그런데 현대의 인간을 지배하는 것은 대부분이 직업의 문제다. 카프카 소설의 주인공들에겐 특정한 이름은 없어도 언제나 특정한 직업은 명시되어 있다. 『심판Der Prozess』의 주인공은 은행원이며 『변신』의 주인공은 세일즈맨, 『성Das Schloß』의 주인공은 측량기사, 이렇게 현대인을 규정짓는 것은 그의 운명도 성격도 사회 계급도 아닌 바로 직업 그 자체일는지 모른다.

햄릿이 만약 세일즈맨이었다면, 은행원이었다면 'To be or not to be'는 어떻게 되었을까? 슬론 윌슨David Sloan Wilson의 『그레이 플란넬 슈트The Man in the Gray Flannel Suit』, 아서 밀러Arthur Miller의 『세일즈맨의 죽음Death of a Salesman』 등을 읽으면 우리는 작품 주인공의 직업이 어떻게 그 소설과 밀접한 관련성을 맺고 있는지 알 수 있을 것이다.

카프카의 한 소설에 죄인을 사정없이 매질하고 있던 형사가 너무 잔인하지 않느냐는 항의에 "난 그런 것은 모른다. 나는 그저 형리기 때문에 매질을 할 뿐이다"라고 대답하는 장면이 나온다. 또 미국의 베스트셀러 제임스 존스James Jones의 『지상에서 영원으로From Here to Eternity』라는 소설에도 그와 비슷한 대목이 나오고 있다.

탈영한 프리윗이 다시 귀대하려고 할 때 그와 그의 연인 사이에 이와 같은 대화가 벌어진다.

"군대가 당신에게 준 건 구타뿐이에요. 그리고 인간을 쓰레기처럼 취급하든가 죄인처럼 감방에 때려넣든가…… 그런 것뿐이에요. 한데 왜 돌아가려는 거죠?"

"왜 돌아가려고 하느냐고?"

프리윗은 이상스럽다는 듯이 말한다.

"나는 군인이기 때문에 군으로 돌아가는 거야……."

직업은 이렇게 성격 이전이며 이유 이전이다. '무엇 때문에' 그러는 것이 아니라 '무엇이기에' 그러는 것이다. '때문에'보다 '이기에'가 앞서는 세상이 현대다. 즉 '이기에'라는 그것은 자기가 처해 있는 직업이다. 그러므로 현대 소설에서는 주인공의 직업이 그 소설의 기저를 이루고 있다. 또한 그것은 현실과 사회의 가장 심플한 거울이 된다.

프로문학에 있어서의 노동자, 부르주아 문학에 있어서의 유한계급 등이 그 티피컬typical한 예다. 그런데 1960년대 작가들이 그 소설에서 다루고 있는 인물들의 사회적 신분과 직업을 분류해보면 다음과 같은 사항이 나타나게 된다.

우선 군인과 학생이 압도적인 숫자를 보이고 있다는 기이한 현상이다. 이것은 무엇을 의미하고 있는 것일까? 이러한 현상은 우리 소설이 주로 20대를 주인공으로 삼고 있는 그것과 필연적인 관련을 맺고 있다는 것이다. 즉 그 떫은 열매들은 대부분이 학생이며 군인이었던 것이다. 직업 군인제가 확립되어 있는 미국에서는 군도 하나의 직업일는지 모른다. 그러나 한국에 있어서는 좀 사정이 다르다. 20대라는 세대가 그러했던 것처럼 군인과 학생은 사회의 문밖에 있는 존재들이다.

그들을 사회인이라고 규정짓기는 어려울 것이다. 하나의 소비자들이며 사회 그 자체에 뿌리를 박고 있는 나무가 아니다. 그러므로 이러한 군인과 학생이 다수를 점하는 우리 소설이라는 것이 대체로 어떤 것인지 짐작하고도 남음이 있을 것이다. 왜 한국 작가들은 이러한 '뿌리 없는 나무에 열린 떫은 열매'들만 이야기하지 않으면 아니 되었던가? 이 사실 하나만 가지고도 얼마나 우리 작가들이 사회나 현실을 피상적으로 관망하고 있는지 알 수 있다. 군인을 통해서 본, 그리고 학생을 통해서 본 인간 실태는 언제나 간접적인 것이다. 20대가 아직 사회에 예속되어 있지 않은 존재란 것과 군인 및 학생이 어떠한 사회의 국면과 뚜렷한 계약 관계를 맺고 있지 않은 국외자라는 점은 서로 공통된 성격을 지니고 있다.

물론 군인과 학생을 통해서 인간 현실을 얼마든지 반영시켜줄 수는 있다. 그러나 그것은 언제나 실루엣적인 현실이다. 전쟁을 말하기 위해서 군인이 등장하였다면 또 모른다. 그러나 한국 작가들이 그리고 있는 군인은 참호 속의, 병영 속의 군인이 아니라 명동 술집이나 다방 근처를 배회하고 있는 그런 군인인 것이다. 하나의 군인이 군복을 입은 시민으로서 그려질 때 그것은 학생증을 가진 시민과 마찬가지로 사회와 동떨어진 인물이 되어버린다. 여기에서 일종의 '지적 유목민'과 같은 뿌리 없는 나무들이 생겨나고 만다는 것이다.

학교 캠퍼스 내의 학생이 아니라 다방 속의 학생을 그리는 그 작가의 취미도 마찬가지다. 결국 우리 작가는 뚜렷한 어느 사회의 거점(직업) 위에 인물을 선정해놓고 작품을 그려가는 데 대체로 실패하고 있다. 그러므로 그들이 생각하고 있는 인간 현실과 그 사회는 언제나 베개(목침) 위에서만 명멸되고 있는 것이다.

둘째로 무직자 및 불완전한 직업인이 많다는 그 사실을 볼 때 그러한 약점은 한층 더 여실히 드러나게 된다. '무직자의 인생'이라는 것은 군인과 학생의 생활처럼 막연한 것이다. 역시 사회의 부동층이라는 면에서 오십보백보다. 그동안 우리 작가는 이 현대의 배거번드vagabond를 그림으로써 사회악이나 인간 세태를 폭로해왔다. 그러므로 '폭로하는 인간'이 언제나 '폭로되는 인간'보다 우세한 힘을 발휘하고 있다.

그러나 그것은 아주 안이한 방법이다. 예수 쪽에서 유다를 보거나 유다 쪽에서 예수를 보는 것이 아니라 골고다의 구경꾼 입장에서 유다를 보고 예수를 봤던 것이다. 확실한 직업을 가진 인물이 나오는 소설은 불과 전 작품의 36퍼센트밖에 차지하지 않고 있다. 그것은 마치 삼각추를 거꾸로 세워놓은 것 같은 인상을 준다. 사회의 접촉 면적이 부동 면적보다 훨씬 작은 것이다. 이런 데서도 아마 한국 작가가 사회 실정에 얼마나 어두운가를 짐작할 수 있으리라. 차라리 그럴 테면 장 주네Jean Genet의 소설처럼 특수 부동층(도박사, 도둑, 핌프pimp 등)에라도 악센트를 가해주어야 할 텐데 그렇지도 못하다. 그저 5, 6종의 소설이 그러한 인물을 터치하고 있을 뿐이다.

셋째로 직업인으로서는 샐러리맨이 가장 많은 비중을 차지하고 있는 데 비하여 노동자나 농민은 그 반수밖에 안 된다는 점이다. 물론 이 사실은 우리 작가가 엄연히 대한민국에서 살고 있다는 산 증거다. 그러나 '사회주의 리얼리즘'을 표방한 공산주의 작가들만이 노동자와 농민을 그리라는 법은 없을 것이다. 한편 또 스타인벡John Steinbeck처럼 『분노의 포도The Grapes of Wrath』를 써야만 꼭 사회의식을 소설에 다룰 수 있다는 법도 없다. 하지만 문제는 왜 우리 작가가 현실이나 사회의 측면을 샐러리맨에다가만 두고 있느냐 하는 것이다. 샐러리맨 중에서도 고급이 18편이요, 하급이 5편이다. 나는 지금 부르주아 문학을 공박하려는 것이 아니다. 내가 공박하고 싶은 것은 작가의 그 시야이며 그가 내다보고 있는 현실 세계의 그 편협한 지평인 것이다. 남대문 시장에만 가도 우글대는 그 장사치나, 항도港都를 5분만 배회해도 목격할 수 있는 선하船荷 인부들이나—그 많은 살아 있는 인간들을 그들은 망각하고 있는 것이다. 사회악은 빌딩의 사무실 안에서만 존재하고 있다는 착각이 결국 우리 작가를 '우물 안 개구리의 낮잠' 속에 빠뜨리고 있는 원인이다.

작가가 침묵하면 영원히 침묵되고 마는 것이 하급층 대중의 생활이다. 휴머니즘을 가장한 에고이즘egoism—이것이 이 나라 작가들의 속물성이다. 왜냐하면 이 나라의 작가들은 대부분이 20대 군인이며 학생이었으며 동시에 샐러리맨이었기 때문에 자기와 관계 있는 이야기밖에는 하지 않는다. 그러니까 프롤레타리아와 마찬가지로 유한계급인 부르주아나 대기업가의 이야기 같은 것도 거의 작품에 반영되어 있지 않다. 실업가의 생활을 파고들거나, 정치가의 생태를 세밀히 분석하고 묘사하거나 옛날 제정 말기 러시아의 작가들이 한 것처럼 부패한 고급 관리의 풍속, 그 본성을 풍자해보지도 못한다. 이 사회의 '청맹과니'들은 그저 가난한 인텔리의 유약성만을 그리기 위해서 아까운 원고지만 소비하고 있는 것이다.

왜 사회의 주인공들, 역사의 주인공(권력가, 실업가)들을 작품의 주인공으로 삼지 못하고 있는가? 왜 대담하게 현실의 '검은 심장'을 찌르지 못하고 그 외곽 지대에서 방황하고만 있는 것일까? 우리 작가가 이렇게 '학생소설'이나 '군인소설' 혹은 '무직자의 소설'밖에 쓸 줄 모른다는 것은 산문 정신의 고갈을 말하는 이외의 그 아무것도 아닌 것이다. 여기에서 소위 그 구토증 나는 설익은 형이상학이 나오고 상식 이하의 사회 비평(차라리 불평에 가까운)이 생겨나고 만다. 작중인물의 사회적 어드레스(직업, 거점)를 뚜렷이 설정해놓지 않고서는 명확한 산문의 세계가 전개되기 어렵다는 것을 명심해둘 필요가 있다. 무엇을 비평하고 또는 무엇을 말하기 위해서는 우선 '무엇에 예속'되어 있는(뿌리 있는) 인물부터 제시해야 된다.

그다음엔 그 주인공의 생활과 교육 정도를 살펴보면 아주 아이로니컬한 현상이 생겨난다.

대학 출신의 인텔리층이 53퍼센트, 중졸 정도가 24퍼센트, 글자나 겨우 뜯어 읽는 초졸 정도가 10퍼센트 그리고 목불식정目不識丁의 무식한 사람이 11퍼센트다. 우리 소설의 주인공들이 대체로 유식하다는 것은 통계가 아니고서도 알 수 있다. 우리 소설에서는 보통 군인이 총 맞아 죽는 자리에서도 철학 노트장을 읽듯이 인생을 운운하고 있다. 그리고 허술한 판잣집의 술주정꾼이나 심지어 창녀들이라도 대개 실존주의 철학도로 되어 있는 것이다. 그런데 그들의 생활수준을 보면 끼니 걱정을 하고 돌아다니는 인물들이 중류와 상류를 합친 것보다 많다. 그것은 초졸과 중졸을 합친 것보다 대졸 출신이 더 많은 그 현상과 아주 아이로니컬한 대조를 이루고 있다.

말하자면 '유식한 가난뱅이', '유식한 천치'들이 모여 조그만 공화국을 만든 것이 우리 소설이라고 보면 별 탈이 없을 것이다. 하기야 선의로 해석해서 우리나라의 기형적 현실을 반영한 것이라고 하면 흉 될 것도 없겠다.

그러나 한 가지 덧붙이고 싶은 것은 텔레비전이나 피아노 혹은 응접실 정도라도 차리고 살 수 있는 상류 생활이 이처럼 적은 숫자를 보여주고 있는 것은 앞서 말한 그대로 우리 문학이 결코 '부르주아 문학'도 아니라는 점이다. 생활은 프롤레타리아트, 정신은 부르주아—좀 괴상한 성격을 가진 것이 우리나라의 소설이다. 이것은 결국 배고픈 작가 자신을 그대로 작품 속에 투영시키고 있기 때문이다. 배고픈 작가야말로 바로 말해서 '유식한 천치', '유식한 가난뱅이'일 테니까. 그리고 대개 우리 작품에선 악역(부정적 인물)이 주인공으로 나오는 일이란 거의 없다. 대개는 작가가 옹호하려는 인물이 주인공이 된다. 즉 주인공은 언제나 작가 편이 된다. 작가가 옹호하는 주인공을 A, 작가의 반대편에 설만한 악역의 부정적 주인공을 B 그리고 다만 스토리 전개상 필요한 이것도 저것도 아닌 인물을 C라 한다면 각각 이러한 숫자의 통계가 나타난다.

    A ······ 81편
    B ······ 4편
    C ······ 50편

여기에서도 역시 부정적인 대상을 향해 끈기 있게 파고들어가는 작가 정신의 치열성을 찾아볼 수 없다. 언제나 그것은 아군 이야기만 하지 적군 이야기는 하지 않는다. 한 작가가 부정적인 인물을 주인공으로 놓고 그것을 끝까지 추구해 들어가는 유격 방법을 쓴다면, 적진 깊숙이 침투해 들어가는 적극적인 방법을 사용한다면 오늘의 우리 소설은 좀 더 달라졌을 것이다.

좀 담 밖으로 나가볼 수 없을까? 그 판에 찍힌 '여비서를 농락하는 사장 이야기'가 잘못된 것이 아니다. 보다 중요한 것은 '농락당하는 여비서'를 언제나 주인공으로 삼고 있는 데 탈이 있다. 농락하는 사장 측에 한번 서보는 것은 어떨까? 이 자리만 바꿔놓을 줄 알아도 무엇이 좀 생겨날 것 같다. '유다' 쪽에 서보아라, 혹은 '이아고' 쪽에 서보아라, 최소한도 '흥부'가 아니라 '놀부' 쪽에라도 서보아라.

히어로의 배경과 행동

이제 그 '뿌리 없는 나무의 떫은 열매'들이 등지고 있는 배경을 살펴보기로 하자. 먼저 그 작품의 공간적 배경(장소)을 보면 도시가 전 작품의 58.5퍼센트를 차지하고 있다. 요새 와서 우리나라 소설은 도시를 무대로 하고 있는 경향이 부쩍 증가하고 거꾸로 농촌은 혹심한 쇠퇴를 보여주고 있다. 8·15 전만 해도 우리의 소설은 거의가 다 농촌에 관한 것이었다. 이광수, 심훈은 그만두고라도 김유정, 이효석 등의 업투데이트up-to-date한 작가들도 모두 시골을 작품 배경으로 삼고 있었던 것이다. 이상의 「날개」를 "우리나라 소설에서는 아주 보기 드문 도시 소설"이라고 평한 김문집의 말을 보더라도 얼마나 그 당시 작가들이 도시 이야기를 소재로 하지 않았는지 쉽사리 이해할 수 있을 것이다. 그러던 것이 불과 10여 년 동안에 정반대로 뒤엎어졌다. 웬만한 소설이면 다 백화점이 나오고 다방이 나오고 페이브먼트pavement가 깔린다. 농민들만 이농한 것이 아니라 우리 작가도 이농한 셈이다.

물론 나쁜 결과라고는 말할 수 없을 것이다. 아니 나쁘고 좋고가 문제가 아니라 어쩔 수 없는 필연적인 현상이다. "먼 옛날에는 지방은 지방 도시를 낳는 동시에 있는 힘을 다하여 그것을 육성해왔다. 그러나 지금은 거대한 도시가 지방과 농촌을 착취할 대로 착취하여 피 한 방울 남기지 않고 끊임없이 인욕忍辱을 요구하고 탐식한다. 그리하여 지방과 농촌은 거의 인적 없는 황폐 속에서 지쳐 죽어간다. 모든 역사의 이 마지막 광채의 죄 많은 아름다움이 그 희생자를 사로잡는 날이면 거기로부터 빠져나올 가망은 없다. 원시 민족이라면 스스로 토지와 인연을 끊고 방랑의 길을 떠날 수도 있지만, 이 지적 유목민은 그러지도 못한다. 그들에게 있어서는 대도시에 대한 동경이 어느 다른 향수보다도 강하다. 가장 가까이 있는 촌락이 낯선 땅으로 생각되는 반면에 어떠한 곳이든 간에 대도시라면 그에게는 고향인 것이다. 그는 자기 고향 땅으로 돌아가느니보다는 차라리 페이브먼트의 대로상에서 굶어 죽는 것을 택할 것이다."

슈펭글러Oswald Spengler의 말대로 현대인은 누구나가 다 그 대도시의 매혹적인 마력에 빨려 들어가지 않을 수 없는 숙명을 지니고 있다. 그리하여 그 메갈로폴리스megalopolis의 문학은 현대 문명의 기후 속에서 절로 개화될 운명 속에 있다. 그러나 통계표를 가만히 들여다보고 있으면 도시를 배경으로 한 작품이 다른 것에 비해 너무나도 높이 솟아 있는 것이다.

그런 현상은 전적으로 슈펭글러의 예언에만 돌릴 수는 없을 것 같다. 이미 다른 글에서도 지적한 일이 있었지만 과거의 한국 소설이 농촌을 배경으로 하지 않으면 아니 되었던 이유는 적어도 식민지라는 주어진 사회 여건에서 온 것이었다. 계몽을 하기 위해서도 그랬지만 '닫혀진 사회'인 그 농촌은 그래도 그들에게 친근성과 조국의 살결 냄새를 부여해줄 수 있었던 까닭이다. 식민지의 도시는 완전히 남의 땅처럼 생각되었을 것이다. 한국의 서울은 그 근교의 농촌보다도 오히려 일본의 동경과 가까웠으리라. 이러한 식민지의 여건이 돌변한 데서 한국의 작가들은 차차 도시에 관심을 갖기 시작했고 끝내는 도시 밖의 땅을 망각하기에 이른 것이다. 여기에서 슬픈 작가의 또 하나 다른 편견이 싹트게 되고 그리하여 도시의 스카이라인 속에 감금되어버리고 말았다. 결사적으로 농촌만 그려왔던 과거의 작가나 결사적으로 도시의 무대 위에서만 왕래하는 오늘의 작가나 다 같이 행복한 편은 못 된다.

더구나 우리 작가가 전부 충청북도 출신은 아닐 텐데 어찌해서 바다를 배경으로 한 작품이 2퍼센트밖에 되지 않는지 적이 의심스럽다. 우리 작가의 생활 범위와 스케일이 얼마나 협소하고 옹졸한 것인가를 말해주는 예증일 것이다. 외국 작품을 보면 바다를 배경으로 한 것이 참으로 많다. 전 배경이 해상으로 된 것만 해도 부지기수다. 콘래드Joseph Conrad도 그렇고 멜빌도 그렇고 헤밍웨이의 몇몇 작품도 그렇다. 그러나 우리 소설엔 그 흔해빠진 해수욕장이나 합승을 타면 불과 몇 분 만에 갈 수 있는 강도 좀처럼 등장하지 않는다. 모든 작품을 지배하고 있는 정경은 언제 보아도 답답한 골목, 답답한 술집, 답답한 다방, 답답한 방구석이다. 좀 넓어야 파고다 공원이요, 좀 이색적이어야 사창굴 지대다. 어쩌면 그렇게도 구질구질하고 새삼스럽고 따분할까?

이 땅이 좁은 줄은 안다. 고비 사막과 같은 광막한 대지도 없고 히말라야 같은 준엄한 산맥도, 나이아가라 같은 시원한 폭포도 물론 없다. 하지만 밤낮 안방, 건넌방에서, 다방 구석이나 판잣집 술집에서 굳이 뒹굴지 않아도 좋을 야산과 바다는 있다. 웅장한 산문―웅장한 배경, 아무리 단편소설이라 할지라도 좀 더 넓은 곳으로 나갈 수 없을는지? 목침을 베고 생각한 그런 인생과는 좀 더 다른 인생이 있다는 것을 그들은 모르고 있는 것 같다. 패리캉 (말로André Malraux의 『왕도La Voie royale』의 주인공)이 험준한 불귀순不歸順 지역의 정글 속에서 행동했던 것을, 에이해브(멜빌의 『모비 딕』)가 오 대양 위에서 행동했던 것을 한국 작가는 명동 바닥의 좁은 다방 에서 재현시키려 하니 딱한 일이다. 그러니 벌써 그 그릇이 다르 다. 또한 그들이 택하고 있는 공간이 그렇게 좁고 근시안적인 것 처럼 시간적인 배경도 역시 그렇게 협착하다.

시대 배경을 통계로 잡아보면 일제시대 이전은 완전히 0이라 는 것을 알 수 있다. 4천 년 역사라고 하지만 우리 작품에 취급되 고 있는 한국은 불과 50년도 되지 않는다. 일제시대나 8·15 이후 의 혼란기, 6·25전쟁 및 전후의 역사적 배경도 아주 극미한 수를 나타내고 있다. 그냥 막연하게 '오늘'로 된 작품이 55.4퍼센트다.

이 시대 배경은 연소한 신진 작가와 기성 작가에 따라 각각 다 른 수를 보여주고 있기는 하다. 통계를 가지고 볼 때 신인들이 아 직도 6·25의 전쟁 의식에서 벗어나지 않고 있는 데 비해 해방 전 작가는 일제 때의 그 괴로운 기억을 하지 못하고 있다는 그 사실 을 추정해낼 수 있다.

이러한 부분적 차이는 있지만 그들이 한결같이 '현재'만을 작 품 배경으로 삼고 있는 점은 조금도 다를 것이 없다. 이조 때나 고려 때를 배경으로 해서, 아니 그보다 더 먼 상고上古대를 배경으 로 한 작품이 나오지 않는 그 이유는 어쨌든 우리 작가의 상상력이 부족하다는 것을 의미한다. 또한 현재와 그 의식의 지평이 몹시 좁다는 것을 의미하는 것이다. 그리고 한편으로는 말만 전통이지 사실상 우리 과거의 역사나 현대의 역사나 단절의 구렁을 사이에 두고 멀리 격리되어 있음을 암시하는 것이다. '현존하는 과거'—이러한 시간 의식은 우리 소설에서 바다를 찾아보기 어려운 것처럼 그렇게 어렵다.

그러면 시공이 좁은 이 배경 밑에서 일어나고 있는 사건들은 대체 어떠한 것들이겠는가? 우선 광범위하게 분류해놓고 통계를 내보면 사생활을 토대로 해서 일어나고 있는 관념적인 사건이 제일 많은 경향을 보여주고 있다. 말하자면 직장이라든가 집단생활 또는 사회적 생활에서 연유된 사건들보다는 일상적인 사생활의 지붕 밑에서 일어나는 이야기가 많다는 사실이다.

인간과 인간이 서로 모이는 자리, 그래서 서로 혼합되고 거래하고 충돌하는 블바르의 사건이 아니라 침울한 밀실에 칩거하는 그 주민들의 이야기인 것이다. 공장 속의 직공들, 사무실 속의 이상한 공기, 도시와 국가라는 괴물 속에 넘나드는 인간들—즉 특정한 광장에서 만나는 이러한 인간들의 이야기는 별로 나오지 않는다. 인간극의 시대는 지나간 모양이다.

그리고 그 이야기의 줄거리를 이루고 있는 사건들도 인간의 일반적 조건이나 자의식의 동굴 속에서 벗어 나오고 있는 것들이 많다. 그래서 직장이나 금전이나 정치와 같은 사회제도의 문제보다는 인간의 상층 구조인 의식(메타피직), 또는 애정 문제에 더 많은 관심을 기울이고 있는 듯이 보인다. 6·25 동란이 일어나자 우리 작가는 그 전쟁 체험을 토대로 많은 작품을 썼지만 전쟁 소설이라고 할 만한 것이 하나도 없었던 그 이유도 여기에 있다.

그 작품의 성격을 보면 전쟁을 거의 다 철학적인 면에서 관찰하려고 든다. 피난민들의 아우성, 야영의 생활, 굶주림, 질병, 상해자의 공포, 병사들의 절망적인 전투—이러한 전쟁의 구체적인 양상에 대해선 참으로 무관심했다. 그 대신 M1이나 직격탄이나, 전사자의 피는 인간성의 타락이라든가 모럴의 문제나 휴머니즘 운운하는 철학 노트장으로 화해버린다. 피난민도, 사병도, 빨치산도 모두 철학 교실의 학생이 되어버린다.

이 하나의 사실만 가지고도 오늘의 우리 작가들은 인간의 외부적 조건(구체적인 세계)보다 그 내면적 조건(형이상의 세계)에 보다 많은 관심을 팔고 있다는 증거가 될 것이다. 그러므로 고체의 세계, 즉 인간의 표면적 마찰에서 일어나고 있는 그 스파크가 없다. 액추얼리티actuality는 소멸되어간다. 그 대신 '인간의 조건'이라든가 '자의식' 등등의 그 추상화된 범凡인간의 문제가 모든 작품 속에서 반추되어가고 있다. 말하자면 인간의 행동과 그 사건들이 신비한 아톰으로 환원되어 있거나 의식이라는 타액 속에서 용해되어버린 한 상태다. 그러므로 현대의 작품에선 격렬한 사건의 불꽃 같은 것을 발견하기 어려운 것이다. 사건이나 행동의 격렬성이란 고체의 세계에서 일어나는 것들이다.

기체(추상적인 짓)는 충돌하지 않고 파괴되지도 않는다. 액체의 세계에서도 거의 그렇다. 구체적인 고체의 세계에선 충돌하고 파괴하고 불붙는 그 음향이 있는 것이다. 그러나 기체와 액체는 서로 용해되고 침투되고 하기 때문에 충돌의 스파크가 일어나지 않는다. 소위 심리소설이나 메타피지컬metaphysical한 소설에 있어서는 인간이나 그 사건들은 상징화되고 추상화되어 하나의 기체나 액체처럼 흐느적거리게 마련이다. 이렇게 외면적인 드라마가 내면으로 이행되어갈 때 소설은 사건의 시퀀스에 지탱되지 않고 독백이나 심리의 구김살에 의존하게 된다.

르나르Jules Renard가 앞으로 소설가는 "닭이 알을 낳았다"라고 쓰게 될 거라고 예언한 적이 있다. 이 말은 현대 작가가 위대한 행동(파도) 대신에 범속하고 평범한 일상사에 집착해가고 있는 트리비얼리즘trivialism을 풍자한 말이다. 사건이나 아기자기한 스토리를 제거할 때 소설은 형이상의 세계로 혹은 심리주의와 같은 미지의 세계로 옮겨 앉는다. "닭이 알을 낳는다"와 같이 평범하고 일상적인 사건에 뿌리를 둔, 말하자면 거의 특이한 사건이 등장하지 않는 소설을 우리는 이미 버지니아 울프, 조이스, 프루스트, 포크너William Faulkner 그리고 사르트르의 초기 소설 등에서 얼마든지 발견할 수 있다. 이러한 현상은 현대 사회에 있어서 개성은 오직 '밀실' 속에서만 의의를 갖는다는 신념 때문이다.

날이 갈수록 개인의 행동은 사소하고 미약해져가고 있다. 알렉산더 혹은 나폴레옹과 같은 영웅이나 천재들도 이 메커니즘의 집단적 사회 속에선 무력한 하나의 오거나이제이션 맨organization man으로 타락하지 않을 수 없다. 그리하여 콜린 윌슨Colin Wilson의 말을 빌리자면 "개인의 인시그니피컨스insignificance가 현대인의 신앙이다." 러시아워의 인파 속에서, 시장의 무수한 상품 속에서, 그리고 투표소의 긴 인간의 행렬 속에서 개개인은 '눈먼 삼손'이 되어버린 자신과 만난다. 자기가 아무리 큰 소리로 웃고, 아무리 큰 음성으로 통곡하고 혹은 아무리 위대한 모험을 할지라도 그러한 음성, 그러한 몸짓은 군중의 무관심한 소음 속에서 금세 꺼지고 말 것이라는 사실을 알게 된다. 이제 어떠한 개인도 세계를 울릴 만한 비극을 연출할 수 없을 뿐만 아니라, 온 세계를 웃길 수 있는 희극의 주인공도 될 수 없다. 여기에서 패배의 시대가 도래한다. 그러므로 개인은 오직 자기의 밀실 속에서만 영웅이 될 수 있고 자기 음성을 들을 수 있고 자신의 힘을 발휘해볼 수 있는 것으로 생각한다. 그리고 모든 고체(분화되어 있는 구체적인 세계)를 액체화하거나 기체화(추상화, 단일화)할 때 비로소 온 세계를 그 밀실 안으로 이행시킬 수가 있는 것이다. 현대 작가는 『아라비안나이트』의 그 이야기처럼 거인을 연기로 만들어 조그만 단지 속에 집어넣는 작업을 발견했다. 육체를 상실하고 연기가 되어버린 거인은 힘의 요소만 지닌 채 우울한 단지 속에 잠입해 있는 것이다. 육체도 행동도 모두 연기로 화해버린 거인의 이야기, 이것이 오늘날의 심리소설이요, 형이상적 소설이다.

작중인물이 대개는 자기 생활(사회적인)을 가지고 있지 않은 20대의 학생이며 군인이며 무직자, 또한 배경은 대부분이 도시의 다방이었던 까닭이 바로 이와 같은 밀실 문학의 관념적 경향에서 유래된 것임을 확인할 수 있다. 여기에서 산문의 활달함 그리고 그 광활한 물결이 결여되어 있는 옹졸하고 답답한 몽유병의 소설이 탄생된다. 또한 철학의 빈곤에서 그 역설적인 철학 과잉이 인간의 행동성을 약화시키고 대립 의식에서 오는 치열한 갈등의 생명력(산문 정신)을 잠식하고 있다.

뼈 없는 인간, 활기 없는 풍경, 스파크 없는 사건, 이것이 오늘날의 우리 소설을 지배하는 3대 요소가 되고 있다. 그리고 그것이 우울한 현대 소설의 히어로들이다.

황순원/소설 속의 인간상

최초의 살인자 카인

당신은 카인이란 말을 잘 알고 있을 것이다. 그것이 『구약성서』의 한 설화라는 것도 그리고 아담과 이브가 낙원에서 쫓겨나온 이래 이 지상에서 최초로 피(살인-악)를 뿌린 인간의 이름이라는 것도 아울러 기억하고 있을 것이다.

그것은 인간 역사가 빚어낸 죄악의 상징—평화의 반대이며 사랑의 파괴이며 관용의 적이다. 증오와 복수, 질투와 배반—그래서 카인의 후예는 현대 문명의 '검은 심장' 또는 그 우울한 현대인의 악을 나타내는 암유적暗喩的인 대명사다. 우리는 그것을 6·25 전쟁터에서, 유태인을 학살한 나치의 가스실에서, 집단 수용소에서, 그리고 어느 암흑가의 뒷골목에서 얼마든지 발견한다.

카뮈는 이렇게 말한 일이 있었다. "인간이 이미 서로 사랑할 수 없게 된 것이 바로 유럽의 비밀"이라고……. 아니다. 유럽의 비밀이 아니라 그것은 바로 문명인의 비밀일지도 모른다. 낡은 문자로 표현하자면 '당랑蟷螂의 싸움', 그 슬픈 습속은 인간 사회의 구석구석까지 치유할 수 없는 병균처럼 만연되어가고 있다.

그러나 우리들을 더 놀라게 하는 것은 그러한 현실을 목격하면서도 분노할 줄을 모르는, 모독을 느낄 줄 모르는—그리고 아주 당연하게 담담하게 관망하고 있는 오늘의 그 무표정한 인간들이다.

그렇기에 사르트르는 「카인의 후예」라는 논문을 썼으며 스타인벡은 그런 설화를 주제로 하여 『에덴의 동쪽East of Eden』이라는 소설을 썼다. 뿐만 아니라 아리시마 다케로[有島武郎] 같은 동양 작가만 해도 '카인의 후예'를 표제로 하여 역시 한 편의 소설을 발표했던 것이다.

그러나 이러한 현대적인 주제가 우리 사랑하는 모국어로 쓰여진 황순원 씨의 『카인의 후예』에선 신통하게도 '여름이면 쑥과 뱀딸기의 덩굴로 뒤덮이고, 물결 소리를 내는 소나무 숲'에선 '송진 냄새가 풍겨나는'(순 한국식) 산촌을 무대로 각색되어 있다.

봉접이 요화를 좋아하듯이 황순원 씨는 도시보다는 이런 산촌을—지식보다는 무지한 시골 사람을 더 좋아한다. 천성이요, 본능이다. 대개 작가의 성격은 작품 배경의 소재 선택과 일치하는 법이다. 베넷Arnold Bennett이 거의 정해놓고 지저분한 도업지陶業地(산업도시)의 인간이나 혹은 그러한 도시의 풍경을 그렸던 것은 곧 내추럴리스틱naturalistic한 그의 문학 정신과 서로 밀접한 관련을 맺고 있는 것이다. 모리아크 역시 그렇다. 그는 그의 소설에서 언제나 보르도의 황량한 벌판을 배경으로 삼고 있는데, 그것은 그대로가 불모의 현대적 정신 상황을 상징하고 있는 것이다.

황순원 씨도 이 공식에서 벗어날 수 없는 하나의 예가 된다. 그가 즐겨 자리 잡은 서북 지대의 산촌은 그의 프리미티비즘primitivism(나쁘게 말하면 샤머니즘)과 뗄 수 없는 관계가 있다. 송진 냄새를 풍기고 있는 것은 소설 속에 그려진 산촌만이 아니라, 그의 문학 정신도 온통 그러한 냄새에 젖어 있다. 더스패서스John Roderigo Dos Passos의 '석유 냄새'와는 아주 호대조好對照를 이루고 있는 것이라 할까……

그러므로 『카인의 후예』에서도 우리는 그의 독특한 송진 냄새(프리미티비즘)를 맡을 수가 있다. 물론 그는 작품에서 다분히 시대적(역사적)인 문제를 토의하고 있다. 8·15 해방 이후의 서북 지대 그 음산한 카오스의 연대기를 쓰기 위하여 어떻게 인간이 인간을 증오하고 있으며 어떻게 많은 인간이 배신해갔는가를, 질서를 잃어갔는가를, 그리고 또 얼마나 잔인할 수 있는가를 고발하고 있다. 그의 눈은 인간의 역사적 의상을 더듬고 있다. 하지만 중요한 것은 그러한 사실이 아니라, 그러한 사실을 프리미티비스트로서 바라보고 있는 그의 입장이다. 그러므로 소설의 전면을 지배하고 있는 분위기는 흐느적거리는 인간의 기류가 아니라 오히려 원시적인 자연의 냄새다(그렇다고 야생적인 맛도 아니다). 그 이유는 작가의 주관에서 나온 환상의 분비물이 그것과 함께 혼유混有되어 있기 때문이다. 그래서 황순원 씨는 우리와 가장 가까운 것, 친근한 것, 말하자면 동시대적인 것을 그려주었음에도 불구하고 우리들은 거기에서 참으로 몽환적인, 참으로 전설적인 한 편의 설화를 읽을 뿐이다.

어째서 그것은 먼 태고의 이야기처럼 들려오고 있는 것일까? 인민 공작 대원이 나오고 토지개혁 문제가 나오고 하는데 무슨 까닭으로 중세기의 기사가 성배聖杯를 찾아다니는 황당무계한 로망처럼 느껴지는 것일까? 이러한 신비한 모순에 대답하는 것이 아마 '카인의 후예'론이 될 것 같다. 그리고 어쩌면 그것이 한국 소설의 숙명을 해명하는 길일는지도 모른다.

"프랑스는 문학이 파리라고 불려지는―그저 파리라고만 불려지는 나라이며 정치는 시골이라고만 불려지는 나라다." 이것은 티보데의 이야기다. 그러나 그가 한국인이었다면 정반대로 이렇게 이야기했을 것이다. '한국은 문학이 시골이라고 불려지는―그저 시골이라고만 불려지는 나라이며 정치가 서울이라고만 불려지는 나라이다.'

우리나라는 사실상 프랑스와는 달리 문학은 시골에 속해 있으며 정치는 서울에 예속되어 있다. 이러한 현상은 특히 과거 식민지 시대의 문학에 있어서 현저하다. 명성 있던 대부분의 작가도 도시적인 것을 소설화하는 데 대체로 실패하고 있다. 거의 모두가 농촌을 기반으로 하여 한 편의 소설을 전개시켜갔던 것이다. 그래서 정치가 중앙집권제였던 것과는 정반대로 문학은 지방자치제의 형태를 띠고 성장했다. 사회적 진출이 허용되어 있지 않던 식민지 시대의 젊은 인텔리들은 대개 그의 고향으로 되돌아가지 않을 수 없었다. 그들은 보통 지주 출신이기 때문에 그 낙향의 생활이 별로 타격을 주지도 않는다. 그러나 소위 개화한 그 청년들은 이미 시골 사람이 될 수도 없다. 그들은 도시(문명)에 속해 있지도 않으며 또 시골에도 속해 있을 수가 없다. 그들은 다만 항해 도중에 폭풍을 만나 일시적인 기항지寄港地에 머물러 있는 것이다.

시골은 닫혀진 사회이기 때문에 역사의 파란(정치)으로부터 피하는 데 가장 편리한 은둔처가 되게 마련이다. 여기서 뿌리 없는 두 가지 인간형이 생겨난다. 하나는 그러한 자기 입장을 합리화하는 방법으로 야학당을 세워 농촌 계몽운동을 하는 인간이며 또 하나의 인간형은 그저 무위도식하면서 사상 전집이나 들추고 인생무상을 논하는 센티멘털한 좌선가坐禪家 또는 초속적超俗的인 은자들이다. 즉 극도로 이상주의적인 민족주의자와 그렇지 않으면 극도로 퇴폐적이고 감상적인 은둔주의자가 생겨났던 것이다. 주로 이러한 두 인물형으로 이루어진 농촌소설이 우리 신문학 40년의 유산이었다. 또 그러한 인간들의 문학이 거의 공식화되어 지배해온 것이 식민지기의 우리 사조였다.

전자의 것이 이광수, 심훈 및 프로 작가들의 작품이라면, 후자의 것은 소위 순수 작가라고 불리는 그 일련의 문학이다. 그러고 보면 황순원 씨의 『카인의 후예』는 이 두 유산을 정리해놓은(뚜껑만 새로운) 장부임에 틀림없다.

그러니까 '훈'이란 주인공(작가 자신의 실루엣으로서 등장하는)은 결코 우리들에게 낯선 인상을 주지 않는다. 그는 이광수의 『흙』이나 심훈의 『상록수』의 주인공처럼 낙향한 지주 출신의 인텔리며, 야학당을 세워서 무지한 시골 사람을 계몽하고 있었던 그런 과거의 공식적 인물에 지나지 않는다.

그러면서도 한편 그는 『흙』의 경우와는 달리 민족의 운명이니 애국이니 하는 말을 입 밖에 내는 일이 없다. 에고이스틱egoistic하고 우유부단하고 또 국적 상실자처럼 보이는 그 훈의 회색빛 성격엔 순수 작가의 목가적 취미까지도 함께 투영된 까닭이다. 또 대개 은둔주의자들은 학이나 신선을 닮으려 하는 법이다. 그러고 보면 훈이 젊은 여인과 둘만이 한지붕 밑에 살면서도 그 몸을 범하지 않도록 한 황순원 씨의 내시적(內侍的) 인생관과 결코 우연한 것이 아닐 것 같다.

식민지의 운명은 종식되었지만 그 타성은 그대로 훈이라는 기형아를 또다시 산출하기에 이른 것이다. 그러므로 엿가락처럼 늘여놓은 '식민지적 인텔리'의 눈에 비친 '카인'은 1950년대의 카인도, 그렇다고 1920~30년대의 카인도 아닌, 말하자면 일종의 유령으로 나타나 있을 뿐이다. 다만 좀 진전된 것이 있다면 종래의 작가(이광수, 심훈)들이 종적(시간적)으로 늘여간 장편소설을 씨는 횡적(공간적)으로 확대시켜갔다는 그 점이다.

점묘파 화가처럼 단편적인 에피소드를 이어 한 개의 시대상을 그려나간 그 장편 형식은 인색하지 않은 칭찬을 받아도 좋을 것 같다. 하지만 씨가 새로운 한국인의 상황에 새로운 한국인의 정신적 초상을 그려주지 못한 것은 종래의 그 어느 작가보다도(혹심하도록) 많은 오류를 범하고 있기 때문이다.

첫째로 씨가 정작 말하고 또 해명하려 한 것은 '카인의 후예'가 아니라 '샤먼의 후예'였기 때문이다. 8·15 해방 이후의 그 암담한 풍토, 암담한 인간들의 출현. 말하자면 카인의 후예들의 그 핏발 서린 눈빛, 그 악의 정체가 아니라 '샤먼의 후예'인 오작녀—불을 머금은 것같이 활활 타오르고 있는 오작녀의 그 신비한 눈인 것이다.

"영창 밑 창 밑에 관솔이 한 군데 박힌 것이 있어 햇빛에 이상스레 투명한 빛을 나타내고 있었다. 저게 붉은 빛깔이긴 한데 무슨 붉은 빛일까? 보면 볼수록 황홀한 빛깔이었다. 그게 무슨 꽃빛깔 같은데 무슨 꽃빛깔일까? 찔레꽃빛, 석류꽃빛, 생각해낼 수가 없다."

훈에겐 이런 의문과 함께, "이 자기를 중심으로 한 구역 밖, 어느 한 곳에 누가 몸을 숨겨 가지고 이쪽을 감시하고 있는 것만 같다"는 의문에 사로잡혀 있다.

그러나 훈은 앞의 의문은 풀 수 있어도 뒤의 의문은 영원히 해명하지 못하는 그런 인간이다. 그의 관심은 사실 후자보다도 전자에 있는 것이며, 그의 재질은 후자의 것을 느끼는 것보다 전자의 것을 감지하는 데 한층 예리하다. 그렇기에 훈은 그만큼 신비주의적이며 감성적이며 비현실적인 인물이다.

말하자면 이 소설엔 '자연적인 계절'과 '역사적인 계절'이 병행되어 전개되어가고 있다. 커다란 두 개의 계절도季節圖다. 소설의 선두에서 이미 작가는 훈의 기분을 통해서 이 두 개의 계절을 제시해놓았던 것이다. 즉 훈이 산막골 고갯길을 넘어오면서 두 가지 다른 기분을 예감하는데ㅡ하나는 봄이 오고 있다는 느낌이며 또 하나는 무엇인가 불안한 일이 자기에게 닥쳐오고 있다는 느낌인 것이다. 이상스럽게도 모순되는 이 두 분위기는, 즉 봄이 오고 있는 '자연의 계절'과 불안이 증가해가고 있는 '인공(정치적)의 계절'이 서로 병행하면서 전개되어가고 있다. 소설의 진행은 이러한 두 계절의 모순이 짙어져가는 것과 상비례하여 점진적으로 격화되어가고 그 갈등이 혹심해지면서 대단원으로 향한다.

'자연의 계절'(봄)은 훈과 오작녀의 사랑을 통해서, '인공의 계절'(코뮤니즘)은 훈과 도섭 영감(오작녀의 아버지…… 옛날엔 그의 충실한 소작인이었으나 시대가 바뀌자 훈을 배반하고 따라서 박해하는 쪽의 앞잡이가 된다)의 관계에 의해서 각기 대표된다. 그래서 한쪽으로는 서정시가 또 한쪽으로는 살벌한 서사시가 양안兩岸을 이루고 흐른다.

구체적으로 말하면 야학당의 접수-개털 오바(인민 공작 대원)의 출현-남이 아버지(농민 위원장)의 살해-토지 몰수-지주들의 학살 납거拉擧-도섭 영감의 비석 파괴(훈의 아버지), 이러한 계절도 옆에는 오작녀-오작녀의 항거(도섭 영감에 대한)-오작녀의 발병과 훈의 헌신적인 간호-사랑의 고백(뻐꾸기 전설) 등의 또 다른 계절도가 있는 것이다.

결국 황순원 씨는 훈이 도섭 영감을 살해하고 오작녀와 함께 이 지방을 떠나 남한으로 탈출할 것을 결의시킴으로써 이 두 계절에 애매한 꽃과 열매의 피어리드를 찍고 말았다. 그래서 오작녀의 사랑(자연의 계절)이 도섭 영감(코뮤니즘의 계절)을 이겨낸다. 판정승一훈의 눈앞에는 완전한 봄 풍경이 전개된다.

"경사가 끝난 웃골과 한천 방면으로 가는 도로가 보이고 그 도로 너머 저쪽 들판에는 아지랑이가 아물거리고 있었다. 그 아물거림이 어제보다 좀 더한 듯했다. 저기 왼쪽으로 내다보이는 논머리 개울둑에 서 있는 미루나무도 뽀오얀 안개 같은 것이 어리었는데, 그것도 어제보다 초록물이 들어 보였다."

어제보다 좀 더한 듯한 푸르름, 이것은 자연의 계절이 짙어가고 있는 것뿐만 아니라(상징적인 의미에 있어선), 오작녀의 사랑에 의해서 녹아가고 또 회복되고 있는 생명의 상처, 그 녹색의 짙음을 의미한다.

이것이 황순원 씨가 카인의 세계에 판결을 내린 결론이요, 부정적인 현실 위에 긍정적인 유토피아를 트이게 한 오솔길이다. 씨는 마치 말세를 고하고 동시에 새로운 세계의 내도來到를 알리는 천사의 나팔 소리처럼 모든 '피를 흘리는 카인족'에게 오작녀의 사랑 그 생명의 불꽃을 소리 높이 외친 것이다.

그러나 때로 그 나팔 소리는 서커스단의 천막 위에서 손님을 부르기 위하여 불어대는 그 코믹한 음향처럼 들려온다. 그 이유는 앞에서도 이야기한 대로 '오작녀의 사랑'에 판정승을 내리게 한 것이 훈의 감정적인 기질에서 온 것이며, 훈의 환각에서 온 것이며, 훈의 그 식민지적 인텔리에서 내려진 것이기 때문이다.

그 증거로 '봄'의 계절에 유혹되고 마비된 것은 오작녀와 훈뿐이다. 여전히 그 서북 지대의 인간들에겐 그 검은 역사의 계절은 자연의 계절(오작녀와 같은 샤먼적인 사랑 또는 생명감 혹은 그런 것의 일체)을 억누르고 활개를 치는 것이다. 황순원의 '페니키아의 배'—그 오작녀의 원시적이고 토속적인 사랑은 코뮤니즘과 같은 황해를 건너는 데에 사용되기엔 너무나도 약하디약한 목조선이다.

황순원 씨의 백일몽 가운데 나타난 훈과 오작녀는 안티코뮤니즘anticommunism의 선전원도 될 수 없을 뿐 아니라, 적어도 지성을 가진 오늘의 젊은이들에겐 카인의 칼을 피할 수 있는 방패조차도 될 수 없는 것이다.

생각해보라. 현대가 카인의 계절이란 것은 누구나가 다 알고 있다. 그 카인으로부터 아벨을 구출시키고 싶은 것도 잘 알고 있다. 그러나 오작녀와의 그 맹목적인 야생의 사랑이 오늘날에 있어선 하나의 전설이란 것도 사람들은 잘 알고 있는 것이다. 원시적인 환각이 대체 현대 인간들에게 무슨 힘이 되어줄 것인가. 황순원 씨는 사상의 변비증에 걸려서 고열高熱이다. 그 고열이 신비주의를 낳고 그 신비한 전설의 나라에서 오작녀와 같은 무당이 나타나 춤을 추고 있다.

카인의 출현이 어찌할 수 없는 역사의 분비물이라면 오작녀와 같은 신비한 애정이 무력하게 된 것 또한 어쩔 수 없는 역사의 부산물인 것이다(물론 아직도 한국의 수도에선 가끔 무당굿 하는 소리가 들리긴 하지만).

사랑에서 철학을 구하자는 것이 아니다. 그러나 어떠한 작가가 자기 시대의 고민, 자기 시대의 질환을 치유하는 처방으로 사랑을 그릴 때 그 사랑은 적어도 형이상적인 배경 밑에서 채색된다. 뒤마 피스Alexandre Dumas fils는 사회적인 계급과 그러한 허식적인 인습을 깨뜨리기 위하여 춘희와 아르망의 사랑 이야기를 썼다.

그 사랑엔 근대적인 각성으로서의 애정관이 있다. 도스토옙스키는 초인超人사상의 뚫어진 자루를 깁기 위하여 라스콜리니코프와 소냐의 사랑을 등장시켰다. 그렇기에 그 사랑엔 절대자에 이르는 헤브라이즘(유대교적) 애정관이 있다. 그레이엄 그린Graham Greene은 현대악의 진구렁 속에서 결정된 필리아적 사랑을, 로렌스David Herbert Lawrence는 인간 문명의 병에서 회복하는 길로 본능적인 해방된 성애性愛를, 그리고 헤밍웨이는 결코 굴하지 않는 휴머니스트의 강인한 의지를 시험하기 위해서 정복하고 정복당하는 인간애를 그렸다.

그런데 우리 오작녀와 훈의 사랑은 카인의 무서운 눈을 피하기 위한 것이다. 그러나 그 사랑을 형성하고 있는 형이상학적 철학은……? '토속애'다. 하늘과 버들개지와 송진내 나는 나무 숲과 연결을 맺는 목가적인 사랑이다(이것은 서양에 있어서 주로 중세기 이전의 애정관에 속한다). 메트로폴리탄으로서의 자격을 상실한 식민지의 인텔리들이 소박한 시골의 흙내 나는 처녀의 무구성無垢性을 사랑하여 그 속에 은둔해보려던 문명 기피증이 이곳에 다시 재현되었을 뿐이다.

하이힐을 신은 여자보다 미투리를 신은 여인을 더 좋아했던(약간 사디즘의 취미까지도 가미된) 식민지 시대의 인텔리, 그 마지막의 낭만적 곡예에서 우리는 카인의 눈을 극복하기는커녕 도리어 그곳에서 쫓겨 허덕거리는 패잔병의 자학을 볼 뿐이다.

사람들은 질문할 것이다. 당신은 소설을 논문으로 아십니까.

그렇지 않다. 논문을 쓴 것은 황순원 씨 자신이다. 그가 그냥 훈과 오작녀의 사랑을 그려나갔다면 우리도 그 자체에서 풍겨나는 맛(사람들은 그것을 곧잘 예술성이라고 표현하지만)을 그냥 맛보는 것으로 족하다. 문제는 황순원 씨가 서북 지방의 그 비인간적인 코뮤니스트들의 생태를 부정하기 위해서, 그것을 극복하는 일로써 그것에서 빠져나올 수 있고 또 그 위에서 전개되는 신천지로서 오작녀의 사랑을 제시했기 때문이다. 분명히 황순원 씨는 감정적이고 우아한 화판花瓣 같은 언어로 논문을 썼다. 작가의 의도를 논리적으로 전개시키고 그것을 시적으로 표현했다. 지금 그 '논리적 전개'가 말썽인 것이다.

"코뮤니스트는 인간의 감정을 이용합니다. 물건이나 기계처럼, 그들은 카인이기 때문에 그의 이웃을 살해하려 하고 있으며, 이러한 카인의 계절 속에서 사람들은 서로 배신하고 반목하고 이기적인 자기 생만을 지키려 합니다. 물욕뿐입니다. 허나 그런 것을 초월한 것이 있습니다. 오작녀는 그런 속에서도 한 인간을 사랑했던 것입니다. 자기 생명을 내건 애타적인 그의 사랑에는 강물처럼—송진 냄새 나는 것 같은—모닥불의 불꽃 같은, 말하자면 저 자연같이 아름다운 넋이 있습니다. 이것이 인간을 결합시키고 아벨을 구하는 것입니다."

작가는 이렇게 말하고 싶었던 것이다. 그러나 이러한 논리는 결코 지금 카인 지대에 사는 수십억의 비극적 인간에게 들려줄 만한 가치가 없는 것이다.

만약 황순원 씨가 훈과 같은 무기력한 식민지적 인텔리를 버리고 새로운 타입의 인간을, 한 거인을 그 카인 지대에 등장시켰더라면 사정은 아주 달라졌을 것이다. 우선 배경조차도 달라졌을 것이고 코뮤니즘을 보는 눈도 좀 더 달라졌을 것이다.

적어도 그 훈은 함흥 학생 사건에 가담한 소년이 되었을지도 모르고, 오작녀는 '내가 넘은 삼팔선'의 일녀日女와 같은 여인이 되었을지도 모를 일이다. 그러나 행복한 우리의 훈은 그에게 주어진 상황을 포기한 채 탈출한다. 그에겐 비판적인 눈도 없고 따라서 그러한 '역사적 계절'을 만든 기상도를 읽어 내려갈 만한 독도讀圖법도 모른다. 다만 알고 있는 것은 햇빛을 받고 있는 '관솔'의 신비한 그 붉은빛이 '산나리꽃빛'인 것을 알아냈을 뿐이다. 필요하다면 그것은 오작녀의 눈이라고 해도 무방하다.

우리 소설은 늘 이런 식으로 아무런 사상의 뒷받침 없이 현실을 다루어왔다. 일제에 반항하는 저항문학이란 기껏해야 허수아비 같은 인간에 일본의 관헌복만을 입혀 한국 사람을 잡아다 고문하는 광경을 그린 것이었다. 그렇지 않으면 이루 말할 수 없이 유치한 속물에 각모를 씌워놓고 민족 운운 시종일관 연설만 시키거나 유관순 양 타입의 유학생과 연애(아주 민족적인)를 시키거나…….

또 그와 반대로 루소주의자들처럼 "자연으로 돌아가라"고 외치지 않으면 '초가삼간 집을 짓고 천년만년 살고지고' 식의 하이마트쿤스트Heimatkunst[2]의 아류적 소설……. 이 질릴 대로 질

---

2) 19세기 말 독일에서 일어난 향토예술운동.

린 '시골뜨기 문학'을 우리 작가들은 용케 권태증도 느끼지 않고 『카인의 후예』까지 무사히 운반해온 것이다.

이리 떼에 쫓겨 온 양 떼들은 언제나 숨을 곳을 찾는다. 한국 소설(누구보다도 황순원 씨가 으뜸이다)은 이 숨을 곳을 탐색하는 촉수다. 초원은 항상 이리 떼에게 맡기고 만다. 이러한 소설의 미학은 현실을 깊이 비판하지 않고 그 현실에 이름 짓지 않고 철수 작전에서 언어를 소모한다. 무엇 때문에 글을 쓰는 것일까?

그러므로 황순원 씨의 산문 예술은 언제나 사생아적이다. 시민 계급의 융성과 함께 산문은 탄생되었다. 그러나 황순원 씨의 산문에는 시민 정신이란 것을 찾아볼 수 없다. 사향노루의 향료 주머니나 오작녀의 토속 정신(?)이 미만彌滿해 있을 뿐이다. 씨가 카인을 그리지 못하고 샤먼을, 말하자면 카인과 정면에서 싸우지 않고 샤먼의 춤을 구경하고 있다는 것이 바로 신비한 그 소설의 모순을 만든 것이다. '용불용설用不用說'의 이론을 씨에게 적용해 보면 산촌의 신비성만 그리는 이 작가에게 있어서 시대감각은 둔화되고 대신 자연의 감수성은 발달한다. 사상의 꼬리는 도태되고 감각의 코는 커진다. 비평 정신은 야위고 환시幻視 작용은 비대해진다. 결과로 황순원 씨의 소설에선 송진 냄새뿐이다. 그래서 한 시대의 벽화와도 같은 그 소설이 뜻밖에도 아주 태곳적 먼 전설처럼 느껴지는 것이다.

그러므로 황순원 씨의 『카인의 후예』에 등장하고 있는 인물은 모두가 식물적이다. 식물원 풍경이다. 그들은 현실을 느끼고 계절의 기후를 이해하는 그 감수성밖에 가지고 있지 않다.

자기를 둘러싸고 있는 환경에 묵묵히 순응해가고 고정적인 영토에서만 정착되어 있는 채 움직이지 않는다. 의식은 잠들어 있다. 그들은 의식과 판단을 통해서 행동하는 것이 아니라, 외계의 자극에 조용히 순응하면서 잎 피어가고 꽃 피우고 또 시들고 할 뿐이다.

산막골 사람들은 모두가 그러한 식물적 인간으로서 그들을 휩싸는 계절에 응답하고 있을 뿐이다. 개털 오바(인민 공작 대원)가 계절의 촉수라면 산막골 사람들은 그 계절의 힘에 좌우되는 나무들이다. 그들은 지주를 배반하는 것이나 코뮤니즘에 동조하는 것이나 모두가 자기의 주견이나 의식 밑에서 선택된 행위는 아닌 것이다. 도섭 영감이 훈을 배반한 것, 주인의 비석을 깨뜨린 것, 갖은 흉포한 짓으로 오작녀를 때리는 것, 이런 것들은 도섭 영감의 의식(사상)에서 생겨난 것이 아니라 계절을 민감하게 감수하고 거기에 대한 반응으로서 나타난 현상일 뿐이다. 말하자면 다른 나무보다도 계절을 쉽게 타는 나무다. 그래서 그저 그 나뭇잎이 먼저 물들고 먼저 조락해버린 것에 불과하다.

그리고 보면 도섭 영감과 가장 대차적인 인물인 영탁 영감이나 오작녀 또는 삼득이는 알고 보면 별로 차이가 없다. 다만 도섭 영감은 낙엽수요 이들은 상록수일 뿐이다. 차이가 있다면 다만 선천적인 것이다. 나무란 것은 똑같다. 나무는 나무다. 모든 사람이 토지 분배와 지주 타도에 가담할 때 홀로 이를 거부하는 영탁 영감은 모든 나뭇잎이 질 때 혼자 싱싱하게 푸른 상록수와 같다. 하지만 도섭 영감의 행위가 거의 본능적인 것처럼 영탁 영감의 그것도 거의 본능적인 것이다. 그들의 행동이란 어떠한 자의식과 자각된 선택에 의한 것이 아니라, 단지 선천적인 본성에 의해서 결정되는 것이다. 나무의 본능이다. 그것은 마치 심리학이나 생물학에서 이야기하는 것처럼 트로피즘tropism[3] 또는 택시스taxis에 해당되는 일이다.

오작녀가 훈을 필사적으로 사랑하는 것이나 도섭 영감이 필사적으로 훈과의 관계를 끊으려고 드는 것이나, 그것은 그들이 서로 자기 생명을 보호하기 위한 본능에 가까운 행동이라는 점에서 일치한다. 가치 이전의 세계. 병아리를 지키기 위해서 소리개와 싸우다 죽은 암탉과 모자母子가 물속에서 서로 잡아먹기 위해서 싸우는 수사水蛇는 서로 같은 것이다.

황순원 씨는 이렇게 자각(사상) 없는 악, 자의식 없는 행동 속에서 식물처럼 계절을 감수하는 식물적 인간상을 창조해낸 것뿐이

---

[3] 생물이 단순한 자극에 대하여 쏠리는 성질. 자극의 종류에 따라 주광성, 주기성, 주고성, 주화성, 주지성, 주전성 등으로 나뉘고 자극원에 쏠리는 경우를 양성, 그 반대의 경우를 음성이라 함. 추성趨性 택시스도 같다.

다. 그들은 계절에 대하여 아무것도 할 수 없는 인간들이다. 언제나 주어진 상황(계절)에서 한결같은 동일한 반응을 되풀이하고 있는 인간들—우리가 이러한 인간들에게서 역사의식을 발견할 수 없는 것은 바닷속에서 사자와 코끼리를 발견할 수 없는 것과 마찬가지다.

임진왜란 때나 일제시대나 공산주의에 지배되던 시대가 거기엔 아무런 차이도 없다. 도섭 영감이 임진왜란 때 살았더라면 일본의 염탐꾼 노릇을 했을 것이고 오작녀는 잘하면 '논개' 정도는 되었을지 모를 일이다.

이러한 식물적 인간상에서 우리가 발견할 수 있는 것은 모든 인간이 프리미티브한 원소로 환원된 그 본질의 위상이다. 일례를 들면 도섭 영감이 훈 부친의 비석을 깨뜨렸을 때 그 동네 사람들이 한편으로 그를 욕하고 또 한편으로는 그 조각난 비석을 다듬잇돌로 하기 위하여 주워 가는 장면.

이러한 심리묘사는 재단되어 있지 않은 인간 그대로의 본성이다. 말하자면 어떤 특수한 시대적인 감정, 시류적인 심리가 아니라 어느 때 어느 곳에서도 있는 본질적인 심리다. 식물적 인간은 그러니까 어떤 일정한 반응을 일으키는 항시적인 성격의 계수를 지니고 있는 것이다. 그런데 이러한 식물적 인간상에게 아름다운 미학을 제공한 다음과 같은 황순원 씨의 말을 들어보자.

"갯버들 가지가 얼음에 붙어 있었다. 가지에는 숱한 버들개지가 달려 있었다. 그중 적잖은 버들개지가 얼음에 붙어 있었다. 그런데 이 버들개지들이 자기 둘레에 얼음을 두어 푼씩 녹여가지고 있는 것이었다. 어느 버들개지나 모두 한결같이 그랬다. 이 아직 털도 제대로 피우지 못한 버들개지들이 그처럼 자기 둘레의 얼음을 녹여가고 있다는 것에 훈은 절로 가슴속이 따사로워짐을 느꼈다."

이 버들개지는 바로 오작녀. 황순원 씨가 인간을 이러한 버들개지로 만들 때 그의 소설은 시작되고 또한 존재 이유를 발견하는 것이다.

신비스러운 자연성—버들개지가 절로 자기 상황(얼어붙은 땅)을 녹여가고 있는 것처럼 얼어붙은 현실 속에서 자기가 자리한 그 주변을 신비한 생의 본능(사랑)으로 녹여가는 오작녀. 우리는 더 이상 할 말이 없다. 그것이 전부이기 때문이다. 콜럼버스 이상의 것을 발견한 황순원 씨의 식물적 인간상들은 아무런 훈련도 비판도 또한 새로운 비약도 없이 현실을 살아가고 있다.

식물적 사상(송진 냄새)에 식물적 인간상—이것이 바로 씨의 소설을 현대 말로 쓴 고대 설화로 만든 것이다. 씨의 이 행복한 인간관이 현대의 인간관과 얼마나 큰 차이가 있는가를 나는 굳이 더 이상 말하지 않는다. 포효하고 뛰고 날고 하는 그 산문적인 동물원의 지저분한 광경보다 물론 향내에 가득 찬 식물원의 그 잠자는 듯한 조용한 풍경이 시적일 것이다.

그러나 이 시적이라는 것이 바로 말썽이다. 미구에 이런 식물 원은 한국에서 없어지고 말 것이다. 그날 황순원은 아프리카의 만지蠻地를 소재로 해서 여전히 『카인의 후예』 같은 소설을 쓸 수도 있을 것이다. 하지만 그런 소설을 읽으려고 하는 사람은 아마 별로 흔치는 않을 것 같다.

그렇다. 우리가 부정해야 할 것은 바로 그와 같은 식물적 인간상이다. 왜 말로의 주인공들이 우리의 가슴을 매혹시키는가. 생텍쥐페리Antoine de Saint-Exupéry[4]—사막 수천 피트의 상공을 날며 지상의 별과 통신하는 생텍쥐페리의—그 움직이는 조종사 이야기가 어째서 우리들의 마음을 못 견디게 하는가?

식물은 의식의 눈을 뜨고 뿌리는 뽑혀져 서서히 그 감금된 숙명의 땅에서 일어선다. 그리고 뛰는 것이다. 움직이는 것이다. 그래서 자신의 운명을, 그 계절을 자기 의사에 의해서 변혁시켜가는 것이다. 수동적인 그 졸린 한 치의 땅속에서 감수성 하나로 살아가던 생명의 노예—식물들은 일어나 행군을 하라. 움직이는 수목—그래서 카인을 향해 얼얼이 멍들고 피맺힌 가슴을 북처럼

---

4) 생텍쥐페리는 소설 『야간 비행Vol de nuit』에서, 남미에의 야간 비행을 개척하기 위해 희생된 조종사 파비앵의 아내와 마주 앉은 책임자 리비에르는 사랑만으로 한 발자국도 전진할 수 없다고 결론짓는다. 인간의 사랑의 고독을 체험한 작가는 이 소설에서 남성적인 연대적 행동 속에 진정한 모럴을 탐구하였다.

울려 자기를 표현한다.

이제 사나운 라이언의 무리를 모는 사냥꾼처럼 미적지근한 회색의 훈은 가죽 채찍을 들고 우리를 모독하려 들던 것, 우리를 아쉽게 하던 것, 분노케 하던 것을 때려라.

우울한 의식 없는 식물들—꺾으면 꺾이고 불 지르면 타고 마는 그 식물적 인간상의 소극적인 모습이 우리의 소설 속에 그만 자취를 감출 때도 되었다. 이렇게 해서 한국의 산문 예술은 동물적인 포효와 황야에 내딛는 앞발의 세찬 율동으로부터 그 남성적인 근육을 단련시키는 것이다.

『카인의 후예』에서 카인을 말하지 못하고, 카인의 심장을 찌르지 못하고, 겨울에 피는 한 떨기 한화寒花(오작녀)만을 서재의 책상 위에 공손히 가꾸어놓은 황순원 씨여! 그리고 1950년대의 패배한 문학인들에게 우리는 인사를 하자.

아듀! 아듀!라고.

손창섭/소설 속의 인간상

땅 위에서 살아 떠돌아다니는 피조물 가운데 인간처럼
비참한 존재는 없다.
인간은 얼마나 자랑스러운 음향이냐?

순수한 유태인의 지방

1946년의 봄, 루마니아의 소도시 포르티체니의 유태인 묘지에선 스
무 상자의 비누가 엄숙하게 매장되었다. 그 상자에는 모두 강제 수용소
의 생산을 관리하고 있던 나치스 친위대의 관인官印이 찍혀 있었다. 그
리고 아름다운 장식이 붙은 고딕체로 RJF(순수한 유태인의 지방脂肪)이라고 찍
힌 상표가 붙어 있었다.

이 매장과 동일한 날 나치스의 전쟁 범죄자를 재판하는 뉘른베르크
의 국제 법정에서는 가장 잔악한 인간 도살자의 하나인 피고 카르텐부

르너가 재판을 받고 있었다. 그는 "유태인, 폴란드인, 우크라이나인, 그 밖에 열등 민족들을 청산시키는 일에 참가한 동기는 순전히 이념적인 것이다"고 증언했던 것이다.

—바이스코프, 「현대의 비참과 위대」에서

나치스의 학살

많은 이야기는 필요 없다. 바이스코프의 이 일화 한 편을 읽는 것만으로 족하다. 나치스는 유태인을 대량 학살했다. 그리고 그 지방으로—가축이 아니라 바로 인간의 그 지방으로—그들은 비누를 제조하였다. 더구나 숨어서 한 짓도 아니다. 그것이 분명 순수한 유태인의 지방만으로 만들어진 제품임을 보증하기 위해서 어엿한 상표까지 붙여놓았던 것이다. 차마 기록하기조차 부끄러운 만행을 그들은 공개리에 수행하였다.

그러나 우리가 좀 더 냉정하게 주목할 점은 결코 나치스의 만행, 그 자체에 있는 것은 아니다. 보다 중요한 것은, 보다 두려운 것은 그러한 소행이 어떠한 이념(인간의 사상) 밑에서 이루어졌다는 그 점이다. 그것이 단순한 만행이었다면, 무지와 미개 속에서 자행된 야만적 습속이었다면 우리가 그렇게까지 놀라야 할 필요는 없었을 것이다. 적에게 복수하기 위해서 사자死者의 가죽까지 벗기는 아파치족이나 자기가 잡아먹은 인간의 두개골을 장식품으로 달고 다니는 아프리카의 그 식인종이 아직도 문명한 우리 주위에 얼마든지 남아 있지 않은가.

하지만 나치스의 인간 도살은 야만한 생리가 아니라 고도한 인간의 문명의 한 이념 밑에서 이루어졌다는 것을 명심하지 않으면 안 된다. 여기서 인간의 위기란 문제가 야기되지 않을 수 없다.

비단 나치스뿐이었을까? 인간이 자연에게 가한 오만하고도 잔악한 그 공격 무기가 오늘날 인간 스스로의 심장을 향해 겨누어지고 있다는 사실을 우리는 절실하게 통감하고 있다. 인간이 인간을 향해 도전하는 이 슬픈 현대의 역사 속에서 인간은 인간 그 자체에 대해서 검토하지 않으면 아니 될 어려운 고비에 놓여 있는 것이다.

한때 자연과 싸우던 인간들, 바다와 홍수와 맹수와 그리고 온갖 질병에 대해서 싸우던 인간들—한때 신과 싸우던 인간들—죽음과 운명과 제사장과 싸우던 인간들—그러나 이제는 인간 그것과 인간의 역사 그것과 싸우지 않으면 아니 될 인간들이 출현한다.

한쪽에서는 계급투쟁을, 한쪽에서는 인간 투쟁을 그리고 또 한쪽에서는 ICBM(Intercontinental Ballistic Missile, 대륙간 탄도미사일)과 수폭水爆과 자본과 기계와 조직과 그 모든 검은 그림자와 싸우는 종말 없는 혼전이 계속되어가고 있다. 이 인간의 재평가는 '신은 죽었는가?'라는 물음이 아니라 '인간은 죽었는가?'라는 또 다른 물음에 의해서 전개된다. 과연 구세군의 자선냄비 속에 인간은 살아남아 있는가? 맨해튼의 고층 건물 속에 인간은 잔존해 있는가? 혹은 적십자의 붉은 마크나 녹십자 위에, 혹은 유네스코의 헌장이나 MRA(Men's rights activism)의 회의장 속에서 아직도 인간은 숨쉬고 있는 것일까?

이러한 물음에 대해서 우리는 일일이 대답하지 않으면 안 된다. 이러한 물음은 나치즘이나 코뮤니즘의 강제수용소 속에서 이미 인간은 완전 사망해버렸는가, 라는 물음 뒤에 오는 것이다. 만약 인간이 살아남았다면 그것은 지금 어디 있는가를 제시해야 될 것이다.

대서양 양안에서 이러한 물음은 10여 년간이나 계속되어왔다. 그리고 우리 또한 언어와 피부는 다를망정 그들과 동일한 물음 앞에 서 있는 것이다. 그러므로 이 공통적인 질의에 대해서 답변하는 것이 마치 전후 작가들의 유일한 책임이요, 유일한 숙제인 것처럼 되어 있다.

인간은 패배했는가? 인간은 지상에서 살아 떠돌아다니는 피조물 가운데 가장 비참한 존재인가? 그렇지 않으면 인간은 아직도 자기 운명을 선택하고 창조할 자유를 지녔는가? 인간이란 말이 참으로 자랑스럽게 울려올 만한 그 긍지를 아직도 우리는 소유하고 있는 것일까? 여기에서 길이 끝난 것이 아니라면, 구제의 시간이 이미 지나쳐버린 것이 아니라면 인간은 또 어느 지역을 향해 그 순례를 계속해야 되는 것이냐?

그러면 전후 10여 년의 우리 작가에게서 이러한 인간의 문제를 그 물음의 답변을 들어보기로 하자. 우리들 역시 모두가 인간이 종말해가는 슬프고 징그러운 놀 속에서 인간 도살의 현대전을 범한 수인囚人이므로, 그리고 모든 비인간적 조직의 노예이므로……

헉슬리의 현대인관

올더스 헉슬리에 의하면 현대의 인간은 머리 깎인, 그리고 두 눈을 상실한 채 노예로 타락해버린 삼손과 같은 것이다. 헉슬리의 이 의견에는 인간 패배의 금세기적 특징이 단적으로 드러나 있다. 원래 삼손은 세계를 지배할 만한 역사力士였다. 그 위대했던 삼손이 델릴라 때문에 머리를 깎이고 일석一夕에 그 괴력을 상실한 것처럼, 오늘의 인간 역시 그렇게 무력해지고 만 것이다. 이러한 인간의 패배 의식은 신진 콜린 윌슨의 평론 가운데서도 찾아볼 수 있다. 19세기만 해도 영웅이 있었고 천재가 꿋꿋한 개성과 희망과 꿈을 지닌 승리의 인간들이 존재하고 있었다. 인간의 고난과 운명을 향해 도전하는 '의지의 인간', 불가능의 벽을 뛰어넘는 '초극의 인간', 사회의 검은 심장과 대결하는 '혁명의 인간' — 이러한 인간상으로 메워진 전 세기의 문학작품들은 작든 크든 인간에의 믿음(인간의 승리)이라는 명랑한 톤으로 메워지고 있었다.

그러나 헉슬리와 윌슨이 지적하고 있는 것처럼 오늘의 문학에는 패배한 인간상들—운명과 사회와 생활에 위축될 대로 위축되어 위대했던 그 힘과 그 광명의 눈을 상실한 삼손만이 등장하고 있다. 보잘것없는 인간, 무기력한 인간—우리 앞을 가로막고 있는 모든 사물, 모든 여건, 모든 운명에 대해서 아무것도 할 수 없는 패배의 인간들이 작품의 히어로를 구성하는 유일한 캐릭터로 군림하였다.

전후의 한국 소설 역시 마찬가지다. 계몽주의자였던 왕년의 우리 작가들은 식민지라는 불행한 노예의 시대에 살고 있으면서도, 그들이 그리는 인간들은 사회나 민족들이나 인생에 대하여 끝없이 도전하고 있는 개척자의 히어로였다. 지주들의 횡포에 억눌려 있는 가난한 농민이든, 고등계 형사의 블랙리스트에 올라 있는 불안한 인텔리든 비록 그 현실은 비참하나 그래도 그들은 무엇인가 삶의 의미와 부정할 수 없는 생명의 빛나는 가치를 보존하고 있었다.

민족의 독립, 대중의 봉기, 흙에의 정신—좌우간 그것이 무엇이었든 그들 작품 속의 인간들은 승리의 골을 목전에 두고 돌진하는 정열로 가득 차 있었던 것이다. 비단 이광수나 심훈만이 아니라 1930년대 이전의 우리 작가들은 모두 이상적인 하나의 인물형을 그리는 데 주저하지 않았다. '이것이 인간의 갈 길이다',

'이것이 우리 민족의 갈 길이다', 옳든 그르든 그들은 인간의 굳건한 앞길을 믿고 있었으며, 그 긴 수난의 장마철이 언젠가는 개고 말 거라는 행복한 신념을 가지고 있었다.

그러나 이상을 비롯한 1930년대 이후부터는 '패배의 인간'이라는 관념이 싹트기 시작했고, '인간은 아무것도 할 수 없다'는, '인간은 아무 가치도 소유하고 있지 않다'는 그 현대인의 슬픈 종교(?)가 이윽고 1950년대 이후의 우리 문학을 지배하기 시작하였다.

드디어 삼손은 머리를 깎이고 만 것이다. 손창섭의 소설에서 인간의 긍지를 찾아볼 수 없는 것은, 마치 포로수용소에 감금된 패장敗將에게서 장군의 긍지를 찾아볼 수 없는 것과 마찬가지다.

「인간 동물원」이나 「혈서」 등 일련의 작품에서 우리가 만나게 되는 그 인물은 모두 종래의 인간 개념을 상실한 텅 빈 인간들이다. 그들은 미래의 생에 대한 것도 가지고 있지 않으며, 어떻게 사는 것이 인간다운 것인가 하는 그 낡은 인생 독본도 풍향기도 가지고 있지 않다. 다만 그들은 도처에서 '인간은 죽었다'라고 외치는 패배의 비명만 울릴 뿐이다. 어두운 밤을 끝없이 행진하고 있는 패잔병들처럼, 그 소설에 나타난 주인공들은 그들이 걷고 있는 방향도 장소도 알지 못한다. 피로 속에서, 무의식 속에서 그저 걷고 있을 뿐이다.

이것이 인간의 생활이다. 손창섭의 작중인물들은 참으로 살 줄 모르는 인간들이다. 「혈서」는 어떻게 살아야 하는지를 모르는 자들만이 한자리에 모여 열심히 사는 법을 배우려고 애쓰다 패배하고 만 슬픈 인간들의 이야기다. 「미해결의 장」도 마찬가지다. 수천 년이나 두고 쌓아올린 인간의 의미와 그 가치가 무너지고 만 터전, 그 폐허 속에서 방황하는 인간들의 이야기다.

그들은 아내를 **빼앗기고** 직장과 직위와 생활을 **빼앗기고**도 좀처럼 그와 싸울 만한 능력도 엄두도 가지고 있지 않다. 사회악이나 인간의 부정이나 혹은 어떠한 패륜에도 그의 인물들은 도피하고 만다. 「설중행雪中行」의 고선생 같은 인물이 바로 그러한 '패배의 인간'을 대표하고 있다. 한 여자의 죽음을 돈으로 바꾸려는 파렴치한 그의 제자 관식이나, '인간이 가질 수 있는 예식 가운데서 장례식을 제일 좋아한다'는 귀남이에게 물론 고선생은 분노를 느끼지 않는 것은 아니다. 그러나 분노는 분노 그 자체에서 더는 발전하지 않는다. 「혈서」의 주인공이 목발을 짚고 절뚝거리며 정처 없이 집을 나가는 것처럼, 고선생은 함박눈을 맞으며 그냥 한강둑을 묵묵히 걸어만 갈 뿐이다.

이 인물들에 자리 잡고 있는 유일한 결론이 있다면 그것은 '인간은 이미 죽었다'라는 그 생각뿐이다. 그러므로 도스토옙스키의 명언처럼 "인간의 죄악은 무슨 일인가 하려고 들 때 생긴다"는 행동에의 회의다. 아무것도 하지 않는 것이 인간에게 남아 있는 유일한 선善인 것처럼, 혹은 유일한 행동인 것처럼 생각하고 있는 것이 손창섭의 인간상이다. 이상의 골방은 손창섭에게서 한층 더 좁아진다. 어두운 골방에서 그냥 뒹굴고 살아가는 군상─위대한 꿈도, 강렬한 의욕도 격동하는 감정도 없이 천치처럼 살아가는 패배의 인간상─그들을 지배하고 있는 것은 손창섭 본인의 증언대로 동체胴體도 안면도 소멸한 가운데서 다만 한 여인이 웃는 유리처럼 투명한 미소─'스산한 가을비 뿌리는 무한한 회색 바탕의 내면 세계'인 것이다. 그런데 이러한 인간 패배는 어디서 오는 것일까? 우리는 손창섭의 삼손, 말하자면 그 삼손들의 머리를 깎아놓은 델릴라는 다름 아닌 자기 자신이라는 점이다. 현대의 삼손은 제 손으로 자기 머리를 깎았다. 즉 자기 자신이 자진해서 패배를 선택한 것이며, 자기 자신이 스스로 자신의 위대한 정력을 내던지고 무기력 속에 빠져들어간 것이다. 이 기묘한 자포자기 내지는 자기 파괴에서 오는 패배 의식은 확실히 현대적인 패러독스의 하나다. 이것을 사람들은 자의식이니, 푸르스와니 혹은 '회의'란 이름으로 부르기도 한다.

삼손이 자기 머리를 깎지 않을 수 없었던 것은, 그리고 스스로 그의 위대한 힘을 저버리지 않으면 아니 된 그 계기는 근본적으로 자기 회의 속에 있는 것이다. 행동의 무의미를 자각할 때, 역사의 허위를 발견할 때, 일상적 생의 존재에 대해서 회의할 때 인간은 자진해서 패배주의자가 되고 만다. 그러므로 "짜증을 내서는 무엇 하나, 한숨을 쉬어서는 무엇 하나, 인생 일장춘몽인

데……" 운운하는 속요와 손창섭의 인간관 사이에 얼마나 많은 차이가 있는 것인지 우리는 의심하지 않을 수 없다. 현대에서 영웅이 사라진 것은 현대 사회조직(획일주의)의 탓도 있지만 '영웅 그 자체의 어리석음'이라는 회의주의가 있었기 때문이다. 아무 곳에서도 인간의 가치를 인정할 수 없다는 그 허무 사상의 부정적 인간관이 '패배'의 인간을 낳고 만 것이다.

그러므로 인간이 동물로 타락해버리거나 아무리 사악한 인간만이 대두된다 하더라도, 그러한 인간 가치 의식의 혼란 위에선 속수무책이다.

세계를 정복하여 자기 집으로 만든 알렉산더보다도, 통 속에서 뒹굴며 산 디오게네스가 위대하다는 그 사상이 결과적으로 패배의 인간관과 손을 맞잡게 되었다는 그 점을 우리는 시인하지 않을 수 없다. 그 스켑티시즘skepticism(회의론)에서는 범인이 영웅보다도 도리어 위대한 것으로 보인다. 특히 「조건부」나 「포말」 등에서 볼 수 있는 갑주와 같은 인물형―남에게 사기나 당하고 언제나 억울한 꼴을 당하고 사는 지지리도 못난 천치 족속이 오히려 간악한 이 현실에선 숭배받을 만한 아름다운 인간처럼 그려져 있는 것이다.

'승리한 인간'보다도 이러한 패배의 인간형들을 더 귀중하고 거룩하게 생각하는 오늘날의 그 패러독시컬한 통념은 대체 어디에서 비롯한 것일까? 손창섭의 소설만이 그런 것이 아니다. 우리 전후의 작가들에게 하나의 공통점이 있다면 그것은 어리석고 주변 없는 패배의 족속들을 제시해놓고 이들 앞에 무릎을 꿇으라는 그 기형적인 휴머니즘인 것이다. '패배한 인간'에의 숭배를 휴머니즘의 유일한 이상으로 삼고 있는 오늘의 작가 풍속은 그들의 인간관을 단적으로 표명하고 있는 샘플로 보아야 한다.

오영수의 「개개비」나 「합창」만 해도 그렇고, 김이석의 「뻐꾸기」, 박경리의 「불신시대」가 모두 그렇다.

현대의 긍정적인 인물은 휴머니스트나 선인善人은 왜 '바보'라야만 되느냐? 그들의 설명을 들어보면 그들은 착하기 때문에 가난하고, 그들은 인간적이기 때문에 항상 손해를 보고 그들은 아름다운 영혼을 가졌기 때문에, 순진하기 때문에 이 사회에서 핍박을 받고 있다는 것이다. 그러므로 오늘의 휴머니즘은 이 약자 가운데 존재하는 것이며, 또한 오늘의 휴머니즘은 그러한 무기력자, 약자의 옹호에서 성립된다는 이야기다.

작가들만이 아니다. 특히 우리 사회에 있어서는 이와 같은 약자 숭배 사상이 천편일률적으로 인간 모럴의 사상을 대신하고 있다. 우리는 다방에서나 혹은 공석상에서 얼굴 하나 붉히지 않고 자기의 어리석음을 공언하고 있는 사람들을 많이 보아왔다. 그들은 은연중에 자기는 그만큼 선량한 인간이며, 현대악에 물들지 않은 순진한 인간이기 때문에 사기를 당하고, 감원을 당하고, 모략을 받지 않을 수 없다는 것이다. 이렇게 자기의 어리석음을 도리어 자랑삼아 이야기하는 세속인의 풍속을 분석해볼 때, 역시 거기에서도 우리는 패자 숭배 사상의 실마리를 찾아볼 수 있다.

그러나 무기력자와 가난뱅이이자 겁쟁이인 약자들—생활의 모든 불합격자를 모아놓고 현대 휴머니즘의 공화국을 만들려는 패자 숭배자들의 환상은 애처로운 물거품이다.

그리고 그것은 커다란 인간관의 착오다. 악은 발전하고 선은 언제나 제자리걸음을 한다는, 그리고 선은 언제나 악의 피해 속에서만 존재한다는, 그리고 인간은 언제나 비인非人들에게 패배할 수밖에 없다는—그 패배의 사상이 결코 현실적인 휴머니즘의 깃발을 대신할 수 없는 것이다.

이것이 만약 휴머니즘이라면 휴머니즘이야말로 가장 큰 인간의 죄악이 될 것이다. 적어도 휴머니즘은 약자의 눈물을 달래는 환약이 아니다. 그들이 말하는 현실의 인간악, 비인간의 압력에 도전하여 그를 이겨낼 수 있는 뚜렷한 인간의 승리를 전제로 하지 않고는 진정한 휴머니즘은 탄생할 수 없다. 링 밖으로 나가떨어져 기절해버린 패자에게 휴머니즘이라는 미명으로 판정승을 내렸던 졸렬한 심판관이 바로 오늘날 우리 한국의 작가들이다.

패배의 인간 속에서 인간의 의미를 찾아보려는 이 소극적인 휴머니즘은 '인간은 죽었다'라는 구호 밑에서만 성립될 수 있는 것들이다. 여기에서 우리는 아무것도 기대할 수 없다. '이것이 인간이다'라고 제시한 그 인물들은 이미 만신창이가 되어 이 현실에

선 더는 살 수 없이 된 빈사瀕死의 인간이었기 때문이다. '놀에 바쳐지는 노래'—'폐허화된 인간 사원寺院에서 구슬피 들려오는 미사의 종소리'—이것은 스스로 제 머리를 깎고 패배를 자인한 삼손의 통곡일 뿐, 그 아무것도 아니다.

도전과 패배

"악은 있다. 비인非人은 분명히 존재한다. 그러나 나는 선이 과연 무엇인지, 또 인간이 어떠한 것인지를 아직 잘 모른다."

반면에 이러한 패배적 인간관도 있다. 이러한 패배주의자들은 패배 그 자체에 머무르지 않고, 패배 그 자체에서 무엇인가 인간의 의미를 발견하려는 사람이다. 똑같이 패배적 인간의 운명에 대해서 말하고 있지만 그들은 부단히 무엇인가 도전하고 행동하고 있다. '노, 노'의 그 되풀이 속에서 '예스'의 음성을 듣기 위해서 뻔히 패배할 것을 알면서 노력하는 인간. 우리는 헤밍웨이나 멜빌의 소설 속에서 그것을 본다. 헤밍웨이의 주인공이나 멜빌의 에이해브는 종국에 가선 모두 패배의 비극 속에 빠지고 만다. 그러나 같은 패배일지라도 그들에겐 강력한 힘, 불굴의 의지 같은 것이 번뜩인다. 실패한 혁명가가 기요틴 위에서 오만하게 서 있는 그 장엄한 비극과도 닮았다. 이때 그 인간의 패배 속에서, 그 허무 속에서 인간의 피는 성장한다.

"Nothing is something"이라는 패러독스처럼 패배, 그러나 그 것이 새로운 의미가 되는 경우다. '인간은 패배한다', 이 허무의 공간에 '그러나 행동할 수밖에 없다'는 하나의 도전장이 비상한 다. 이것이 손창섭과 장용학의 차이다.

장용학의 「요한 시집」도 손창섭의 그것처럼 '인간은 죽었다', '인간은 죽었다', '인간은 죽었다'의 끝없는 패배의 각서에 도장 을 찍어놓은 작품이다. 작품 도처에서 인간의 신천이 무너지는 소리가 들려온다. '눈깔을 뽑힌 누혜'는 삼손 그것이다. 철조망에 목을 매단 포로수용소 속의 누혜와 함께 인간은 죽었고, 죽은 시 체에서 눈을 후벼 파고, 변소 속에 그를 던진 붉은 P·W의 만행 속 에서 비인은 탄생했다. 굶주림에 견디지 못해 쥐를 잡아먹는 노 파, 그녀는 쥐 한 마리를 놓고 고양이와 다툰다. 그때 이미 인간 과 고양이의 차이는 생물학 교본에서만 존재할 뿐이다. 인간은 끝났다. 패배하였다. 피사의 사탑과 판테온을 쌓고 사막에 피라 미드를 쌓아올리고, 흰 종이 위에 상형문자를 각인했던 그 모든 인간은 끝났다.

그러나 이러한 패배, 누혜의 죽음은 필요한 패배요, 있어야만 하는 죽음이다. 에이해브가 모비 딕에게 패배해야 되는 것처럼, 헤밍웨이의 산티아고 노인이 바다에 패배하는 것처럼 누혜는 패 배해야만 된다. 그러한 패배는 새로운 자유의 인간을 탄생시키는 예고라는 것이다. 누혜는 '요한'이었던 것이다. 진정한 구세주가 나타나기 전에 요한이 있었다. 물론 요한은 구세주일 수 없다. 아니, 그것은 차라리 군림하는 구세주를 위해 스스로 짓밟힐 발판이거나, 그렇지 않으면 미래에 올 것을 위해 스스로 폭발하여 부서지는 일편의 다이너마이트다. 다이너마이트는 오직 자멸自滅, 자패自敗에서만이 존재 이유를 갖는다. 폭발하고, 부서지고, 흔적도 없이 사라져야 하는 것이 다이너마이트의 운명이다.

　장용학은 오늘의 인간을 요한적인, 다시 말하면 다이너마이트적인 상태로 관망하고 있는 것이다. 그러니까 「요한 시집」의 동호나 누혜는 다 같이 '필요한 패배'의 과정 속에 놓여 있는 과도기적인 인간으로 존재한다. 누혜의 유서나, 동호의 내적 독백에 밀폐하고 있는 것은 다분히 다다와 같은 파괴력이다. 그러므로 그가 제시한 인간들은 다음에 올 인간의 의미를 설정하는 '가暇주어에' 불과하다.

　"사전辭典에서 해방된 나무들이 천천히 걸어 들어온다. 캐피털 레터의 순서를 벗어던지고, 자기가 원하는 곳에 가서 툭툭 선다. 서서는 그늘을 짓는다. 고요하다. 아주 고요하다." 동호가 응시하고 있는 사전에서 해방된 숲은 사전에서 해방된 숲이다. 때 묻은 관념과 규약된 문법의 감옥에서 해방된 숲이다. 그것처럼 장용학의 인간은 기존적인 인간의 의미를 파괴하고, 열심히 자기가 설 자리에 자기가 설 것을 원하기 위해 사전의 순서(인간의 위치) 그 구속을 파괴한다.

여기에서 '자유인'이 도래한다. 그러나 장용학은 자유, 그것을 인간의 왕좌로 생각하고 있는 것이 아니라 이 왕좌에 도달하기 위한 최후의 문으로 생각하고 있다.

"자유가 있는 한 인간은 노예여야 했다. 자유도 하나의 숫자 구속이었고 강제였다. 극복되어야 할 그 무엇이었다. 뒤의 것이었다……. 생을 살리는 오직 하나의 길은 자유가 죽는 데에 있다. 자유 그것은 진실로 그 뒤에 올 무슨 '진자眞者'를 위하여 외치는 예언자, 그 신발 끈을 매어주고, 칼에 맞아 길가에 쓰러진 요한에 지나지 않았다."

누혜의 유서를 통해서 이와 같이 말하고 있는 장용학은 패배를 전제로 한 자유인의 초상을 가슴속에 그리고 있었던 것이다.

진자, 그 완성된 인간형을 그는 말하지 못하고 있다. 그것이 무엇인지조차도 짐작하지 못한다. 다만 그러한 인간형은 자유, 그것에 처형된 '요한적' 인간상에서 가능해질 것이라는 막연한 피어리드 위에 존재한다. 그렇기 때문에 장용학의 인간관이란 것도 역시 패배를 전제하고 있으며, 그러한 패배의 인간상(단 의미 있는 패배)으로서 '자유인'을 제시하고 있다. 패배하기 위해서 싸운다는 그 서글픈 논리가 장용학의 '삼손'인 셈이다. 이 작가 역시 사르트르처럼 '아직 만들어져 있지 않은 인간'에 집착하고 있으며, 이에 집착하기 위해서 이미 만들어진 것처럼 행세하고 있는 기존적인 인간 모럴에 도전한다.

우리는 장용학의 「요한 시집」을 중심으로 한 그와 같은 인간관이 자유의 선언극인 사르트르의 「파리 떼Les Mouches」에 나오는 다음과 같은 대화와 동일한 주제 위에 놓여 있음을 확인할 수 있을 것이다. "우리는 너(인간)를 창조했다. 우리는 만물을 창조했다. 천체의 운행, 우주의 질서, 생물의 번식과 성장, 그 모든 것은 우리들이 정한 그대로이다. 이 세계는 네 마음대로 살 수 있는 곳이 아니다. 이 세계상에 있어서의 너의 존재는 육체의 가시, 숲의 밀렵자다. 너는 우주 속의 한 마리 벌레에 지나지 않는다." — "주피터여, 그대는 제신諸神의 왕이다. 그러나 그대는 인간의 왕은 아니다." "그렇다면 누가 너를 만들었느냐?" "그것은 물론 그대가 만들었다. 하지만 그대는 나를 자유로운 인간으로 만들지 않았던가. 그것이 잘못이었다." "우리는 그대들(인간)로 하여금 우리(신)에게 봉사하도록 하기 위해서 너에게 자유를 준 것이다." "그럴는지도 모른다. 그러나 그 자유가 그대에게 반항하는 것이다······ 갑자기 자유가 나에게 엄습하여 나를 전율시켰다. 나는 벌써 나의 길을 갈 수밖엔 없다. 왜냐하면 나는 인간이기 때문이다······ 그대와 나 사이에 대체 무엇이 있단 말인가? 그대와 나는 마치 두 척의 배처럼, 서로 맞부딪치는 일 없이 항해해 갈 배이다. 그대는 신이다. 그리고 나(인간)는 자유다."

여기에서 자유와 인간은 시너님synonym이다. 항거와 인간은 시너님이다. 창조와 인간은 시너님이 된다. 이 인간의 주권 회복,

이 인간의 자유에의 시험—이것이 현대 인간의 과제이며 또한 인간존재 이유의 발견이다.

독립선언서가 곧 어느 한 나라의 완성이 아닌 것처럼, 자유에의 선언이 곧 인간의 궁극이 아니다. 선언 뒤에 오는 자유의 행사, 자유를 지고 나아가는 인간 독자의 길, 그것은 아직 미지수다. 그러므로 '자유인'은 앞에서 말한 것처럼 하나의 '요한'이며, 하나의 '다이너마이트'며, 하나의 '랜드마크'일 따름이다.

그러나 이러한 인간상은 뚜렷한 근육을 가지고 있지 못한 것이 탈이다. 이미 있는 인간도 아니며, 새롭게 창조된(완성된) 인간도 아니다. 과도기적인 그 요한의 인간상은 불완전한 허공 속에 매달려 파리하다. 이러한 인간은 정치적으로도 그렇고, 사회적으로도 그렇고, 또한 추상적인 형이상학의 세계에 있어서도 역시 애매한 위치에 있다.

마치 누혜가 자살한 자리가 포로수용소 안도 아니며, 그 바깥도 아닌 바로 경계선—즉 철조망의 가시 울타리였던 것처럼……. 그리하여 이러한 인물이 실사회 속에서 존재하게 될 때는 일견 무기력한 도피자이거나 몽유병자 같은 방랑객으로 보여진다. '아니다'라는 거부의 소리는 명확하고 우렁차고 분명하지만, '그렇다'는 긍정의 발음은 거의 신음에 가까울 정도로 힘이 없다.

최인훈의 『광장』이 그런 것이다. 최인훈이 제시한 '이명준'도 역시 그 아무의 고향도 아닌 남지나해에 몸을 던진 자살자다. 자살을 선택한 이명준이 우리에게 보여준 그 행위는 이유가 어쨌든 '패배의 교시教示'에 지나지 않는다. 그는 남한을 향해서도 또 북한을 향해서도 다 같이 '아니다'라고 거부한 인간이다. 그러한 거부 속에서만 이명준은 인간일 수가 있었다. 그가 찾아간 것은 중립국이다. 끝내는 이 중립국마저 포기한 인간 이명준은 포기에서 시작하여 포기로 끝난 부정의 생활자다. 물론 그러한 포기는 이명준의 우유부단하고 유약한 은둔 기질에서 생겨난 것이 아니라 도리어 강력하게, 우렁차게 그리고 열심히 그 생을 살고자 한 데서 비롯된 것이다. 그러므로 그의 패배는 승리보다도 더 위대한 것처럼 보인다. 그리고 더 희망이 있는 것처럼 보이기도 한다.

'자기 창조'에의 부단한 노력이 없었다면 이명준은 남지나해에 몸을 던지지 않았어도 좋았을 것이다. 적극적으로 생에 참가하려는 그 의지와 개성과 정열이 없었던들 이명준은 결코 패배하지 않았을 것이다. 그는 그에게 주어진 자유(기회)를 시험하는 데에 주저하지 않을 만큼 강하였으며, 주어진 것을 적극적으로 소유하려고 드는 데에 권태를 느낄 만큼 취약하지도 않았다. 모든 인생을 소유하려고 한 데서 이명준은 모든 인생을 포기하지 않으면 아니 되었던 것이며, 두 개의 역사에 다 같이 뛰어들려고 모험한 데서 그는 패배하지 않으면 안 되었던 것이다.

현대에 있어서 영웅의 탄생은 이미 패배의 운명과 짝지어지지 않을 수 없다. 안전제일의 몰개성적인 샌님들만이 오직 이 사회에서 성공할 수 있다. 반성도 분노도 회한도 그리고 의지도 감정도 호기심도 없는 허수아비 인간들만이 현실에 순응하여 안락의 자에 앉게 된다. 그러므로 인간이고자 하는 자는, 부단히 인간 그것을 높은 곳으로 이끌어 가려고 노력하는 자는 패배하게 마련이다. 그렇기 때문에 장용학이나 최인훈이 패배의 인간상을 제시하는 이유는 "현대의 휴머니스트는 패배하지 않을 수 없다"는 그 패배의 종교에 깊이 뿌리박고 있는 것이다.

타오르는 '영혼의 난로'를 가지고 살려는 인간은 이 사회에 있어서 파산하지 않을 수 없고, 따라서 이러한 난파에서만이 인간의 의미와 가치가 잔존해 있다고 믿고 있기 때문이다. 그리하여 승리자를 그린다는 것은 마치 타협자나 비굴자를 그린다는 것과 같고, 가장 비극적인 패배자를 그린다는 것은 마치 굉장한 투사요, 꿋꿋한 혁명가를 그리는 것과 같다는 가설이 생겨난다.

그리하여 손창섭과 같은 일련의 작가가 약자의 패배 속에서 인간을 발견하려고 한 것이라면, 장, 최, 일련의 작가는 거꾸로 강자(차렌저)의 패배 속에 인간의 의미를 부여하려고 든다. 그러니까 소극적이고 적극적인 차이는 있으나, 패자가 이들 소설의 주인공을 도맡고 있다는 면에선 아무런 차이가 없다.

악인들의 휴머니티

한편 인정을 유일한 인간의 가치로 삼고 있는 작가들이 많다. 이러한 작품은 천편일률적으로 악의 회개자를 그려 그 동정의 눈물 속에 인간의 희망과 기대를 엮어놓는 작업이다. 그러니까 눈물 잘 흘리는 몰리에르의 슈인디언이 휴머니스트의 대표자 격으로 군림하는 문학이다.

한국의 휴머니즘은 거의 모두가 이 계열에 속한다고 해도 과언이 아니다. 전후 10여 년의 한국 소설에서 그 주인공(악인)들이 흘린 눈물을 한 곳에 모아놓을 수만 있다면, 아마 동정호洞庭湖 부럽지 않은 호수 하나가 생길 것이다. 그리고 이 눈물의 호수를 그들은 '휴머니즘의 샘'이라고 명명할 것이다. 좀 똑똑한 놈이 나와서 제법 이러고저러고 하다가 끝판에 가선 모두 어리석은 패자가 되어 무릎을 꿇고 애소하는 현대판 「탕아 돌아오다」의 명단을 이곳에 소개하자면 끝이 안 날 판이다.

이 값싼 인정극은 물론 점잖은 말로 귀향자의 사상이라고 부를 수 없는 것도 아니다. 악에서 선으로 전신轉身하는 그 이야기는 고향 상실자라 불리고 있는 그늘의 인간들에게 전적으로 실감이 없지 않은 것도 아니다. 그러나 이러한 휴머니즘은 위선자나 혹은 겁쟁이 등, 소심자들이 곧잘 애호하는 드라마의 드라마를 보여주는 경우도 많다.

이러한 사상이 발전하면 소위 그 '악인의 동정'이라든가 '악에

의한 선의 강조'라는 대조법을 활용한 인정극이 나오게 된다. 그런데 악인에게 휴머니즘의 천국 열쇠를 맡기려 드는 거룩한 그 휴머니터리어니즘의 취미는 비단 우리 작가에게만 있는 것이 아니다. 이미 위고가, 톨스토이가 그리고 여타의 그 많은 교회 출신 작가들이 그를 시도해보았다. 위고는 장발장에게 성자의 가운을 입혀 보였고, 톨스토이는 강간범 네흘류도프에게 아름다운 인간의 깃발을 들려주었다.

그들이 악인이었기 때문에 진정한 선인이 되었다거나, 인간은 참된, 언제나 사탄의 문하생에서 출현한다는 이론이 그동안 얼마나 많은 악인과 비인에게 위안의 처방을 내려주었던 것인가? 베넷의 의견에 의하면 악을 매개로 한 이러한 인정극은 현대의 미국에서도 굉장한 흥행 성적을 올리고 있는 모양이다. 그의 증언이 없다 해도 윌리엄 와일러의 영화를 보면 그것을 곧 실증할 수 있을 것이다. 주인공으로 하여금 갖은 죄악을 범하게 해놓고 마지막에 가선 그를 희대의 천사(휴머니스트)를 만들어버리는 곡예는 실로 관중을 울리기에 적합한 것이었다.

그러나 바울만이 독실한 신의 사자使者가 될 수 있다는 고정관념은 많은 부작용을 초래하고 있다. 이제 와서 누구나가 다 베드로는 잊어버리고 악에서 전신한 바울만이 착실한 신자의 표본인 것처럼 생각하고 있다. '나도 인간이 되련다' 식의 통속적인 인간 긍정의 문학은 도리어 악을 과장시키고 또한 악을 동정하는 문학으로 타락하고 만다.

그래서 현대 휴머니스트로 그려진 작품의 인물 태반은 전력前
歷이 모두 악의 전과자들이다. 이러한 악과 비인간성의 과장 때문
에 극히 당연한 행동, 범속한 인정까지도 독자들의 숭배를 받기
에 이르렀다. 유주현의 『언덕을 향하여』가 그 증거물이다. 이 작
품의 골자는 홍수가 나고 집이 떠내려갈 때 돼지새끼를 건져오지
않고 갓난아기를 안고 나온 상이군인의 행동을 미화한 것이다.
그것 때문에 그 상이군인이 휴머니스트의 월계관을 차지하게 될
것은 물론이다.

'돼지'가 아니라 '갓난아기'를 구했다는 것은 너무나 당연한 일
이다. 그런데 왜 그것이 '당연하지 못한 일'이나 한 것처럼 미화
되어 나타났는가? 그리고 '돼지'가 아니라 '갓난아기'를 구했다
는 그 평범한 인간의 행위를 가지고 '인간의 긍지'로 삼으려고 했
는가?

이것은 속된 말로 '병 주고 약 주는' 식의 휴머니즘이다. 악이
나 비인간성을 과장해놓으면 극히 작은 선행일지라도 위대하게
보이는 법이다. 그래서 아무렇지도 않은 인간 행위에 마땅히 그
런 것에 인간의 가치를 부여하기 위해선 상대적으로 상상할 수
없을 만큼 인간을 악하게 만들어놓아야 한다.

위고는 그의 『세기의 전설La Légende des siècles』에서 천하의 악당
술탄 무라드를 숭고한 인간으로 그려놓았다. 8인의 형제를 차례

로 목 졸라 죽이고, 백부를 두 장의 판자 사이에 끼워 톱으로 썰어 죽인 살인귀 무라드, 도둑맞은 사과를 찾기 위해서 12인의 아이를 모두 찢어 죽인 그 세계를 자른 무라드—그러나 그는 어느 날 고깃간 앞을 지나다 염천炎天에 상처를 드러내고 파리 떼에 괴로움을 당하는 불쌍한 돼지를 동정했다. 그래서 무라드는 파리 떼를 쫓아주고 그 돼지를 그늘 속에 넣어주었다. 이 돼지에 대한 동정 때문에 무라드는 신의 용서를 받았고, 그리하여 수많은 살인을 하고서도 구제될 수 있었다.

이 위고의 도덕훈, 즉 "살려준 한 마리의 돼지는 참살된 수많은 인간보다 가치가 있다Un pourceau secouru vaut un mort égorge"는 이 불합리한 인정극이 한국에 와선 사이비 휴머니즘의 씨가 되었다는 점을 우리는 부정할 수가 없다.

보통 사람이 돼지의 파리를 쫓아주었다면 아무도 감격하지 않는다. 악당 무라드가 베푼 동정이었기 때문에 그 작은 동정심이 굉장한 미거美擧나 되는 것처럼 느껴진다. 여기에서 십중팔구 독자는 속는다. 아무렇지도 않은 인정에 눈물을 흘리고 또 인간은 그것을 신뢰하게 된다. 이것은 바로 말해서 사술詐術의 휴머니즘인 것이다.

오상원의 「모반」만 해도 그렇다. 이 「모반」을 읽고 독자는 눈물까지 흘렸을 것이다. 그리고 숭고한 그 인간 정신에 감동했을 것이다. 그러나 객관적으로 볼 때 그 주인공의 행동은 평범한 것이다. 그를 비인간적인 약자로 규정해놓았기 때문에 테러리스트와 결별하는 그 장면이 위대하게 보였을 것이다.

그 「모반」의 주인공처럼 어머니의 임종을 생각하고, 테러를 증오하고 학살에 눈을 찌푸리는 사람은 합승 차에도 길거리에도 시장 바닥에도 얼마든지 있다. 아니 그것은 누구나가 갖는 상정常情이다. 다만 테러리스트가 테러를 거부하였다는 점에서 그 행위는 특수성을 갖게 된다. 이 엿값보다도 싼 휴머니티를 아주 귀중한 것처럼 독자에게 팔고 다닌 그 사실에 대해서 우리는 다시 한 번 놀라지 않을 수 없다.

이러한 인간관은 마치 보통 사람을 걸리버의 소인국에 갖다 놓고 '거인'으로 만드는 것과 별반 다를 것이 없다. 남을 돕고자 나를 희생시키는 펠리커니즘pelicanism, 말하자면 슈바이처Albert Schweitzer와 같은 범속 이상의 행위 속에서 휴머니티를 발견하려 하지 않고, 그들은 악인의 눈물 속에서만, 극히 당연한 평속平俗한 행위에서만 휴머니티를 보려고 한 것이다.

그래서 이범선은 「오발탄」에서 권총 강도인 송영호가 피해자를 쏘아 죽이지 않게 함으로써, 그리고 철창 속에서도 그의 조카에게 백화점 구경을 시켜주라고 부탁하게 함으로써 그를 위대한 인간으로 보이게 하였고, 서기원은 자기가 떠밀어 죽이려던 동서를 병원에 입원시키고, 회사에서 훔쳐낸 돈으로 입원비를 물게 함으로써 그를 인정 많은 인간인 것처럼 그려놓았다. 또 오영수는 「후조」에서 구두닦이 아이에게 도둑질을 시킴으로써 도리어 그 소년을 신성한 인정의 표본으로 만들어놓았다.

무절제하여 과장벽에 걸려 있는 무라드파의 이 인정주의자들은—악인 개조 공장의 기사를 자처하는 휴머니스트들은 실상 인간에게 희망이 아니라 절망을, 가치가 아니라 무가치를, 질서가 아니라 도리어 혼란만을 주고 있는 것이다. 요컨대 그들은 자기도 모르게 '악의 인간[反人間]'에 의지하지 않고는 인간을 말할 수 없는 기이한 병에 걸린 인간주의자들이다.

새로운 히어로들

이상에서 훑어본 대로 한국 소설에 나타난 인간의 문제는 대개 세 갈래로 볼 수 있다. 약자의 패배 속에서 인간의 가치를 찾으려는 사람, 강자(도덕자)의 패배 속에서 인간의 의미를 보려는 사람, 그리고 악인 속에서 인간의 광명을 구하려는 사람.

다시 말하면 '패배의 인간'이나 '악의 군상'에서 인간의 거점을 모색하고 있는 것이 한국 작가의 휴머니즘이다. 이것은 모두 소극적인 방법이다. 따라서 새로운 인간의 가치와 새로운 인간상을 창조해내려는 구체적인 방법이 못 된다.

언제나 지기만 하는 휴머니즘, 언제나 현상만 유지하려는 휴머니즘, 이것은 병풍에 그린 떡은 될지언정 살아 있는 인간은 되지 못한다. 그리고 '인간은 살았는가?'의 물음에 답변이 될 수 있는 것도 아니다.

패배를 넘어서 역사의 죄악과, 현실의 조직과, 그리고 운명의 벽을 뚫고 다투어 승리하는—보다 강하고 보다 현실적이고 우렁찬, 살아 있는 인간을 제시해야만 될 것이다. 말하자면 머리 깎인 삼손이 다시 힘을 회복하는 데서만 진정한 휴머니즘이 탄생될 것이다.

그래서 비인과 싸워 이길 수 있는 인간을 만들어야 한다. 굶지 않고도, 자살하지 않고도, 타락하지 않고도, 대지에 발을 디디고 부단히 자기와 세계를 개혁해 나가는 새로운 인간과 사회의 혁명자를 그려야 될 것이다.

케스트너Erich Kästner의 『파비안Fabian』을 보면 물에 빠진 소년을 구하기 위하여 강 속으로 뛰어드는 한 인물의 이야기가 나온다. 그러나 아이로니컬하게도 구제해주기 위하여 물속으로 뛰어들어간 파비안은 수영을 할 줄 몰라 익사해버리고, 거꾸로 그 소년은 헤엄쳐 살아 나온다. 그렇다. 작가는 이 무계획한 파비안이 되어서는 안 된다. 우리는 구제받아야 할 인간이 구제해주려는 인간 그것보다도 더 강하고 더 슬기로운 역설의 시대에 살고 있기 때문이다.

'수영술을 배워라!' 역사와 이 현실을 헤엄칠 줄 모르는 패자에게 인간 구제의 열쇠를 맡겨서는 안 될 것이다. 정열만으로 애정만으로 그리고 또 눈물만으로 인간을 건질 수 있었던 시대는 지나갔다. 우리가 긍정하고, 우리가 믿고, 우리가 또 기대를 걸어야할 내일의 인간형은 결코 '패배의 인간' 속엔 있지 않을 것이다. 분노한 삼손은 다시 힘을 찾아 저 이교도들의 신전을 부수라. 저 돌기둥을 뽑아 비인들의 주연을 허물어라.

콜린 윌슨의 말대로 새로운 영웅을 찾아 길을 떠나는 것만이 오늘의 인간 문제를 해결할 수 있는 모험이다. 그래서 약자 구호나 패자 숭배의 소극적 인간주의로부터 참된 승리를 약속하는 튼튼한 강자를 모색하는 적극적 휴머니즘으로 눈을 돌려야 될 것이다. 그리하여 과연 인간은 우주를 기어 다니는 짐승 가운데 가장 '비참한 존재인가?' 그렇지 않으면 '인간이란 말 속엔 참으로 긍지에 가득 찬 음향이 내포되어 있는가?' 하는 것을 결정지어야 할 시각이다. 인간은 죽었는가? 아니 살아 있다면 인간은 어디에 있는가?

강신재/소설 속의 인간상

강신재 씨의 소설에는 미소가 있다. 노여움과 의로움, 굴욕과 질투 그리고 모든 감정 속에서 시시로 변화하는 생활인의 엷은 미소가 있다. 오만하고 귀족적인 냉소가 아니라 사소하고 일상적인 생활 주변에 오히려 따뜻한 인간에의 애정을 느끼는 그 서민적인 웃음—향기 있는 웃음이 있다.

'인간이란 그저 그런 것이다'라는 엷은 체념을 잘 알고 있기 때문에 그러한 운명을 씨는 사랑할 수 있었던 것이다. 커다란 명제, 거창한 삶의 수수께끼와 벌거벗은 싸움을 한대도 이미 그것이 부질없는 일인 줄을 알기 때문에 씨는 오히려 낙관적인 눈으로 세상의 일들을 바라보고 있는 것이다. 그리하여 강씨의 소설 속에는 모든 것이, 모든 인간의 행동이 용서되어 있고 인간의 운명은 그 운명 그대로의 얼굴로 그려져 있다. 안개와 같은 형언하기 어려운 분위기, 그 인간의 분위기 그것이 그대로 한 편의 소설을 이루고 있다.

그래서 우리는 그분의 소설 속에서 체호프Anton Chekhov와 사로얀William Saroyan을 합쳐놓은 것 같은 인상을 받는다. 평범한 일상인의 생활감정, 그 담담한 생활에의 색채 그러한 것들이 경쾌하게 그리고 또 우울하게 마치 목관악기의 음향처럼 울려오고 있다. 「바바리코트」라는 한 소설을 보아도 우리는 씨가 무슨 인간의 의미라든가 생의 철학 같은 것을 그의 작품을 통하여 말하려 들지 않고 있다는 것을 알 수 있다.

무능하고 마음 약한 남편과 헤어져 미군 오피스에서 혼자 일하고 있는 '숙희'의 심정. 그러한 생활의 모순—만약 이러한 경우를 다른 작자가 소재로 하여 작품을 썼다면 그것의 결말을 그중의 누구 하나가 자살하여 죽든지 일대 웅변의 교훈이나 처절한 싸움 같은 것이 벌어졌을 것이다. 그러나 씨의 이 소설은 그렇지 않다. 곧 피비린내 나는 사건이라도 벌어질 듯이 무덥던 일들의 감정은 가을 날씨같이 개어버리고 만다.

동호(남편)는 바바리코트를 꺼내 입고 별 이렇다 할 불평도 없이 다시 시골로 내려가고 또 숙희는 숙희대로 어떤 것이 정말 자기의 것인지, 무엇이 자기에게 가치 있는 것인지 그저 명백하지 않은 그런 생활을 다시 계속하게 된다. 숙희는 생각한다. "무엇 때문에 그가 그렇게도 비참한 형상을 하고 찾아왔다가 또 저렇게 명랑해지며 돌아갈 수 있는 건지?" 그러나 작자는 바로 그것을 잘 알고 있는 것이다. 동호의, 아니 모든 인간의 그러한 구름 같은 심정을 그리고 또 그것이 다름 아닌 인간의 생활이라는 것을 씨는 이해하고 있는 것이다. 죽을 것같이 괴롭던 심정, 미칠 것같이 즐거운 행복—그러나 이 모든 것을 알고 보면 그것은 그저 아무것도 아닌 사건들이다. 사소한 일순의 전광電光에 불과한 것이다. 그러나 이렇게 부질없고 사소한 감정 속에 이끌려 살아가는 것이 또한 인간들이다. 영화 한 편이 마음에 들었다는 이유로 금세 세상이 끝날 것 같은 심정의 위기가 아주 평온하게 변해버릴 수도 있는 것이 인간의 마음인 것이다.

이런 비밀을 알았을 때, 그런 채로 살아가는 것이 인간 현실이라는 것을 깨달았을 때 도리어 이 허망하고 덧없는 생활에 피어나는 하나의 애정이 있다. 그리하여 우리에겐 좀 너그러워도 좋은 '미소'가 생겨난다. 이것이 씨가 본 현실 생활이며 동시에 그 생활에의 철학이 된다.

체호프의 어느 단편에 이와 아주 유사한 것이 있다. 아내가 간음하고 있는 장면을 목격한 남편이 그들을 죽이기 위하여 총포상을 찾아간다. 분노와 질투로 하여 그는 금세 심장이라도 터질 것 같다. 그러나 총포상에서 여러 가지 총을 고르다가 그만 그의 마음은 변해버리고 만다. 그래서 그가 총포상에서 나올 때는 '새 그물' 하나를 사 들고 휘파람을 불고 있었다.

그렇기 때문에 체호프의 이런 웃음 가운데는 눈물이 있다고 흔히들 말하고 있다. 그런데 사실 우리의 강신재 소설에는 언제나

'눈물' 속에 '웃음'이 깃들어 있다. 인생을 조망하는 그 침묵 같은 미소가……

그렇기 때문에 우리는 씨의 「얼굴」, 「관용」, 「포말」, 「안개」 같은 여러 작품의 주인공들을 미워할 수가 없다. 그중에는 비굴한 사람, 깍쟁이, 경박한 그리고 샘 많고 비뚤어진 사람들이 있지만 우리는 다 같이 그들을 사랑할 수 있게 된다. 측은하기 때문에, 그런 것이 인간이라는 것을 또 그것이 '나'의 일부라는 것을 알기 때문에, 인간에게 주어진 운명이라는 것을 깨닫게 되기 때문에 운명애와 같은 한 줄기 온정이 솟아나게 된다. 그러므로 씨의 소설은 현실 이상이거나 혹은 현실 이하의 이야기가 아니라 바로 현실 그것이다. 그런데도 그 속에는 향긋한 바람 같은 것이 일고 있다. 이것이 씨의 마술이다. 이 결점 많은 인간들을 향하여 미소를 지어 보이는 씨의 소설은 현실을 그대로 폭로하면서 거기에 안개와 같이 보드라운 색채를 가미하여주는 마술이 있는 것이다.

「야회」나 「해결책」 같은 작품에서도 볼 수 있듯이 사람들은 다 각기 다른 생활 방식과 서로 다른 성격을 지니고 있다. 그러나 씨는 그중의 어느 것이 꼭 옳은 것이라고는 말하지 않는다. 저희 방식대로 저희 생활을 살아가는 그들은 모두가 옳고 모두 정당한 것이다. '어차피 그런 것이니까' ─ 이 여러 모의(성격이나 그 행동에 있어서) 인생을 몇 발짝 물러선 거리에서 관찰하고 있는, 그리하여 그 무의미 가운데서 의미를 찾아내는 것이 씨의 소설이며 따라서 씨의 '미소의 철학'이다.

그 '미소'는 존재하는 모든 것을 용서할 수가 있다. 삶에의 격렬성이 있고 혹은, 때로는 평온성이 있고 분노와 애정과 시기와 복수심 같은 것이 있고…… 하여도 하나의 강물처럼 생명과 그 생활의 대하는 끊임없이 흘러가고 있다. 그렇기에 이 강물의 어느 한 모서리, 이것이 분명 강씨의 소설이었던 것이다.

문학의 사회참여

허공에 뜬 의자

나는 이러한 광경을 본 일이 있다.

보컬리스트 앤더슨 여사가 전란 중의 부산을 내방하여 무료 공연을 했을 때의 밤이다. 넓은 운동장엔 청중이 운집하여 일대 혼란이 생겼는데 성급한 그중의 한 사람이 장소를 넓혀볼 생각으로 의자를 집어 남의 머리 위로 던지고 말았던 것이다. 그래서 그 의자가 이 사람의 머리 위에서 저 사람의 머리 위로 허공 속을 떠돌아다니는 기행奇行이 벌어졌다. 사람들은 모두 그 의자를 피하기 위하여 동요한다. 의자가 자기 머리 위로 떨어지게 되면 그것을 받아 다시 남의 머리 위로 던지는 그러한 행동이 끝없이 되풀이되고 있었고 그렇게 해서 까맣게 모인 군중 위로 그것은 언제까지 그런 대로 떠돌아다니고 있었다.

내가 아직도 이 광경을 잊을 수 없는 까닭은 어쩌면 그것이 우리 민족에게 주어진 숙명의 상징처럼 여겨졌기 때문인 것이다.

몇천 년을 두고 내려온 무거운 민족적인 부채가 세대와 세대를 이어 전가되어가고 있는 그런 상징을 말한다. 땅에 떨어지지 않는 의자, 이 사람에게서 저 사람으로 떠받쳐져 끝없이 허공 속에 부동하던 그 의자—지난 세대의 머리 위에 떨어졌던 그 의자는 지금 우리(오늘의 세대)의 머리 위로 떨어져 오고 있다. 이것을 우리가 다시 다음 세대의 머리 위로 팽개쳐야 할 것인가는 의문이다. 아니 우리가 우리의 세대를 책임지기 위해서는 그리고 성실하게 자기 세대를 살아가기 위해서는 결코 우리에게 지워진 부채負債를, 몇천 년이나 계속하여 내려온 그 부채를 미결의 것으로 넘겨주어서는 안 될 것이다. 이것은 자기 세대에의—자기에게 주어진 현실에의 양심이다.

부채, 그것으로만 관계지어진 타성의 세대란 생각만 해도 삭막하고 두렵기만 하다. 거기에 있는 것은 오직 증오요, 반발이요, 질시요, 침묵의 어둠이기 때문이다. 사람들은 반문할 것이다. 도대체 그 의자란 무엇이냐? 의자를 남의 머리 위로 내던진다는 것은 무슨 뜻이냐? 사실 그것은 우리들의 문학적 태도와 그 입장을 밝히기 위한 하나의 비유에 불과한 것이다.

세대의 기권자들

의자의 이야기를 좀 더 계속하자. 그것의 비유를 좀 더 명확히 해둘 필요가 있다. 왜냐하면 그것은 작가와 현실참여의 관계를 밝히는 반증의 역할을 하고 있기 때문이다. 그러기 위해서 먼저 문제를 '문학'이라는 특수한 영역으로 좁혀볼까 한다.

즉 세대의 책임이라든가, 세대의 부채라든가 하는 막연한 말을 '세대에 대한 문학의 책임', '세대에의 문학적 부채'란 것으로 그 의미를 제한해보는 것이 좋다. 물론 문학인은 현실에 대하여 정치인이나 은행가나 군인이나 또는 교육가처럼 그렇게 똑같은 방법으로 행동하거나 참여하지는 않을 것이다. 작가는 작가로서의 입장과 그 방법을 가지고 현실에 참여한다. 전쟁을 하는 데 있어서도 각기 병과兵科에 따라 싸움하는 방법이나 맡은 바 책임이 다르듯 현실에 참여하는 데 있어서도 그 직업에 따라 그 방법이나 기능이 서로 다른 것임은 재언할 여지도 없다.

작가는 정훈政訓장교나 보도報道장교처럼 현실을 기록하는 방법을 가지고 사회적 현실과 관계를 맺고 있는 사람이다. 그것은 '실천적 행동'과는 달리 말하는 행동에 의하여 상황을 변전시키는 직능이며 그것으로써 새로운 현실을 불러일으키는 기와 같은 역할을 하고 있는 것이다.

그러므로 경제 정책가가 화폐의 안정을 지켜가고 있듯이 작가는 언어의 올바른 행사를 기도한다. 군인이 총을 무기로 하고 있는 것처럼 작가는 언어의 올바른 행사를 기도한다. 군인이 총을 무기로 하고 있는 것처럼 작가는 언어를 무기로 하여 인간을, 또 민족을, 자기의 세대를 지켜가고 있는 사람인 것이다. 그렇다면 현실의 큰 파국이 엄습하였을 때 집총執銃을 거부하는 군인이 있다면, 화폐를 난발하는 경제 정책가가 있다면 두말할 것 없이 그들은 그들의 직무를 포기한 사람인 것이다.

따라서 자연히 그들은 위기에 놓여진 그들의 세대를 포기한 기권자이며 그러한 행위는 그러한 파국을 그대로 다음 세대에게 부채로 물려주는 일이 될 것이다. 거기에는 자기 머리로 떨어진 의자를 다시 다른 사람들의 머리 위로 던지는 똑같은 행위가 벌어지고 말 것이다.

이와 같이 만약 어떤 시대의 작가들이 그들 앞에 엄습하였던 거대한 정신적 파국 앞에서 그러한 현실 앞에서 침묵하였다면, 그것에 대하여 말하기를 거부하고 언어를 다른 것에 낭비해버리고 말았다면 그것도 똑같이 세대(한 현실)에의 기권자가 되는 것이며, 침묵으로 넘겨준 그 현실의 어둠은 다음 세대에의 부채가 되는 것이 분명한 일이다. 총의 올바른 행사를 거부한 군인과 마찬가지로 언어의 정당한 구사를 포기한 작가들은 자기 세대에 걸머지워진 현실과 그 책임을 저버리는 것이 된다.

적의 공격을 받으면서도 심심풀이로 새를 잡기 위하여 총을 쏘고 있는 군인이나 위급한 환자를 옆에 두고 메스로 손톱을 깎고 있는 그러한 의사와 다름없이, 언어를 헛된 것에 낭비한 작가들은 가장 어리석고 가장 무서운 죄악을 범하고 있는 것이다. 이렇게 한 세대의 작가들이 그 현실을 받아들이고 은둔의 고아한 성만을 쌓기 위하여 글을 지을 때, 하나의 부채는 생기고 그 부채는 다음 세대의 작가들에게 물려지는 것이다.

그리하여 지금의 우리들에겐 임진왜란, 대원군 시대 그리고 지나간 일제 침략기의 그 쌓이고 쌓인 부채의 누적—쓰여지지 않았던 백지의 역사, 그것이 무거운 의자가 되어 떨어져 오고 있다. 예를 먼 데서 들지는 않겠다. 지난날(일제시대)의 우리 문학을 살펴보기만 해도 곧 우리는 우리들의 악몽을 이해하게 될 것이다.

그 세대의 작가들은 거의 모두가 자기 현실에 대하여 제3자적인 태도를 취하고 있었고, 그리하여 그들이 남긴 작품들은 모두가 '죽음의 늪'처럼 침묵의 빛깔만을 간직하고 있었다. 그것은 아무래도 진흙 속의 어려운 세대에서 살던 작가의 기록이라고는 믿어지지 않는다. 가장 평온했던, 그리하여 극도로 문약文弱에 흐른 시기에 씌어진 작품인 것만 같다. 그들은 그들의 상황을 바꾸지 않은 채 그대로 역사를 점프하려는 슬픈 곡예만을 생각하고 있었던 것이다.

그리하여 세대의 기권자들이 낙서해놓은 회색灰色문학—이 침묵의 타성이 바로 우리에게 넘겨준 부채가 되었다. 그러므로 우리들에겐 비극은 있어도 비극의 문학은 없으며 괴로운 기억은 있어도 그 기억을 눈뜨게 하는 기旗가 없는 것이다.

이렇게 지난 작가들은 '문학인으로서의 책임'을 이룩하지 못한 채 사私소설의 '안방' 속에 칩거하였거나 기껏 그 책임을 진다는 것이 정치적 선전문 내지는 군가의 영역을 벗어나지 못한, 즉 문학 그 자체를 살해한 현실참여의 '오해의 가두街頭'에서 방황했다.

굴욕 속에서, 정치적 학살 속에서, 옷을 벗는 소녀 앞에서, 언어의 박탈 속에서, 그 굶주림과 추위 속에서 은둔의 요람을 찾던 기권자들의 문학—그리하여 우리의 언어는 '죽음의 늪'에 괴어 빛을 잃었고 어둠의 골목 속에서 폐물처럼 녹이 슬었다.

그렇다면 오늘의 작가들은 그들의 세대에 대하여 하나의 기수旗手가 될 수 있을 것인가? 군중 위에서 펄럭이는 기의 의미를, 그 현실에 대한 기의 의미를 알고 있는 것일까? 기와 같은 자기의 발언(소설)이 하나의 신호가 되어 아침처럼 또다시 새로운 현실을 불러일으킬 것이라고 믿고 있는가? 오늘 인간들이 어떻게 죽어가고 있는가를, 어떻게 사랑을 잃어가고 있는가를, 그 공포를 과연 그들은 목격하고 있는 것일까?

그러나 아직 기수는 나타나지 않았다. 문학적 현실참여의 올바른 방향을 이해한 그리고 기의 의미를 알고 있는 작가란 아직 우리들 주변에는 없다. 그들은 아직도 탈출하고 싶은 것이다. 우화등선羽化登仙하는 꿈을 버리지 못하고 있는 것이다. 전통이라는 구실 밑에 하나의 기가 아니라 어느 묘지의 망주석望柱石이 되기를 희망하는 탈출자들이 있다.

몇몇의 작가가 폐허의 광야 위에 기를 세우려 하고 있지만 그
들의 팔은 아직 너무나 어리고 너무나 가늘다. 다만 그들은 알고
있는 것 같다. 자기의 머리로 떨어진 의자가 자기의 의자라는 것
을, 그것을 땅 위에 내려놓아야 한다는 것을―혹은 그것을 언제
까지라도 떠받치고 있어야 하는 고행을 저버려서는 안 된다는 것
을―그리고 남의 머리로 그것을 내던지는 것이 얼마나 비굴한 일
인가를―또한 그들은 알고 있는 것 같다.

　'아무리 추악한 현실이라고 하더라도 현실을 위한 것이라면 자
진해서 온갖 꿈을 장사 지내야 한다'는 것을, 그리고 그것을 글로
쓴다는 것을―그리하여 그 씌어진 상황은 새로운 현실의 상황과
호응한다는 것을―그리하여 이것이 작가의 참여이며, 세대에 대
한 작가의 책임이며, 자유이며 희망이라는 것을.

　그러나 그들은 다만 그렇게 그것을 알고 있는 것뿐이다. 그러
므로 오늘의 작가에 대한 우리들의 기대는 그렇게 절망적인 것
은 아니다. 따라서 다음 세대의 사람이 오늘의 세대를 기록한 작
품을 읽고 결코 그들이 비굴하지 않았다는 것을, 결코 언어를 낭
비한 사이비 작가가 아니었다는 것을 스스로 깨닫는 일이 있다면
오늘의 작가들은 진정 내일의 작가일 수도 있을 것이다.

전후 문학의 기수들

벽화와 경마

우리는 지금 하나의 벽화 앞에 있다. 그것을 너무 멀리 떨어져서 또는 너무 가까이 가서 바라보면 안 된다. 적당한 거리가 필요할 것이다. 말하자면 형상의 윤곽만 짐작할 수 있는 그런 원거리와 반대로 어느 부분의 디테일만 보이는 근접한 거리에 서지 않는 것이 좋다.

흔히 사물을 관찰하는 데 있어 그것을 거시巨視하려 할 때는 전체 속에 개체를 상실하기가 일쑤고, 또한 그것을 세밀히 분석하려 할 때는 전체적 윤곽과 그 위치를 저버리게 되는 것이 상례다. 그러나 실상 이러한 거리의 중용이란 매우 어려운 일이다. 자기도 모르는 사이에 우리는 너무 가까운 거리에 서게 되거나 아주 먼 위치를 차지하게 되는 수가 많다.

분명히 그렇다. 지금 우리는 우리 앞에 있는 벽화를 관찰하기에 매우 불리한 자리에 서 있는 것처럼 보인다. 그렇기 때문에 우리가 그 벽화에 그려진 현상들이 무엇인가를 잘 포착할 수 없는 것도 사실인 것이다.

좀 구체적으로 말하면 우리는 우리들의 시대를 무엇이라고 명명해야 좋을지 잘 모르고 있다는 것이다. 어찌 보면 몹시 혼란한 것 같고 또 어떠한 면에서 보면 너무나도 획일화되어 있는 것 같은 우리들의 현실에 대하여 우리는 그것을 명확히 조망할 수 있는 이상적인 거점을 가지고 있지 않다.

신은 자신이 카오스 속에 있으면서도 하나의 코스모스(우주)를 만들 수 있었지만 우리는 실상 카오스 속에서 관찰할 수 없을 뿐 아니라, 그러한 속에서 어떠한 질서도 끄집어낼 수 없다. 인간은 발판이 필요했던 것이다. 모든 것이 흔들려도 이 디디고 선 발판은 움직이지 말았어야 할 것이다. 그렇지 않고서는 움직이는 여러 가지 사물에 대하여 그리고 흔들리고 있는 운명의 목소리에 대하여 눈을 뜰 수도 귀를 기울일 수도 없다.

우리가 쾌속도로 달리고 있는 경마를 바라보고 또 시시로 변화하는 그것의 정황을 흥미 있게 바라볼 수 있는 것은 우리 자신이 움직이지 않는 어느 위치의 좌석에 앉아 있기 때문이다. 달리는 경마의 기수는 그 경주의 전체적인 정황을 알 수 없는 것이다.

그래서 사실 우리가 우리 시대를 바라보기 위해선 객관자의 자리를 확보하는 데 있을지도 모른다. 싸늘한 지성, 혹은 객관적인 정신을. 그렇지만 그것만으로는 안 된다. 왜냐하면 한 마리의 말을 선택하여 그것에 경마를 걸지 않는 자가 경주하는 말들의 정황에 관심을 가질 리 만무하기 때문이다. 뛰는 여러 말의 어느 하나를 선택했을 때만이 경마의 광경은 의의와 그 가치를 갖는다. 그러니까 우리는 관객의 자리를 갖고 동시에 나 자신이 달리는 한 마리의 말이 되어야 한다는 것이다. 그 경주 속에 내가 들어가야 된다는 말이다.

그렇다면 우리는 결국 이렇게 말할 수 있다. 우리가 우리 앞에 놓여 있는 벽화를 바라보기 위하여 가장 적당한 위치를 갖는다는 것은 내가 먼저 오늘의 시대를 객관화할 수 있는 '역사적 의식'에 자리 잡고 있는 것이요, 한편으로는 직접 오늘의 시대와 그 현실적인 입지 조건에 나 자신의 운명을 내던지는 참여이다. 내가 역사적 위치에 서려면 '현대'라는 한 주관적 시대 밖으로 나와야 할 것이며, 현실적 조건의 틈바구니 속에 내 운명을 던지려면 오늘의 상황 속에 나 자신을 참여시켜야 될 것이다.

즉 역사의식을 갖는다는 것은 우리가 경마장으로부터 일단 관객석에 앉는다는 것이고, 오늘의 현실(상황) 그것에 대하여 참여한다는 것은 달리는 어느 한 말을 선택하고 거기에 전全 운명과 전全 존재의 재산을 건다는 말이다. 그렇게 해서 우리는 오늘의 이 시대와 그 상황의 전경, 즉 침침하기 짝이 없는 한 벽화의 파편들을 비로소 정시正視할 수 있는 위치에 서게 되는 것이다.

식민지의 작가

　제2차 세계대전 후의 한국은 여러 가지 면에 있어서 그 모습이 변화되었다. 식민지의 백성이었던 지난날의 한국인에겐 '선택의 자유'라는 것이 극히 제한되어 있었고, 그들이 생활하고 있는 현실이나 사회에 대하여 전연 수동적일 수밖에 없었다. 말하자면 그들의 행동이란 '식물적'인 것이었다. 정치적인 운명이나 그 지상(현세적인 것)의 현실을 지배하고 또는 창조해가는 '행동성'이 그들에겐 없었다.

　하나의 환경과 그 시대적 조건에 대하여 어떠한 행동적 작용을 가할 수 없는 그들에게 있어 '삶'이란 일종의 지정석 같은 것이었다.

　그들은 그들의 운명을 스스로 지배할 수 있는 황제가 될 수 없다. '총독'은 지상의 신으로서 그들의 현실을 지배했던 셈이다.

　한마디로 말해서 지난날의 한국인에게 있어 하나의 현실, 하나의 사회적 운명은 자기 스스로가 선택한 것이 아니었고 따라서 자연히 그것에 대한 책임도 그들에겐 없다. 자기 생을 남의 것으로 살아왔던 사람이라고 할 수 있다. 구체적인 예를 들자면, 그때의 한국인들은 제2차 세계대전이 일어나자 미, 영을 적으로 하여 참전하지 않으면 안 되었다. 그리하여 한국의 젊은이들은 남양의 어느 정글에서 혹은 태평양의 어느 푸른 지역에서 일장기 밑에서 죽어가야 했다. 그러나 두말할 것 없이 미국을 적으로 선택한 것은 일본이었다. 사실 우리는 그 반대 것을 택하려 했을 것이다.

그렇다면 미병의 가슴을 향하여 방아쇠를 잡아당겼던 그러한 한국인의 현실이, 기실 한국인과는 아무런 관계가 없는 현실이었음이 분명하다. 그렇기 때문에 일본의 승리가 우리의 승리가 아닌 것처럼 그들의 패전이 우리의 패배가 될 수 없다. 그러면서도 우리의 승패와 아무런 관련이 없는 그 역사에 한국인이 가담했던 것은 사실이며 그 전쟁의 일획에서 피를, 생명을 바쳐야 했던 것도 부정할 수 없다.

이러한 식민지인의 운명 속에서 글을 썼던 우리들의 작가가 하나의 사회나 혹은 시대적 현실에 대하여 스스로 외면할 수밖에 없었던 것은 극히 당연하다. 사회적 책임을 느끼고, 정치에의 관심을 가졌던 작가는 그것을 민족문학이라는 항일적 양태로써 표현할 수밖에 없었다. 혹은 프로문학의 길을 택할 수밖에 없었던 것이다. 그러나 이 항일적 저항문학이라든가 프로문학이란 것이 일종의 의擬현실주의Pseudo Realism 문학 정신이라는 것은 속일 수 없다.

그래서 대부분의 작가는 사私소설 내지는 현세 망각의 은둔사상이나 그러한 페시미스틱pessimistic한 미학의 동굴 속에 칩거해 버리고 말았던 것이다. 그러므로 과거의 한국 작가들에게는 시대 정신이라든가 또는 사회의식이라는 것이 결여되어 있었고 문학의 행동성이 극도로 위축되어 있었다. 여기에 우리 소설이 산문 정신에 기축을 두고 발전해나가지 못했던 중대한 비극이 생겼던 것이다.

작가는, 산문가는 분명 하나의 파충류처럼 배를 땅에 깔고 포복하는 사람들이다. 그 정신은 지상의 정신이며 그 음성은 호적戶籍과 관계 있는 발언이다. 그러나 우리 과거의 작가들은 이러한 작가적 고행을 기피해왔고, 서툰, 참으로 서툰 비행으로 지상에서 이륙하려 했던 것이다.

우리는 김동리 씨의 작품 속에 흐르고 있는 것이 하나의 산문 정신이 아니라 시 정신의 의사성擬似性이었다는 점을 알고 있다. 이광수의 도덕적 편력도, 김동인의 유미적 열정도, 이효석의 육체(섹스)의 감상도, 이모의 고도로 승화된 형식미도, 김유정의 따라지의 웃음도, 이상의 자기적 시니시즘cynicism도 모두가 다 어찌할 수 없는 현실적 도피의 탈출에 불과했다.

허무의 안개 속에 싸인 그들의 눈은 사회적 현실을 분석하고 비판하기 전에 흐려져가고 있었다는 딱한 현상을 우리는 너무나도 잘 알고 있는 것이다. 그리고 그들 대부분의 소설이 도시가 아니라 농촌을 배경으로 한 것도 하나의 이유가 있다.

도시의 문명은 그들의 것이 아니었다. 도태된 꼬리와 같은 구세기 농촌의 생활양식 속에서만이 그들의 향수와 복고적인 친숙성이 있었기 때문이다. 한마디로 말해서 농촌은 그들의 유일한 '상아탑'이었던 셈이다.

대체로 그때의 작가들은 근대적 문명을 호흡하고 그와 직접 대결할 수 있는 기회도 의욕도 가질 수 없었기 때문에 작품의 모든 인물, 작품 속의 모든 상황이 한낱 들뜬 로마네스크에서 그치고 말았다. 좀 치밀해진 현대의 소금 장수 이야기였기 때문에 하나의 인물, 하나의 행동은 역사성이 없이 그저 시공이 단절된 우연성만을 소유하고 있었을 뿐이다.

그 당시의 한국 작가는 세계의 고아였다. 현대 문명의 외곽 지대에서 서식하는 토착민으로서 세계인과의 연대성을 가지고 있지 않았다. 뿌리 없는 버섯—어느 썩은 나무토막에서 돋아나는 기생적 사상이 그들의 문학적 영양이었다.

그랬던 것이다. 그들은 잘해야 닫혀진 문밖의 열쇠 구멍에서 벽화의 아주 작은 한 부분만을 바라볼 수밖에 없었고, 또 그나마 대부분의 작가는 벽화 자체에서 시선을 돌리려고 노력했다. 그러니까 그들은 한 마리의 말에 자기 운명을 건다든가 어느 한 자리의 관객석을 마련하거나 마련하지 못한 사람이었다.

그러나 이러한 모든 악조건에서 해방된 1945년 8월 그 이후의 우리 소설은 어떠하였던가. 우리는 그것을 김성한, 손창섭, 장용학 세 작가를 중심으로 하여 살펴보기로 하자. 그들은 해방 후의 한 세대를 대표하는 30대의 작가들이다. 또 그들의 작품은 애매하나마 무슨 목소리를 가진 작가로 알려져 있다.

식민지인으로서 받아야 했던 그 우울한 질곡에서 해방된 자유로운 작가의 눈과 행동은 과연 오늘의 세대에 대하여 기록을 남기고 있는가? 지난날의 한국과 오늘의 한국을 이어주는 교량으로서 우선 그들의 작가적 위치를 규정한다면 우리가 그들을 그렇게 규정할 수 있는 이유를, 또 그러한 어떤 가치를 밝혀내야 될 것이다.

그렇다. 우리는 이 세 작가가 시대라든가 현실이라든가 혹은 존재하는 인간이라든가 하는 벽화를 어떠한 거리에서 조망하고 있는지를 알아내야 한다. 첫째로 나는 지난날 작가들이 자기의 한 운명을 자기가 선택할 수 없었다는 것과, 둘째로 사회의 모든 것을 바라볼 수 있는 관객석을 가지지 못했다는 것을 밝혔다. 그러면 오늘의 이 세 작가가 이러한 면에 있어서 무슨 색다른 특성을 지니고 있는가? 문제는 그렇게 좁혀져야 할 것 같다.

최초의 반역

사실 이 세 작가는 지난날의 작가들처럼 그렇게 벽화를 지나치게 가까운 거리에서 조망하려고 들지는 않았다. 그들의 시야는 좀 더 넓고 또 따라서 식민지인의 그 묘하게 왜곡된 시법視法에서도 탈각되어 있다. 대체로 그들은 자유롭다.

장용학의 누혜(「요한 시집」), 김성한의 홍만식(「방황」), 손창섭의 동주(「생활적」), 그러한 인물들은 분명 벽화의 한 부분이 아니라 그것의 전모이다. 우리는 그런 주인공들의 성격이나 행동이 어떤 특이한 개성이 아니라 역사적 인간의 한 전형성으로서 제시되어 있음을 알 수 있다.

그러한 인물 속에는 히포칸트롭스 시대로부터 오늘에 이르기까지 전 인류의 역정이 잠재되어 있다고 할 수 있다. 누더기처럼 방 한구석에 누워 순이의 신음 소리만 세면서 하루해를 보내는 동주의 그 게으름과 무관심 그리고 무표정한 생활을 만들기 위해서 수천 년의 시간이 작용했다는 것을 우리는 상상할 수 있다.

자기를 하나의 궤짝이나 나무뿌리와 같은 무기물로 자처하는 만식의 궤변이나 자살은, 하나의 시도요 마지막 기대라는 말과 함께 철조망에 목을 맨 누혜의 자학적 의지의 비극성이나, 그것은 모두 오랜 세월의 파도로 하여 마멸되고 분쇄된 한 개의 모래알 같은 존재인 것이다. 말하자면 그들의 주인공은 한 역사의 시간 위에 자리해 있는 도표적 인간이라고 할 수 있다. 그들이 이러한 인물을 조형해낸 것은 현대 문명의 그리고 그것의 병근病根을 비판하려는 다름 아닌 자의식의 실험이다.

디드로Denis Diderot는 어디선가 말하고 있다. "인간이란 실험적인 존재다"라고. 그들은 알고 있는 것이다. 적어도 오늘의 인간들이, 합리적인 그리고 절대적인 신념이 어느 한 전당殿堂 속에 살고 있지 않다는 것을 그들은 알고 있다. 나무라고 생각했던 것을 청동의 지주라고 생각할 수도 있고 군주라고 이름했던 것을 하나의 흡혈귀라는 이름으로서 부를 수 있는 것이 또한 인간이라는 것을 알고 있는 것이다.

그래서 오늘의 인간이 동물 이상이거나 동물 이하의 것이라는 것을 느끼고 있다. 그런 채로 인간은 여기까지 이르렀고 오늘 이렇게들 모여 있다. 이 세 작가가 말하려 했던 것은 이러한 형이상학적 오늘의 인간 현실이었고, 한 사람의 행위 가운데 있는 오늘날의 인간 조건과 그것의 총체적인 의미였다. 그래서 그들은 그것을 폭로해갔다.

확실히 그렇다. 그들은 한 벽화의 현상을 관찰하기 위해서 그것으로부터 유리하는 방법을 창안해낸 것이다. 과거의 우리 작가에서 찾아볼 수 없었던 최초의 시도라고 해도 과언은 아니다. 우선 우리는 이것을 더 분명히 말하기 위하여 먼저 김성한의 만화적 수법에 대하여 말하지 않으면 안 되겠다.

우리는 가끔 높은 산봉에 올라 도시의 풍경을 부감俯瞰하는 수가 있다. 몇 분 전만 해도 자기는 지금 내려다보고 있는 도시의 한 시민이요 개미처럼 돌아다니고 있는 저 군중의 일점이었다. 하지만 지금은 다르다. 포도鋪道나 전차 속에서 있던 그런 생각이 아닌 것이다. 그러한 것으로부터 떨어져 있는 자기는, 최소한 객관적으로 지금은 그것을 생각하는 것이다. 완전히 한 개의 모형과 같은 그 도시의 운명이 어쩌면 자기의 손안에 들어온 것 같기만 한 생각이 든다.

김성한 씨가 소설에서 우화적인 수법을 쓰게 된 의도도 여기에 있는 것 같다. 모든 인간의 행위, 모든 지역을 한 묶음으로 하여 조망하고 있는 것은 씨가 인간으로부터 인간 밖의 것으로 나갔다는 것이다. 말하자면 인간 그 자체를 신의 위치에서, 또는 한 동물의 위치에서 서본다는 것이다. 씨의 「5분간」이란 소설을 보면 완전히 우리는 우리의 지상으로부터 고공高空의 구름 속에 있는 것 같은 착각을 갖게 된다.

지구가 우리의 눈 아래서 돌아가고 거기에는 종말의 시각—종말의 화염을 향해 뛰어드는 인간 하나하나의 모습이 내려다보인다. 뿐만 아니라 씨의 중생이나 「개구리」(제우스의 자살) 부류의 소설에서는 인간 생활을 하나의 동물계의 그것으로 바꾸어놓았다. 그런데 이것이 『이솝 우화』와 다른 것은 그들이 의인화되어 있는 것이 아니라 거꾸로 인간이 동물화되어 있다는 점이다.

인간이 한 번만 손을 들면 금세 아무렇지도 않게 목숨이 달아나는 벼룩이나 빈대와 같은 보잘것없는 중생의 운명, 그러나 죽는 그 순간까지도 자기의 체면, 권리 혹은 욕망과 질투와 분노에 사로잡혀 전전긍긍하는 것이 또한 그들의 운명이다. 인간도 그러한 중생의 하나에 불과하다는 것이다. 이러한 모든 우화 형식은 그대로 씨의 작가 정신의 한 면을 보여주고 있다.

"허어, 그것은 자기 중심의 망상이로다. 개구리 몇천 마리쯤 죽어 없어졌다고 하늘과 땅이 뒤집힐 줄 알았더냐."

황새의 학살을 입고 구제를 청하는 '촉록이'의 말에 대답하는 제우스 신의 이러한 말은 바로 작가 김성한 씨 자신의 말이기도 하다. 이 말은 그대로 인간에게 적용된다.

"몇십만의 사람이 죽어간다고 하여 하늘과 땅이 뒤집힐 줄 아느냐."

씨는 이렇게 씨 자신이 인간이면서 그 인간을 인간 아닌 다른 위치에서 바라보고 있다. 그렇게 해서 인간의 이야기는 우화적인 양태로 메타모르포제metamorphose된다.

이러한 경향은 장용학 씨의 「요한 시집」 서언에서도 찾아볼 수 있다. 인간을―과거의 인간 전체를 동굴 속에 갇혀 있던 한 마리의 토끼로 우유한 것이라든가, 그래서 자유나 영원성, 즉 인간의 지평에서 나아가려다 실패한 오늘의 한 인간형을 너무 광명한 바깥 햇볕에 눈이 멀게 된 마지막 그 토끼의 운명으로 상징화한 것은 앞서 말한 김씨의 그 정신과 상통된다.

또 우화의 상태에서뿐만 아니라, 씨의 다음과 같은 말에서도 그와 동일한 차원을 엿볼 수 있다.

우리가 무엇을 본다는 것은 시선이 그리로 가서 보는 것이 아니라 그 물체에서 반사된 광파光波가 안막에 비쳐 드는 것에 지나지 않을 것일진대, 마치 음속音速보다 빠른 비행기를 타면 아까 사라진 소리를 쫓아가서 다시 들을 수도 있는 것처럼 빛보다 더 빠른 비행기를 타고 날아오르면서 지상을 돌아다보면 우리는 거기에서 과거를 볼 수 있을 것이 아닌가? 비행기는 자꾸 날아오른다. 지상에서 순간瞬間이 거꾸로 흐르는 것이 보인다. 과거 쪽으로 흘러가는 사건의 흐름이 보인다. 거기서는 밥이 쌀이 된다. 입에서 나온 밥이 숟가락에서 그릇으로 내려앉고, 그릇에서 솥으로, 그 솥이 끓어올랐다가 아주 식어진 다음 뚜껑을 열어보면 물속에 가라앉은 쌀이다…….

이렇게 해서 몇 달이 지나면 그들은 땅속 한 알의 씨가 된다. 이렇게 보면 거기에도 하나의 생성生成이 있는 것이다. 하나의 세계가 이루어지는 것이고 역사가 생긴다.

—「요한 시집」

이 역설에서 우리가 발견할 수 있는 것은 우리가 흔히 그렇게 믿어왔던 세계(시간)와 역사를 거꾸로 뒤집어 생각할 수 있는 씨의 그 사상이 인간 상황 그것을 객관적으로 바라볼 수 있었기 때문이라는 것이다.

손창섭 씨의 다음과 같은 말도 역시 그렇다.

국민학교의 그 콘크리트 담장에는 사변事變통에 총탄이 남긴 구멍이 숭숭 뚫려 있었다. 나는 오늘도 걸음을 멈추고 그 구멍으로 운동장을 들여다보는 것이다. 마침 쉬는 시간인 모양이다. 어린아이들이 넓은 마당에 가득히 들끓고 있다. 나는 언제나처럼 어이없는 공상에 취해보는 것이다. 그 공상에 의하면 나는 지금 현미경을 들여다보고 있는 병리학자病理學者인 것이다. 난치의 피부병에 신음하고 있는 지구덩이의 위촉을 받고 병원체의 발견에 착수한 것이다. 그것이 인간이라는 박테리아에서 발생되는 질병이라는 것을 알았지만 아직도 그 세균이 어떠한 상태로 발생 번식해 나가고 있는지 모르고 있는 것이다.

—「미해결의 장」

　인간이 지구의 피부를 파먹는 한 세균이라고 공상하고 있는 씨도 김성한 씨나 장용학 씨와 다름없이 인간 그것을 초월적인 입장에서 바라보고 있는 것이다.

　'자기 본래의 생리적 또는 심리적 특성 및 모든 개개의 심적 체험 그것을 재차 대상적對象的으로 포착하는 것(셀라)'을 우리는 자의식이라고 한다. 이 세 작가의 이러한 태도는 다름 아닌 자의식에서 비롯된 사상이다.

　이렇게 그들이 인간 전체를 하나의 대상으로서 인식해간다거나 그러한 현대의 인간 상황(인간상)을 객관적으로 응시하고 있다는 것은 확실히 그들이 한 벽화 속으로부터 나와 그것의 전모를 바라볼 수 있는 관객자의 위치를 확보하고 있다는 예증이다.

　이것이 과거의 작가로부터 이 작가를 분리해낼 수 있는 하나의 근거가 되는 것이다. 그러면 그들은 이러한 자의식을 어떻게 처리하였던가. 여기에서 우리는 문제의 열쇠를 얻을 수 있다.

선택에의 실패

나는 먼저 김성한 씨와 손창섭 씨를 혼합해놓은 것이 장용학이라고 말해둔다. 이것은 장씨의 작품을 설명하려 하는 것이 아니라 실은 이 세 작가의 성격을 동시에 말하기 위해서 하는 소리다. 김성한 씨의 소설은 누구보다도 추상적이다.

Little flower but if I could understand what you are, root and all, and all in all, I should know what God and man is.

(한 떨기 작은 꽃이여─하지만 네가 무엇인가를, 너의 뿌리와 그 모든 형상이 또 그 밖의 모든 것이 무엇인가를 내 만약 알 수 있다면, 신이 인간이 또한 무엇인가를 알게 되리라.)

─Alfred Tennyson, 「Crannied wall」

신과 인간의 존재를 우리는 테니슨의 이 시구에서와 같이 한 떨기 작은 꽃에서 발견할 수가 있다. 따라서 우리는 꽃을 통하여 신의 모습을 볼 수 있듯이 신을 통하여 하나의 꽃과 그 꽃의 존재를 따라서 이해할 수 있다.

그러나 하나의 꽃이 이미 신으로 현신現身될 때 그 꽃은 벌써 추상적인 것이 되어버리고 만다. 꽃떨기라든가 향기라든가 꽃잎이라든가 하는 그 모든 형체는 휘발성 액체와도 같이 기화해버린다. 그래서 거기에는 아지랑이처럼 아른거리는 존재의 본질만이 남아 유동한다. 거기에는 장미라든가 백합이라든가 히아신스라든가 하는 꽃의 개별성뿐만 아니라, 인간과 꽃의, 동물과 꽃의 상호적 관계까지도 더불어 소멸된다. 존재는 그것의 육체와 그것의 얼굴을 상실하고 그저 추상적인 생명의 끈만을 타고 흔들거릴 뿐이다.

우화적인 소설은 두말할 것도 없고 「방황」이나 「귀환」의 주인공들을 보아도 그들은 모두가 아지랑이와 같은 추상적 인간이다. 그러한 인간들이 우리에게 전해주는 것은 작가의 관념일 뿐이다. 또한 그 주인공들은 추상명사의 전신탑에 불과하다. 씨는 그렇게 벽화의 원경遠景만 그리고 있었던 것이다.

현실감이란, 현실을 비판하거나 현실을 폭로하는 데서만 생겨나는 것이 아니다. 어디까지나 내가 그 현실 가운데 살아 있을 때만이, 그 속에서 재생되었을 때만이 소용돌이치는 '무엇'이다. 씨의 소설에는 자기가 없다. 「5분간」을 예로 하면, 구름 밑으로 신과 프로메테우스가 내려다보았던 그 지구의 풍경 속에 씨는 없었고, 개구리의 혹은 벼룩의 생활 속에도 또한 씨는 없었다. 씨는 바라보았다. 경마장의 극히 높은 위치에서 달리는 말들을, 그러나 그 말 가운데 운명을 건賭 선택된 한 마리의 말이 없었다.

씨 자신의 말에 의하면 인간 비극의 근원은 의식에 있다는 것이다. 신이라는 것도 군주라는 것도 의식의 세계에 돋은 버섯이고, 그리하여 의식과 더불어 운명을 같이하는 것이 인간이라 한다. 또한 이 의식에는 불행의 씨가 깃들어 있고 그것이 쉬지 않고 모든 것을 조작해간다.

그래서 인간은 자기가 만든 것을 부술 수 있고, 때릴 수 있고, 잡아먹어버릴 수도 있다는 것이다. 동시에 인간의 문명이란 이러한 의식의 석고로 찍어낸 환상이요, 인간 사회와 그 정치란 것도 기실 노예근성의 조작에서 이루어진 것이라고 씨는 생각한다.

그러나 불행을 조작하는 인간의 의식을 '의식'하는 바로 그 자의식만은 인간의 힘으로 어떻게 의식할 수가 없는 것이다. 즉 의식의 비극을 느끼고 있는 씨의 자의식은 씨의 종착점이 된다. 우리는 이러한 자의식을 어떤 종교적인 힘에 의해―기도라든가 참선이라든가 하는 것을 통하여―승화시키거나 혹은 행동을 통하여 그 자의식을 재현시키거나 한다. 이것이 바로 선택이다.

자의식 가운데 포착된 인간의 현실, 인간의 운명 가운데 무엇인가를 하나 자기가 선택한다는 것은 바로 그러한 자의식이 명령한 것이요, 그리하여 그 자의식으로부터 해방되는 것이다. 자기는 그때 다시 돌아온다. 자의식이 거울로부터 다시 자기 스스로의 얼굴로 돌아오는 것이다. 거기에서부터 행동의 선택이 있고 행동의 자유가 시작된다.

물론 김성한 씨는 「바비도」, 「극한」, 「방황」, 「귀환」 같은 데서 하나의 운명, 하나의 행동을 선택하고 있다. 그러나 그것이 우리에게 그렇게 느껴지지 않는 것은 씨가 지상에 발을 디디고 있지 않기 때문이다.

앞서 말한 대로 작가는 땅을 포복하는 파충류라야 한다. 씨는 아무래도 뒤에서 조소하는 자의식의 웃음소리로 하여 땅을 포복하는 파충류의 치졸한 거동에 용기를 갖지 못하고 있는 것이 아닐까?

한편 손창섭 씨는 그러한 자의식의 인물을 그대로 작품 속에 등장시킨다. 그러니까 자연히 작품 속에는 '자기'가 있고 그래서 보다 구체적이며 실감이 있다(김씨의 소설에는 자의식의 인간은 나오지 않고 다만 그것이 뒤에 숨어서 말하고 있다).

그래서 그것을, 자의식 없이 그대로 생의 충족 속에 침몰하여 맹목적으로 움직이는 인간상과 언제나 대조시켜주고 있다. 그런데 손씨는 완전히 자의식의 노예다. 자의식이 '유리 옥' 속에 감금되어 있는 수인이다. 미국 유학생을 인생의 최고 목표로 삼고 있는 아우들—'사필귀정事必歸正'이니 '나보다 약하고 불행한 사람을 위해 봉사하다가 죽자'니 하는 사이비 모럴리스트의 집회, 진성회眞誠會니 하는 주위 사람들(현실) 사이에서 늘 낮잠만 자는 「미해결의 장」의 '나'라는 인물이 그런 것이다.

자의식은 현실을 바라보거나 부정하거나 비웃는 이외의 것은 하지 못한다. 내가 그러한 자의식에서 재차 그러한 현실 속에 뛰어들지 못할 때 그들의 주인공은 한낱 금치산 선고를 받은 폐인 이외의 구실을 하지 못하는 것이다.

손창섭 씨도 무엇을 하나 선택하지 못하고 있는 것이다.

아니 역 코스를 향해 달리는 엉뚱한 병든 말밖에는 선택하지 못하고 있는 것 같다. 그렇기 때문에 '인간이 가질 수 있는 예식 가운데서 장례식을 제일 좋아한다'는 귀남이나 피살된 여인을 '약혼자라고 해서 유산을 받아오라'는 관식이에게서 인간에 대한 환멸을 느낀 채, 「설중행」의 고선생은 그저 눈 내리는 둑길만을 말없이 걸어갔을 뿐이요, 「생활적」의 동주는 아편 밀매상에게 아내를 빼앗기고 순이의 죽은 시체의 얼굴 위에 입술을 맞추기나 했을 뿐이다. 해결 없이 그냥 뛰어나오는 것이 씨의 모든 소설의 카타스트로프catastrophe였다.

최근 씨는 약간 도덕적인 양지로 전향해가고 있지만 그것이 철저한 선택의 길이 되기에는 너무 피상적이고 가식적이다. '진성회'의 멤버가 되면 자기는 정말 이제 그만이라는 「미해결의 장」의 주인공의 말처럼, 정말 씨가 안가安價한 모럴리스트가 되어버린다면 씨 자신이야말로 정말 그만인 것이다.

한편 장용학 씨도 그렇다. 앞서 말한 대로 김씨의 추상적인 면과 손씨의 구체적인 면의 한중간에 위치해 있다. 그것의 증거로 씨의 문장에는 메타포가 많다. 문장이 그렇게 메타포리컬meta-phorical하다는 것은 바로 추상적인 것과 실체적인 것의 혼성을 의미하는 것이며, 지성적인 것과 정적인 것의 공존을 의미하는 것이다.

그러나 씨의 이러한 언어에 의하여 사상을 그냥 설사해버리고 있다. 따라서 자의식으로부터 무엇인가를 하나 선택하기는 했지만 그것은 경주 불가능의 죽은 말이었다. 즉 누혜는 죽은 것이다. 켄터키의 고향 집을 생각하며 휘파람을 불고 있는 미 병사의 저편 지역과, 죽은 자의 눈알까지 도려내는 그 수인獸人 같은 코뮤니스트의 P·W가 있는 이편 쪽 지역의 그 경계선인 어찌할 수 없는 딜레마의 벽, 철조망에서 누혜는 목을 매어 죽었다.

생명만이 아니라 죽음 앞에선 사상도 끝난다. 자살적 사상—그것은 씨의 말대로 "내일도 역시 해가 뜰 것인가?" 하는 시간에의 종말감 그 이외로 확대될 수 없을 게다. 자살을 선택한 씨는 작가 정신의 고뇌만을 참회하고 있는 것이다.

제2의 기수들

이상에서 보았듯이 그들은 경마장의 한 관객석을 점유하는 데는 우선 성공했다. 하지만 하나의 말을 선택하는 데 있어서는 역시 과거의 작가들과 같이 실패하고 있다. 자의식을 처리하는 데 있어 모두 실패하고 있다는 말이다. 벽화에서 뛰어나올 수는 있었지만 현재 그들의 위치는 벽화로부터 너무나 멀리 떨어져 있다.

자의식의 시간적 누적이 역사의식이요, 그것의 공간적 누적이 세계의식이라 한다면 이 세 작가의 자의식이란 개인적인 자의식 그 자체에서 감금되어 있는 것이라 할 수 있다. 그래서 그것은 의식의 포식 상태에서 나오는 근거 없는 사상일 뿐만 아니라 어떠한 정견定見을 가지고 자기 운명을 선택할 만한 힘도 거기에는 없다.

우리가 화장품이나 옷감을 하나 선택하는 데 있어서도 거기에는 지난날의 전 생애가 집중되어 나타나게 되는 법이다. 선택한다는 것은 과거를 총결산하여 미래의 모습으로 전신하고 있는 현재의 한 움직임이라 할 수 있다. 우리는 선택 없이 현실의 얼굴을 바라볼 수도 없고 또 그것을 기획할 수도 없다.

따라서 선택은 자기의 모럴이다. 그리고 그것은 역사와 인간에 대한 모럴이다. 그것은 행동성이며 '어떻게 살 것인가?'의 방법이며 인간이 인간의 운명을 지배하는 신이 되는 길이다.

Everyone makes a choice, of one kind or another.

And then must take the consequences.

(모든 사람은 이것이든 저것이든 무엇인가 하나를 선택한다.

그리하여 그들은 그것에 대하여 책임을 져야만 된다.)

―T. S. Eliot

그러므로 무엇인가를 선택하지 못하고 있는 그들은 그들 자신에 대한, 말하자면 오늘의 운명에 대하여 책임을 질 수도 없을 것이다. 그리하여 한국 소설은 어느 조그만 골목에서 지금도 잠자고 있다.

제2의 기수—전후의 젊은 작가들이 지금 등장하려고 한다. 그들은 이들이 가지고 있지 않은 어느 행동성과 선택에의 의지를 발휘해야 할 것이다. 아무도 그것에 대하여 확언하거나 속단할 수는 없으나 김, 손, 장 세 작가의 다음 배턴을 잡고 한국 소설의 넓고 그리고 참으로 대하大河 같은 산문의 광장을 마련할 사람은 경마의 말에 자신의 운명을 걸 줄 아는 작가일 것이다. 여기에 우리의 전망이, 내일의 소설이 있는 셈이다. 이렇게 해서 벽화의 정체는 드러난다. 물론 보는 각도, 시야의 높이에 의하여 그것의 구도는 달리 나타날 수도 있다.

그러나 정녕 벽화의 의미는 미구에 구체화될 것이고 이들 작가의 작업과 아울러 다음 세대의 챔피언들에 의해 한국 소설은 막 개화를 볼 것이다. 그렇다고 앞서 말한 그 세 작가의 활동이 끝났다는 것은 아니다. 그들이 확보한 관객석은 현대 소설의 한 거점을 마련해준 것이었으니까.

II
오늘의 작가들

동면족의 문학

서序/화음 없는 교향곡

프록코트에 짚신을 신은 컨덕터conductor는 슬픈 광인이었다. 또한 그 앞에서 연주하는 악사들은 모두가 귀머거리였다. 그리하여 광인의 컨덕터와 농자聾者의 악사로만 구성된 교향악단은 어쩔 수 없는 천형天刑의 숙명을 지니고 있었다.

허공을 향하여 무질서한 지휘봉의 난무가 시작하면 거기에 이윽고 그 슬픈 화음 없는 교향곡이 울려나오는 것이다. 제각기 다른 악보를 앞에 놓고 악사들은 자기의 연주에만 골몰한다. 바이올린은 바이올린대로 비올라는 비올라대로……

까닭 없이 높은 그리고 경쾌한 음조로 트럼펫이 우는가 하면 감미로운 플루트와 쿠라의 소리가 눈물겨운 애조를 띠고 흐느끼기도 한다. 이따금 때 없이 터져오는 심벌즈의 소음, 불규칙한 리듬 그리고 둔탁하게 울리는 드럼의 우울한 저음―. 그들의 소리는 모두 조화되지 않은 각자의 음색을 가지고 터져나가고 있을 따름이다. 1956년의 또 하나 화음 없는 교향곡은 광인의 컨덕터와 농자의 악사들에 의하여 그렇게 시작되고 또한 그렇게 끝을 맺은 것이다.

관중은 무표정했다. 끊일 줄 모르는 그 무질서한 불협화음에 권태를 느끼며 그들은 묵묵히 돌아갔다. 모두가 퇴장하고 난 텅 빈 관객석에는 1957년에 또다시 울려야 할 교향곡을 위하여 적막한 침묵만이 버리고 간 휴지 쪽지와 함께 구르고 있을 뿐이다.

1956년의 문단—그것도 역시 우리 문학의 비극적인 부재를 예증하는 샘플만을 남긴 채 사라졌다. 4세기 전 우리나라 소설의 효시라 일컫던 『금오신화』가 명나라 구우瞿佑의 『전등신화』의 모방 밑에 형성되었을 그때, 이미 한국 소설의 비극적 숙명은 예고되었던 것이다.

문학적 식민지인으로서 우리나라의 작가들은 의식적이든 무의식적이든 중국, 일본, 서구의 문학을 그대로 도습해왔다. 솔직히 말해서 한국에는 '문학 없는 문학사'가 있을 뿐이었다. 이러한 현상 밑에 자연히 전통의 결여에서 오는 언어의 무질서한 주체성의 상실에서 야기되는 사상적 카오스가 우리 문학의 불모성을 초래하게 된 것이다. 정치 면으로는 이소사대以小事大의 사상이 횡행했듯이 문학 면에 있어서도 선진 국가에 맹목적으로 추종하려는 고질화한 관념이 신선한 언어들을 부패시키고 있다.

'비판'과 '독창'의 세관을 거치지 않은 채 그대로 투입되는 이 위해危害의 문학이 노골적으로 나타난 것이 1950년대를 전후한 현現 문단의 특징이다. 8·15 해방과 6·25 동란의 역사적 두 개의 변동은 서양 문명이 직접 우리의 생활과 접촉하게 된 기회가 되었으며 수습할 수 없이 침윤해 들어오는 외래 사조가 주마가편走馬加鞭 격으로 사이비성의 기형적 문화의 요화妖花를 개화하게 한 것이다.

관념만이 아니라 생활 그 자체의 근거까지 전복시키고 말았다. 전통의 기속羈束 없이 방종하는 온갖 사상에서 우리는 그 실체를 찾아볼 수도 없고 비판의 거점조차도 발견할 수 없이 되어버린 것이다. 자기 멋대로 해석하고 자기 뜻대로 이해한 사상 위에 허망한 성곽을 쌓는 작업, 그 도로徒勞를 위해서 바쳐지는 값진 미학들을 우리는 바라보았다.

우리 작가들은 고발해야 했을 것이다. 우리가 처해 있는 이 진공의 현실을 오늘의 정치와 오늘의 우리 운명을 고발했어야 했을 것이다. 공동 운명 밑에 산산이 찢기어가는 우리들 생명을 목격할 때 작가는 연대적인 책무를 느껴야 했을 것이고 우리의 고발장 내용에는 상호 융합된 유대와 서로의 생명적 화음이 있어야만 했을 것이다.

한 작가마다 각각 다른 개성이 있고 작품 세계의 특성이 존재해 있다 해도 모두가 동일한 운명, 동일한 책임을 느끼고 있었을 것 같으면 방법과 개성의 차이는 있을지언정 1956년의 작가들에겐 1956년을 말하는 은밀한 대화, 일정한 질서의 하천이 흘렀을 것이다.

그러나 결과에 있어서 그들은 모두 화음 없는 교향곡의 그 어수선한 불협화음을 주악함으로써 얼마나 한국 작가가 한국 현실에 둔감한가를 입증해주었다. 각기 다른 악기를 소유하고 있는 악사들에게 서로의 화음, 서로의 질서를 유지시키기 위해서 지휘봉을 들어야만 하는 저 '전통'이라는 컨덕터가 광인이라서였을까? 혹은 우리 작가들이 남의 음색을 가릴 줄 모르는 천성의 음치라는 이유에서였을까? 어쨌든 1956년의 혼란과 난립하는 작단作壇은 어느 한 사람의 죄는 아닌 성싶다. 그러나 정착 없이 흐르는 유성군流星群들에게도 그들의 위치는 존재한다. 물론 항성恒星의 위치처럼 뚜렷한 성좌는 아니다.

대개 지난해 1년 동안 발표된 작품들의 위치를 찾아보면 거기에는 약 네 개의 희미한 성좌를 발견할 수 있게 된다. 흔히들 말하는 경향이라기보다는 우연적이며 오합烏合적인 작업에서 이룩된 작품의 울타리에 불과한 것이지만······.

동면족

먼저 우리는 황순원, 오영수 양씨의 소설과 그 정신에 대해서 언급하지 않으면 안 된다. 이 양씨와 동 계열에 위치한 작가들은 모두가 냉혹한 현실과 붕괴하는 인간의 의미, 말하자면 세기의 계절인 이 겨울철을 피하기 위해서 동면의 술법을 배우고 있는 것이다. 냉혈동물은 음산하고 우울한 동절冬節을 토층 깊이에 칩거함으로써 망각하려고 한다.

그들의 행복한 동굴에는 눈도 서리도 또한 바람도 불어오지 않는다. 엷은 졸음과 훈훈한 지열 속에서 아름다운 환몽에만 젖는다. 빙결氷結한 지표 수십 척 지층의 내부에서 겪는 파충류의 겨울에는 오직 꿈만이 있는 것이다. 이 동면법은 냉혈동물의 행복한 숲속인 동시에 또한 안이하고 소극적인 비굴한 생활 방법이기도 하다.

이렇게 황순원 씨나 오영수 씨는 생동하는 현실의 지평 위에 그들의 서가棲家를 두지 않는다. 동절의 수난을 피하기 위해서 언제나 그 지평 수십 척의 땅속에 동면의 동굴을 팠다. 그리고 그 동굴 속에서만 그들의 체온을 유지할 수 있었고 아름다운 꿈의 이야기에 젖을 수 있었다. 그러므로 황씨의 「불가사리」, 「비바리」, 「산」과 오씨의 「태춘기」, 「염초네」, 「욱이 생일날」 등 작품 속에 나타난 배경과 인물과 그 이야기는 그들이 동면하고 있는 동굴 속의 현실일 뿐이다.

'동굴 속의 현실'에는 환상이 있고 지열이 있고 미가 있다. 거기에서는 죽음도 투쟁도 학대도 한낱 전설처럼 아름다운 환상의 구름에 의하여 포장되어 나타난다. 이 '표백된 현대'와 '채색된 현실'의 그러한 미화 작용은 바로 동양 사상의 중추가 되었던 정신이었다.

이러한 계보를 갖고 있는 동면족冬眠族들은 폭풍과 눈보라의 이야기를 하지 않는다. 황막한 지평 위에 빛나는 서릿발을 보려고 하지 않는다. 다만 현실을 뒤집어보고 또는 현실 위에 베일을 씌워 바라보는 놀랄 만한 환상의 힘에 의해서 현실의 상황을 재구성한다.

그러나 황순원 씨가 「산」, 「비바리」, 「불가사리」에서 우리에게 무엇을 이야기해주었던가. 「산」의 작품 배경은 표제 그대로 산돼지와 호랑이가 그 주인이 되는 원시의 밀림이고, 「불가사리」의 배경 또한 '여름철 뗏목을 타고 내려갔던 사람이 날라 오는 소금과 봄가을 소금 장수가 당나귀 등에 싣고 오는 소금에 의해 건건이를 얻는 원시의 촌락'이다. 거기에는 '꽃바람'이 불고 '잣나무 줄기가 흰 살결을 드러내놓고 있는 산굽이'에 '진달래와 소리채 꽃이 휘늘어져' 피어 있다. 이렇게 현대의 거칠은 시대적 물결이 범람하는 도시와 절연된 은둔의 공간 위에 씌는 인간 현실을 포석布石한 것이다. 거기에 나오는 인물도 모두가 인간끼리의 대화조차 생소하여 얼른 말이 튀어나오지 않는 원시적 인간이거나(「산」의 '바우') 철을 따라 소금을 팔고 여자를 낚으며 동물적 본성만으로 살아가는 우매한 시골 행상인(「불가사리」의 소금 장수)과 같은 등속으로 되어 있다.

이러한 배경 속에 이러한 인물을 설치한 것은 씨가 인간의 생활과 감정의 의식을 원시적인 거점에서 포착하고 유동하는 역사의 바람에서 단절된 그러한 상황 안에서만 그의 작품을 미화시킬 가능성의 여지를 발견했기 때문이다. 말하자면 현실의 소용돌이 속에서 하나의 여백 지대를 찾아내고 그 위에 환상의 영토를 확보한 것이다. 씨는 거기에서 현실의 파도와 추위를 방어하기 위한 전설과 우화의 성을 쌓은 것이며 사방으로 분산된 현대인의 분신을 주워 모아 다시 원시의 찬란한 구름 위에 되살리려 한 것이다.

그리하여 「불가사리」에서는 소금 장수의 흉책凶策(동혈洞穴 속의 현실)을 피하여 첫닭이 홰를 칠 야반에 도망치는 '곰'과 '곰산이'의 남녀를 그렸고, 「산」에서는 인민군 유격대에 사로잡혀 온 처녀를 업고 그들의 손(동혈의 현실)에서 탈출하는 바우의 결의를 빚어냈다. 그럼으로써 20세기에 '애정'의 전통과 '휴머니즘'의 또 하나 다른 우화를 설계해본 것이다.

그러나 동물과 종이 한 장 사이를 격한 지점에 그 배경과 인물을 설치하고 그러한 풍토, 그러한 인물 속에서도 동물 아닌 '인간의 맛', '인간의 향훈香薰'을 찾아볼 수 있는, 그리하여 그 아름다운 우화로써 오늘의 현실 위에 꽃불을 피워보려는 씨의 노력이 섭섭하게도 덧없는 스페인의 성곽처럼 느껴지는 이유는 무엇인가? 그만큼 오늘날의 현실은 단순치 않다. 그러한 우화로써는 현실을 미화시킬 수도 또 철저히 동면할 수 있는 동굴도 마련할 수 없는 것이다.

오영수 씨의 경우도 황순원 씨의 그것과 같다. 「태춘기」의 마을은 「불가사리」의 배경과 다른 것이 없고 식모인 선은 곱산이와 동일한 인물이다. 그리고 「염초네」는 황순원의 「비바리」와 이웃사촌이다. 다만 황씨가 '20세기의 전설'을 창조하여 현실의 파랑을 넘어서려 하였다면 오씨는 '20세기의 신비한 풍경화'를 제작하여 추악한 현실을 장식하려 했을 뿐이다.

그들이 일단 현실의 첨단에서 퇴각하여 동면의 아늑한 동혈을 마련하려는 그 방법과 정신은 거의 같은 성질의 것이다. 그런데 문제는 그들의 동면에서 전개되는 우화와 전설이 현실에 지친 우리들의 정신 가운데 어떤 휴식을 주고 있다는 데 있다.

그들의 작품에는 진통제와 같은 마력이 숨어 있다. 그러나 진통제는 통증을 무감하게 만들 뿐 병세를 회복시켜주는 효험은 없다. 그것은 영양제도 치료제도 될 수 없다. 결국 그들의 소설이 우리에게 주는 감동의 내용은 앞서 말한 단순한 휴식(일종의 마비)에 있는 것이다. 결코 우리가 모색하고 있는 현실의 해결과는 아무런 관련성이 없다. 말하자면 현실의 측면에서 일어나고 있는 동면에서 평온한 유혹이 독자들의 피로한 흉금으로 젖어 들어오기 때문이다.

그것은 시대착오의 퇴행 운동 저편 쪽 피안에서 날개를 펴 드는 향수다. 그렇다고 우리는 이와 같은 작가들에게 청계천 변의 판잣집 이야기나 시장과 매음굴과 또는 정치 이야기를 하라고 강요할 필요는 없다. 그들에게 동면을 금제하는 것은 동면을 권유하는 이상의 죄악이 되기 때문이다. 때때로 그러한 동면은 있어도 좋다.

현실을 있는 그대로 검토하는 것도 필요한 일이지만 환상의 힘에 의해서 걸러낸 현실의 내용을 색다른 차원에서 미화시켜보는 것도 중요한 일이기 때문이다. 품질을 변화시키는 데 물리적 변화와 화학적 변화의 양면이 존재하듯 환상의 약물로써 아주 현실에 화학적 변화를 일으켜 별다른 차원으로 변화시키는 방법도 있을 수 있는 일이다.

하이제[5]의 「라라비아타L'arrabbiata」와 솔로구프[6]의 「숨바꼭질」, 「하얀 어머니」의 단편이 생각난다. 황, 오 양씨들의 작품 세계에서와 같이 그들도 몽매한 토속민, 무구한 동심을 소재로 하여 현실의 한랭한 기후에 대결한다. 그리고 그들의 강인한 의지로써 죽음의 공포에 생명 이상의 미를 부여하고 원시적 인간이나

---

5) Paul Heyse(1830~1914) : 독일 작가, 극작가. 평생 소설 약 120편, 희곡 70편을 발표하여 실러상, 1910년 독일인 최초로 노벨문학상을 받았다.

6) Fyodor Sologub(1863~1927) : 소련 시인, 작가. 몰락 귀족 출신으로 악마주의 모더니즘의 개조開祖로 불리며 소설 『작은 악마』, 희곡 「밤의 무도」 등이 있다.

II 오늘의 작가들　191

어린이의 가슴 위에 현실 이상의 절실한 현실감을 노출시켰다. 인간의 증오, 욕정, 타락, 갈등, 그와 같은 추와 악의 감정들이 변환되어 아름다운 하모니를 이루고 아름답게 흘러가는 새로운 우화를 창조했던 것이다.

만약에 황, 오 양씨를 비롯한 일련의 작가들이 솔로구프가 가지는 줄기찬 환상, 그리고 하이제의 집요한 향토에의 감각, 그러한 그들의 견인성과 동일한 형태로 동면하는 그 동혈을 넓혀간다면 그들의 환상은 결코 꿈에서 꿈으로 끝나지 않을 것이다.

수인의 미학

이상의 동면하는 작가와 아주 판이하고 대차적인 위치에서 활동하고 있는 작가로선 누구보다도 먼저 손창섭, 김성한 양씨를 지적해야 된다. 물론 손, 김 양씨의 작품 세계에서는 많은 차이점이 있으나 그들이 시대가 판결한 수인으로서의 운명을 지니고 착잡한 내부의 의식을 추구하는 경우에 한해서는 거의 일치한다.

전자의 작가(황순원, 오영수)들이 현대의 상황으로부터 퇴행하거나 또는 현실의 격랑에 미치지 않는 어느 공백 지대에서 인간의 본질을 단순한 원시성으로 포착하려 한 데에 비하여 후자의 경우에 속하는 작가는 현대의 상황을 보다 궁극적으로 전개시킨 과장과 분화와 말초적인 극점 위에서 현대인의 문제와 상황과 의식을 탐색하려 든다. 그리하여 전자가 현실을 망각함으로써 인간성의 체온을 유지하려고 하였다면 후자는 도리어 역설적으로 현실 그 자체를 몸소 의식화하고 그 내용을 다시 의식하는 '의식의 수렴 작용'에 의하여 철저한 수인으로서의 자아를 체험하려고 한다. 그럼으로써 자의식 과잉의 잉여정리剩餘定理를 기도하였던 것이다.

그러한 의미에서 손씨는 한 마리의 셰퍼드를 양육하고 있다. 이 셰퍼드를 앞세우고 그는 그늘 낀 인간존재의 암울한 유곡을 탐색하고 다닌다. 거기에는 매음굴이 있고 아편굴이 있고 이지러진 판자촌이 있다. 그리고 그 속에서 부동하는 인물들은 모두가 생활 무능력자, 생활에의 의지를 상실한 권태기의 인간 그리고 하늘옷을 잃어버린 선녀들이다.

환언하면 가는 곳마다 벽이 차단하는 파리한 수인들의 군상이 있는 것이다. 그 군상의 주변에는 흐느적거리는 농즙濃汁에 찬 현실의 후덥지근한 기류가 흐르고 있다. 그 속에서 일상적 자아와 본래적 자아의 상극하는 갈등 그리고 조소, 연민, 자학, 위무, 타락, 분노, 이와 같은 온갖 생활 감정이 이 수인들의 정밀靜謐한 체념, 어두운 의식 밑으로 혼류하고 있다.

「유실몽」의 '철수'와 '춘자', 「설중행」의 '고선생', 「광야」의 '승두', 「층계의 위치」의 '나', 「미소」의 '괴물' 등의 작중인물들은 모두가 하늘옷을 잃어버린 선녀처럼 생활 능력과 행동력을 거세당한 의식의 수인들이다. 또한 그들 주변에는 언제나 현실의 화신처럼 '일상적 자아'의 세계에서 행동하고 있는 비정적 인간 '상근'(「유실몽」), '관식, 귀남'(「설중행」), '하감'(「사제한」)들이 화석처럼 부조되어 대치된다.

전자의 수인들은 사실 후자의 '현실인'(일상인)과의 교섭에서 감금되어 있는 자아를 발견하게 되고 수인적 운명에서 탈출하려는 허망한 노력에서 허덕이고 있는 것이다.

손씨는 이렇게 현실의 소용돌이 속에 두 가지 타입의 인물을 설정하고, 즉 '호모사피엔스'와 '호모파베르'―구체적으로 말하면 현실을 부정하는 인물과 현실 속에 그대로 젖어 행동하는 인물―에 통로를 설정하고 거기에서 빚어지는 인간 내부의 현실적 비극을 소묘하고 있는 것이다.

「유실몽」에서도 철수의 매형 상근과 그 '누이'는 일종의 현실의 화신이며 철수와 춘자는 현실의 조류에 반역하는 아웃사이더의 인물이다. 상근은 명함에 찍힌 직함(명예)을 위하여 사는 사람이요, 누이는 남녀 관계를 단순히 자웅의 뜻으로만 해석하고 있는 창부이며 필요하면 아무 남자와 어울려 살 수 있는 인물이다. 그러나 철수는 나이 30이 넘도록 까닭 없이 동정을 버리지 못하고 이력서의 학력 하나를 속이지 못하는 내성적 인간이다. 또한 춘자도 다만 늙은 아버지 밑에서 교사 검정고시에 합격하는 것을 유일한 이상으로 여기고 있는 30이 다 된 올드미스의 제본소 여

직공이다. 춘자는 철수의 누이를 경멸하고 철수는 상근이를 불신한다.

그러나 철수와 춘자는 상근이 부부가 생활하는 일상적 현실의 의미를 그대로 무시할 수 없는 것이다. 그러면서도 그들은 그러한 자아를 부정하고 금제한다. 춘자는 철수에게서 육체의 욕망을 느꼈을지도 모를 일이고 철수는 상근이의 허영 충족을 은근히 갈망하고 있었을는지도 모를 일이다. 그들은 현실 속에 그대로 자기 몸을 내맡기고 싶은 일상적 자아에의 유혹을 느끼고 있기 때문이다.

그렇기에 철수는 한 벌의 신사복이 필요했고 "며칠 전에 나는 꿈을 꾸었습니다. 춘자 씨를 끌어안고 우는 꿈을 말입니다. 아주 우스운 꿈이지요"라는 철수의 말을 듣고 춘자는 한밤중 아무도 모르게 숨죽여 우는 울음소리를 내고 만 것이다. 그 땅속에서 스며 흐르는 물줄기처럼 가느다란 춘자의 울음소리는 바로 자의식의 옥벽獄壁 속에 감금된 수인의 울음소리며 "오냐, 가자. 가구말구. 어디라도 가자!" 하고 하숙집을 안내하는 소년의 뒤를 따르며 '춘자의 울음소리'의 착각 속에서 언제까지나 어둠 속을 헤쳐나가는 철수의 모습은 저 질곡에 사지를 묶여 번민하는 수인의 모습인 것이다. 수인들은 반역한다. 도처에서 용립해 있는 현실의 옥벽을 향해서 반역하는 것이다. 돈과 육체와 허위와 그러한 연극의 무대를 향해서 반역하는 것이다.

한 여자의 죽음을 돈으로 바꾸려는 파렴치한 관식, '인간이 가질 수 있는 예식 가운데서 장례식을 제일 좋아한다'는 귀남이…… 그들을 보고 "썩 가서 아주 송장하고 같이 타 죽구, 돌아오지 말라"고 고함을 치고 함박눈을 맞으며 그냥 한강 둑을 걸어만 가는 고선생(「설중행」), 그에게도 또한 피 없는 그 화석의 인간에게 반역하는 수인의 모습이 있다.

결국 손씨가 그린 수인들은 비합리의 세계에서 전전긍긍하는 현대적 인텔리의 인간상이며 그들이 희구하고 있는 것은 동체도 안면도 소멸한 가운데서 다만 한 여인이 웃는 유리처럼 투명한 미소—스산한 가을비 뿌리는 무한한 회색 바탕의 내면 세계의 빛이 되는 그 미소인 것이다(「미소」). 그 미소란 무엇인가? 실체화되어 수인의 가슴 위에 안기고 그리하여 수인을 묶은 의식의 사슬을 풀어주는 대체 그 미소란 무엇인가? 그것은 손씨의 영원한 형이상학이며 의식의 심연 속에 부동하는 인간 최종의 투쟁일 것이다. 여기에 수인의 탈주가 있고 인간의 구제가 있게 된다.

김성한 씨도 「극한」에서 '야마모도 다츠코[日女]'라는 수인을 그렸다. 그도 역시 비합리의 세계에서 꾸물대는 불우한 운명을 지녔다. 단지 김씨는 그 일녀日女를 외부적 현실의 특이한 환경으로서 로직을 가하여 수인화한 것뿐이다.

생명 있는 모든 것은 거점據點이 있다. 풀 한 포기라도 뿌리를 박은 땅이 있고 산돼지도 굴이 있다. 산돼지는 그래도 굴이 무너지면 다른 굴을 장만하겠지만 자기[日女]는 이 하코방이 유일 절대의 거점이다.

김씨가 한 일녀라는 인간을 극한으로 몰아넣었을 때 모든 생존의 의미는 박탈되고 '인간에 대한 불신, 세상에 대한 저주가 남아서 꿈틀거리기만 하는' 하나의 수인은 탄생되었다. 그리하여 수인의 우리(하코방)는 그녀를 철벽처럼 에워싸고 만다.

김씨가 창조한 이 수인도 역시 반역했다. 코크스와 같이 다 타버린 그 일녀의 생명과 그 존재에 한 점의 구름처럼 그리움을 일게 하고 또다시 생존의 의미를 각성시켜놓은 다음, 다시 그 생존의 의미를 박탈해간 가증한 '중절모의 사나이'(비정적 일상인)에 대한 반역이다. 재차 침윤해온 벽의 중압에 대한 반역이었다.

그러나 그의 반역은 손씨의 그것보다 더욱 적극적이고 행동적인 것이었다. 다츠코[日女]는 도끼를 들고 얽히고설킨 추醜의 덩어리, 그 중절모 사나이의 골통을, 아니 그의 앞에 가로놓이고 첩첩이 쌓인 옥벽을 향해 내려친 것이다. 이때 수인은 탈주한다. 음산한 벽 너머로 탈주한다. 탈주에의 환상일는지도 모른다.

일녀는 쥐약을 집어삼킨 것이다.

모든 것이 평정했다. 생生도 사死도 없었다. 무無로 돌아가는 초조한 향수가 있을 뿐이었다. 모든 사고에서 해방되어 거점이 무한으로 확대되는 기쁨을 느꼈다.

인간의 극한에서 전개되는 무한. 그것은 수인의 해방감이다.

이상, 손씨와 김씨가 시도하고 있는 문학은 수인으로서의 현대인에 말하자면 현실의 질곡에서 얽매여 있는 자의식의 인간에 하나의 미학을 제공하려는 것이다. 그것은 역설적인 미학이며 추를 추로써 착잡한 상황을 극한으로써 상쇄하려는 내부적 현실 추구의 문학이다.

요약해서 말하면 황순원 유파의 작가들이 동면법에 의해서 현실의 질환을 마비하려 했다면 이들 작가의 방법은 현대의 질환을 제반응(除反應, abreaction)에 의해서 해소시키려는 것이며 또한 독자에게 최면 통리hypnocatharsis를 주어 이 세대의 정신병을 치료해보려는 것이다. 즉 모든 의식에서 오는 불안과 고독과 허무를 그대로 재의식하여 이야기함으로써 심혼의 평정을 유지하려는 노력이다.

'제반응'이란 고백보다 더 의식의 심층에 있는 갈등의 재현으로 마음의 불안과 긴장을 제거하는(정신의학에서 말하는) 히스테리 치료법의 하나다. 쉽게 말하면 슬플 때 마음껏 통곡하면 그 슬픔이 가시는 것과 같은 현상이라고 할 수 있다. 우리의 의식 내부의 축적된 온갖 괴로움을 표현함으로써 그 괴로움을 해소시키는 방법, 그것을 나는 문학에 있어서의 제반응이라고 보는 것이다.

또한 최면 통리란 제반응과 유사한 것으로 프로이트Sigmund Freud와 브로이어Josef Breuer가 히스테리 환자를 치료하는 데에 사용한 방법이다. 즉 그것은 최면술에 의하여 억압된 외상 경험을 재현시켜 감정의 긴장을 제거하는 요법이다. 작가란 어느 의미에 있어서 독자들을 그 작품으로 최면시키고 그들의 무의식 속에 잠재된 현실의 사상과 체험한 생활 내용을 재현시켜줌으로써 그들을 위협하고 있는 감정의 긴장, 그러한 불안 속에서 구제시켜주는 최면술사가 되어야 하는 것이다. 손씨와 김씨는 우리의 눈을 우리의 의식 내부에 돌리게 하고 수인으로서의 존재를 다시금 각성시키고 있는 것이다. 이때 우리는 그들의 작품에 공명하고 감동하게 되고 그 결과에 있어 최면 통리의 작품에 의하여 보다 건실한 정신을 환기시킬 수 있게 된다.

이러한 위치에서 수인의 미학을 말하는 손, 김 양씨와 같은 작가들의 위치와 그들 작품은 1956년의 잊을 수 없는 모뉘망monument이 될 것이다.

촉각이 그린 도식

다음에는 염상섭 씨와 같은 작가에게서 볼 수 있는 현실의 외부적 상황을 추구하고 있는 문학이다. 이러한 위치에 서서 작품 활동을 하는 작가들은 그저 여류 작가 최정희 씨와 신진으로 추식 씨와 같은 몇 분을 들 수 있을 정도다. 역시 현실의 의미를 객관적으로 분석하는 방법이 우리 작가들의 기질에는 잘 영합되지 않는 모양이다.

'수인의 미학'에서 말한 작가들이 주로 현실의 내부적 상황을 추구하는 문학이었으며 주위 현상을 내연內延하여 불가시적 현실을 소재로 하는 방법이었으나 염씨의 경우에선 이와 반대로 현실의 외부적 상황을 작품의 대상으로 하여 어느 현상을 외연적으로 전개시키고 있다. 그러므로 자연히 그들에게 있어선 가시可視의 현실이 그 소재가 되는 것이며 그리하여 손씨와 같은 작가들에겐 '의식의 감광지感光紙'로서 현실의 상을 포착하고 있는데 염씨는 현실을 더듬는 촉각에 의하여 그것을 도식화하고 있는 것이다.

말하자면 염씨의 작품은 어디까지나 현실의 구상적인 면밖에 더듬을 수 없는 촉각(객관적인 작가의 머리와 눈)에 의하여 감득된 부분의 내용이라 할 수 있다. 염씨는 시류적인 영상을 단순한 풍경으로만 응시하고 거기에서 움직이는 인간의 역학만을 연구하고 분석한다. 손씨가 그의 작품을 '상징으로서의 현실'로서 제시하기 위해 모든 혼란한 상을 압축시키려고 노력하였고 또한 사실상으로 그들은 상징의 조그만 마병魔瓶에 거대한 '현실의 연기'를 잡아넣기에 얼마간 성공하고 있다.

그런데 이와는 달리 염씨는 잡다한 현실을 보다 잡다하게 전개시켜 그것을 일일이 도식으로 나타내주고 있다. 결국 염씨에겐 현실의 무브망mouvement이 중요한 것이며, 한 사상의 자세보다는 그 동작성이 보다 문제가 되고 있는 것이다.

그러므로 「부성애」, 「어머니」, 「댄스」, 「위협」, 「자취」 등의 여러 작품에는 현실 각 부분의 일면 일면이 조형되어 나타나고 있다. 그러니까 '가정', '사회', '성', '금전', '직함' 그러한 현실의 파편들이 곧 염씨의 작품이라 할 수 있다.

그러나 장황한 그의 현실에 대한 사설은 대단히 노련한 솜씨, 빈틈없는 짜임새로 웅장하게 직조되어 있으면서도 우리의 흥미를 끌지 못하는 이유는 무엇일까. 그 중요한 문제는 현실의 상황을 더듬는 그의 촉각에 연유되어 있을 것이다.

첫째는 촉각에 의하여 현실의 의미를 감득하려는 그 방법 자체에 결함이 있는 것이다. 현실에 있어 보다 중요한 의미를 차지하고 있는 부분은 실상 촉각으로 느낄 수 없는 곳에 비재秘在하고 있기 때문이다. 촉각으로 터치할 수 없는 저 현실의 은밀하고도 깊숙한 심연 그 속에서 피어오르는 생명의 흐름—그러므로 염씨에 의해 발견된 것은 현실의 건조하고 무의미한 외피뿐이었던 것이다.

둘째는 염씨의 촉각은 그나마 노쇠하고 무디어져서 본래의 감각기능을 완전히 발휘하지 못하는 데 있는 것이다. 씨가 그런 현실 세계가 언제나 상식적인 것이고 절실감이 없는 도시圖示에 불과했다는 것도 그러한 이유에서 오는 것이 아닌가 생각된다. 움직이고 있는 현실의 가장 발랄한 심장부에 돌입하기에는 염씨의 촉각이 너무나도 둔하다는 것은 참으로 애석한 일이다.

최정희 씨의 「찬란한 한낮」은 이러한 문학적 위치에 서 있는 작품으로 좋은 성과를 거두었다. 길수의 눈은 '현실을 향해 열린 하나의 투명한 창'이었고 그 창 너머로 전개되는 강인기, 어머니 등의 인물 그리고 그들 주변에 부동하고 있는 포화 상태의 공기는 그대로가 현실을 축소시킨 생동하는 모형이었다. 최씨는 「찬란한 한낮」 속의 암흑을 제시함으로써 그의 촉각이 파고들어간 현실의 심저深底를 도식화한 것이다.

실험실 속의 신화

거기 무엇이 움직이고 있다. 대지에서 피어오르는 아지랑이 같은 혹은 수액樹液의 흐름과 무슨 새순이 돋는 은미隱微한 음향과도 같은―형체는 보이지 않으나 거기 분명히 무엇이 움직이고 있는 것이 있다. 그것은 바로 실험실 속에서 창조되어가고 있는 신화일 것이다. 태동하는 신화의 기운일 것이다.

구체적으로 말하면 최상규 씨의 「포인트」, 오상원 씨의 「증인」, 정인영 씨의 「나갈 길 없는 지평」, 최승묵 씨의 「우계」, 이러한 신진의 제 작품이 지금 우리들의 마음에 이상한 향훈을 풍기고 번져 들어오고 있는 것이다. 마치 삼엄한 경계망을 뚫고 침입해 온 척후병의 모습처럼 적막한 우리 문단의 판도 위에 그들은 나타난 것이다.

최상규, 정인영 양씨는 구투 소설의 낡은 패각을 깨치고 그 위에 새로운 스타일을 내세웠고 최승묵 씨 또한 청신한 '소설의 방법'을 우리 앞에 제시해주었으며 오상원 씨도 현대인의 새로운 '레종 데트르raison d'être'를 위하여 스스로 이 시대의 증인이 되기를 거부하지 않았다. 그러나 이들은 지금 모두 실험실 속에 있다. 그리고 이들에겐 모험이 있고 투쟁이 있고 현대의 허무를 저버리지 않는 양심이 있을 뿐이다.

우리가 일찍이 가져보지 못한 신화다. 그 신화가 바로 우리들 눈앞에 나타나려 한다. 저 침침한 실험실의 유리 속에서 기동하고 있다. 여기에 몇 가지 그들 작품의 공통적 성격만을 들어 이야기하고 후일에 재론할 기회를 기다리는 수밖에 없다.

(1) 이들은 산문 형식과 문체를 혁신하고 있다.

장작을 끌어냈다. 석 단에서 한 단을 빼니 두 단이 남는다. 또 한 단을 빼면 한 단밖에 남지 않는다. 그놈을 또 빼면 없게 된다. 고의가 아니라 못 있게 된다. 그는 산수를 배웠다. 그래서 3-1=2, 2-1=1, 1-1=0을 자꾸 되풀이한다. 그리고 0에 대해 자꾸 동정한다. 3에 대해서는 자꾸 아첨한다.

―최상규, 「포인트」

'0과 3'―이 숫자가 얼마나 청신한 의미로 언어화되어 있는가.
또한 군소리를 커트하고 내닫는 그 문장의 호흡이 얼마나 현대가
요구하는 다이내믹한 문체에 적절히 호응되고 있는가.

(2) 이들의 소설에는 상징의 힘이 있다.

눈을 감아본다. 눈을 떠본다. 생시에나 꿈속에서나 한결같이 뒤얽히
는 의식이 착잡히 가슴을 조여댄다. 시뻘건 퇴색이 바람이 부는 광야에
서 몸부림을 친다. 유액乳液처럼 희끄무레한 흑색이 뜸뜸이 눈물자국인
양 번지고 있다. 광야에는 어느 영화에서 본 기독교인의 처참한 학살
장면에 뒤얽히는 처절한 음향이 가득 차 있다……. 으르렁대는 사자의
분노와 그 앞에서 절망한 선병질의 여인이 부르짖는 외마디 비명. 그리
고 고조되는 음흉한 바리톤의 난조亂調.

―정인영, 「나갈 길 없는 지평」

현대의 시공을 밀폐한 의식의 광야―정씨는 현대의 시대적 분
위기와 그 사회성을 표현하기 위하여 설명이 아니라 상징의 마력
을 빌려 온 것이다.
소설에서 구사하고 있는 온갖 언어도 그 의미가 내연화된 상징

어다. 'T, B, T의 행진 아래' 여기의 T, B란 말이 그것이다. 현대 문명의 독소를 내연하였을 때 T, B란 말이 필연적으로 결정되어 나타나게 된 것이 아닌가.

(3) 서술적인 것보다 시적 긴장력으로 현실의 의미를 암시적으로 다루고 있다.

(4) 어느 현상을 내적 독백에 의해서 묘사한다.
이상 두 방법은 최승묵 씨의 「우계」라는 작품에서 시도되고 있는 것이다. 한마디로 말해서 옛날의 작가들은 너무나 고지식한 방법으로 인물이나 주위 환경물을 묘사하였던 것이다. 하나의 '잉크병', 하나의 '담뱃갑'이 외부적 형상만으로 소묘될 때 그들의 의미는 보편적인 속성인 외상만 남긴 채 소멸되고 마는 것이다. 정말 존재하는 '잉크병', 존재하는 '담뱃갑'을 그리기 위해서 그들은 내적 독백에 의한 의식의 기록을 필요로 한다.

(5) 이들은 이들의 '시대'를 고발한다.
오상원 씨의 「증인」이 그 일례라고 말할 수 있다. 사르트르는 「작가의 책임La Responsabilité de l'écrivain」에서 말하고 있다.
"우리들 작가로서 다만 피해야만 될 것은 50년 후의 사람들이 우리들을 가리켜 그들은 가장 큰 세계의 파국이 엄습해오는 것을 보고 있었다. 그런데도 그들은 침묵하고 있었다라고 말해지는 경우, 우리들의 책임이 죄로 변하게 된다는 그 사실이다."

그들은 그러한 죄를 범하지 않기 위해서 우리들의 현실을 고발하고 있으며, 그러한 작가의 책임을 느끼고 있는 그들은 결코 화염 속에 싸인 도시를 그대로 바라보면서 하늘과 구름과 꽃만을 노래하지 않는다.

그러나 이들 작가에게 말하고 싶은 것이 있다. 그것은 실험의 결과에 조급해하지 말라는 이야기다. '실험'이 아니라 '모방'이 되는 경우에 자기의 예술은 끝난다는 것이다. 이 말은 특히 오상원 씨에게 강조하고 싶다.

사보텐sapoten의 의지

바위에서도 푸른 생명을 간직할 줄 아는 석태의 의지는 무엇일까? 건조한 모래 속에 뿌리를 박고서도 하늘을 향해 뻗어가는 선인장의 넋은 무엇일까? 지금 우리는 묵묵히 반성해야 될 때가 온 것이다. 현실도피 사상이 오랫동안 우리 선조들의 병이었던 것을 생각해야 될 때다.

그리하여 다음에 올 것을 우리는 생각해야 한다. 그러기 위해서 '나'의 이야기 또한 '우리의 이야기'를 가져야 할 것이다. 우리는 그러한 이야기를 동경한다. 하나의 사보텐이 갖는 의지를 희구한다. 그리하여 1956년의 작가는 1956년의 이야기를 해야만 될 것이 아닌가 생각한다. 그리하여 그것이 무엇이 되든 좋다. 중요한 것은 어느 위치에서든 작가의 책임을 끝까지 완수하려는 그 의지에 달려 있기 때문이다.

구제로서의 문학

귀향하는 사람들

무엇인가 잃어버린 사람들, 인간의 고향에서 너무나 멀리 떠나온 사람들, 그리하여 마치 목비木碑 같은 자세로 그들은 있었다. 그것은 혼미의 구름 속이었다. 또 태양을 등진 구름 밑의 음영이었다. 마음은 왜곡되고, 마비된 사지에는 그저 임리淋漓한 혈흔이 낭자했다. 마지막인 것 같았다. 요원한 지평에는 놀의 장막이 내리고 농무濃霧로 하여 하늘은 폐색된 채다. 아무래도 그것은 마지막인 것만 같다.

— 슬픈 아침! 무엇인가 있어야 할 그 자리, 그 시간 위에 또 부재가 죽음처럼 눕는다. 이제 침묵과 인내 그리고 몸부림도 끝났다. 믿어왔던 인간의 의미, 신뢰와 또 그러한 가치가 산산이 붕괴해버린 회진 위에 그들은 섰다. 아무것도 가지고 있지 않은 채 그들은 섰다. 고백 혹은 눈물로도 이미 풀릴 수 없는 생활, 그것은 무엇인가 잃어버린 채로 응결해가는 것이다. 그리하여 인간의 고

향에서 멀리 떨어져 있는 삭막한 터전 위에 그들의 서가는 있었다. 이것은 현대인이 닥치고 있는 바로 그 운명이다. 그 시간이며 상황이며 그 아래 전개되는 생활의 풍경이다.

"Voilà ce que j'ai vu, voilà ce que j'ai fait." 그러나 앙리 미쇼Henri Michaux의 속삭임처럼 그래도 그들은 자기가 목도한 것을 책임지려는 최후의 양심이 있다. 그 의지가 있었다. 그렇기에 1957년도 상반기의 창작계에는 이러한 세 개의 작품이 탄생된 것이다.

「방황」(김성한), 「허구의 종말」(유주현), 「소리」(황순원). 이들 작품은 인간의 고향을 상실한 현대인의 운명을 말해주고 있다. 단순한 생활의 묘사, 생활의 액세서리, 그 분장술의 문학이 아니라 화석化石한 우리의 눈과 마음을 열어주는 구제의 기록이었다. 물론 불만이 많다. 아직도 부족한 것이고 냉엄한 비평을 내리자면 한이 없는 작품들이다. 하여도 이 세 작가의 노력과 정신의 자세가 그러한 비난의 입을 막는다. 이 세 작가는 모두가 다 상실했던 인간 자신의 고향을 향해 다시금 돌아가고 있는 사람들을 그렸다. 그 향수는 마음을 조상彫像하여 아름다운 유혹을 설계하고 있다.

그럼 김성한 씨의 「방황」을─그 작품에 나타난 인간들을 보자.

홍만식─그에게는 두 가지 직업이 있었다. 그 하나는 정거장에서 석탄을 상습적으로 훔쳐내는 일이니 그의 명명命名에 의하면 석탄 반출업이다. 또 하나는 공상이다. 이것도 그가 붙인 독특한 명칭이 있으니 그것은 사상 구축 작업이라 했다. 그런데 이 허탈한 직업을 그에게 소개한 것은 다름 아닌 전쟁 그것이었다. 기아, 굴욕, 배신, 허상욕, 이러한 일상생활의 음영 속에 잔인한 전쟁 그 문명의 악덕은 그를 그대로 내던져버리고 만 것이다. 인정이니 사랑이니 하는 것은 사서에만 있는 말이다. 거기에는 표독스러운 눈초리, 물고 뜯고 하는 그 수없는 눈초리만이 있을 뿐이다.

여래如來는 보리수 밑에서 동명東明의 하늘에 빛나는 효성曉星을 보고 홀연 대오 각성하였다. 그러나 아이로니컬하게도 「방황」의 주인공 만식은 남산의 소나무를 얼싸안고 장안의 불빛을 굽어본 순간 문득 우주의 철칙 그 비밀을 해오解悟한 것이다. 그래서 여래는 인간의 테두리를 벗어나 성인이 되었지만 만식은 인간의 껍질, 그 위선과 허식의 분장을 털고 하나의 식물과 같은 생물이 되어야 한다. 먹어야 한다는 근자식지近者食之의 '생의 장전'은 이미 짐승 그 외의 아무런 행동도 요구하지 않는다.

이렇게 해서 만식은 인간과 고별하였고 스스로 생물로서의 생활을 실천한다. '사고적 구축 작업'의 공상은 생물의 행동에 필요한 바로 그 구실을 찾는 일이고 석탄 반출업은 일금 800환야也의 생물에 필요한 식물을 제공한다. 이것으로 족하다. 그에게 내일이 있을 까닭이 없다. 자성, 체면, 선, 이데아, 온정, 이러한 인간권속眷屬 의식이 있을 리 만무다.

인간의 그것을 훌쩍 뛰어넘은 비정적 생활, 차라리 위악僞惡 그것을 위해서 그는 존재한다. 그는 사람이란 일개 '쇼즈chose(물건)'에 지나지 않는다고 말한다. 그런 이상 그에게는 먹기 위한 맹목적 행동만이 있고 그것을 수행하려는 결의와 의지만이 있는 것이다.

또 만식이와 짝하여 지게꾼 상대의 선술집을 경영하는 올드미스 김이 등장한다. 그녀는 애꾸눈이다. 그도 마찬가지다. 기대도 감상도 동경도 허식도 없다. 여자라 부르기엔 무색할 정도로 강철 같은 의지만 있을 뿐이다. 그냥 암컷이다. 짐승이라기보다 차라리 하나의 광석이다. 눈물이 있느냐고 물으면 전쟁 때 다 짜내버리고 땅땅 말라버렸다고 한다. 웃음이 있느냐고 하면 인생의 연극이 우스워서 쉴 새 없이 속으로 웃고 있다고 한다. 결혼을 하지 않겠느냐고 물으면 멋들어지게 춤 잘 추는 작자로서 애꾸눈도 괜찮은 이가 있으면 할 것이라 한다.

이러한 만식과 미스 김, 이미 그들은 그냥 내던져진 존재로서 자기를 의식할 뿐이다. 상처에선 이미 피도 흐르지 않고 고갈한 정신은 굳어질 대로 굳었다. 그리하여 우리는 불우한 이 한 쌍의 남녀에게서 인간 상실의—고향을 잃어버린 현대인의 그 운명을 본다. 그들은 바로 우리들 그 마음속에 있다. 이렇게 인간은 이러한 경지까지 다다른 것이다. 인간의 역사는 어처구니없는 이 지점에까지 연장되어온 것이다.

자 이러한 인간(?)들을 어떻게 할 것이냐. 방관이냐? 구제냐? 여기에 작가의 책임이 있고 소설의 결말은 있다. 김씨는 이 두 비인을 두고 어떻게 해결하였던가? 소설은 다시 계속된다.

'초록은 한빛이요 가재는 게 편'이란 말이 있다. 또 동병상련이란 말도 있다. 씨는 이와 같은 공동 운명애로서 마이너스 수백 도의 액체 공기의 냉각한 인간애를 생각했다. 이것으로 그들은 상호 감응하게 되고 먼 인간 고향의 부름 소리로 다시 한 번 자기 본질을 각성하게 했다.

비인으로서 살아가려던 그들의 의지는 대사회적인 불가능한 벽 앞에서 좌절한다. 인간이 되기에도 어려운 일이지만 또 동물이 되기에도 참으로 어려운 일이다. 만식은 구류를 살고 미스 김은 엉뚱한 추문의 주인공이 된 것이 그렇다. 이러지도 저러지도 못한 그들에게 서로 사랑하고 있다는 측은한 암시가 생긴다. 그것은 낭만적인 또 이성 간의 사랑이라기보다 어쩌면 동일한 숙명을 서로 이해할 수 있을 것 같은 동병상련일 것이다.

만식은 미스 김의 말에서 또 하나의 가식된 자기 행동을 인식하게 되고 미스 김은 만식의 전전긍긍하는 발악에서 자기의 초라한 모습을 발견하게 된 것이다. 그렇게 되어 미스 김은 만식이를 보고 길을 떠나라 한다. 마련된 자기의 넓은 무대를 찾으라 한다. 그리고 그는 돈뭉치와 신조新調 양복을 사다 주는 것이다. 싸늘한 애정, 그 담담한 인간애를 처음으로 느낀 만식은 귀향의 재촉을 받는다. 안경 너머로 보이는 한 눈은 상실한 인간의 고향을 계시하는 불빛처럼 빛나는 것이다. 하여 그는 미스 김의 판잣집을 떠날 때 어쩌면 무슨 변동이 있을 듯한 기분을 느낀다. 그 변동이란 다름 아닌 인간에의 향수 그것이 일으키고 있는 심리적 전환이다.

미스 김도 "괴로우시거든 언제든지 돌아오세요. ……기다리겠어요"라고 말할 때 고갈했다던 눈물이 어쩌면 그의 가슴을 적시고 있었을는지도 모를 일이다. 그 눈물, 그것도 잃어버린 고향에의 추억이다. 그러므로 거기 인간성에 귀향하고 있는 사람들이 있다. 비단 그들만이 아니라 소설을 읽는 우리들에게 오랫동안 잊어버렸던 그 인간의 고향을 생각하게 하는 것이다. 그것은 인간 구제의 첫 단계임이 분명하다.

그러고 보면 황순원 씨의 「소리」도 「방황」과 대등한 작품이다. 착하기만 했던 덕구는 만식의 경우처럼 전쟁으로 인하여 인간성을 상실하고 만 사람이다. 죽음의 공포를 체득하고 난 그는 순간순간 방탕한 기분으로 생활한다. 그러나 그가 삶아 먹으려던 달걀에서 병아리가 삐악거리는 소리를 듣고 그는 상실한 인간성을 회복한다. 생명의 고향으로 귀향하려는 것이다. 말하자면 만식이가 미스 김과의 인간적 유대, 그 공동 운명의 사랑을 느끼고 귀향의 여정을 생각했다면 덕구는 병아리의 삐악거리는 그 생명의 소리를 계기로 해서 생명의 향수를 회억하게 된 것이다. 안경 너머에서 빛나는 애꾸눈의 눈시울을 보고 무슨 변동이 일어난 그것과 동일한 무엇이 달걀 껍데기에서 꿈틀대는 병아리를 본 덕구의 가슴에서도 일어났던 것이다.

여기서 유주현 씨의 「허구의 종말」까지 같이 생각하면 귀향하는 사람들을 그려 구제의 의미를 창조한 그들의 의도를 구체적으로 느낄 수 있다.

유씨가 그린 '나'라는 주인공도 만식, 덕구와 같은 상이군인이다. 다만 만식과 덕구가 비정적인 현실의 세계로 젖어 들어간 데 비해서 '나'는 끝내 그러한 세계에 대해서 항거하고 있는 것만이 다르다. 그가 현장에서 제니스 라디오를 훔쳐 지프차를 몰고 도주한 것도 비정적 현실에 대한 일종의 반항적 반사운동에 지나지 않는다.

그러나 송전주 한중간에 매달려 있는 '나'의 시추에이션—더 올라가자니 '요주의'라는 붉은 글씨가 감전된 까막까치의 시신을 보이듯 죽음을 암시하고 내려가자니 밑에서는 심장을 노리는 경관의 총구가 있어, 양편에 죽음을 둔 진퇴유곡의 그 절박한 시추에이션—은 만식이나 덕구의 그것과 흡사한 경우다. 이럴 수도 저럴 수도 없는 위기에 선 현대인의 운명을 어떻게 할 것인가? 김씨는 공동애로, 황씨는 신비한 생명의 의지로써 그것을 답했다. 그런데 유씨는 어떤 구제를 설계하였던가? 씨는 허구로서의 생활, 즉 모든 가상의 벽을 뚫고 그리하여 실존하는 자기 모습을 찾앉을 때, 허구 아닌 진경眞境에서 자기 운명을 찾았을 때, 완전한 자유 속에서 죽음에의 결의가 싹틀 때, 비로소 너와 나의 의미가 개시되었을 때 거기에서 발견된 그 의식의 변천으로 그것에 답하려 한다.

‘나’는 사경 속에 몸소 뛰어들어온 애인 은애의 행동을 계기로 하여 허구[假實在]가 종말되고 순간 해명된 실존의 비밀을 의식하게 된다.

그것은 ‘아무 신앙도 없는 사람이 특례로서 임종 직전에 영세를 받는 그때의 설명할 수 없는 불안감과 안도감’과 같은 의식이다. 10여 척 높은 전주 위에서 이루어진 인간과 인간의 결합, 이미 그것은 무엇으로도 파괴할 수 없는 ‘절대적 상태’다. 이 ‘절대적 상태’란 ‘내’가 인간 본래의 고향으로 돌아간 상태다. 거기(본래의 고향)선 죽음도 생명도 또한 그 속박되어 있는 모든 것이 해탈된다. 종교의 세계와도 또 다른—자유의 세계가 열린다.

한마디로 말하면 헤어날 수 없는 어떤 위기를 일종의 결의에 의해서 처단하는 그 관념적인 구제가 유씨의 대답이라 할 수 있다. 역시 「허구의 종말」에 나온 ‘나’라는 주인공도 이렇게 일상적 세계의 ‘허구’에서 벗어나 그 인간 본래의 고향을 찾아 귀향하는 것이다.

우리는 여기에서 ‘귀향하는 사람들’을 그려 오늘 닥친 우리의 운명을 구제하려는 이 같은 세 편의 작품을 보았다. 나는 결코 여기에서 어느 작품이 우열하다고는 말하지 않는다. 또 아무런 비판도 하지 않을 작정이다. 그저 이러한 것을 시도한 작품이 있었다는 것과 그 노력이 무엇이었나를 보여주었을 뿐이다. 그저 몇 마디 이 작가들에게 이야기하고 싶은 것이 있다면 다음과 같은 사실을 유의해주었으면 싶은 노파심이다.

김성한 씨의 「방황」

① 헉슬리는 두뇌의 작가다. 씨도 그렇다. 그러나 헉슬리의 지성 뒤에는 언제나 향기와 같은 분위기가 있다. 그의 작품에는 사타이어satire, 아이러니, 패러독스, 이러한 모든 것이 정서와 조용한 하모니를 이루고 흐른다. 그리하여 의외로도 헉슬리의 문장은 정적인 인상을 주고 있다. 이것이 그의 지성이 문학을 성공시키고 있는 요인이 된다.

그런데 씨는 독자에게 깊은 인상을 주지 않는다. 들뜬 지성이다. 개념이나 조작으로 쌓아올린 씨의 작품은 너무도 도식적이다. 지성적인 문장 밑에 깔려 있는 파토스, 이것이 있었으면 「방황」은 위트가 위트로서 끝난 작품이 되지 않았으리라. 그러나 지적인 회화 기법은 괄목할 만하다.

② 미스 김의 심리적 변이, 즉 만식이에 대한 애정의 발로가 너무 급진적이다. 이런 결정적 면의 테크닉을 더 고려하였더라면……

③ 과장은 언제나 부실한 감을 준다―작품을 꾸며나가는 성실의 문제.

황순원 씨의 「소리」

① 씨의 이 작품은 우리와 거리가 멀다. 덕구란 인물에는 자아가 없다. 각성한 태도로서의 휴머니즘을 그리려면 아무래도 그 작품의 주인공은 지성인이어야 했을 것이 아닌가? 오늘의 혼미에서 깨어나려면 보다 준엄한 의식의 관문을 통하지 않으면 안 된다. 덕구의 타락이나 인간에의 각성은 모두가 본능적인 쇼크에 의해서 결정된 것이다. 현대 문명은 본능에 의해서 비판되거나 구제되지 않는다. '플라톤의 동굴'의 비화譬話를 한번 생각하시기를……

② '덕구'가 다시 인간성을 찾게 된 그 변전의 동기는 팔삭둥이의 아들을 보게 된 것과 병아리의 소리에서 신비한 생명의 소리를 듣게 된 그 사건에 있다. 아 프리오리a priori한 힘에 의해서 인간의 의미를 모색하려던 합리주의가 현대에 있어 별로 힘이 되지 않는다는 것을 알고 계시는지?

③ 20년 전 아이들은 호랑이가 온다고 하면 울음을 그쳤다. 그러나 이미 10년 전 아이들에겐 그것이 통용되지 않는다. 순사가 온다고 해야 비로소 울음을 그친다. 그럼 요새 아이들은 어떤가…… 순사가 온다는 말로써는 결코 그들의 울음을 그치게 할

수는 없다. 물론 호랑이 같은 것은 문제도 되지 않는다.

시대의 변천과 기교의 변이…….

유주현 씨의 「허구의 종말」

① 가장 실감이 있어야 할 마지막 대단원이 너무 현실성이 없다.

② 사상도 필요하지만 더 중요한 것은 작품이 되었느냐 안 되었느냐의 문제—논문을 윤색한 것 같다.

③ 원정園丁의 기술이 씨에게 있으면 싶다. 불필요한 지엽枝葉은 치울 것. 명확한 포커스를 향해 직핍直逼해주었으면…… 산만하다.

불가능한 가사

또 이런 작품도 있다. 말하자면 현대의 후덥지근한 기류 속에서 정신도 생활도 피로해버린, 그래서 어느 막다른 경우에 다다른 짐승이 '가사假死'하는 것처럼 주의 사상에 무관심한 방임의 역설적 태도를 취하려는 인간들—그러한 현대적 인간형을 다루고 있는 작품들이 있다. 즉 이호철 씨의 「나상」과 최상규 씨의 「제1장」, 한말숙 씨의 「신화의 단애」 같은 것들이다.

프랑스 혁명 이후의 과도기에는 '레세 페르laisser-faire(방임)'란 말이 유행했었다고 한다. 그리고 또 오늘은 '케 세라 세라que será

será'란 말이 유행되고 있다. 그것은 막다른 경지, 미칠 것 같은 심정, 이러한 오늘의 어처구니없는 비운을 망각해보자는 서글픈 자위의 발버둥일 것이다.

클라우스 만Klaus Mann은 "인텔리는 살 수 없다"고 비명을 지르며 자살을 권유한다. 맨송맨송한 정신을 가지고는 필시 자살 아니면 광인狂人이 되어야만 하는 것이 오늘의 현상이다. 확실히 지금은 지성인에게 황혼이 깃드는 슬픈 시각이다. 그러므로 그들은 'laisser-faire'와 같은 가사 상태로서 이 위기의 시대를 넘기려 한다. 이러한 시대 풍조의 최첨단을 걷고 있는 인간형을 그린 것이 이 세 작가의 작품 속에 나타나 있는 주인공이다. 먼저 「제1장」에 나타나 있는 주인공의 '가사'를 보자.

사랑-동서同棲-직업-외도-낙태, 이러한 주인공의 사건과 생활이 아무렇지도 않게 흥분도 고민도 회오悔悟도 없이 흘러가고 있다. 당연한 일인 것처럼 아주 자연스럽게 그리고 마치 남의 일처럼. 그래서 예식도 올리지 않는 동서 생활이 3년이나 지난다. 연인은 스스로 자기가 아내임을 자처하고 '동서 3주년 기념일'에 유리병에 낙태아를 넣어 그(남자)에게 선사한다.

이미 3주년 기념품으로 된 그 낙태아는 남들이 흔히 말하는 불륜의 씨니 죄의 씨니 하는 그런 것이 아니다. 여인은 그것을 건강진단의 표본으로서 생각하고 자식을 낳을 수 있는 복(?)된 증거품으로 생각하고 있을 뿐이다.

"그래 너는 의사가 핀셋으로 집어 담아주는 이것을 핸드백 속에 담아 가지고 왔구나, 희극이구나. 그리고 내가 지금 목 잘린 내 새끼를 손바닥 위에 올려놓고 구경하고 있다. 이것도 희극이다. 간단하다. 간단히 해치우자. 결국 우리는 3주년 기념식이라는 것을 희극적인 결혼으로부터 시작해서 철두철미한 희극으로 끝내고 만 것이다. 여기에 무슨 의미가 있을 리 없다."

그(남자 주인공)는 억지로 비극의 표본 앞에서 자기의 본심을 위장한다. 아주 무관한 희극을 보듯이 바라본다. 절대시되어왔던 자손이니 혈육이니 윤리니 하는 그것이 너무나도 허망한 것임을 인식하면서도 그 허무 앞에 절망하지도 탄식하지도 않는다. 이런 것이 인생이다. 그저 그뿐이다.

아내는 밥풀과 가위와 종이를 가져오고 남편(?)은 종이쪽지를 오려 아들이 들어 있는 유리병 위에 붙인다. 그러고는 그 위에 '인종학 제1장'이라 쓴다.

장중한 비극과 그 생활 앞에서 가사한 짐승처럼 일체의 자극과 감정을 외면한 이 한 쌍의 남녀, 그들은 몹시 동물적이다. 그러면서도 동물은 아니다. 그렇기에 그 마음의 뒤에는 빗살처럼 내리는 우수와 통곡이 있었을 것이다. 그 희극의 뒷무대에는 처절한 또 하나 다른 생의 비극이 상연되고 있었을지도 모른다.

그리고 보면 최씨가 끝까지 이 남녀 한 쌍의 가사 상태를 시니컬하게 소묘하기는 하였으나 사실은 이런 가사의 불가능을 암시하고 있고 이러한 생활을 침묵으로 비판하고 있는 것이 된다. 외면엔 그것이 나타나 있지 않지만 이 작품의 의미 속의 의미에는 생활에 대한 비정적인 포즈를 회상시키는 일종의 서글픔이 떠돌고 있다.

그리하여 정작 씨가 말하고 싶었던 것은 이 불가능한 가사 그것이었을지도 모를 일이다.

한데 이호철 씨의 「나상」은 이런 점을 직접 외면으로 노현露顯시키고 있다.

"야, 넌 이런 경우 어떡하겠니? 말하자면 말야, 아침까지 집에 있었던 내 와이프를 말야, 대낮에 어떤 매음녀 집에서 덜컥 만났다고 가정하자."

주인공 '철'은 이렇게 자기가 직접 겪고 닥친 일을 마치 어느 경우처럼 말하고 있기는 하다. 그러나 그 첫마디부터가 벌써 'laisser-faire'의 불가능, 즉 매음하는 아내, 그렇게 해서 살아가는 자기 운명에 끝내 방관할 수 없는 자성自省의 불꽃이 타오르고 있다.

철은 순간적 고독의 소견消遣으로 매음굴의 여인에게 청혼을 하고 음녀는 그 돌발적이고 애브노멀abnormal한 요구를 아무렇지 않게 받아들이고 그래서 그들은 덤덤한 부부(?) 생활을 하고 가사와 같은 무관심의 생활 속에 얼마간의 날이 지나고……. 이러다가 음녀였던 아내는 사산한 어린애를 낳는다. "아내는 자리에 누운 채 소리를 안 내느라고 입술을 악물며 울었다." 부엌 아궁이에다 불을 지피고 들어온 철은 손가락을 씹으며 흐느끼는 아내에게 파안일소破顔—笑하며 "이담엔 똑바로 하자"고 한다.

그러면서도 철은 끝내 무심한 체하지 못한다. 초아흐레 달이 흘러가고 굵은 별들만이 성깃성깃 널려 있는 차가운 하늘을 우러러보며 우는 것이다. 미아리 공동묘지에 죽은 핏덩어리를 묻고 호리호리한 말뚝 하나를 박아놓은 다음 비로소 눈물을 흘리고 만 것이다.

이런 조그만 생활의 파탄—이어 그 뒤에 또 하나의 물결이 온다. 3년이 지나 형편도 훨씬 피어 그는 이제 거적 위의 책장수가 아니다. 아내도 참 얌전하다. 훌륭한 부인이다. 그러나 그것이 어떻게 되었던가? 철이 아내의 주선으로 취직도 하고 신사복도 맞추었다. 그런데 바로 그날 그는 뜻하지 않은 곳에서 그의 아내를 만났다. 조용한 사창굴, 그것도 대낮에.

그런데 아내는 옷을 훌렁훌렁 벗고 발딱 누워 있다. 남편도 옷을 훌렁훌렁 벗고 아내 옆으로 기어들었다. 이런 데 처음이냐고 아내는 낄낄거린다. 값싼 양해를 구한다거나 그러한 투가 아니라 담담한 어조로 얼마 주고 들어왔느냐고 묻는다. 회사는 어떻게 되었느냐고 묻는다. 매음굴에서 다시 만난 부부. 그들의 도덕적인 무관심과 냉혹한 비정성은 동물의 가사假死 행위와 같은 것이다.

그들은 3년씩이나 동거하면서도 나이도 모르고 있었다. 낙태아의 기념품을 받은 「제1장」의 눈물 어린 희극은 여기에도 있다. 그러나 이 형벌에 가까운 왜곡된 이 현대인의 가사를 어떻게 볼 것인가? 씨는 일말의 회의를 띠고 있는 것 같다. 그 불가능을 암시한다. 그리하여 발가벗은 채 비로소 앉아 울기 시작하는 철. 그리고 무표정한 얼굴로 바라보다가 남편의 눈물을 와작와작 씹듯이 닦아주기 시작하는 아내. 「제1장」의 부부⑺처럼 그들은 그들 자신에게 낙관적일 수 없이 그렸다. 폭발한 침묵－분출한 고독－악착같은 생활에의 표정, 그것은 깨어졌다.

그런데도 그들은 이 괴기한 부부 생활을 계속한다. 철은 보다 심한 감정의 가사로써 살아가려 한다. 이 가사 상태의 지속을 어떻게 할 것인가?

「제1장」의 부부나 「나상」의 부부나 그들은 이렇게 애매한 채로—그러나 다들 잘 살아가고 있다. 정작 긴요한 부분에는 외면, 고독과 실망과 힐책을 변조해가면서 비극을 희극같이 곧잘 살아간다. 슬픈 옵티미스트optimist—역설적 생활.

이와 같이 이호철이나 최상규는 생활과 감정을 잃어버린 자세를 작품화하였다. 그래서 '가사의 의미', '가사의 비극'을 말해주고 있다. 양씨는 모두 신진이다. 현대의 기류를 직접 호흡하고 있는 젊은이들이다. 앞으로 그들은 '불가능한 가사' 그다음에 오는 것을 우리에게 그려줄 것이다. 철의 그 이후의 소식을 또 '인종학 제2장'을.

심연 속의 규환

한편 현대 문명을 메타피지컬한 면에서 포착하여 그 심연 속으로부터 울려오는 규환—그것을 우리에게 들려주고 있다.

한무숙 씨의 「감정이 있는 심연」과 김광식 씨의 「배율背律의 심야」 등속의 작품이다(한씨의 「감정이 있는 심연」은 달리 언급한 일이 있으므로 여기에선 할애한다). 김씨의 「배율의 심야」는 제목 그대로 압슈르드(ab-surde, 부조리)에 휩싸인 이 세기의 밤을 그린 작품이다. 씨는 남편을 죽인 한 사람의 여성, 그녀의 살해 동기와 그 설명할 수 없는 행동을 통하여 형상계와 배율하는 현대인의 무드를 그리려 했다.

그녀가 남편을 살해한 것을 남들은(경찰 측) 그녀에게 정부가 생겼기 때문이라고 한다. 즉 외부에서는 남편의 제거 의미가 확실히 서 있었을 것이라는 계획적 살해로 추측한다. 그러나 살인한 당사자는 살해한 심정이 어떠한 것이었다는 것조차 잘 회상할 수 없는 형편이다. 그저 희미하게 생각나는 것은 치마끈으로 남편의 목을 졸라매던 그 손에 자기도 알 수 없는 힘이 있었다는 것뿐이다. 남편의 비속한 행위, 비열한 질투의 노정, 그의 무능, 술주정 그런 것에 대한 증오—그녀는 남편에게 그 같은 증오는 있었지만 그것이 살해한다는 뚜렷한 결의가 되어 행동으로 나타내기는 너무나 희박한 감정이었다. 그러면 무엇 때문에 죽였을까?

경찰관은 나타난 범죄만으로 그녀의 행동을 간단히 규정하고 조서에 기록만 하면 된다. 그러나 그에게 있어 그것은 그렇게 간단히는 해명되지 않는다. 어디까지나 심야 속에서 일어난 배율로서의 행위라 생각한다.

도대체 사람을 하나 죽이는 데는 이유가 있어야 한다는 것이 경찰(혹은 외부의 인간들)의 생각이다. 사실 생각하면 파리나 이 하나를 죽이는 데도 그 살해의 동기가 있어야 하는 것이 원칙이다. 그런데 하물며 남도 아닌 자기 남편을 죽이는 데는 그 이유가 있어야 한다. 그 이유가 없다는 것은 말이 안 된다.

그럼 그녀가 남편을 죽인 동기와 이유는 무엇일까? 이때 우리에겐 지드의 라프카디오나 카뮈의 뫼르소가 연상된다(아마 씨 자신도 의식적이었든 무의식적이었든 뫼르소의 그것을 생각하며 쓴 것이라고 여겨진다).

뫼르소는 자기의 살인 행위를 알제리의 바다 위에서 빛나는 태양 광선 때문이었다고 말한다. 그녀는 그것을 남편의 목을 졸라맨 자기의 팔에 작용하고 있었던 어떤 이상한 힘 때문이라고 한다. 이 모든 해답은 스핑크스의 미소처럼 신비하기까지 한 또 하나의 수수께끼를 갖고 있다. 그 수수께끼는 그 자신들도 대답하지 못한다. 태양 광선이나 혹은 그 알 수 없는 힘은 벌써 자기 것이 아니기 때문에, 또 자기의 의식으로는 설명할 수 없는 무의식의 폭발이기 때문에…….

빛나는 알제리의 바닷빛, 내리쬐는 태양의 폭사, 허황한 대낮, 그 적막과 침체의 단절된 시간, 그 찰나의 뫼르소는 무엇을 들었는가? 그것은 심연 속의 절규였다. 생명의 카오스와 권태와 무감각과 박탈된 기대와 일상적인 무의미한 생이 혼류하고 있는 심연 그 속에서 깨어나는 목숨의 절규를 들은 것이다. 침묵이 한꺼번에 터지는 소리를 들은 것이다.

무의식적인 반항—뫼르소가 방아쇠를 당긴 것은 자기 실존에 대한 인식이다. 그렇게 하지 않고는 견딜 수 없었던 팽창하는 의식이 있었다. 태양 빛은 다만 그러한 의식을 각성시킨 계기에 불과할 뿐이다. 혼수와 침체를 깨치는 간접적인 동기가 된 것이다.

이와 마찬가지다. 그녀가 남편의 목을 졸라매고 있을 때 솟아나던 힘은, 그 이상한 작용력은 다름 아닌 자기 운명에의 반항이었다. 헐뜯긴 그리고 굴욕과 가난과 또한 막연한 기대가 그 잠재되었던 반평생의 모든 비운이 한꺼번에 폭발하여 쏟아진 힘인 것이다. 태양 빛이 아니라 폐방閉房의 칠흑 같은 어둠을 계기로 하여 깊은 심연에서 절규하는 가냘픈 목소리를, 잠재되었던 자기 목소리를 들었기 때문이다. 그러나 이러한 것들은 모두가 순간적으로 돌발한 일이다. 또 한 번 느낄 수도 없고 또다시 해후할 수도 없는 일이어서 자기 자신도 설명할 길 없는 일로서 남는다.

역사와 문명과 인간 정신의 그 모든 것 그 콤플렉스가 침전해 있는 심연 속으로부터 절규하는 그 소리가 다름 아닌 무동기의 살해로 나타난 것이다. 그러나 김광식 씨의 작품엔 비판받아야 할 흠집이 너무나도 많다. 다음 기회에 언급할 작정이다.

그 밖의 작품들

마지막으로 나는 몇 개의 작품을 더 들고 이 고稿를 맺으련다. 말하자면 몇 개의 잡보雜報다.

① 「뻐꾸기」(김이석), 「여우」(오영수)

이 두 작품을 어떻게 볼 것인가. 꽤 비슷한 작품이면서도 비슷하지 않은 작품이란 것을 밝혀 사私소설의 정의를 내려야겠다. 「뻐꾸기」나 「여우」에는 두 사람의 중요한 인물이 나온다. 주연과 조연의 관계에서가 아니라 어느 면에서 보면 그 두 사람은 모두가 그 작품의 주인공이라 할 수 있다. 「뻐꾸기」의 '나'는 「여우」의 달오에 해당될 것이며 또 인턴 최(「뻐꾸기」)는 성호(「여우」)와 대응한다.

「뻐꾸기」에서 '나'라는 선량한 인간이 '최'의 간계에 의해서 화를 입는 것이나 「여우」에서 착한 달오가 그의 친구 성호한테 아내까지 빼앗기고 매를 맞게 되는 줄거리가, 또 그 두 포지션의 대조가 매우 유사하다.

그런데 이 두 작품을 읽고 받는 감명의 차도는 매우 다르다. 적어도 「뻐꾸기」는 '나'라는 한 인물의 작은 수난을 그렸지만 그것은 이미 '나' 하나의 사적 경지를 넘어서 사회성을 띤다. 그것은 비단 구직 문제의 실패라는 점이 아니다. '최'라는 인간이 왜 그런 악성을 가지게 되었느냐 하는 그 배경을 오늘의 사회에 두고 있었기 때문이다. 최의 본성이 왜곡되고 더럽혀진 것은 그가 미군 사회에서 생활했기 때문이다. 다시 말하면 최는 오늘의 사회 풍조에 휩쓸린 희생자라고 볼 수 있다. 그러므로 독자는 최에 대한 증오를 오늘의 사회 풍조에 대한 증오로 확대시킨다. 그러므로 「뻐꾸기」에 나타난 두 주인공은 우리와의 연대성을 가진다.

그런데 「여우」는 그렇지 않다. 달오의 피해는 전혀 달오 자신의 무능에서 온 것이며 성호의 악은 최의 그것처럼 만들어진 것이 아니라 소학교 때부터 가지고 있던 한 개인이 소유하고 있는 본성인 것이다. 그렇기 때문에 독자는 달오에의 동정을 달오에서 그치게 되고 성호에 대한 증오도 성호 이상의 다른 것으로 확대시키지 않는다. 우리와의—사회와의—현대 문명과의 아무런 연대성도 「여우」의 그것에서는 찾아볼 수 없다.

그러면 우리가 사소설의 의미를 어떻게 규정할 것인가를 알 수 있게 된다. 「뻐꾸기」는 1인칭으로 서술했지만 사소설이 아니고, 「여우」는 거꾸로 3인칭의 객관적 수법에 의하여 소설을 전개했지만 그래도 그것은 사소설에 불과한 것이다. 나의 '눈물' 나의 '웃음' 이것이 우리의 '눈물' 우리의 '웃음'이 되는 연대적 성격을 갖는 것—이것만이 사소설의 문턱에서 벗어난다. '나' 하나의 구제가 아니라 인간 전체의 구제를 꾀하는 것만이 사소설에서 벗어나게 되는 정신임은 췌언할 여지도 없다.

② 「차창」(김송), 「어떤 노화가」(박영준)

이 두 작품은 인생의 말경에 들어간 노년의 위치를 문제로 했다. 김씨는 다분히 진화론적이다. 적자생존. 이 시대는 이미 노교수의 것이 아니다. 파산 그리고 그것은 도태된 꼬리의 흔적처럼 서럽다. 박씨는 이와 정반대다. 노화가는 전 생애의 의미를 깨닫고 해탈의 경지에 이른다. 노년의 침잠, 참된 자기를 발견한다. 그의 예술은 다시 시작이다. 김씨의 끝난 위치가 박씨의 시작이 된다.

물론 작품의 테마는 다르지만 어떨까?

소설은 본래가 순수한 예술은 아니다. 그것은 의미 예술이기 때문에 하나의 음악, 하나의 도자기처럼 그 자체로서 독립된 예술품일 수는 없다. 소설은 시대와의 합작품이다. 소설의 미학은 극히 제한되어 있다. 구제의 미학―이 시대는 그것을 요청하고 있다.

현대의 천일야화

말한다는 의지

아니 작가란 본래 말하는 재미를 위해서 사는 사람이다. 아무
도 그들의 습벽을 막을 필요는 없다. '말한다는 의지' 그대로가
그들의 '생의 의지'이기 때문에 무슨 이야기건 전혀 그것은 작가
자신의 자유다.

횡포한 왕 앞에서 천일야千─夜를 두고 신기한 이야기를 해야
되었던 것은 옛날 어느 아라비아의 궁녀에게만 주어졌던 운명은
아니다. 한 토막 이야기를 만듦으로써 하루의 생명을 연장해갔던
그 궁녀처럼 현대의 작가란 이미 종식되어야 할 인간의 생명을
그들이 만든 '레시récit'로 하여 연속시켜가는 사람들이다.

그래서 작가의 이야기는 사멸의 유예를 위한 것이다. 천 하룻
밤, 아니 무한정한 밤을 두고 그래서 그들의 화제는 계속되어야
한다. 만약 이야기가 두절되는 날 우리에겐 죽음이 오고 이 세기
의 묵묵한 어둠은 영원한 어둠으로서 침묵하리라.

무슨 이야기건 해야 되는 것이다. 모든 것은 말로써 표현되어야 하고 그래서 이야기된 운명, 말해진 비극 그리고 표현된 우리의 상황이 그것으로 하여 변모해가야 된다.

그런 이유로서 우리는 어떠한 작가에게도 할 말이 없다. 그렇지만 한 번 말해진 이야기는 반드시 비평되어야만 하는 또 하나의 숙명으로서 존재한다. 그것을 잊어서는 안 된다. 그래서 작가의 자유는 바로 '구속된 자유'이다. 하나의 사물, 하나의 사건은 말에 의해서 현시되고 그 말의 행위는 비평의 행위에 의해서 움직인다. 그렇게 해서 거기 참된 말의 가치와 의미가 있게 되는 것이 아닐까? 말한다는 것이 작가의 책임이라면 '말해진 것을 존재화시키는 것'이 또한 우리(독자 대중)의 책임이기 때문이다.

바람과 같은 이야기, 놀처럼 떴다 사라져가는 이야기 혹은 낙엽처럼 혹은 구름처럼 뿌리 없이 표표히 흘러가는 허망한 이야기—그러한 글들이 설혹 작가 자신에게는 필요한 것일지라도 우리에게는 아무런 보람도 변화도 주지 않을 때—그것은 '말해져 있지 않은 것'과 마찬가지 것이 된다. 별개의 또 다른 침묵을 만든 것뿐이다. 1957년—그러므로 굳이 그러한 시대의 상표는 달지 않는다. 그러나,

'대체 한국의 작가들은 어느 벌판에서 헤매고 있는 것일까?'

'대체 무엇을 말하려고 그렇게 침통한 표정으로 움츠리고 있는 것일까?'

'누구를 향해서—대체 어떠한 시각을 위해서 그들은 끝없는 이야기를 오늘 다시 되풀이하고 있는 것일까?'

이러한 문제에 대해서만은 한마디의 언급이 있어야겠다.

풍경화의 구도

Décrire telle est la dernière ambition.

누가 말하고 있다. '기술décrire한다는 것이 최후의 야망'이라고……. 정확히 말해서 현실을 '기술하려는 그 의지와 정신'—그것은 현명하게도 산문 예술의 정수를 옳게 투시한 발언이다. 그러나 이때의 기술이란 말은 재판소 서기의 그것을 뜻하는 것은 물론 아니다.

염상섭 씨는 이러한 의미에서 누구보다도 산문의 정도正道를 똑똑히 걸어가고 있는 듯이 보이지만 사실 누구보다도 산문의 우로迂路에서 방황하고 있는 분이다. 씨는 기술이 산문 정신의 기저라는 것을 알고 있으면서도—말하자면 기술의 방법을 알고 있으면서도 '기술의 철학'은 모르고 있는 듯싶다. 건방진 말이긴 하나 이 대가의 작품을 두고 총천연색 기록영화라든가 혹은 '스냅사진'이라고 불렀던 이유가 바로 여기에 있었던 것이다.

「절곡」, 「동서」, 「인플루엔자」의 제諸 작품은 모두가 안방, 건넌방에서 일어난 사건들이다. 그것이 비록 안방 이야기라 하더라도 허물은 아니다. 문제는 안방 이야기가 안방 이야기에서 끝나게 될 때 발단된다.

프랑스의 리얼리즘은 이 '안방'의 현실을 사회적 현실로 확대시키는 정신이었다. 프티부르주아의 나직한 하늘을 등진 조그만 풍경화, 그러나 일편의 모형 속에는 치열하고 광활한 현실의 파도가 동하고 있다. 그것은 소시민의 생활 풍경이 그 시대의 역사성이 바로 그러한 리얼리티를 지배하고 있었기 때문이다.

씨의 작중인물들도 역시 소시민의 운명적 현실 밑에서 움직이고 있긴 하다. 그러나 「절곡」의 영탁 영감, 「동서」에서 볼 수 있는 불우한 두 부녀의 성격 유형, 「인플루엔자」에 등장했던 늦바람 난 40대의 가정부—이러한 인물들이 가지는 리얼리티란 오늘날에 있는 역사성의 활력과 조명을 받고 있지 않다. 그래서 그 사진화된 이들의 행동이 뜻밖에도 석연히 움직이는 일군의 마네킹 같은 것이 되고 말았다.

리얼리티의 밀도가 관심을 환기시키는 역동성 여하에 따라 결정된다면 씨의 소설에는 리얼리티의 밀도가 너무나도 희박하다. 30~40년 전의 틀을 가지고 자꾸 찍어만 내는 그 '국화빵' 같은 소설이 중학교 작문 교재의 예문 이외의 별다른 효용이 없다는 것은 노老대가를 위해서 매우 섭섭한 이야기다.

로댕이 〈청동시대〉라는 조각을 처음으로 출품했을 때 그것이 너무도 인체의 실물과 흡사했기 때문에 살롱의 심사원들이 인간의 원형을 직접 형으로 뜬 것이라 하여 사기 사건으로 고발한 일이 있었다. 사물을 그려내는 씨의 표현이 이러한 로댕의 의심받은 솜씨를 따를 정도로 치밀하다는 점에 우리는 놀란다. 그러나 그토록 여실한 기법을 그토록 무익한 것을 위하여 탕진하고 있는 씨의 불모한 산문 정신을 생각할 때 우리는 다시 한 번 놀라는 것이다.

추식 씨도 염씨와 거의 동일한 입장에 서서 일상적 생활 풍조를 기술하고 있다. 그러나 씨의 작품에는 어떤 '친근성'(우리의 관심을 자극한다는 뜻에서)이 가미되어 있다. '어떤 친근성'이란 무엇인가? 그것은 씨의 시대적 호흡이 전기한 염씨보다 치열하고 보다 우리와 가까운 데 있다는 것을 암시하는 것이다.

「인간제대」와 「기적궁」에 나타나 있는 패배한 인간의 군상이 현대적 사회성의 그 보이지 않는 끈에 의하여 조종되고 있기 때문이다. 그들은 잉여정리된 수자처럼 인간의 울타리 밖에서 부동하고 있다. 「인간제대」의 '나'는 「기적궁」의 창녀와 같이 대열 속에서 영영 떨어져 나간 암체暗體의 유성들인 것이다. 추씨는 바로 이 고독한 생명의 걸인 군상에서 현 사회의 앤티노미antinomy를 발견한다. 초보적이기는 하나 기술의 철학—산문 정신의 일면을 씨는 터득하고 있다.

탐욕한 손으로 상인들이 화폐를 세고 있을 때, 혹은 청운靑雲에 뜬 정치가들이 권력의 투표장을 계측하고 있을 때 생활에 승리한 사람들이 그들의 향연에 술잔을 들고 축복받는 내일을 끊임없이 이야기하고 있을 때 기억에도 희박한 인생의 골목길에서는 오늘도 잃어버린 꿈과 인간의 표정을 찾는 일군의 패배한 군상이 배회하고 있다.

거기에는 코 묻은 10환짜리 한 장을 받고 세계 유람을 시켜주고 있는 요지경 영감이 있고 차라리 병신을 먹고산다는 실직자, 제대군인의 한탄이 있고 창부가 있고 전공電工 선발시험—그 전신주에서 미끄러져 떨어지는 패자들의 슬픈 곡예의 모습도 있다. 그들은 때로 시대를 한탄하고 정치를 논하기도 하면서 돌림받는 인간 대열에 다시 한 번 끼어보자는 처절한 발버둥과 얼어붙은 향수와 꿈에 젖기도 한다. 그러나 밀려오는 물결을 거역하고 인간에의 열정을 가지면 가질수록 그들은 자꾸 침몰해가는 육신의 서글픈 중력을 느낄 뿐이다.

"나는 정신 분열을 일으킨 것이 아닙니다. 확실히 아내를 죽였습니다. 나는 분풀이를 그 여자에게 했습니다."

그렇기에 「인간제대」의 '나'는 엉뚱한 저항으로 하여 영영 구제될 수 없는 나락으로 침몰되지 않았던가?

불량 학생과 펨푸 녀석의 귀뺨을 친 손, 불쌍한 아내를 걷어찬 그 발부리는 필시 다른 것을 향해 내려쳐야만 했던 분노의 손이며 발이 아니었을까?

그러나 무표정한 사회의 덩어리는 그 덩어리대로 움직이고 있다. 숱한 생명이 낙엽 지듯이 흩어져 짓밟혀도 그것은 그전대로 움직여가야만 하는 집결체이다. 기적궁[私娼窟]이 타면 대신 그 자리에 현대식 고층 건물이 서야만 되고 그것을 보도하기만 하면 그것으로 문제는 아무렇지도 않게 끝나는 것이다. 이것이 다윈 Charles Darwin의 우등생을 위주로 한 현대의 사회다. 이것이 집단의 질서 그 생활의 모럴이라는 게다.

추씨는 이렇게 싸늘한 청동靑銅의 풍경을 그렸다. 누더기와 같은 도시의 외곽, 그 뒤에 마춰된 회색의 멍멍한 하늘을—이래서 배경 없는 염씨의 풍경화에 비하여 씨의 그것은 보다 강렬하고 음울한 색조로 그려져 있다. 우리의 것으로 거기 움직이고 있다. 그러나 염씨가 '기술의 방법'은 알아도 '기술의 철학'을 모르고 있다면 씨는 거꾸로 '기술의 철학'은 알아도 '기술의 방법'은 모르고 있는 것이라고 말할 수 있다.

또 하나의 풍경화—박경리 씨의 「불신시대」가 생각난다. 여류답게 섬세한 터치로 이 거대한 파노라마를 서경敍景한 씨의 작품은 현실을 파헤친 한 폭의 특색 있는 가작佳作이다.

제목이 암시하고 있는 대로 그것은 불신의 계곡에서 방황하는 현대인의 생활을 묘사한 글이다. 전쟁에서 남편을 잃고 나중엔 단 하나의 자식과도 사별된 청상靑孀 진영의 눈에 어리는 불신의 사상들—모든 것이 권력과 화폐로만 환산되는 생활 속에 이미 종교도 인종도 영혼도 없다.

연보 돈을 걷기만 하는 열성적인 교도들－화폐의 액수에 따라 영혼을 위로하는 독경 소리가 달라지는 도승道僧－주사량을 속여서까지 야윈 환자의 주머니를 털어가는 인술사仁術師(?)라는 의사들－겟놀이를 해서 금전을 편취하는 얌전한 신자의 아주머니－그리고 종교를 담보로 하여 사기한 부자父子, 그런 권속－이런 틈바귀에서 진영은 마치 쨍쨍하게 내리는 햇볕 아래 늘어진 한 마리의 지렁이 같은 생명의 고갈을 느낀다. 이윽고 자기 자식 문수의 영혼까지도 믿을 수 없게 되어 그의 위패와 사진을 불사르고 만다.

　이러한 이야기가 은은한 분위기 가운데 자연스러운 선線과 선의 교합으로 직조되었다. 그러나 진영의 불신이란 어디까지나 외부적인 것이지 자아 그것에 대한 내부적인 동요는 아니다. "그렇지. 내게는 아직 생명이 남아 있었지, 항거할 수 있는 생명이." 그래서 씨의 소설은 약간 신파조의 각오로 끝을 맺고 있다. 씨는 '아직 남아 있는 생명'에서 착잡한 풍경의 여백을 발견했지만 사실은 이 여백의 부분이 문제인 것이다.

　현대인은 남을 믿을 수 없는 데 비극이 있는 것이 아니라 나 자신까지 믿을 수 없는 데 심각한 딜레마가 있다. '내게 아직 남아 있는 그 생명' 그것이 바로 요동하고 있다는 이야기다. 외부에서 떨어지는 낙뢰는 피할 수 있어도 지각의 내부에서 일어나는 지진을 막기 어렵다. 그렇다면 씨의 소설은 이 난제 이전의 처리밖에 하지 못하고 있으니 고개는 바야흐로 지금부터다.

미완성 풍경화—다음 화필은 좀 더 끈덕지고 더 깊은 곳에 잠겨 있는 마음의 풍경을 그려내야만 될 것 같다.

이들이 이와 같이 인간의 외부적 현실의 풍경을 그리는 데 비해서 최상규 씨의 「제1장」, 「창을 열자」 그리고 이호철 씨의 「나상裸像」 같은 작품은 인간의 내면 풍경을 그리는 데 주안을 둔다. 내부적 현실을 투시한 엑스레이 사진 같은 것이다. 이 작품들의 자세한 언급은 이미 '불가능한 가사'에서 했다. 다만 내면을 투시하는 이러한 작가들이 앞서 든 작가보다 그 방법에 있어 우수하다는 것만 말해둔다. 그 이유는 현대인의 질환이란 외부의 병이 아니라 내부의 병이라는 점에서다.

우울한 파수

앞서 말한 작가들처럼 '그렇게 있는 인간의 경애境涯'를 기술 재현하는 것이 아니라 소멸해가는 인간의 마지막 얼굴을 지키기 위해서 여기 일군의 우울한 파수把守들이 있다.

그들은 다음에 올 것을 위하여 오늘을 거부하고 있는 것이다. 거부하는 현존의 밑바닥에서 인간 최저에 남아 있는 그 체온을 유지하기 위하여 숭고한 작가의 정신을 발휘한다. 산문적 기질이 산문적 인격으로까지 고양되었을 때 생겨나는 일종의 결의—그것이 말하고 싶다는 그들 욕망을 일깨운다.

우리는 손창섭 씨의 「소년」, 「조건부」, 송병수 씨의 「쑈리 킴」, 「22번형」 그리고 강신재 씨의 「해방촌 가는 길」, 김광식 씨의 「백호 그룹」 같은 작품을 통해서 그러한 파수들의 기백을 본다.

손씨는 「소년」에서 아이답지 않은 아이 창훈을 그렸고, 거꾸로 「조건부」에서는 어른답지 않은 어른 갑주를 소묘했다. 그래서 그들은 모두가 기형적인 인간처럼 보인다.

그러나 씨의 의도는 창훈이나 갑주의 애브노멀한 성격 구성에 있는 것이 아니라 실은 이러한 인물들이 위치해 있는 그 배경의 의미에 더 큰 문제성이 있다. 그 배경의 문제성이란 무엇인가. 그것은 바로 우리 앞에 놓여 있는 비정적 정황이며 그 비정적 정황의 노현露顯이란 그 같은 인물의 기형성에서 인간 그것의 변모를 찾아내려는 작업인 것이다. 말하자면 창훈이나 갑주는 우리가 지켜야만 될 존재로서 제시되어 있다. 창훈의 경우부터 생각해보자.

오랫동안 잠자던 전쟁이 일어났다. 깊숙한 하늘 밑에서 머리 들고 일어났다.

아주 크게 그리고 미지의 모습으로 어렴풋한 빛깔 속에 서 있었다.

그리고 그 검은 손이 달[月]을 이겨 부쉈다.

―하임[7]

7) Georg Heym(1887~1912) : 독일 시인. 죽음과 몰락이 이 시인의 모티브인데 형이상학적

춘화도春畵圖를 그리는 아이, 항상 경계와 불신에 가득 찬 그 눈초리, 그러한 창훈은 분쇄된 바로 우리의 '달', 우리의 '내일'인 것이다. 지금 이곳에 펼쳐진 그 검은 손에 의해서 짓밟힌 처절한 달의 상흔이다. 아니 그래도 그것은 향기로워야 했을 무슨 꽃, 한 줄기의 바람이었다.

순진이라든가 꿈이라든가 정서나 눈물이라든가 하는 동심의 세계를 훌쩍 뛰어넘는 창훈(그러한 소년군)은 그래서 묵묵한 적지寂地를 향해 타락하는 오늘의 정황, 그것을 비춰주는 반사체로서 있다. 그리하여 우리는 차단된 내일, 모독받은 내일을 거기에서 본다.

오늘의 비극을 뒤집은 인간들—그 데몽démon은 도처에 서 있다. 그래서 창훈의 배경과 또 그 모태가 드러나고 그것이 바로 우리의 손에 의한 비정적 학살임을 알게 될 때 스스로 침식해오는 거대한 회한, 우리의 책임이 씨가 의도한 바의 그것이다.

"그래도 너는 목전에서 붕괴하는 「내일」의 낙체落體를 차마 보고만 있겠는가?"

우울한 파수의 발언이다.

여교사 남영과 창훈 사이에 가로놓인 거리, 그것이 멀면 멀수

인 영원성과 연결되어 있다. 검은 비전과 대담한 비유의 사용이 이상한 긴박감을 낳게 하는 것도 이 시인의 특징이다.

록 내일에 대한 우리의 절망의 치수도 따라서 커진다. 여기에 갑주까지를 두고 한번 생각해보자.

어떻게 생각해보면 갑주는 어처구니없이 어리석은 반편이다. 과부의 딸 어린 현옥이를 처로 삼기 위해서 가난한 구두 수선공으로서의 생활을 견디며 그 집 세 식구를 먹여 살린다든지, 그러한 조건은 이행되지도 않고 도리어 매나 맞고 쫓겨나는 거동이라든지 자기 신세타령을 남에게 술을 사주면서 푸념하는 것이라든지—그리고 "난 말이다. 죽지 않고는 견딜 수 없는 사람이다. 난 정말 죽고 말 테니 너희들께서 잘 보아라!"고 영문도 모르는 아이들을 불러놓고, 차가운 강물 속으로 철벅철벅 걸어 들어가는 갑주의 마지막 자살 기도의 그 장면이라든지—모두가 기형에 가까운 바보짓이다.

그러나 우리는 창훈을 그냥 깜찍한 아이라고 규정해버릴 수 없듯이 이 곤란한 갑주도 하나의 바보라고 일소에 붙여 넘길 수가 없다. 왜냐하면 한 번 되생각할 때 갑주는 바보가 아니라 사실은 너무나도 선량한 인간이기 때문이다. 19세기의 이반은 행복했지만 현대의 이반은 가혹한 수난으로서의 운명을 지녔다. 도스토옙스키는 말한다.

"무구한 어린이를 짐승의 손으로 학대하고 그것으로써 이 세상의 죄를 대상代償하려는 것이 인간이라면 나는 인간이라는 명찰을 서슴없이 거부하겠다"고……

'바보'의 비극을 희극적인 터치로 그리는 이 같은 방법은 김유정의 「봄봄」과 같은 계열에 속하는 것으로 '한국적 인간상'의 전통을 이어받은 것이라고 할 수 있다. 그리고 착한 인간의 얼굴을 해집는 손톱을 막아내려는 우울한 파수의 그 표정은 한국적인 한 휴머니즘의 재생이라고 보아도 무방하다.

그러나 씨의 이러한 적극적 의도가 한 편의 소설을 이루는 데 많은 결점이 있었던 것은 숨길 수가 없다. 씨가 그동안 키워오던 '부정의 나무'(「혈서」, 「인간동물원초」 같은 왕년의 작품)가 금년 들어서 '열매'를 맺기 시작했지만 그 열매에는 너무도 떫은 산미가 들어 있었다는 말이다.

첫째 「소년」 하나만을 예로 들더라도 남영이라는 여교사는 꼭 옛날 수신修身 교과서에 나오는 우직한 아이디얼리스트idealist의 계몽 처녀같이 그려져 있다. "창훈의 앞길을 가로막는 검은 운명의 손길과 힘껏 싸워보자—." 대체 이 말은 반세기 전 박문서관博文書館에서 간행하던 딱지 소설의 장지裝紙 그림 같은 것이 아닐까?

그리고 씨가 종래부터 지니고 있던 약점, 즉 해결할 수 없이 막다른 길목에까지 와서는 "외투 깃을 세우고 눈 오는 둑길을 끝없이 걸어간다"(「설중행」)든지 "지팡이를 짚고 쩔뚝쩔뚝 정처 없이 집을 나와 걸어간다"(「혈서」)든지 하는 센티멘털한 포기의 태도(가장 비판적인 힘을 발휘할 때 가서 언제나 씨는 주저앉고 만다)가 또 「소년」에서도 탈피

되어 있지 않다.

"거기에는 물론 아무도 없었다. 벽에 붙어 있는 창훈의 그림만이 유난히 남영의 눈을 끌었다. 다가서서 그 그림들을 언제까지 바라보고 있는 남영의 시선이 차츰 흐리기 시작했다."

남영의 차츰 흐려지는 눈―소설에서는 물론 그렇게 되어야겠지만 작가의 눈까지도 흐려진다면, 좀 더 가열한 산문 정신이 있어야만 긍정의 열매에 단맛이 돌 것 같다.

「바바리코트」나 「어떤 해체」 같은 작품에서 치열한 작가 정신의 일면을 보여준 강신재 씨의 이번 「해방촌 가는 길」에서도 무구한 인간 지역의 마지막 여백을 지키자는 파수의 항변을 읽을 수가 있다. 그리고 김광식 씨도 「백호 그룹」에서 10대 소년의 생태를 그려 차차 침식해가는 내일의 초원을 우리에게 보여주고 있다. 그렇지만 마지막 수면제를 탄 커피 잔을 자기가 착오하여 마셨다는 것은 백옥 일하白玉一瑕의 손색으로 전편의 분위기를 망쳐놓았다. 참으로 서운한 일이다.

그러나 무엇보다도 송병수 씨의 「쑈리 킴」이나 「22번형」은 그 같은 유형의 작품 가운데 백미다. 무엇을 지킨다는 것은 무엇을 부순다는 것보다 어려운 일이고 또 잘못하면 부자연한 도덕 강연이 될 우려가 많다. 뿐만 아니라 리얼리티나 예술성을 상실하게 될지도 모른다는 면에서 치명상을 입을 위험도 있다.

그런데 송씨는 놀랄 만큼 리얼한 솜씨로 어려운 파수의 임무를 완수하고 있다. 도스토옙스키의 작중인물에는 악인이 없다. 악인이라고 생각했던 사람들까지도 한번 그의 손에 들어오면 눈물겹도록 착하기만 한 인간인 것을 우리는 안다. 그레이엄 그린도 얘기했듯이 '악인에의 동정'이란, 즉 악의 궁극에서 찾아낼 수 있는 인간성의 발굴이다.

범죄한 여인을 향하여 차마 돌을 던질 수 없었던 예수가 인간의 편이듯이 작가는 언제나 약점 많은 인간의 편에 선다. 그렇기에 송씨의 작품에는 악인이 없다. 바르게 말해서 송씨는 악 가운데서 언제나 현실적인 '인간의 맛'(이것을 선이라 해도 좋다)을 찾아내고 있다는 편이 타당하다. 이것이 씨가 현실을 현실대로 나타내면서도 그 가운데 현실 이상의 것을 만들어내는 비법이다.

「쑈리 킴」에는 쑈리 킴과 딱부리 그리고 「22번형」에는 꼬마와 키다리의 각기 대치한 두 인물이 상대된다. 쑈리 킴과 꼬마는 동형同型의 인물(꼬마는 쑈리 킴의 확대요 키다리는 딱부리의 대형으로 볼 수 있다)로서 다 같이 인정 있고 내성적이고 의협심이 있다. 우리가 흔히 선인이라고 부르는 타입이다. 그리고 딱부리와 키다리는 에고이스트며 세속적이며 간교하다. 흔히 악인이라고 부를 수도 있는 인물이다. 그러나 씨의 소설이 대단원에 이르면 이들은 서로 화해되고 융합 조화되어서 따뜻한 인간의 향내를 풍긴다. '따링 누나'(양갈보)와 쑈리의 인정적 결합부터가 우선 그러하다.

달러를 훔치려 쩔뚝이에게 돌팔매질을 하고 쑈리가 그래서 그

놈에게 역습을 당할 때 딱부리는 그와 함께 단도로 쩔뚝이를 찌르고 달아나는 장면(「쑈리 킴」), 그리고 키다리가 총알에 맞아 쓰러지면서도 꼬마의 M1을 빼앗아 이 총으로 적을 사격하여 지원할 터이니 어서 언덕을 넘어 도망을 가라고 하면서 "그가 산간의 처녀를 겁탈하려 할 때 뺨을 맞았던 일을 잊을 수 없다"고 말하는 장면(「22변형」)이 우리의 마음을 돌연히 따스한 것으로 적셔준다. 그럴 수 없었던 사람들에게서 발견할 수 있는 인간애의 소중한 맛이다.

인간의 그 밑바닥에 아직도 살아 꿈틀대는 것, 어찌 생각하면 향수처럼 못 견디게 하는 절박 속의 애정—저간에 상영된 「악인은 지옥으로」의 마지막 신을 연상하게 한다. 유사流砂 지대로 서로 껴안고 사라져가는 살인수, 우리가 그들끼리의 애정을 차마 미워할 수 있었던가?

씨가 보여주고 있는 인간 최후의 사랑이란 종교적인 것도 아니면서, 억지로 짜낸 모럴도 아니면서 그런대로 리얼리티를 지닌 낭만으로 풍성하다. 씨가 발굴한 휴머니티—인간의 경지에서 전개되는 그 휴머니티—그것은 꾸민 것이 아니라 은폐되어 있는 또 하나의 소성素性을 현시한 것으로 우리 앞에 존재한다.

45도의 사면에 서서 헐고 뜯긴 인간성을 다시 한 번 바라보는 씨의 성실한 눈이 빙하 속에 묻힌 우리의 최저 체온을 그렇게 지켜주고 있다.

반항과 바다

제1의 작가군은 '그렇게 있는 인간의 모습'을 기술하려 했다. 제2의 작가군은 '그렇게 남아 있는 인간의 가치'를 수호해보려 했다. 그런데 지금 내가 말하려는 제3의 작가군은 '그렇게 있어 야만 하는 인간'―또는 '그렇게 있어서는 아니 되는 경애'를 자기 의 강력한 주장 속에 굴절시켜 오늘의 정황과 대결시키는 방법에 의하여 작품을 만들려고 한다. 그러니까 그들의 말은 자연히 저 항적인 것이며 또한 새로운 운명의 대해로 나아가 자아의 해방을 이루려는 기도적인 발성으로 나타나기도 한다.

산문에 주어진 창조의 기능을 최대한으로 구사하고 있는 작가 들이다. 그런데 수량으로 보아서 그리 우세하지 못한 것이 섭섭 하다. 성격은 서로 다르나 김성한 씨의 「방황」, 「귀환」과 선우휘 씨의 「불꽃」을 중심으로 말해보기로 하자. 이 밖에 오상원 씨의 몇몇 작품도 있기는 하다.

ZERO POINT―인간다운 것을 완전히 상실당한 채 지평의 마 지막에 홍만식과 애꾸눈의 미스 김―이 남녀 한 쌍이 인간에게 반항하며 생존하는 그것에서부터 「방황」의 소설은 시작된다. 신 이 아니라 그들의 반항적 대상은 바로 인간이다. 인간이 인간에 게 반항한다는 것은 인간이 인간인 것으로 꾸며놓았던 가식의 신 전을 파괴한다는 의미다. 비근하게 말해서 기성 도덕, 그렇게 해 야 된다는 막연한 역사의식―생존의 기반羈絆―카리스마적 인간 체제―그러한 온갖 마술로부터 해방되려는 또 하나의 작위적 의지인 것이다. 달콤한 인간다운 감상으로부터 도주하는 것, 그것이 비인으로서 살아가려는 의지와 열정과 행위로 되어 나타난다. 그러나 흑색에 반항하는 색깔, 백색도 색으로서의 생명은 지니지 못하고 있다. '모든 빛을 받아들이느냐, 모든 빛을 거부하느냐' 하는 극단의 색―흑색과 백색은 기실 동일한 부정의 색채인 것이다. 그렇기 때문에 인간을 거부하는 만식이나 애꾸눈의 실존이 곧 그들의 모럴(색깔)도 생존의 자세도 될 수는 없다.

만식이가 자기를 나무뿌리와 같은 일개 사물로서의 존재라고 고집한다 해도 혹은 애꾸 자신을 인간의 외곽에 선 관망자로 자처한다 해도 이미 그들의 그 같은 반항적 의지와 무관심은 비극의 운명에 얽매여 있는 자기 그림자의 일편에 불과하다.

그러나 그 같은 비인의 체험은 그들을 상실한 인간의 고향으로 돌아가게 하는 중요한 전기轉機로서 나타난다. 하이데거Martin Heidegger식으로 말해서 그것은 고향의 부름 소리를 기다리는 사색자의 준비며 상실한 인간의 것을 회억하는 고독의 자세인 것이다. 또 플라톤의 설화에 의하면 옛날 인간의 영혼은 신과 더불어 아름다운 천계의 부락에서 살고 있었다. 거기에서는 모든 것이 청정淸淨, 단순, 상주常主, 행복의 곡도[幻]를 바라볼 수 있는 행운이 용서되었었다.

그래서 그때는 오늘날처럼 인간은 육체의 테두리 속에 감금되

어 있지도 않았고 부자연한 망각과 악에 침입되어 있지도 않았었
다. 그러므로 지금도 일단 우리가 순수한 이데아의 감성적 반영
을 통하여 인간의 영혼을 투시해보면 거기 천상의 환각, 영숙影宿
하는 미의 모순이 회상되고 우리들의 지상적 정열은 억압되어 감
격의 정념과 스산한 천상의 고향에 대한 동경이 충만해온다는 것
이다. 우리들의 현실과 그 비극은 바로 이 같은 고향 상실의 운
명으로부터 비롯하는 것이며 육체에 영숙하는 우리의 영혼이 왜
곡되고 분열되어 구제할 길 없는 함정 속에서 방황하는 데 있다.
「방황」의 결말은 이러한 실향인의 운명을 다시금 인간 본연의 고
향으로 돌아가게 하는 전환기를 제시하고 있다.

　미스 김은 만식이를 보고 길을 떠나라 한다. 마련된 자기의 넓
은 무대를 찾으라 한다. 그러고는 그녀는 돈뭉치와 신조복新調服
을 사다 주는 것이다. 싸늘한 애정, 그 담담한 인간애를 처음으
로 느낀 만식은 귀향에의 재촉을 받는다. 안경 너머로 보이는 애
꾸의 한 눈이 상실한 인간의 고향을 계시하는 불빛처럼 여겨지는
것이라 하여 그는 미스 김의 판잣집을 떠날 때 어쩌면 무슨 변동
이 있을 듯한 기분을 느낀다.

　그 변동이란 다름 아닌 인간에의 향수 그것이 일깨우는 심리적
전환이다.

　미스 김도 "괴로우시거든 언제든지 돌아오세요. ……기다리겠
어요"라고 말할 때 고갈했다던 눈물이 어쩌면 그의 가슴을 적시

고 있었을는지 모를 일이다. 그 눈물 그것도 잃어버린 고향에의 추억이며 인생의 연극을 방관자로서 바라보고만 있던 비인의 종식을 암시하고 있는 것이다.

그러나 재귀한 인간의 운명이란 인간 생활의 원시적인 근원根元의 수원水源을 향해 돌아가는 복고의 것이 아니라 거꾸로 그 물줄기가 왕양汪洋한 바다로 나서는 것을 의미한다. 우곡迂曲하는 협곡을 빠져 자유와 무한과 영원한 수평이 있는 바다로―. 그러므로 바다로 나선 만식이와 미스 김을 우리는 씨의 근작 「귀향」의 '김경석'과 그의 아내 '혜란'에서 찾아볼 수 있다.

그들은 솔직한 인간들이다. 경석의 지성은 유폐되어 있는 것이 아니고 혜란의 애정은 절대에 가까운 강력한 생의 의지다. 그렇기는 하나 씨의 「귀향」은 우리와의 친근성이 상실되어 있다. 6·25 동란이 일어나서 경석이 자진 입대한다는 것이나 혜란이 주위 남자들의 유혹과 싸워가는 것이나 모두 홍만식과 미스 김 이전의 생활에 속해 있는 것 같은 감이 든다. 사실은 그것을 넘어선 인물의 타입이며 그렇게 있어야만 하는 인간의 이야긴데 그렇게 느껴지지가 않는다는 것은 씨로서 재고를 요할 문제다.

선우휘 씨의 「불꽃」은 김씨의 그것과는 판이하다. 김씨가 형이상학적 인간의 조건을 초극하려 한 것에 비하여 선우씨는 형이하학적 인간의 운명을 내적인 데에 비하여 외적인 것을, 본질적인 것에 비하여 시대적인 것을 대상으로 삼고 있다. 하지만 대상의 차이는 있으나 '그렇게 있어야만 하는 인간', '그렇게 있어서는 아니 될 경애'를 설파하려는 그 정신의 유형은 동일하다.

「불꽃」에서 씨는 그렇게 있어서는 아니 될 경애로 한민족 반세기사를 부조하여 그것을 고현의 할아버지와 고현의 어머니 가운데 이입했다. 그리고 그렇게 있어야만 하는 인간으로서는 고현의 아버지 또는 여교사 조선생을 미리 전제해놓았다.

전자는 과거의 식민지적 인간의 전형이며 후자는 새로 있어야만 하는 젊은 한국인의 얼굴이요, 그 표징이다. 전자는 현실도피적이며 맹목적 인종忍從에 들려[憑] 있는 인간상이며 후자는 현실에 직접 대결하며 살아가는 반항적이고 자아적인 인간형이다. 이러한 양면의 생을 받은 고현의 태도와 행동의 선택을 빌려서 우리에게 씨는 무엇이 있어야만 되겠는가의 한 문제를 제시했다.

고현의 반항 정신(아버지에게서 계승된)은 언제나 체념적이고 안심입명安心立命의 은둔사상(할아버지, 즉 고질화된 과거 한민족의 폐습)과 갈등하고 그래서는 위축된다. 현이 어렸을 때 자기 할아버지의 혹을 조롱하는 아이들과 싸워 피투성이가 되어 돌아온 것이 그의 최초의 반항적 정신의 발아였다면 그것으로 해서 칭찬해줄 줄만 알았던 할아버지에게 도리어 힐책을 당하고 실망하게 된 것이 또한 그 최초의 좌절이라 할 수 있다.

성장한 후에도 현은 이러한 갈등 속에서 국척跼蹐[8]한다. 팔굉일우八紘一宇니 뭐니 떠드는 일인 교사에게 불쑥 대들고 나서 곧 자기의 질문에 후회해버리는 현의 학생 시절—교장의 비행에 울분을 토하다가도 그것이 쑥스러운 행동이었다고 자기혐오에 빠지는 현의 직장 생활—모두가 그렇다.

그래서 군마에 먹이를 주다가 애꿎은 그놈의 엉덩이를 두들겨 패는 현의 비극적 분풀이에서 극도로 왜곡되고 억압된 반항 정신의 엉뚱한, 그러나 눈물겨운 노출을 본다. 그러나 마침내 씨는 이러한 현으로 하여금 음산한 구각舊殼의 고정관념(할아버지의 습속)에서 선탈蟬脫하고 저 생명의 불꽃—살려는 의지와 반항적 대결—가운데 새로운 눈을 뜨게 하였다.

현이 녹슨 방아쇠를 잡아당겼을 때, 연호의 심장을 꿰뚫었을 때—그에겐 이미 죄 없는 조선생의 아버지를 학살하려던 인민군과 그러한 현실악에 항거했던 자기 행동에 후회하고 있지는 않았다. 운명은 결정된 것이다. 현실에 대해서 외면을 하거나 도피를 하면서 살아가던 그 꽃밭의 시대는 끝나고 만 것이다.

씨는 이러한 마지막 현의 모습에서 있어야만 하는 한국의 젊은 초상을 우리에게 보여주었고 무릎 위의 거문고와 강호의 백구에서 스스로 자기 운명을 도피시켰던 우리 과거의 민족적 습속을

---

8) 몸을 구부리고 조심조심 걷는다는 뜻으로, 두려워하거나 삼가고 조심하는 모양.

불식하였다.

착한 생명을 위협하는 모든 것에 저항하면서 조용한 인간들의 세계를 기원冀願하려는 현의 가슴에는 '불꽃의 바다'—오랜 골짜기의 침묵이 깨지는 소리의 이미지가 있다. 우리들이 가져야만 하는 불꽃, 섬광.

춘한春寒 서경敍景

마지막으로 '동면족 이후'의 이야기를 해야겠다. 나는 연전年前의 창작 총평의 글에서 황순원 씨와 오영수 씨의 작품 세계를 이렇게 말한 적이 있었다.

"그들은 모두가 냉혹한 현실과 붕괴하는 인간의 의미, 말하자면 세기의 겨울철을 피하기 위해서 동면의 술법을 배우고 있는 것이다. 냉혈동물은 음산하고 우울한 동절冬節을 토층 깊이 칩거함으로써 망각해보려 한다. 그들의 동굴에는 눈도 서리도 또한 바람도 불어오지 않는다. 엷은 졸음과 훈훈한 지열 속에서 아름다운 환몽에만 젖는다. 동결한 수십 척의 지층, 그 내부에서 겪는 파충류의 겨울에는 오직 꿈만이 있다. 이렇게 황순원 씨나 오영수 씨는 생동하는 현실의 지평 위에 그들의 서가를 두지 않는다. 동절의 냉한을 피하기 위해서 언제나 그 지평 수십 척의 땅속에 동면의 동굴을 팠다. 그리고 그 동굴 속 현실에서만 그들의 체온을 유지할 수 있었고 아름다운 꿈의 이야기에 젖을 수 있었다."

그런데 금년에는 이 동면족에게도 경칩이 오고 그 동굴로부터 그들은 아직 냉기가 가시지 않은 이 땅 위로 나오게 된 것이다.

춘한이었다. 그들은 이 춘한 속에서 졸음이 가시지 않은 눈을 뜨고 주위를 본다. 고갈한 나무 끝과 회색의 지평에 휘부는 바람이 춥다. 그렇지만 그들은 이 일말의 냉기와 삭막한 풍경 뒤에 분명 무엇이 움직이고 있다고 믿는다. 따뜻하고 평화로운 해빙기—그렇기에 황씨와 오씨의 금년 작품에는 춘한같이 차가운 현실의 기류가 흐르고 있는 것이다. 그렇기에 그것은 그냥 차지만 않고 은미한 온기를 품고 있다.

황순원 씨의 「내일」, 「소리」, 오영수 씨의 「춘한」, 「제비」 같은 일련의 작품에서 우리가 받게 되는 현실 감각은 틀림없이 그 춘한(?)적이라는 말 이외로 표현할 도리가 없다. 이것이 전기한 작가들에 비한 이들의 특색이다. 비산문적이라고 말할 수도 있을 게다.

한번 '춘한적'이라는 말의 의미를 풀어가보자. 제목마저 직접 춘한으로 되어 있는 오씨의 작품부터.

추적추적 내리는 봄비 소리를 들으면서 구형 회중시계를 꺼내보는 추강 선생에게는 하루란 참으로 길기만 하다. 그렇기 때문에 광고란까지 다 읽어버린 신문을 훑어보고 훑어보고 하는 무료한 그의 하루는 어쩔 수 없이 언제나 패자(연령에서 오는)의 것으로 쓸쓸하다. 인생 말년의 내리받이 길에 선 추강 선생의 이 쓸쓸한 하루가 친구 집 한약방에서 사동 아이와 바둑을 두는 장면에 와서 기묘한 현실감을 준다.

어린 아이놈이 추강 선생보다 바둑이 상수上手란다. 자처해서 흑을 쥐는 추강 선생과 역시 서슴지 않고 백을 쥐는 아이놈—. 서글프게 유머러스한 이 광경은 분명 어느 현실의 한 장의 회화다. 추강 선생은 바둑을 두다가 형세가 불리하면 으레 간접적으로 그 아이놈을 꾸짖어 보복한다. 그래도 어른이라는 긍지로 눌러보려고 한다. 아니 어쩌면 자기 자신을 달래보자는 심사일 게다. 말하자면 바둑과 상관없는 일을 가지고—코 밑을 번번이 훔치는 버릇이 나쁘다느니 싸움만 좋아하는 '스모' 같다느니…… 환격還擊을 환객이라고 발음한다고 큰 소리로 시정해주는 그런 따위로 어린아이한테서 맛보는 열패劣敗의식을 보상하려는 추강 선생의 심리적 리얼리티가 여실히 나타나 있다. 그래도 한때는 정치 운동도 했고 국회의원에 입후보하여 차점으로 낙선한 관록 있는 추강 선생이 어린아이와 지금 바둑의 승패를 다투고 있다. 그것마저 패자 편에 서야 한다.

코트 포켓 속에 양손을 찌르고 어깨를 축 늘어뜨린 채 추적추적 걸어가는 추강 선생에게도 꽃 무렵의 봄비가 사뭇 차다. 술보다 담배 없는 밤이나 새벽은 더욱 괴로운 그이기 때문에 백양 한 갑을 사들고……. 확실히 씨는 과거에 사는 추강 선생의 담담한 우수를 인간의 현실 그것으로서 그려냈다. 그런데도 우리가 이 작품을 읽을 때 받는 인상은 현실의 냉혹성이 아니라 현실의 어떤 고요하고 따뜻한 맛이다. 찬 바람 가운데도 떠도는 봄의 온기.

「제비」란 작품에서도 우리는 이와 동일한 충격을 받는다. 굶주림, 실직, 냉대, 이런 생활의 현실적 단면을 그리고 있으면서도 제비가 집을 짓는 데는 온 식구가 관심을 기울이고 거기에 애정을 쏟는 그것도—역시 춘한적인 현실의 이야기다.

오씨는 이런 면에서 그의 약점을 도리어 장점으로 활용하고 있는데 황씨는 그것을 남용하고 학대하고 있는 것이다. 오씨는 자기의 작가적 세계[春寒的]란 논리적인 것으로 전개시킬 성질의 것도 또 설복시킬 것도 아니라는 것을 잘 알고 있다. 그래서 그는 정적인 문제로서 잠잠히 떠도는 어떤 분위기만을 제시해놓는다. 그런데 황씨는 그것을 논리적으로 전개하고 또 생과자 같은 기교로 설득시키려 하고 있다. 땅 위에 나와 으스스 떠는 동면의 개구리가 화장을 한 격이다.

「내일」에서 보듯이 씨의 소설 전개법은 이와 같이 되어 있다. "A의 경우에서도 이랬었다, B의 경우에도 이랬었다, C에서도 그렇다. 그러므로 D에 있어서도 그럴 것이다"라는 귀납법의 논리와 또 「소리」에서 보면 덕구는 A에서 B로 변했고 다시 A로 돌아온다. 그러므로 인간은 A여야 한다와 같이 약간 수상한 논법으로 구성되어 있다. '춘한'이란 설명할 수 없는 세계다. '겨울바람처

럼 춥긴 춥되 무언가 그것과는 다른……' 이런 경지란 설명으로
는 표현되지 않는다. 감성의 세계며 느낌의 세계다.

황씨의 두 작품은 '춘한적 세계'를 개념적인 논리로 설명하려
한 데에 실패 원인이 있다. 졸고 「폐원점묘」와 「57년 상반기의
창작」에서 「소리」에 대하여 평한 바 있고 「내일」은 「세 개의 수
목」이라는 글에서 논평했다. 그것을 참조해주면 좋겠다. 위에서
보았듯이 이러한 작가는 '개성'을 통해서 현실을 채색하고 있는
것이어서 그것은 '순원적 현실', '영수적 현실'이 되고 만다. 그것
은 그들의 취미다. 그러나 나는 남의 취미를 두고 이렇다 저렇다
간섭할 흥미가 없다.

다만 나는 그들의 미학을 사랑한 것뿐이니까!

이 밖에 일습—拾해야 할 몇 개의 낙수落穗가 있다.

한무숙의 「감정이 있는 심연」.

김이석의 「뻐꾸기」, 「발정」.

우리나라 작가들은 대개 물무당 같아서 어떤 사건이나 외계의
사상을 관찰할 때 언제나 그 표면에서만 유영하는 패가 있다. 그
런 면에서 위에 든 작품들이 의식의 심저深底나 심리의 저변을 파
고들어갔다는 것 하나만으로도 어떤 의의를 찾아볼 수도 있다.

'성'이라고 하면 벌써 우리나라에선 에로 문제와 결부시켜서 떠
들어댄다. '외설'을 곧 '성문학'이라고 간주하는 평론가들도 많다.

정당한 의미에 있어서 한씨의 「감정이 있는 심연」이 그 포커스가 흐리기는 하나 성문제를 (경음악 정도라도) 천착하고 있는 작품의 예가 될 것이다. 그 나머지 것은 외설이지 성을 추구한 문학 작품은 아니다. 전아라는 한 여성이 섹슈얼 콤플렉스로 하여 미쳐버린, 조그만 그러나 알고 보면 거대한 비극이 차근차근 잘 그려져 있다. 현대 문명 비판의 하나로서, 이 섹스의 문제는 클로즈업되고 있다. 프로문학의 가장 심각한 난제는 식생활의 문제요, 부르주아 문학의 그것은 섹스의 해결에 있다. 물론 한씨가 그린 전아의 섹슈얼 콤플렉스는 가족적인 상황에서 온 것이지 결코 사회적(현대 문명)인 데 그 뿌리를 두고 있는 것은 아니다. 이래서 좀 그 작품이 무의미해지기는 했다. 'War and Sex', 한국에서 이런 소설이 나올 것 같은데 통 보이지 않는다. 웬일일까?

　　김씨는 「뻐꾸기」를 통해서 평범하기는 하나 소시민의 시대 심리를 잘 척결해놓았다. '나'라는 극히 내성적이고 비非시류적인 사람과 미군 부대에 인턴으로 있었다는 최라는 시류적 인물을 대조적으로 나타내어 삭막한 시대 풍속을 비판해주었다.

　　이 작품이 범속하고 상식화된 피상적 현실을 추구하고 있으면서도 하나의 무거운 향취로 싸여 있는 까닭은 씨가 인간 심리의 심저까지 끈기 있게 파고들어간 약간의 노력에서 비롯한 것이라 생각한다. 아부, 교활, 비굴, 이러한 최의 행동에 침을 뱉고 싶으면서도 우리에게 도리어 측은한 느낌이 앞서게 되는 것이 그것이다. 그것을 개인의 악으로 간단히 규정하고 미워할 수 없는 것이 오늘의 피폐한 인간상이다. 그러므로 씨는 죄를 힐난하면서도 일말의 동정이 가도록 그렸다.

구직에 실패하고 노비마저 털린 채 헛걸음쳐 되돌아가는 '나'의 무능한 모습 그리고 트럭이 떠난 다음에야 팔뚝시계를 풀어 들고 쫓아오면서 "어떻게 가요. 이것을 갖고 가요, 이것을" 하고 외치는 최의 초라한 위선, 그것은 모두 그들의 죄가 아니라 오늘의 사회가 그들을 그렇게 있게끔 한 것이다.

이와 비슷하게 한 인물을 심리적 면에서 관찰하여 현대의 고독한 군상을 그린 유주현 씨의 「투정」도 좋다. 치고받고 주정뱅이 노릇을 하는 부랑아들! 겉으로 보기에는 짐승 같고 야만한 그들도 한번 심리의 깊숙한 저변을 꿰뚫어 규시窺視해볼 때 인간의 고독한 혼령은 서려 있다. 이런 심리적 현실 추구의 문학이 우리 문단에 많이 나타났으면 좋겠다. '사물을 깊이 이해한다는 것', 이것 하나만으로도 우리 문학엔 중대한 공헌이 되니까.

그리고 금년에는 중·장편이 수적으로 현저한 발전을 보였다. 그러나 거의 실패란 말이 정확할 것이다. 아닌 말로 풍수지리학상(?) 장편소설이 한국에는 적합하지 않은 모양이다.

김동리 씨의 「사반의 십자가」.

장용학 씨의 「비인 탄생」.

정한숙 씨의 「암흑의 계절」.

현재 계속 중에 있는 것으로 손소희 씨와 오상원 씨 그리고 단행본으로 상재되어 나온 황순원 씨의 「인간접목」 등 5편여다. 다음 기회에 따로 언급하겠다.

그렇지만 한마디로 장편이란 단편적 체험의 정리라는 점, 따라서 그 정리를 하는 주체는 작가의 사상성이라는 점, 이렇게 미루어가면 우리나라에 장편 흉작이라는 것은 바로 체험의 미정리, 그러니까 역사의식의 결여 등을 들 수 있겠다. 장편을 쓴 제씨들이 스토리(사건의 복잡화)의 다양성을 가지고 긴 꼬리를 이어간다는 것부터가 역사의식의 빈곤을 의미하는 것이다.

나는 어떠한 자리에서 장편소설 가운데 순문학적인 것과 통속적인 것을 무엇으로 규정하는가라는 질문을 받고 이렇게 대답한 적이 있었다. "물론 그것을 규정하는 헌장의 조목은 없다. 하지만 당신이 장편소설을 읽고 난 다음 되도록 그것의 굵은 스토리만 추려 남에게 말해보아라. 만약 그 줄거리를 5분 이내로 다 말할 수 있다면 그것은 순문학적인 소설이요 10분이 지나도 그 줄거리에 끝을 맺을 수 없었으면 틀림없이 그것은 대중성을 띤 소설이다"라고……

극단적인 말이었지만, 하나 나는 믿고 있다. 긴 스토리로써 긴 소설을 꾸며가는 것이 얼마나 긴 우물愚物인가를……

이상 나는 작가적 태도의 유형을 좇아 일련의 작품을 분석해보았다.

우리 민족은 참으로 비극적이었다. 어느 민족보다도 어느 나라보다도 불행했었다. 많은 눈물, 많은 원한 그리고 또 많은 이야기들을 가지고 있었지만 우리는 그것을 말하지 않은 채 인멸시켰다. 그리하여 4천 년 묵은 침묵—이것이 우리의 슬픈 불행을 이중으로 하였다.

신문학 50년사, 결코 이것이 순탄한 길은 아니었으리라. 우리가 겪은 반세기란 파란 많은 굴종의 비극의 역사였다. 그러나 그동안의 작가들이 우리가 체험한 내용을 뼈저리게 말해준 작품은 과연 몇 편이나 남겼던가?

산문은 시와는 달라 시대의 기록인 것이다. 있어야만 될 말인 것이다. 일종의 고발인 것이다. 그렇다면 우리 작가들은 오래 묵은 침묵을 깨뜨려야 한다. 우리의 상황을 말해보자는 게다. 속 시원히 모든 것을 말해보자는 게다. 말을 한다는 것은 보다 나은 개혁을 위한 효시다. 또 내일의 설계다.

빵을 달라는 독자에게 돌을 주지 말아야 한다. 독자는 바로 작가 속에 있는 선량한 이웃이다. 그런데 그들은 '이대로 살아야 할 것인가'를 묻는다. 자살하지 않을 구실을 만들어달라고 할 것이다. 깨워주고 다시 잠재워달라고 할 것이다.

그렇다면 오늘날의 작가들은 이들에게 과연 무엇을 주었던가? 대부분의 작품은 현실을 비평하는 것이 아니라 현실을 불평하는 욕설이었다. 불평은 작품이 아니고서도 할 수 있다. 독자는 실망하고 있다.

　산문 정신은 대하처럼 흐르는 것이다. 깊고 넓게. 저해하는 긴 산복山腹을 돌아서 단애斷崖가 있으면 폭포를 이루면서 왕양한 바다로 향하는 대하인 것이다. 가려진 것을 헤치고 벽을 헐어버리는 산문의 작업은 남자다운 근육으로 이루어진다.

　그렇다면 또 우리 작가들의 대부분 작품은 도랑물처럼 흘러가는 여성적이며 장난감 같은 모형 예술에서 끝난 셈이다. 대체로 그들은 '산문'에 실패하고 있다. 산문 정신의 휘황한 제관帝冠 앞에서 눈을 뜨지 못하고 있다. 내일은 말해야 된다. 우리에게 가장 가까이 있는 것, 그리고 한 번도 말하고 있지 않은 것을 말하기 위해서 내일의 작가들은 있어야 한다.

소설의 새로운 문

작가의 관점

우선 평범한 데서부터 시작하자.

"더우면 오고 추우면 돌아간다. 또 추우면 오고 더우면 가기도 한다. 언제나 패를 짜서 모이를 찾아갔다가 떼를 지어서 돌아온다.

이것은 후조候鳥의 생리다. 그러나 반드시 그렇지만도 않은 후조도 있다."(방점 필자)

오영수 씨의 소설 「후조」는 이러한 프롤로그로부터 시작한다. 분명히 후조는 계절 속에서 산다. 그 계절은 그들의 생명이요, 사상이요, 고향인 것이다. 그렇기 때문에 더우면 오고 추우면 돌아가는 후조의 생리는 바로 후조의 현실이 된다. 그렇게 해서 후조의 무리는 그의 계절로 하여 형성되고 또 이동해 간다.

그런데 사실 오영수 씨가 말하고 싶은 후조는 한천寒天을 나는 한 떼의 기러기도 숲속의 뻐꾸기도 아닌 것이다. 그것은 다름 아닌 인간—시대와 현실의 움직임 속에서 더불어 변해가는 우리 인간의 군중이다. 추우면 오고 더우면 돌아가듯이 세속의 인심은 사회의 풍조와 함께 끊임없이 변해간다. 그렇지만 또 그가 말하고 싶은 것은 후조와 같은 그러한 인간의 이야기도 아니다. 그의 관심은 '반드시 그렇지만도 않은 후조' 가운데 있다. '그렇지만도 않은 후조'—말하자면 예외적인 인간, 예외일 수 있는 또 다른 하나의 현실—그는 그의 소설 속에서 이러한 것들에 대해서 말하려 하는 것이다. 여기에서 우리는 그의 작가적인 태도를, 그 시점을, 그 모든 정신을 찾아볼 수가 있다.

'반드시 그렇지만도 않은 후조'로서 그가 제시한 인물, 그것은 두말할 것 없이 구두닦이 소년 구칠이다. 정확하게 말해서 구칠이와 어느 가난한 교사 민우와의 관계인 것이다. 그러니까 구칠이에게서 발견할 수 있는 그 애정과 그 순진성이란 필연적으로 오늘의 통념화된 사회 실정과는 이반된 또 다른 현상의 하나로 있다.

한마디로 말해서 구칠이는 다른 구두닦이 아이들과는 다른 존재다. 구칠이는 어둠을 어둠 그것으로서 흡수하는 암체가 아니라 그 자신의 빛을 상실하지 않고 스스로 광원光源을 지닌 조그만 발광체인 것이다. 그렇기 때문에 구칠이는 민우에게서 인간다운 그리움을 느끼고 또 그러한 정으로 하여 끝내는 구두를 훔치기까지 한다.

이 범죄는 그가 전날 민우에게 계림 극장의 싸구려 서부극을 구경시켜준 것과 조금도 다를 것이 없는 심정의 충동에서이다. 우리는 이러한 구칠이의 순진하고 따뜻한 행동에서 눈물겨운 인간에의 애정을 발견하게 된다. 그러나 사실 우리가 주목할 것은 오씨의 그러한 마술이다. 그 마술은 씨가 민우 편에 서서 구칠이를 바라본 데서 생기는 것이다.

만약 씨가 구칠이를 고문했던 최선생이나 혹은 구두를 그에게 도둑맞고 격분하던 그 청년의 입장에 서서 구칠이의 행동을 바라보았다면 거기에는 전혀 다른 그 반대의 소설이 생겼을 것이다. 그때 구칠이는 '반드시 그렇지만도 않은 후조'가 아니라 '반드시 그러한 후조'들 중의 하나였을 것이 분명하다.

여기에 비밀이 있다. 오씨의 소설은, 오씨가 본 현실은 그리고 그러한 것들이 우리에게 아름답게 느껴지는 것은 씨의 시점, 그 시점의 각도에 있다는 것이다. 현실을 바라보고 서 있는 오씨의 자리—그것이 그의 마술이요, 그의 정신이었다는 것이다. 분명히 그는 신문의 3면 기사에 찍힌 무수한 활자를 뒤집어 읽을 수 있는 신기한 마술사인 것이다.

그렇기 때문에 '반드시 그렇지만도 않은 후조'를 씨가 내세울 때 그의 의중에는 현실이란 음지에만 있는 것이 아니라 양지에도 있다는 것을 주장하고 싶은 욕망이 있었을 것이다. 또 어둠과 함께 밝음을 내다보아야겠다는 그의 태도는 비현실적인 것이 아니라 오히려 보다 현실적인 강한 향기의 발산이라 할 수 있다.

우리는 우리 눈앞에 있던 스페이드의 불길한 검은 트럼프장이 요술쟁이의 손이 닿자, 금세 행복한 붉은 하트 모양으로 변하는 기술奇術을 목격한 일이 있다. 또 진개장塵芥場에서 오히려 보물을 주운 행복한 걸인의 이야기를 들은 일도 있다.

이 같은 마술사나, 진개장의 행복한 걸인처럼 오씨의 손이 한 번 닿기만 하면 여태껏 어둡고 냉랭하고 처참하던 현실은 변하여 빛을, 온도를, 그리고 하나의 향기를 갖는다. 그리하여 손창섭 씨의 「인간동물원초」에 나오는 유치장은 답답하고 추잡하고 절망적인 세계지만 오씨의 「명암」에 나오는 그것은 따뜻하고 우습고 희망적인 세계로 열린다.

그런데 「후조」의 구칠이나 감방의 죄수들과 같은 그 특이한 예외자가 생생하게 실체화되어 우리의 마음을 감동시키는 것은, 즉 그러한 예외적 이야기가 현실감을 가지고 보편화되어 나타나는 것은, 구칠이 자신에게 '현실성'과 그것의 '친근성'을 불어넣은 그의 수법이 성공하고 있기 때문이다.

"선생님, 지금 말에서 떨어졌지예. 저기 저것 말입니다. 안 죽심니더, 인지 보이소, 저 말 뺏아 타고 달아납니더, 자알 합니더."

민우의 귀에 대고 영화 화면을 보면서 지껄이는 이와 같은 구칠이의 말 하나에서도 우리가 하나의 미소를 짓게 되듯이 언제나 씨는 인간의 감정을 '영원일 수 없는 현실의 사소한 충격' 속에서 끄집어내 온다. 「후조」보다도 훨씬 박진력이 있고 생생한 그의 또 다른 소설 「명암」을 보아도 그것을 알 수 있다.

"우리는 다 같이 한방에서 지냈는기라, 그러니까 나가더라도 절대적으로 유감적으로 묵지 말고 친목적으로 지내야 되는기라" 고 설교하는 무식한 감방장의 적的 자 많은 이 말에서도 우리는 아는 체하는 그에게 증오심보다는 도리어 일말의 따뜻한 애정이 간다. 그리고 죄수들이 제각기 고의춤에서 이를 잡아내어 서로 싸움을 붙이고는 소리 안 나게 손뼉을 치면서 입속말로 "우리 소 이겨라ㅡ", "내 소가 이긴다" 하는 유머러스한 장면 묘사도 우리 에겐 눈물겹도록 친밀하게 느껴진다. 이것들은 모두 일상적인 현실의 사소한 행위, 사소한 감정, 보잘것없는 그 생활에서 우러나온 애정이다. 그것이 우리와의 한 친근성을 맺고 있다. 어두운 감방의 현실이 튤립의 화원으로 바뀐 격이다.

그래서 신참이 출감하는 날 등 뒤에 어리는 그 열네 개의 시선은 착하고 아름다운 인간의 애정으로 신참과 또한 우리의 마음을 포옹한다. 따라서 구칠이를 기다리는 민우와 함께 우리는 인간을 증오하던 어제의 마음을 버리고 새로운 인정을 맞으려는 마음으로써 인간 현실을 대기한다. 그러므로 이번 오씨의 「후조」와 「명암」에서 우리는 이런 문제성을 하나 발굴할 수 있는 것이다.

즉 "나는 끊임없이 해부하고 있었습니다. 그리하여 드디어 순결하다고 생각되었던 모든 것에서 부패를, 그것의 가장 아름다운 부분에서 고름을 발견하였을 때 나는 머리를 들고 웃는 것입니다"라는 플로베르의 말을 그대로 뒤집어놓아도 역시 진리는 성립된다는 것을, 그 반대의 현실주의가 가능하다는 것을……. 말하자면 "추잡하다고 느껴졌던 것을, 부패하였다고 생각했던 것을, 끊임없이 해부해갈 때 거기에서 애정을 발견하고 나는 머리를 들어 고요히 미소를 지었다고……." 이 역전의 리얼리즘, 이것이 오씨의 태도다. 동시에 그것이 곧 우리나라의 보수적인 소설 방법의 한 경향을 이루고 있다고 나는 생각한다.

최태응 씨의 「개살구」에서도 말하자면 플로베르의 리얼리즘을 뒤집어놓은 한 리얼리티를 찾아볼 수가 있다. 양공주인 천한 개살구에서 새로이 발견된 인정의 세계. 헐고 뜯기고 낡고 퇴색한 그 심흔의 어느 한구석에서 고요히 들려오는 인간들의 합창—어쩌면 그것은 아마 끊어져가는 인간과 인간에의 끈을 다시 한 번 회억하는 작가의 환청이었을지도 모른다.

천사 루시퍼는 천당에서 지옥으로 떨어졌다. 이것이 19세기 리얼리스트들의 운명이었다면 지옥에 떨어진 인간을 다시 구제의 하늘로 끌어올리려는 작업, 이것이 아마 오늘의 휴머니스트들이 갖는 장엄한 노력일는지도 모를 일이다.

새로운 모럴의 추구

그런데 전기 오씨와 같은 현실에의 태도를 다시 한 번 생각해볼 때 아무래도 석연치 않은 공백이 있다는 것을 알 것이다. 논리학의 용어를 빌리자면 오씨가 던지는 명제는 '전칭긍정全稱肯定'이 아니라 '특칭긍정特稱肯定'이요, 어디까지나 그것은 집합 판단이 아니라 개별 판단이라는 점이다. '반드시 그러한 후조'와 '반드시 그렇지만도 않은 후조'와의 관계가 전혀 제시되어 있지 않기 때문에 우리는 다른 한쪽만의 현실을 가지고 만족할 수가 없는 것이다. 그리고 그가 발견한 인간의 '가치 의미'란 것도 '만들어진 것'이 아니라 아직 '그렇게 남아 있는 것'의 제시에 불과하다.

'이런 현실'이 있다는 것만으로 '저런 현실'이 부정될 수는 없다. 그리고 화재 속에 아직 남아 있는 지대를 고집한다 해도 그것이 미구에 타 없어져버릴 가능성이 농후한 것이라면 그것은 오유화烏有化된 다른 지대와 결과적으로 다를 것이 없다. 오십보백보의 경지다. 그렇기 때문에 오씨가 선택하는 주인공이 언제나 무지한 자이거나 어린애이거나 하는 그 이상의 다른 유의 인물로 대치될 수 없는 필연적 이유가 생겨난다.

이 휴머니즘의 재고량만을 가지고는 인간의 타락을 보상해나갈 수 없는 것이다. 이런 결점을 메우기 위해 인간성의 새로운 창조라든지 인간에의 새로운 모럴을 생각하는 일군의 신진 작가가 다른 색채를 지니고 여기에 등장한다.

그들이 바로 선우휘, 오상원 씨와 같은 작가다. 그렇기 때문에 이들의 작품에는 '섬'처럼 외로이 따낸 어떠한 인물의 성격을 제시한다든가 현실을 한 관객자의 눈으로 관조하려고만 하지 않는 의지가 있다. 자기의 행동과 관계지어진 상태로서의 현실—그냥 거기 눈에 보이는 바깥의 현실이 아니라 그의 근육과 호응하여 용립聳立하여 일어서는 현실—이 가운데서 그들은 인간의 의미를 쟁취하려 든다.

어쩌면 자기는 용광로 속에 뛰어드는 한쪽의 철편鐵片일는지도 모른다. 그 속에서 불을 마시고 정화되어 나타나는 영혼의 단련, 이것이 그들의 원망이며 그들의 작품이다. 육지에서 바라다보는 피서객의 바다는 거울과 같고 파아란 색지와도 같다. 그러나 실상 그 속에 들어간 항해자의 바다는—자기의 행동과 관계지어진 그 바다는 죽음의 심연이며 생과 육체에 대립하는 함정이며 자기의 의지에 거역하는 거대한 모순의 영지領地인 것이다.

이렇게 현실은 두 개의 다른 바다처럼 나타난다. 결국 이들의 작가에게 있어 현실이란 곧 자기 자신인 것이다. 자기 안에서 불러일으킨 것이며 또 불러일으키게끔 작용하고 있는 또 다른 자신인 것이다. 그래서 이들은 현실을 그냥 있는 것으로 받아들이지도 않을 뿐 아니라 그것에서 비켜서려고도 하지 않는다.

따라서 그것은 메이크업된 현실도 아니다. 그래서 선우씨의 작중인물들은 그 자신이 인간의 가해자일 수도 있고 피해자일 수도 있는 위치에 놓여 있다. 자기의 태도 여하로 현실은 변한다. 이러한 사실을 구체적으로 말하려면 아무래도 그의 「화재」를 살펴보아야 한다.

이 소설은 K관에 화재가 일어났다는 사건이 한 문제의 중심을 이루고 있다. 사교 단체의 소굴인 이 K관은 인간적인 것의 모든 타락을 상징하고 있다 해도 좋다. 무지하고 가난하고 의지할 데 없는 사람들이 K관의 존재로 하여 무의식적인 희생을 당하고 있다. 여기에 방화를 했다면 그러한 행동을 할 수 있는 사람이란 과연 어떠한 인물이었을까? 육지에서 바다를 보는 사람은 아닐 것 같다.

그러한 사람들은 K관을 하나의 전도관傳道館으로밖에 —아니 설령 어느 한 교활한 인간이 인간 그것의 약점을 이용하여 황금을 긁어들이는 마魔의 집이라고 생각한다 해도 자기는 그것의 피해자가 아니라는 점에서, 그것은 자기 밖에서 일어나고 있는 사건이라 해서 —외면하고 말 것이다. 그러니까 이 K관에 불을 지른 인간은 K관 그것과 관계지어진 사람임에 분명하다. 그것은 바로 '면'이다. 면은 절름발이의 상이군인이며 그리고 고독하다. 그는 알고 있다. 인간의 존재를, 그 운명을 짓밟고 그리고 구속하는 가해자 앞에서 침묵한다는 것이 하나의 죄악이라는 것을…… 그리고 이 침묵은 인간의 타락을 방관하는 것이 되고 스스로가 그러한 가해자 편에 선다는 것을 말하는 것이다. 그리하여 결국 그러한 침묵은 자기의 생명을 포기하는 자신에의 거역을 의미한다는 것을…… 타인의 불행, 그것은 다름 아닌 자기의 불행이라는 것을…… 그는 알았던 것이다.

그렇기에 면은 옛날의 니힐리스트nihilist처럼 지하실 속에서 이러한 외부의 일과 단절된 상태 안에서 은거하지는 않았다. 인간은 서로 관계지어져 있다. 부정한 통조림을 군에 납품하는 면의 아버지는 생전에 몇 번 쌀밥을 먹어보지 못했던 김 일등병, 직격탄에 맞아 형적도 없이 사라진 그 김 일등병과, 아니 그렇게 불행한 무수의 인간들과 관계지어져 있는 것이다. 그렇게 해서 인간적인 것은 비인간적 행위 앞에서 위협당하면서 모든 생의 의미를 박탈당하고 있다. 그 속에 면은 있다. 그리고 면은 보았다. 비굴한 그의 아버지의 얼굴! 언덕을 굴러내리는 눈 덩어리 모양 밑으로 갈수록 남의 것을 빼앗아 부풀어오르는 그 비열한 인간―그 아버지는 지금 K관의 관장인 것이다. 면은 이 K관 속에서 사지가 찢기어 사라져버린 김 일등병과 같은 무수한 인간의 얼굴이 마멸되어가고 있다는 것을 알았다.

그것은 또 자신의 얼굴이기도 하다. 그러므로 면은 불을 질렀다. 인간의 운명은 인간 스스로의 손 속에 있다는 것을 보여주기 위하여, 영험靈驗이 없다는 것을 보여주기 위하여, 인간을 괴롭히는 인간의 미신이 허망하다는 것을 보여주기 위하여 면은 불을 지른 것이다. 각성되어진 인간의 행동과 그러한 모럴을 통하여 선우씨는 비인간적인 망령에 도전하고 또 그것으로부터 '인간' 그것을 회복시키려고 한다. 바로 이러한 면의 행동은 인인애隣人愛의 구현이다.

그러나 이 경우의 인인애는 기독교적인 것도 수신 교과서 같은 것도 아닌 현대인의 자아 바로 그것이다. 재귀적 대명동사처럼 그 행동은 다시 자기에게로 돌아오는 행위다. 아버지가 다시 우리들 어렸을 때의 아버지로 돌아오기를 기다리는 면처럼 면의 고독은 인간이 다시 인간인 것으로 돌아올 것을 기다리는 고독이며, 그 행동을 상실한 인간의 피를 다시 되돌리는 행동이라 할 수 있다. 이 속에서만 면은 해방될 수 있고 면은 인간일 수 있다. K관은 역사의 모형이요, 면의 아버지는 그 현실의 모형이라면 면은 이 속에서 눈을 뜬 새로운 인간의 모형이라 할 수 있다. 선우씨는 우리에게 말한다. 허무의 의지로부터 생겨나는 행위, 그 행위를 통해서만 우리는 악을 느낄 수가 있고 어떻게 살아야 할까를 느낄 수가 있고 어떻게 인간을 서로 사랑할 수 있는 것인가를 느낄 수 있다고……

한마디로 말해서 면이 각성되어 있지 못한 행위로부터 차차 각성된 행위로 옮아간 그것에는 그대로 어느 인간성의 새로운 창조 과정을 말하는 것이다. 이것을 보면 면과 구칠이 사이에는 커다란 구거溝渠가 있음을 알 수 있다. 이 구거야말로 옛날의 막연한 휴머니즘(차라리 인정주의라고 하는 편이 낫다)과 오늘의 그 휴머니즘의 간극을 말해주는 것이라 할 수 있다.

오상원 씨의 「피어리드」를 보아도 씨가 어떻게 인간과 인간 사이의 의미를 연결시켜주고 있는가를 쉽게 알 수 있다. 전야戰野 속에서 죽어가는 부상병과 지친 낙오병은 차라리 그 극지 위에서 비로소 인간으로 돌아가는 것이다. 인간에의 향수—자연을 상실했던 옛날의 인간들이 자연에의 향수를 느끼고 있듯이 인간을 상실한 오늘의 인간은 인간 그것에의 향수를 느낀다. "인간은 인간을 만들어가라!" 그러나 이 말은 어떠한 극지 위에서만 가능해진다. 씨는 어느 한 인간의 종말 가운데 하늘에 휩싸이듯 포용되는 인간과 인간의 교통을 말하고 있다.

즉 「피어리드」의 '그'는 이 총탄의 상흔이 흉터가 지면 나는 오래도록 너를 잊어버리지 않게 될 것이라는 낙오병의 말을 듣고 아마 그 상처가 꼭 흉터가 지도록 원하며 죽어갔을 것이라는 것이다. 그때 인간과 인간의 단절에 보이지 않는 하나의 끈이 생겼을 것이고 그리하여 자기가 인간이었다는 것을 증오하지 않으면서, 후회하지 않으면서 고요히 죽었을 것이다. 여기에 인간의 비극적 승리의 신호가 있다.

이들의 이러한 인간에의 모럴 의식에서 우리는 새로운 휴머니티의 탄생을 암시받는다. 지리멸렬되어 분산되어버린 인간 의미의 재구성—그것은 결코 하나의 환몽이거나 또는 인정담의 재고된 휴머니티가 아니라 앞으로 믿어도 좋을, 그리고 우리의 경건한 기대에의 생성이라 이름해도 좋을 모럴이다.

그런데 이러한 모럴의 세계는 보다 새로운 신인들의 데뷔 작품에서 고조되고 있다. 이영우 씨의 「배리의 지역」과 이병구 씨의 「전쟁」이 그렇다. 나치 당원으로부터 숭고한 인간의 자유를 지키기 위하여 싸우는 프랑스 레지스탕스의 한 사람, 그 베르느의 의지는 이미 끝나버린 옛날이야기가 아니라 바로 오늘 있는 인간의 모럴이다. 베르느의 인간에의 신념은 그의 육체적 고문 그것의 고통으로 하여 더욱 투명하게 승화된다.

베르느의 체포, 고문 그리고 살해, 그 같은 온갖 수난은 모두 그리운 그의 이웃, 그의 가족을 지키기 위한 수난이다. 끝내 모진 게슈타포의 고문을 이기며 그의 동지들 이름을 누설하지 않았던 베르느의 의지는 바로 인간에의 의지며 삶에의 확고한 모럴이다.

폭풍과 같은 그의 격렬한 정신 뒤에는 정밀한 인간에의 사랑이 괴고 있다. 그렇기 때문에 자기에게 식사를 가져다준 젊은 독일 병의 눈 속에서 처음으로 인간을 볼 수 있었던 베르느의 가슴엔 유액流液과 같은 그리움의 눈물이 흘렀던 것이다. 결국 그의 적은 독일이 아니라 바로 인간의 사랑을 짓밟는 비인들의 존재였던 것이다. 베르느는 아무리 심한 고문이라도 이길 수 있다. 하지만 이 유순한 인간의 눈초리 앞에서는 아이처럼 순결해지는 그다. 이러한 베르느를 통하여 씨는 인간을 위한 순교자가 얼마나 숭고한 것인가를 말하고 있다.

"전쟁은 멋져야 한다. 재미로 한다. 전쟁이 아니면 이런 모험은 어림도 없다."

"평화는 더 멋지다. 모험은 사랑에도 있다."

마케와 존스의 이 짤막한 대화로 두 사람, 즉 호전적인 마케 상사와 평화적인 그리고 휴머니스틱한 존스 상사의 성격(인간에의 태도)을 단적으로 표시한 이병구 씨의 「전쟁」에서도 역시 인간애의 순교자를 엿볼 수 있다. 전쟁은 사람을 죽인다. 이기기 위해선 남을 죽인다. 이 전쟁이야말로 인간의 가장 큰 타락이며 가장 큰 범죄이다. 정찰병 마케는 적진에까지 길을 안내한 여인을 서슴지 않고 권총으로 쏴 죽인다. 그리고 이렇게 변명한다. "전란의 희생자치고 애매하고 억울하게 죽지 않는 혼이 어디 있겠는가. 존스, 마음을 크게 하고 오늘도 뒤에서는 수천의 생명이 거꾸러진 전쟁을 생각하라." "생명은 존엄하다. 하나 이제까지 어느 전쟁에서도 죄악은 허용돼왔다." 그러나 존스는 말한다. "수천의 생명보다, 나는 이 하나의 죽음이 더 가슴 아프다." "저 생각 못 하는 동물처럼 무고한 양민들의 슬픈 최후를 나는 차마 눈으로 못 보겠다. 얼마나 애련하냐!" 이러한 존스는 마케의 세 번째 살인, 옥수수를 구워주고 밥도 지어주고 또 길의 안내까지 해준 그 양순하고 고독한 노인을 죽이려는 마케의 총부리를 막아서다가 그만 그 전우의 오발로 자신이 쓰러지고 만다. 존스는 최후로 말한다. "여보게 총탄은 나, 나만 맞았지?" 이것은 그가 제일 처음에 말했던

"모험은 사랑에도 있다"는 말을 숙명적으로 실천해주고 있다.

이렇게 하여 '전쟁은 늘 애매하고 불운하게 사람을 죽인다.' 그러나 존스는 마케의 말마따나 정말 용감하게 전사한 것이다. 인간을 수호한 전쟁에서 말이다. 그런데 이병구 씨의 「전쟁」에 등장한 중요한 인물의 하나는 마케도 존스도 아니라 전쟁 그것이다. 말하자면 전쟁은 이 소설의 주인공이다. 전쟁은 인간을, 그 사랑을 누르고 짓밟고 멸시하고 그리고 죽인다. 이와 대결하는 존스의 고요한 항변, 그의 말마따나 '모험은 사랑에도 있다.' 그러니까 결국 존스의 죽음은 존스의 모럴이었고 그 모럴이야말로 '사랑의 모험'으로부터 생겨난 것이다. 그리고 씨의 지적인 대화, 심리의 통찰, 이러한 기법도 대체로 성공하고 있다.

그런데 그들이 다 같이 소설의 소재를 외국의 그것에서 취재한 이유는 무엇일까? 이영우 씨는 배경도 인물도 모두 프랑스며, 이병구 씨의 것은 한국동란에서 벌어진 것이라 해도 주인공은 모두 영국군이다. 그러나 나는 그것을 문제 삼고 싶지 않다. 물론 이영우 씨의 그것을 3·1운동 시의 배경에 두고 그렸다 해도 무방했을 것이고 이병구 씨의 인물들이 한국군이라 해도 좋다. 하지만 이들이 그리고 있는 세계는 모두 메타피지컬한 것이기 때문에, 우리의 현실로 그것을 가져오면 그 관념의 세계가 너무 국경 속에서 좁아진다. 전자는 우선 해방 직후에 시골로 떠돌아다니던 그 흔한 애국 신파극의 위험성을 모면치 못할 것이며, 후자는 첫째

신용이 안 갈 것이다. 더구나 보다 큰 인류애를 노린 그의 의도가 동포애라는 좁은 카테고리 속에 축소될 우려가 없지 않다. 하지만 여기엔 약간의 속임수도 있는 것 같다.

내용보다 형식의 개혁

그런데 대체로 신인들의 작품에서 어떠한 변화가 뚜렷하게 나타나 있는 것은 내용이 아니라 오히려 그 형식이다. 문체라든가 소설의 구성이 옛날의 작가들과는 현저하게 다르다. 내용보다 이렇게 형식적인 변화가 먼저 일어났다는 것은 나쁘게 말해서 오늘의 젊은이들이 대체로 무식하다는 것이다. 그러니까 자연히 젊음에게 선천적으로 주어진 재질, 즉 감각의 예민성과 그 해방에서 오는 형식만이 새로워지게 된다. 그래서 때로는 이들 문장이 주인 없는 방의 창문처럼 공허하게 빛날 때가 많다. 하지만 문장의 그 구성의 감각적 맛이라도 풍겨줄 수 있는 것, 그것 하나만으로도 즐거운 일이다. 내용보다도 형식의 개혁이 먼저 앞서게 되는 것은 아마 우리 문학사의 한 특이한 현상을 이루고 있는 것 같다.

이인직의 소설이 그 당시 새로운 혁명이었다면 그것은 언문일치의 문장에 있었다. 그 사상 면에서 볼 때는 권선징악적인 옛날 소설의 되풀이에 불과한 것이었다. 그리고 보면 오늘의 젊은이만 탓할 성질의 것이 아닐 성싶다. 문장이 감각적이라면? 여기에 몇 가지 실례를 들어 살펴보자.

혜인은 하얀 미소를 지을 뿐이다.

―박경리, 「벽지」

뽀독뽀독 눈을 밟는 여인의 발자국 소리 새파란 여운이 귀에 남아……

―이병구, 「전쟁」

내 앞에 발자국이 있었다. 거기 모두 엷은 옥색 그늘이 괴어 있었다……
그리고 생각하였다. 만일 내 발자국에 맑은 그림자를 밟으며 오는……

―최상규, 「뚫어진 하늘 아래서」

축축한 습기가 낡은 지도처럼 얼룩진 시멘트 바닥이다. 문지르면 손
끝에 까칠까칠한 감촉이 묻어날 거다. 손끝에 그리고 가슴에 묻어날 것
만 같은 괴로움

―정인영, 「아담의 한계」

우선 멋대로 뽑아낸 신인들의 글귀다. 음감과 색감이 뒤섞인
공감각의 산물 "새파란 여운"이라든가, 감각 그 자체를 대상화한
"까칠까칠한 감촉이 묻어날 거다"라든가 의미를 시각화한 "하얀
미소" 또는 감각과 질을 양으로 표현해주고 있는 "옥색 그늘이

괴어 있었다" 등의 표현은 모두가 센시티브한 것들이다. 이러한 감각의 예민성은 도저히 40~50대 작가에게선 찾아볼 도리가 없다. 이 밖에도 그들이 사용하고 있는 메타포라든가 내면 묘사라든가 하는 것에서도 그 문장의 참신함을 찾아볼 수가 있다.

그러나 진정한 문제의 참신성은 피부적인 신기성新奇性과는 구별되어야 하는 것이다. 산문 문장의 참신성은 바로 산문 정신의 깊이 그것 외의 아무것도 아니다. 인간의 깊숙한 심연을 반사하는 언어—그것은 모두 산문적인 언어의 의미가 응결하여 하나의 짙은 밀도를 지니고 있는 언어이며 그것의 의미가 보다 확충된 언어인 것이다. 그렇기 때문에 산문어의 광택이란 상처 난 피부의 외면적 감각의 감수성 위에서 빛나는 것이 아니라 심해의 발광어發光魚처럼 인간 생활 그것의 깊숙한 심연 속에서 발산되는 인광燐光인 것이다.

이렇게 따져가면 신인들 가운데서 발견되는 문장의 새로움이란 다분히 호면湖面에 스치는 바람결과 같이 외면적인 움직임에서 오는 것임을 알 수가 있다.

헤밍웨이나 조이스의 문장의 광택과 비교해보라! 그들의 광택은 결코 은지銀紙나 하나의 목걸이처럼 빛나지는 않는다. 이런 점에서 우리의 신인들은 주제에 대한 모색이 있어야만 진정 새로운 언어를 구사할 수 있게 될 것이다. 더구나 최상규, 정인영 양씨의 스타일리스트는 한층 더 반성할 필요가 있다.

이 말을 종합하면 오늘의 우리 신인들은 새로운 작문을 할 수 있으면서도 새로운 문체를 이루고 있지 못하고 있다는 결론이 생긴다. 문체는 작가의 전 운명이다. 이러한 의미에 있어서 작가는 얼마든지 스타일리스트가 되어도 좋다. 아니 작가는 결국 스타일리스트, 산문적 그 실생활의 한 스타일리스트인 것이다. 사상, 열정, 비판, 행동, 의지, 그와 같은 작가의 모든 정신은 스타일 속에 결정되고 또 스타일 속에 흡수된다. 그리하여 훗날 그의 시대를 기록한 어느 한 작가는 소멸되고 남는 것은 단지 그의 스타일뿐이다.

그렇다면 이채우 씨의 「산천」은 바로 스타일을 가지고 성공한 작품으로 한번 기억해둘 필요가 있을 것 같다. 그의 조용한 문체, 가식 없이 굽이치는 문체의 광택, 그러한 것들이 얼마나 이채우 씨가 말하고 싶어 하는 이야기를 그 이상으로 이야기해주고 있는가를 들어보라.

물론 이채우 씨가 우리 문장에서 시제의 빈곤성을 느끼고 '있었었다' 등의 대과거형을 만든 것은 억지다. 이 '었'의 중복은 시간관념의 아무런 차별도 일으켜주지 못하고 있다. 다만 반벙어리가 말을 더듬는 것 같은 갑갑증—그것뿐이다.

자기 사상의 통일성을 갖지 못하고 있는 자에게서 우리는 그의 문체를 발견할 수 없다. 자기 문체를 보여라. 그때 우리는 모든 신인의 작가적 역량을 비로소 믿을 수가 있는 것이다. 지난날의 우리 작가들을 생각해보면 곧 이 말이 무슨 말인지 알 수 있는 것이다. 문체를 가지고 있지 못했던 작가, 그것이 바로 우리 대부분의 측은한 선배들이었다.

한편 우리가 반갑게 생각하는 일이 하나 있다. 그것은 소설 구성에 있어서 소금 장수 이야기 투가 많이 사라졌다는 것이다. 나는 안다. 그리고 믿는다. 가장 나쁜 작가란 바로 스토리를 만드는 작가라는 것을, 말하자면 '스토리'에 봉사하고 스토리를 위해서 자기를 희생시키는 작가라는 것을 말이다. 작가는 게으른 노파에게 스토리를 이야기하기 위해 있는 것이 아니기 때문이다. 작가는 먼저 '스킴scheme'을 가져야 한다. 이 '스킴'은 언어와 사건과 하나의 줄거리를 자석처럼 끌어당긴다. 그래서 언제나 소설의 중심, 그것의 중력이 되는 것은 '스킴'이다. 스토리 속에 그의 '스킴'을 부여하고 작가의 사상을 적용시키려 드는 사람은 마치 구두에 자기 발을 맞추려 하는 우자愚者와도 같다.

스토리가 소설의 뼈라고 생각하는 사람은 가장 불행한 작가가 될 소질을 가지고 있는 사람이다. 사건 또는 줄거리가 되는 이야기는 무엇을 나타내려는 스킴의 벽돌에 지나지 않기 때문이다. 도리어 그것은 육체. 소설의 뼈는 그러니까 '작가의 태도', '작가의 주장' 그러한 '주제'다. 이제야 막 우리 작가들도 스토리 없는 소설의 미학을 터득한 것 같다.

스토리의 신기성이나 다양성에서 떠나 평범한 이야기(비허구적인 이야기)에 비범한 사상을 담는 기술을 배우기 시작했다.

선우휘 씨의 「견제」, 추식 씨의 「대류」, 강신재 씨의 「팬터마임」, 한말숙 씨의 「노파와 고양이」 등이 모두 그렇다.

이들은 평범한 몇 개의 삽화로써 한 편의 소설을 구성한다. 이 삽화가 분화되어 있지 않고 한 포커스를 향하여 집중 통일되어진 역점—그것이 그들 작품의 주제이며 그들의 '스킴'이다. '오뚝이'는 행복하다. 아무리 쓰러져도 그것은 다시 일어난다. 그것은 하나의 중력을, 중심점을 가지고 있기 때문이다. 삽화와 삽화를 꿰뚫고 흘러가는 인력, 그것은 묵극 배우처럼 이야기 없는 이야기를 하고 있다.

특히 한말숙 씨의 「노파와 고양이」는 씨가 앞으로 어떠한 소설을 써야 할 것인가를 암시해주는 중요한 작품이다. 이 작품의 성공은 종래의 그의 작품이 그의 본령이 아니었다는 것을 암시할 것이다(사실 나는 한말숙 씨가 그의 소설에서 색드레스를 입고 다니는 것을 원치 않는다). 사강이 되기에는 이미 나이가 좀 들었다. 실존주의자라는 엉뚱한 오해를 받기보다는 앞으로 이러한 잔잔한 일상적 생의 분위기를 그려간다면 크게 성공할 것이 아닌가.

이상의 모든 작가가 좀 더 적극적으로 어떠한 구성 면의 개혁을 일으켜준다면 오랫동안 통념화된 야담 투 소설의 개념을 일신해줄 것이라는 자신이 생긴다.

애매성의 원인

한데 하나의 문제가 또 생긴다. 앞서 인용한 신인들의 감각적 문장의 개척이라든지 지금 말한 비허구적 소설이라든지 하는 것은 자칫하면 산문으로서의 정확성을 상실하여 애매성에 빠지게 될지도 모른다는 점이다. 정확성—이것은 평범하지만 극히 중요한 산문의 생명이 되는 부분이다.

산문의 기초는 사물의 분할성에 있다. 나뭇가지로부터 잎을 구별하고 바람 소리로부터 물소리를 구분해놓는 것, 말하자면 존재와 존재의 대립을, 그 구획을 뚜렷이 경계 짓는 것 이것이 산문의 분할성이다. 그렇기 때문에 산문 문장을 접속사라든가, 관사라든가 그 모든 조사의 빛깔에 의하여 의미의 뚜렷한 울타리를 형성해간다. 지적도처럼 그것의 문장은 항상 세밀하게 계측되어가고 구획되어지고 해야 한다. 산문가가 언제나 피해야 할 것은 그러한 전달 내용의 애매성이다.

애매성은 어떤 때 생기는가? 우리 작가들에게서 실례를 들어 분류 설명해보기로 한다.

① 언어 선택의 부적당성이나 문맥의 미숙성에서 기인하는 애매성…….

칠월의 폭양은 모래알이 융기한 운동장에 가득 차 있었다…… 모래알이 솟은 운동장을 달리고 있었다.

—정인영, 「아담의 한계」

여기에 알기 쉽고 간단한 일반적인 예 하나를 들었다. 이것은 특수한 예는 아니다. 더구나 내가 정씨의 문장에서 예를 택해 온 것은 씨가 일반적으로 새로운 문장을 쓰는 사람, 또는 새로운 스타일리스트로 알려져왔기 때문이다.

그런데 대개는 이런 분일수록 말을 정확하게 쓸 줄 모르고 있다는 이야기다. 즉 전기 예의 '모래알이 융기한', '모래알이 솟은' 등에서 볼 수 있듯이 '융기', '솟은' 등의 말은 아주 부적당하게 쓴 일례일 것이다. 얼른 생각하면 아무렇지도 않은 것이지만 모래알이 어떻게 '융기'하는가? '모래알들'이 '융기'한다거나 혹은 '모래'가 '융기'한다든가 해야 어의語義가 확실하다. 모래알은 모래의 한 작은 한 알을 가리키고 있기 때문이다. 뿐만 아니라 융기란 운동장의 모래에 비하여 너무 동작이 크다. 사막의 모래를 연상하게 한다.

또 '솟았다'는 것도 부적당하다. '솟다'는 '고착물들', 말하자면 돌이나 나무뿌리와 같은 고정된 사물이 노출되어 있는 것을 말한다. '운동장에 모래가 솟아 있다.' 이것은 아무래도 실감이 나지 않는다. 작가는 별다른 이유가 없는 한 관습화된 말의 의미를 따라야 한다. 이것은 유독 정씨에게 있어서만 그렇다는 말이 아니다. 우리나라 대부분의 작가는 보통 다 그러한 글들을 쓰고 있다. 산문가는 먼저 의미에 충실해야 된다. 누구의 말마따나 산문은 의미 예술의 왕국이니까! 물론 '무기미'(이것은 일본 말의 '무기미無氣味' 를 그대로 우리나라 말로 옮겨놓은 것이다)니 '감심'(일본의 '감심感心')이니 하는 말을 쓰는 작가가 있는데 이것은 구구스럽게 말할 필요도 느끼지 않는다.

이러한 예는 오상원 씨에게도 있다. 씨는 「피어리드」에서 '그' 라는 대명사로 불리는 한 인물과 '낙오병'이라고 그냥 막연하게 범칭한 인물의 두 주인공을 그리고 있다. 그가 이 두 인물에 고유명사를 부여하지 않고 범칭으로서 지칭한 의도는 충분히 납득될 수 있다. 그러나 그러한 막연한 지칭 때문에 다음과 같은 문장은 몹시 애매하다.

"죽지 않았군⋯⋯."
낙오병은 별로 놀라는 기색도 없이 퉁명스럽게 중얼거리며 씩 웃었다.
"누구냔 말야? 묻는 말에 대답해줄 순 없어?"
그는 약간 불쾌한 목소리로 말했다.

여기에 '그'는 '낙오병'의 '그'인지 '그'라는 '그'인지 애매하다. 물론 따지면 곧 알 수 있다. 하지만 이 '그'라는 대명사는 낙오병을 가리킬 수도 있는 대명사이기 때문에 여간 혼동하기 쉬운 것이 아니다. 더구나 '낙오병'과 '그'의 대화는 이 소설의 핵심이 되는 장면인데 이 애매한 지칭 때문에 몹시 까다롭고 애매해졌다는 것은 씨가 '언어의 경제'가 무엇인지를 아직 모르고 있다는 증거다.

② 그다음에는 표현의 애매성이다. 박경리 씨의 「암흑시대」를 일례로 들자면 '아이'를 형용하는 대목 중에서 등어리를 "거북이처럼", 얼굴을 "바위 틈에 솟은 하얀 버섯처럼" 그리고 또 목소리를 "종다리처럼"이라는 직유로써 각각 표현하고 있는데, 그러한 '아이'의 모습이 우리에겐 얼른 떠오르지 않는다. 이것은 한 대상을 표현하는 데 어떠한 통일성이 결여된 산재散在한 직유를 사용하였기 때문이다. 이상 씨는 옥수수를 갑주병甲冑兵으로 직유할 때 옥수수밭을 관병장觀兵場이라 하고 새 쫓는 총소리를 예포라 하여 그의 이미지에 통일성을 주었다. 그리고 씨의,

> 순영이는 시무룩한 어머니의 마음을 알고 있었기 때문에 도리어 억압적인 목소리로 어머니를 묵살한 채,
> "순자야! 순자야!"
> 심부름하는 계집아이의 이름을 나직이 부른다.

위 장면 묘사도 역시 표현의 통일을 상실한 것이다. 순영이의

"억압적인 목소리"는 곧…… 이름을 "나직이 부른다"와 같은 성질의 목소리다.

그렇기 때문에 필연적으로 묵살 억압하는 목소리는 '나직이'라는 부사와 어울리지 않는다. 차라리 표현의 통일성을 갖춘다는 의미에 있어서는 '나직이'보다 '퉁명스럽게' 또는 '불쑥'이란 말을 택하는 편이 확실한 것이다.

③ 그다음엔 주제의 애매성이다. 주제의 애매성은 작가의 지향성이 분열되어 있거나, 작품 구성의 산만성에서 온다. 선우씨의 「화재」 마지막에 나오는 '면'의 말 가운데서 야반夜半에 유인되어 자기가 자기편을 향하여 총을 쏜다는 삽화가 나오는데, 이것은 두말할 것 없이 행동의 배율 혹은 무상함을 설명하는 얘기다.

자기가 노린 대상이 자기의 원수가 아니라 자기편이었을지도 모른다면 면의 K관 방화도 역시 무의미한 행위라는 뜻이 된다. 그렇다면 작가는 전편에서 본 면의 행동을 끝에 와서 부정 번복하려는 것인지 작품 전체의 내용이 이 한마디로 몹시 모호해졌다. 무엇을 이야기하려는 것일까? 그럼 씨는 무상의 행위를 말하려 한 것일까?

그리고 박영준 씨의 「불안지대」는 차항次項의 예를 위해서 써준 소설이기나 한 것처럼 호례적好例的인 애매한 소설이다. 제목부터가 어째서 '불안지대'인지 또 여러 삽화가 무엇을 나타내고

자 한 것인지 전혀 그 집중점이 없다. 풍선처럼 제멋대로 불쑥불쑥 나타났다가 명멸하는 이야기들—나는 이 소설을 읽으면서 활자들이 엎질러질까 불안하였다(그래서 불안지대일까?). 어쨌든 주제가 확실치 않게 느껴진다는 것은 여러 가지 이야기가 집중될 수 있는 하나의 극을 갖지 못한 데서 오는 것이다. 극이 두 개로 산존散存해 있어도 안 된다. 차륜처럼 수레바퀴의 여러 개 살이 하나의 중점으로 모였을 때만 작가의 의도는 원활하게 움직일 수 있다.

여기의 이 글은 극히 한 부분에 지나지 않는 것들이다. 여기에선 다만 산문에서 애매성을 피해야 되겠다는 한 문제의 제시 정도로 그친다.

끝으로 이야기해둘 것은, 나의 호적수였던 황순원 씨의 작품이다. 「다시 내일」, 「링반데룽」 같은 작품을 볼 때 씨는 전혀 논외의 지점에서 방황하고 있다. 서글프게 여긴다.

그래도 옛 작가 가운데서는 가장 많은 문제를 내포하고 있었던 분이었기 때문에 나는 평소 그에게 도전하면서도 무척 기뻤다. 그러나 씨의 요즘 작품은, 우선 소설로도 되어 있지 못하다. 작가의 타락—눈물겹다.

그리고 손창섭 씨의 「고독한 영웅」, 「가부녀」의 제諸 소설—참 한심하다. 우선은 이보다 더 나쁜 소설들을 쓸 수 없을 것이니 안심은 되나 우리가 늘 소중히 여기던 씨가 나날이 전락해가니 마음이 어둡다. 그리고 김성한 씨도 부진이다. 이 삼三거두가 어떻게 다시 좀 분발해줄 수 없을까? 아울러 장용학 씨의 「역성서설」
은 다음 기회에나 취급할 작정이라는 것을 말해둔다.

눈을 뜨자

(1)에서는 주로 현실에 대한 작가의 관점 문제를, (2)에서는 인
간에 대한 작가의 모럴을, (3)은 그 모럴의 적용 및 그 기작機作을
척결한 것이다. 말하자면 소설의 내용만을 가지고 거기에서 문제
성을 발굴해보았다.

일반적으로 세 개의 문제를 종합해볼 때 오늘의 한국 작가가
관심을 기울이는 문제는 어떻게 하면 이 현실의 질곡 속에서 빠
져나갈 수 있을까? 또는 어떻게 하면 지리멸렬된 인간의 해체와
그 인간 상실을 다시 재건축할 수 있을까, 하는 것이었다. 그들이
여기저기에서 토속적이나마 '인간이 그립다', '인간에의 향수를
느낀다' 등등의 발언을 하고 있는 것을 보면 차차 우리의 작가들
도 오늘 무엇을 가지고 고민하는가를 발견해가고 있는 눈치다.

인간에 대한 사랑의 상실―지금 그들은 이 직면한 과제 앞에
서 있다. "가장 깊은 것을 상실하지 않은 자는 가장 생명적인 것
을 사랑한다."(휠덜린) 우선 이들은 가장 깊은 것을 향해 침몰해가
고 있는 것이다. '물에 빠지지 않고는 영원히 수영을 배울 수 없
다'는 것을 그들은 알고 있는 것 같다.

그리고 (4)에서는 소설의 형식 면, 주로 문장과 소설의 구성에 대한 개혁이 점차 이루어지고 있다는 사실을 문제화하였고, (5)에서는 끝으로 산문가가 그러한 모험에서 경계해야 할 애매성이라는 문제를 두고 그 편린을 성찰한 것이다. 결국 그러니까 이것은 '샘플 비평'(?)이다.

나도 최대한도의 그리고 위선에 가까울 정도의 호의를 가지고 이 글을 쓰고 있다. 그동안 너무 부정적인 점만 이야기했기 때문에 이번은 한번 억지로라도 문제성을 찾아 어떠한 소설 풍토의 방향을 찾으려 노력한 것이다. 우리는 다 같이 불행한 사람이다. 버림받은 사람들, 동병상련의 따뜻한 애정이 있어도 좋다. 또 관대해도 좋다. 다만 중요한 것은 '눈을 뜨자'는 것이다. 어느 외국인의 한국인 평처럼 우리가 결코 '잠자는 거인'일 수는 없기 때문에……

그리고 우리의 노작가들도 행복하게 여전히 글을 많이 쓰고 있다는 것을, 그런대로 자신의 길들을 걸어가고 있다는 것을…… 아울러 전한다. 다만 이제 원하는 것은 그들의 깊은 잠을 깨우지 말라는 것이다. 그것이 도리어 친애하는 노작가들의 여생을 즐겁게 해주는 우리의 예의요 또 유일한 인정일 테니까……

열 개의 문제작

지드의 말

남에게 자기 작품을 설명하기 이전 나는 먼저 남이 그것을 나에 대하여 설명해주기를 기다린다. 미리 자기의 작품을 설명하려 드는 것은 두말할 것 없이 그 작품의 의미를 한정시켜버린다는 뜻이다. 그 이유는 설령 우리들이 자기 작품 속에서 말하고자 했던 것이 무엇이었던가를 잘 알고 있었다 하더라도 과연 우리가 그 이외의 것을 말하지 않았는지의 그 여부는 잘 모르고 있기 때문이다 — 또한 사실 사람들은 언제나 그 이상의 것을 말하고 있다 — 그리하여 나에게 가장 흥미로운 것은 참으로 자기도 모르고 한 소리 바로 그것이다 — 의식하지 않았던 이 부분, 나는 그것을 신의 몫이라고 부르고 싶다 — 언제나 작품은 반드시 하나의 합작인 것이다. 그래서 그 작품이 가치 있는 것이면 것일수록 작가의 몫은 작고, 신의 소유는 그만큼 크다. 도처에서 만물의 계시를 기다리자. 독자에게서 우리들 작품의 계시를 기다리자.

지드가 말하는 그 독자의 입장에서 올해 발표된 여러 개의 작품을 이곳에서 적는다.

나는 어떠한 작품을 어떻게 보았는가? 어떠한 작품을 어떻게 설명하려 하는가? 말하자면 그러한 작품들에서 무엇을 읽을 수 있었던가? 이것이 지금부터 이 글을 쓰는 나의 태도요, 나의 방법이다. 따라서 당연히 그것은 나의 발견, 작품 속에서 하나의 계기를 찾는 나의 노력이기도 하다.

이채우, 「산천」

따뜻한 온돌방에서 늦가을 차가운 빗소리를 듣는 듯한 소설이다. 조용하고 쓸쓸하고 그러면서도 으스스한 한기가 몸에 번진다. 사로얀[9] 같은 비정적인 문체 속에 우리들의 잠든 기억을 또다시 불러일으키는 은밀한 속삭임이 있다. 현실이, 말하자면 전쟁이, 생활이, 민족의 운명이, 우리들에게 주었던 감동 그리고 그

---

9) William Saroyan(1908~1981) : 미국 작가, 극작가. 작품은 투명하고 밝은 유머와 페이소스로 가득 차 있으며 지나치게 감상적이긴 하지만 일관해서 흐르는 청순성은 높이 평가된다.

공허가 그 평범한 여러 개의 단편적인 이야기가 이 소설의 주제인 것이다.

그래서 그것은 우리가 겪고 우리가 목격했던 현실 이상이거나 현실 이하의 것도 아니다. 바로 과장도 또는 분식粉飾이나 염색도 하지 않은 하얀 소지素地 그대로의 현실이다. 낡은 비석이 있고 한 그루의 미루나무가 있고 솔밭과 도시로 가는 한적한 국도, 그리고 강물과 둑길, 또 황토흙 산이 있는 우리들의 모든 그 고향의 이야기다.

여기에서 우리들은 전쟁을 겪었고 생의 결렬을 맛보았다. 포성과 캐터필러caterpillar의 엇갈리는 소리와 제트 엔진, 작가의 눈은 이 전쟁의 음향 속에서 허물어지고 찢겨진 그 모든 것을 더듬고 있다. 그리하여 그 눈을 기록하였다. 그 눈은 억울한 눈들을 기록하였다. '별로 덮지도 못한 새댁의 혼수', 푸른 비단 이불을 덮고 죽어간 해골의 젊은 두 개의 눈을, 제2국민병을 나갔다 송장처럼 돌아온 그 아들의 눈을, 길가에 주저앉아 누구를 찾는지 허공을 더듬는 귀향병의 슬픈 눈망울, 그리고 일제시대나 해방 이후나 6·25의 전란이나 다시 고향을 찾은 그 뒤에나 한결같이 괴롭게 살아가야 했던 '점룡 아비'의 늙어빠진 눈을—무언의 항변과 호소를 하고 있는 그 눈들을 그렸다. "억울해유, 세에상!" 그래서 그들의 검은 눈망울은 희어졌고 땅거미 진 하늘에 뜨는 별도 "우리들의 모든 슬픈 눈망울들과 같이 때론 방향을 서로 달리하여 찾는, 우리들의 눈망울과 같이" 빛나는 것이다.

중공군의 퇴각을 기뻐하면서도 아들이 의용군으로 끌려간 탓으로 하여 맘 놓고 기뻐할 수도 없이 한숨짓는 함생원이나 적치赤治 때의 궐기대회에서 단 한 마디의 실언으로 뼈와 가죽만 남은 골병 든 자식을 앞에 놓고 모든 날을 체념해버린 소박한 농부 점룡 아비나 지금 그들에게 다 같이 남아 있는 것은 저도 모를 무엇을 그리워하다 만 희끄무레한 눈망울뿐이다.

이 억울한 눈들, 눈물조차 괼 수 없는 야릇한 광채의 눈—거기엔 흰옷 입은 우리들 천년의 역사가 도벌한 황폐한 송림이, 잡초가 우거진 기왓골이, 적은 하나의 희망들이 깨져버린 잔해가 어리고 있다. 또 우리들의 산천, 그것도 이들의 눈망울처럼 우리들의 슬픈 역사의 기록으로 있다. "산천이란 세월이 길어서 변해지는 게 아니다." 울창하던 솔밭은 베어지고 논밭의 소유자도 이제는 달라졌다.

이렇게 씨는 우리들이 걸어온 비극들을 다시 한 번 그 소설 속에서 회억하고 있다. 그런데 이 「산천」에서 재발견될 수 있는 이면의 의미는 단순한 민족적 현실의 재현이 아니라 민족혼의 결합, 그 민족의 애정에 대한 고요한 호소이다. 지리멸렬된 한국인들이 다시 모여 사는 나의 고향, 하나의 하늘 그것에 대한 향수요 욕망인 것이다. 이 작가의 다음과 같은 말들에서 우리는 그러한 암시를 받는다.

"그럴 리가 있나, 제2국민병이 그 꼴일 이치가 있나. 아냐, 조국의 젊은이들을 그 꼴로 보낼 어느 누구도 있을 까닭이 없잖우, 천만에, 천만에, 천만에…… 나는 몇 번이고 고개를 저으며 아내와 더불어 울었다."

여기에서 그가 "천만에, 천만에"라고 부정하고 있는 것은 사실에 있어서 일종의 호소이며 애정을 잃은 겨레에 대한 원망이다. 또한 옛날 자기의 소작인이었던 점룡 아비 앞에서 "지남철이 같은 극끼리 안 닿는 것처럼 이곳은 나를, 나는 이곳을 반발하고 있는 것만 같다"는 말은 그대로 이반된 한겨레의 벽, 그러한 민족의 현실을 말해주고 있는 것이다. 뿐만 아니라, 언덕 밑으로 흠빨려져가는 귀향병의 초라한 뒷모습을 보고 '가엾은 내 동포'라고 한 것들은 작자의 민족의식을 단적으로 표명해주고 있는 것이다.

이채우 씨의 이 작품에서 우리가 발견할 수 있는 것은 이 세상에서 말한 대로 가난하고 억울한, 찢기고 헐린 민족에의 사랑이요, 그것에 대한 일종의 향수 혹은 호소였다. 그러면서도 그것이 이광수적인 계몽소설 투에서 벗어나 특이한 문체로 고아한 예술적인 향기를 풍기고 있는 것이 무척 반갑다. 따라서 씨가 썼던 종래의 어떤 소설보다도 이 작품은 귀한 것이다.

선우휘, 「오리와 계급장」

선우휘 씨의 소설은 어떠한 사건이나 인물을 관조하는 면보다는 언제나 그러한 사건 그러한 인물들을 처리하고 행동시키는 그것에 장기가 있었다. 그러므로 자연히 그의 문장도 묘사적인 것이 아니라 서술적인 것이었고 암시적인 것이 아니라 직설적인 데 특징이 있다.

그러나 「오리와 계급장」은 다분히 인물 묘사나 인간 심리의 관조적 면이 승한 작품이다. 그래서 이 작품엔 딱딱하나 소박한 이북 사투리의 대화를 중심으로 전개되어 있고 거기에 또 왕년의 우파 테러리스트였던 '김선생'과 '춘봉 형님'의 성격이 시종일관 암시적으로 부조되어 나타나 있다. 그래서 격동하던 정열도 정치에의 참여도 젊은이다운 야심도 모두 박제되고 거기 한가롭고 빈한한 벽촌에서 오리를 먹이고 살아가는 두 인물, 그것이 어쩌면 내일의 모든 우리들 초상처럼 느껴진다.

또 그들 뒤에 숨어 있는 잔잔한 인간 본연의 모습과 아직도 권력에의 향수에 젖은 세진의 모습과 그런 두 개의 상이 이중 복사되어 움직이는 그들은 그대로 모든 인간의 성격을 상징해주고도 있다. 말하자면 춘봉 형님이나 김선생은 현대판 은사들이다. 강호의 백구가 아니라 산골의 오리와 더불어 날을 보내고 생활을 즐긴다. 하지만 그들의 생활에는 오리만이 아니라 '계급장'(권력)도 필요했던 것이다.

제자인 '대령'을 이 시골로 초대하고 지프차의 클랙슨을 동네 어귀에서 누르게 하는 것이라든지, 지서支署에 그와 동반하여 인사하러 가는 것이라든지 그 모두가 그들이 아직도 버리지 못하는 테러리스트로서의 자신, 세속의 그 자신을 노병의 훈장처럼 달고 있다는 것을 암시한다. 대령의 계급장은 마지막으로 오리 치는 터 싸움에 이용되고 그렇게 해서 해결된 사건은 영원히 그들의 자랑이요 그들의 자위가 되는 것이다.

그러나 우리는 도리어 몰락한 이 테러리스트의 그러한 허영과 허세에 대하여 증오보다는 일말의 애정이 그리고 생애에 대한 어떤 애수가 우러나온다. 결국 그런 것이 인간이요, 인간의 생활이기 때문이다.

"김선생과 춘봉 형님이 아직도 언덕에 서서 흔들고 있었다. 푸른 하늘을 등지고 두 사람은 뚜렷이 그 윤곽을 드러내고 있었다. 다시 몸을 돌린 대령은 단좌하고 앞을 내다보았다. 산기슭까지 뻗은 보리밭이 물결치고 있었다. 다다다다 머플러 소리가 요란했다. 대령은 이번 돌아가면 어떻게 해서든지 차를 고쳐야겠다고 생각했다. 아직도 어제저녁에 마신 술기운이 남아 있었으나 풀냄새 섞인 시원한 바람이 대령의 얼굴과 목덜미를 스쳐갔다. 대령에겐 별다른 일신상의 걱정이 없었다. 사령부에 들어가면 수일 내에 작성해야 할 계획서가 기다리고 있을 뿐이었다. 다만 대령은 쓸쓸하다."

이렇게 끝나는 이 소설의 피날레는 동화를 읽는 것처럼 한가롭고 정답다. 그러면서도 쓸쓸한 것은 대령만이 아니다. 인간의 생활을, 인간의 숨은 또 하나의 현실을 담담히 관조한 씨의 이야기가 우리의 마음을 또한 적시고 있기 때문이다. 베일이 벗겨진 인간을 목격하였을 때의 그 감정, 바로 그것은 쓸쓸한 감정일 것이다. 오리를 키우는 데도 계급장이 필요한 우리의 현실, 낡은 지프차의 그것에도 행복해질 수 있는 인간, 순진한 테러리스트들의 잔상—이 막간의 인간들에 대해 쏟는 우리들의 감정은 바로 인간에의 쓸쓸한 애정일 것이다. 선우씨는 이 소설에서 작품 제목대로 이렇게 오리와 계급장의 관계를 나타내어 어떤 인간의 한 측면을 독자 앞에 제시해놓았다. 물론 오리와 계급장은 서로 상징적인 의미를 가지고 콘트라스트contrast된다. 그리고 씨는 속으로 말한다. 이것이 결국 인간이다. 이것이 조국이며 민족이며 동포다.

한마디로 씨는 감춰진 하나의 인간 현실을 여기에서 들추어 보였다. 그래서 독자는 또 한 번 자기의 위치, 자기의 현실을 내시內視하였을 것이다.

손창섭, 「잉여인간」

주인공이 없는 소설 「잉여인간」, 아니 엄격하게 말하자면 복수적複數的 주인공들의 이야기인 「잉여인간」은 결론부터 내려 의욕만이 과다하다. 치과의사 '만기'는 『페스트』의 주인공 '리외'와도 같지만 아무래도 그의 생활에 대한 모럴리티는 맹목 의지에서 생겨난 위태로운 가건축과도 같다. 그리고 그의 주변에 위성처럼 일정한 직업도 없이 떠돌아다니는 비분강개파 채익준과 실의의 인간 천봉우도 지나치게 과장되어 있어 실감이 적다.

하지만 '거꾸로 박힌 활자'들과 같은 아우스나메들의 생활 기록이 어둠 속에서 눈을 뜨는 부엉이처럼 무無의 야반夜半 속에 우리들의 눈을 뜨라 한다. 그리고 응시하라고 한다. 마에 홀린 사람들을, 정신의 균형을 잃고 행동의 방향을 잃은 사람들을, 그러면서도 끝내 꺼버릴 수 없는 생명에의 야심 속에 방황하는 잉여인간을, 오늘도 도시의 침울한 하늘 밑에서 산란한 행렬로 가는 환자들을.

'미친다'는 것은 그들에게 남은 유일한 희망이다. 봉우는 자지 않는다. 그러나 봉우는 깨어 있지도 않다. 희끄무레한 반투명 의식의 껍질 안에서 그는 환한 하나의 환상을 더듬고 몽유병자처럼 움직인다. 그 환상은 간호원 홍인숙이며 마지막 그의 생에 대한 불꽃이다. 봉우는 그 인광의 희미한 귀화鬼火에 미치는 것, 그것이 세상을 살아나가는 유일한 방법이요 의미다. 한편 채익준은 분노한다는 것, 정치에, 세사世事에, 모든 인간에 증오의 이를 가는 것, 그것이 그를 미치게 하는 방법이다. 봉우의 아내는 성욕에, 만기의 처제는 연정에, 만기는 아내의 사랑에, 그들은 무엇인가 어느 하나에 집착되어 걸신들린 사람들처럼 살아간다.

누가 그들에게 그처럼 이지러지고 비틀리고 헐고 낡은 생명을 주었던가. 쌓이고 쌓인 생에의 좌절, 그 수없는 지향 상실이 인간의 지역 밖으로 그들을 추방시킨 것이다. 낙엽이 낙엽들끼리 모여 살 듯이 불필요한 박제된 인간들은 한자리에 모여 산다. 그러나 이들에게는 그나마 거점마저도 붕괴되고 만다.

또 하나의 기능, 미친다는 것도 불가능한 그들의 생활은 절대 상실자의 비극을 강요한다. 채익준의 아내는 부재하는 남편을 부르며 숨을 거두고 만기의 낡은 병원은 압탈壓奪된다. 그래서 간호원이 해고될 것이고 봉우는 그의 빚을 잃을 것이다. 손씨는 여기에서 간호원으로 하여금 그녀의 전 재산을 털어넣게 하고 평생 아내 앞에서 말 한마디 못 하는 봉우로 하여금 그의 아내에게 돈을 꿔줄 것을 애걸하게 하고 가사에 외면하고 살던 채익준으로 하여금 아들의 고무신을 사들고 귀가하도록 그리고 아내의 죽음 앞에서 석고처럼 서 있어 회한의 정을 맛보도록 하였다. 말하자면 작가의 결론은 다 타버린 재에 또 한 번 불을 지르는 욕망의 출구를 제시했던 것이다. 이 재에 또다시 불이 당겨지는 날 그들은 다시 인간의 밝은 표정을 찾는다. 극한에서 울려오는 함성, 그것을 우리는 이 소설의 결론에서 읽을 수가 있다. 어둠을 발굴하고 거기에서 불의 씨를 얻으려는 역설적인 씨의 작업이 아직도 성공하지 못하고 있는 것이 좀 슬프다. 씨에게는 지금이 작가로서 가장 중요한 시련의 시기일 줄 안다.

오상원, 「모반」

동인문학상 수상 작품의 꼬리표가 붙은 작품이다. 《사상계》에 다시 재록再錄되었고 해서 금년의 작품평에 포함시켜본다.

해방 이후의 혼돈기에 요인要人을 암살하던 정치적 테러리스트의 집단과 그중의 한 사람을 주인공으로 삼아 시나리오 투로 전개시킨 소설이다. 어떻게 생각해보면 사르트르의 「더러운 손Les Mains sales」을 연상시키는 작품이다. '민'은 암살의 사수로서 정치적 투쟁을 한다. 그러다가 그가 그러한 폭력 행위에 대하여 회의를 느끼고 그로부터 전향하는 중요한 모티베이션motivation은 늙은 어머니의 사거死去에 있다. 어머니가 운명하는 날 그 순간까지도 그는 그의 어머니를 돌보지 않고 암살의 음모에 투신한다. 늙은 홀어머니는 그래서 그의 동료 손을 대신 부여잡고 아들의 이름을 부르며 눈을 감는다. 민은 이때 처음으로 '애정'이란 것을 체험한다. 이 애정은 그의 차가운 비정의 마음을 일깨우고 다시 그러한 어머니에의 사랑과 회한이 인간의 생명, 인간에의 애정으로 확대된다. 그의 행동은 이 앞에서 부정되고 평범한 하나의 인간으로 돌아오려는 그의 가슴엔 심안이 열려온다.

그렇기 때문에 그는 자기가 한 암살의 혐의를 늙은 병환 중의 어머니를 위해서 약값을 구하러 나왔던 애매한 어느 젊은 사람이 받게 된 것을 알자 자수를 결심한 것이다. 그 미지의 사람을 도우려 하는 민의 마음은 바로 자기 자신을 위한 의지이며 휴머니티에의 새로운 긍정이며 과거의 자기 행위에 대한, 그 비인적 집단에 대한 폭력에 대한 간접적인 항거인 것이다.

씨는 그러한 민의 결의를 통해서 인간의 체온을 잃어가는, 그리고 인간성을 짓밟는 폭력의 이 계절 속에서 우리들이 무엇을 선택해야 할 것인가를 말하려 한 것이다.

살인으로부터 시작한 민의 행동은 인간애에의 헌신으로 끝을 맺는다. 이러한 민의 메타모르포제는 수단 때문에 애초의 목적을 상실해버린 현대인의 약점을 강타해주고 있다. 그러나 운명하는 어머니의 손을 잡고 우는 것이 현대의 휴머니티는 아닐 것이다.

그런 휴머니즘은 옛날에도 참으로 많았다. 빅터 상표에 그려져 있는 '개'도 그런 휴머니즘(?)쯤은 얼마든지 그의 주인에게 바쳤던 것이다. 또 심청이도. 씨가 말하는 '평범한 인간'이란 도대체 무엇일까? 선량한 아들, 선량한 남편이 된다는 말일까? 좀 미심쩍다.

그리고 씨의 문장은 너무도 조잡해서 읽을 기력이 없다. 씨는 항변할지도 모른다. 산문 문장이란 사상을 운반하는 '바퀴'와 같은 것이다. 중요한 것은 사상(주제)이다. 그러니 씨 역시 '기름 안

친 빠빠한 바퀴'는 원하지 않을 것이다. 일례를 들면 씨가 '미묘한 웃음'이라는 똑같은 말을 자꾸 되풀이해서 쓴다든가(한 장에 서너 차례씩 나온다) "한 눈도 주지 않고", "허공에 눈 주고 있다가", "기사를 이리저리 눈 주어 가다가"류의 부자연스러운 말(나는 '허공을 바라보고 있다가'와 '허공에 눈 주고 있다가'가 어떻게 다른 것인지 잘 모른다. 하필 어색하게 본다는 말을 '눈 준다'고 하는 것인지 이해하기 어렵다)이라든가 "혼돈된 갈등"이라는 말에서처럼 동일한 의미를 중복해 쓴 것이라든가('갈등' 속에는 이미 혼돈이란 뜻이 내포되어 있는 것이다) 씨는 「피어리드」에서도 "고요한 침묵이 흘렀다"란 말을 쓰고 있는데 이 경우와 똑같은 예이다. 정돈된 갈등이 없는 이상, 시끄러운 침묵이 없는 이상 굳이 똑같은 뜻을 겹쳐 쓸 필요가 어디 있을까. 그리고 또 '무기미'니(이것은 일본 말의 '무기미無氣味'를 우리나라 말로 그대로 쓴 것이다. 씨는 아내보고 '여방女房'이라고 할는지?) "과연 진범은 누구? 체포된 피해자는 진범이 아닌 듯" 등의 해득하기 곤란한 말을 쓰는 것이라든가 "스쳐 지나가고마저 있었다", "깨물고마저 있었다" 등의 외국 말 비슷한 사투리(?)라든가⋯⋯. 까다롭기 짝이 없는 그 많은 어법은 기름 치지 않은 바퀴처럼 빠빠하기만 하다. 그리고서야 어디 사상이라도 운반할 수 있을 것인가? 세련된 문장을 써주었으면(미문이란 뜻이 아니다) 피차에 고맙겠다.

문장력의 빈약함이 옥에 붙은 한 점의 티니까⋯⋯.

한말숙, 「노파와 고양이」

  —"당신의 그 이야기는 좀 지루하지 않아요. 걱정이 되는데요—."
라고 앙제르가 말했다.
  —"깊은 침묵이 흘렀다—." 그때 나는 뒤설레는 마음으로 외쳤다.
"앙제르, 앙제르, 어느 때가 돼야 당신은 작품의 주제라는 것이 무엇인
가를 이해할 수 있을지요?—인생이 나에게 준 감동, 즉 지루한 것, 공
허 그리고 단조로운 것들, 나는 그것을 이야기하고 싶은 겁니다…….
우리들의 생활은 그보다도 앙제르! 흐리고 하찮은 것이 아니겠어요."

  역시 지드가 「팔뤼드」에서 한 말이다. 나도 믿는다. 소설의 주
제가 조금도 거창해야 할 필요는 없다. 단조한 우리들의 생활 그
이상일 수도 그 이하일 수도 없는 것이 바로 소설의 주제다. 신인
들은 주제의 신기함을 찾는다. 「회귀선」을 쓴 송기동 씨는 그만
이 주제의 신기성을 탐한 끝에 억울한 봉변을 당하기도 했다.
  그런데 한말숙 씨의 「노파와 고양이」는 평범한 주제를 대담
하게 다루었다. 어느 가정에도 그러한 노파, 그러한 고양이들은 있
다. 오관의 감각은 닫혀져 무디어지고 무료한 시간은 노파를 외
롭게 할 것이다. 씨는 노파의 생활을 잔잔한 필치로 헤치고 단조
한 그 이야기 속에서 인생의 한 리얼한 측면을 발견해냈다.
  사실 소설가가 하는 일이란 사물의 현상을 발견하는 일이다.

있는 것을 있게끔 나타내주는 것, 이것이 또한 소설가의 사명이다. 전쟁이나 기아나 도시의 실업자나 화장터나 그런 데에만 현실이 있는 것은 아니다. 쓸 것이 없을 때는 가장 가까운 당신의 방부터 보라. 그리고 정원을, 창밖을, 창밖의 보도와 굴뚝을—모든 것이 생활하고 있다. 거부하면서 혹은 그리워하면서 혹은 꿈을 꾸면서 생활하는 모든 것은 아름답고 또 조금은 슬프다. 이것이 소설이다.

젊은 사람들의 눈치를 살피면서 노망을 피우는 늙은 한 마리의 고양이 같은 노파의 생활을 관찰한 한말숙 씨의 소설은 우선 그런 점에서 좋았다. 언젠가도 이야기했지만 씨는 자꾸 그의 소설에 색드레스를 입히려고 한다. 유행은 풍문이다. 생의 외피에 불과한 것이다.

남편이 있었다면 얼마나 좋아할까. 손자를 봐야지 하던 그는 죽었다. 겨울에 비가 내리고 있었다…….

그녀는 이를 악물고 창가에 엎드려서 소리 없이 울었다. 장독대에 쏟아지던 빗줄기…… 몇 배나 자식을 낳았는지 쭈글쭈글한 뱃가죽이 축 늘어진 늙은 고양이가 어슬렁어슬렁 그 빗속을 걸어갔다……. 다음 날 그 고양이가 옆집 마당에 뻗어 있었다. 젖은 털이 엉킨 채 얼어붙어 있었다. 비가, 겨울에 무슨 빌까! 그때도 비가 내렸다. 그녀의 젊었었던 때다. 남편의 시체가 바로 옆방에서 차디찼다. 그녀는 울었다. 그리고…… 그러나 지난날의 그녀의 기억 속에 흔적만을 남길 뿐, 그때의 정감은 다시는 되살아오지 않는다……. 축 늘어진 윤기 없는 뱃가죽을 아랫목에 납작 붙인 채 자고 있던 늙은 고양이가 이야웅 하고 길게 울음을 뺀다. 그 까칠한 소리가 빗속으로 질적하게 사라진다.

라 쿰파르시타조의 감미한 애상의 경음악 같다. 무게 있는 것만 기대지 말자. 라르보[10]나 필리프[11]의 솜씨는 장후 않은 데 도리어 묘미가 있다. 역사니 저항이니 하다가 우리는 지쳤다. 화널소리인 줄 몰라도 안락의자와 같은 소설을 써주는 사람도 우리에겐 필요한 것이다.

그래서 이 소품을 내가 잊을 수 없었는지도 모를 일이다. 땀을 흘리며 살던 도스토옙스키 옆에는 애조 띤 휘파람을 부르며 경장輕裝하고 살던 체호프가 있었던 것을 잊지 말자…….

박경리, 「벽지」

글이라든가 말이라든가 하는 것은 가끔 거짓말을 한다. 어떤 때는 자기의 생각과는 정반대의 이야기를 하는 수가 있다. 거짓

---

10) Valéry Larbaud(1881~1957) : 프랑스 작가, 시인.
11) Charles-Louis Philippe(1874~1909) : 프랑스 작가.

말을 하지 않으려고 애쓰는 작가의 작품은 언제나 진실미가 많다. 작가가 글을 쓴다는 것은 어쩌면 자기의 가면을 벗어놓는 일인지도 모른다. 그런데 거꾸로 자기를 위장하기 위해서 글을 쓰는 작가도 있다. 허영이 많은 사람이 틀림없이 그런 짓을 많이 한다. 그런데 박경리 씨의 작품은 언제나 솔직하다. 거짓말을 하지 않기 위해서 글을 쓰는 사람이다. 「벽지」만 해도 자기의 성실성이, 우직스럽기만 한 성실성이 모든 언어를 감시하고 있다.

양재사 혜인은 언니 숙인의 옛 애인 병구와 우연히 해후하게 된다. 혜인은 사실 병구를 사랑해왔다. 숙인은 월북하고 이제 혜인은 마음 놓고 병구를 사랑해도 좋을 처지다. 그러면서도 강숙인의 대용품이라는 자기 처지를 내성하고 있는 혜인은 끝내 병구와의 고통스러운 관계를 끊고 만다. 혜인은 프랑스로 가는 비자의 편을 택한다. 그리고 그녀는 새로운 벽지 프랑스로 떠나게 되었다는 단조한 비련의 이야기다. 그렇지만 그것은 단순한 '사랑 이야기'가 아닌 무엇을 우리에게 말해주고 있는 것만은 틀림없다. 인간과 인간의 '인과관계', 혜인은 이 끈에 얽혀 있고 그녀는 끈에서 해방되려고 한다. 현재의 병구와 현재의 혜인은 완전히 과거를 절연할 수가 없다. 그래서 과거와 오늘의 인과의 그늘 속에서 어리는 병구의 얼굴은 기실 양장점에서 매만지던 **빨간 양복감**이 펄럭거리는 그 너머에 가리어져 있다.

그러므로 이러한 인간과의 인과성으로부터 도주하려는 출구를 발견하려고 한다. 그것이 이방의 지역 파리인 것이다. 베르나노스12)의 말마따나 모든 것을 다시 처음부터 시작해가려는 의지가 병구를 버리고 비자를 택하게 한 것이다. 혜인은 말한다.

"나를 둘러싸고 있는 모든 것으로부터 나는 놓여지는 것이다. 이곳의 하늘과 햇빛까지도 나는 버리고 간다. 그리고 내 몸에 밴 체취, 그것도 여기에 버리고 갈 것을 원한다. 나에게 있어서 파리는 새로운 벽지일 것이다. 그러나 그 새로움에서 나는 내 마음의 벽지를 개간할는지도 모르겠다."

모든 인과관계에서 해방되어 생을 그 시원에서 고쳐 살려고 하는 혜인의 원망, 이런 원망이 적극적인 행동으로 나타나는 것이 한때 유행했던 '무상無償의 행위'라는 것이다. 그러나 씨는 다시 알아야겠다. 우리들의 벽지는 아무 데도 없다. 프랑스에도 아프리카에도 인도에도 바다 너머의 바다에도 우리들의 벽지는 없다. 지금 지구의 덩어리는 온갖 인과의 중압으로 하여 헐고 피로해 있다. 역사의 인과, 정치의 인과, 신과 인간의 인과, 사소한 애인과의 인과가 아니다. 이러한 더 크고 더 무서운 인과의 끈이 우리의 몸을 우리의 땅을 옭아매고 있다. 정말 아무 곳에서도 이 인과의 끈을 풀어줄 우리의 벽지는 없는 것이다. 언젠가도 이야기했지만 벽지마저 없다는 것을 알고 난 혜인의 이야기로부터 소설

---

12) Georges Bernanos(1888~1948) : 프랑스 작가.

을 시작하는 편이 현명할 것이다.

이봉구, 「선소리」

뱀은 외곬밖에 보지 못한다. 요시다 겐지로[吉田絃二郞]류의 애상밖에 모르는 이봉구 씨는 평생을(아마 앞으로도 끊임없을 것이다) 눈물의 습지만을 향해 포복한다.

그러나 그의 애상도 요즘엔 승화될 대로 승화되어 결국 「선소리」 같은 가작을 남기었다. '워형 달공'의 선소리꾼으로 청춘을 보내고 60의 고개를 바라보는 '유록 조끼'의 신비한 이야기는 꽤 인상적이다.

무덤을 다지며 구슬픈 선소리를 하는 '유록 조끼'는 작가와 같이 눈물에 의하여 승화된 맑은 정신을 간직하고 있다. 달관한 도승과도 같은 유록 조끼는 그대로가 허무의 상이며 죽음이며 어찌할 수 없는 인간의 한계 그 지평의 끝에 용립聳立해 있는 '모뉘망'이다. "미인위황토美人爲黃土인데 황내분대가況乃粉黛假랴"의 신념 속에서 얄팍한 소시민적인 허례나 상인적인 간계 따위를 비웃는 유록 조끼는 죽음을 그리고 선소리를 통해 생의 의미를 터득했다.

그는 오로지 망령과 이야기하고 죽은 넋을 위하여 오늘에 산다. "낙화 분분 새울 적에 너를 따라 여기 왔네. 워형 달공." 그는 어느 날 마지막으로 큰 장사에 회심의 선소리를 마음껏 부르고는 그날로 숨을 거둔다. 선소리로 시작하여 선소리로 끝난 이 이상한 사람은 어쩌면 이봉구 씨의 문학 정신의 화신이었을지도 모른다. 어쨌든 이 정도로 처참하면 됐다. 어디든지 극으로 가면 거기 사통팔달의 행복의 길이 있다.

「선소리」는 그런 면에서 철저했다. 애상도 이쯤 되면 실로 가경佳境이다. 그렇기에 또 나는 이 작품을 잊을 수가 없다. 아나크로닉anachronic한 허무주의를 그렇다고 대서특필하여 재론할 용기가 나에게는 없다. 다만 꽃뿌리도 넋에 젖어 피기를 주저한다는 망우리 묘지에 선소리를 부르며 평생을 보내는 '유록 조끼'가 인상 깊이 남아 잊혀지지 않았다는 이야기일 뿐이다.

이호철, 「살인」

이호철 씨의 소설은 아무것을 읽어도 무난하다. 독자는 절대로 밑지지 않는다. 유머러스하고 또 구수한 숭늉 냄새가 난다. 그리고 거기에는 옛날이야기 같은, 군밤을 구워놓고 겨울밤 이불 속에서 듣는 이야기 같은 재미도 있다.

그래서 그런지 이 작가의 체취는 무엇보다도 소품에서 한층 짙다. 「살인」만 해도 그렇다. 10대 소년 소녀의 순진하고 그러면서 깜찍한 모습이 눈에 잡히는 듯하다. 마지막엔 소년 하나가 국민학교 여학생의 등을 칼로 찔러 죽이게 되는 살벌한 이야기이면서도 이 작품의 전편에는 오히려 평화로운 분위기가 젖어 있다.

　사내아이들과 계집아이들은 흔히 잘 싸운다. 사내 녀석은 짓궂고 계집아이들은 앙알거린다. 개와 원숭이 사이처럼 잠시도 화목하게 놀지 않는 것이 보통이다. 그렇지만 이들의 이러한 아동 심리를 뒤집어보면 거꾸로 그 싸움은 다름 아닌 애정의 발로다. 사랑하는 형식이다.

　'돌각다리 산' 아이들도 역시 그렇다. 국민학교 학생들이 하교하면 뒷산 돌각다리 산으로 모여 계집애들은 모여 앉아 만화책을 읽는다. 사내아이들은 기다렸다는 듯이 모래를 끼얹고 자갈을 던져 훼방을 논다. 사내 편에서는 언제나 폭력으로, 계집애 쪽에선 언제나 말대꾸로 싸움이 벌어진다. 이러한 일이 발단이 되어 끝내 그중의 한 아이가 달아나는 계집애의 등덜미를 칼로 찌르게 된다.

　하지만 이것은 잔인한 살의로 해석될 것이 못 된다. '나는 사내다' 하는 귀여운 소년의 자부심 그리고 순진한 협기심, 이러한 마음이 그렇게 엉뚱한 살인 사건을 저지른다. "죽이려면 못 죽일 줄 알아?" 이것이 여학생을 찌르고 난 소년의 이야기다. 그러나 그 소녀가 정말 사지를 늘어뜨리고 죽은 것을 보자 겁에 질려 그만 울음을 터뜨리고 말았다는 것이다. 물론 이 뒤에서 그 아이를 선동한 무료한 청년이 있긴 하였다. 하지만 이 소년의 살인은 어린애들이 소꿉질하는 그 이상의 유희일 수는 없는 것이다.

그럼 대체 왜 이 작가는 이런 살인에 관심을 가지고 있었을까? 그것을 왜 글로 쓰지 않고는 견디지 못했을까.

사실 별 뜻을 가지고 씨가 이 작품을 다룬 것 같지는 않다. 거기에 무슨 깊은 철리哲理라도 있는 상징을 발견하고자 한 것도 아니다. 다만 '이럴 수도 있다', '이렇게 살인할 수도 있다', 좀 과장해서 말하면 '악마만이 살인하는 것이 아니라 아무런 죄의식도 없는 천사도 때로는 살인을 한다', '우리는 그 결과만을 보고 모든 것을 판단하려고 한다. 그렇지만 이 세상은 나타난 결과처럼 그렇게 잔인한 것만이 아니다'라는 작가의 낙관적 시점을 이 소설의 이면에서 발견할 수 있을 뿐이다.

그러한 소설이다. 더 깊은 뜻도 있고 더 심각한 발언도 없으면서 읽는 독자로 하여금 어쨌든 하나의 '맛'을 주는 작품이다. 되풀이하면 긴 겨울밤을 지루하지 않게 보내기 위하여 할머니의 옛이야기를 듣는 것 같은…….

최상규, 「비창조자」

살얼음판에서 미끄럼 타는 곡예를 보는 것 같은, 아찔한, 위태한, 조마조마한, 최상규의 재주—씨의 소설을 읽을 때마다 현기증이 난다. 그러나 그 위태로운 맛은 약간의 스릴도 없지 않아 있다. 산문 문장이 세련된 것이 아니라 잘못 쓴 시와 같은 씨의 문체는 일견 프레시한 느낌을 주면서도 읽고 나면 가벼운 배반감이 언짢다.

"그는 숟가락을 들어 국물을 휘저어 국물 속의 낯짝을 부숴버리고야 말았다." "소영은 무색했다. 빗줄기처럼 소영은 말했다." 이와 같은 말들에서도 씨의 예민한 감각적 표현을 엿볼 수는 있다. 그러나 바람 소리는 언제나 쉽게 사라진다. 훈련병과 불우한 창녀의 사랑을 그린 이 「비창조자」 역시 내용은 여전히 「홍도야 우지 마라」와 오십보백보다. 선의를 가지고 말하면 소냐와 라스콜리니코프 혹은 카추샤와 네흘류도프 혹은 지방 덩어리 정도의 줄거리다. 훨씬 단조하지만 훈련병과 창녀 소영의 애정은 아무래도 훈련병의 자포자기적인 그리고 휴식으로서밖에 볼 수 없다.

그러면서도 대단한 무엇이 좀 있는 것처럼 생각되는 것은 씨의 문장과 그 분식粉飾에서 오는 것임에 틀림이 없다. 아무것도 아닌 것을 무엇인 것처럼 나타내는 마술, 이것 또한 작가의 한 힘이라고 생각할 때 그것도 무방한 것이라고 해석된다. 칭찬할 만도 하다. 그러나 다음과 같은 문장을 보면 씨는 잘하면 훌륭한 소설을 쓸 재질을 많이 가지고 있는 사람인 것 같다.

그는 담배를 물었다. 소영은 성냥을 그어다 대었다. 그리고 그의 입과 코에선 파아란 연기가 푸짐히 쏟아져 나왔다.

논흙을 바른 벽. 그걸 긁어 먹고 얼굴이 노래져 죽어버린 육촌 동생.

그 먼 동네에선 엽초 냄새가 또 향그러웠다. 독하게 약오른 산천이 타는 냄새였다. 그는 거기서 싸우는 아버지와 아저씨들의 지독한 인내력에 감탄했다. 그리고 자신의 몸에 걸쳐진 염색한 작업복을 떨어뜨리지 않기 위하여 방학 때면 아버지의 일옷을 갈아입고 일하였다……. 그는 그런 때 아버지가 피우는 엽초를 꺼내 쉬는 동안 둑 너머에 가서 아버지 몰래 피웠다. 둑 위 무성한 아카시아 위로는 구름 같은 연기를 날려 보내면서…….

추체험의 재현

담배 연기를 좇아서 전개되는 추체험을 재현시키고 있는 씨의 이러한 문장이 인간의 잠재의식을 기록했던 프루스트나 포크너의 솜씨를 배우게 된다면 좋은 글이 나올 줄 믿는다. 그런데 "우주선에 탈 때라도 꽃씨와 벼 이삭만은 잊지 않는 덕을 길러라! 마지막으로 너는 술이 취하지 않았다"라고 독백하는 씨의 의도는 십분 이해된다. 하지만 '꽃씨'나 '창녀'와는 어떤 관련이 있는 건지 잘 모르겠다. 말하자면 소설을 짜내는 작가의 뚜렷한 의도가 없어 동분서주하는 산란한 관념이 독자를 당황하게 한다. 아마 "파리의 센 강물과 신사숙녀의 박수갈채를 생각하느라고 생애를 허송하는 사람"이 아니라, "다만 아들과 딸을 낳는 데 충실하고 불만 불평으로 귀한 생명에게 생채기를 주지 않는 사람"이 되기 위하여 그는 소영이와의 결혼을 생각하고 이 생각이 결국은 우주선의 꽃씨가 되는 모양인데…….

그렇다면 '꽃씨'와 '벼 이삭'의 존중이 창녀 소영과의 결혼으로 이루어지는 것이라면…… 씨여, 좀 어떻습니까. '넥스트 제너레이션'은 원해도 원치 않아도 무사합니다. 몇십 년 후의 인구는 배가 된다는 소식인데 이 인구의 배가가 휴머니즘의 건재함을 입증하는 것이 될 수는 없겠지? "아들과 딸을 낳는 데에 충실하라"고 예수처럼 설교하는 씨의 이 말은 꼭 왜정 시대 때 "우메요, 후야세요"의 구호 같은 말이다.

대체로 위에서 적은 열 개의 작품은 금년 중의 소설에서 잊어버릴 수 없는 것들이다. 반드시 우수했기 때문만은 아니다. 그리고 나는 그것들을 되도록 비평하지 않고 감상 정도로 소개했다. 또 유형별로 나누어보던 종래의 방법을 쓰지 않았던 것은 이번엔 좀 작가나 한 작품의 개성대로 보고자 하였기 때문이다.

그리고 상반기 총평에서 언급한 작품들은 여기에선 할애하기로 했다. 말하자면 오영수 씨의 「명암」, 이병구 씨의 「전쟁」, 이영우 씨의 「배리의 지역」 등을 말이다. 또 《조선일보》에 이미 평한 바 있는 안수길의 「이런 청춘」, 박연희의 「역사」, 김광식의 「절망 속에서도」, 김송의 「단풍부」 등 제씨의 작품 역시.

대체로 금년도의 작품을 훑어본 인상을 여기에 다시 세분하여
보겠다.

　첫째로 눈에 띄는 것은 소설의 구상이 비교적 자유로워지고 있
다는 점이다. 정형시에서 자유시로 옮겨오는 과정처럼 허구 중심
으로부터 이미지의 창조로, 말하자면 소설의 밀도가 강렬해졌다
는 이야기다.

　김이석의 「잊어버리는 이야기」, 선우휘의 「견제」, 한말숙의
「노파와 고양이」, 이채우의 「산천」, 김송의 「예감」, 강신재의 「팬
터마임」 등이 모두 그렇다. 그리고 추식의 작품에서도 그와 같은
예를 찾을 수 있다. 그리고 주제 면에 있어선 인간 정신의 타락
에 대한 항변이 종래의 그것보다 훨씬 구체화되고 있는 점이다.
일례를 들면 다음에 올 세대에 대한 양심 같은 것이 작가에게 고
취되어가고 있는 것이다. 유주현의 「언덕을 향하여」나 김광식의
「비정의 향연」 같은 것을 보더라도 고아孤兒를 지켜야 되겠다는
그 결의가 현실 속에 짓눌려 사는 그리고 절망해 있는 어떤 행동
성을 주고 있다. 바람이 불어야 풍차가 돈다. 모럴이 확립되어야
인간은 움직인다.

　다음에 올 세대에게 '선택의 자유'를 박탈하지 않는 것이 오늘
있는 우리들의 모럴이라고 말하는 작가들이 많다. 그리고 인간에
대한 사랑 상실에의 반성이 거의 모든 작가의 주제로 되어 있다.
그러나 아직도 지평은 요원하다. 작가들은 체험의 드라마를 안이

하게 배설해버리고들 있다.

어느 시인이 자기를 키운 것은 8할이 '바람'이라고 말한 일이 있었는데 우리나라의 작가들을 키운 것은 8할이 게으름이다. 작가의 사보타주sabotage―생각만 해도 소름이 끼친다. 그렇기에 나는 지금 땀을 흘리며 이 글을 쓴다.

솔직히 고백해서 억지로 이러한 글을 써야만 되는 우리의 처지도 그리 행복한 것이 못 된다. 나는 지금 무엇을 쓰려고 했던가? 나는 지금 무엇을 어떻게 하려고 말하려 했던가? 끊임없는 불모지대―나는 결국 거기에서 수림樹林의 환상을 더듬으며 이 글을 쓴 것 같다. 용서하라. 그리고 또 한 번 모든 사물을 새로운 눈으로, 새로운 손으로 기록하자.

낙서로 평한 『낙서족』

낙서 1

　손창섭 씨는 670매의 장편 『낙서족』을 썼다. 나는 이 글을 읽고 여기 열다섯 장의 낙서를 한다. 낙서로 비평한 『낙서족』—그러니까 이 글은 글자 그대로 하나의 독후감에 불과한 것이다.

　한국의 장편소설은 단편을 강냉이처럼 튀겨 만든 것이다. 푸석푸석한 맛—이것이 우리나라의 장편소설에서 맛볼 수 있는 유일한 진미다. 발자크Honoré de Balzac처럼 빚을 갚기 위해서 소설을 썼던 작가들에겐 장편이라는 그 긴 형식이 여간 고맙지 않았을 것이다. 그러나 장편 형식이 뱀처럼 길다는 데 결코 그 특징이 있는 것은 아니다. "왜 단편소설을 쓰지 않는가?"라는 질문에 "나에게는 보다 큰 캔버스가 필요하기 때문이다"라고 대답한 것은 저 사회의 풍경화가(사실은 소설가지만) 시어도어 드라이저[13]다.

도현, 상희, 노리코, 광욱, 이러한 낙서족들을 한자리에 모아놓고 한 장의 기념 촬영을 하기 위해서 카메라보다 더 큰 사진들을 필요로 한 것은 손창섭 씨다. 그런데 아무래도 이 낙서족의 어두운 대중판 사진은 큰 사진들로 찍은 것이 아니라 카메라로 찍어놓은 사진을 확대한 것만 같다.

가벼운 실망—『낙서족』은 장편소설이 아니라 단편을 그대로 확대해놓은 것에 불과하다.

낙서 2

박도현은 한국의 아阿Q[14]인 것 같다. 그런데 또 거꾸로 한국의 첸[15]인 것 같기도 하다. 루쉰魯迅이 한 인간의 행동을 희화화했을 때 아Q라는 돈키호테적 희극의 주인공이 생겨났다. 그런데 말로

---

13) Theodore Dreiser : 미국 작가. 「시스터 캐리Sister Carrie」, 「아메리카의 비극An American Tragedy」 등 명작이 있다.
14) 루쉰의 대표작 「아큐정전阿Q正傳」의 주인공. 확실한 이름도 없는 날품팔이 노동자 아를 통해 공허한 영웅주의와 그와 표리를 이루는 가련한 패배주의 속에 민족적인 마이너스 면을 집약적으로 전형화하고 있다.
15) 프랑스 작가, 앙드레 말로의 대표작 「인간의 조건Le Condition humaine」의 주인공. 그는 고독감에 사로잡힌 테러리스트이다.

도 한 인간의 행동을 엄숙하게 추구해 들어갈 때, 첸이라는 우울한 행동의 주인공이 생겨났던 것이다.

그런데 박도현은? ……어느 때는 아큐와 같이 우둔하고 어느 때는 첸과도 같이 심각하다. 손창섭 씨는 도현을 아큐로 만들려고 한 것인지 첸으로 만들려고 한 것인지, 손창섭 씨의 그 의도는 스핑크스의 미소처럼 잡히지 않는다.

한상희―잔 다르크 아니면 유관순 같은 여자다. 슬프게도 웬만한 남자는 상희 앞에서 내시가 된다. 손창섭 씨는 최근 상희와 같은 타입의 여자를 많이 그렸다. 「소년」의 여교사, 그리고 「잉여인간」의 간호원, 저승 사람들이나, 유토피아에서나 볼 수 있는 여인들이다. 단테에게 있어서의 소녀 베아트리체, 그리고 플로베르에게 있어서의 슈레상주에 부인―손창섭 씨의 과거를 들춰보면 그에 해당될 만한 어느 여인이 나타날 것이다. (장난으로 하는 소리지만) 이것은 심리학의 문제.

〈천국의 아이들Les Enfants du paradis〉이라는 영화가 있다. 여기엔 사실상 주인공도 없고 엑스트라도 없다. 엑스트라가 곧 주인공이요, 주인공이 엑스트라다.

물론 이 영화의 히어로는 바티스트(장 루이 바로)다. 그리고 아를레티가 히로인이고. 그렇지만 악한으로 타락한 시인, 보석을 감정하는 봉사, 고십과 넝마를 함께 팔고 다니는 늙은 상인. 또 숱한 그 야바위꾼들……. 그 많은 조연자 하나하나가 주인공 이상으로 생생하지 않던가?

『낙서족』에는 주인공 이외에도 많은 인물이 등장하고 있지만 한결같이 희미하다. 그러나 노리코만은―그 불쌍한 노리코만은 박도현이나 한상희보다도 밝은 플래시를 받고 역력하다. 도스토옙스키의 나타샤(『학대받는 사람들』), 꼭 그녀에게서 맡았던 살결 냄새가 난다.

노리코의 무덤에 박도현을 무릎 꿇게 한 것은 참 잘한 것이다. 거기엔 도덕적인 곰팡내도 무슨 기사풍의 어쭙잖은 제스처도 없다. 자연스러운 인정, 사람의 마음, 그저 그런 따스한 맛이 콧날을 찌른다.

낙서 3

『낙서족』에는 수시로 관능적인 이야기와 그런 분위기가 현몰하고 있다. 또 어느 장면에서보다 그런 대목에 와선 실감 있는 씨의 능란한 솜씨가 발휘되고 있다. 지루한 여객을 위해서 달콤한 호두 만두를 파는 강생회원들처럼.

기우―자칫하면 이것은 참 위험한 결과를 가져올지 모른다. 한상혁과 여급의 불장난, 노리코와 박도현의 성유희, 신성한 상희에 손을 댄 행준의 에로틱한 범죄,―그 모두가 독자의 구미를 돋우게 하지만, 작품 그 자체에 플러스되는 점은 희소하다. 주객이 전도되면 씨는 통속 작가로 성공하게 되는 것이다.

낙서 4

씨는 19세기적 소설의 전통을 누구보다도 잘 지키고 있는 사람이다. 대개 오늘의 소설은 외국에서 반소설적 형식을 택하고 있다. 이것마저 유행이라고 웃어버린다면 할 말이 없지만 씨의 소설 작법도 한번 탈피해야 되지 않을까?

낙서 5

씨의 문장은 또 전통적인 '서술 문장'이다. 비상징적 문장 그리고 비표현적(서술의 반대적 의미로서) 문장. 그러나 그것은 강물처럼 흐른다. 쉽게 읽히게 하는, 그 설득력이 이 작가의 생명이다.

씨의 문장에선 습지에서 풍겨나는 그 끈끈하고 이상야릇한 냄새가 서려 있다. 또 씨의 문장은 빗발과도 같다. 차디찬 그러면서도 후덥지근한. 대화도 너무 설명적이기는 하나 그것은 분명 육성임에 틀림없다. 수화기에서 흘러나오는 기계의 음성, 변질된 그 목소리가 아니라…….

『낙서족』이 장편으로 성공한 면이 있다면 이러한 씨의 설득력, 문장의 중후함, 회화의 자연스러움 등에 있을 것이라 생각된다.

낙서 6

『낙서족』─한마디로 말해서 현기증이 나는 작품이다. C단조─루쉰도 좀 필요하다. 그러면서도 손창섭 씨에게 치하하고 싶은 생각이 든다. 한번 그 '축사'를 나보고 초후하라면 좀 파격적인 것이 될 것이다.

손창섭 씨─당신이 『낙서족』을 탄생시킨 것을 축하합니다. 가능성─우리는 여지껏 이것 때문에 살았던 것입니다. 지금 당신은 『낙서족』으로 해서 하나의 가능성을 우리 앞에 보여주었습니다. 그러나 삼손은 항상 델릴라를 조심해야 합니다. 자칫하면 머리를 깎일지도 모릅니다. 당신에게 있어서 통속성이란 하나의 매력 있는 델릴라입니다. 이것을 경계하고 장편을 쓰신다면 우리는 『백치』나 『카라마조프의 형제들』과 같은 좋은 소설을 가질 수 있을지도 모릅니다.

장난감 집만 짓다가 그만둔 그 숱한 선배 작가들을 극복할 기회입니다. 당신의 『낙서족』은 어쩌면 당신에게 솔로몬의 동굴을 여는 첫 번째 모험일지도 모릅니다. 박도현을 다시 상해로부터 잡아오십시오. 노리코를 다시 무덤에서 나사로처럼 부활하게 하십시오. 한상희를 한번 타락하게 하시고 그녀의 베일을 벗겨놓으십시오. 그래서 낙서족들을 다시 모아놓고 제2의 연기를 가르쳐야 합니다.

이건 우리의 직업입니다만 앞으로 문학사를 쓸 재료가 좀 있어야 되겠습니다. 이 재료의 가능성을 당신은 일단 준 것입니다. 축하합니다.

670매에 동원된 그 많은 언어는 결코 당신의 사생아들이 아니었기 때문입니다. 『낙서족』은 언어를 낭비한 낙서는 아니었습니다. 축하합니다.

전후 소설 20년

작가는 농부와도 같다

작가는 경건한 농부와도 같아서 언제나 쉬지 않고 사색의 밭을 갈고 있다. 그는 여기에 언어의 씨를 뿌리고 그 의미의 결실을 얻는다. 그러나 더 위대한 것은 하나의 시대다. 시대는 계절과도 같은 것이어서 그 경건한 농부보다도 많은 일을 하고 있는 것이다. 그런 일로 한 톨의 곡식이 농부와 계절의 두 손에 의해서 결실되는 것처럼 한 편의 작품도 작가와 시대의 신비한 공동 작업 속에서 이루어진다.

지금 모든 것이 변해가고 있다. 전후 10여 년의 새로운 역사(시대) 속에서 새로운 작가는 새로운 밭을 갈고 있다. 그들이 뿌려서 얻은 몇 개의 낟알을 손바닥에 얹고 가만히 들여다보라. 그리고 거기 새로운 생명의 숨결이 바로 그 작품이 지니고 있는 문제성이다.

내면세계의 계열

발자크의 관을 메고 다니다 지쳐버린 것이 전전戰前의 우리 작가들이었다. 이미 상장喪章이 되어버린 플롯, 캐릭터, 세팅(배경)과 같은 엄격한 율법이 그들의 유일한 소설 수법이다. 그리고 그들은 인간의 피부에 대해서만 열심히 연구하고 있었다. 말하자면 인간의 신분증명서와 싸우는 사람들이었다.

그러나 이러한 문학에 대해서 전후의 신인 작가들은 결별의 고별장을 보내고 만 것이다. 장용학 씨의 「요한 시집」을 보라. 우리는 이 작품에서 종래의 공식화된 소설 기법을 찾아내기 어려울 것이다. 간단한 에피그램, 상징적인 일화 그리고 수기와 관념적인 독백―그리고 작가는 소설 밖에서 말하고 있는 것이 아니라, 직접 소설 그 속에서 이야기하고 있는 것이다. 에세이식으로 엮어 내려간 그 자유로운 소설 양식은 근대 소설의 해체에서부터 시작되어 있다.

왜냐하면 보다 자유로운 작가 정신은 보다 자유로운 형식을 요구하고 있기 때문이다. 인간의 액션 속에서 펼쳐지는 드라마를 그리려 할 때는 사건이라는 것이 무엇보다도 중요한 위치를 차지하게 된다. 그러나 인간의 의도 속에서(내면적 세계) 전개되는 드라마를 표현하기 위해선 하나의 형이상학이 요구된다.

이 형이상학의 요구에 의해서 씌어진 것이 「요한 시집」이다. 모든 이야기는 작중인물의 의식 속에서 빗발치고 있다. 자유를 모색하고 또한 자유 그것에 의하여 처형되지 않으면 안 되는 현대의 괴로운 과도기적 숙명이다.—「요한 시집」은 바로 이와 같은 형이상학적인 현대인의 진단서인 것이다.

여기서 또 우리는 손창섭 씨의 「유실몽」을 생각하지 않으면 안 된다. 전자의 것에 비할 때 이 「유실몽」은 종래의 소설 전통(자연주의적—근대소설의 수법)에 의존해 있다.

그러나 작가의 눈은 역시 인간의 내면세계(자의식의 세계)로 돌려지고 있는 것이다. '하늘 옷을 잃어버린 선녀'—일상적 자아에 얽매여 있으면서도 본래적 자아를 찾아 헤매는 생활 상실자들의 내면 풍경이다. 평생 가야 신문의 3면 기사에도 한 번 오르지 못할 평범한, 그러나 절실한 자의식의 인간들이다.

종래의 리얼리즘에 의하면 인간의 고뇌는 외부에서 오는 것이었다. 실직이라든가 굶주림이라든가 모함이라든가 하는 객관적인 파국에서 오는 고통이다. 그러나 「유실몽」의 세계는 그렇지 않다. 철수의 괴로움은 내면적 파국에서 일어나고 있다.

철수는 그 매형인 상근처럼 행동할 수가 없고 남녀를 단순히 자웅의 뜻으로만 해석하는 그 누이처럼 생각할 수 없는 데 비극이 있는 것이다. '잃어버린 하늘 옷'을 생각하는 내면의 환상 때문이다. 그러므로 이 내면의 환상(꿈)을 처리하는 데는 형이상학적 전회轉回가 필요하게 된다. 돈을 주어서 혹은 세속적인 명예를 주어서 해결할 수 있는 성질의 것은 아니다.

이광수가 쓴 대부분의 소설 주인공들에겐 조국과 그리고 계발된 민족을 주면 그만인 것이다. 스토 부인[16]에겐 흑인 노예가 해방되기만 하면 좋을 것이다. 그러나 철수에게는 인간 그것의 의미가 달라지지 않는 한 그 의식의 흐느낌은 끝날 수 없을 것이다. 그러므로 이들 작품에서는 인간의 '내면적 상황'이란 것이 언제나 문제화되고 있다. 이것이 또 전후 작품의 한 뚜렷한 성격을 제시하고 있는 것이다.

한무숙 씨의 「감정이 있는 심연」과 이호철의 「파열구」로 인간의 내면적 세계로 시점을 돌린 작품이다. 베르주의 말을 빌리면 내부적 현실 추구의 문학이다. 그러나 「요한 시집」이나 「유실몽」이 인간의 존재 의식에 관심을 던지게 한 것이라면 이 두 작품은 인간의 콤플렉스, 말하자면 심리적 면에 문제를 둔 것이라 할 수 있다. 「감정이 있는 심연」은 섹슈얼 콤플렉스를 분석한 것이며 「파열구」는 임페리얼리티 콤플렉스에 근거를 두고 있는 것이다. 마치 발자크나 졸라가 사소한 사건에까지 세세한 관찰을 게을리하지 않는 것처럼 이들은 사소한 심리의 구김살에까지 세밀한 관심을 팔고 있다. 심리적인 갈등 그 뉘앙스를…… 그동안 우

---

16) Harriet Elizabeth Stowe(1811~1896) : 미국 여류 작가. 종교인 아버지에게서 태어나, 결혼 후 흑인 노예의 비참한 생활을 목도하고 기독교적 인도주의의 입장에서 명작 『엉클 톰스 캐빈Uncle Tom's Cabin』을 썼다.

리나라에선 인간의 심리 면에 대해서 너무나도 소홀히 해왔던 것 같다. 특히 스토리텔러에서 벗어나지 못한 우리 작가의 입장에서 볼 때 이 두 작품은 많은 암시를 갖는다.

전후에 또 하나의 파문을 일으킨 것은 사회 비평 내지 문명 비평적인 요소를 띤 작품들이다. 과거 식민지 시대의 작가들은 식민지 사회라는 기묘한 여건 때문에 문장을 한 은둔처로 삼거나 그렇지 않으면 계몽(독립운동)의 도구로 삼아왔다. 그래서 대부분의 소설은 농촌을 배경으로 하고 있다.

생 레알César vichard de Saint-Réal의 유명한 정의에 의하면 "소설이란 길거리로 메고 다니는 거울이다." 그런데 과거의 작가들이 논두렁길로 메고 다닌 거울을 전후의 작가들은 도시의 메인스트리트로 메고 다닌 것이다. 그러므로 비로소 한국적인 메트로폴리탄의 풍속 비평(사회 비평)이 생겨나게 된 것이다. 소설에 이러한 비평적 요소를 살려 문제를 일으킨 작품으로는 유주현 씨의 「장씨일가」와 박경리의 「불신시대」가 있다.

그러나 똑같이 현대사회의 풍속을 비평하고 있으면서도 그 비평 태도에 있어서는 정반대다. 유주현의 「장씨일가」는 주지적인 데 비해 박경리의 그것은 주정적이다. 그러나 다 특색이 있다.

유씨의 작품은 헉슬리나 앵거스 윌슨Angus Wilson의 경우처럼 두뇌의 산물이다. 그러므로 자연히 풍자적이며 따라서 객관적이다. 박씨의 작품은 유씨가 두뇌로 받은 것을 심장으로 받아들이고 있다. 그러므로 같은 사회 풍속도를 그리고 있으면서도 그 터치가 섬세하고 또 감정에 치우쳐서 비평적 어구가 직접 외면에 배어 있다.

이러한 시대적인 풍속 비평에 비해서 보다 본격적인 비평 정신을 살린 것이 김광식 씨의 「213호 주택」과 김동립 씨의 「대중관리」다.

오늘의 사회에 보다 본질적이고 체계적인 비평을 가하기 위해서 이들은 현대사회의 한 성격을 이루고 있는 '조직'의 문제를 다루고 있다. 즉 문명 비평적인 성질을 띤다.

김광식 씨의 「213호 주택」이나 김동립의 「대중관리」는 다 같이 인간의 기계화(조직화)에 비평 또는 항거하고 있는 것이다. 전자의 경우가 사회조직에 도전한 인간의 비극을 그린 것이라면 후자의 것은 직접 그런 조직 속에 말려 들어가버린 '조직인'의 파탄을 그린 것이라 할 수 있다.

즉 하나는 조직 밖에서, 또 하나는 조직 속에서 현대의 문명을 보고 있다. 이 두 작품은 리스먼David Riesman의 『고독한 군중The Lonely Crowd』이나 화이트William H. Whyte의 『오거나이제이션 맨The Organization Man』 속에 나타난 사회 분석과 많은 유사점을 갖고 있다.

이 두 작품이 사회학적인 입장에서 전후의 현실을 분석하고 있는 것과는 달리 선우휘의 「불꽃」과 정한숙의 「고가」는 역사적인 입장에 서서 현실을 분석하고 있다. 「불꽃」은 한국 역사(정치적)의 축쇄판縮刷版이며, 「고가」는 한국 가족사의 다이제스트다. 오늘을 그 시간(역사)적인 선상에 놓고 비평하고 있는 것이다.

이것은 골즈워디John Galsworthy의 『포사이트가家의 이야기The Forsyte Saga』나 토마스 만Thomas Mann의 『부덴브로크가家의 사람들Buddenbrooks』처럼 몇 대에 걸친 어느 가계를 말함으로써 한 시대의 역사적 성격을 캐내는 방법이다. 이러한 방법은 자연주의적 수법에 속한다. 그러면서도 이들 작품에 문제성을 갖게 되는 이유는 한국 소설이 그동안 너무나도 시간성을 무시해왔기 때문이다.

「불꽃」은 특히 발표되자마자 많은 문제를 일으켰다. 그것은 이 작품이 이미 있는 역사를 통하여 앞으로 있어야 할 역사(새로운 한국적 인간상)를 끌어내고 있기 때문이다. 그리고 그것이 이광수 투의 새로운 계몽소설(작자는 이런 말을 싫어하겠지만)이었기 때문이다.

상처받은 하이틴의 세계

세계의 어느 나라에서도 마찬가지지만 전후에 가장 말썽이 된 것은 상처받은 하이틴의 문제다. 그런데 우리나라에서도 '재[灰] 속의 세대'(전후 세대)를 그려 문제를 일으킨 작품으로 서기원 씨의 「암사지도」와 송병수 씨의 「쑈리 킴」이 있다. 이 이야기들은 10년 전으로 환원시킬 수도 없고, 따라서 10년 후로 연장시킬 수도 없는 것들이다. 독특한 세대 감성이, 세대적 인간상이 유니크한 맛을 풍겨주고 있기 때문이다.

이 두 작품은 전후의 생활 감정, 전후적 세대상을 가장 잘 반영시켜주고 있다. 전자는 20대의 것을, 후자는 10대를……. 특히 「쑈리 킴」에 대해선 미국인 칼 브루스가 비평한 것이 있으므로 그것을 여기 전재하고 긴 이야기는 생략한다.

「쑈리 킴」은 한국어로 된 잡지의 미지의 대륙 속에 파묻혀 있고 또한 한국에서 마흔여덟 시간 이상을 머무르는 외국인이라면 누구나 할 것 없이 손에 들게 되는 『춘향전』의 산문적 번역 표본처럼 널리 선전되어 있지 않았던 탓으로 외국인한테서 많은 주목을 받지 않았던 것이다.

이 단편은 아름다운 이야기가 아니고 비틀거리고, 거칠고, 비극적인 이야기인데 '시카고 소설'을 쓰던 당시의 제임스 페르렐의 리얼리즘과 같은 것이 여기에 이르고 있다. 이 소설의 리얼리즘은 아마도 그것이 단점일는지도 모른다. 리얼리즘은 현실의 한 국면만을 제시할 뿐이다. 참혹했던 한국전쟁은 참혹 그 이상의 것을 드러낸 것이다. 그러나 16페이지밖에 안 되는 이 단편소설이 한국의 전쟁과 평화 같은 것이 되리라고는 아무도 말할 수 없는 노릇이다.

이 소설의 가치는 한국 소설에 대한 한국인의 경험 한 토막을 만만치 않은 문학적 솜씨로 재현한 데 있다. 이 점은 결코 하찮은 특색이 아니다. 한국전쟁에 관해서 지금까지 영어로 씌어진 문학 작품은 외국인의 경험을 적은 작품이었다. 외국인의 생명이나 외국인이 겪은 고난에서 본다면 한국인의 그것은 주변적인 것에 지나지 않았다. 만일 외국인과 한국인의 고난이 한 전쟁 속에 한데 결합되어 있다 하더라도 그것들은 서로서로 나누어진 것이 아니고 차라리 동시적으로 생겨난 것이었다. 같은 술잔을 가지고 마시더라도 똑같은 술을 마시는 것은 아니었고, 때로는 음식도 똑같은 음식이 아니었다.

「쑈리 킴」에 등장하는 인물들의 집합을 볼 것 같으면 그것은 다만 탐욕과 절도와 구걸의 모임에 불과하다. 우리의 작품 속에 나타나는 한국 사람들은 고작해야 한 장면의 폭을 넓히고 합창의 역할을 맡아보는 데 지나지 않았다. 그들은 총에 맞아 떨어진 조종사나 생포된 장군들을 충실하게 대했다. 그들은 C레이션과 헌 오버코트를 굉장히 많이 받은 사람들이고 양자가 되어 많이들 갔다. 어쩔 수 없이 이 점은 '우리'와 '그들'의 관계로 표현되어 왔다.

이 소설은 한낱 한국인의 경험이 아니다. 한국으로 말하자면 그들의 자리에 있는 것은 우리들 외국인이며, 우리의 자리에 없는 것은 한국 사람이다. 이 소설의 문학적 솜씨는 고사하고 「쑈리 킴」이 외국인 독자에게 주는 한 가지라는 것은 그것이 이상과 같은 시점에서 표현되었다는 점이다. 이 시점은 한결 낫거나 한결 참된 시점은 아니다. 그러나 이 시점은 영어로서는 거의 얻어볼 수 없던 시점인 것이다.

이 소설의 시기는 휴전 후의 아무 때라도 무방하다. 쑈리 킴과 딱부리는 서울에서 겪은 학대와 혹사에 못 이겨 휴전 지대로 피신해 왔다. 연장年長인 딱부리는 어떤 미군 부대장의 하우스 보이가 된다. 쑈리는 재주가 모자라서 따링 누나와 함께 병졸들과 사귀게 된다. 따링 누나는 그 중대를 따라다니는 매춘부로서 부대 기지 위에 중공군이 파놓았던 움집에서 산다. 팔자 소관이겠으나 딱부리는 금시계를 차고 멋있는 가죽점퍼를 걸치게 되었는데, 쑈리 킴은 그런 것을 얻지 못하게 되어 두 소년은 거의 원수같이 지낸다. 그러자 쑈리 킴과 따링 누나 사이에 그들의 처량하고 추한 생활을 초월한 인연이 맺어진다. 쑈리는 아직 순진한 어린아이다. 그런 동안에 어린이 시간 방송이 라디오를 타고 울려나오는 장면이라든가 혹은 밤에 따링 누나가 쑈리를 돌보아주는 모습은 쑈리가 데리고 오는 군인들의 욕정이나 딱부리의 추잡한 거동보다 한결 박진감을 주는 것이 있다.

그러나 따링 누나가 번 돈은 그들을 망치게 한다. 따링 누나는 부대를 따라다니는 쩔뚝이의 배반으로 엠피에게 잡히게 된다. 그

녀석은 그러고는 움집 속에 숨겨둔 따링 누나의 돈을 훔치려고 든다. 쑈리 킴과 딱부리는 둘이 발견한 각자의 안전을 상실하게 되고 다시 서울의 고아원으로 그리고 그들이 기를 쓰고 달음박질쳤던 왕초한테로 되돌아가는 수밖에 없게 된다는 줄거리다.

이 소설은 친미적도 아니고 반미적인 것도 아니다. 휴전선상의 외로운 초소를 지키는 미군들은 좋은 사람도 아니고 나쁜 사람도 아니다. 다만 낯선 사람일 뿐이다. 그들은 거의 비현실적인 존재이기도 하다. 혹은 현실과 추상의 중간 거리에 놓인 존재라 할 수도 있다. 이 중간이란 위치에는 아무런 움직임도 없고 감각도 없으며 그 무대 안에서 한국인 주인공들이 단지 행동하고 있는 데 불과하다.

미군들이 처한 이 '그들적인 것'은 한국전쟁에 대한 공헌이 무엇이든 그리고 전후의 경제원조나 문화 유입이 아무리 큰 것이라 할지라도 우리의 현실과는 생소한 관계를 맺고 있다.

「쑈리 킴」은 바로 '생소한 그들' 속에서 한국인의 리얼리티를 찾아냈다는 점에서 오래 기억될 수 있는 작품이다.

고발 문학의 계열

고발 문학이니 휴머니즘 문학이니 해서 인간성을 옹호하려는 작가가 전후에 많이 등장하고 있었다. 박연희 씨의 「증인」과 오

상원 씨의 「모반」은 그러한 작품들 가운데 티피컬typical한 예가
될 것이다.

「증인」은 판권에 의해서 인간성이 함부로 짓밟히고 있었던 이
季 독재 정권의 어두운 사회를 고발한 작품이다. 중세기적인 암흑
기였던 이季 정권 시대에 있어서 우리 작가들은 신기할 정도로 침
묵하고만 있었다. 간혹 작품에 보호색을 입혀서 음성陰性 저항을
한 몇몇 작가가 있을 뿐이다.

그러나 이 「증인」은 그 억울한 이야기들을 대담하게(보호색을 쓰지
않고) 직접적으로 토로하고 있다. 그리고 흔히 고발 문학이라고 하
면 프로파간다에 떨어지기 쉬운 법인데, 그 아슬한 위험을 무난
히 돌파한 점 특기할 만하다. 다른 작가들이 음풍영월, 아니면 천
진한 목가를 부르고 있을 때 정치악의 암벽을 향해 언어의 창을
던지는 작가 정신—그것은 고독하고도 강한 것이다.

"어디선가 꼭 한 사람이 되풀이하는 괴로운 기침 소리가 들려
왔다……(저자도 증인이 아니면……) 준은 소리 없이 웃어보았다." 감방
에서 들리는 기침 소리…… 그것은 박해받은 증인의 소리이며 휴
머니스트의 피 묻은 증언이다. 그 기침 소리는 결핵균이 폐를 침
윤했다는 신호가 아니라, 불치의 정치악(반인간적)이 인간의 폐부를
깊숙이 침입해 들어가고 있다는 증거의 소리일지도 모른다.

「모반」은 바로 수단 때문에 애초의 목적을 잃어버린 그 비정의
시대에 대한 모반이다. 인간성을 상실한 이데올로기나 정치 운동

같은 것은 두려운 존재다. 그것은 반인간적인 것이기 때문이다.

그러므로 인간성을 찾아 다시 본래적인 자기로 환원하는 것이 오늘의 휴머니스트들이며 그것이 「모반」의 중심 사상을 이루는 부분이다. 먼 것[理想]을 얻기 위하여 가장 가까운 것(휴머니티)을 잃어버린 현대의 정황 속에서 인간성 옹호의 문학은 흔하고도 절실한 문제가 되고 있다.

긍정적인 문학

전후의 문단을 지배하고 있는 기류는 총체적으로 볼 때 어두운 것이다. 부정의 문학, 니힐리스틱한 문학이다. '긍정적인 문학', '즐거운 문학'은 점차 자취를 감추고 있다. 그러므로 좀 밝고 긍정적인 작품은 다른 의미에 있어서 아쉬운 존재다. 그러한 예로 오영수 씨의 「명암」과 하근찬 씨의 「흰종이 수염」 같은 작품이 있다. 현실을 현실대로 인정하면서도 그것에서 어떤 긍정적인 인생의 밝은 빛을 끄집어낸다는 것은 여간 어려운 일이 아니다. 「명암」과 「흰종이 수염」은 바로 이 어려운 일을 해치웠다는 데 문제성이 있는 것이다.

이 두 작품의 소재를 다른 작가가 다루었다면 그것은 아주 비참하고 어둡고 숨 막히는 현실의 한 단면으로 그려졌을 것이다. 그런데 이 두 작가는 유머러스한 센스에 의해서 어두운 이야기를 부드러운 미소로 바꾸는 데 성공하고 있다.

한국 작가에겐 유머 센스가 부족하다. 아무리 절박한 때라도 유머 센스는 인간에게 어떤 여유와 숨 쉴 구멍을 주고 있다. 아주 대단한 문제를 아무렇지도 않은 것처럼 그릴 때 유머는 생겨난다 (명랑소설 운운하는 통속적인 의미로서의 유머와 혼동하지 말 것). 또 반대로 아무렇지도 않은 것을 대단한 것처럼 말할 때 역시 유머가 생겨난다. 이 두 작품은 전자의 경우다.

「감방 속의 수인」, 「불구자의 샌드위치맨」 이것들은 비극의 상징이 될 만한 이야기다. 그러나 그것에 어떤 유머를 부여할 때는 전연 예기할 수 없었던 부드러운 생의 한 면이 고개를 들고 일어나는 것이다. 그것은 종래의 리얼리즘을 뒤집어놓은 또 하나의 리얼리즘이다.

"나는 끊임없이 해부하고 있었습니다. 그리하여 드디어 순결하다고 생각되었던 모든 것에서 부패를, 그것의 가장 아름다운 부분에서 고름을 발견했을 때 나는 머리를 들고 웃는 것입니다"라는 플로베르의 말을 그대로 뒤집어놓아도 역시 진리는 성립한다. 그 반대의 리얼리즘이 가능하다.

즉 "추잡하다고 느껴졌던 것을, 부패하다고 생각했던 것을 끊임없이 해부해갈 때 거기에서 애정을 발견하고 또 성스러운 것과 아름다운 것을 발견하고 나는 머리를 들어 고요히 미소를 지었다"고. 각박하게만 느껴지는 이 현실에 이러한 작가 태도는 하나의 문제성을 일으켜줄 수 있는 것이다.

현대에는 문장이 점점 짧아져가고 있다. 헤밍웨이와 카뮈는 대표적인 문장의 천식 환자다. 그들은 절대로 긴 센텐스를 쓸 수 없는 것이다. 영어에서도 엘리자베스 시대의 한 센텐스는 평균 45개 어, 빅토리아 시대는 평균 29개 어로 되어 있다. 현대는 20개 어 이하라고 한다.

그런데 우리나라에서 가장 짧은 문장을 쓰는 분이 최상규 씨다. 최상규 씨의 센텐스를 50개쯤 붙여놓아야 이인직의 한 센텐스의 길이가 될 것이다.

「포인트」의 문장은 전후의 어떤 작가의 그것보다도 참신하고 또 가장 현대적이다. 그의 문장을 읽으면 우리는 그동안 시대가 가장 많이 흘렀다는 것을 의식하게 된다. 스타일에서 새로운 문제성을 지니고 있는 작품이다.

끝으로 「오발탄」의 이야기를 하자. 이 작품이 나오자 기독교 재단의 고교에서 말썽이 생겼다. 이 작가는 그 학교의 교원이었던 것이다. 말썽의 결과는 면직이었다.

어떠한 작품이 사회적인 문제를 일으킨 예는 허다하다. 와일드 Oscar Wilde가 『도리언 그레이의 초상 The Picture of Dorian Gray』[17])을

---

17) 1891년작인 이 소설은 미모의 청년 도리언이 쾌락주의를 실천, 타락하고 악행을 저지른 나머지 파멸한다는 줄거리다.

발표했을 때 추잡한 책이라고 해서 비난하는 사람이 많았다. 그러나 지금 읽어보면 아무것도 아니다. 도리어 지나치게 온건하고 또 신성하기까지 하다.

로렌스David Herbert Lawrence는 「죽은 사나이The Man Who Died」의 작품 속에서 예수가 이시스 여신에 봉사하는 여승과 관계하는 장면을 그려 독신적瀆神的이라는 공격을 받았다. 이탈리아 작가 파피니Giovanni Papini는 「악마Il diavolo」라는 작품 때문에 교황청에서 파문 선고까지 받은 일이 있다.

그러나 '인간은 신의 오발탄'이라는 말 때문에 이 작가는 가장 무서운 파문 선고(실직)를 받게 된 것이다. 이러한 에피소드로 해서 이 작품은 두고두고 문제가 될 것이다. 다음에 웃을 날이 있을 것이다.

전후의 작품 가운데 몇 가지 문제성을 찾아보았다. 그러나 문제성이 이렇게 많다는 것은 결국 특출한 문제작이 별로 없었다는 증거가 될 것이다. 작품에 대한 가치 평가는 시간이라는 천재가 한다. 오직 시간만이 그 가혹한 평가를 한다. 때문에 다음 날 모든 것은 판결될 것이다. 더 많은 이야기를 하지 말기로 하자.

매스미디어 시대의 문화론

변천되어가는 문화 시장

문화도 다른 상품과 마찬가지로 하나의 시장이라는 것을 갖고 있다. 문화의 생산자는 작든 크든 그 시장의 현실성을 무시할 수는 없을 것이다. 상업주의적인 문화만을 두고 하는 소리는 아니다. 페리클레스Perikles 시대의 아테네 문화가 도시인이라는 한 시장 위에 개화한 것과 마찬가지로 중세 문화는 교회를 단위로 한 승려들의 시장 위에서만 성립될 수 있었다. 그것이 살롱의 귀족이든 면직물을 팔고 있는 상인들의 집단이든 한 시대의 문화는 문화 시장을 형성하고 있는 특수한 고객들의 질과 그 소비 양태에 따라 변화해가고 있다. 문화를 생산하는 수단과 문화를 소비하는 시장 질서는 동전의 안팎처럼 밀접한 관련을 맺고 있다는 것을 우리는 알고 있다.

이러한 관점에서 볼 때 한국의 문화 시장이라는 것도 수십 년 동안 현저한 변화를 일으키고 있고, 그에 따라서 문화의 양상도 크게 변화해가고 있다는 사실을 발견할 수 있다. 우리는 불행하게도 식민지 치하에서 근대 문화라는 것을 맞이했다. 그래서 1945년까지의 한국 문화는 근대 문화를 강렬하게 인식하고 있으면서도 대중이나 시민들이 그 문화 시장에 참여할 기회를 갖지 못했었다. 그때까지 '한국 문화의 시장'을 형성하고 있던 집단은 식민지 관리와 그들의 정책 속에서 성장한 지주 출신의 버섯들이었다. 이광수의 계몽소설만 해도 그 대상은 농민이었지만 그 소설을 실제 읽고 소화한 층은 계몽을 받아야 할 농민층은 아니었다. 지주를 중심으로 한 당시의 인텔리들로 소설 시장이 구성되어 있었기 때문에, 이광수 문학도 결국은 그러한 지주 문화의 한 가지로 뻗어갈 수밖에 없었다.

결국 1945년 이후의 한국 문화는 지주 문화가 종언하고 새로운 대중이 문화 시장의 중요한 주인으로 등장했다는 데 가장 큰 의미가 있다. 쌀과 장작밖에 모르고 있던 대중(농민)이 이제는 교육을 비롯하여 모든 문화생활에 관심을 돌리기 시작한 것이다. "대중은 지금까지 소수자에게 독점되었던 사회생활의 전면에 스스로 진출하여 소수자의 지위를 탈취하고 그 도구를 이용하여 그 오락에 참여하려는 결심을 했다"는 오르테가 이 가세트José Ortega Y. Gasset의 대중의 봉기가 한 반세기를 지각하기는 했으나 우리들의 사회에서도 여러 가지 징후를 띠고 나타난 것이다.

하지만 달걀을 얻기 위해서는 닭에게 모이를 주어야 하는 그 시기와 준비기가 필요하다. 1950년대까지는 대중이 직접 문화 시장에 참여할 만한 힘이 없었고, 다만 그 밑거름이 되는 교육의 홍수를 통해서 서서히 '문화 대중'이 출현할 가능성을 만들어갔을 뿐이다.

1942년의 통계를 보면 한국 전역에 걸쳐 중학교는 공립 52개, 사립 19개, 여학교는 공립 59개, 사립 12개가 있었을 뿐이고, 재학생 총수는 4만 272명에 지나지 않았던 것이다. 그러나 그로부터 20년 후에는, 거의 그 100배에 해당하는 1,165개의 중학교가 생겨났고, 중·고등학교 학생 총수는 85만 4,475명으로 늘어났다. 더구나 이것은 남한에만 국한된 숫자이므로 그 취학률은 옛날보다 한층 더 높은 것으로 보아야 할 것이다. 급격한 교육 인구의 팽창은 대학 교육에 있어서 더욱 현저하게 나타난다. 1942년도 식민지하에서는 대학이 하나밖에 없었으며 남북한을 합쳐도 관립 7개, 공립 2개, 사립 2개의 전문학교를 손꼽을 정도였다. 학생 총수는 3천 명을 넘지 못하였다. 이 숫자를 10만 명이 넘는 오늘날의 대학생 수와 비긴다는 것은 겨자씨를 호박에 견주는 것과 맞먹는 일이다.

매스컴에 의한 새로운 대중

교육을 받은 새로운 대중의 출현과 그리고 매스컴이라는 문화의 전달 수단의 변화로 해서 이 땅에는 일찍이 보지 못한 급격한 대중문화가 싹트기 시작했다.

전쟁과 그리고 매스컴의 시설 부족으로 1950년까지 동면 상태에 있었던 대중문화가, 1960년대에 이르러 결정적으로 새로운 문화 시장을 만들어냈다. 1960년대의 한국 문화는 여러 면에서 '대중의 시대'로 들어선 건널목이었다고 할 수 있다.

화약은 혼자 터지지 못한다. 뇌관이 있어야 한다. 이 대중문화의 뇌관은 1960년대에 들어서 마련되었고 그중에서도 가장 특기할 만한 것이 상업 방송과 TV의 출현이라고 할 수 있다.

해방 직전의 국내 라디오 청취자는 27만 2천 명이었고 그중에서도 한국인은 겨우 3.5퍼센트에 지나지 않았다(1942년 통계). 그것이 이제는 트랜지스터의 국내 생산과 함께 민방의 참여로 라디오 대수만도 128만 6,213대(1964년 통계)에 매년 60만 대의 라디오 세트가 생산되고 있는 것이다. 여기에서 종전에 볼 수 없었던 매스컴에 의한 새로운 대중이 이 땅에 군림하게 되었으며 다른 문화와 양상에 커다란 변화를 가져오게 한 것이다. 시인이나 작가가 방송극을 쓰고 스크립터로 전향해가는 경향이나 대중을 사로잡았던 신문 연재소설이 그 빛을 잃어간 것만 해도 1960년대에 일어난 새 현상이라 할 수 있다. 여기에 다시 TV와 영화 산업의 팽창으로 코미디언이나 배우와 탤런트의 새로운 형의 문화 영웅이 탄생되고 있다.

표에서 보듯이 영화 정책의 영향도 있지만 국내 영화 제작 본수와 외국 영화 수입 본수의 비율은 1950년대와 달리 1960년대에 이르러서는 정반대로 뒤바뀌었다. 극장 수와 관객 동원 수도 20년 전 일정 때와는 비교도 되지 않는다. 남북한 합쳐 127관이었던 극영화관이 지금은 534관으로 늘었고, 서울의 관람객은 5천만 명을 상회한다. TV는 아직 그 세트 관계로 미약한 힘을 갖고 있으나, 날로 그 TV 인구가 증가할 것은 확실하다.

제작된 방화와 수입 외화 비교표(단위: 개)

연도	방화(본)	외화(본)
1954	8	114
1955	18	120
1956	25	119
1957	28	130
1958	74	174
1959	105	203
1960	91	135
1961	85	84
1962	114	86
1963	144	82
1964	148	61
1965	189	53
1966	130	62

출처: 전국 영화업자 협회와 극장 연합회

이러한 매스컴의 팽창으로 이제는 옛날과 다른 이발사, 미용사 그리고 택시 운전사와 식모들의 형型이 생겨나고 있다. 그리고 이들이 한 압력 세력으로서 매스컴 자체의 질을 지배하고 있다는 것은 새삼스러운 얘기가 아닐 것이다.

대중·여성·청춘 문화에로

1950년대에 들어서 생겨난 교육 대중과 1960년대에 형성된 매스컴(라디오·TV·영화)의 대중이 결국은 1970년대의 특이한 문화 시장을 만들어갈 추진력이 된다는 것은 두말할 나위가 없다. 이 새로운 문화 시장의 대중을 분석해보면 1970년대의 한국 문화가 어떤 양상을 띠고 발전해갈 것인가 하는 몇 가지 패턴을 찾아볼 수 있다.

첫 번째 패턴은 1960년대에 자라난 신흥 대중문화가 1970년대에 이르러서는 순수한 엘리트 중심의 전문화된 문화 예술에 도전하여 그를 크게 변질케 하리라는 것이다. 다시 말하자면 소수자의 사랑방에서 자란 취미로서의 문화가 거리의 대중문화로 옮겨갈 것이라는 점이다. 오늘날 시인, 소설가들은 10년 전보다도 훨씬 외로운 위치에 있다. 특히 시의 독자는 날로 줄고 있으며 그 시장은 좁아지고 있다. 개화기에는 문화의 중심이었던 작가와 시인들이 스타 자리에서 물러서게 되고 영화배우나 방송 극작가들이 아랫목을 차지하게 되었다. 대중의 리더십을 **빼앗기게** 된 것이다. 다시는 이광수 형型의 작가적인 신화가 이 땅에 부활되기는 어려울 것이다. 이러한 상황에서는 비전문가에 의해 씌어진 논픽션이 픽션을 압도하는 현상을 초래할 것이고 비록 그것이 예술성을 띤 소설이라 하더라도 문체나 소재에 있어서 치프 스타일로 바뀌어갈 것이 분명하다.

전아하고 하이브로highbrow한 귀족적 문학이 거칠고 상스러운 로브로lowbrow한 문학으로 옮겨가고 있다는 것은 이미 1960년대의 신인 작품들에서도 엿볼 수 있다. 그들이 쓰는 소설 용어는 '새끼들'의 유행어에서 보듯 대담한 속어를 구사하고 있다. 턱시도를 입고 나타나는 초대받은 점잖은 손님들만 상대하던 시대는 지난 것이다. 귀족 문화의 속화—이것이 1970년대의 주류적인 현상을 자아내리라는 것을 의심할 수 없을 것 같다. 지주 문화와는 달리 이러한 대중의 합숙소에서 발전해가는 문화는 금욕적인 데서 현실적인 문화로 그리고 비관적인 데서 낙관적인 데로 옮겨지게 된다.

두 번째의 패턴은 남성적 문화에서 여성적 문화로 그 질이 바뀌어가리라는 점이다. 새로운 그 대중 속에서는 여성이 차지하는 비중이 크다. 시골의 시장, 즉 장을 보러 다니던 사람들은 불과 10년 전만 해도 모두가 남성들이었다. 시골의 주부들은 남편이 사다 주는 박하분이나 옷감으로 몸치장을 했었다. 그러나 최근 조사에 의하면 시골 장터는 90퍼센트가 여성으로 교체되었고, 직접 그들의 손으로 그들 자신의 상품을 사기에 이르렀다는 것이다. 문화 시장도 마찬가지일 것이다. 신문을 보아도 최근 수년 동안 여성란의 증가가 현저해졌고 라디오극이나 극영화 등의 매스컴은 소위 '고무신짝'이라 하여 여성 중심으로 짜여져가고 있다. 팝송 가사만 해도 그렇다. 옛날의 유행가는 남성 중심적인 것이었다. 그러나 이제는 여자를 그리워하는 '나그네의 하소연' 등이 전도되어 '노란 샤쓰'니 혹은 '쑥 같은 그 머슴애', '경상도 사나이' 등으로 여성의 남성 선택으로 옮겨진 것이다. 대중의 문화참여는 여성의 문화참여로도 바꿔 생각할 수 있다. 남성들보다 비교적 한가로운 시간을 많이 갖고 있는 것이 여성이고 또 사회의 노동력으로 봐도 이제는 10대 1의 비율을 갖고 직장에 진출한 한국의 여성들─이젠 여성의 손에 의해서 우리의 문화 시장도 판세를 바꾸게 된 것이다.

여성 문화란 무엇인가? 그것은 미국의 마미즘momism이 상징하듯 감각화, 비투쟁화, 순응화, 보수화의 문화적인 패턴이다. 그것은 보기 좋은 하눌타리처럼 사치하나 깊이도 알맹이도 없는 문화형태이다. 여성만의 문화가 아니라 문화 전반의 질을 그렇게 바꿔놓을 것이다.

세 번째의 패턴은 '유스 컬처Youth Culture(청춘 문화)'의 패턴이다. 지주 문화는 가족주의적인 것이고 상속의 권한을 가진 가장이 발언권을 갖고 있는 문화였다. 이러한 문화는 권위주의였고 연령적으로는 연장자 중심의 성질을 띠게 된다. 그래서 과거의 문화는 묵화나 서예 등에서 볼 수 있듯이 노인 문화였다. 새로운 대중의 봉기는 구속받은 여성의 해방과 마찬가지로 젊은이의 해방을 의미하는 동시에 청년의 문화참여를 뜻한다. 지금까지 우리나라엔 '유스 컬처'란 게 없었다. 다만 1960년대까지는 음악 감상실이 상징하고 있듯이 외래 문화(재즈…… 비틀스 등)를 차용하여 과도기를 넘겼다. 그러나 1970년대에 이르면 직접적인 '유스 컬처'가 필연적으로 형성되어야만 할 상황에 놓이게 될 것이다.

'유스 컬처'는 모든 억압과 기성 질서에의 도전, 가족에의 항거, 보다 본능적인 율동을 요구하는 '변화 많은, 그러나 불안정한 문화의 패턴'에 속한다. 이러한 '유스 컬처'의 대두로 정적인 문화는 동적인 문화로, 권위주의적인 문화는 개방적인 문화로 그 질이 변전될 것이다.

정치·소비·민속 문화에로

네 번째의 패턴은 '정치'가 간여된 문화 형태의 출현이라 할 수 있다. 대중의 힘이 문화 시장에 참여하였다. 정치가들은 이 힘을 방치하지는 않을 것이다. 대중은 이미 쌀과 장작을 주는 것만으론 만족하지 않는다. 더구나 한 정치가가 독립운동 시절의 후광을 갖고 카리스마적인 지배를 할 수 있었던 것은 이승만 시대의 신화로 끝났다.

1960년대 이후로 정치가는 새로운 대중에게 어필하는 새로운 자기 이미지를 만들어야 할 시기를 맞이했다. 그래서 열을 올린 것이 PR이라는 것이었다. 1960년대엔 '예그린 악단' 정도의 비교적 순수한 민족 예술의 스폰서로 나타나고 있지만 1970년대엔 보다 조직화된 힘을 가지고 대중문화를 움직이는 정치가상이 대두하게 될 것이 틀림없다. 하나는 매스미디어를 이용한 정치적 선전과 쇼 비즈니스와의 악수이며, 또 하나는 로마 시대의 디오크리누스의 욕탕이니 원형극장처럼 광범위한 오락 문화의 배급이다. 정치 역학상 예로부터 '빵과 서커스'는 불가분의 통치 방식의 하나였다. 대중의 심리 발산과 그 불만의 탈출구는 지금껏 요정밖에는 없었지만 1970년대에 이르면 대중문화의 형태를 띠고 정치적인 비중을 차지한 오락장(문화)이 생겨나게 될 것이다.

정치의 간여는 한쪽에서는 '빵과 서커스'의 현상으로, 또 한쪽에서는 문화 생산자들의 통제로서 나타날 가능성이 많다. 대중은 우중愚衆이 아니다. 이들을 조작하는 문화의 힘은 어느 때보다 커질 것이다. 정치가들은 경제 제일주의에서 언젠가 문화적인 슬로건을 내걸게 될 것이고 그것이 격렬하게 나타나면 문화의 광범한 탄압이란 것도 고려해 넣어야 한다. 만약 그렇게 된다면 순수 예술은 한층 더 고독하게 될 것이다. 왜냐하면 문화에 압력을 가하면 도피의 예술이나 이솝 우화 같은 고도의 상징적 예술이 탄생된다는 것이 상식이기 때문이다.

　다섯 번째의 패턴은 '소비 문화'의 양상이다. 1970년대에는 소비가 미덕으로 되는 사회가 오리라는 약속도 있지만 그것은 몰라도 한국 문화가 소비 문화의 단계로 들어설 것은 확실하다. 앞서 말한 대중문화를 구체적으로 분석하면 샐러리맨의 비중을 묵과할 수 없을 것 같다. 식민지 시대에는 일인日人들이 대부분의 관직을 차지했지만 지금은 3만 명에 불과했던 관리가 10만 명을 돌파했다. 그리고 빅 비즈니스가 늘었다. 이러한 추세로 샐러리맨은 사회의 큰 세력을 갖기에 이르렀다. 현재 출판의 기업은 세일즈맨 시스템으로 되어 있고 이 문화의 세일즈맨들은 대부분이 직장을 단위로 한 샐러리맨의 월급봉투를 노리고 있다.

　미국 문화가 화이트칼라의 문화적인 패턴을 갖고 있는 것과 같다. 폐쇄된 지주 문화에선 문화의 생산자나 소비자가 다 같이 유한층이었다. 그러나 오늘날엔 '여가로서의 문화'를 즐기는 근로자들, 특히 지식 계층인 화이트칼라의 손에 맡겨져 있다. 화이트칼라의 문화는 '시간을 죽이는 문화', 즉 어떻게 여가를 즐겁게 하는가의 수단으로 이용되는 소비의 문화이다. 한때 19세기 말의 프랑스 소설은 여행자의 소설이었다는 말이 있다. 기차를 타고 목적지까지 가는 그 공백의 시간을 메우려 할 때 그들은 소설책을 펼쳤다. 시간 소비를 위한 그러한 소설이 어떠한 성질을 띠느냐 하는 것은 짐작하기 어렵잖다.

샐러리맨의 소비적 문화는 주간지의 증대를 가져올 것이고, 무엇보다도 순수하고 고답적인 전문적 문화에 컴프로마이즈compromise된 형식을 띠도록 강요할 것이다.

마지막 패턴은 '문화의 내셔널리즘'이다. 나쁘게 말하자면 관광 문화라고 할 수 있는 토속 예술의 부활이다. 한일회담의 타결과 국제회의가 많이 열렸던 1960년대의 한국은 관광 붐을 일으켰다. 그들은 향토색을 찾는다. 비단 한국만이 아니라 일본도 그러한 요구에 의해서 대전大戰 전보다 훨씬 토속화된 문화 현상이 일어났던 것이다. 1950년대까지는 외래 문화의 일방적인 공세로 그쳤지만 1960년대에 들어서기만 해도 외래 문화와 경제 문화는 경합을 이루는 현상을 자아냈다. 더구나 살림이 넉넉해지면 족보나 조상의 무덤에 비석을 세우는 것이 우리의 사회 관습이었다. 사회 전체도 그럴 것이다.

GNP가 오를수록 전통의 발굴과 그 재창조에 관심이 쏠리게 된다. 거기에 또 개방된 사회에서는 국제 관계가 잦기 때문에 '자기 것'에 대한 자의식이 싹트지 않을 수 없게 된다.

또 그리고 1960년대를 기점으로 하여 내셔널리즘의 바람이 불기 시작한 것을 우리는 간과할 수 없다. 더구나 정치적인 쇼맨십은 토속 문화와 가장 자연스럽게 손잡을 수 있기 때문에 1970년대의 문화 양상에는 토속화된 문화적 패턴이 도래하리란 것을 쉽게 점칠 수 있는 것이다.

대중이 패트런이 되고

1970년대 문화 전망은 이상에서 지적한 여섯 가지 패턴 위에서 변모해갈 것이라는 점이다. 쉽게 말하자면 식민지적 지주 문화에서 전쟁 문화(6·25 이후 10년 동안)로, 그 전쟁 문화에서 대중문화로 한국 문화는 옮겨가고 있다. 근본적으로 그 문화의 질은 어떻게 평가될 것인가? 그것은 한마디로 페리클레스 치하의 아테네 문화라기보다 카이사르Julius Caesar 시대의 로마 문화와 비슷한 차원을 가지리라는 것이다. 우리는 빈곤했고 정치적으로 불행했으며 사회는 항상 안정되지 못했었다. 그러므로 문화 의식을 가졌던 특수층은 현실과 접촉면이 적은 문화의 골방 속에 안주해왔다.

그러나 1970년대 사회가 좀 더 기능주의적인 데로, 좀 더 유복한 데로, 좀 더 안정된 사회로 나아가게 될 때 '빵과 서커스'라는 실제적인 문화로 대중의 관심을 끌 것이다.

대부분의 미술 학도들은 상업미술을 꿈꿀 것이고, 음악대학 학생들은 팝송 부르기를 원할 것이다. 우리는 1960년대만 해도 광대 취급을 받던 코미디언이 자가용차를 타고 다니고 식모라도 스타가 되면 일급 납세자가 된다는 것을 목격했다.

그리고 대학을 나온 사람이 학사 배우, 학사 가수란 이름을 달고 대학의 무대 위에 오르는 것을 보았다. 이젠 그러한 칭호도 없어지고 말 것이다. 왜냐하면 앞으로는 대학교수직을 포기하고 코미디언이 되거나 유행 가수가 되는 일도 흔히 있을 것이기 때문이다.

한국 문화는 양과 폭으로 넓어지지만 그것이 기업화되는 시대가 올 때, 그 질과 깊이는 도리어 얇아질 것이다. 그러면 순수한 예술은 대중문화의 도전으로 붕괴되어갈 것인가? 그렇게 속단할 수는 없을 것 같다. 최근 수년 동안 연극 관객은 현저하게 늘었고, 미술품의 수집열도 전후에 비겨서는 나아진 셈이다. 순수 소설이라 할지라도 베스트셀러가 되면 옛날(일제시대)과는 달리 5~6만 부를 넘겨다보게 되었다. 군계일학의 원칙이 작용하고 있기 때문이다. 다만 우리가 확언할 수 있는 것은 강력한 대중문화가 생겨날 1970년대엔 아마추어 문화란 것은 자취를 감추고 말 것이라는 점을 강조해야 한다.

지금까지 대중문화와 순수 문화의 차이는 애매했었다. 그리고 문화의 생산자가 직접 소비자인 독자나 관객을 패트런patron으로 삼아 생활해갔던 것은 드문 일이었다. 이제는 그것이 가능한 시대가 오는 것이다.

대중과의 직접적인 교섭의 통로가 열리고 있다. 몇몇 평가나 권위자의 보증 밑에서 문화 생산자가 명멸해갔던 문화계만의 문화인이란 상상할 수 없을 것이다.

1970년대엔 순수 문화든 대중문화든 문화 시장의 양상에 따라 그 생산품이 평가되는 질서가 생겨날 것이다. 위로부터 승인을 받는 문화가 아니라 아래로부터 인정되는 문화—대중의 패트런이 되는 그때야말로 확고한 시장을 가진 문화계가 될 것이라 믿는다.

근대적 르네상스의 시련기

대중은 이제 걸리버의 소인국 주민들처럼 왜소하지 않다. 그들은 자라난 것이다. 『추월색』이나 읽고 만족해하지 않는 보다 높은 문화적 시민이 생겨났다. 같은 팝송이라 해도 리마 김이나 패티 김의 수준으로 높아졌고 영화만 해도 〈만추〉나 〈초연〉처럼 팻물을 벗은 새 양식으로 지향되어가고 있다. 신문소설이나 방송극도 종래의 공식화된 멜로드라마로는 울리지 못할 것이다.

어떤 특수한 층만을 상대로 하는 문화라 해도 자라나는 이 대중 속에서 그 엘리트들이 등장해갈 것이다. 옛날과 같은 점핑은 용서되지 않을 것이다.

그러므로 1970년대의 문화계는 오히려 생산자인 문화 창작가들이 왜소해지고 대중이 커지는 전도된 양상을 띨 것이다.

마치 런던으로 돌아온 걸리버처럼 이미 문화의 창조자들은 거인이 아닐 것이다.

런던 시가를 거닐면서 아직도 걸리버는 그가 소인국에 있는 줄로 착각하고 달려오는 마차가 드디어 부서질까 염려하여 비키라고 소리친다.

만약 그와 마찬가지로 1970년대의 변모된 문화계 속에서도 구태의연하게 대중을 왜소하게 생각하고 자신을 거인으로 생각하는 문화 예술인이 있다면 그는 대중에게 익사되고 말 것이다.

결론은 1970년대의 문화계엔 문화 생산자들의 강력한 리더십이 요구되는 시대이다.

매스컴을 비롯하여 대중에 영합하는 문화를 만든다면 그것은 자기 손으로 자기 무덤을 파는 일이 될 것이다.

대중의 힘이 클수록 그에 끌려다녀서는 안 된다. 맥주를 누가 처음부터 맛이 있다고 먹을 것인가? 대중의 음료물인 맥주만 해도 구미에 당길 때까지는 길을 들여주는 시작이 필요하다. 문화도 마찬가지인 것이다. 길을 들이는 것은 문화의 리더들이다. 대중이 단것만 좋아한다고 사카린만 주어서는 안 된다. 적어도 1970년대는 문화 시장에 참여하는 새로운 대중을 어떻게 개척해가고 이끌어가는가에 있다. 대중의 감각보다 지각하거나 왜소한 힘을 가질 때, 문화적인 파산이 일어나게 될 시기이다.

한국의 문화가 근대적인 르네상스를 맞이하느냐, 그렇지 않느냐 하는 것을 결정짓는 것도 바로 1970년대라 할 수 있다.

르네상스기의 피렌체에선 마차꾼들도 단테의 시를 외고 다녔다는 이야기가 있다.

성장한 대중을 문화 시장에 적극적으로 참여시키느냐 그렇지 못하느냐의 시련기가 아마도 1970년대의 어느 캘린더엔가 마크되어 있을 것이라고 생각한다.

III

문학 논쟁

김동리 씨와의 1차 논쟁:

영원한 모순[18]

2월이 오자 어느 날 문단에는 조그마한 사격전이 있었다. 그중 김동리 씨가 김우종 씨를 향해 발사한 산발탄의 한 파편이 나에게까지 날아왔다.[19] 그리고 마지막에 김동리 씨는 역습에 대비할 방어전을 이렇게 쳤다.

"좌표도 성립 안 되는 고십이나 부정견不定見에 일일이 응수하기엔 나의 시간이 너무나 귀하다." 이 장엄한 선언, 그것은 문득

---

18) 1959년 2월 9~10일자 《경향신문》에 실렸다.

19) 1959년 2월 1~2일자 《조선일보》에는 김동리의 「논쟁조건과 좌표문제」라는 글이 실렸다. 이것은 같은 해 1월 23일자 《조선일보》에 실린 김우종의 「중간소설론을 비평함—김동리 씨의 발언에 대하여」에 대한 반박문이다. 여기서 '산발탄'이라 함은 김동리의 글에 "김우종 씨는 이어령 씨가 정확히 지적한 것처럼 '우리말도 모르는 문장'을 내가 지성적이라고 했대서 '설움도 너무나 큰 것이었다'고 했는데 내가 보기엔 김우종 씨의 '설움'이 딴 데 있는 것 같다. 그것(설움)은 오히려 '이어령 씨가 정확히 지적한 것처럼'이란 구절을 삽입하는 것 같은 그러한 데 있는 것이다"라는 구절과 함께 오상원, 유주현, 추식, 한말숙 제諸소설에의 소론所論에 대한 반대 의견을 피력한 내용을 가리킨다.

우리를 슬프게 한다. 그러나 시간은 동리 씨에게만 귀한 것이 아니다. 물론 씨가 「소설공원」의 독자를 위하여 원고를 쓰고 그리고 한 잔의 차를 마시는 그런 시각이 20촉 희미한 전등 밑에서 책을 뒤지고 앉아 있는 우리의 지루한 시간보다는 귀중할지도 모른다. 하지만 지금부터 내가 씨를 향해 이 글을 쓰는 까닭은 결코 나의 시간이 한가로워서가 아니다.

그러나 아쉬운 대로 나에 관련된 이야기만을 여기에 적어 씨의 고견을 다시 듣기로 한다. 씨는 이 글을 읽고 논전論戰에의 '좌표'가 성립 안 된다고, 그리하여 계속해서 묵살할 작정이라고 말하는지 모른다. 아니 이 글을 읽기도 전에 벌써부터 씨는 그렇게 생각하고 있을는지도 모른다. 그러나 우리는 알고 있다. "나의 글을 자의적으로 왜곡해놓고 거기에 부정견을 함부로 갖다 붙이는 신인 평론가가 있다"고 증언하는 김동리 씨의 태도야말로 바로 자의적인 왜곡이라는 것을……. 그리고 또 알고 있다. "이러한 용어들의 어의語義를 알고 여기 지적한 작품들을 읽는 사람이라면 나의 판단이 정확하고 정당하다는 것을 알게 될 것이다" 또는 "이에 대해서 내가 구태여 증거를 제시할 여지도 없이 문단에 관심을 가져온 사람이면 이미 다 알고 있는 사실이기도 한 것이다"라는 씨의 논리들이 얼마나 자기류의 부정견인가를……. 모든 독자가 ― 문단에 관심을 가져온 모든 사람이 ― 다 같이 자기의 말에 동의할 것이라는 근거가 대체 어디에 있는 것일까? 동리 씨의 독자는 나의 독자일 수도 있는 것이다. 그런데 누가 씨에게 독자의 전권을 부여해주었단 말인가? 그러나 보다 더 시급한 것은 다음과 같은 본론이다.

⑴ 오상원 씨의 문장은 과연 지성적인가? 또 그가 우리말을 모른다는 것이 지나친 과장인가?

나는 이 문제에 대해서 《사상계》 12월호에 이미 언급한 바 있다.[20] 지루하게 되풀이하지는 않겠다. 씨가 상원 씨의 문장이 아직도 지성적인 것이라고 확신하는 그것에 대해서만 몇 마디 한다. 한마디로 지성적인 문장이란 서술이 정확한 문장이다. 언어의 코노테이션connotation이 아니라 디노테이션denotation에 있어서 말이다. 그런데 상원 씨는 '그'라는 지시대명사도 옳게 사용하고 있지 않다. 또 형용사나 관용사 그리고 부사의 사용과 그 위치까지도 잘 모르고 있다. '나갔다'와 '나왔다'의 의미 차이도 모르고 있다. 그렇지 않다고 생각한다면, 중등 말본책을 다시 한 번 그의 소설 옆에 펴두어라. 그래도 알아들을 수 없다면 그때 일일이 그의 소설을 인용해서 지적해주겠다. 언제나 지성은 애매한 그늘을 싫어한다.

발레리Paul Valéry의 언어가 투명한 까닭은, 헉슬리의 문장이 윤

---

20) 전 작품 중 「오늘의 작가들」의 '열 개의 문제작' 참조.

택한 까닭은 모두 그들이 지성의 훈련을 받았기 때문이다. 오상원 씨의 소설을 놓고 지성적이냐 정서적이냐 하고 따진다는 것은 마치 배 속에 든 태아를 두고 여자냐 남자냐 하고 싸움하는 것처럼 어리석은 일이다. 그렇기에 지금 그에게 필요한 것은 지성적인 문장도 정서적인 문장도 아니라 바로 우리의 국어부터 배워야 한다는 사실이다(작가로서의 말이다).

그는 우리나라 말을 모르고 있다. 그러므로 이것은 조금도 과장이 아니다. 콩을 콩이라 하고 팥을 팥이라 하는 이상으로 명확한 일이다. 그래 '무기미無氣味'가 우리말이었던가? 동리 씨는 물론 방을 '부옥部屋'이라고 하는 사람들까지도 다 우리말을 안다고 할 것이지만 우리에겐 차마 그럴 용기가 없다. 그런데 동리 씨는 그것을 지적한 비평가의 글이 더 생경하다고 근거 없는 억설을 내세운다. '본다'는 말을 '눈 준다'고 하고 또한 문장에서 긁힌 음반과도 같이 '미묘'하다는 말을 수십 번씩 되풀이하는 그런 문장을 나는 별로 써본 기억이 없다. 더구나 평론에서 말이다. 백번 양보해서 동리 씨의 그러한 말이라도 시인해두자. 그렇다고 해도 도둑이 잡아다 준 도둑은 도둑이 아닌가? 누가 잡았든 도둑은 도둑이다. 동리 씨는 비평도 빚처럼 서로 상쇄되는 것인 줄 아는 모양이다. 지드는 부엘리에Saint-Georges de Bouhélier의 소설 「검은 길 La Route noire」을 읽고 그 문법적 오류를 일일이 지적하면서 이렇게 말한 일이 있다.

"나는 이 작가가 프랑스어를 모르고 있다는 슬픈 사실을 인정하지 않을 수 없다…… 우리의 아름다운 모국어여! 사상을 키운 어버이여…… 부엘리에 씨는 프랑스어를 모르고 있다."

지드의 이 말도 동리 씨가 지적하고 있는 것처럼 때 벗지 못한 수사법의 과장이었던가? 또 지드의 문장에서 틀린 어법이 발견되기만 하면 부엘리에의 문장도 오상원 씨의 경우처럼 지성이 다시 인정될 것인가?

"정서적[作風]인 작가와 지성적[作風]인 작가를 가를 수 있다면 평균적으로 보아서 보다 더 우리말이 능숙한 사람은 오히려 전자에 속하며" 운운한 씨의 말은 또 무슨 이론이냐? 리처즈Ivor Armstrong Richards는 언어의 기능을 '정서적 사용'과 '서술적 사용'으로 양분하고 있는데 씨의 능숙이란 말은 '언어의 정서적 사용'에다가만 표준을 두고 한 소리다. 동리 씨는 언제나 자기가 한 소리에 책임을 진다고 하였다. 오상원 씨의 문장은 서술적 사용에 있어서는 정확한가, 즉 지성적이냐? 다시 묻는다.

(2) 한말숙 씨의 「신화의 단애」에서 씨는 '실존성'을 인정한다고 하였다.

이 문제도 나와 관련되어 있는 것이다. 나는 두 차례에 걸쳐 동리 씨가 한말숙 씨의 전기 작품을 실존주의로 해석하고 있는 부당성을 지적한 일이 있었다. 그런데 이 문제를 따지기 전에 먼저 김동리 씨의 '실존성'이란 말부터 물어보지 않으면 안 된다. 나는 아직 '실존성'이라는 용어는 동리 씨로부터 처음 들었기 때문이다.

과문한 탓인지 나는 '실존', '실존해명實存解明', '실존주實存疇' '실존적', '실존적 교통' 등등의 말밖에는 아직 기억할 수가 없다. '실존성'이라는 모호한 말을 쓰는 것, 이것이 바로 언어 사용에 있어서 비지성적 태도의 예가 될 것이다. '실존'과 '실존성'은 어떻게 다른가. 실존 밑에 성性을 붙일 수 있는가? 붙일 수 있다면 원어로는 어떻게 되느냐. 구체적으로 제시해주기 바란다. '실존'이란 개념을 명확히 이해하지 못하고 있기 때문에 '실존성'이라는 조작어를 만들 수 있는 것이며, 한말숙 씨의 에로티시즘을 아무 거리낌 없이 실존주의라고 날조할 수 있는 것이다. 나의 말에 모순이 있다면 그 모순을 지적해주었으면 한다.

(3) 추식 씨의 「인간제대」에서 극한 의식極限意識을 지적할 수 있다는데…….

씨가 애용하는 좌표란 말과 같이 '극한 의식'이란 것도 일종의 번역어다. 세종대왕 시절에 '극한 의식'이라는 한문을 썼다면 천하의 석학 성삼문도 당황했을 것이다. 즉 '극한 의식'이라는 개념은 서구의 문화적 문맥 위에 서 있는 것이다. 그러므로 씨는 이 '극한 상황Grenzsituation'이라는 말이 야스퍼스Karl Jaspers의 실존철학의 용어에서 비롯한 것임을 잘 알고 있을 것이다. 인간의 궁극에 있어서 마주치는 하나의 벽(말하자면 죽음이라든가 무라든가 하는 탈출 불가능의 근원적인 문제)을 의식하는 상황임을 알 것이다. 어디까지나 그 것은 형이상학적 조건이며 또 그것은 객관적으로 파악되는 것이 아니라 존재에의 자각으로서만이 느낄 수 있는 문제다. 그러므로 동물이나 일상적 생활에만 젖어 있는 사람에겐 '극한 의식'이 있을 수 없다. 그런데 추씨의 작품이 이런 '극한 의식'을 나타낸 것이었던가? 그 주인공들은 하나도 존재의 자각으로 해서 괴로워하고 있는 것 같지 않다. 그들의 비극은 사회의 하층 구조에서 일어나고 있는 것이기 때문이다. 그들에겐 직업을 주거나 먹을 양식을 주기만 하면 된다. 그들이 극한 의식을 가지고 있다면 '존재하는 것은 무엇인가?' 하는 근원적인 물음 때문에 당연히 괴로워했었어야 할 것이다. 그런데 그들을 통해서 원망하고 비판하고 토의한 추씨의 발언은 '인간존재의 어둠'이 아니라 '사회의 어둠'이었기 때문에 주인공들의 몸부림도 역시 '존재(내부)의 벽'이 아니라 '사회(외부)의 벽'을 향한 것이었다. 씨는 아무래도 극한 의식이라는 것을 오해하고 있는 것 같다. 「부랑아」, 「인간제대」 등의 작품을 더 자세히 보라. 그러면 그게 말로나 카뮈의 극한 의식이 아니라 피에르 앙프Pierre Hamp나 라뮈Charles-Ferdinand Ramuz가 쳐 놓은 사회의 '거미줄'과 같은 것임을 발견할 것이다. 그리고 이러한 '거미줄'은 '극한 의식'이라는 말과 상당한 차이가 있다는 것을 알게 될 것이다.

우선 오늘은 이 세 가지 문제만을 묻는다. 오상원 씨의 문장에서 '지성'을, 한말숙 씨의 작품에서 '실존 사상'을, 추식 씨에게서 '극한 의식'을 각기 발견할 수 있다는 것은 바닷속에서 독수리를 발견하였다는 말보다 더 기적 같은 일이기에 진상을 물어보는 것이다. 나는 씨가 지적한 것 같은 '명예욕의 기갈자飢渴者'도 출세광도 아니다. 그 점은 안심해도 좋을 것이다. 출세를 위해서라면 아마 지금쯤 나는 김동리 씨가 아니라 내 고향의 유권자들과 이야기하고 있을 것이다.

또 씨의 생각대로 과연 남이 씨를 비난하는 것이 명예욕을 충족시키는 방법이 된 것이라면 지금쯤 우리는 얼마나 행복했을는지 모른다. 그리고 또 인생이란 얼마나 안이한 것이었을까? 자기에게 불리한 질문은 모두 좌표가 성립 안 되는 글이라고 규정짓고 묵살해버리는 그 편리한 동리 씨의 유일한 무기도 이제 자신의 영원한 모순을 영원히 합리화시켜주지는 못할 것이다. 씨가 나의 이 우견愚見에서 '모래알만 한 그 근거와 이치'라도 발견해준다면 다행이겠다. 기적을 본 것처럼, 마치 기적을 본 것처럼……

김동리 씨와의 2차 논쟁:
논쟁의 초점[21]

　'지성이면 감천'이라는 말이 있다. 김동리 씨의 말대로 불초 소생이 3년 동안이나 공을 닦은 보람으로 이제 겨우 좌표가 성립된 글 한 편을 쓰게 된 모양이다. 그것도 아직은 '모래알'만 한 근거와 이치밖에는 없는……. 그래, 지금 나는 이 모래알이 바위가 되도록 힘써보는 중이다. 그러니 김동리 씨는 내 글의 좌표만 너무 근심하지 말고 우리가 논해야 할 문제의 초점을 잃지 않도록 노력해주었으면 좋겠다. 모든 것은 양보해도 좋다. 다만 내가 애초에 내걸었던 세 가지 문제에 대한 해명과 그것에의 토의—이것만은 끝까지 깨끗한 결말을 내고 싶다. 나를 생각해서가 아니라 우리들의 문학을 위해서 말이다.

---

21)　1959년 1월 26~28일자 《경향신문》에 실렸다.

오상원 씨의 문장은 과연 지성적인가?

이것이 첫째 문제다. 처음부터 논점은 오상원 씨의 소설이 아니라 그의 문장, 구체적으로 말하면 그의 '표현'에 있었다. 이것을 다시 한 번 기억해주기 바란다. 씨도 잘 알고 있듯이 우리가 지성이라는 문제를 문장에만 국한시켜놓고 말하게 된 동기는 씨 자신이 이렇게 말했기 때문이다. "……문장에 대해서는 왈가왈부가 있었지만 나로서는 역시 지성적인 문장으로 인정한다."

그러니까 김동리 씨는 오상원 씨의 문장에 대해서 왈가왈부가 있을 때 '왈부'가 아니라 '왈가'라 한 사람이었다. 오씨의 문장이 부자연스럽고 문맥이 통하지 않고 또 생경하다고 할 때 씨는 그러한 결점을 합리화하기 위해서 내세운 것이 바로 지성적이라는 말이었다. 그렇기에 나는 하나의 의심을 표명한 것이다. 왜냐하면 씨가 말하는 지성적인 문장이란 결과적으로 '브로큰 코리언 broken Korean'을 써도 무방하다는 이론이 되었기 때문이다.

즉 지성적인 문장으로 보면 그 서툰 문장도 괜찮은 것이 된다는 뜻이었다. 여기에 우리가 논해야 될 그 문제의 초점이 있다. 그래서 지성적이라는 말이 결코 생경한 문장의 보호색이 될 수 없다는 그 이유로서 나는 다음과 같은 정의를 든 것이다. "지성적인 문장이란 서술이 정확한 문장이다. 언어의 코노테이션이 아니라 디노테이션에 있어서 말이다." 그런데 오씨의 문장은 서술이 부정확하다. 그 증거로 애매한 씨의 어법을 지면이 허용되는 범위 내에서 몇 개를 들었다.

이러한 논쟁의 초점을 알고 있다면 씨의 해답은 필연적으로 다음과 같은 세 가지 방향으로 진전되었을 것이다. (1) 내가 생각하는 지성적인 문장과 김동리 씨가 생각하고 있는 지성적인 문장과의 개념적 차이, (2) 김동리 씨의 그러한 개념과 오상원 씨의 문장과의 관계—실증, (3) 그러므로 그의 문장을 지성적이란 말로 합리화하게 된 씨의 의도와 그 근거. 그런데 씨는 어떠하였던가. (1)도 (2)도 (3)도 제시하지 않고 다만 내 문장에 대해서만 왈가왈부했을 뿐이다. 이러한 자기 모독의 슬픈 현실이 일어날 것을 염려하고 미리 나는 다음과 같이 경고해두었던 것이다. '백번 양보해서 동리 씨의 그러한 말(비평가의 글이 상원 씨의 글보다 더 생경하다는 것)을 시인해두자. 그렇다고 해도 도둑이 잡아다 준 도둑은 도둑이 아닌가? 동리 씨는 비판도 빚처럼 상쇄되는 것인 줄 아는 모양이다……. 지드는 부엘리에의 소설 「검은 길」을 읽고 그 문법적 오류를 일일이 지적한 일이 있었다. 그런데 지드의 문장에서 틀린 어법이 발견되기만 하면 부엘리에의 문장도 오상원 씨의 경우처럼 다시 지성적인 것으로 인정될 수 있는 것일까?' 모래알은 잘 보시는 분이 어째서 이 대들보만 한 수 行의 중요한 글을 발견하지 못하였던가? 나의 문장이 '브로큰 코리언'이라는 것을 증명함으로써 오씨의 문장이 지성적인 것이라는 그 신기한 이론은 대체 어느 논리학 책에서 가져온 것일까?

만약 씨의 논법대로 하자면 영화 평론가는 어느 영화배우보다도 연기가 우수해야 할 것이고 정치 평론가는 어느 정치인보다도 정치를 잘해야 할 것이다. 그렇다면 평론가는 있을 필요가 없다. 김동리 씨는 지금 나 하나를 부정하기 위해서 '비평문학'이라는 그 장르 자체를 부정하려고 든다. 김동리 씨가 프랑스인이었다면 생트 뵈브Charles-Augustin Sainte-Beuve의 비평은 그가 일찍이 「처녀 시집」과 「애욕Volupté」이라는 소설을 썼던 탓으로 완전히 부정되고 말았을 것이다. 그런데 지금 김동리 씨가 프랑스인이 아니었다는 것은 생트 뵈브에게 있어선 천만다행이요 나에게 있어선 천만불행인 것이다. 악문의 예로 씨가 제시한 「사반나의 풍경」과 「녹색 우화집」은 내가 학생 시절에 발표했던 소설이요, 산문시였기 때문이다.

굳이 씨가 내 어법이 틀렸기 때문에 오상원 씨의 문장이 지성적인 것이라고 우긴다면 얼마나 창피하고 비참한 결과가 생겨나는가를 주시하기 바란다.

김동리 씨의 논법대로 하자면 씨 자신이 만약 나보다도 우리말을 모르고 있다는 사실이 증명되기만 하면 오상원 씨의 문장은 다시 비지성적인 것으로 떨어지게 될 것이다. 그런데 지금 나는 김동리 씨의 구작舊作을 들출 필요도 없이 그것을 증명할 수가 있다.

씨는 내가 "깜박 눈을 뜬다"(낮잠 자는 사람을 그리는 대목 중에 나오는 말이다)는 말을 썼기 때문에 오상원 씨보다도 우리말을 모르고 있다는 것이다. 그 이유는 우리말의 '깜박'은 불이 꺼지는 데나 사물을 망각한 데 쓰는 부사이기 때문에 눈을 뜨는 것에는 쓰일 수 없다는 것이다. 그리고 "이 말을 무리로 붙인다고 하더라도 차라리 눈을 감는 쪽이다"고 부연하고 있다. 그러나 무리로 붙일 것까지는 없다. 나에겐 그런 자선보다 고마운 하나의 사전이 있는 것이다. 자 『표준 국어사전』(을유문화사 판)과 『국어 새사전』(국어국문학회)을 펴 보자.

'깜박—① ……잠깐 어두워졌다가 밝아지는 모양, ② 눈을 잠깐 감았다 뜨는 모양'.

기어코 나는 유태인처럼 잔인한 짓을 하고 말았다. 20년 동안이나 소설을 써온 씨가, 아름다운 모국어를 지켜온 순수 문학가가 '깜박'이라는 평범한 우리나라 말도 몰랐다니……. 존경하는 이 선배를 위해서 이 두 국어사전이 부디 '계룡산 사교 단체'에서 편찬한 주부집呪符集이었기를 빌 따름이다.

그렇다. 이런 싸움은 이렇게도 창피하고 치사스러운 결과만을 가져온다. 우리들의 시간은 귀하다. 오상원 씨의 '지성적' 문장을 논의하는 데 씨는 내 습작품을 읽기 위하여 시간을 낭비할 까닭도 없고 또 내가 나의 문학을 변명하기 위해서 씨의 구작을 들출 필요도 없는 것이다(씨가 내 문장을 두고 운운한 것은 이 논전과 별도로 곧 다른 지면에 자세히 밝히겠다). 우리는 논점을 찾아 본론으로 들어가야 한다.

우리가 문장을 지성적인 것과 정서적인 것으로 구분하는 데는 다음과 같은 준칙이 있다.

(1) 비정적─정열적, (2) 명석─몽롱, (3) 소상적─음악적, (4) 도식적·논리적─우연적·비논리적, (5) 객관적─주관적, (6) 고정적─유동적(이상 슈나이테르와 베르그송의 설을 원용).

그런데 오상원 씨는 아직 자기 문체를 확립시키지 못하고 있으며 가끔 문맥이 통하지 않는 문장을 쓰고 있기 때문에 그 문장에 대해선 정서적으로 보나 지성적으로 보나 '부否'라고 하는 수밖에 없다. 그런데 김동리 씨는 그것을 지성적인 것으로 보면 '가可'하다고 하는 것이다. 김동리 씨는 책임지고 말해야 한다. 지성적 문장이라는 개념과 오상원 씨의 문장과의 관계를 말이다.

한말숙 씨의 「신화의 단애」는 실존주의 소설인가?

내가 씨에게 '실존성'이라는 말의 원어를 대라고 한 것은 '실존주의'라는 말이 '실존성'이란 말로 성전환(?)을 하였기 때문이다. 씨는 처음에 한말숙 씨의 「신화의 단애」는 "실존주의로 무장되어 있다"(《현대문학》 통권 30)고 말하였다. 그런데 그것의 부당성을 지적하자 씨의 말은 "그 작품에서 실존성을 발견할 수 있다"고 바뀌어진 것이다. 그래서 나는 혹시 '실존무적實存舞的 실존'이 대두되는 판이 아닌가 은근하게 걱정했던 것이다(보통 『독화獨和사전』─삼성당이나 산안 편의—에는 Existenzialität를 '생존(존재)성'이라고 번역하고 실존만은 '실존성'이라 하지 않고 그대로 '실존'이라고 번역해놓았다). 씨에게는 다행히도 독일어 사전이 있었고 이미 하이데거 원서를 읽으신 분이기 때문에 나의 기우는 사라지고 마는 것이다. 나의 고마운 무식 때문에 씨가 말하는 실존의 좌표가 명확하게 밝혀졌다.

(1) 「신화의 단애」는 실존주의 소설이다. (2) 이때의 실존주의는 실존무적 실존주의(조작어)가 아니라 하이데거의 철학을 배경으로 한 것이다.

문제는 아주 좁아졌고 또 구체화되었다. 이제 씨에게 남은 마지막 문제는 한말숙 씨의 소설 「신화의 단애」에 하이데거의 실존 철학(하이데거 자신은 '현상학적 존재론'이라고 부르지만)을 적용시키는 일이다. 그런데 이렇게 하려면 아무래도 바그다드의 요술이 필요할 것이다. 그래서 하이데거 씨는 지금 슬프게도 포주가 되어야 하는 것이다. 김동리 씨가 하이데거의 실존이라고 한 '진영'은 창부의 그것과 조금도 다름이 없기 때문이다.

여대생 '진영'은 밤이면 '경일'의 하숙으로 간다. 이유는 이렇다. "어디로 갈까? 500환으로 재워줄 여관은 없다…… 추운 방에 내 몸을 굳이 얼려 재우다니 죽으면 썩는 몸이다. 살아 있는 이 순간, 다시는 없을 이 지극히 소중한 순간을 나는 하필이면 얼려 재워야만 한다는 말인가? 그것은 안 될 말이다." 또 진영은 경일의 친구인 준섭이와도 잔다. 그 이유는 이렇다. "파출소보다는 갈 만한 곳이었고 경일이의 집보다는 가까운 곳이었기 때문에."
또 진영은 생면부지인 어느 청년과 일주일간의 동거 생활을 하려
고 한다. 그 이유는 이렇다. "하숙비와 등록금을 내기 위한 30만
환의 현찰 때문에……." 이게 만약 하이데거의 실존 사상에서 온
것이라면 사창굴에서 우글거리는 그 창부들은 모두가 하이데거
의 수제자들이 될 것이다.

그런데 한씨의 그 소설은 아무런 해결도 없이 이렇게 끝난다.
30만 환을 내어놓은 청년은 형사에게 잡혀가고 진영은 그 돈으로
하숙비를 갚는다. 그리고 오버와 구두와 백을 산다. 그런데 한 가
지 남은 것이 있다. 그것은 남자의 육체(사랑이 아니라)다. 그래서 진
영은 '경일을 포옹'하기 위해서 그에게 편지를 쓴다. 이상과 같은
진영의 생활을 통해서 우리는 이러한 사실을 지적할 수 있다. (1)
진영이의 행동은 충동적이다. (2) 진영의 인생관은 낙관적이다.
(3) 관능 해방(본능 충족)이 생의 목적이다.

그런데 이러한 진영은 바로 하이데거가 말하는 비실존적 인
간—즉 일상적 생활에 얽매여 있는 바로 그 세인에 불과하다. 그
러니까 진영이의 생활은 '우려'(sorge—현존재가 일상계의 존재로서 표시되
는)의 본래적 성격을 잃고 단순한 세인으로서 전락되어 있는 상태
에 지나지 않는 것이다. 진영이 그러한 전락 속에서 '본래의 나'
로 돌아가고 그래서 자기가 무無 앞에 직면해 있다는 것을 자각
하게 될 때 비로소 실존을 의식하게 되는 것이다. 그러나 진영은

'본래의 나'와 '존재의 자각' 이전에서 헤매고 있다.

그러므로 우리는 그녀에게서 존재의 실재적인 근원인 그 무 앞에 나선 '불안'을 발견할 수가 없다. 진영에게 있는 것은 '불안'이 아니라 도리어 낙천이다. 또한 인간의 현존재는 '주사위처럼 던져져 있는 것'이다. 그런데 이 '현존재의 있는 방식', 바로 하이데거가 말하는 '실존'은 '존재하는 것을 존재하게끔 하는 바의 존재 그 자체'에 이르는 통로가 된다.

말하기에도 창피하지만 진영이에게 그러한 하이데거의 실존 의식이 과연 있었다면 마땅히 진영은 창부가 아니라 릴케의 '천사'(「두이노의 비가」—미와 공포, 즐거움과 슬픔, 지복과 불안 등의 이율배반적 생의 모순이 합일화된 존재)로 현신되어 있었을 것이다. 창부와 천사—하늘과 땅 사이가 너무 넓구나!(하이데거는 「숲길Holzwege 228」에서 릴케의 '천사'에 대하여 언급하고 있다.) 또 현대의 정신적 상황에 있어서는 아무리 보아도 단편적이며 상대적일 수밖에 없는 인간 존재를 향하여 그 전체 존재의 가능성을 알리며 또 나타내는 '양심의 부르짖음'[Sein und Zeit]이 있었을 것이다.

그런데 그녀에게선 '불안의 용기'도 '사색'도 '숲의 오솔길을 가는 귀향자의 발언'도 찾아볼 수가 없다. 사실 하이데거의 실존 사상이 문학에 적용된다면 그 성질로 보아 산문이 아니라 오히려 시의 경우에 있어서다.

이것은 마치 사르트르의 실존 사상(앙가주망engagement의)이 문학으로 나타날 때 그와 반대로 시가 아니라 산문(소설·희곡)의 형식을 취해야만 되는 그 경우와 같다. 하이데거의 실존은 존재의 이해(탐구)를 위해서 있는 것이다. 그러므로 그에게 있어서 인간의 현존재를 대표하는 '언어'는 바로 존재 이해의 원천이 되는 것이며 인간의 존재가 어떠한 것인가를 그 존재의 부호인 언어를 향하여 묻는 것이다.

그러므로 예술 작품은 '세계의 개시開示'라는 존재자의 그 진리의 현성現成이다. 그러므로 "예술가의 발언은 무의 저편 쪽에서 존재의 수원水原을 추억한 존재사적 사색자의 귀향의 말이 된다." 그것이 횔덜린이며, 릴케의 실존주의가 문학에 나타날 때는 그것이 현대적 세계(존재의 밝음)와의 호응을 띠게 되지 않으려야 않을 수 없는 운명에 있다.

더구나 분명히 씨는 '실존'이 아니라 '실존주의'라고 말했다.

어떠한 '실존주의'건 인간의 '실존' 그것에서 오는 불안과 고뇌를 짊어지고 동시에 거기에서 초월하려는 그 방향의 제시에 의하여 그것은 비로소 한 의미를 갖게 되는 것이다. 씨는 한말숙 씨의 작품이 실존주의로 무장되었다고 한 이상, 그의 '실존'과 그 '실존'의 처지까지도 함께 분명히 얘기를 해야 된다. 씨는 옛날에 한 말을 전부 책임진다고 했으니까! 나는 일찍이 지적한 것처럼 하이데거가 겨우 독일 사람이라는 정도밖에 모른다. 그러니 동리 씨는 씨의 현명한 독자와 나에게 하이데거와 「신화의 단애」의 관계를 명백히 설명해주어야 한다.

극한 의식 문제

이 문제는 씨도 솔직히 자기 잘못을 인정하고 있는 것 같기에 다음과 같은 비유로 끝내려 한다(그래도 석연치 않다면 지면을 빌려 별도로 이야기하겠다. 유주현 씨의 그것도 나는 극한 의식으로 보지 않는다. 2월 4~5일자의 《부산일보》를 참작하라). 어떤 새 장수가 '잉꼬'를 '앵무새'라고 해서 팔았다. 며칠 후 그 손님은 '잉꼬'를 들고 와서 이것은 '앵무새'가 아니라 '잉꼬'라 하던데 어떻게 된 셈이냐고 따져댄다. 그러나 그 새 장수는 태연히 말한다. "잉꼬도 앵무새과에 속한답니다. 나는 그런 의미에서 앵무새라고 한 것이니까요." 이래도 안 되면 그 새 장수는 또 말할 것이다. "앵무새와 잉꼬는 별로 차이가 없는데 뭘 그렇게 요란스럽게……."

김동리 씨류로 말하자면 이 세상에 극한 의식이 없는 작품은 하나도 없을 것이다. 씨는 나를 보고 기계주의자라고 말한다. 나는 이 말을 그대로 김동리 씨에게 반환한다. 또 그것은 이 논쟁의 동기요 결론이기도 하다. 한 작품을 곤충 분류학자처럼 무슨 '적' 무슨 '이즘'이라고 간단히 규정해버리는 김동리 씨의 그 기계주의적 안이한 비평 방법이 여지껏 우리 평단을 지배해왔던 고정관념이 아니었던가? 확실한 내용은 없고 이름만 붙어다니는 '제3휴머니즘', '순수 문학' 등등의 '딱지 비평'에 나는 엄숙하게 항거하는 것이다. 나는 씨가 중인衆人의 갈채를 얻으려는 방향보다 씨의 권위와 관록이 자기 자신을 가꾸는 쪽으로 더 많이 쓰여지기를 바란다. 그리고 앞으로는 고양이를 호랑이라고 불러서 순진한 사람들의 마음을 놀라게 해서는 안 될 것이다.

김동리 씨와의 3차 논쟁:

희극을 원하는가[22]

칼은 칼로 불은 불로써 갚는다. 그러나 주여, 한 번만 더 용렬
하고 잔인한 이 인간의 감정을 억누르게 하라.

다시 무엇을 논하고 다시 무엇을 밝히랴. 그러나 내 지금 그를
어루만진다는 것은 차라리 위선이며 그를 웃음으로 묵살해버린
다는 것은 도리어 문학의 도가 아니다. 무지한 야우野牛와 싸우는
투우에도 하나의 규칙이 있고 짐승들끼리의 그 투견에도 격식이
있는데 하물며 글을 논하고 지고한 정신을 다루는 문학인의 싸움
에 어찌 하나의 법규가 없겠는가? 소가 그 홍포만을 받듯이 싸움
에는 공방攻防의 술術이 있고 일정한 '도'가 있는 법이다.

씨가 논쟁의 사명과 그 본도本道를 알았을 것 같으면 내 이력과
문장을 들추기 전에 한 작가의 글을 '지성적'이라고 부르게 된—
한 작가의 작품을 '실존주의'라고 규정하게 된—한 작가의 사상

---

22) 1959년 3월 12~14일자 《경향신문》에 실렸다.

을 '극한 의식'이라고 말하게 된 자신의 정체(그 연유와 그 근거)부터 밝히고 나와야 했을 것이다. 첫 번째 글에서도 두 번째 글에서도 씨는 그 연유와 근거를 조금도 밝히지 않았다. 이번 논쟁을 통해서 씨가 어째서 모 작가의 글을 지성적이라 하고 모 작가의 소설을 실존주의나 극한 의식이라고 하였는지 그 이유를 알게 된 독자에겐 헤벨식으로 폴란드의 왕관을 주겠다.

자기 입장을 덮어둔 채 싸우려는 이것이 곧 씨가 검은 복면을 썼다는 증거다. 한 사람은 그것을 흑이라고 하고 다른 한 사람은 백이라고 할 때 당연히 전자는 그것을 흑이라고 말하게 된 자기 생각을 밝혀야 할 것이고 후자 또한 그것을 백이라고 한 자기 입장을 밝혀야 할 것이다. 그래야만 비로소 논쟁을 할 수 있고 또 그 흑백을 가릴 수도 있는 것이다. 나는 내 입장을 밝혔다. 그런데 씨는 씨의 입장을 밝혔는가?

'집에 금송아지'가 있다는 식으로 '산적한 자료가 있다'느니 '도식처럼 환하게 그려서 밝힐 수 있다'느니 '××를 읽어보면 알 수 있을 것이라'느니 말만 하면서 그것을 직접 공개하려 들지 않는 씨의 치기만만한 허세는 무엇을 의미하는가? 씨의 입장을 비평하는 것이 논리의 본이며 논쟁의 도다. 내 일찍이 이를 지적해 주었음에도 불구하고 다시 내 문장만 가지고 운운하고 내 인신만 공격한 그것이 바로 씨가 정문으로 들어오지 아니하고 하수도로 침입했다는 증거다.

더구나 씨 자신이 인정했듯이 불과 씨의 문단 연령밖에 안 되는 나이 어린 후배 앞에서 그게 차마 할 짓이었던가? 씨가 이렇게 불길한 복면을 쓰고 추한 하수도로 들어왔기 때문에 드디어 우리는 '콩' 이야기를 하다가 '팥' 이야기를 하게 되었다. 내가 내 문장에 대해서 변명하지 않았던 것은 씨의 술법으로 하여 초점을 잃지 않으려 했던 생각에서다. 씨가 내 글을 좌표 이전의 이전이라 했을 때 이 모독을 참았던 까닭도 바로 여기에 있다. 그러나 이제 영영 논쟁의 초점은 상실되고 말았다. 이제 남은 것은 풍차와 싸우는 돈키호테의 희극뿐이다. 이번 논쟁에서 내가 얻은 수확은 간계와 허세로 가득 찬 자객논법의 전형을 얻은 것뿐이다.

　씨가 앞으로 진지하게 논쟁을 할 의사가 있다면, 자객논법을 버리고 정도를 택한다면, 그래서 씨가 생각하는 지성이라든가 극한 의식이라든가 실존주의라든가 하는 개념을 밝히고 자신의 입장을 제시한다면 언제나 쾌히 독전을 할 것이다. 또 외줄을 타는 씨의 그 아슬아슬한 곡예를 위해서 하나의 부채까지도 마련해줄 것이다. 그러나 자기 입장을 밝히지 않고 다시 내 글만 가지고 논의한다면 씨와 한 잔의 술은 나눌지언정 결코 문학에 대해선 한 마디 말도 나누지 않을 것이다. 그러나 끝으로 청산할 것이 있다. 씨가 나에게 준 말 가운데서 반환해드려야 할 말과 또 하나는 씨가 나의 문장을 두고 언급한 그 질문에 답변하는 것이다. 이것으로 실패한 한 장면의 연극은 막이 내려지는 것이다.

(1) 씨에게 다시 돌려줄 말—"그래도 짐작이 가지 않을 때는 자기의 마음속에 추醜한 병이 들어 있기 때문이라는 것을 깨달아야 할 것이다. 모르는 것을 아는 것같이 늘어놓고 정밀치 않은 일부 독자를 속이려는 병, 꼼짝할 수 없는 과오를 범해놓고도 사과보다는 딴전을 쳐서 뭉개려는 병, 일시적인 허영심을 카무플라주camouflage하기 위하여 거짓말이라도 지상에 공개하여 스스로의 인격을 파멸시키는 병"이 점잖지 못한 말들을 씨가 나에게 선물로 준 것이다. 그러나 내게는 별로 필요하지 않으니 다시 찾아가기 바란다.

모르는 독일어를 아는 체 늘어놓은 김동리 씨 자신에게나 약이 될 말들이다. 씨의 추천을 받은 정모에게 씨는 실존성이란 말이 원어로 있는가 조사해달라고 부탁하였다.

정모는 그래서 S대학 도서관으로 가고 보물을 찾아오듯 이 'Existenzialität'란 말과 함께 하이데거의 원문 파편을 제공해주었다. 그것을 씨는 마치 자기가 미리 알고나 있었던 것처럼 기세도 당당하게 내밀고 호령을 한다.

이것은 무슨 병에 속할까? 씨 자신이 진단해보라. 더구나 'Existenzialität'란 말을 우리의 상식대로 '실존성'이라 하지 않고 굳이 '실존'이라고만 번역하여 '성'을 붙여주지 않았던 사전들의 예를 명시하였음에도 불구하고 사죄 운운한 씨의 그 억지는 무슨 병의 증상일까?

모 작가의 글을 논하는 데 엉뚱한 내 글을 들추어 일시적으로 논리의 빈곤을 카무플라주하려는 씨에게나—정면에서 자기 이론을 들고 대적하지 못하는 씨에게나—연령으로라도 상대를 눌러보자는 씨에게나—필요한 말들이다. 그래서 일찍이 '적반하장'이란 말이 있었느니라.

(2) 내 문장에 대해서—이 논쟁과는 관계 없는 일이지만 씨가 그것을 자꾸 물어오기에 대답한다.

① 씨가 제일 먼저 내세운 '깜박'이라는 말에 대해서는 우선 해명한다. 씨는 깜박이라는 말이 '눈을 뜨는 데에 쓰이는 말'이 아니라는 것이다. 그러나 국어국문학회 사전과 을유문화사 판 사전에는 엄연히 "눈을 감았다 뜨는 모양"이라고 적혀 있다. 다만 한글학회 큰사전만이 "눈을 감는 꼴"이라 되어 있을 뿐이다. 어느 사전에는 뜨는 쪽으로 되어 있고 어느 사전에는 감는 쪽으로 되어 있다는 것은 그만큼 '깜박'이란 말의 한계가 명확치 않다는 것을 뜻하는 것이다. 오죽 할 말이 없으면 이럴 수도 있고 저럴 수도 있는 말까지 끄집어내었겠는가? 치사스럽기 짝이 없지만 이제 어느 사전이 더 정확하냐 하는 것까지를 다 따지게 되었다. 부끄러워 더 말을 하지 않았다. 한글학회 큰사전보다 뒤에 나온 사전들이 먼저 것을 참조했을 것이므로 더 신용할 만한 것이라고 하면 어떻게 하겠는가? 상대방의 잘못을 지적하려면 어느 사전

을 가지고도 다 입증할 수 있는 확실한 오류를 들추라. 마치 '무기미'와 같은 말들이다.

② "슬픈 마음을 울 눈도 없이 고독했다." 무엇이 잘못이란 말인가. 이것은 「실명한 비둘기」라는 산문시에 나오는 한 구절인데 전후 문맥으로 보아 대낮처럼 분명치 않은가? 전쟁으로 눈을 잃은 비둘기의 이야기다. 슬픈 마음을 울어볼 눈조차 없다는 것이다. 즉 눈물조차 흘릴 수 없다는 뜻이다.

③ '야만한 원색原色.' 한여름의 바닷물과 낭떠러지의 황토흙의 빛깔을 표현한 말이다. 야만(야만한 따위로 얼마든지 쓸 수 있다)은 사전을 찾아보면 '야만'이란 풀이 끝에 '–하다'라고 되어 있다. '야만'이 형용사로 쓰일 수 있다는 표시다. '매운바람'을 '고추바람'이라고 하는 경우처럼 이때의 야만이란 말은 '야생한 것'의 메타포다. 즉 색깔이 매우 진하고 야생적이라는 표현이다. 표현 기법의 ABC에 속하는 문제다.

④ '피들이 흘러가는 혈맥血脈.' 「유리 공화국」이라는 상징적 산문시에 나오는 말이다. 하늘도 땅도 사람도 다 유리로 되어 있기 때문에 그 내부가 전부 들여다보인다는 그 동화적인 나라를 가상해본 것이다. 그래서 여인의 나체를 들여다보면 "고운 피들이 흘러가는 혈맥들"이 보인다고 하였다. 이때 피에 '들'이 붙은 것은 만화 영화에서 개개 혈구가 영양을 운반하는 그 작업 광경처럼 피의 아니미스틱animistic한 그 생명감을 준 알레고리다. 여

인의 몸이 투명하다는 것이 이미 하나의 상징인 것처럼 여기의 피 또한 상징적인 피다. '손이 다쳤다. 피들이 흘러나온다' 하면 잘못이다. 그러나 '피들의 작업'이라 하면 알레고리가 되기 때문에 하등의 모순이 될 수 없다.

⑤ '내장內藏한 포도鋪道의 유적.' 「성 피터의 패배」에 나오는 시의 한 구절이다. 그런데 이 앞에 어둠이란 말이 있다. 어둠을 내장한 포도, 즉 표면적인 어둠이 아니라 그 내부에까지 스며 있는 어둠의 이미지를 표현한 말이다. 시인은 어둠을 물처럼 찰름거린다고까지 표현한다(박두진). 아무리 소설가일지라도 시의 수사학 정도는 알고 있어야 한다.

⑥ '서기하는 광채'는 기호지방, 특히 충청도에서 쓰는 말이다. 어둠 속에서 인광燐光처럼 퍼렇게 빛나는 것을 '서기한다'고 한다. '고양이가 서기한다', '서기하는 호랑이의 눈'이라고 얼마든지 말한다. 여기에선 "자개 박은 평상이 어두운 방에서 서기한다"라는 뜻이다. 이에 해당될 만한 표준어가 없기에 방언 그대로 썼다.

⑦ '사군자의 묵화.' 묵화는 여러 개의 종류가 있다. 묵화가 곧 사군자는 아니다. 이때 사군자는 묵화의 한정어다. 어떤 묵화냐를 한정해주자는 뜻으로 그렇게 있는 것이 아닌가? 한숨이 나온다. 중학교 학생을 놓고 작문을 가르치는 것 같다. 20년이나 소설을 쓴 씨가 이렇게도 수사학에 어두운가. 이러한 씨이고 보니 상

원 씨의 문장을 지성적이라고 하는 것도 당연한 일이다. 「사반나의 풍경」이나 「녹색 우화집」이 비록 학생 시절의 습작품이라 할지라도 비하하고 싶지는 않다. 나는 씨의 소설과 내 문장의 콤마 하나와도 바꾸고 싶지 않다.

나는 평론으로 문단에 나온 사람이기에 학생 시절에 써놓고 발표할 길이 없었던 그 소설과 산문시를 '교내 동인지'에 발표하게 된 것이다. 김동리 씨의 사고대로 하자면 카프카의 『심판』이 1925년에 발표되었기 때문에 그것은 카프카의 유령이 쓴 것이라 믿어야 할 것이다. 카프카는 이미 1924년에 죽었기 때문이다. 작품을 쓴 연대와 그것이 발표된 연대가 서로 다른 것이라는 정도도 모른다면…… 나는 이제 더 무엇을 말하랴.

세상이 갑자기 슬퍼진다. 아프리카 불귀순不歸順 지역의 만지蠻地에서 생활하고 있는 느낌이다. 나는 그래도 김동리 씨라면 웬만한 선배로 알고 있었다. 그러나 아―그러나 씨는…….

그렇다. 무릎을 꿇고 빌 수 있을 만한 선배라도 있으면 정말 행복하겠다. 이렇게 고독하고 이렇게 어린 마음에 상처는 받지 않았을 것이다. 여기까지 쓰다 보니 눈시울이 뜨거워진다. 막을 내리든지 자기 입장을 밝히고 나오든지 하나를 선택하라. 그리고 우울했던 겨울이 가고 봄이 오는 저 하늘을 보자.

사시안斜視眼의 비평[23)]

야윈 당나귀

편지 잘 읽었습니다. 시골에서 홀로 문학 비평을 공부하고 있다니, 여러 가지로 고민스러운 일이 많을 줄로 짐작됩니다.

모든 것이 폐쇄되어 있는 벽지에서는 "퇴색한 몇 권의 문헌이나 계통 없는 신문 잡지의 글밖에는, 달리 문학 수업을 할 방도가 없다"는 귀하의 그 탄식에 대해서 나는 참으로 깊은 관심을 가지고 있습니다. 귀하의 말대로 어쩌면 그것은 야윈 당나귀를 타고 기사의 꿈을 좇고 있는 돈키호테의 모험과 같은 것일는지는 모릅니다. 그러나 귀하가 그러한 현실적 조건에 대해서 깊은 회의를 품고 있는 한, 자기 분석을 꾀하고 있는 한, 그리하여 그러한 상태에서 벗어나려고 하는 한, 풍차와 싸우는 돈키호테의 희극을 되풀이하지는 않을 것입니다.

---

23) 이 글은 '어느 독자에게'라는 형식을 빌린 이형기 씨와의 논쟁이다((현대문학)).

말하자면 결코 《현대문학》 5월호에 게재된 정태용 씨와 이형기 씨와 같은 그런 평문評文을 발표함으로써 비평가가 되려고 애쓰지는 않을 것이라는 이야깁니다.

물론 그분들도 귀하와 같이 내 글을 열심히 읽고 있는 선의의 한 독자임에는 틀림없습니다. 다만 귀하와 다른 점은, 야윈 자신의 당나귀(문학적 양식)를 중세 기사들이 타고 다닌 천하의 준마처럼 착각하고 있고, 또한 자신을 악룡과 싸우는 기사라고 굳게 믿고 있다는 사실입니다. 그러므로 나는 어려운 환경에서 문학 공부를 하고 있는 귀하보다도 그들을 한층 더 동정하고 있습니다.

보다 넓은 지식과, 보다 개방된 지성을 요구하고 있는 귀하에겐 내일에의 가능성이 엿보이고 있지만, 우물 안의 개구리로서 스스로 평생을 살아가려는 그들에겐 구제의 길이 전무하기 때문입니다.

그러므로 지금 내가 당장 귀하에게 힘을 보태줄 수 있는 일이 있다면 그것은 귀하가 정태용, 이형기 양씨와 같은 비평적 운명에 빠지지 않기 위해서는 어떤 노력을 해야 되는가를 암시해주는 작업입니다. 물론 귀하가 '우물 안 개구리'가 되지 않으려는 자각심을 가지고 있는 이상 내 독자 가운데서는 가장 불행한 그 정, 이 양씨의 전철을 밟는 일은 없을 줄로 믿고 있으나 노파심에서 다음과 같은 몇 가지 사실을 지적해두렵니다. 그리고 이 기회에 정태용, 이형기 양씨의 글을 예문으로 하여 비평적 교양의 가장 초보적인 여건이 무엇인가를 밝혀둔다는 것은 그분들을 계몽하는 의미에 있어서도 아주 무익한 일은 아니라고 믿기 때문입니다.

독해력의 빈곤

비평을 하려면 우선 독해력을 길러야 합니다. 소설이든, 시든, 논문이든 남의 글을 비평하려면 무엇보다도 먼저 그 글의 의미부터 정확히 파악하지 않으면 안 되기 때문입니다. 오독誤讀으로 인한 비평적 오류는, 마치 오진誤診에 의해서 사람의 생명을 빼앗는 무면허 의사처럼 위험합니다. 물론 독해력은 중학교 국어 시간에 다루어야 할 문제입니다. 그러나 요즘 학교에서는 학생들의 독해력을 기르는 데 좀 소홀한 것 같습니다. 미국의 교육심리학자들의 조사에 의하면 고등학교를 나오고도 《애틀랜틱》에 실린 논문의 뜻을 제대로 파악하지 못하는 사람이 무려 반수 이상이나 된다는 것입니다.

우리나라에서는 문필을 업으로 삼고 있는 사람의 경우에 있어서도 그렇습니다. 정태용 씨와 이형기 씨의 글을 읽고 나는 그 불행한 사실을 확인케 되었던 것입니다. 이것은 최근에 있었던 나의 가장 슬픈 경험의 하나입니다. 이분들은 내 글의 대의大意도 대의려니와 지극히 간단한 문장 구절도 이해하지 못하고 있습니다.

"조연현과 그 아류 몇몇은 한국 문학과 전통을 말하는 데에 그

필요성만을 슬로건으로 내세우고 있을 따름이지 실제로 한국의 문학적 전통의 정체가 무엇인지를 한 마디도 밝혀내려고 들지 않는다. 하다못해 조연현이 고려가요나 흔해빠진 민요 한 가락을 놓고라도 민족 전통을 규명한 글을 발표한 적이 있었던가?"

「한국 비평의 역사와 특성」에서 나는 한국의 비평이 청사진 같은 것이라는 대목에서 이와 같은 예를 들었습니다. 그런데 이형기 씨는 그 글을 읽고 "세계 어느 나라의 어떤 비평가가 제 나라의 전통을 한 마디로 밝혀냈습니까"라고 시비를 걸어왔던 것입니다.

'전통에 대해서 한 마디도 없었다'는 것을 이형기 씨는 '한 마디로 말하지 않았다'는 뜻으로 오독하여 사뭇 입에 거품을 품고 있는 것입니다. 이씨 같은 분은 '로'와 '도'의 차이인데 그 정도는 봐달라고 애걸할지 모르나 이것은 의미상으로 보아 북극과 남극의 차이보다 더 큰 것이라 하겠습니다. '너의 집에서 밥 한 숟가락도 얻어먹지 않았다'라는 말을 듣고 '어떤 사람이 그래 밥을 한 숟가락으로 먹는가'라고 대답하는 경우의 난센스와 같습니다.

또 다음 구절을 보십시오. "하다못해 고려가요나 그 흔해빠진 민요 한 가락을 놓고라도 전통을 규명해본 일이 있는가?"라는 물음에 그 가부可否는 말하지 않고 "고려가요나 민요 속에서 정신의 지주를 찾아내는 기인奇人이 어디 있느냐"고 대꾸하고 있습니다. 역시 이것도 슬프디슬픈 오독입니다. "하다못해 B라도 해본 일이 있는가?"는 그 문맥상으로 보아 'B'가 다분히 부정적인 뜻으로 쓰였다는 것쯤은 왕년에 내가 가르쳤던 중학교 학생들도 곧잘 알고 있었던 일입니다.

'A는 더욱 좋지만 하다못해 B라도 한 일이 있느냐'의 뜻입니다. 그런데 그렇게 평이한 문장도 제대로 읽지 못하고 마치 내가 고려가요나 민요에서만 전통을 찾아야 한다고 말하기나 한 것처럼, 광녀가 그네를 타듯 야단스럽습니다. 한국인으로서 '하다못해'란 말도 모르고 있는 분이 어찌 민요인들 읽을 수 있겠습니까? 오독의 천재 이형기 씨의 재주를 일일이 밝히자면 끝이 없지만 더 계속해봅시다. 그의 글의 핵심을 이루고 있는 '대학 중심 비평'에 대한 반기反旗는 그야말로 돈키호테의 깃발을 보는 것 같습니다.

"외국의 비평은 대학 중심으로서 문단과 학계가 공동 보조로서 만들어내어 그 혈통과 족보가 서 있습니다. 외국에서는 대부분이 대학 연구실을 거쳐서 나왔기 때문에 기초적인 학문적 소양을 갖출 수 있지만 우리나라의 독학자들은 단편적인 것을 배웠기 때문에 스크랩 같은 비평이 되어버렸지요." 이것은 글로 쓴 것도 아니고 말로 한 것입니다('비평 심포지엄' 좌담회). 조금도 어려울 것이 없는 평범한 말입니다. 그런데 이형기 씨는 엉뚱하게도 아무 관련성도 없는 알베레스René Marill Albérès의 이야기를 빌려 이 뜻을 공박하고 있습니다. 즉 알베레스는 "학문은 일반적 교양에 불과하고 전문화는 현장에서 이루어진다"고 말했다는 것입니다. 그러니 이 말로 미루어볼 때 나의 이야기는 틀렸다는 것입니다. 이쯤 되면 아무래도 정신 분석학적 대상이 될 만한 발언입니다.

왜냐하면 알베레스는 분명히 이형기 씨가 인용한 대로 '대학이란 학문의 일반적 교양'을 쌓는 데라고 말했습니다. 나 역시 대학 연구실이 '기초적인 학문적 소양을 갖추는 데'라고 말했던 것입니다. 신기할 정도로 일치되는 이야기가 아닙니까? 다만 문제는 알베레스가 '학문이 곧 비평'이라고 생각하는 사람에게 경종을 울리기 위해서 '대학'을 등장시킨 데에 비하여, 나는 비평가의 기초적 교양의 결여에서 오는, 즉 '무식이 곧 비평의 무기'인 줄 아는 이형기 씨 또는 정태용 씨와 같은 분들에게 경종을 울리기 위해서 대학을 끄집어낸 것뿐입니다. 말하자면 'myth'의 어원이 언어를 의미한 '뮈토스'인데도 불구하고 신에 대한 이야기라고 떠드는 비평가가 있기 때문에 그 무지의 근절책을 위해서는 대학에서 문학 개론을 배우라는 이야기였던 것입니다.

나 자신도 알베레스의 말에 동감했기 때문에 위에 인용된 그 발언과 같이 "문단과 학계가 공동 보조로서…… 비평문학을 만들어낸다"고 그 좌담회 석상에서 말했던 것입니다. 대학에서 학문의 기초 교양과 이론 체계를 그리고 문단과 같은 현장에서는 그야말로 알베레스와 같은 경험의 전문화를 말입니다. '문과 대학 교수=비평가'라고 말했다면 알베레스에게 야단을 맞을 일이지만, 그렇게 착각한 것은 항상 '추악한 오해'만 하고 다니는 이형기 씨였으니 조금도 염려될 것이 없습니다. 그 증거로 좌담회의 마지막 장면에서 나는 이렇게 말했던 것입니다. 이론적 비평은 대학교수들이, 실천적 비평은 직업적 비평가들이, 프래그머틱pragmatic한 비평은 작가 시인들이, 그리고 문학을 서베이survey하는 비평은 신문 문화부 기자들이 담당해서 분업적으로 발전시켜가야 한다고……. 이 말에서 보듯이 나는 문학비평의 분업성을 말한 사람이지 '비평의 학문화'를 주장하지는 않았던 것입니다. 독해력이 있는 사람이면 그때 그 장소에서 왜 대학 중심 이야기가 나왔는가를 알 것입니다.

비평 용어 문제가 나오고 문학에 대한 기본 교양이 논의될 때, 바로 그러한 이야기가 나오게 된 것입니다. 비평을 대학 연구실로 가져가라는 것이 아니라 도리어 대학 연구실에서 비평을 문단 쪽으로 끌어내자는 의미였음을 정확히 파악했을 것입니다. 상처투성이의 난시亂視적인 오독의 전시장인 이형기 씨의 그 「문단 인상파론」을 좀 더 참을성 있게 들여다보십시오. "학문을 많이 알고 있다는 것이 비평의 요건이라는 것은 아니겠지만……" 이것은 사회를 맡아보던 김용권 씨의 이야깁니다. 이 말은 백철 씨의 말 때문에 중단되어 그의 의견이 끝까지 나타나 있지 않지만 문맥적으로 보면 어떤 의견이 나왔을까 능히 짐작이 갑니다.

이것은 독해력을 테스트하는 데 중요한 자료가 되는 문장입니다.

마치 요새 유행하는 퀴즈처럼 전후 문맥으로 따져 공란에 말을 넣는 문제와 같기 때문입니다. 그런데 역시 이형기 씨는 이 테스트에서도 낙제입니다. 그것을 그는 내 이야기에 대한 이의異議라고 보았던 것입니다. 문맥상으로 볼 때 그것은 틀림없는 동의입니다. "학문을 많이 알고 있다는 것이 비평의 요건이라는 것은 아니겠지만 비평은 역시 학문을 필요로 한다"는 정도의 이야기가 아닙니까? 이형기 씨가 남의 글을 비평하려면 무엇보다도 조사의 용법부터 배워야 하겠습니다. '도'와 '로'의 구별, 또는 '하물며……라도' 그리고 이번 경우처럼 '……겠지만' 등의 그 어법의 기능을 이해할 때까지 잠시 문학 책은 덮어두었으면 좋겠습니다.

어법에 대한 공부가 끝나면 이번에는 글을 차근차근히 읽는 버릇을 키워야 합니다. 독해력도 없으면서 글을 대각선으로 읽는 이형기 씨의 그 차분하지 못한 독서법을 방증해주는 이런 구절을 보면 알 것입니다.

"앵그리 영맨의 대표적 비평가로서 바로 이씨 자신이 신주처럼 떠받드는 앵거스 윌슨입니다."

이 정도가 되면 확실히 한 장면의 만화입니다. 『전후문학의 새 물결』이란 책은 이형기 씨나 정태용 씨처럼 현대 문학의 이론에 어두운 사람들을 위해서 전후의 문학사조를 엮어놓은 나의 편저입니다. 그런데 불행하게도 '콜린 윌슨'이 '앵거스 윌슨'으로 오식되어 나타났던 것입니다. 그러나 바로 본문 첫 줄에 '콜린 윌슨'이란 말이 나옵니다. 조심스러운 독자라면 금세 회의를 품고 그것이 '앵거스 윌슨'인지 '콜린 윌슨'인지를 알아보았을 일이지만, 이형기 씨는 그냥 '앵거스 윌슨'이라는 오식을 그대로 신주처럼 떠받들고 민망스럽게도 '앵거스 윌슨'이라고 썼던 것입니다.

오식 덕분에 그의 식견이 탄로되고(앵거스 윌슨은 콜린 윌슨과는 물론 다른 사람으로 영국의 소설가임) 그의 난잡한 독서법이 폭로된 것을 나는 퍽 미안스럽게 생각합니다. 그러나 책은 조심스럽게 읽어야 하며 적어도 비평을 쓰려는 사람이라면 오식 정도는 분간해낼 줄 아는 지식이 있어야 한다는 그 교훈으로서 이씨는 그것을 도리어 고맙게 생각해야 됩니다.

그의 동료, 정태용 씨도 예외일 수 없습니다. '초록은 동색이요 가재는 게 편'이란 속담은 아마 이럴 때 쓰는 말인 모양입니다. 정태용 씨의 독해력은 무슨 공약처럼 현재 기아선상에서 헤매고 있습니다. 정씨는 이씨보다도 한층 오독이 완벽해서 글의 대의大 意와 문장의 전全 구성을 전연 알지 못하고 있습니다. 몹시 따분한 일이지만 이형기 씨와 경쟁을 하고 있는 그의 오독술을 한번 살펴봅시다.

우선 단적인 예를 들자면 "공리적인 메커니즘의 사회에서는 예술은 불필요한 것이며 도리어 위험한 것으로 인식된다"는 나의 글을 읽고 "예술이 위험한 것이라면 왜 이씨는 그 위험한 씨를 이 신문 저 잡지에 뿌리고 다니는 것일까?"라고 묻고 있습니다.

치안국장이 말하기를 "도둑의 사회에서는 양심은 불필요한 것이며 도리어 위험스러운 것으로 인식된다"라고 말했다고 합시다. 그때 정씨는 아마 치안국장을 보고 이렇게 말할 것입니다. "양심이 위험하고 불필요한 것이라면 왜 당신은 도둑을 잡으려고 하는가?" 이런 것이 바로 오독의 대표적인 예입니다.

이야기를 계속합시다. 나는 《사상계》에 「한국 소설의 맹점」이란 글을 쓴 일이 있습니다. 거기에서 솔거의 소나무 그림이 과연 새가 날아와 떨어져 죽었다는 고사 그대로 사실과 조금도 다를 것이 없는 그림이었다면 결코 그것은 예술일 수 없다고 논했습니다. 왜냐하면 일루전이 있어야 비로소 예술일 수 있다는 이론을 설명하기 위해서입니다. 이것이 서장 "솔거의 〈노송도〉는 다시 심판되어야 한다"입니다. 그런데 제2장에서는 그런 사실마저도 한국 작가들은 그리지 못하고 있다는 예를 들었습니다. 그 예로서는 냉혈동물인 청개구리의 내장에서 김이 모락모락 난다는 염상섭 씨의 작품을 든 것입니다. 말하자면 '솔거 이전'의 경우입니다. 그러나 외국의 리얼리즘 작가들은 사물의 과학적 관찰을 게을리하지 않았다는 예를 들었습니다. 그 예 가운데 도스토옙스키의 '전갈' 묘사가 실물과 꼭 같았다는 이야기를 했습니다. 솔거의 〈노송도〉 그것처럼 말입니다. 그런데 정태용 씨는 어째서 솔거의 그것은 사실과 똑같다 해서 비예술적이라 비난하고 도스토옙스키 것은 그런데도 불구하고 리얼리티가 있고 예술성이 있다고 했느냐? 그것은 모순이 아니냐고 핏발 선 언어로 거리의 전도사처럼 외치고 있습니다.

그러나 누가 대체 도스토옙스키의 '전갈'이 실물과 같으니 리얼리티가 있다고 했는가? 내 글을 자세히 읽어보십시오. 내 글 속에서 그 '전갈'을 보고 리얼리티가 있다고 한 대목이 나오면 정태용 씨에게 페르시아의 왕관이라도 바치겠습니다. "도스토옙스키의 『백치』에 나오는 독충 전갈을 그 묘사한 부분대로 모형을 떠본 결과 실물과 조금도 다름이 없었다는 것은 너무나도 유명한 말이다. 사실을 탐구하기 위해서 외국의 작가들은 먼저 과학자가 된다. 그리고 난 다음에 시인이 되는 것이다."

그리고 제3장으로 옮겨 갑니다. "다시 중언重言하지만 소설의 리얼리티는 소재에 대한 '과학성'만을 가지고서는 안 된다. 그것은 기껏해야 솔거의 〈노송도〉처럼 새가 와서 앉게 하는 혼란밖에는 거둘 수 없다"라고 그렇게 3장은 시작됩니다. 그러므로 문장을 읽을 줄 아는 독자라면 도스토옙스키의 '전갈'이 과학적 관찰이라고 했지, 리얼리티가 있다고 한 것이 아니었음을 명약관화하게 알 것입니다. 그리고 솔거의 〈노송도〉와 도스토옙스키의 '전갈'은 전연 동격으로 취급되고 있다는 것을 알 것입니다(그것은 기껏해야 솔거의 〈노송도〉처럼……의 '그것'은 바로 도스토옙스키의 '전갈'을 포함한 외국의 자연주의 작가들의 사실 추구를 의미한 것이니까). 문제는 과학적 관찰 다음에 '시인'(일루전)이 되느냐 그냥 거기서 머무르느냐 하는 데서 솔거의

〈노송도〉와 도스토옙스키의 전갈이 구분된다는 것입니다(〈노송도〉
는 거기에서 그쳤다는 것입니다). 그러고 보면 정태용 씨가 모순이라고 지
적한 것은 바로 오독의 선물인 그 환각에서 오는 잠꼬대입니다.
편의상 「한국 소설의 맹점」을 도식화해서 이야기해봅시다.

제1장. 사실 그 자체는 예술이 아니다(솔거와 오셀로 이야기).

제2장. 사실을 무시한 것은 더더구나 예술이 아니다(염상섭 씨 이야
기─현실적 체험의 중요성).

제3장. 사실(현실적 경험)이 상상력 속에서 변용되어 나타날 때 예
술은 리얼리티를 갖는다.

제4장. 상상력만 가지고서도 예술은 이루어지지 않는다. 기법
을 통해서 예술의 리얼리티는 완수된다.

즉 단계를 통해서 보면 ① 사실 이전 → ② 사실(과학성, 현실 체험)
→ ③ 상상력(체험의 변용·사상) → ④ 기법(언어, 문체, 방법, 예술품)과 같이
됩니다. 이러한 논리의 전개를 모르는 정태용 씨는 ④만 보고 체
험을 부정했으니 사상 없이 어떻게 글을 쓸 수 있느냐는 등 혼자
우문우답愚問愚答의 쑥스러운 곡예를 벌이고 있습니다.

씨는 "이성異性을 모르는 아이가 연애를 상상할 수 없고 괴테가
원자전原字戰을 상상할 수 없음과 같다. 다 같이 체험을 겪고 난 뒤
에야 비로소 상상력이 문제되고 사상성이 문제가 된다"라고 말
하면서 마치 내가 체험 없는 상상력과 사상 없는 기법만을 이야
기한 것처럼 점잖지 못한 욕설을 퍼붓고 있습니다.

이것은 꼭 소경이 제 닭 잡아먹고 좋아하는 격입니다. 체험을 중시했기에 나는 발로 쓴 문학(실제 걸어다니며 체험한 내용을 쓴 소설)의 우월함을 '제2장'에서 말했던 것입니다. 그리고 사상을 존중했기에 "작가는 기법 그 자체 속에서 사상을 발견한다"라고 적었던 것입니다. 결국 내 말은 체험이 있어야 한다(제2장). 그러나 체험만으로는 안 된다. 상상력이 있어야 한다(제3장)는 이야기였으며 "사상이 있어야 한다. 그러나 사상은 기법에서 발견된다"(제4장)는 주장이었습니다. 그리하여 문학의 리얼리티를 획득하는 마지막 골은 무엇이냐, 하는 것으로 기법의 문제를 제시하는 제4장의 결론을 썼던 것입니다. "체험만으로는 안 된다"는 말과 "체험이 없어도 된다"는 말은 「창세기」의 제6일과 제7일의 차이만큼이나 큰 것입니다.

"체험만으로 예술이 될 수 없다는 것은 너무나도 뻔한 이야기다. 일선에서 전투를 한 병사의 일기보다는 후방에서 신문만 읽고 앉아 있던 소설가가 전쟁 장면을 더 여실히 그릴 수 있다"는 예를 든 것은, 전술 논문의 구조로 보아 체험을 부정한 것이 아니라 예술가에게 있어 상상력의 우위성과 기법의 중요성을 말하려고 한 데에 지나지 않는 것입니다.

즉 '일상적 인간과 작가'의 구분을 하기 위해서입니다. 따라서 (뒤에서 다시 언급하겠지만) "훌륭한 사상을 가졌기 때문에 작가가 되는 것이 아니라, 훌륭한 기법을 가졌기 때문에 작가다"라고 말한 것도 사상이 없어야 된다는 말이 아니라, 기법의 중요성을 강조하는 데에 지나지 않는 말입니다. 정태용 씨 같은 독자를 위해서 더 쉽게 풀어 말하자면 "칸트Immanuel Kant나 키르케고르Søren Kierke-gaard나 하이데거가 훌륭한 사상을 가지고 있었다고 해서 반드시 훌륭한 소설을 쓸 수 있는 것은 아니다. 그들을 작가라고는 말할 수 없다. 사상만 가지고 작가를 따진다는 것은 결국 철학자를 가장 이상적인 예술가로 보아야 한다는 말과 같다. 그렇기 때문에 철학자와 작가가 서로 구별된다는 것은 사상을 표현하고 또한 현실을 사색하는 방법[技法]의 차이에서 결정된다. 때문에 작가를 작가이게끔 하는 궁극적인 차격은 기법에 있다"는 말입니다.

　그래 이것이 체험을 부정하고 사상을 부정한 말인가? 정리해서 말하자면 일상인과 작가가 구별되는 것은 그 '상상력' 때문이고 철학자와 작가가 구별되는 것은 그 '기법' 때문이라는 이론입니다. 이것을 뒤집어보면 작가의 특징이 무엇인가를 규정하는 말이 된다는 것입니다. 위대한 사상을 가진 칸트가 소설을 쓴다면 혹은 특수한 체험을 한 우주인이 소설을 쓴다면 어떨까? 그것을 한번 상상해보라는 것입니다. 그들이 훌륭한 사상, 훌륭한 체험을 가지고도 위대한 소설을 쓸 수 없었다면 무엇 때문일까? 그 궁극의 벽은 '기법' 때문이라는 이야기가 됩니다. 그래서 나의 결론은 "예술은 그 어원 그대로 기술(art=craft)이란 점을 잊어서는 안 된다. 모든 정서, 모든 정신, 인간적인 모든 성품까지도 예술에 있어서는 하나의 기법을 통해서만 구현된다"고 말했던 것이며 "문체는 체험 내용을 상상의 세계로 전치轉置시키는 작업"이라고 했던 것입니다.

그런데도 불구하고 정태용 씨가 솔거의 〈노송도〉와 도스토옙스키의 '전갈'을 말한 대목에 모순점이 있다고 지적한 것이나, 내가 마치 체험과 사상을 버리고 기법만 가지고 소설을 쓰라고 말한 듯이 공격의 나팔을 불고 있는 것은 다만 씨의 독해력이 중학교 2, 3학년 정도밖에 되지 않음을 스스로 고백하고 있는 것과 다름없는 것입니다.

그렇습니다. 독해력 없이 남의 글을 비평한다는 것은 비평이 아니라 스스로 자기 묘혈을 파는 일입니다. 고양이가 제 꼬리를 물려고 맴을 도는 희극과도 같은 일입니다.

다만 우리가 신에게 감사할 것은 정씨나 이씨와 같은 분이 법관이 되지 않았다는 점입니다. 그들이 만약 법관이었다면 사건 기록을 해득하지 못하고 누가 원고인지 누가 피고인지도 모른 채 제멋대로 법조문을 적용시켜 무고한 사람을 수없이 투옥했을지도 모를 일이기 때문입니다.

교양의 빈곤

또 남의 글을 이해하려면 그 글을 쓴 사람이 지닌 교양의 행동반경을 따라가야 됩니다. 말하자면 기초적인 학문의 교양 말입니다. 외국 문학을 논하거나 예를 들면, 정태용 씨나 이형기 씨는 그것을 사대사상이라고 생각하고 있습니다. 이분들은 아마 각 대학의 외국 문학과를 모두 '사대事大학과'라고 생각할 것이며 신문사의 외신부를 사대주의부라고 명명할지도 모릅니다.

우리가 외국 문학을 예로 드는 것은, 물론 사대사상이 아니라 하나의 교양이며 비교 의식이며 또는 객관적인 사고방식에서 오는 것입니다. 그리고 현대인의 생활은 아무리 부정하려고 하더라도 세계(국제)와 단절되어서는 살 수가 없습니다. 쿠바의 카스트로와 한국의 부엌에 있는 설탕이 직접 관련되어 있는 세상입니다. 외국 문학을 모른다 해서 민족 문학이 되는 것도 아니며 외국 문학을 안다 해서 세계 문학이 되는 것도 아닙니다. 그것은 우리 앞에 놓여 있는 하나의 사실들입니다. 그 사실을 어떻게 소화해서 자기 피와 살이 되게 하느냐 하는 것은 어디까지나 자기 주체성[胃]에 달려 있습니다. 위가 약한 사람일수록 음식을 가려 먹습니다. 매운 것을 먹지 마라, 신 것을 먹지 마라……. 그러나 위가 튼튼한 사람은 버터를 먹든 김치를 먹든, 자기의 피가 되고 살이 됩니다. 정, 이 양씨는 위가 어지간히 약한 모양입니다. 그래서 음식을 가려 먹었는지 딱하게도 영양실조에 걸려 있습니다.

이번에는 그들의 문학적 교양이 얼마나 빈곤한지를 밝혀봅시다. 먼저도 예를 들었지만, 그는 이런 소리를 공언하고 있습니다.

"내 과문寡聞의 탓인지는 몰라도 세계 어느 나라의 어떤 비평가가 제 나라의 전통을 한두 마디로 밝혀냈습니까?"라고……. 그러나 과문의 탓이 아니라 분명히 과문합니다. 자! 여기에서 두어 마디의 단어로써 자국의 문학적 내지는 문화적 전통을 요약해서 말한 비평가와 그 단어를 몇 개만 적어보겠습니다.

① 찰스 파이델슨Charles Feidelson은 미국 문학의 전통을 '상징주의'라고 보았다(이것은 에머슨Ralph Waldo Emerson의 이론을 발전 계승한 것임. '상징주의와 미국 문학Symbolism and American literature').

② 필립 라프Philip Rahv는 미국 문학의 전통을 두 갈래로 보고 그것을 'Redskin'과 'Pale face'란 말로 나타내고 있다. 따라서 배빗과 콜린 윌슨은 미국의 문학적 전통이 '어린아이를 중심으로 하고 있다'는 이야기를 각각 지적하고 있다.

즉 'childish'한 것이 미국의 전통이라는 이야기다. 마크 트웨인Mark Twain의 『톰 소여의 모험The Adventures of Tom Sawyer』이나 『허클베리 핀의 모험Adventures of Huckleberry Finn』이 미국 문학의 상징이 된 이유도 바로 그 점에 있다고 말하는 비평가들이 많다(Van Wyck Brooks, From a writer's Notebook ; Irving Babbitt, The Critic and American Life).

③ 리비스는 아일랜드의 전통을 '켈트적 박명'이라고 말하고 있다. 이것은 아일랜드의 시인 예이츠William Yeats 자신이 한 말이

다(F. R. Leavis, New Bearings in English Poetry).

④ 월리스 파울리는 프랑스의 문학적 전통을 'ceremony'라고 말하면서 프랑스의 문학 정신이 항상 sociability와 worldliness 속에서 나타나 있다고 설명하고 있다(Wallace Fowlie, A Guide to Contemporary French Literature).

이 밖에 영국 문학의 전통을 '유머'로, 독일 문학의 전통을 '신비주의' 그리고 일본의 전통은 '와비'와 '사비', 또는 베네딕트처럼 '국화와 칼'로 표현하고 있는 비평가를 들자면 한이 없겠습니다. 아니 다른 것은 다 그만두더라도, 조윤제 씨의 '은근과 끈기'만 해도 그렇습니다.

이렇게 과문해 가지고는 자국의 문학에 대한 개념도 옳게 파악되기 어려운 것입니다. 그리고 엘리엇의 전통론에 대해서도 씨가 얼마나 과문한지를 몇 자 적어보렵니다. 하나는 알고 둘은 모르는 것처럼 위태로운 일은 없습니다. 무엇을 긍정하거나 부정하기 전에 우선 확실한 것을 알아야 합니다. 씨는 "전통이 무의식적이다"라고 한 엘리엇의 말밖에는 모르는 모양입니다. 그러나 엘리엇의 책을 조금만 뒤져본 사람이면, 그가 생각하고 있는 전통의 정체가 어떤 것인지 알 것입니다.

1928년에 엘리엇은 이렇게 선언한 일이 있습니다. 자기는 정치적으로는 로열리스트(왕당파)요, 종교적으로는 앵글로-가톨릭,

문학적으로는 고전주의자라고. 전통이 무의식적인 것이라 할지라도, 그 결과는 이렇게 분명한 것으로 나타납니다. 엘리엇은 비평집 『새크리드 우드The Sacred Wood』의 서문에서 비평가의 임무를 "It is part of the business of the critic to preserve tradition where a good tradition exists"라고 말하고 있습니다. 전통을 보존하는 것은 비평가 임무의 일부라고 보았던 것입니다.

그리고 그 자신이 이러한 말을 실천하여 그는 영시를 논할 때는 '좋은 전통'으로서 엘리자베스조의 작가와 존 던John Donne 같은 17세기의 형이상학파 시인들을 들고 있습니다. 영국 시의 전통을 'Elizabethan Dramatists'와 'Metaphysical Poets'에 두고 있으며 자신도 언급하였듯이 밀턴John Milton 이후 원숙 완성의 경지에 다다른 그 영시의 전통은 끊어지고 말았다는 것입니다. 뿐만 아니라 직접 시를 쓰는 데 있어서도, 그는 형이상학파 시인들의 기법을 받아들여 로이 프라의 증언대로 각 행 8음절의 운문을 구사하고 있는 것입니다. 이렇게 엘리엇의 전통은 가장 구체적으로 그리고 확실하게 그의 예술 속에서 구현되고 있습니다. 막연하다는 말과 무의식적이란 말은 다른 것이며, 모호한 것이라는 말과 광범위한 것이라는 말은 다릅니다.

나는 한국의 비평가들이 '전통'이란 말을 앵무새처럼 외고 있으면서도 실제 비평에 있어서 엘리엇처럼 이렇게 구체적인 언급이 없음을 한탄했던 것입니다. 그런데도 이씨는 엘리엇의 전통론도 조연현 씨처럼 막연한 것이라고 생각하고 있으니, 실로 마음이 괴롭습니다.

　이번에는 정태용 씨의 체질 검사를 해봅시다. 「현대 예술은 왜 고독한가」라는 나의 논문에 대해서 정씨는 트집을 잡으려고 몹시 애쓰고 있지만 적어도 그 논문을 비평하기 위해서는 많은 독서량이 필요합니다. 첫째, 카프카의 「단식 광대Ein Hungerkünstler」의 상징성만 해도 그렇습니다. 「단식 광대」의 상징성에 대해서 많은 비평가가 연구를 하고 글을 쓰고 있기 때문입니다. 그 연구 논문들을 보지도 않고 독학자적 기질을 발산한다는 것은, '우물 안 개구리'의 곡예와도 같은 것입니다.

　「단식 광대」의 상징성은 물론 여러 가지로 볼 수 있습니다. 그러나 그 규범은 ① 단식 광대와 표범의 관계, ② 단식 광대와 관객의 관계, ③ 단식 광대의 '단식하는 의미'와 시간의 문제로 규명하지 않으면 안 됩니다. 그리고 그러한 관계에서 상징성을 해명하는 데는 세 가지 경우를 상정할 수 있습니다.

Dissociation	① Sociological Allegory	② Religional Allegory	③ Metaphysical Allegory
Hunger Artist	artist (art)	holy man (priest divine)	man as a spiritual being
Panther	modern world (society)	ordinary human	The animal nature of man (physical body)

여기에 대해서 스톨먼W. Stallman은 《액센트》8월호(1949)에서 자세한 분석을 시도한 일이 있습니다.

즉 ① 예술가의 딜레마를 상징한 이야기라고 볼 때, ② 종교적인 알레고리로 볼 때, ③ 형이상학적인 알레고리로 보았을 때, 단식 광대와 표범의 관계가 어떻게 나타나는가 하는 것을 알 수 있을 것입니다. 단식하는 광대와 무엇이든 먹어치우는 '표범'은 정반대입니다. 뿐만 아니라 단식 광대는 '검은 옷'을 입고 있고 표범은 붉은색입니다. 즉 흑색의 이미지와 적색의 이미지는 서로 대조를 이루고 있습니다. 그렇기 때문에 단식 광대는 어떤 비유로 보나 영적인 존재이며 형이상학적인 것이며 초월적인 것이며, 표범은 반대로 육체적인 것이며 물질적인 것이며 형이하학적인 현세적인 것이라 할 수밖에 없습니다.

그런데 카프카는 단식 광대가 한때는 관객을 지배했지만, 세월이 흐르자 인기가 떨어져 관객으로부터 버림받고 그 대신 '표범'이 그 자리에 등장하게 되었다는 것입니다. 여기에서 우리는 토인비Arnold Toynbee, 슈펭글러Oswald Spengler, 베르댜예프Nikolai Berdyaev, 오르테가 이 가세트 등이 말하고 있는 문명의 역사관과 일치하는 카프카의 시점을 볼 수 있다는 것입니다. 즉, 종교, 예술, 형이상학(단식 광대) 등이 물질문명(표범) 앞에서 패배하고 있다는 현상을 말입니다.

그리하여 나는 "현대 예술은 왜 고독한가?"라는 문제를 다루는 데 있어 주로 문명사가들이 진단한 카르테를 모아 설명해주었던 것입니다. 현대 예술이 처해 있는 객관적인 상황을 분석하려면 객관적인 데이터에 의존하는 수밖에 없기 때문입니다.

제목만 보아도 알 수 있듯이 그 글은 어디까지나 '왜 고독한가!'의 왜를 분석하는 일입니다. 말하자면 처방에 앞서 진단을 하는 작업입니다. 나는 정태용 씨처럼 오진할 우려가 있어 내 의견보다는 문명사가나 작가들의 의견을 종합해보았던 것입니다.

① 예술의 위기를 말한 앙드레 지드의 강연(대중 상실).

② 슈펭글러의 『서구의 몰락Der Untergang des Abendlandes』(승려나 예술가와 같은 '사색적 인간'은 종국에 가서 정치가나 기업가 등의 '실천적 생활인'에게 패배하고 만다는 문명관).

③ 현대를 신중세 시대로 보고 있는 베르댜예프의 역사관(베르댜예프는 예술적 창조성이 분출되었던 인문주의 시대를 지나 현대는 그 창조력이 모두 소비되어버린 신중세 시대에 처해 있는 것이라고 보고 있다).

④ 위대한 거장들의 시기가 지나갔다고 보고 있는 토인비나 다닐레프스키Nikolay Danilevsky의 역사관(그들은 다 같이 '현대 문명을 종교에 대하여 물질주의가, 내면적인 감정에 대하여 공리적인 타산이, 그리고 재능에 대하여 기술이 각각 우위를 차지하고 있는 창조력의 상실기'라고 말하고 있다).

⑤ 현대 시민을 신중세기의 시민과 같다고 말한 오르테가 이 가세트와, 오늘의 문학자는 로마의 시인과 비슷한 점이 있다고 말한 아나톨 프랑스Anatole France의 예술론.

⑥ 현대는 창조의 시대가 아니라 소비의 시대라고 말한 경제사회학자 갤브레이스John Kenneth Galbraith의 이론.

⑦ '예술'이 말살되는 세계가 오리라고 예언한 올더스 헉슬리의 문명 비평적 소설 『놀라운 신세계Brave New World』와 조지 오웰George Orwell의 『1984년』의 두 예를 들었던 것입니다.

그들은 한결같이 현대 문명이 예술을 저버리고 있다는 점에서 공통적인 결론을 내리고 있습니다. 씨가 내 글에 대해서 트집을 잡으려면 그 객관적 자료로 제시된 이상의 문명사가와 예술가들의 증언을 깨뜨릴 만한 반증을 내세워야 합니다(물론 정씨에게선 기대하기 어려운 일입니다).

즉, 현대가 예술을 위기로 몰아넣은 신중세기적인 특징을 가지고 있다고 말한 혹은 창조력의 상실기라고 말한 그들의 말을 뒤집을 증거나 학설을 내세워야 되는 것입니다.

둘째, 현대 예술의 이론 자체가 대중으로부터 멀리 고립되어 있는 것이라는 증거로서, 시와 회화의 난해성을 들었고, 그것을 뒷받침하는 미학으로 '예술의 반인간화'(T. E. 흄Thomas Ernest Hulme, 오르테가 이 가세트, 엘리엇) 그리고 추상미술로서 몬드리안Pieter Mondriaan이나 폴록Jackson Pollock의 이론을 간접적으로 소개했었습니다. 이들이 현대 예술 이론의 주류를 이루고 있다는 것은, 윔샛William Wimsatt과 클리언스 브룩스Cleanth Brooks의 공저 『Literary criticism』을 보면 알 것입니다.

그들은 예술 이론의 마지막 장을 'An impersonal art'에 충당시키고 있습니다. 이에 대한 반발로서 사회참여 이론이 생기고 비트와 같은 문학이 탄생하고 있습니다. 이 말을 뒤집어보면, 지금까지 예술 이론이 망명의 미학 속에 갇혀 있었다는 것을 의미합니다. 말하자면 현대 예술이 고독에서 벗어나기 위한 투쟁입니다. 그 투쟁 자체가 벌써 현대 예술의 고립성을 전제로 하고 있는 것이 아닙니까?

그는 나보고 고독의 해결책을 제시하지 않고 있다고 합니다. 이것은 마치 환자를 진찰하는 의사에게 성급히 달려들어 왜 약을 안 주고 청진기만 가지고 야단이냐고 따지는 시골 손님과 같습니다. 제목을 보십시오. 「현대 예술은 왜 고독한가」로 되어 있습니다. '현대 예술이 고독에서 벗어나는 길'은 그다음에 올 문제입니다. 그리고 또 '현대 예술은 이래서 고독하다'는 말을 씨는 '현대 예술은 이래야 된다'는 것으로 착각하고 있습니다. 신열이 나는 환자를 진찰한 끝에 "당신은 폐병에 걸렸습니다"라고 말한 의사를 향해서 "왜 나보고 폐병에 걸려 죽으라고 하느냐?"고 항의하는 철부지 환자와도 같은 이야깁니다. 그 사람이 '폐병에 걸렸다'는 것과 그 사람이 '폐병에 걸리기를 원한다'는 것과는 사뭇 다른 이야깁니다. 또 '폐병에 걸렸다'는 진단과 '폐병에 걸린 채로 있어라'라는 이야기도 역시 다른 것입니다.

그렇기에 나는 그 글의 결론에서 "대중을 현대 예술로 이끌어오는 유일한 방법은…… 시적 흥미 이외로 정당한 인간적인 흥미를 띠게 하도록 하는 것"이라는 뱅자맹 크레미외Benjamin Crémieux의 말을 인용하고 이러한 말로 끝을 맺었던 것입니다. "릴케처럼 뮈조트의 고성古城에서 외로운 날을 지냈다 하여 결코 그 예술까지도 고독한 것은 아니며 말로처럼 드골 내각에 들어가 대중과 섞여 바쁜 나날을 보냈다 하여 그 예술이 고독하지 않은 것도 아니다. 문제는 그 예술이 대중에게 하나의 메아리를 던짐으로써 그 음향이 새벽의 햇살처럼 퍼져 나갈 수 있느냐 그렇지 않느냐에 따라 예술의 고독은 좌우된다. 과연 예술은 공룡이나 매머드 같이 역사의 한 표본만으로 남게 될 것인가 그렇지 않으면 인공위성을 경이의 눈으로 쳐다보고 있는 오늘의 대중에게 보다 높고 보다 아름다운 또 다른 꿈을 줄 수 있을 것인가? 누구도 이 물음에 답변할 수는 없지만 현대의 예술이 플라톤의 시대처럼 고독한 것만은 사실이며 몇 세기 전의 필립 시드니Philip Sidney처럼 '시의 옹호'를 써야 할 입장에 우리가 놓여져 있다는 것은 감출 수 없다"고…….

마지막으로 씨가 현대 예술의 이론에 얼마나 어두운가를 지적해두렵니다. "문체는 곧 인간이다"라는 뷔퐁Georges-Louis de Buffon의 낡은 정의밖에 그는 조금도 다른 것을 알고 있지 못합니다. 세상은 자꾸 변하는 것입니다. 옳든 그르든 부정하든 긍정하든 변화하는 세계, 변화하는 이론은 알고 있어야 됩니다.

내가 지나는 길에 마크 쇼러Mark Schorer의 정의 "문체는 인간이 아니라 주제다"라는 말을 소개했더니 정씨는 흡사 천지개벽을 만난 사람처럼 놀란 표정입니다.

원래 "Le style c'est l'homme même"라고 한 뷔퐁의 말은 자연 발생적 문체론의 범주에 속하는 정의입니다. 19세기 말만 되어도 이러한 문체론은 비판을 받기 시작합니다. 이미 크로체Benedetto Croce가 그 뷔퐁의 정의(사실은 뷔퐁보다 앞서 영국의 로버트 버튼Robert Burton이 『The Anatomy of melancholy』(1621)에서 "The style is the man itself"라고 했다)에 대해서 공격을 했던 것입니다. 자연 발생적 미학이 종말을 고한 20세기에 들어서면 문체의 비개성화가 주장됩니다. 엘리엇은 "The poet has not a 'personality' to express, but a particular medium……"이라고 말하고 있으며 W. H. 오든Wystan Hugh Auden은 『Poets at Work』에서

Why do you want to write poetry? If the young man answers; "I have important things to say." Then he is not a poet. If he answer; "I like hanging around words listening to what they say." Then may be he is going to be a poet.

라고 말합니다. 마크 쇼러는 이러한 이론을 소설 문체에 적용시켜 뉴크리티시즘New Criticism의 영역을 넓혔던 것입니다. 즉 쇼

러의 주장을 보면 제임스 조이스의 『젊은 예술가의 초상A Portrait of the Artist as a Young Man』이 한 작품이지만 문체의 조직은 각각 다르다는 것을 지적하고 있습니다. 유년기를 그린 대목은 의식의 흐름의 문체로 되어 있고 소년기를 그린 대목에 이르면 그 세계 경험이 넓어짐에 따라 문체는 더욱더 무거운 리듬heavier rhythm 을 띤다는 겁니다. 그리고 정감의 절정에 이르면 로맨틱한 'cre-scend'에 달하고 내용이 장년기에 이르면 그것이 점점 지성적 문체로 변한다는 것입니다.

이것은 주제가 바뀌면 문체도 따라서 변화한다는 것을 의미합니다. 그리하여 쇼러는 "Style is the subject"란 말을 하게 되는 것이며 문체는 단순한 인격이나 감정의 전달 도구가 아니라 주제를 형성하는 기법이라고 말했던 것입니다. 여기에 대해서 오코너 William Van O'Connor도 전적인 동감을 표시하고 있으며 '기법은 무익한 것'으로 알았던 세인츠버리를 비판하고 있습니다(『Forms of Modern Fiction』 서문 참조).

이런 미학의 변천이나 그에 대한 글을 좀 읽었더라면 정태용 씨가 "문체는 서브젝트다"라고 한 내 말의 인용을 듣고 외국에 수출하자고 신기해하지는 않았을 것입니다. 거듭 말하자면 알고 반대하는 경우와 몰라서 반대하는 경우는 결코 같을 수 없습니다.

정태용 씨가 앞으로 비평을 쓰자면 최소한 내가 이 글에서 든 인용 서적만이라도 읽어두어야 할 것입니다. 물론 정씨가 읽자면 우리말 번역본이 나와야겠지만 아쉬운 대로 남의 글에 가끔 인용되는 새로운 지식의 단편들이 있거든 편견을 갖지 말고 소중히 노트해두는 것이 좋을 줄로 압니다.

비평은 순수한 창작 예술과는 달리 미美체험 외로도 지적인 체험이 필요합니다. 지적인 체험이란 곧 독서입니다. 독서를 하는 것만으로는 물론 훌륭한 비평을 쓸 수 없지만 그나마 독서라도 하지 않으면 전도가 요원한 것입니다. 민족 문학이나 건실한 민족 전통을 찾는 사람일수록 외국의 문학 이론에 밝아야 합니다. 그렇지 않으면 민족 문학이나 그 전통은 하나의 지방주의나 국수주의 혹은 쇄국주의적인 과오로 떨어지게 되는 것입니다.

지금 세계의 어느 나라에나 외무부라는 것이 있습니다. 러셀이 민족주의를 부르짖는다 해서 해외 공관의 문을 전부 닫아버릴 것은 아닙니다. 그럴수록에 외교에 민감해야 됩니다. 다만 정씨나 이씨가 정치를 하게 된다면 외교관들은 모두 서리를 맞게 될 것입니다(정, 이 양씨는 3·1운동도 미국의 월슨 대통령이 주창한 이론을 뒷받침하여 일어선 것이니 사대주의 운동이라고 하겠지만).

남과 대화하고 싶거든 먼저 남을 알아야 된다는 것은 상식에 속하는 이야기입니다. 남의 글을 비평하려면 먼저 남의 글을 이해해야 되는 것이며 그 글을 이해하려면 먼저 독해력이 있어야 하고 다음에는 교양의 높이를 올려야 합니다. 그렇지 않으면 정씨, 이씨 같은 동문서답의 글을 써서 남들의 마음을 아프게 하고 혼란만 가져오게 될 것입니다. 그리고 끝으로 몇 자 더 적어두렵니다. 비평 공부를 하려면 문학 외로도 과학에 대한 지식이나 법률 지식도 갖추어야 합니다. 그렇지 않으면 정태용 씨처럼 냉혈동물 청개구리의 내장에서 김이 모락모락 오르는 것이 예술이라고 떠들게 되는 것입니다.

청개구리는 4센티미터밖에 안 되는 조그만 개구리입니다. 이것은 해부할 수조차 어렵고 더구나 해부한다 하더라도 김은커녕 피도 제대로 안 나옵니다. 예술이 상징이라 해서 비과학적인 것도 다 용서하는 것이 아닙니다.

또 우리 법률에는 명예훼손죄라는 것이 있습니다. 형법 제307조와 제309조에 보면 공연히 허위의 사실을 적시摘示하여 사람의 명예를 훼손한 자는, 더구나 출판물에 의해서 그런 짓을 하면 7년 이하의 자격정지에 처해집니다. 남과 논쟁을 할 때는 항상 명예훼손죄에 걸리지 않도록 조심해야 됩니다.

정태용 씨가 나 아닌 다른 사람에게 허위 사실을 유포하여 명예를 훼손했다면 아마 지금쯤 법정에 서 있을는지도 모를 일입니다. 그러나 평소에 나는 정태용 씨를 귀엽게 생각해왔습니다. 더구나 내 글의 애독자입니다. 또한 나는 비록 문학에는 양보가 없으나 인정에는 약한 사람입니다. 자 보십시오, 정태용 씨의 이러한 말을……

"이런 무식한 거짓말쟁이가 대사상계지大思想界誌에 글을 쓰고 일본 것을 모방한 『현대인 강좌』에 편집위원인가 뭔가를 하면 서……." 이런 글을 쓰면 법률에 저촉이 되는 것입니다. 첫째, 출판사가 가만히 있지 않습니다. 일본 것을 모방했다는 증거물을 내놓지 않을 때, 이것은 완전히 타인을 중상하기 위해서 허위 사실을 유포한 혐의를 받습니다. 그리고 나는 불행하게도 『현대인 강좌』에 글을 쓴 일은 있어도 편집위원이 된 일은 없었던 것입니다.

물론 정씨의 죄를 묻지 않습니다. 이미 사과문까지 나왔고 자신이 거짓말쟁이라는 것을 시인하고 있는 이상 굳이 괴롭히고 싶은 생각은 없습니다. 다만 수신인의 주소를 찾지 못하는 정태용 씨의 다음과 같은 몇 마디 말은 발신인 앞으로 다시 돌려보내고 싶습니다. "이런 무식한 거짓말쟁이가……"라는 말씀입니다.

이 말을 끝내 찾아가고 싶지 않거든 증거물을 내놓아야 될 것입니다. '『현대인 강좌』가 일본 것을 모방했다'는 증거물과 내가 그 책의 편집위원이라는 사실을 말입니다. 선택은 두 개밖에 없습니다. '거짓말쟁이'가 되거나 그렇지 않으면 증거물을 내놓거나…… 이 선택은 전연 씨의 자유의사에 맡기렵니다.

슬픈 사시안

너무 이야기가 길어진 것 같습니다. 나의 결론은 간단합니다. 독해력도 교양도 없이 남의 글을 비평하려 들 때는 정, 이 양씨처럼 사시안斜視眼의 비평을 모면하지 못한다는 것을 명심해달라는 것입니다. 그는 왕년에 시를 써본 일이 있기 때문입니다. 문장력까지 없고 어휘조차 빈곤해서 무식이니 거짓말쟁이니 하는 말을 빼면 한 줄의 글도 쓸 수 없는 정태용 씨에겐 구제의 길이 그냥 캄캄합니다.

어려운 환경 속에서도 읽고 쓰는 노력을 게을리해서는 안 됩니다. 독학하는 것이 흉이 아니라 독학하는 태도에 달려 있습니다. 콜린 윌슨도 독학자였지만, 아카데믹한 서적을 많이 읽었던 것입니다. 리스먼이나 블레이스 같은 대학교수들의 저서를 읽어 자기의 지적 바탕으로 삼고 있습니다. 고립을 두려워하지 마십시오. 두려워할 것은 단 하나입니다. 자기의 무지를 자기가 모르고 있다는 무지.

앞으로 종종 글 주십시오. 참고 서적이라도 보여드리겠습니다. 귀하와 정태용, 이형기 씨 그리고 나의 성실한 독자들에게 행운이 있기를 빌겠습니다.

조연현 씨를 에워싼 2차 논쟁:

부메랑의 언어들[24]

뜻이 없는 들까마귀의 울음

두 번째 편지를 씁니다. 우연히도 귀하가 써보낸 작품과 이형기 씨의 작품(「우정 있는 반환」)을 모두 한날에 읽게 되어 나로서는 재미있게 비교하면서 읽을 수가 있었습니다.

두보杜甫의 시를 빌려 그 독후감을 각각 표현해본다면 하나는 두보가 이태백을 생각하며 지은 시―「언제 그대와 만나 술 한 동이를 사이에 두고 자세히 글을 논할 수 있으리요(何時一樽酒, 重與細論文)」라는 것이 되겠고, 또 하나는 그가 「고안」이라는 시에서 읊은 종절들―"까마귀는 뜻이 없으니 스스로 어지럽게 울 따름이구나(野鴉無意緒, 鳴噪自紛紛)"라는 것이 되겠습니다.

비록 여기 한 동이의 술은 없으되, 글로나마 귀하와 함께 자세히 한번 글을 논하고 싶습니다. 그중에서도 오늘은 '문학 논쟁의

---

24) 《현대문학》(1963년 9월호)에 실렸다.

방식'에 대해서 참고가 될 만한 몇 가지 이야기를 개진해볼까 합니다. 왜냐하면 누구나 앞으로 비평을 하려면 원하든 원하지 않든 문학 논쟁이라는 것을 해야만 할 경우가 생겨나기 때문입니다. 뜻이 없는 들까마귀가 어지러이 울어대는 것 같은 그런 논쟁을 하지 않으려면 귀하는 다음과 같은 네 가지 사항에 대해서 경계해둘 필요가 있습니다.

논제의 구체성을 위해서 좀 안됐지만 이형기 씨의 글, 「우정 있는 반환」을 또 텍스트로 삼아봅니다. 아마 그분에게도 적지 않은 도움이 될 겁니다.

존 웨인으로 오인된 필립 라프

다른 경우도 마찬가지이지만 문학 논쟁을 할 때는 무엇보다도 신중하게 글을 써야 합니다. 그렇지 않으면 상대편으로부터 조소를 받게 되고 말꼬리를 붙잡히게 됩니다. 모르는 이야기가 나오거든 숫제 침묵을 지키는 것이 상책이며, 그렇지 않으면 뒤늦게라도 공부를 해서 답변을 해야 합니다. 이형기 씨가 문학 논쟁의 자리에서 매번 망신을 당하게 되는 것은 '돌다리도 두들겨보고 건너가라'던 옛 속담의 교훈을 망상하고 있기 때문입니다.

'콜린 월슨'을 '앵거스 월슨'이라 하여 식자識者들의 웃음을 산 그분이 이번에는 또 '문학 이야기'를 '서부 활극'으로 오인하여 그네를 타다 두 번이나 떨어진 피에로 격이 되고 말았습니다. 귀하에게 보낸 글(『사시안의 비평』) 가운데는 미국 문학의 두 가지 흐름을 말한 필립 라프의 'Redskin'과 'Pale face'에 관한 이야기가 나옵니다. 지루한 설명을 하지 않아도 웬만한 사람이면 'Redskin'과 'Pale face'가 그의 고유한 터미놀로지terminology라는 것을 알 것입니다. 『Image and Idea』라는 그의 저서 첫 페이지에 나오는 너무나도 유명한 논문이기 때문입니다. 필립 라프가 말한 'Redskin'은 귀하도 알고 있다시피 건강한 문학, 즉 'Energy' 또는 로브로lowbrow한 문학을 뜻한 것으로 마크 트웨인, 휘트먼Walt Whitman, 칼 샌드버그Carl Sandburg와 같은 작품 계열을 말한 것이고 'Pale face'는 밀실의 문학, 즉 'sensibility' 또는 하이브로한 문학을 가리킨 것으로 헨리 제임스Henry James 등의 작품 계열을 지적한 말입니다. 그는 미국 문학의 성격을 이 두 가지 대립으로 분석 고찰하고 있는 것입니다.

그런데 딱하게도 그만 이형기 씨는 평소에 서부 활극에만 관심이 깊었던지 그것을 액면 그대로 '아메리칸 인디언'과 '백인'의 대립이라고 해석했던 것입니다. 'Redskin'이라니까 홍인종紅人種을, 'Pale face'라고 하니까 백인종의 이야긴 줄 알았던 모양입니다. 「우정 있는 반환」이라는 그 글의 표제부터가 어쩐지 영화 제목 같아 수상쩍다고는 생각했지만 설마 '필립 라프'의 글을 '존 웨인'이 쌍권총을 차고 아파치족과 싸우는 그 정도의 이야기로 착각하리라고는 생각지 않았던 일입니다. 라프의 글을 읽어보면 아메리칸 인디언과 백인의 싸움은커녕 역마차란 말조차도 나오지 않았습니다. 이형기 씨의 해석대로 하자면 'Redskin Writer'라는 라프의 말은 '아메리칸 인디언 작가'라고 될 것이므로 휘트먼 씨는 부득이 홍인종이 될 수밖에 없습니다.

왜 이러한 과실을 저지르는가? 물론 그 근원을 따지자면 평소의 그 문학적인 식견과 관계가 있을 것입니다. 그러나 내가 친절하게 그 말의 출전까지 밝혀준 이상 사전만 들추지 말고 아쉬운 대로 그 책을 대충 떠들어보았더라도, 혹은 영어의 해독 능력이 없어 그마저도 어려웠다면, 숫제 입을 다물고 있었더라면 그런 희극은 없어도 좋을 뻔한 것입니다. 문학 논쟁은 신중하게 해야 된다는 그 평범한 진리를 그는 몸소 행동으로 보여준 것입니다.

서둘지 마십시오. 풍차를 기사로 착각하고 하숙집 식모를 공주로 오인하는 또 하나의 돈키호테 이야기가 생겨납니다. 급할수록, 초조할수록 여유 있게 논쟁을 해야 되는 것입니다.

부메랑의 논법

오스트레일리아의 토인들에게는 '부메랑'이라는 투창이 있는 모양입니다. 그런데 이 '부메랑'은 던진 사람에게로 되돌아오는 것이라고 합니다. 문학 논쟁에 있어서 두 번째로 경계해야 할 것은 바로 이 '부메랑'과 같은 언어입니다. 상대편을 향해 던진 말이 다시 자신에게로 돌아오게 해서는 안 된다는 이야깁니다. 말하자면 자승자박의 이론을 사용하면 상대방은 싱거워서 싸움을 할 수가 없어집니다. 자기가 자신의 잘못을 말하고 있으니 이쪽에서는 할 말이 없어집니다. 이형기 씨는 그런 면에서는 아주 희생정신이 강한 분입니다. 그는 「우정 있는 반환」의 그 글에 '연막 비평'이란 부제를 달고 있습니다. 참으로 신기하고 적중한 표현입니다. 그것은 바로 자기 비평의 성격을 재단사처럼 정확하게 그리고 예언자처럼 신통하게 들어맞힌 말입니다.

나는 사실 할 말이 없습니다. 다만 '연막 비평'이란 말이 '부메랑'처럼 이형기 씨 앞으로 되돌아가는 광경만 묵묵히 바라다보고 있으면 그만입니다. 잠시 오스트레일리아로 무전여행을 간 기분으로 왔다가 되돌아가는 부메랑의 언어들을 구경해봅시다.

처음에 이형기 씨는 내가 비평문학을 논한 자리에서 대학 운운한 것을 순전히 '대학교수=비평가', '비평=문학'이라고 한 줄로 알고 변사조의 노한 목소리로 반박을 가해왔던 것입니다. 즉 그는 내가 '비평의 가장 이상적인 형태가 문학을 학문화하는 것'이라고 말한 줄로 알고 있었던 것입니다.

국내 대학교수의 문학비평을 공격의 창으로 삼고 있었다든지 혹은 알베레스의 이야기를 인용한 것들이 바로 그 증거입니다. 그러나 나는 귀하에의 편지 가운데서 그것이 그의 오독에서 비롯된 자기 환상이지, 어느 곳에서도 나는 비평의 가장 이상적인 형태를 '문학을 학문화하는 것'이라고 언급한 일이 없었음을 밝혔습니다.

　나는 '비평의 학문화'를 주장했던 일이 없다. ……그 뚜렷한 방증으로, ① 비평의 전망을 말하는 대목에서 명언明言한 그대로 나는 '비평의 학문화'가 아니라, 오히려 비평의 분업화를 주장하고 있다는 사실, ② 그 좌담회 석상에서 대학 중심 이야기가 나오게 된 동기를 밝힘으로써 그것이 문맥상, 결코 '비평의 학문화'와는 아무 관계가 없음을 예시한 것. 그때 대학 이야기가 나온 것은 우리나라의 비평가들이 비평 이전에 속하는 용어의 뜻이나 기초적인 문학 상식도 모르는 일이 많다는 문제가 논의되었을 때라는 것, 가령 비평의 방법이나 비평의 정신을 논하는 자리에서 대학 이야기가 나왔다면 그런 오해도 살 만하다. 그러나 나는 분명히 'myth'의 어원이 무엇인지도 모르고 신화를 운운한 비평가의 이야기가 나왔기에 우리나라의 문인들은 대개 대학을 다니지도 못하고 독학을 했었기 때문에 기본 교양이 부족하다는 점을 말한 것이다. 페터냐 리처즈냐가 아니라 페터든 리처즈든, 즉 어떤 양식의 비평이든 간에 일단은 알아두어야 할 기본적인 문학 교양이 우리에게 결여되어 있음을 통탄한 것이었다. 그렇기에 나는 그 좌담회 석상에서 비평의 학문화와는 거리가 먼 인상 비평 문제가

나왔을 때만 해도 진정한 의미로 사용되는 인상 비평이라면 그것
은 환영해야 된다는 취지를 밝힌 바 있었다.

　그렇다면 우리는 다음과 같은 도식을 얻을 수 있습니다.

　(1) 이형기=이어령은 '비평의 학문화'를 주장한 사람이다. 그러
므로 부당하다.
　(2) 이어령=나는 '비평의 학문화'를 주장한 일이 없다. 그러므
로 이형기 씨는 오독을 하고 있다.
　(3)에 대해서 이형기 씨가 연막을 치지 않고 답변할 수 있는 경
우란 오직 다음과 같은 두 개의 길밖에는 허락되어 있지 않다.
　① 이어령이 '비평의 학문화'를 주장한 일이 없다라고 말한 것
은 거짓말이다. 즉 내가 '비평의 학문화'를 주장한 일이 없다고
밝힌 제반 이유에 대해서 명확한 반론을 가해야 된다.
　② 솔직히 자기의 오독을 인정할 경우. 만약에 ①도 ②도 아닌
지점에서 그가 쓸데없는 말꼬리 씨름이나 하고 앉아 있다면 그것
이야말로 문어가 자기의 정체를 감추기 위해 먹물을 내뿜는 연막
비평이 되는 것이다.

　눈을 비비고 보십시오. 이형기 씨가 ①을 택했는지 ②를 택했
는지를……. 그는 ①도 ②도 아닌 지점, 즉 애꿎은 알베레스의 이

야기만을 끄집어내고 있습니다. 이런 것을 보고 바로 연막 비평이라고 하는 것입니다. 이건 권외圈外의 이야기지만 이형기 씨는 그야말로 알베레스의 말을, 계약 문서의 문자를 액면 그대로 해석하는 포샤와도 같습니다. 알베레스가 이성보다도 감성을 존중시한 비합리주의자임에는 틀림없습니다. 그렇다고 해서 그는 대학을 다니지 말아야 위대한 비평가가 된다고 말했을까? 참으로 슬픈 이야깁니다. 알베레스의 「20세기의 지성적 모험L'Aventure intellectuelle du XXe siècle」이나 「20세기 문학의 결산Bilan littéraire du XXe siècle」을 읽어본 사람은 그 글 가운데 숱하게 인용된 학자의 말이 수없이 적혀 있음을 알 것입니다. 문학 이외로 실존철학이나 심지어는 사회학의 이론이 비평적 배경이 되어 있습니다.

  미국의 신칸트파에 속하는 시카고 스쿨의 비평가들은 '비평을 학문화'하려는 사람들이며, 실존주의 문학 계통의 모럴리스트 비평가들은 '비평을 학문화'(이성주의—보편 타당성을 추구하는 합리주의)하는 것을 거부합니다. 그렇기 때문에 '비평의 학문화'는 '대학을 다녔다 안 다녔다', '학자의 이론을 썼다 안 썼다' 하는 문제와는 아무런 관련성이 없는 것입니다. 키르케고르나 하이데거나 혹은 베르그송의 이론을 문학에 적용하고 있는 그 비합리주의적 비평가들이 얼마나 많은지 이형기 씨는 아마 모르고 있을 것입니다. 알베레스가 20세기의 학계에 주류를 이루고 있는 실존주의 철학 이론을 몰랐더라면 그의 「20세기의 지성적 모험」과 같은 역저力著는 탄생되지 않았을 것입니다. '문단'과 '학계'가 공동 보조라고 한 것은 그 정도의 뜻을 내포하고 있는 것입니다. 이런 이야기를 하다 보니 자꾸 슬퍼집니다. '적막강산寂寞江山'[25]이라는 생각이 자꾸 듭니다.

전통의 문제에 있어서도 시는 연막 비평의 방법을 사용하고 있습니다. 이것도 또 도식으로 나타내봅시다.

'명제'—한국의 비평은 그 이론과 실천에 항상 갭gap이 놓여져 있다.

'그 일례'—'조연현 씨와 그 일행'은 문학에 있어서 전통 의식이 중요하다는 말을 하고 있지 실제로 한국 문학의 전통을 캐내는 작업은 하지 않고 있다.

이것은 비평문학 심포지엄에서 내가 명제로 내세운 문제를 요약해낸 것입니다. 중학생급의 독해력이 있는 사람이면 "한 마디도 언급을 하려고 하지 않는다"는 말은 전통의 원리 원칙만 따지고 앉아 있지, 그것을 전연 실제 문학에 적용하여 실천적 비평으로 내세우고 있지 않다는 뜻으로 보아야 합니다. 즉 '한 마디도 언급이 없다'는 것은 문맥상 '전연 언급이 없다'는 뜻인데도 불

---

25) 이형기 씨 시집에 『적막강산』이 있다.

구하고 이형기 씨는 "어떻게 자국의 전통을 한 마디로 나타내느냐?"라고 반문했던 것입니다. 이때 이형기 씨가 말한 '한 마디로'는 '전연 언급이 없다는 말'과는 그야말로 전연 다른 개념으로서, '요약해서', '꼬집어서', '단적으로'와 같은 뜻으로 사용되고 있음은 명약관화한 일입니다.

그래서 나는 그의 오독을 또 지적해주었던 것입니다. 즉 A라고 말한 것을 B로 착각한 예입니다.

A. 한국의 비평가들은 전통의 원리 문제만 따졌지 실제로 한국의 전통을 전연 발굴하려 들지 않는다.(이어령)

B. 제 나라의 전통이 무엇이라고 어떻게 단적으로 표현할 수 있는가?(이형기)

A와 B는 분명히 동문서답입니다. 그것도 '로'와 '도'의 조사를 잘못 읽은 데서 온 것이었습니다. 그렇지 않다고 우긴다면 전통을 무의식으로 본 엘리엇의 말은 왜 나왔으며 "한두 마디는커녕 천언 만사千言萬辭를 동원해서 이씨처럼 실제 ××국적인 전통이 무엇이라고 내어놓는 사람은 과거도 없었고 앞으로도 아마 없을 것이다"라는 말은 무엇 때문에 나왔겠는가? "한두 마디는커녕"의 '한두 마디'는 무엇으로 설명할 수 있겠는가? 냉정히 생각해볼 문제입니다. 말을 바꾸어 말하면 다음과 같은 경우입니다.

(1) 조씨는 서울이 좋으니 가자고만 하면서 한 발자국도 걷지는 않는다.

(2) 서울로 가는데 어떻게 한 발자국으로 갈 수 있는가. 한 발자국은커녕 천 발자국, 만 발자국으로도 갈 수 없는 것을.

이때 (2)를 (1)에 대한 반박으로 보려는 사람은 아무도 없을 것입니다. (1)에 대한 뜻을 명확히 알았더라면 (2)와 같은 말이 아니라 ① 서울로 가고 싶다는 생각만 하면 그만이지 실제 갈 필요가 어디 있느냐(전통에 대한 실천적 비평이 있을 필요가 없다는 논리)라든가, 아니면 ② 지금 서울로 가고 있는 사람들이 많은데도 어째서 그런 말을 하느냐(전통의 원칙 문제만 따지지 않고 실천적 비평을 하고 있다는 반론)라는 문제를 따졌을 것입니다. 그런데 이형기 씨는 한 발자국으로 가라고 권한 일도 없는 사람을 보고 '어떻게 홍길동도 아닌데 한 발자국으로 갈 수 있느냐'는 식으로 마이동풍의 넋두리만 늘어놓습니다.

이형기 씨는 자기가 답변해야 할 문제는 선반에 올려놓고 엘리엇과 머리의 논쟁이 어떠니 공자가 어떠니 하고 딴청을 피우고 있습니다. 연막을 피울 작정입니다. 그러나 속지 맙시다. 기왕에 잡은 다리를 먹물 정도로 놓칠 수는 없습니다.

① 엘리엇은 전통을 무의식적이라고 했지만 소산所産은 항상 구체적인 것으로 나타나 있다고 나는 말했습니다. 그 예로 그는

전통을 나쁜 전통과 좋은 전통으로 나누고 있으며 좋은 전통으로는 17세기의 형이상학파 시인과 엘리자베스조의 드라마티스트를 들었다고 했습니다. 그리고 밀턴 이후로 그 전통이 끊어지고 말았다고 했습니다. 전통이 불가해不可解의 스핑크스의 미소였다면 어떻게 엘리엇은 한 전통을 놓고 좋은 것과 나쁜 것을 가릴 수 있었던가. 이 점에 대해서 그는 아무 답변도 못 하고 있습니다.

② 엘리엇의 전통이 무엇이냐고 따지는 것이 우리의 문제가 아니었습니다. 엘리엇은 문학과 전통의 원칙만 따진 것이 아니라 실제로 영국 문학을 앞에 놓고 그의 전통관에 입각하여 '실제 비평'을 했다는 사실, 즉 엘리엇은 '전통과 개인적 재능'「이교신을 찾아서After Strange Gods」, 「비평의 직능The Function of Criticism」에서 전통의 원리 문제를 다루었지만 그것을 실제로 그의 시작이나 비평 속에서 실천하여 존 포드, 존 드라이든John Dryden 등의 시인론 같은 데서 그 구체적인 전통적 가치를 평가 발굴한 점에 주목하라는 것이었습니다. 내가 강조한 것은 바로 이 점이었던 것입니다.

그런데 우리 비평에는 그와 같은 실천 면이 결여되어 있다는 이야깁니다. 우리가 정치에 있어서 민주주의의 원칙만을 공염불처럼 외고 있으면서도 실제로 정치 속에 몸소 그것을 실천시키지 못했으며 또 위정자들은 그런 노력도 하지 않았던 것과 같은 일입니다. 그와 마찬가지로 말끝마다 '한국적', '한국의 전통' 하면서도 비평가들은 하나의 자기磁器나 혹은 우리의 종교나 그렇지 않으면 고전 작품 아니면 풍속에 대한 연구를 전연 한 일이 없었다는 말입니다.

전통이 그 힘을 발휘하려면 문학비평에 있어선 그것이 하나의 평가 기준이 되어야 하고 뚜렷한 가치관을 제공해주어야 합니다. 그런데 이형기 씨는 전통이 무의식적인 것이며 막연한 것이므로 그에 대해서 말할 수가 없고 또한 우리의 전통이 무엇인지 구체적으로 밝힐 수가 없다는 겁니다. 그의 이야기는 이렇듯 과녁 없는 화살입니다. 우리가 논의해야 될 것은 전통의 가치를 오늘의 우리 작품 활동에 혹은 작품 비평에 실제로 작용시켜야만 한다는 것이었습니다. 인생은 불가사의한 존재입니다. 그렇다고 예수가 눈만 감고 앉아 있었다면 예수는 동물원의 공작새만도 못한 것입니다.

③ 이형기 씨는 '전통이란 단순한 과거의 유물이 아니라 과거를 지배해왔고 현재에 작용되면서 미래를 다시 좌우할 힘으로서 변모해가는 불멸의 근원적 주체적인 역량'이라고 한 조연현 씨의 말을 변호하고 있습니다.

그렇습니다. 바로 그것입니다. 조연현 씨는 과거에서 현재를 뚫고 미래를 향하는 주체적인 것이 전통이라고 말하고 있을 뿐이지 그 힘의 구체적 내용이 무엇인지 또 그것이 어떻게 해서 얻어지는 것인지 그리고 또 그러한 힘이 우리나라의 문학작품 가운데 어떻게 나타나 있는 것인지 '한 마디로'가 아니라 '한 마디도' 언급을 하려고 들지 않습니다. 서정주 씨와 같은 신라 정신일까? 류종열柳宗悅[26] 씨와 같은 선線의 세계일까? 그렇게도 중대하고 그렇게도 신비한 힘이 있다면 그 힘에 의한 비평 작업이 있어야 합니다. 만약 그렇지 못하다면 그 힘이야말로 병풍 속의 호랑이요 우리 집에 금송아지 있다는 식의 어린아이들의 '공갈'에 지나지 않습니다.

이형기 씨는 그것을 땀을 흘리며 변호하기를 그 힘의 구체적 내용이 확연치 않은 이유는 그가 엘리엇과 같은 고전주의자라기보다는 J. M. 머리John Middleton Murry처럼 내면의 소리를 믿는 낭만주의자, 따라서 범신론자이기 때문이라는 겁니다. 그래서 전통을 파악하는 주체성의 문제를 더욱 강조하고 있는 것이라는 말입니다. '더욱'이라니 대체 무엇과 비교해서 더욱이란 말입니까. 'ZERO'에다가는 더욱이란 말을 쓸 수도 없는 것입니다. 그의 공허한 변론 속에서 우리가 들을 수 있는 것은 연막탄 터지는 불길한 소리뿐입니다. 범신론자나 낭만주의자는 궁극적으로는 전통의 실제 문제를 논하는 데 벙어리가 되어야 한다는 것입니까. 구차스럽게 낭만주의자이기 때문에 그가 말하는 전통의 내용이 무엇인지 따지기 어려운 것이라고 말하기보다는 일반적으로 낭만주의자는 반전통주의자일 경우가 많으니 숫제 그를 전통 부정론

26) 일본의 민속학자.

자로 만드는 것이 더 떳떳한 일이 아닐까 생각됩니다.

이형기 씨는 자주 J. M. 머리에 대한 이야기를 하고 있어 그에 대한 사전적 상식 정도는 있는 줄 알았지만 알고 보니 그는 그저 그가 20세기 영국의 비평가라는 그 사실밖에는 별로 아는 것이 없는 듯싶습니다. 왜냐하면 J. M. 머리는 소위 그 '내면의 소리inner voice'를 '내면의 소리' 그대로 둔 것이 아니라 신비적 경험을 문학상의 구체적인 제諸 문제와 연결시켜 해명을 시도한 사람이었고(『Countries of the mind to the unknown God』 등의 저서에서) 또 그러한 관념을 문학 사상의 고전을 평가하는 자리에서 구체적으로 드러내놓았던 비평가입니다(윌리엄 블레이크William Blake, 「셰익스피어론」 등에서).

그리고 심지어는 그러한 관념을 정치적인 데까지 적용시켜 「The Necessity of pacifism」과 같은 논문을 썼던 것은 만인이 다 아는 사실입니다. 그의 태도는 언제나 명확했습니다. 그렇기에 엘리엇도 그와 논쟁하는 자리에서 모든 비평가는 사물을 애매하게 싸두기가 일쑤지만(아마 이형기 같은 사람을 두고 한 소리인가 봅니다) 그는 자기가 택해야 할 확실한 입장을 가지고 있다고 칭찬(?)해준 것을 보아도 알 수 있습니다. 즉 엘리엇은 영국의 전통을 고전주의로 보았기 때문에 로맨티시즘을 구주歐洲 전통의 역행으로 취급했던 것이며 머리는 그것을 로맨티시즘으로 보았기 때문에 고전주의에 철퇴를 가했던 것입니다.

우리 조연현 씨는 한국의 과거, 현재, 미래를 꿰뚫고 흐르는 힘을 무엇으로 보았던가? 무엇이 역행이며, 무엇이 연속인가? 이형기 씨! 기왕에 샌드위치맨 노릇을 하려면 똑똑히 말 좀 전해주십시오.

④ 이제는 연막을 피운 이형기 씨의 '야마시'(형기 씨가 한 과히 점잖지 못한 표현이지만)를 따져봅시다. 나와는 아무 관련이 없는 대목이었지만 세계 어느 나라의 비평가도 한 마디로 자국의 전통이 무엇이라고 말한 사람은 과거도 장래도 없을 거라는 씨의 망발에 대해서 나는 무려 열 개에 가까운 예를 들어(씨에게는 기적에 가까운 말들을) 보여주었습니다.

그렇게 정의를 내린 것이 옳으냐 그르냐 하는 것은 별도의 문제입니다. 왜냐하면 씨가 물어온 것은 그런 말을 한 사람이 있느냐 없느냐 하는 데 있기 때문입니다. 그러므로 그렇게 말한 비평가의 이름과 저서만을 밝혀주면 되는 것입니다. 그런데 그 리스트를 작성해주었더니 미시시피의 도박사처럼 슬쩍 이렇게 속임수를 쓰고 있습니다. "……그 말을 뒷받침해주는 방대한 이론과 정신이 없이는 아무짝에도 쓸데없는 그야말로 '두어 마디의 단어'에 불과한 것입니다. 때문에 누군가 한두 마디로 자국의 문학적 내지는 문화적 전통을 요약했다면 그 말은 연쇄적으로 천언만사의 다른 말을 배후에 거느리는 것이지만 실제 문제에 부닥치며 그러고도 정확하게 포착되기 어려운 것이 또한 전통입니다"

라고…….

무엇 때문에 이 빠진 사람처럼 그렇게 우물거립니까? 씨가 애
초에 말한 것은 두어 마디로 전통을 요약해서, 즉 "한 나라의 전
통의 성격을 꼬집어서 정의한 비평가를 과문의 탓인지 들은 적이
없다"고 해놓고 이제 와서는 딴전을 피웁니다.

'있느냐', '없느냐'에 있는 것이지, 그게 쓸모가 있는 것이냐 쓸
모가 없는 것이냐에 문제가 있었던 것은 아니었습니다. 씨는 전
통을 한마디로 요약해서 정의해놓은 것이 무의미하다고 한 것이
아니라 그런 비평가가 없었다고 확언했기 때문입니다. 그리고 또
그는 이제 그 말 뒤에 천언 만사의 설명이 붙어 있을 것이므로 그
건 두어 마디로 자국의 전통을 말한 것은 아니라는 겁니다.

국민학교 학생의 작문입니까? 그래 "실제 ××국적인 전통이
무엇이라고 내어놓는 경우"는 세계 어느 나라에도 없을 것이라
고 씨가 말했을 때, 그러면 씨는 하얀 백지에 "××국 전통은 ○○
이다"라고 써서 포스터처럼 붙인 예가 없다는 뜻으로 한 소리입
니까? 이제 와서 포샤식으로 그 말을 해석해달라는 애원입니까?
그야말로 관례적으로 해석컨대 씨가 말한 그것은 뒤에 있는 천
언 만사가 문제가 아니라 전통은 분명히 규정할 성질의 것이 아
니며, 그렇기에 어떤 비평가도 자국의 전통을 정의하려고 시도한
일이 없었다는 말이 아닙니까?

그런데 마치 "살덩어리를 떼라, 그러나 증서대로 피를 흘리지

말라" 하는 식으로 그때 그 말은 "문자 그대로 두어 마디로 자국의 전통을 말한 것을 의미한 것이었으므로 뒤에 천언 만사의 설명(핏방울)이 붙어 있어서는 안 된다"는 뜻이었다고 판결을 내리고 있는 것입니다. ……아, 부메랑이여, 포샤의 재판 광경을 그대의 주인 앞으로 되돌아가게 하라…….

아니 이것만이 아닙니다. "하다못해 고려가요나 민요를 놓고라도 민족 전통을 규명한 글을 발표한 적이 있느냐"라는 말에 이형기 씨는 "고려가요나 민요 운운의 논법대로 하자면 고전학자만이 전통을 말할 수 있는 자격자이며"로 시작해서 "고전에서 전통을 구하려 든다는 것은 어리석은 일이고 실상 그런 데서 정신의 지주를 찾아내는 기인奇人도 없다"고 했습니다. 그래서 "서정주 씨는 역사와 민속 설화에서 전통의 일면을 찾으려 한다"는 것입니다.

이 말을 듣고 나는 이렇게 지적했습니다. "하다못해 B라도 한 일이 있는가?"라는 것은 "A는 더욱 좋지만 하다못해 B라도 한 일이 있는가?"의 뜻인데 그 말의 용법을 잘 몰라서 내가 전통을 고려가요나 민요, 즉 고전에서만 구하라고 한 것처럼 오인한다는 것은 독해력의 부족이라고……. 만약 그게 오독이 아니었더라면 앞에서 인용한 대로 "고전학자만이 전통을 말할 수 있는 자격자란 말인가?"라고 만사를 앞세워 대들 필요도 없었겠고 장장 10행을 두고 고려가요와 민요 공격을 취할 필요가 어디 있었느냐는 것입니다. "고전학자만이…… 자격자란 말인가"라고 한 이형기 씨의 말을 뒤집으면 그가 내 말을 "고려가요나 민요에서만 전통을 찾아야 한다"로 들은 것이 분명함에도……. 그러므로 이형기 씨는 조금만 어려운 소리를 해도 오독벽誤讀癖이 있어 군소리를 하고 있으니 이번엔 좀 더 쉬운 말로 그것을 고쳐볼까 합니다.

선생이 "너는 왜 공부를 하지 않느냐. 하다못해 그 흔해빠진 만화책이라도 읽은 일이 있었던가"라고 학생을 꾸짖었을 때 그 학생이 "선생님, 만화책을 읽는 사람만이 공부 잘하는 자격자입니까? 만화책이라는 것은 상급 학교 진학에 별로 도움이 되는 것이 아닙니다. 그래 만화책 보고 상급 학교에 들어가려는 기인이 어디 있습니까? 그래서 저 급장은 국어나 셈본 책을 열심히 읽고 있는 것이 아닌가 싶습니다." 운운했다면 이 아이의 IQ를 어떻게 평가할까? (만화책=고려가요·민요) 그런데 형기 씨는 IQ 점수를 많이 안 준다고 그저 야단입니다. 난 그런 뜻으로 한 말이 아닌데, 라고…… 구차스러운 연막탄이 또 한 개 터집니다그려. …… "그러면 못써요 못써. 솔직해야 돼요. 앞길이 창창한 젊은 사람이……"(어디서 들은 것 같은 말이라 또 표절 운운하고 덤빌까 무섭지만 한마디 충고해두지 않을 수 없습니다.)

요약해서 말하면 이형기 씨는 지금이라도 늦지 않으니 연막 작전보다 적의 심장을 찌르는 돌격 태세로 나오라는 것입니다. 즉 ① 이어령은 비평의 학문화를 말했다. ② 이어령은 자국의 전통을 한 마디로 규정하라고 했다……라고 한 애초의 그 자신의 말이 오독이 아니었다는 것을 증명하는 길입니다.

샌드위치맨처럼

'부메랑'의 노래는 이것으로 그칩시다. 다음에는 문학 논쟁을 할 때는 반드시 대의명분을 내세워야 된다는 것입니다. 문학을 위한……. 그런데 이형기 씨는 대의명분을 찾는 데에 색맹입니다.

비평문학 심포지엄에서 나는 많은 문제를 제시했고 그에 따른 비판도 많이 했습니다. 일종의 비평사였으니까 시대 구분을 따라 그때그때의 비평 방법이나 비평 기준을 논의하게 되었고 그러자니 많은 비평가의 맹점을 자연히 비평하게 되었던 것입니다.

그런데 이형기 씨는 그 글의 결론이나 혹은 중요한 대목을 총괄적으로 끄집어내어 싸움을 걸어오지 않고 조연현 씨를 비판한 부분, 즉 '대학 중심 운운의 부분'과 '전통 운운의 부분'만을 따서 공격의 성으로 삼고 있습니다. 이런 방식으로 논쟁을 펴면 남이 볼 때 오해하게 됩니다. 정당 대변인이면 몰라도 한 특정인을 보호하기 위해서 라우드스피커의 스위치를 누른다면 이것은 끝내 사사로운 싸움이 되기 쉽습니다.

물론 우정은 아름다운 것입니다. 이형기 씨는 나를 향해 '우정' 운운하고 있지만 나는 별로 그 점에 대해서 기억이 없고 우정이란 말을 모독하고 싶지도 않기 때문에 그런 이야기는 내 체면을 위해서도 삼가주기 바랍니다.

내가 여기서 아름다운 우정 운운한 것은 남이 공격을 받을 때 스스로 방패가 되고자 하는 그 갸륵한 희생정신을 뜻한 것입니다. 그러나 문학 논쟁은 들러리 같은 우정의 발로가 아니라 진리와 미를 추구하는 양심의 싸움입니다. 이것을 잊지 마십시오. 사사로운 친분을 위해서 남에게 함부로 평필評筆을 휘두르다가는 문단 파벌 싸움이라는 오해를 받습니다.

마지막으로 문학 논쟁에 있어서는 권모술수를 써서는 안 된다는 것입니다. 치사스러운 승리보다는 떳떳한 패배가 좋다는 것은 비단 스포츠 정신에만 국한된 말이 아닙니다. 정치에 있어서도 마키아벨리즘은 낡았습니다. 이형기 씨는 이 낡은 전술로 문학 논쟁에 임하고 있습니다. 즉 내가 《경향신문》에 연재했던 「오늘을 사는 세대」가 일본 책의 표절이요, 복사라고 선전할 작정입니다.

그러나 안심하십시오. 그의 호의 때문에 나는 얼마나 좋은 기회를 얻었는지 모릅니다. 연 40회에 걸쳐 나는 오늘의 젊은 세대(비트나, 앵그리 영맨을 위시한 프랑스, 독일의 젊은이들)를 썼습니다. 그것은 문학 작품의 해석과 그들의 생태, 풍속, 기질을 통하여 오늘의 세대는 어떠한 인생관, 세계관 그리고 세대관을 가지고 있는지 소개 비평한 에세이입니다.

이 에세이가 끝나자마자 옛날 〈서동요〉처럼 누가 퍼뜨린 「오늘을 사는 세대」는 일본 책 『새로운 문학』을 그대로 몰래 옮겨놓은 것이라는 풍문이 떠돌기 시작했습니다. 누구의 입에서 나왔는지는 스무고개식으로 들어가면 알 법도 한 일입니다만 나는 그것이 곧 단행본으로 나올 예정이었으므로 꾹 참고 기다렸던 것입니다. 그런데 이형기 씨의 글이 발표되어 그것만으로도 의혹이 가시게 되었고 또 속 시원히 그 문제를 말할 수 있어 얼마나 고마웠는지 모릅니다.

이형기 씨는 내가 남의 글을 표절 복사했다는 것으로 'PS족의 생태', 앵그리 영맨의 반항하는 '에스타블리시먼트establishment'의 뜻, 그리고 'J3' 등을 예로 들고 있습니다. 그러나 좀 주의 깊은 자들은 'PS'의 생태나 '에스타블리시먼트' 그리고 'J3'의 용어 해석 그리고 앙케트에 나타난 통계 등은 모두 개인의 독창적인 의견이 아니라는 것을(창작물이 아니라는 것을) 알았을 것입니다. 순전히 그것은 '객관적인 역사적 사실'이며 현실 그대로의 뉴스입니다. 비평에서는 그것을 '머티리얼material(자료)'이라고 부릅니다.

나는 그 글에서 그와 같은 자료 아닌 개인의 창조물이나 독자적인 의견은 일일이 작자의 이름을 밝혔고, 인용부를 질러놓았습니다. 그러나 '객관적인 사실', '뉴스', '에피소드' 등은 사실에 충실하기 위해서 그대로 따다 쓰고 다만 '머티리얼 소스[出典]'만을 그 에세이 최종회에서 밝혀두었습니다. 이형기 씨는 서구어를 몰랐는지 그 가운데 일본판만 구해 읽고 그것만 가지고 왈가왈부하고 있지만 그 안에 쓰인 자료는 무려 40종의 외서에서 수집해 온 것들입니다. 만약 그가 영, 불 서적까지 읽었더라면 씨는 기절하고 말았을 것입니다. 나는 그에게 일찍이 앞으로 비평을 하려면 조사부터 공부하라고 했지만 이번에는 더 하나 첨가해서 강심제를 맞으라고 권유하고 싶습니다.

왜냐하면 객관적인 데이터를 갖다 쓴 것을 그리고 출전까지 밝힌 것을 표절이요 복사라고 생각하는 이형기 씨라면 앞으로 비평 서적을 읽다가 심장마비를 일으키지 않을까 두렵기 때문입니다. 어떤 비평에서든지 얼마든지 그런 예가 나오고 있으니까 말입니다.

첫째, '머티리얼 소스'를 밝히고 객관적 사실(창작물이 아님)을 그대로 쓰는 것은 조금도 거리낄 것이 없는 공공연한 행위입니다. 개인의 창작물이 아닌 것은 하나의 자료에 불과한 것이기 때문입니다. 'PS'에 대한 이야기가 그래 다니구치[谷口]의 창작물이며, 'J3'에 대한 해석이 '페리쇼'의 독창적인 견해인가? 또한 '에스타블리시먼트'란 말이 '기성 사회'를 뜻한다는 것이 '사헤키'의 의견인가? 만약 이러한 객관적인 자료를 갖다 쓰는 것이 표절이 된다면 이 세상에 지리책이나 역사 소설책이나 과학책을 어떻게 쓸 것인가? 그리고 중학교 교과서는, 그 참고서는 모두 표절 견본이 되어야 할 것입니다. '누가 어디서 나고 몇 년에 무엇을 하고, 어디에서 싸움을 해 적병을 얼마를 죽이고……' 등등의 역사적 사실은 일일이 그 현장에 가서 목격하지 않는 이상 문헌으로밖에 알 길이 없습니다.

그렇다고 말끝마다 이것은 어느 책에서 저것은 어느 책에서라고 쓴다면, 어떤 결과가 나올까 생각해보십시오. 그런 방식으로 역사소설을 쓴 사람이 어디 있으며 또 역사소설에 쓰인 자료집을 들추어내어 그것이 모 역사책을 표절한 것이라고 말한 자가 또 어디에 있는가?(이형기 씨는 제외하고 말입니다.) 그와 마찬가지로 프랑스 청년이 어떤 생각을 하고 있고 어떤 명칭으로 불려지며 그들이 어떤 풍속과 생태를 가지고 지내는지 일일이 쫓아다니며 보지 않는 이상 여러 문헌이나 보도 자료에 의거하는 수밖에 별 도리가 없습니다.

문제는 그러한 역사적 사건, 객관적인 사실들을 어떻게 평가하고 어떻게 정리하느냐 하는 것으로 자기의 창작품이 생겨나게 될 것입니다. 나는 그런 자료를 토대로 그들의 세계를 에세이로 썼고 내 의견을 논술해간 것입니다. 그곳에 쓰인 자료는 한낱 사다리에 불과합니다. 그 사다리를 통해서 가는 자가 누구이며 도달한 지붕이 내 것이냐 남의 것이냐가 문제일 것입니다.

이형기 씨는 거의 그 자료를 그대로 갖다 썼으니 이것은 참고가 아니라 복사라고 했습니다. 그러나 만약에 그런 뉴스나 객관적인 사실 자체에다 자기 주관을 섞거나 멋대로 그 내용을 고친다면 나에게 어떤 결과가 되겠습니까? 그것은 거짓말이요 사기가 되는 수밖에 없는 것입니다. 그는 그것을 권할 작정인 것 같습니다. 'PS'가 마력馬力이란 뜻이라든지 그들이 정치에 무관심하다는 앙케트의 퍼센티지라든지 하는 것을 제멋대로 왜곡 창작할 수 있겠습니까?

물론 독창력이 왕성한 이형기 씨는 'PS'를 마력의 뜻이라 하지 않고 우력牛力 정도라 하고 'PS'를 어린아이들의 배급 통장의 기호에서 나온 것이 아니라 폭격기의 기호에서 따온 것이라고 할는지 몰라도 나에겐 차마 그럴 용기는 없습니다. 비트나 앵그리 영맨이나 오늘의 프랑스, 그리고 독일 청년을 말하는 데 있어 그들의 생태와 풍속은 되도록 사실과 가까워야 되고 되도록 근거 자료를 훼손하지 않은 채 그것을 근거로 삼아야만 됩니다. 다만 문제는 자료를 그대로 옮겨놓고 그에 대한 의견이나 그 처리를 전연 하지 않았다든가 또한 책에서만 모두 자료를 갖다 썼다든가, 그리고 그 자료가 어디서 나왔는지 밝히지 않았다든가 그런 일이 있었다면 '표절·복사'의 말을 들어도 변명할 여지가 없겠습니다.

그러나 단 한 회분이라도 자료 그대로를 전재했다거나 한 책의 자료에만 의존하여 논지를 전개시켰거나, 혹은 자료 아닌 남의 의견을 갖다 그대로 내 의견인 것처럼 쓴 구절이 있거든 내놓으십시오.

그런데도 불구하고 '표절·복사' 운운한 것은 그의 권모술수일

뿐입니다. 다니구치의 'PS족' 운운한 대목을 갖다 썼다 하여 표절이라고 이형기 씨가 우긴다면 'PS'란 원래 마력의 엔진 기호를 뜻한 것으로 오토바이를 몰고 풀 스피드full speed로 달리는 청년들에게 그런 명칭이 붙게 되었다든지 그리고 독일에서는 '카니발 사생아'가 매년 10만씩 태어난다든지라고 말한 다니구치 자신은 어디서 그런 사실과 정보를 입수했을까요?

꿈에서 꾼 것일까요? 하늘에서 내려온 것일까요? 더구나 그는 자료를 어디에서 구했다는 참고문헌도 밝히지 않았으니 그야말로 표절 중의 표절이 아니겠습니까? 다행히 일본에는 이형기 씨 같은 탁월한 표절 심사원이 없어, 덕택에 다니구치는 그런 말을 하고도 봉변을 당하지 않았으니 그로서는 여간 다행스러운 일이 아닐 수 없습니다. 머티리얼 소스까지 밝히고 객관적인 데이터를 사용한 것이 이형기 씨의 말대로 표절·복사가 되는 것이라면 그런 표절의 예를 내 명예를 걸어놓고 국내외의 비평문 가운데서 수천수만 개를 예시해주겠습니다.

그렇습니다. '표절'은 단순한 자료가 아니라 남의 의견이나 창작물이나 혹은 아이디어를 마치 자기의 창작물인 것처럼 속여 쓰는 행위, 즉 글을 남몰래 도둑질하는 것을 의미하는 것입니다.

「오늘을 사는 세대」에서 내가 'J3'의 이야기를 하고 'PS'나 '에스타블리시먼트'에 대한 설명을 할 때, 어느 독자도 그것이 이어령의 '창작물'이라고는 생각지 않았을 것입니다. 거기에 또 엄연히 그 자료를 갖다 쓴 문헌명을 공개까지 했습니다.

그렇다면 어떠한 경우를 표절이라고 하는지 그 실례를 직접 이형기 씨의 글에서 찾아보기로 합시다. 이형기 씨는 셰익스피어의 『베니스의 상인』에 나오는 포샤의 재판이 실은 법이론에서 어긋나는 엉터리며 또 부당한 것이라는 견해를 말했습니다. 바로 「우정 있는 반환」 서두에서 말입니다. 그 재판이 엉터리라는 이유로서 그는 고깃덩어리를 받기로 한 계약 자체가 이미 적법성이 없고 사회적 타당성이 없기 때문이라는 것입니다. "이러한 근대 민법의 이론으로 보아서 포샤의 재판은 그 성립부터가 수상하지 않느냐는 것이 내(이형기) 생각"이라고 말하고 있습니다.

그리고 포샤의 판결이 부당한 이유로서는 계약서에 비록 피란 말은 없어도 관례와 조리條理로 따지는 것이 법률 상식이며 또한 살 한 근을 떼내면 그에 상당한 피가 흐르리라는 것은 관례나 조리보다도 더 기본적인 사실이라는 것입니다. 그런데도 포샤가 "살 한 근을 떼어가라, 그러나 피는 한 방울도 흘려서는 안 된다"고 판결한 것은 그 기본적 사실을 구변과 재치에 의해서 짓밟은 것이라는 이야깁니다.

이와 같은 설은 하나의 머티리얼이 아니라 한 개인의 독창적인 아이디어에 속하는 일입니다. 그렇기 때문에 내가 'J3', 'PS', '에스타블리시먼트'의 뜻을 풀이할 때와는 달리 독자들은 그것이 순전한 이형기 씨의 창작물로 생각하게 됩니다. 그리고 개중에는 이형기 씨를 꽤 똑똑한 청년이라고, 그리고 기발한 착상가라고 말했을 것입니다. 남들이 모두 명재판이라고 믿어왔던 포샤의 그 판결을 법이론을 적용하여 여지없이 뒤집어놓은 이형기 씨에게 적지 않은 박수를 보낸 사람도 있을 것입니다. 그것이야말로 객관적 데이터가 독특한 시점에서 파헤친 독창적인 발언에 속하는 것이므로 누구나 이형기 씨의 등록상표가 붙은 언어들임에 틀림없다고 믿었을 겁니다.

그러므로 누가 그보다도 앞서 그와 같은 견해를 세상에 널리 발표한 일이 있다면 '표절'이라는 판결이 내려도 도망칠 수가 없을 것입니다. 그런데 딱하고 부끄러운 일입니다만 바로 그와 같은 견해는 저 유명한 독일의 법철학자 예링Rudolf von Jhering이 이미 반세기 전에 『권리를 위한 투쟁Der Kampf ums Recht』에서 에누리 없이 토로한 것입니다. 그것을 마치 자기 의견인 것처럼 '내 생각으로는'의 단서까지 붙여 점잖게 '표절'한 것은 바로 이형기 씨였던 겁니다. 『권리를 위한 투쟁』—원본 같으면 58페이지 이하, 일역본 같으면 79페이지 이하—의 글을 펼쳐보십시오. 누구나 '속았다'는 분노의 욕설을 퍼붓게 될 것입니다.

물론 나로서는 예링이 이형기 씨의 글을 표절했다고 말하고 싶지만 그는 19세기 사람이요 불행히도 이형기 씨는 20세기 사람인지라 시간을 거슬러 올라갈 수 없는 일이니 제우스 신이라도 어떻게 할 수는 없는 노릇입니다. "그 증서는 사회의 양속良俗에 위배되는 점을 내포하고 있으므로 그 자체가 이미 무효이다. 그러나 그 증서를 유효라고 인정하는 (재판을 하는) 마당에 있어서는 신체에서 1파운드의 고기를 떼내는 권리를 인정받은 자(샤일록)에 대해서 그것을 행사할 때 당연히 흐르게 될 피의 유출을 막아서는 안 된다. 그것은 천한 둔사遁辭이며 통탄할 궤변이다"라는 예링의 견해가 결국 도굴의 변을 당하고 만 셈입니다.

예링의 이러한 설이 나오자 일대 센세이션이 일어나고 드디어는 A. 피처의 「법률가와 시인—예링의 '권리를 위한 투쟁' 및 셰익스피어의 '베니스의 상인에 대한 시론'」이라는 반박 논문과 요제프 콜러Josef Kohler의 「법학의 광장에 세워진 셰익스피어Shake-speare vor dem Forum der Jurisprudenz」란 예링의 비판이 꼬리를 물고 잇달아 등장한 것을 보면 그의 견해가 얼마나 독특하고 참신한 것이었는지를 짐작하게 됩니다.

정말 이형기 씨의 재치에 예링을 모르는 독자들은 깜박 넘어갈 뻔했습니다. 이렇게 남의 견해를 '내가 생각건대……' 하는 식으로 발표하는 것이 바로 '표절'이라는 겁니다.

아! 적막강산……구중지하九重地下에서 예링이 통곡을 할 일입니다. '표절'이란 뜻을 정확히 계몽해준 그 우정의 선물을 이제 이형기 씨는 지체 없이 그리고 달갑게 받아만 가면 되는 것입니다. 편지가 너무 지루했나 봅니다. 예링 씨와 더불어 이형기 씨에게 부디 행운이 깃들기를 아울러 빌며 이만 줄입니다.

'에비'가 지배하는 문화[27)

'에비'란 말은 유아 언어에 속한다. 애들이 울 때 어른들은 "에비가 온다"고 말한다. 그러나 그 말을 사용하는 어른도, 그 말을 듣고 울음을 멈추는 애들도, '에비'가 과연 어떻게 생겼는지는 모르고 있다. 즉 '에비'란 말은 어떤 주체적인 대상을 가리키는 명사가 아니다. 그것이 지시하고 있는 의미는 막연한 두려움이며 꼬집어 말할 수 없는 불안 그리고 가상적인 어떤 금제의 힘을 총칭한다.

어렸을 때와 마찬가지로 인간들은 복면을 쓴 공포 분위기로만 전달되고 있는 그 위협의 금제적 감정에 지배되는 경우가 많다. 최근의 문화계, 좀 더 정확히 말한다면 그 문화적 분위기를 한마

---

27) 1967년 12월 《조선일보》지에 1년 문학 회고 형식으로 발표된 글이다. 이 글이 발표되자 《J일보》 사설에서까지 인용 비평되었으며, 《사상계》지에는 김수영 씨의 반론(「지식인의 사회참여」)이 게재되어, 소위 '1968년 참여 논쟁'의 도화선이 되었다.

디로 설명할 수 있는 편리한 단어가 있다면 그것이야말로 바로 그 '에비'라는 유아 언어가 아닐까 싶다. 지금 한국의 문화계에는 '에비'가 오고 있으며 또 각자가 그 '에비'의 어두운 그림자를 느끼며 글을 쓰고 음악을 하고 그림을 그리는 경향이 있다.

어떤 위기와 설명할 수 없는 위압 속에서 문화 활동을 해왔던 한 해다. 말을 바꾸면 역사의 그 예언자적 기능으로서의 창조력이 극도로 이룩된 시기의 문화라고 규정할 수 있다.

첫째로 지적할 수 있는 현상은 문화를 바라보는 위정자들의 시선에서 어떤 변화가 일어나고 있다는 점이다. 정치적인 힘은 고속도로를 놓고, 공장을 만들고, 은행을 움직인다. 그러나 이 막중한 정치적 권력에도 한계라는 것이 있는 법이다. 토인들의 미분화된 사회에도 추장의 권력과 기도사나 제사장의 권한은 별개의 윤리를 갖고 있었다. 수년 전만 해도 위정자들은 문화에 대하여 어수룩한 편이었다. 이 어수룩하다는 점이 실은 하나의 장점이 되는 부분이기도 했다. 문화에 대한 무관심은 때로 정치적인 차원과 좀 더 다른 문화 차원의 그 이원성을 인정해주는 '문화의식'일 수도 있었기 때문이다. 그러나 학원을 비롯하여 오늘날의 정치권력이 점차 문화의 독자적 기능과 그 차원을 침해하는 경향이 있다 할지라도 '문화적 침묵'은 문화인 자신들의 소심증에 더 많은 책임이 있는 것처럼 보인다. 어린애들처럼 존재하지도 않는 막연한 '에비'를 멋대로 상상하고 스스로 창조의 자유를 제한

하고 있다. 그뿐만 아니라 정신의 근대화보다도 산업의 근대화만 강조하고 있는 이 시대에서 빵과 관계없는 여타의 순수한 문화가 일종의 사치품으로 오해되어가는 시대 풍조의 분위기에도 그 원인이 있다.

둘째 현상은 문화 스폰서들의 노골화한 상업주의 경향이다. 교육이나 출판 그리고 모든 문화업체를 조종하는 문화의 기업가들이 요즘처럼 그 순수성을 상실한 때도 아마 없을 것 같다. 문화도 일종의 기업임은 분명하다. 그러나 그 기업은 문화의 테두리 안에서의 기업이다. 탐욕한 화상畵商들은 미술계의 암이라기보다 도리어 미술을 보호하고 육성하는 패트런일 수도 있다. 그러한 의미에서의 패트런이 아니라 한국 문화의 기업가들은 미다스 왕처럼 문화의 생명을 죽여 황금으로 변화시키는 데만 관심을 팔고 있다. 사냥꾼들도 남획을 하지 않는 법이다. 동물을 사랑해서가 아니라, 오히려 동물을 더 많이 잡기 위해서 그들은 보호와 사육에도 힘쓸 줄 안다.

그러나 역시 이러한 '문화의 밀렵자'들보다도 상업주의 문화에 스스로 백기를 드는 문화인 자신의 타락에 대해서 우리는 더 큰 우려를 표명하지 않을 수 없다. 문화 기업자에게 이용만 당했지 거꾸로 이용을 하는 슬기와 능동적인 힘이 부족하다.

셋째는 문화를 수용하는 대중의 태도가 변해가고 있다. 일종의 반문화적, 반이성적인 것이 도리어 문화적이요, 지성적이라는 퇴행 현상이다. 천박한 유행어나 대중가요의 가사만을 분석해봐도 그러한 경향을 추단할 수 있다. 그윽하고 심각하고 장중하며 사색적이라는 것이 도리어 웃음거리가 되어가고 있는 세상이다. 지적 수준은 조금도 향상되어 있지 않으면서도, 그 태도만은 소피스티케이트해진 대중이 출현해가고 있는 것이다. 클래식 음악을 감상한다거나, 난해한 현대시나 추상화를 감상한다는 것이 오늘날에는 시클성스럽고 속물 취미처럼 되어버린 것이다. 문화를 대하는 순진성마저 상실되어가는 풍토이다.

이런 현상과 야합해서 생겨난 것이 뻔뻔스러운 말과 상말을 써서 출판계를 휩쓸고 있는 몇 가지 베스트셀러물이라고 할 수 있다. 대중의 힘 역시 '에비'로 보고 겁을 집어먹고 있다. '정치권력의 에비', '문화 기업가들의 상업주의라는 에비', '소피스티케이트해진 대중의 에비'…… 이것이 오늘날 문화계의 압력인 모든 반문화적 '에비'의 무드이다.

이러한 반문화성이 대두되고 있는 풍토 속에서 한국의 문화인들이 창조의 그림자를 미래의 벌판을 향해 던지기 위해서는 그 '에비'의 가면을 벗기고 복자伏字 뒤의 의미를 명백하게 인식해두는 길이다. 어떤 외국의 작가가 "오늘날엔 갓뎀이란 말만 알면 식당에서든 거리에서든 만사형통"이라고 풍자한 것처럼 한국 사회에서도 반문화적이고 반교양적인 것이 활개를 치고 있다.

그러한 풍토에서 우리는 그 치졸한 유아 언어의 '에비'라는 상

상적 강박관념에서 벗어나 다시 성인들의 냉철한 언어로 예언의
소리를 전달해야 할 시대와 대면하고 있는 것이다.

김수영 씨와의 2차 논쟁:

서랍 속에 든 '불온시'론[28]

문제의 발단

나는 지금 한 편의 시를 놓고 비평을 해야 할 입장에 있다. 그러나 불행한 것은 그 명시들이 아직 시인의 서랍 속에서 잠들어 있다는 사실이다. 다만 그 내용들이 매우 '불온한 것'들이란 점만 어렴풋이 짐작하고 있을 뿐이다.

아직 발굴되지 않은 지하의 이 보석들을 우리에게 귀띔해준 것은 다름 아닌 시인 김수영 씨였다. 그는 《사상계》 1월호의 문화시평, 「지식인의 사회참여」에서 다음과 같은 '고무적'인 증언을 하고 있는 것이다.

"사실은 나는 이 글을 쓰면서, 최근에 써놓기만 하고 발표를 하지 못하고 있는 작품을 생각하며 고무를 받고 있다. 또한 '신춘문

---

28) 이 글은 《사상계》(1968년 3월호)에 발표된 것으로 동지 1월호에 발표한 김수영 씨의 「지식인의 사회참여」 속에 나오는 '불온시'에 관한 부분에 대한 비판이다.

예'의 응모 작품 속에 끼어 있던 '불온한' 내용의 시도 생각이 난다. 나의 상식으로는 내 작품이나 '불온한' 그 응모 작품이 아무 거리낌 없이 발표될 수 있는 사회가 되어야만 현대사회라고 할 수 있을 것 같고, 그런 영광된 사회가 반드시 머지않아 올 거라고 굳게 믿고 있다."

그리고 그는 "이러한 불온한 작품(시)들이 지금 땅을 덮고 하늘을 덮을 만큼 많으며 그 안에 대문호와 대시인의 씨앗이 숨어 있다"는 데서 그 글의 종지부를 찍고 있다.

씨의 의견을 따른다면 오늘의 빛나는 그 한국 시사詩史는 시인들의 서랍 속에 갇혀 있고 미래의 그 희망 역시 활자화되지 않은 어느 퇴색한 원고지 위에서 동면을 하고 있다는 이야기가 된다. 그리고 보면 비평가들의 관심과 그 발언 역시, 발표된 시작詩作보다는, 자연히 서랍 속에서 망명 중인 그 시인들의 풍토에 더 많은 악센트를 두어야 할 것 같다.

이런 경우 우리가 김수영론을 쓴다는 것은 거의 무의미하고 불가능한 일처럼 보인다. 왜냐하면 그는 고무적인 시 한 편을 아무도 알 수 없는 그의 서랍 속에 고이 간직하고 있기 때문이다. 진짜 시는 비평가도 독자도 모르는 지하 도시에 있다. 우리가 발표 가능한 김수영 씨의 시를 논한다는 것은 어쩌면 바다 표면에 나타난 빙산의 일각만을 지적하는 경우가 될지도 모른다. 손바닥만 한 빙산이 보다 더 클 수도 있기 때문이다.

결론부터 이야기하자면 그의 말마따나 서랍 속에 든 그 불온한 시들이 아주 거리낌 없이 발표될 수 있는 사회가 되어야만 '현대사회'라고 할 수 있고, 그런 현대사회에서만이 비평가나 문학사가는 제 구실을 할 수 있을 것이다.

영광된 사회와 불온시의 관계

그러나 내가 지금 궁금하게 생각하고 있는 것은 우리 시문사에서 영영 햇빛을 보지 못하게 될지도 모르는 김수영 씨의 그 '서랍 속의 시'가 아니다. 그 고무적인 명시보다도 몇 배나 더 알고 싶은 것은 어떻게 해야 그 불온시들이 발표될 수 있는 현대사회가 올 수 있느냐 하는 것이다. 씨는 그런 영광된 사회가 반드시 머지않아 올 거라고 뜨거운 말투로 예언하고 있지만, 그 방법에 대해서 일언반구도 없다.

봄이 오듯이, 그리고 생일날이 돌아오듯이 혹은 크리스마스의 산타클로스처럼 '영광된 사회'는 저절로 우리 곁에 강림하는 것일까? 참여의 본질은 기다리는 것이 아니라 개혁하자는 것이며 역사를 운명처럼 받아들이는 것이 아니라 시처럼 만들어가려는 데 있다. 그런데 김수영 씨의 글을 읽어보면 마치 그 영광된 사회는 타인의 프레젠트present처럼 시인에게 갖다주는 것으로 그려져 있다. 그것이 김수영 씨를 비롯하여 최근 젊은 비평가들이 내세우고 있는 참여문학의 현주소이다. 만약에 불온한 시를 써서 책상 서랍에 넣어두는 것이 시인의 사회참여라고 생각한다면, 그것이야말로 '종이호랑이'에 불과하다. 골방 속의 참여이며 베개 위와 잉크병 속에서의 반란이다.

참여를 하지 않은 것이나 타의에 의해 못한 것이나 똑같은 일이다. 독심기讀心機를 가지고 있지 않는 한, 그가 참여를 안 한 것인지 못 한 것인지, 분간할 길이 없다. 경우에 따라선 안 한 사람보다 못 한 사람이 더욱 나쁘다고 할 수 있다.

문학의 본질은 사회참여에 있지 않은 것이라고 생각해서 참여를 하지 않은 사람에게 만약 잘못된 것이 있다면 그러한 문학론이다. 그러나 문학을 참여라고 주장하면서도 자신은 조금도 역사에 참여한 일이 없다면, 그는 남과 자기를 동시에 속이는 거짓말쟁이다. 특히 참여파의 비평가들은 자기는 뒷전에서 팔짱을 끼고 시인이나 작가를 향해서만 참여를 하지 않는다고 호통을 치고 있다. 고양이 목에 방울을 달아야 한다는 아이디어를 제공해놓고 자기는 뒷전에서 꼬리를 감춘 이솝 우화의 그 불쌍한 쥐와 조금도 다를 것이 없는 비겁자들이다.

김수영 씨라고 핑계 없는 무덤이 없으란 법은 없다. 그는 그것을 이렇게 변명하고 있다. "물론 우리나라의 문화인이 허약하고 비겁한 것은 사실이지만 그들을 그렇게 만든 더 큰 원인은 근대화해가는 자본주의의 고도한 위협의 복잡하고 거대하고 민첩하고 조용한 파괴 작업이며, 유상무상有象無象의 정치권력의 탄압 때문"이라는 것이다. 그리고 이것은 '에비 문화'를 썼던 내 글에 대한 씨의 반론이 되는 골자이기도 하다. 김수영 씨는 「지식인의 사회참여」란 글의 전반부에선 한국의 문화인들이 본질적인 말을 못 하고 외곽에서 맴도는 시평 태도를 마땅치 않게 그리고 준엄하게 꾸짖고 있다. 그리고 후반부의 글에서 내 글을 비판할 때는 '문화의 침묵'이 문화인 자신의 침묵보다도 그들을 그렇게 만든 사회와 위정자들에게 있다고 한다. 이것은 모순도 이만저만 아니다. 그렇다면 왜 씨 자신은 일간 신문의 문화 논설을 비판했던가? 김수영 씨의 논법대로 하면 그것 역시 어쩔 수 없는 사회와 정치 탓이라고 했어야 마땅하다.

결국 그 글에서 김수영 씨가 기대하고 있는 참여는 평화의 들판에서 꽃가지를 꺾자는 것이었는지도 모른다. 그 위협이 착잡하고 거대하고 민첩하니까 비로소 문화인의 참여가 의미 있는 것이며 비로소 강조되는 것이 아닐까? 우산은 비 올 때 받으라고 있는 것이다. 탄압의 힘이 거대하고 민첩해서 옴짝달싹 못하겠다는 사람이 어떻게 한옆에서는 그 영광된 사회가 반드시 올 것이라고 기대하는가? 하기야 외부의 선물처럼 늘 정권이 바뀌고 시대가 바뀌었으니까 그것을 믿어보자는 속셈인지는 몰라도 그렇다면 무엇을 하자고 참여론을 내세우는지 궁금하다.

참여론자는 영광된 사회가 와서 서랍 속에 보류된 자신의 불온한 시를 해방시켜줄 것을 원하고 있는 예술이 아니라 거꾸로 그 불온한 시가 '영광된 사회'를 이루도록 행사시키는 데서 그 의의를 발견하는 일종의 전사인 것이다.

그러므로 '영광된 사회'가 왔을 때는 이미 그러한 불온시는 발표되지 않아도 좋을 것이다. 발표가 허락될 순간 이미 발표할 만한 가치를 상실해버리는 것이 바로 참여시의 운명이기도 하다. 참여의 시가 시공을 초월한 영원성을 부정하는 것도 바로 그 점에 있다.

'땅을 덮고 하늘을 덮을 만큼 많다'는 그 지하의 시인들이 개선 나팔을 불고 시의 대지에 군림할 수 있는 날 그들은 과연 그 사회에서 행복을 누릴 것인가? 그렇지 않다. 해방 직후나 4·19 직후의 경우처럼 쓰러진 독재자의 동상이나 끌고 다니던 그런 참여론자라면 몰라도 진정한 참여 시인들은 다시 외로움 속에서 또 다른 불온시를 마련할 것이다. 왜냐하면 어떤 역사와 사회이든지 완제품은 아니기 때문이다. 책상 서랍 안에서만 불온시를 쓸 수 있는 참여 시인들은 바로 해방이 되어야 일제를 규탄하는 참여시를 쓰고 이승만의 독재가 쓰러지고 난 다음에야 독재자의 빈 의자에 돌을 던지는 자들이다. 참여 시인이라고 부르기보다는 역사의 전리품을 가로채 가는 동물원의 사냥꾼이라고 하는 편이 정확할 것 같다. 참여론자는 역사의 소비자가 아니라 생산자의 입장에 서는 사람이다. 내가 신문에 「누가 그 조종을 울리는가」의 시평을 쓴 이유도 바로 거기에 있다.

시의 가치관

두 번째의 궁금증은 불온시가 과연 좋은 시일 수 있을까? 하는 물음이다. 정부의 문화 검열자들만이 불온시를 경계한다고 생각해선 큰 잘못이다.

정치적 목적 때문에 불온시를 경계하는 측면과 문화적 목적 때문에 그런 것을 달갑지 않게 여기는 또 다른 측면이 있다는 것을 먼저 구분할 줄 알아야 한다. 같은 탄압을 받고 있는 피해자라 해도 불온시에 덮어놓고 월계관을 씌워줄 수는 없다. 정치적인 입장보다도 우리는 문화적 입장에서 더욱 그러한 불온시를 경계해야 될 경우가 많다. 이미 C지의 시평란에서 언급한 바도 있지만 시는 정치에 의해서 타살되는 것 못지않게 시인 스스로의 손에 의해서 자살을 당하는 위기가 있다.

그리고 그러한 위기는 벌써 우리의 시단과 평단을 휩쓸고 있는 것이다. 이것이야말로 과소평가할 수 없는 경향이다.

불온시=명시라는 도식적인 비평 기준이 최근 1~2년 동안 한국 평단의 자리를 찬탈하려고 했다. 그리고 그 찬탈자들은 으레 사회참여의 군기軍旗를 앞세우고 있다.

신문지상에 발표된 시 월평란 중에는 그것이 사회의 가난을,

정치적 폭력을 그리고 민족 주체성의 상실을 정면에서 고발했기 때문에 훌륭한 시라는 논법을 많이 찾아볼 수 있다. 반면에 그 시는 심미적이고 전원적이고 역사와 관계없는 것을 노래 불렀기 때문에 단순한 언어의 희롱이며 이를테면 현실에서 도피한 시라고 붉은 줄로 치고 있다. 이와 같은 참여론자의 횡포야말로 관의 검열자보다도 훨씬 시 그 자체를 본질적으로 위협하고 있는 경향이다.

필요한 시가 곧 좋은 시는 아니다. 정부의 실정과 폭력을 신랄하게 비판한 야당 의원들의 발언은 적어도 김수영 씨나 사회참여파 시인들의 시보다는 훨씬 더 불온하고 정치권력의 독주를 막는 데 '필요'한 언어들이다. 그러나 누구도 국회의 속기록을 시집이라고 생각지 않을 것이다.

물론, 부정과 부패를 향한 항거의 소리조차 들리지 않는, 그리고 어용 시인들이 팔뚝을 걷어붙이고 있는 이런 상황에선 용기 있고 양심 있는 그 참여의 목소리가 그지없이 반갑게 들린다. 뿐만 아니라 정치적 상황이 운명처럼 되어버릴 그러한 시대에서는 시의 천재적 재능보다도 우직한 용기가 더 절실히 요청된다. 하지만 어떤 정치적 목적을 위해서 시가 동원되고 있다는 면에선 어용시나 참여시는 핏줄이 같은 쌍둥이라고 할 수 있다. 그들은 다 같이 시를 시로서 보려 하지 않고 정치사회의 목적을 위한 하나의 수단으로 본다.

시의 가치가 사회 개량의 효과 면에서만 논의될 수는 없다. 무식한 위정자들은 문화도 수력발전소의 댐처럼 '건설'하는 것으로 오해하고 있다고 김수영 씨는 말하였다. 그러나 이 말은 무식한 위정자에게만 해당되는 것이 아니라 바로 유식하다고 생각하는 진보적인 시인과 비평가들에게도 그대로 적용된다. 그들은 시를 마치 수력발전소의 댐처럼 '써먹는 것'이고 '건설하는 것'이라고 생각한다. 데모대의 플래카드에 씌어진 구호나 격문처럼 목적이 달성되면 시의 기능도 끝나는 것이라고 생각하고 있다. 시의 언어를 사회와 역사를 뜯어고치고 개혁하는 무슨 망치나 무슨 불도저나 무슨 다이너마이트 같은 연장으로 생각하고 있다. 좀 더 어려운 말로 고쳐 말하자면 일부 참여파 시인들은 시적 진술을 산문의 진술과 동일시하고 있는 것이다.

우리는 김수영 씨가 동경하고 있는 그 불온시들이 대체로 어떠한 성질과 어떠한 형식으로 씌어진 시인가를 짐작하기 어렵지 않다. 오히려 지상에 발표된 상징적인 난해시보다는 서랍 속에 숨겨진 불온시의 뜻을 추측하는 편이 쉬운 일이다. 오늘의 이 상황 속에서 직접 발표하기를 꺼리는 시라면, 즉 검열자의 눈치를 정면에서 살펴봐야만 하는 시라면 첫째, 그것은 산문적인 형식으로 씌어진 시라는 것과 둘째, 시사성을 띤 것이라는 것과 셋째, 오늘의 뻔하기 짝이 없는 그 문화 검열자의 마음을 뒤집어놓을 내용이라는 점이다. 즉 정치사회 시평과 가장 유사한 서술 방법을 택한 시일 것이 분명하다. 그래서 그 시의 어휘들은 신문 사설이나, 학생들의 웅변대회 원고에 사용된 그런 언어처럼 음영이 없는 단순하고 평면적인 것일는지도 모른다. 비록 그것은 숨겨져 있다 하더라도 이미 그 언어의 지형紙型들은 우리 눈앞에 있다. 서랍 속의 불온시를 알려면 오늘날의 정치사회의 현실이라는 그 지형을 들여다보면 된다. 단 지형의 글자는 도장과 마찬가지로 반대로 새겨진 문자이므로 불온시를 알려면 그 글자를 뒤집어서 보면 된다. 그들의 시는 독자적인 자기 문법 밑에서 씌어진 것이 아니라 정치적 정황과 대면해 있기 때문에 시의 지형 역시 정치와 사회 문제의 그 외부에 보관되어 있다.

정치사회와 예술의 상관성이 소설이라면 또 문제가 다르다. 그러나 시는 사회 상황을 비추는 거울로서는 만족될 수 없는 예술이다. 비겁해서가 아니라 시의 언어는 기록적인 것을 피한다. 근본적으로 메타포리컬metaphorical한 것이며 그 의미 역시 복합성을 띤 것이기 때문에, 음악이나 회화에 보다 더 가깝다.

정치권력이 직접적으로 개재하기 어려운 것이 시의 언어이며, 그 본질적 애愛인 미학이 지니고 있는 특성인 것이다. 한용운 씨는 기미 독립선언서를 쓰듯 시를 쓰지 않았다. 조국은 하나의 애인이며 상실된 조국은 이별이다. 그가 뜻하는 '님'은 여인이며 동시에 조국이며, 조국인 동시에 생명인 그러한 '님'이다. 한용운의 '님'은 산문적 차원에서 부르는 플랫한 '님'에서 벗어나기를 희망한다. 일본의 관헌들은 기미 독립선언문의 언어를 체포할 수는 있지만 한용운의 '님'은 감옥에 집어넣기 어려운 것이다. 시인들이 일부러 관헌들의 눈을 피할 목적으로 그런 복자伏字를 썼다고 생각해선 안 된다. 그 증거로 만약, 한용운의 '님'을 조국이라는 직설적 표현으로 바꿔버린다면 시가 아니라 독립선언문이 되고 말 것이다.

이 말은 시의 언어보다 독립선언문의 언어들이 무가치하다는 것이 아니다. 시가 아무리 독립운동에 참여한다 하더라도 시는 시의 한계를 갖는다는 점이다. 우리가 역사와 사회 개조를 직접적으로 그리고 효과적으로 수행할 목적이라면 시인이기를 거부해야 되고 시의 예술성을 거부해야 된다. 그것은 각 개인의 자유이다. 그러나 시를 독립선언문처럼 써야 한다고 말하는 것은 이미 시의 가치관과 자유를 침해하는 폭력이다.

꾀꼬리나 금붕어도 급하면 잡아먹을 수는 있다. 그러나 꾀꼬리의 가치는 우는 목소리에 있고 금붕어의 진가는 아름다운 지느러미와 그 색깔에 있다.

우리는 김수영 씨의 불온한 시를 좀 더 분석하기 위해 이 상황을 일제 식민지 시대로 끌어올릴 필요가 있다. 나라를 잃은 그 상황에서 한국인이 할 수 있는 최대의 양심은 독립이었다. 그 이외의 것을 한다는 것은 결과적으로 일본인의 식민지 정책을 승인하고 돕는 행위처럼 오해될 수 있다. 정치가라면 망명을 하든가 감옥에 가야 한다. 그런데 그가 시인이라면? 그리고 참여를 한다면? 독립 정신을 고취해야 한다. 국민들을 일깨워야 한다. 그런데 우리는 오늘날 그 시들을 어떻게 보고 있는가? '애국심=명시', '불온시=명시'의 등식으로 평가될 수 있다고 김수영 씨는 말할 수 있을 것인가? 직접적으로 독립을 노래 부르지 않은 시들, 일본 관헌 밑에서도 그대로 통과된 시들은 모두가 식민지 역사의 옹호자라 하여 불합격의 도장을 찍어야 하는가?

김소월은 부정되어야 한다. 이상도, 정지용도, 김기림도, 김영랑도 모두 부정되어야 한다. 그리고 최고의 평론가는 시를 검열하는 관헌이다. 왜냐하면 그의 눈에 불온하게 보이는 시일수록 상대적으로는 민중에게 독립심을 일깨우는 시였기 때문이다. 그들이 제일 싫어하는 시가, 역사를 바꾸는 제일 강한 목소리를 가진 시이기 때문이다. 정치 이데올로기로 예술을 평가한다는 것이 얼마나 무모한 일인가는 스스로 자명해진다. 미국 문학사에 『엉클 톰스 캐빈』을 쓴 스토 부인이 왕위를 차지해야 된다는 논법과 같다.

우리는 그런 시를 존경한다. 그러나 시로서 존경하는 것이 아니라 독립운동가이며 한 시민의 발언으로서 존경하는 것이다. 그러나 그런 시일수록 서랍 속에 감춰졌을 때처럼 손해를 보는 것도 없으리라. 그리고 보면 서랍 속의 시는 가장 무가치한 시라는 결론이 나온다. 고전이 되어 천세 만세를 살기보다는 오늘 하루를 위해서 폭발할 것을 원하는 시인데도 그것이 서랍 속에 들어 있다면 마치 겨울철에 다락 속에 그냥 들어 있는 난로와도 같을 것이다. 시로 보나 효용 면으로 보나 다 같이 낙제다. 시의 예술성이 없다 해도 안도산의 창가 가사처럼 그 시대에 불려졌다면 그래도 존경이나 할 수 있다.

하나의 질문지

끝으로 서랍 속의 불온시론을 위하여 우리는 피차의 태도를 명백하게 밝혀야 할 것이 있다. 기초적인 이론 없이 사회참여 이론의 논쟁이 너무나 오래 계속되었던 까닭이다.

"최고의 문화 정책은 내버려두는 것이다. 제멋대로 내버려두는 것이다. 그런데 그러지를 않는다. 간섭을 하고 위협을 하고 탄압을 한다. 그리고 간섭을 하고 위협을 하고 탄압을 하는 것을 문화의 건설이라고 생각하고 있다."

이 말은 바로 김수영 씨의 「지식인의 사회참여」란 글 가운데 나오는 말이다. 이러한 말은 순수문학을 주장하는 서정주 씨라면 몰라도 사회참여를 부르짖는 시인으로서는 이상한 발언이다. '우리는 달을 읊고 사랑을 말한다. 일시적인 정치사회의 제도가 아니라 영원한 인간의 비전을 노래한다. 우리 시인들의 공화국은 당신의 공화국과는 다른 차원에 깃발을 드리우고 있다. 그런데 어째서 정치가 문화를 간섭하는가? 당신의 영역과 우리의 영역이 그리고 그 가치관이 다른데 왜 우리를 못살게 구는가?'라고 말했다면 이해가 간다. 그러나 바로 숨 쉬는 이 역사를, 사회를, 정치나 그 제도를 개량하는 사람임을 자처하는 사회참여론자가 그냥 내버려달라는 말은 무엇인가? 진정한 참여론자라면 내버려둔다 하더라도 싸움을 청해야만 된다. 참여 시인과 정치가는 역사를 같은 테이블 위에 놓고 나이프를 들고 있다. 한쪽은 권력, 한쪽은 언어이다. 여기에서 상호의 불간섭을 기대한다는 것은 우스운 이야기다.

씨는 간섭하는 편보다 무시라도 해주었으면 좋겠다고 했는데 이 말은 거꾸로 된 것이 아닌가? 정치의 한복판, 사회와 역사의 한복판, 그 현실에 뛰어든 이상 가장 두려운 것은 간섭이 아니라 무시다. 그들이 무시하는 이상 어떻게 참여가 되는 것일까? 참여는 싸워서 이기는 것이다. 간섭은 부당한 것이지만 부당한 간섭과 탄압을 전제로 하지 않고는 참여 이론은 성립되지 않는다. 문학이 정치를 간섭하고 정치가 문학을 간섭하는 것이 참여의 앞마당이다. 그러므로 사회참여론자는 문학의 순수성을 주장하는 사람과는 달리 위정자의 간섭을 탓하기보다, 그 간섭에 굴하는 자기 자신에게 매질을 하는 사람이어야 한다. 참여론자는 사회와 정치를 아내로 맞이한 사람, 자기 예술의 러닝메이트로 선택한 사람이다. 그에 비해 순수문학론자는 정치와 사회로부터 이혼을 하고 독신주의자임을 선언한 사람이다.

　이 비유가 무엇인지를 안다면 무시라도 해달라는 말은 순수문학자가 할 이야기지 결코 사회참여론자가 할 소리는 아니다. 그것이 얼마나 자가당착에 처해진 말인가를 참여 시인들은 알아야 한다.

　둘째로 참여 시인들은 참여를 부르짖기 전에 먼저 그들이 언어를 선택한 이유를 밝혀야 한다. 그것은 가장 소박한 물음이며 동시에 가장 본질적인 물음인 것이다. 즉 시인이 언어를 다루는 태도는 산문가가 다루고 있는 그것과 같은가? 사르트르는 그렇지 않다고 했다. 산문의 언어는 전달을 목적으로 하는 도구로서의 언어요 시의 언어는 대상 언어, 즉 사물로 화한 오브제, 랑가주라고 했다. 당신들은 어느 쪽인가? 도구와 같은 언어라면 당신들은 왜 산문을 쓰지 않고 시를 쓰는가? 목적이 참여에 있다면 왜 소설을 통해서 참여하지 않고 시라는 장르를 통해서 하는가? 그리고 그것은 다른 수단을 사용한 참여와 어떻게 다른가?

　셋째로 문학의 독자성을 인정하는가, 부정하는가 하는 문제다. 정치나 경제의 제도 활동에는 학문이나 예술의 창조 활동의 원천으로서의 고전에 해당할 만한 것이 없다. 기껏 있다면 '선례'나 '과거의 교훈'이 있을 뿐이다. 이것이 바로 예술과 정치·경제의 제도 활동과 근본적인 차이가 있음을 암시하는 것이라고 주장한 사람이 있다. 그래서 모순하는 것 같지만 래디컬radical한 귀족주의 문화가 래디컬한 민주주의와 내면적으로 결합할 수도 있다는 사실을 그는 강조하고 있다. 이 말은 정치화의 시대일수록 그와는 다른 문화적 입장으로서의 발언이 요청된다는 말이기도 하다. 참여는 문학이 정치로 화하는 것이 아니라 문학이 문학의 입장 위에서 정치사회 제도를 향해 발언하는 것이다. 만약 이 말에 동의한다면 우리가 참여하기 위해선 먼저 문학자의 입장을 가져야 한다는 말이 된다. 토마스 만은 "카를 마르크스가 횔덜린을 읽는 세계"를 말한 적이 있고 또 예술가는 "도덕적인 인간이 아니라 심미적인 성질의 인간이며, 그의 근본적 충동은 유희에 있지 미덕에 있지 않다"고 한 적이 있다. 토마스 만은 문학적인 순수한 입장에서 사회참여를 한 사람이다. 당신들은 토마스 만이나 괴테의 이러한 태도를 어떻게 생각하는가? 즉 정치사회의 제도 활동과 문학의 창조 활동의 이원성을 인정하는가 동일시하는가?

이 글은 김수영 씨의 「서랍 속에 든 불온시」보다도 그러한 시론에 대한 내 나름의 의문을 표명한 것이다. 우리는 결코 행복한 시대에 살고 있지 않다. 통곡을 해도 시원찮은 어려운 상황 속에서 글을 쓰고 있는 것이다. 관의 눈치를 살피지 않고 원고지를 대하지 않는 문인은 거의 없을 것이다. 가난과 위험 속에서도 왜 우리는 글을 쓰는가? 시와 그 예술의 순수한 의미를 상실한다면 우리가 지금 지불하고 있는 그 고통과 시련이 얼마나 부질없는 도로일까? 그리고 또한 입장을 상실할 때는 참여조차도 불가능해진다.

대대로 내려오는 보석 상자를 도둑에게 **빼앗기지** 않기 위해서
도리어 그 보석을 팔아 창과 칼을 장만한 사람이 있다면 얼마나
우스운 일인가?

　우리는 오늘날의 문학인은 관의 검열자와 문학을 정치도구로
착각하여 문학 자체를 부정하는 사이비 시인과 비평가들의 협공
을 당하고 있다. 적은 밖에도 있고 안에도 있다. 나는 당분간 외
전과 내전의 쓰라린 결전을 겪을 각오 밑에서 이 글을 김수영 씨
에게 주는 것이다.

누가 그 조종을 울리는가

문화의 식물학

성서의 백합화는 신의 은총과 사랑 속에서 아무런 근심 없이 피어나는 것으로 되어 있다. 그러나 현실의 들판에서 자라는 진짜 백합화는 감미로운 이슬보다는 폭풍이라든가 가뭄이라든가 하는 자연의 위협을 더 많이 받고 피어난다. 그러므로 백합화의 순결한 꽃잎과 그 향기는 외부로부터 받은 선물이 아니라 자신이 싸워서 얻은 창조품이라는 데 그것의 현실적인 의미가 있다.

어떠한 역사, 어떠한 사회에서도 문예적 창조가 할렐루야의 은총 속에서만 피어난 예란 드물다. 중세의 화가들은 아담의 배꼽조차도 그리지 못하게 하는 극성스러운 승려들과 싸우면서 성화聖畵를 그렸고, 가까운 예로 우리들의 불행했던 선배들은 사전보다도 일본 관헌의 까만 수첩을 더 근심하며 문장의 어휘들을 창조해갔다.

그 당대의 집권자니 대중에겐 한낱 미치광이나 범법자라고밖에 보이지 않았던 그런 인간들의 손에 의해서, 인류 문화의 대부분이 창조되어왔다는 사실을 우리는 잊어선 안 된다. 기존 질서의 순응이 아니라, 새로운 질서를 추구하고 창조하는 운명을 선택한 이상 그 시대와 사회가 안락의자와 비단옷을 갖다주지 않는 데에서 불평을 한다든가 하는 것은 결국 자기모순에 빠지는 일이다. 창조란 말 속에는 이미 필연적으로 외로움이라든가 싸움이란 말이 내포되고 있기 때문이다. 그러므로 문화의 위기는 단순한 외부로부터 받는 위협과 그 구속력보다는, 자체 내의 응전력과 창조력의 고갈에서 비롯되는 것이라고 할 수 있다. 즉 문예의 조종弔鐘은 언제나 문예인 스스로가 울려왔다는 사실에 좀 더 주목해둘 필요가 있다.

정치권력이 배급하는 창조의 자유

지금까지 한국 문화의 위기의식은 정치적 기상도에 따라 좌우되어왔다. 한국의 작가들은 옛날이나 오늘이나 원고지와 백지를 대할 때마다 총검을 든 검열자의 어두운 그림자를 느껴야 했다. 창조의 자유가 작가의 서랍 속에 있지 않고 관의 캐비닛 속에 맡겨져 있다는 것은 사실이다. 정치권력으로부터 배급받은 자유의 양만으로 창조의 기갈이 채워질 수 없다는 것도 또한 우리는 알고 있다. 그러나 참된 문화의 위협은 자유의 구속보다도 자유를 부여받고 누리는 그 순간에 더욱 증대된다는 역설이다.

실상 자유란 것은 천지개벽 초하룻날부터 완제품으로 만들어진 것은 아니다. 그리고 그것은 남들이 축복해주기 위해서 자신에게 선사하는 '버스데이 케이크'와 같은 것은 더구나 아니다. 때로는 속박이 예술 창조에 있어서는 전독위약轉毒僞藥의 필요악일 수도 있다. 이솝 우화는 권력자의 비위를 직접적으로 거스르지 않기 위해서 정치의 이야기를 '늑대'와 '양'의 이야기로 바꾸어 썼다. 그러나 그 우화의 형식은 비단 문화 검열자의 눈을 속이기 위한 불편한 표현으로서가 아니라 결과적으로는 도리어 풍부한 문학적 심상의 창조가 되었던 것이다.

그에게 무한한 자유가 허락되어 직접적 서술로 하나하나의 폭력자를 고발해왔다면(적어도 문학에 관한 한), 그것은 고전의 하나로 오늘날까지 읽혀지지는 않았을 것이다. 그 폭력자가 죽을 때 동시에 그 고발의 언어도 죽는다. 폭력자의 한 얼굴을 늑대의 얼굴로 상징시켰을 때만이, 그 이야기는 동양의 진시황일 수도 20세기의 히틀러일 수도 있다. 뿐만 아니라 어떠한 정권도 문화의 생명력보다 더 영구할 수 없는 한, 그리고 자유의 결핍을 느끼고 있는 한 이미 닫혀진 구속과 함께 구제의 길은 시작된다고 볼 수 있다.

그리고 권력을 가진 관의 검열자들은 육안으로도 볼 수 있는 문화의 병균에 지나지 않는다. 아무리 문화의 생명을 위협하는 병이라 하더라도 누구나 병균을 알고 있는 한 치유의 방법도 그렇게 절망적인 것만은 아니다.

숨어 있는 검열자

문화의 위기는 자유 속에 내던져지는 순간이 더욱 무서운 것이다. 그때 문화인들은 눈으로 볼 수 없는, 자각조차 할 수 없는 '숨어 있는 또 다른 검열자'와 만나게 된다. 그리고 세이렌의 노랫소리에 자진해서 죽음의 바다로 뛰어드는 뱃사공과 같은 현상이 일어나게 될 경우가 많다. 그 증거로 우리는 어느 진보적인 중견 시인 한 분[29]이 해방 직후와 4·19 직후를 한국 문예의 황금기였다고 고백한 그 미신 속에서 찾아볼 수 있는 것이다(《사상계》 1월호, 「지식인의 사회참여」).

비단 이 시인뿐만 아니라 이러한 의견은 이 땅의 문화인들을 거의 지배하고 있는 통념이다. 그러나 사실은 한국의 문화인이 그때처럼 비굴하고 추악하고 또 그토록 무비판적이며 창조적인 기능을 송두리째 거세당했던 적도 없었다. 그것을 문화의 황금기라 부르기보다는 울안에 갇힌 창경원 사자를 쏘아 죽인 사람을 용감한 명포수라고 부르는 편이 더 잘 어울릴 것 같다. 아프리카

---

[29] 이 글은 저자의 「에비가 지배하는 문화」를 언급한 김수영 씨의 「지식인의 사회참여」에 대한 반박으로 문화 시평의 형식을 빌려 《조선일보》에 발표한 것이다.

의 밀림에서 야생의 사자를 쏠 때만이 엽사獵師는 정말 엽사일 수가 있다.

일본 관헌이나 경무대의 경찰들이 울안에 갇힌 사자가 된 것을 확인한 후에야 녹슨 언어의 라이플총을 들고 나와 사자 사냥에 나섰다. 일본의 식민지 정책이 끝나고 이승만 씨의 독재정치가 끝났을 때 그들의 저항은 시작되었다. 문화인들이 자유당 정권의 비호를 받아가며 만송晚松을 예찬했던 것이 참으로 쉽고 편하고 수지맞는 일이었듯이 대중의 박수를 받아가면서 무너진 구舊정권을 욕하고 좌경적인 발언을 하여 그들의 구미에 맞추는 일 또한 그렇게 쉽고 편하고 수지맞는 일일 것이다. "미국의 서부 활극은 아메리칸 인디언들이 승리하려는 찰나에 기병대의 나팔 소리가 울리고 전체를 역전시키는 데서 끝난다"고 어느 외국 기자는 말했다.

그러나 우리 문화의 서부 활극은 언제나 전투가 끝나버리고 시체만이 널려 있는 폐허의 전쟁터에 용감히 나팔을 들고 나타나는 그런 기병대였다. 이러한 문예의 사회참여론자들은 기병대라기보다는 까마귀 떼와 매우 흡사한 점이 많다. 적어도 창조의 언어와, 참여의 언어는 시체에 던지는 돌은 아니다. 해방 직후와 4·19 직후는 이 땅의 작가들이 가장 많은 자유를 누리던 때이다. 그렇다고 해서 그것이 문예의 황금기라는 동의어로 쓰일 수 있었는가! 그들이 이양받은 그 자유를 가지고 무엇을 했는가가 더 중요한 일이다. '용감한 동물원의 사냥꾼'들은 맹목적인 대중의 환심을 사기 위해서 이번엔 숨어 있는 '대중의 검열자'에게 무릎을 꿇었던 것이다.

일제의 관헌들이 탄압을 하고 경무대 경찰들이 큰 기침을 하던, 말하자면 창조적 자유의 상복기喪服期에서도, 후대의 문학사가들은 아마 몇 개의 고전적 작품들을 골라낼 수 있을 것이다. 그러나 언론의 자유가 무한대였다는 해방 직후와 4·19 직후의 두 시기에선 아이로니컬하게도 몇 개의 격문과 몇 장의 비라 같은 어휘밖에는 추려낼 것이 없을 것 같다. 왜냐하면 관의 검열보다도 눈에 보이지 않는 대중의 검열자가 몇 배나 더 문화인의 주체성과 그 창조적 상상력을 구속할 수 있는 힘이 있었던 탓이다.

대중의 검열자 앞에서는 구속감이나 그 위기의식마저도 제대로 느낄 수가 없는 탓이다. 맹목화한 대중은 때로 도둑과 예수를 같은 언덕의 십자가에 매달아놓고 돌질을 할 수도 있는 과오를 범한다. 맹목의 대중이 손가락질하는 것과 반대쪽의 언어를 선택할 만한 용기와 성실성을 가지고 있을 때 문화는 비로소 역사의 앞바퀴 노릇을 할 수 있는데, 그때의 참여론자들은 그 뒤를 따라다니는 뒷바퀴 노릇만 했다.

장자의 권리를 판 '에서'의 비극

해방 직후와 4·19 직후의 문인들이 우리에게 보여준 것은 한국의 문화는 관보다도 대중의 검열자에게 더 약했다는 증거였으며, 갑작스러운 정치적 자유를 누리기 위해서 도리어 문화를 정치 활동의 예속물로 팔아넘겼다는 증거였다. 후진 사회에서 흔히 볼 수 있듯이 미약하나마 판권과 투쟁해온 전통은 깊어도 자유를 행사할 줄 아는 경험은 매우 적었기 때문이다.

해방 직후의 혼란 중에 월북한 작가 가운데는 평소의 글이나 그 기질로 보아 마르크시스트가 되려야 될 수 없는 의외의 인물들이 많이 끼어 있었음을 우리는 기억한다. 그리고 4·19 직후엔 진보나 혁신의 정치적 구호를 간판처럼 내밀고 다닌 작가나 비평가들이 많았다. 그중에는 그렇게 말하는 것이 시류에 맞는 일이고 부여받은 그 아까운 자유를 향락하는 길이라고 믿었던 사람들이 태반이었다. 결국 문화는 타살되는 경우보다도, 해방 직후나 4·19 직후처럼 자살하는 경우에 더 심각한 위기를 내포하고 있음을 알아야 한다. 적어도 문화인들이 그 자유의 벌판에 꽂은 깃발은 문화 창조가 아니라 정치의 깃발이었다.

그 당시의 모든 작가나 시인들은 작든 크든 비종교적 속세주의에 몰입하여 문화를 자진해서 정치의 예속물로 장사 지냈다. 얻은 것은 자유였지만 잃은 것은 순수한 시요 소설이요 예술이었다. 정치적 자유를 참된 문화적 창조로 전환시킬 줄 모른다는 데 다름 아닌 한국 문화의 약점과 그 위기가 있었던 것이다. 자유의 영역이 확보될수록 한국 문예는 정치적 이데올로기의 도구로 화하여 쇠멸해가는 이상한 역현상이 벌어지고 있다.

그렇기 때문에 한국 문학사에선 정치적 자유가 가장 결핍되었던 1930년대에 도리어 가장 본질적인 문학적 유산을 남긴 슬픈 아이러니가 생겨나고 있다. 사회나 현실에의 통로가 막혔을 때 타의적일망정 순수한 문학적인 내면의 창조력과 만나게 되었다는 이 사실이 무엇을 암시하는가를 작가들은 좀 더 겸허하게 생각할 줄 알아야 한다. 이 말은 한국의 시조 문학 가운데 정치와 관련이 없었던 기생들에게서(황진이) 도리어 가장 높은 향기를 발견할 수 있다는 것과 상통하는 현상이다.

문화를 정치 수단의 일부로 생각하고 문학적 가치를 곧 정치사회적인 이데올로기로 평가하는 오늘의 오도된 사회참여론자들이야말로 스스로 예술 본래의 창조적 생명에 조종을 울리는 사람들이다. 당장 눈앞에 있는 팥죽 한 그릇이 아쉬워 장자의 기업을 야곱에게 팔아넘긴 '에서'와 같이 지금 우리는 일시적인 사회의 효용성을 추구하려다가 영원한 문예의 상속권을 정치적 이데올로기에 팔아넘기는 어리석음을 경계해야 된다. 문화를 정치사회의 이데올로기와 동일시하는 문화인 자신의 문예관이 부당한 정치권력으로부터 받고 있는 그 문화의 위협보다도 몇 배나 더 위험한 일이기 때문이다.

문학은 권력이나 정치 이념의 시녀가 아니다[30]

본지(《조선일보》) 2월 27일자에 게재된 김수영 씨의 「실험적인 문학과 정치적 자유」는 나의 문예 시평에 대한 하나의 반론이다. 그러나 나는 그 글을 반론이라기보다도 내 문예 시평의 입장을 뒷받침해주는 가장 유력한 증거 자료로 보고 있다.

"한국의 문학예술을 위협하는 것은 정치권력자뿐 아니라 도리어 문학인 자신일 수 있다"는 나의 주장이 결코 기우가 아니었음을 그는 입증해준 까닭이다.

문학작품을 문학작품으로 읽으려 하지 않는 태도, 그것이 바로 문학을 가장 직접적으로 위협하고 있는 현상이다. 관의 문화 검열자들은 관조적인 태도로 문학작품을 감상하려 하지는 않는

---

30) 이 글은 저자의 「누가 그 조종을 울리는가」를 반박한 김수영 씨의 「실험적인 문학과 정치적 자유」에 대한 반박문이다.

다. 그들은 언제나 정치적 입장과 그 목적 밑에서 작품을 분석하고 그 의도를 캐내려고 한다. 그들에게 있어 나쁜 작품이란 그들의 정치권력에 해로운 것을 뜻하며, 그들에게 있어 좋은 작품이란 그들의 정치권력에 도움이 되는 것을 의미한다. 중요한 것은 문학의 가치가 아니라 정권을 유지하는 현실적인 이해관계에 있다.

문학적 차원을 이렇게 정치적 차원으로 끌어내리는 데서 작품의 본래적 의미를 저버리는 오독 현상이 생겨난다. 그 결과로 정치권력이 때때로 문학의 자유로운 창작 활동을 구속하게 될 경우가 많다.

그러나 사람들은 이와 똑같은 현상이 문학계의 내부에서도 일어나고 있는 그 위험성에 별로 조심을 하고 있지 않는 것 같다. 문학을 정치 이데올로기로 저울질하고 있는 오늘의 '오도된 사회 참여론자들'이 그런 것이다. 문학작품을 문학작품 자체로 감상하려 않는다는 점에서 그들은 관의 문화 검열자와 조금도 다를 것이 없다.

최근 1~2년 동안 김수영 씨와 비슷한 생각을 가지고 있는 문학비평가들이 참여라는 이름 밑에 문학 자체의 그 창조적 의미를 제거해버렸다. 그 대신 문학의 그 빈자리에 진보적 정치사회 이데올로기라는 '프로크루스테스의 침대'를 들어앉히려 했던 것이다.

"모든 전위 문학은 불온하다. 그리고 모든 살아 있는 문화는 본질적으로 불온한 것이다"라고 표현한 김수영 씨의 용어법 하나만을 분석해보더라도 그가 얼마나 관의 검열자와 닮은 데가 많은가를 알 수 있을 것이다. 언뜻 보기에 김수영 씨는 정치권력과 정반대의 위치에 서 있는 것 같지만 실은 그들과 동일한 도마 위에서 문학을 칼질하고 있는 사람이다.

불온하니까 그 작품이 나쁘다고 말하는 사람이나, 불온하니까 그 작품이 좋다고 말하는 사람은 다만 그 주장과 판단이 다를 뿐 문학작품을 문학작품으로 읽지 않으려는 태도에 있어선 서로 일치한다. 실상 이런 논평으로 따져가면 가장 우수한 문학 비평가는 가장 유능한 정부의 기관원이라는 이상한 모순에 도달한다. 왜냐하면 작품의 불온성 유무를 누구보다도 잘 민감하게 식별해낼 수 있는 사람이야말로 바로 '관의 그 검열원'들이기 때문이다.

불온성을 작품의 가치 기준으로 삼고 있는 김수영 씨 같은 시인에게는, 문학 비평가의 월평보다 기관원의 블랙리스트에 오를 작품명을 훔쳐보는 것이 훨씬 더 유익한 일일 것이다.

불온한 작품에도 좋은 작품이 있고 나쁜 작품이 있다. 온건한 작품에도 또한 좋은 작품과 나쁜 작품이 있을 수도 있다. 말하자면 문학의 가치는 정치적 불온성 유무의 상대성 원리로 재판할 수 없는 다른 일면을 지니고 있는 까닭이다. 셰익스피어와 엘리엇은 한국의 정치적 자유와는 아무 상관없이 읽힐 수 있는 문학이다. 그렇기 때문에 발표 불가능한 다른 불온시보다 그것이 실험성이나 전위성이 없다고 평가할 수는 없는 일이다.

정치적 자유가 없어도 좋다는 말이 아니라 정치적 자유가 있어도 명작이 생겨날 수 없는 이유가 무엇인가를 좀 더 냉철히 생각해보자는 이야기다.

오늘날 일본 관헌의 눈치를 보지 않고 글을 쓸 수 있는 자유가 있다 해서 식민지 치하의 한국을 소재로 한 소설이 곧 명작이 되어 나타날 수는 없지 않은가? 그리고 정치적 자유를 요구하는 것과 문학인이 정치적 이데올로기의 예속으로부터 자유로워지려는 갈망은 실질적으로 동전의 안팎과도 같은 관계이다.

"왜 하필 당신은 하고많은 꽃 가운데 불온해 보이는 붉은 꽃을 그렸습니까?"라고 어느 무지한 관헌이 질문을 할 때 예술가는 무어라고 대답할 것인가. 거꾸로 어느 진보적인 비평가가 "당신이 그린 붉은 꽃은 불온해 보여서 전위성이 있습니다"라고 칭찬을 한다면 그 예술가는 또 무어라고 대답할 것인가? 그들은 이미 꽃을 꽃으로 바라볼 것을 그만둔 사람들이다. 그들이 바라보고 있는 것은 꽃이 아니라 꽃에 씌운 이데올로기라는 그림자의 편견이다.

하나의 꽃을 꽃으로 바라볼 줄 아는 사람은 결코 그것을 보수라고도 생각지 않으며 진보라고도 부르지 않는다. 문화의 창조적 자유와 진정한 전위성은 역사의 진보성을 추구하는 데 있는 것이 아니라 바로 인생과 역사, 그것을 보수와 진보의 두 토막으로 칼질해놓은 고정관념과 도식화된 이데올로기의 그 편견으로부터 벗어나는 데서 시작된다. 그런 사람만이 또한 정치사회에 대하여 참된 참여를 할 수 있는 작가의 자격이 있다.

김수영 씨의 그 글은 '진보'가 곧 '불온'이고, '불온'은 곧 '전위적'이고, 전위적인 것은 곧 훌륭한 예술이라는 산술적인 이데올로기의 편견에 가득 차 있다. 이러한 편견은 그 자신이 스스로 말했듯이 예술가에게 하나의 이데올로기만을 강요하는 결과를 가져온다. 그 증거로 김수영 씨의 추종자이기도 한 1960년대의 젊은 비평가들이 "오로지 문학은 진보 편에 서야 한다"는 하나의 이데올로기만을 모든 문학작품에 강요하고 있는 현상이다.

오늘의 한국 위정자들은 다행히도 뚜렷한 이데올로기를 가지고 있지 않기 때문에 '이것만 하라'고 예술가에게 강요하지 않고 있다. 퇴폐적이든, 외설이든, 달을 그리든, 별을 그리든 상관하지 않는다. 다만 그들이 요구하고 있는 것은 '이것만 하라'가 아니라 '이것만 하지 말라'이다. 즉 정권 유지에 직접적인 해가 된다고 생각하는 것, 그 이외의 것은 콩이든 팥이든 도리어 관심이 없는 소극적 검열이다.

그러나 이데올로기가 무엇인지 잘 알고 있는 유식한 1960년대의 비평가와 김수영 씨는 '이것만 하지 말라'는 강요가 아니라 오직 '이것만 해라', '이것만이 문학의 길이다'라고 강요하려 든다.

오늘날 뭉크Edvard Munch의 그림을 퇴폐적이라 해서 그 가치를 말살하려 드는 것은 위정자들이 아니라 바로 그들 자신인 것이다. 그들은 인간의 내면적인 고민을 그린 작품까지도 프티부르주아의 사치스러운 퇴폐요, 역사의 방향을 흐리게 하는 보수 반동이라고 올가미를 씌운다. 이것이 바로 김수영 씨가 우려하는 하나만의 이데올로기를 강요하는 풍조이다. 그런 편견을 가지고 문학작품을 보니까 "기성 질서에 순응하지 말아야 한다"는 내 시평을 그는 "기성 질서는 위대한 예술이다"라는 말로 고쳐놓고 "문학을 정치 이데올로기와 동일시하지 말라"는 말을 "문학은 정치 이데올로기를 평가하지 말라"는 엉뚱한 뜻으로 왜곡 해석하여 비난을 하게 되는 것이다. 타인의 글을 자기 편견의 색안경으로 오독해버리는 위험성은 이렇게 관에도 있고 문학계 자체 내에도 있다. 결국 김수영 씨와 같은 그런 사고방식과 그런 글이 문학 스스로의 손으로 문화의 조종을 울리고 있다는 내 '문예 시평'의 증거가 아니겠는가? 얼마나 많은 문학작품이 오늘날 그런 이데올로기의 노예나 다름없는 문인들에 의해서 왜곡 평가되어 독자에게 전달되는가?

자기 이데올로기의 자[尺]에 맞으면 비라 같은 글도 명작이라고 치켜세우고, 그 경향에서 조금이라도 이탈되면 어떤 작품이라도 반동의 낙인을 찍고 있다.

나치 치하에서 곧잘 학대받은 과거의 예는 곧잘 들면서도 공산주의 국가에서 무수한 시인이 재판을 받고 있는 목전의 현실에 대해선 말하지 않는 것이 그들의 지성이다. '대중의 검열자'가 행여 그들을 어용 시인이라고 부를까 두려운 잠재의식이 작용하고 있는 까닭이다. 관에도, 독자에게도 다 같이 약하기만 한 문화인이 어떻게 역사의 소용돌이 속으로 뛰어들 수 있을까? 작가는 작가로서의 순수한 입장에서 참여를 할 때만이 강하다.

지금까지 문학의 순수성이 정치로부터 도망치는 데 이용되었다 해서 순수성 그 자체를 부정해선 안 된다. 오늘의 과제와 우리의 사명은 문학의 순수성을 파괴하는 데 있는 것이 아니라, 그 순수성을 여하히 이 역사에 참여시키는가에 있다. 정치화되고 공리화된 사회에서 꽃을 꽃으로 볼 줄 아는 유일한 그리고 최종의 증인들이 바로 그 예술가이다. 그 순수성이 있으니 비로소 그 왜곡된 역사를 향한 발언과 참여의 길이 값이 있는 것이다. 또한 강력히 요청되는 것이다.

그렇지 않으면 문학인으로서 참여하기보다 하나의 정치가나 경제인 그리고 사회과학자가 되어 역사와 사회의 제도를 뜯어고치는 편이 훨씬 더 능률적일 것이다. '제도적 활동'과 '창조적 활동'을 혼동하는 문인이 많을수록 그 문화의 위험 역시 증대된다. 이러한 내 주장에 이의가 있다면 그것을 김수영 씨는 좀 더 논리와 문맥에 맞는 글로 답변을 해주어야 할 것이다.

김수영 씨와의 5차 논쟁:

논리의 현장 검증[31]

김수영 씨는 자신이 말한 불온성이 재즈 음악, 비트족 그리고 1960년대의 무수한 안티 예술을 가리킨 것이라고 했다. 그런데 그것을 내가 정치적인 불온성만으로 고의적으로 좁혀 규정했다고 화를 내고 있는 것이다. 과연 그것이 고의였는지 필연이었는지를 밝히려면 음성을 한 옥타브씩 내리고 그 말이 쓰인 전후 상황의 현장 검증을 해보는 것이 가장 정확한 방법일 것이다.

무엇보다도 문학의 전위성을 불온성으로 한정한 말은 씨 자신이 나의 문예 시평을 반박하기 위해 쓴 화살촉임을 잊어서는 안 된다. 그것이 재즈나 비트족의 전위성을 염두에 두고 한 소리라고 주장하려면 씨는 나의 시평을 공박한 사람이 아니라 내 의견에 찬성한 동조자였다고 근본적으로 그 입장을 바꿔야만 한다.

---

31) 이 글은 김수영 씨와의 마지막 논쟁이며, 《조선일보》에 「자유 대 불온의 논쟁」이란 타이틀로 김씨의 글과 함께 게재된 것이다.

왜냐하면 2월 20일자의 그 시평에서 나는 "당대의 권력자나 대중에겐 한낱 미치광이나 범법자로밖에 보이지 않았던 그런 인간들의 손에 의해서 인류 문화의 대부분이 창조되어왔다는 사실"을 지적했고, 곧이어 "기존 질서의 순응이 아니라 새로운 질서를 추구하는 것이 문화의 본질"이라고 밝혔기 때문이다. 그런데 씨가 불온성을 광의로 말했다면 문화의 본질을 보는 눈이 나의 경우와 조금도 다를 것이 없었음을 이제 와서 고백하는 결과가 된다.

결국 씨의 반론이 성립되려면 그가 사용한 '불온성'이 좁은 뜻으로 한정되었을 때만이 비로소 가능할 것이다. 그 이유는 내가 그 시평에서 주장한 것이 바로 정치적 자유와 문화 검열의 문제였으며, 그 결론 또한 정치적 이데올로기와 동일시하는 문학관의 위험성이었기 때문이다. 그 논지에 대한 반론일 경우, 상식적으로 보나 논리적으로 보나 그 불온성은 정치적인 협의로 좁혀질 수밖에 없다.

김수영 씨가 쓴 2월 27일자의 반론 서두에서도 역시 씨는 "현대에 있어서 문학의 전위성과 정치적 자유의 문제가 얼마나 유기적인 관련이 있는가"를 분명히 대전제로 내세우고 있다. 만약 베토벤이나 에디슨 같은 불온성이었다면 '현대에 있어서'란 한정을 굳이 붙일 필요가 어디 있었으며 '예술의 전위성'을 상상력이나 영감보다 정치적 자유와 직결시킨 의도는 어떻게 설명할 수 있을 것인가. 씨는 정치적 자유와 전위성을 연결시키려 했기에 그 전위성을 진보성으로, 그리고 다시 그 진보성을 불온성으로 점점 좁혀 들어가야 했던 것이다(2월 27일자 김수영의 시평[32] 14~40행 참조).

이렇게 한정된 문맥 위에 불온성이란 말을 올려놓고서도 정치적인 좁은 의미로 쓴 것이 아니라 말한다면, 도마 위에 놓은 생선을 넓은 바닷속에서 헤엄치는 물고기로 보아야 한다고 우기는 것과 별로 다를 것이 없다.

이렇게 씨의 '불온성'이 좁은 의미로 해석되는 까닭은 씨가 주장하는 것 같은 '고의적 편견'이 아니라 바로 '문맥적 필연성' 때문이다. 왜냐하면 재즈와 비트의 그런 전위성의 불온이라면 문화검열이 운운되는 정치적 자유문제와는 아무런 관련이 없을 것이기 때문이다.

그가 말한 정치적 자유는 구체적인 한국의 정치 현상을 두고 한 소리며, 그것에 의해서 제약받는 전위성, 즉 그 불온성이었던 것은 뻔한 일이다. 말이란 자기가 했다 해도 자기 멋대로 광의로 늘였다 협의로 줄였다 하는 편리한 고무줄이 아닌 것이다. 그것은 문장의 문맥이나 상황적 의미에 의해서 필연적으로 그리고 객관적으로 한정되게 마련이다.

특히 대화인 논쟁문에선 더욱 그렇다. 씨는 문화가 꿈을 추구

---

32) 「실험적인 문학과 정치적 자유」를 가리킨다.

하고 불가능을 추구한다는 단서가 붙어 있었기 때문에 그것은 재즈나 비트족을 포함한 광의의 예술적 불온성이라고 주장한다.

그러나 씨가 원래 내 글에 대해 공박을 가한 초점은 "……그런데 필자(이어령)의 논지는 문학의 형식 면에서만은 실험적인 것이 좋지만 정치사회적인 이데올로기의 평가는 안 된다는 것이다"라고 나의 시평을 요약한 데 있었다. 결국 그가 말하고 싶어 하는 꿈과 불가능의 추구란 자신의 변명과는 달리 문학의 형식적인 실험이 아니라 정치사회적인 이데올로기의 추구에 말뚝을 박아놓은 것임을 알 수 있다.

아규먼트argument의 방법으로 봐서 그가 내세운 전위성(불온성)은 A(재즈와 비트로 상징되는 예술적 실험의 불온성)가 아니라 B(정치사회 이데올로기로 평가되는 불온성)라는 움직일 수 없는 결론이 나온다.

더구나 불온성을 어떻게 보든 3월 10일자에 발표된 내 졸문[33]과는 별 관계가 없다. 그 글은 정치적 불온성을 규명하려는 데 있었던 것이 아니라, 문학을 언제나 정치의 상대적 입장에서 바라보려는 비주체적 발상법에의 비판이었기 때문이다.

그런데 이것이 문제시된 이유는 김수영 씨가 내 글을 정반대로 오해한 데서 비롯된 것이라 생각된다. 재再반론한 김수영 씨 글을 읽어보면 마치 내가 자기를 불온 시인으로 본 것처럼 주장하고

---

[33] 「문학은 권력이나 정치 이념의 시녀가 아니다」를 가리킨다.

있다. 즉 자기의 시를 불온하다고 해서 규탄했다는 것이다. 하지만 불온성 유무로 문학을 평가하지 말라고 주장한 글을 보고 어째서 거꾸로 정치적 불온성으로 자신을 규탄했다고 왜곡할 수 있는가? 김수영 씨의 문학이 정치적으로 불온하니까 규탄을 받아야 한다는 대목은 돋보기를 쓰고 봐도 없을 것이다.

김수영 씨는 정치적으로 오해를 받을지도 모른다는 노파심 때문에 발표를 하지 못하고 있는 시가 있다고 했다. 내가 이야기하고 싶은 것도 바로 그것이다. 문학적 차원을 이해 못 하는 사람들은 언제나 그것을 정치적 차원으로 끌어내려 불온성 유무의 색안경으로 따지려 든다.

나의 시평은 그러한 비문화적 분위기를 제거하자는 것이었다. 공리적인 문학관을 가진 문학인들 그리고 정치 이념의 도구로 문학을 이용하려는 사이비 사회참여론자, 어용 문인 등이 모두 그러한 문화인들이다. 그런데도 문학 논쟁을 하다가 난데없이 기관원 운운하는 사람과 이제 더 무엇을 논할 수 있겠는가? 김수영 씨의 건필을 빌 따름이다.

일종의 작품론이나 작가에 관한 단평들

1

정말 이기주의자는 비평가가 될 수 없다. 이기주의자는 오직
자신의 이야기만을 한다. 남이야 무엇을 하든 관심을 두지 않는
법이니까. 비평가는 나르키소스가 되려다가 실패한 목동이다.

2

비평가는 자기의 얼굴을 상상의 호수 위에 직접 비춰볼 수 있
는 능력이 없다. 그는 남의 작품을 통해서, 타인의 숨결이나 그
몸짓을 이야기함으로써 자신의 얼굴을 간접적으로 확인할 수밖
에 없다. 마치 남의 이야기를 함으로써 자기 자신의 목숨을 하룻
밤씩 연장시켜가는 셰에라자드처럼 비평가는 현대의 천일야화
를 만들어간다.

3

저기 아름다운 꽃이 있음을 우리가 볼 수 있는 까닭은 거기에 꽃이 있는 까닭만이 아니다. 빛이 있음으로 해서 꽃은 그 꽃을 주장할 수가 있다.

비평은 때로 이러한 광선의 역할을 한다. 비평은 창고가 아니라 이렇게 캐내는 것, 이미 존재하고 있는 것을 캐내는 발굴 작업이다.

4

비평가는 작가와 독자 사이의 교량이라고 한다. 그러나 이것은 거짓말이다. 교량은 남이 건너지 않는 한 의미가 없다. 비평가가 그런 다리라면 오직 타인만을 위해서 존재하는 폭이 된다. 그렇다면 대체 비평가의 자의식은 어떻게 된단 말인가? 작가와 독자를 빼내도 비평가는 여전히 비평가로서 존재한다. 자기 몫을 지니고 있다. 즉 작가와 독자의 교량이라기보다도 비평가는 메꿔져야 할 독립된 또 하나의 낭떠러지다.

5

나는 문단 생활을 해오면서 많은 논쟁을 했다. 선배와 동료 그리고 후배들과도……. 논쟁은 이 세상에서 가장 쓴 과자였다. 논쟁을 할 때마다 옷이 찢어지고 얼굴에 흙이 묻고 코피가 흐르던 어린 날의 그 주먹다짐이 생각나곤 했다. 그러나 그 아픈 상처 자국을 통해서 나는 그 논쟁이 실은 하나의 대화이며 문학에 대한 서로의 애정이라는 의미를 확인했다.

6

얼마나 즐거운 일인가? 오늘날의 이 시대에서 사람들은 돈이나 권력 같은 자기 이익을 위해 싸운다. 고함을 치고 멱살을 잡고 서로 모함을 한다. 한 장의 지폐와 한 치 높이의 자리를 얻기 위해서……. 그런데도 하나의 언어나 미를 위해서 싸울 수 있는 감정이 우리들 곁에 남아 있다는 것은 얼마나 즐거운 일인가? 서로가 이렇게 무상無償의 논쟁을 한다는 것은 부끄럽다기보다 자랑스러운 일이다.

7

주로 시평적 성격을 띤 논문과 논쟁들 가운데에서 추려 이 책을 엮었다. 일종의 작품론이나 작가에 관한 단평들이라고 볼 수 있다(『누가 그 조종을 울리는가』의 서문에서).

무지의 편견, 지성의 외로움

이동하 | 문학평론가

1. 문제 제기

이어령은 지난 1956년, 만 23세의 젊은 나이로 처음 문단에 얼굴을 내민 이후 꼭 40년의 세월이 흐른 오늘에 이르기까지 실로 다방면에 걸쳐 정력적인 활동을 전개해온 사람이다. 그는 등단 초기의 수년 동안에는 대체로 문학 평론에만 주력하였으나, 1960년대로 넘어가면서부터 활동의 폭을 크게 넓히기 시작한다. 1960년대 이후로 그는 수필 및 칼럼의 영역에서 대단한 작업량을 보여주고 거기에 상응하는 인기를 누리며, 소설과 희곡을 직접 창작하기도 하고, 한국 고전문학 연구에 적극적으로 뛰어드는가 하면, 일본 연구에 있어서 탁월한 업적으로 국제적인 명성을 획득하는 데까지 나아가고, 일본 하이쿠[俳句] 문학의 연구에 착수하여 인상적인 성과를 남기기도 한 것이다. 그뿐이 아니다. 그는 지금도 우리나라의 문학계에서 커다란 비중을 차지하고 있는 《문학사상》이라는 잡지를 1970년대 초에 창간한 바 있다. 그런

가 하면 1988년 서울에서 개최된 하계 올림픽의 개·폐회식을 인
상적인 문화의 제전으로 만드는 데 주도적인 역할을 담당한 사람
도 그였고, 정부 내에 문화부가 새로 설치되자 그 초대 장관으로
발탁된 사람도 역시 그였다. 지금은 장관이 되기 전에 오래 몸담
았던 이화여대로 돌아가 석좌교수의 자리에 있으면서 다시 왕성
한 집필 활동을 전개하고 있는 터이다.

　이렇게 보면, 이어령의 문필 생활 40년은 오로지 영광의 연속
이었던 것처럼 느껴진다. 그러나 이어령의 문필 생활 40년을 살
피면서 그 외관만을 대강 둘러보는 데에서 멈추지 않고 좀 더 면
밀하게 그 내면까지 들여다보는 사람은, 외관상의 그러한 영광
뒤에 의외로 깊은 고독이 자리 잡고 있음을 발견하고, 착잡한 상
념에 잠기지 않을 수 없을 것이다. 이어령의 활동이 아무리 다양
한 세계를 포괄하고 아무리 거대한 규모를 획득하게 된다 하더
라도, 그 모든 활동의 중심점에 놓이는 것은 언제나 문학평론일
수밖에 없었다. 그런데 바로 이 문학평론의 영역에서 그가 걸어
온 길을 더듬어보노라면, 그 40년의 세월 동안 그는 시간의 흐름
에 비례해서 날로 더 고독을 심화시켜오기만 했다는 결론을 피할
수가 없다. 1950년대의 그보다는 1960년대의 그가 더 고독했고,
1960년대의 그보다는 1970년대의 그가, 그리고 1970년대의 그
보다는 1980년대의 그가 더 고독했음을 우리는 부정할 수 없는
것이다. 특히 1970년대 이후로 그를 에워싸게 된 고독은 참으로

짙고 무거운 고독이었다고 우리는 단정짓지 않을 수가 없다.[34]

그는 1970년대부터는 문학평론에 해당하는 글을 거의 쓰지 않게 되는데, 그것이 반드시 이런 고독 때문만이었는지 아니면 다른 이유가 따로 또 있었는지 모르지만 어쨌든 그것이 이런 고독과 전혀 무관하다고는 아무래도 생각되지 않는 것이 사실이다.

그런가 하면 그는 한 사람의 학자로서도 고독한 아웃사이더의 운명과 싸우지 않으면 안 되었던 것으로 보인다. 그가 문학평론 못지않게 정열을 기울였고 그 결과 결코 적지 않은 양의 글을 남기게 된 한국 고전문학 연구 분야만 일별해보아도 그 점을 대번에 알 수 있다. 한국 고전문학 연구 영역에서 그가 내놓은 업적 가운데는 자못 인상적인 것이 적지 않았으나 대다수의 고전문학 연구가는 그를 한 사람의 문학평론가로만 보았을 뿐 자기들의 동료로 생각하지 않았던 탓인지 그의 업적에 대하여 별다른 관심을 표시하지 않았다.[35]

34) 여기서 내가 말하는 고독은 물론 단순한 외관상의 그것이 아니다. 외관상으로만 보면 오히려 그는 1972년에 《문학사상》을 창간하면서 오히려 전보다 더 많은 수의 작가, 시인들에게 에워싸이게 되었다고 할 수 있다. 여기서 내가 말하는 고독은 당대의 문학계, 그 중에서도 특히 평론계의 주류가 어떤 방향으로 나아가게 되었는가를 문제 삼는 자리에서 이야기될 수 있는, 보다 심층적인 의미에서의 고독이다.

35) 개인적인 얘기를 잠깐 하자면, 나는 1979년에 『삼국유사』의 설화들을 대상으로 해서 졸업 논문을 작성하기 위하여 꽤 많은 분량의 참고문헌을 검토해나가는 과정에서 이 점을 생생하게 확인한 바 있다. 나의 판단으로는 이어령이 『한국인의 신화』(서문당, 1972)라는 저

여기에 다시 한 가지만 덧붙여 지적해보자면, 일본 현지에서 커다란 반향을 일으켰던 그의 일본 연구도 정작 이 땅에서는 상당히 차가운 대접밖에 받지 못하고 있는 것이 아닌가 하는 느낌을 나로서는 지울 수가 없다(물론 이 문제에 관한 한은 나의 판단에 착오가 있을 수 있다).[36]

그렇다면 이어령은 왜 그처럼 화려한 영광의 뒤편에서 언제나 짙은 고독의 그늘을 거느리지 않을 수 없었던가. 이 물음에 대한 내 나름의 해답은, 한국 고전문학 연구의 영역에 관해서는, 방금 위에서 주어진 셈이다. 하지만 그의 본업이라 할 수 있는 문학

서에서 행한 『삼국유사』의 여러 설화에 대한 분석은 참으로 중요한 의미를 갖는 것이었으나, 한국의 고전문학을 전문적으로 연구하는 학자들이 『삼국유사』의 설화들을 논하는 자리에서 이어령의 이 저서에 대하여 언급한 예를 그때 단 하나도 찾지 못했던 것이다.

36) 나로 하여금 이러한 느낌을 갖게 한 결정적인 계기는 최상용이 《황해문화》 1995년 여름호에 발표한 「일본을 어떻게 이해할 것인가」라는 글이다. 이 글에서 최상용은 중국인 다이 지타오戴季陶, 구소련인 주코프, 미국인 베네딕트 등의 일본 연구를 하나같이 높이 평가한다 그러면서 그는 다음과 같은 말을 덧붙인다 "지금까지 한국의 일본 연구에서 보면 세계적인 수준에 걸맞은 일본 문화론 또는 한·일 비교문화론이 보이지 않는다. ……이는 분명 우리의 지적인 수치인 동시에 태만이기도 하다."(379쪽) 최상용이 이어령의 일본 연구를 모를 턱이 없는 노릇이고 보면, 그의 이와 같은 발언은 결국 이어령의 일본 연구는 아무것도 아니라는 판단을 담고 있는 것일 수밖에 없다. 베네딕트의 『국화와 칼』과 이어령의 『축소지향의 일본인』을 모두 읽어본 나로서는 최상용의 이러한 판단에 대하여 단호한 반대 의사를 표시하지 않을 수가 없다. 물론 최상용의 위와 같은 발언이 이어령의 일본 연구에 대한 국내 학계의 견해를 대표한다고 볼 이유는 전혀 없는 것이지만, 문학평론 및 한국 고전문학 연구의 영역에서 이어령을 에워싸고 있는 고독의 부피를 보고 이미 여러 가지를 생각하지 않을 수 없었던 나로서는 그 발언을 무심하게 넘기기가 어려웠다.

평론의 영역에 관해서는 아직 해답이 주어지지 않았다. 이제부터 서서히 그 해답을 찾아보기로 하자.

2. 초기의 비평과 방향 전환

"문학평론의 영역에서 이어령이 거느려야 했던 고독의 그늘"이라는 말은, 조금 더 엄밀하게 시기를 나누어서 따지자면, 1960년대 중반쯤까지의 그에게는 적용되지 않는 말이다. 1956년에 처음 등단한 후 1960년대 중반까지 약 10년의 기간 동안 그는 김현의 표현에 따르자면 "사회학적인 관점, 즉 역사적 실존을 강조하는 위치"[37]에서부터 출발하여 그 반대 방향으로 나아가는 궤적을 보여준다. 물론 자세히 살펴보면 비평 활동의 출발 단계에서부터 이미 그가 문학의 형식적·기법적·탈역사적 측면에 대해서도 상당한 관심을 나타냈음을 알 수 있지만 아무래도 초기 수년 동안 그가 가장 집중적으로 힘을 기울인 것은 김현이 관찰한 대로 "사회학적인 관점"에 입각하여 "'인간성 옹호'의 참여"[38]를 제창하는 일이었음에 틀림없는데, 세월의 흐름과 더불어 그 방면

---

37) 김현, 「한국 비평의 가능성」, 김병익 외 3인 공저, 『현대 한국문학의 이론』(민음사, 1972), 189쪽.

38) 김현, 「한국 비평의 가능성」, 앞의 책, 194쪽.

에 대한 그의 관심은 점점 더 희박해져가며, 거기에 비례해서, 그 반대의 측면에 대한 그의 관심과 애정은 나날이 증폭되어가기에 이른 것이다. 아무튼 이러한 변화의 과정으로 요약될 수 있는 초기 약 10년의 기간 동안 '문학평론가 이어령'은 전혀 고독한 존재가 아니었다. 강력한 음조로 참여를 제창하던 시기에나 참여론자의 진영으로부터 떠난 시기에나 그는 계속 평론계의 주류를 구성하는 사람들의 무리 속에 서 있었다. 그러던 그가 1960년대 후반기를 전환점으로 하여 1970년대부터는 완전히 고독한 아웃사이더의 자리로 옮겨가게 되고 만 것이다.

그런데 바로 이 전환점에 해당하는 1960년대 후반의 한복판을 보면, 자못 관심을 끌 만한 사건이 하나 우리의 주목을 기다리고 있다. 1968년에 있었던 이어령·김수영 논쟁이 그것이다. 이어령이 쓴 「'에비'가 지배하는 문화」(《조선일보》 1967. 12. 28)라는 글을 김수영이 「지식인의 사회참여」(《사상계》 1968. 1)라는 글 속에서 반박함으로써 시작된 이 논쟁은 1968년 3월까지 계속되고 일단 막을 내렸거니와, 이 논쟁의 과정 속에서 이어령이 말하고자 한 내용의 핵심은 다음과 같은 두 개의 대목 속에 모두 들어 있는 것으로 보아도 무방하다.

(1) 수년 전만 해도 위정자들은 문화에 대하여 어수룩한 편이었다. 이 어수룩하다는 점이 실은 하나의 장점이 되는 부분이기도 했다. 문화에 대한 무관심은 때로 정치적인 차원과 좀 더 다른 문화 차원의 그 이원

성을 인정해주는 문화 의식일 수도 있었기 때문이다. 그러나 학원을 비롯하여 오늘날의 정치권력이 점차 문화의 독자적 기능과 그 차원을 침해하는 경향이 있다 할지라도 '문화의 침묵'은 문화인 자신들의 소심증에 더 많은 책임이 있는 것이다. 어린애들처럼 존재하지도 않는 막연한 '에비'를 멋대로 상상하고 스스로 창조의 자유를 제한하고 있다.[39]

(2) 문학작품을 문학작품으로 읽으려 하지 않는 태도, 그것이 바로 문학을 가장 직접적으로 위협하고 있는 현상이다. 관의 문화 검열자들은 관조적인 태도로 문학작품을 감상하려 하지는 않는다. 그들은 언제나 정치적 입장과 그 목적 밑에서 작품을 분석하고 그 의도를 캐내려고 한다. ……그 결과로 정치권력이 때때로 문학의 자유로운 창작 활동을 구속하게 될 경우가 많다. 그러나 사람들은 이와 똑같은 현상이 문화계 내부에서도 일어나고 있는 위험성에 별로 조심을 하고 있지 않은 것 같다. 문학을 정치 이데올로기로 저울질하고 있는 오늘의 '오도된 사회참여론자'들이 그런 것이다. 문학작품을 문학작품 자체로 감상하려 들지 않는다는 점에서 그들은 관의 문화 검열자와 조금도 다를 것이 없다. 최근 1~2년 동안 김수영 씨와 비슷한 생각을 가지고 있는 문학 비평가들이 참여라는 이름 밑에 문학 자체의 그 창조적 의미를 제거해버렸다.

39) 이어령, 「'에비'가 지배하는 문화」, 홍신선 편, 『우리 문학의 논쟁사』(어문각, 1985), 238쪽.

그 대신 문학의 그 빈자리에 진보적 정치사회의 이데올로기라는 '프로크루테스의 침대'를 들어앉히려 했던 것이다. ……언뜻 보기에 김수영씨는 정치권력과 정반대의 위치에 서 있는 것 같지만 실은 그들과 동일한 도마 위에서 문학을 칼질하고 있는 사람이다. 불온하니까 그 작품이 나쁘다고 말하는 사람이나, 불온하니까 그 작품이 좋다고 말하는 사람은 다만 그 주장과 판단이 다를 뿐 문학작품을 문학작품으로 읽지 않으려 하는 태도에 있어선 서로 일치한다. ……문화의 창조적 자유와 진정한 전위성은 역사의 진보성을 추구하는 데 있는 것이 아니라 바로 인생과 역사 그것을 보수와 진보의 두 토막으로 칼질해놓는 고정관념과 도식화된 이데올로기의 그 편견으로부터 벗어나는 데서 시작된다.[40]

위에 인용된 이어령의 발언을 주의 깊게 읽어보면, 왜 그가 1970년대에 접어들면서 우리 문학평론계의 한 고독한 아웃사이더로 머무르게 되었는가를 부분적으로 설명해주는 단서가 그 속에 들어 있음을 알 수 있다. 우선 (1)의 발언을 보자. 여기서 그가 말하고 있는 요지는, "문화의 영역에 대한 정치권력의 간섭이 점차 심해지고 있는 것은 사실이지만, 그러나 아직은 정치권력의 간섭보다도 문화인들 자신의 소심증이 '문화의 침묵'에 대하여 더 많은 책임을 져야 한다"는 것이다. 그의 이러한 발언이

40) 이어령, 「문학은 권력이나 정치 이념의 시녀가 아니다」, 앞의 책, 267~269쪽.

1968년 당시의 우리 문화계 상황에 대한 정확한 진단으로 평가될 수 있는가는 여기서 별로 중요한 문제가 아니다. 그러면 실제로 중요한 것은 무엇인가? 그것은 두 가지이다. 그 첫째는, 그의 이러한 발언이 그 당시나 그 이후의 많은 우리나라 문학인들을 불쾌하게 만들 만한 것이었다는 점이다. 우리나라 문학인들 중 대다수는 자기들이 이런 식으로 비판당하는 것에 대하여 그 옳고 그름을 따지기 전에 무조건 감정적인 거부반응부터 나타내는 사람들이기 때문이다. 그 둘째는, 대단히 불행하게도, 그의 이러한 발언이 나온 이후의 우리나라 역사가 3선 개헌과 유신을 거치면서 정치권력의 억압적 성격이 날로 더 강해지기만 하는 방향으로 진행되어갔다는 점이다. 그러한 역사의 전개 과정은 당연히 "문화인 자신에게 무슨 책임이 있단 말이냐"라고 대드는 김수영 식의 태도에 더욱 큰 무게를 실어주는 결과를 낳았다. 그리고 (2)의 발언에서 제시한 바와 같은 논리가 그 논리 자체의 정당성이나 무게나 깊이에 상관없이 더욱 많은 사람으로부터 오해나 반발을 사게 만드는 결과를 낳았다.

이어령이 (2)의 발언에서 김수영을 비판하는 가운데 구체적으로 피력한 주장의 내용으로 보건대 1970년대 한국 문학평론계의 가장 큰 세력으로 떠오른 이른바 민중문학론 혹은 민족문학론에 대하여 그가 어떤 판단을 내렸을 것인가는 불문가지의 일이다. 또 1980년대에 이르러 "1970년대 식의 민중문학론이니 민족

문학론이니 하는 것들은 너무 온건했다. 우리는 그보다 더욱 과격한 노선을 택하지 않고서는 만족할 수가 없다"고 외치며 등장한 이른바 민중적 민족문학론이니 민주주의적 민족문학론이니 하는 것들에 대하여 그가 어떤 판단을 내렸을 것인가도 불문가지의 일이다. 그렇다면 정치권력의 억압적 성격이 강화되어가는 것에 비례하여 민중문학론 혹은 민족문학론의 세력이 팽창해가고 그것의 연장선상에서 민중적 민족문학론이니 민주주의적 민족문학론이니 하는 것들까지 출현하여 기세등등하게 활약하는 시대가 눈앞에 전개되었을 때 그는 어떠한 태도를 취해야 마땅했을까. 그런 시대의 도도한 격류가 자신에게 고독을 강요한다면 그 고독을 감내하는 도리밖에 없다고 결론짓고 자신의 길을 가는 것 이외에는 다른 방도가 없지 않았겠는가.

3. 집단 지향성과 개인 지향성의 대조

지금까지 내가 해온 이야기는 그러나 위에서 이미 전제했던 바와 같이 문학평론가로서의 이어령이 1970년대 이래로 짙은 고독의 그늘을 거느려야 했던 이유의 단지 한 부분밖에 설명해줄 수 없다. "1970년대 이래의 우리 문학평론계에서 민중문학론 혹은 민족문학론 계열의 세력이 가장 큰 흐름을 형성했던 것은 사실이지만 그것이 결코 평론계를 독점하지는 못했으며 그것에 대하여

비판과 견제의 목소리를 말하는 사람들의 수도 적지 않았는데─
그리고 그런 사람들 가운데 상당수는 이어령과 마찬가지로 러시
아 형식주의, 바슐라르Gaston Bachelard의 이론, 구조주의, 기호학,
원형이론 등등에 대하여 깊은 관심을 갖고 연구하며 그런 것들을
자기들의 중요한 무기로 삼는 태도를 보였는데─왜 이어령은 그
러한 사람들이 적지 않게 존재하는 가운데서도 여전히 고독할 수
밖에 없었는가"라는 물음에 대한 답변까지가 제시되어야만 비로
소 우리의 해답은 완성된 모습을 갖추게 되는 것이다. 그러면 방
금 제기된 새로운 물음에 대해서는 실제로 어떤 답변이 가능할
까. 나는 크게 두 가지 답변이 가능하다고 생각한다.

　(1) 민중문학론 혹은 민족문학론 계열의 세력에 대하여 비판과 견제
의 목소리를 발하며 러시아 형식주의 기타 등등의 이론을 열심히 연구
하는 사람이라 하더라도 문학을 사회와의 관련 속에서 파악하는 것이
반드시 필요하고 또 중요한 일이라는 원칙 자체에 대해서는 이의를 다
는 경우가 거의 없었다. 그런데 이어령은 그러한 원칙 자체에 대해서도
이의를 제기하는 태도를 취했다.[41]

---

[41]　이어령의 제자인 이경희는 이어령의 이러한 태도를 인상적으로 확인하게 해주는 흥
미로운 에피소드를 전하고 있다. 이경희, 「이어령 선생님을 통한 나의 문학 속으로의 여
행」, 이세기 외, 『영원한 기억 속의 작은 이야기』(삼성출판사, 1993), 212~214쪽.

(2) 민중문학론 혹은 민족문학론 계열의 세력에 대하여 비판과 견제의 목소리를 발하며 러시아 형식주의 기타 등등의 이론을 열심히 연구한 사람들 중에서도 남달리 활발한 움직임을 보인 사람들은 배타적인 집단을 결성하여 평론계 내부에서의 헤게모니 쟁탈전에 나서는 데 대단한 재능과 집념을 과시한 사람들이다. 그들의 배타적인 집단을 결성하기 위해 동지를 모으는 마당에서 주로 의지했던 기준은 '세대' 개념(대체로 보아 4·19 당시 대학 재학생—그중에서도 특히 1학년생이면 더욱 좋다—정도에 해당하는 연령층일 것!)과 '전공 분야' 개념(주로 외국 문학 전공자일 것!)이었다. 이 두 가지 기준을 중심으로 해서 동지를 모으고 배타적인 집단을 결성한 문학평론가들은 1970~1980년대 내내 민중문학론 혹은 민족문학론 진영의 문학평론가들에 버금가는 위세를 떨쳤으며 자기들의 제2세대에 해당하는 집단까지 다시금 조직적으로 키워내는 놀라운 정치적 지혜를 과시한 바 있다(제2세대에 이르러서는 국문과 출신까지도 적극적으로 포섭하는 변화를 보였다). 그런 그들에게 있어서 이어령은, 세대의 개념으로 보나 전공 분야의 개념으로 보나, 누구보다 먼저 배척되어야 할 존재였다. 한편 이어령 자신은 이런 점에 있어서 어떤 태도를 가진 사람이었나? 그는 배타적인 집단이건 배타적이지 않은 집단이건 도대체 집단을 만들어 움직인다는 것을 체질적으로 거부하는 사람이었다. 《문학사상》이라는 잡지를 간행하는 자리에 있으면서도 집단을 만들 생각을 하지 않았다는 사실을 보면 이 점을 잘 알 수 있다.[42]

---

42) 김채원의 다음과 같은 기록을 이 자리에 인용해둔다. "송영 작가는 이어령 선생님의

이것을 두고 반드시 그의 장점이라고만 말할 수는 없을지 모른다. 그러나 이것을 두고 그의 단점이라고 말할 수는 더욱 없다. 도대체 문학이 정치나 장사와 다른 점이 무엇인가를 생각해보면 알 수 있는 일이다. 어쨌든 그는 그런 사람이었고, 그런 사람으로서 고독을 감내하며 자신의 길을 간 것이라는 사실 자체만 지적하면 우리의 할 말은 다한 것이 된다.

4. 1970년대 이후의 문학적 업적

이어령의 고독에 관한 논의는 이상으로 끝내고, 이제는 다음 주제로 넘어가겠다. 내가 지금부터 다루어야 할 다음 차례의 주제가 구체적으로 무엇인가는 명백하다. 위에서 길게 언급된 고독의 운명과 싸우면서 이어령이 이룩해낸 업적은 과연 얼마만 한 가치를 지니고 있는가 하는 문제를 빼놓고 대체 무엇이 '다음 차례의 주제'가 될 수 있겠는가?

이어령이 고독의 운명과 싸우면서 이룩해낸 업적—그러니까 그가 1970년대 이래로 이룩해낸 업적—가운데서 직접 문학을 다

크게 좋은 점은 어떤 파를 만들지 않는 것이라고 말했다. 그만한 분이면 능히 문단에 어떤 파를 형성할 수 있는데 그러지 않은 것은 그만큼 무엇을 바로 아는 분이라고." 김채원, 「꿈을 현실로」, 이세기 외, 『영원한 기억 속의 작은 이야기』(삼성출판사, 1993), 40쪽.

룬 것으로 나 자신이 확인한 것을 대략 열거해보면 다음과 같다.

(1) 『한국인의 신화』, 서문당, 1972.

(2) 『고전의 바다』(장덕순·정병욱과 공저), 현암사, 1977.

(3) 『세계문학에의 길』, 갑인출판사, 1985.

(4) 『하이꾸문학의 연구』, 홍성사, 1986.

(5) 「문학공간의 기호론적 연구」, 단국대학교 대학원 박사 학위 논문, 1986(미간행).

(6) 『시 다시 읽기』, 문학사상사, 1995.

위에 열거된 여섯 개의 텍스트 중 (1)과 (2)는 한국 고전문학을 다룬 것이요, (3)은 외국의 문학작품에 대한 글과 한국의 고전문학에 대한 글을 함께 묶은 것이며, (4)는 일본의 하이쿠에 대한 전문적인 연구서이고, (5)는 한국의 근대시(구체적으로 말하자면 유치환의 시)를 대상으로 한 학술논문이며, (6)은 신라시대의 향가 「처용가」에서부터 윤동주의 「서시」에까지 이르는 일련의 한국 서정시들(그러니까 모두 1945년 이전의 시들)을 기호론적 방법으로 정밀하게 분석한 글을 모은 것이다. 그리고 보면 엄밀한 의미에서 문학 평론집의 성격을 지닌 텍스트는 하나도 없는 셈이다.

그러면 다시 앞의 질문으로 돌아가자. 이 여섯 개의 텍스트에 담겨 있는 그의 업적은 과연 얼마만 한 가치를 지니고 있는가. 이 물음에 대한 답은 그 답하는 사람이 서 있는 자리가 어디인가에 따라 크게 두 가지로 나뉘어질 것이다. 만약 이어령이 참여론자들의 진영을 떠나면서부터 지금에 이르기까지 일관되게 견지해온 문학관을 도저히 용납할 수 없다고 생각하는 투사형의 극단론자라면 위의 물음에 대하여 부정적인 답을 내놓는 데 주저하지 않으리라. 그러나 이러한 극단론자를 제외한 나머지 사람들은 대개 긍정적인 답을 내놓을 것으로 생각된다. 이 말은, 이어령의 문학관을 적극적으로 지지하는 사람은 물론이요, 그의 문학관을 적극적으로 지지하지도 않지만 그렇다고 그것을 도저히 용납할 수 없노라고 말하지도 않는, 다시 말해 그의 문학관에 대해 부분 찬성·부분 반대의 의사를 가지고 있는 사람도 역시 위의 물음에 대해서는 긍정적인 답을 내놓을 것으로 예상된다는 의미이다. 그럴 수밖에 없는 것이 이어령이 그 자신의 문학관에 입각하여 실제로 이룩해놓은 작업이 좋든 싫든 그쪽 방면에서 대단히 높은 수준을 과시하고 있다는 점에 대해서는 누구도 의문을 갖지 않을 것이며, 따라서 그의 문학관 자체에 대하여 극심한 거부감을 가지고 있는 사람이 아니고서야, 그 성과에 대해 긍정적인 평가를 내리지 않을 이유가 없을 터이기 때문이다.

여기서 나 자신의 입장을 잠깐 적어두자면, 나는 이어령의 문학관에 대하여 부분 찬성·부분 반대의 의사를 가지고 있되 이어령이 그 자신의 문학관에 입각하여 실제로 이룩해놓은 작업의 성과에 대해서는 높은 평가를 내리는 데 주저할 필요가 없다고 생각하는 한 사람이다. 그중에서도 나에게 가장 인상적인 것 하나만을 들어보라고 한다면 나는 별다른 망설임 없이 ⑷를 지목할 것이다.

5. 한국 문화의 정체성에 대한 탐구

이어령이 참여론자들의 진영을 떠난 후 일관되게 견지해온 문학관에다가 풍성한 자양을 공급해준 것은 앞에서도 이미 언급되었던 바와 같이 러시아 형식주의, 바슐라르의 이론, 구조주의, 기호학, 원형이론 등등이었다. 이 다양한 이론은 모두가 20세기의 서양에서 개발된 유행 이론들이라는 공통점을 가지고 있다. 그런데 한국의 문학 연구자가 20세기의 서양에서 개발된 유행 이론들을 적극적으로 도입해서 활용하고자 할 경우 자칫하면 주체성 상실의 비극에 빠져들 우려가 많다는 것은 삼척동자라도 알 만한 일이다. 그렇다면 이어령은 20세기 서양에서 개발된 다양한 유행 이론들을 적극적으로 도입, 활용하는 과정에서 실제로 주체성 상실의 비극에 빠져들지 않고 무사히 넘어올 수가 있었던가? 이 물음에 대해서 나는 대체로 긍정적인 답변을 내놓을 수 있다고 생각한다. 그리고 그가 그렇게 할 수 있었던 중요한 이유는 그가 일찍부터 '한국인 혹은 한국 문화의 정체성은 도대체 무엇인가'라는 문제에 대하여 깊은 관심을 갖고 정열적인 탐구를 수행해온 덕분이라고 생각한다. 한국인 혹은 한국 문화의 정체성을 밝혀내기 위하여 그처럼 많은 연구를 해온 사람이 주체성 상실의 비극에 빠져든다는 것은 아무래도 가능한 일일 수가 없었던 것이다.

　이어령이 한국인 혹은 한국 문화의 정체성을 밝혀내기 위해 정열적인 탐구의 작업을 수행해온 기간은 『흙 속에 저 바람 속에』가 출간된 1963년을 기점으로 잡아서 따져보더라도 이미 30년이 넘는 폭을 가지고 있다. 그런데 이어령이 한국인 혹은 한국 문화의 정체성을 주제로 해서 쓴 책들 중에 비교적 근작에 속하는 『신한국인』(1986), 『그래도 바람개비는 돈다』(1992) 등과 『흙 속에 저 바람 속에』를 나란히 놓고 비교해보면 그 사이에 미묘한 차이가 느껴지는 것을 감지할 수 있다. 『흙 속에 저 바람 속에』나 『신한국인』, 『그래도 바람개비는 돈다』나 모두 한국인 혹은 한국 문화에 대한 절대 긍정·절대 부정의 양극단을 현명하게 회피하고 있다는 점에서는 동일하지만, 좀 더 자세히 따져보면 전자가 아무래도 부정 쪽에 더 크게 기울고 있었던 반면, 후자에게서는 긍정의 목소리가 더 크게 느껴지는 것을 깨닫지 않을 수가 없는 것이다. 이러한 변화는 아마 부분적으로는 1960년대 한국의 현실과 1980~1990년대 한국의 현실 사이에 가로놓여 있는 정치·경제·사회·문화적 차이에서 연유할 것이고, 부분적으로는 이어령 자신이 그 세월만큼의 나이를 먹어오면서 자신의 고향과 자신의 이웃에 대하여 보다 더 관대한 마음을 가지게 되었다는 사실에 연유할 것이다. 나 자신은 굳이 경우를 나누어서 따진다면 『흙 속에 저 바람 속에』에 대해서보다 『신한국인』, 『그래도 바람개비는 돈다』 쪽에 대해서 더 높은 정도의 공감을 느끼는 터인데, 이는 물론 내가 남달리 관대한 마음씨를 가져서가 아니라 내가 지난 40년 동안 내 나름으로 축적해온 삶의 체험이 후자 쪽에 대하여 더 높은 정도의 공감을 느끼도록 나를 이끌기 때문이다.[43]

　『흙 속에 저 바람 속에』에서 출발하여 『신한국인』, 『그래도 바람개비는 돈다』에까지 나아온 이어령의 한국인 혹은 한국 문화의 정체성에 대한 탐구는 책의 세계 속에만 갇혀 있는 것이 아니다. 이어령은 자신이 오랜 탐구 끝에 얻어낸 결론을 가지고 현실의 광장에 나선 지 이미 오래이다. 지금까지 그가 현실의 광장에 나서서 해온 일은 기회가 있을 때마다 강연의 자리를 마련하여—특히 기업체에서 마련하는 강연의 자리에 열정적으로 나가서—자신의 결론을 보다 호소력 있는 직접 대화의 형식으로 전

---

43)　이러한 이야기는 그러나 내가 이어령의 입장을 반드시 적극적으로 지지한다는 의미를 가지는 것은 아니다. 한 가지만 예를 들어보자. 이어령이 『그래도 바람개비는 돈다』(동화서적, 1992)의 249~250쪽에서 주장하고 있는 내용과 지만원이 『신바람이냐 시스템이냐』(현암사, 1993)의 31~33쪽에서 주장하고 있는 내용을 나란히 놓고 살펴보면 양자가 정반대의 극단에 놓인다는 사실을 알 수 있다. 그런데 나는 이처럼 대립하는 두 사람의 주장이 모두 그 나름으로 일리 있는 것이고 또 그 나름으로 매력적인 것이라 생각하지만, 그 양자 중에서 굳이 하나만을 선택하라고 한다면, 아무래도 이어령의 '신바람' 이론보다는 지만원의 '시스템' 이론에 표를 던질 수밖에 없다.

파하는 것이었고,[44] 서울올림픽 개·폐회식의 문화 행사를 주도하는 것이었으며, 초대 문화부 장관이 되어 다양한 사업을 전개하는 것이었다. 이러한 그의 태도는 걸핏하면 이 나라의 경제 체제 전체를 도매금으로 부정하고 이 나라의 기업인 전체를 도매금으로 매도하면서 정작 자신의 일상생활은 전형적인 자본주의 방식으로 지극히 영리하게 운영해나가는 많은 지식인의 그것과 좋은 대조를 이루는 것이며, 서울올림픽이 열리기 전에는 온갖 현란한 논리로 그것을 비난하다가 정작 올림픽이 열리고 난 후에는 거짓말처럼 잠잠해지고 만―그러나 자기들의 판단이 오류였음을 시인하는 모습은 절대로 보여주지 않고 넘어간―많은 지식인의 그것과 좋은 대조를 이루는 것이기도 하다.

6. 맺음말

이상으로 나는 나의 소략한 이어령론을 끝내고자 한다. 앞에서 나는 이어령이 1960년대 중반 이후 지금에 이르기까지 얼마나 고독한 문학평론가·학자로 지내왔는가를 누누이 강조한 바 있거니와, 그러한 나의 지적이 타당하다는 것을 입증해주는 근거를

---

44) 사실은 『그래도 바람개비는 돈다』라는 책 자체가 강연 원고를 모은 것이며, 그중에서도 가장 큰 비중을 차지하고 있는 것이 바로 기업체에 초청되어 가서 강연한 내용들이다.

여기서 또 한 가지 들어두어야 하겠다. 그것은 내가 이 글을 쓰기 위해 자료를 찾는 과정에서 1960년대 중반 이후의 이어령을 대상으로 하여 문학평론 및 학문 연구의 측면을 조명한 글이라고는 단 한 편도 발견하지 못했다는 사실이다. 물론 나의 시선이 미치지 아니한 곳에서 이루어진 작업이 반드시 없으리라는 법은 없지만 최소한 그러한 작업이 지극히 희소하리라는 것만은 단언해도 좋을 것 같다. 이처럼 기존의 논의가 가위 황무지와 같은 상태에 머물러 있는 가운데서 이 글이 씌어졌다는 사실과 나의 근본적인 역량 부족이 겹쳐서 작용한 결과 이 글은 깊이의 측면에서 명백한 한계를 안게 되었음을 부정할 수 없다. 앞으로 이 글의 한계를 넘어서는 좋은 연구들이 많이 나오기를 희망하며 또 언젠가는 실제로 그렇게 되리라고 믿는다.

—『한국 현대비평가 연구』(도서출판 강, 1997)

이동하

서울대학교 법학과를 졸업하고, 국문과 대학원에서 문학박사 학위를 받았다. 서울시립대학교 국문과 명예교수이자 문학평론가이다. 주요 저서로 『집 없는 시대의 문학』, 『문학의 길, 삶의 길』, 『우리 문학의 논리』, 『현대소설의 정신사적 연구』, 『물음과 믿음 사이』, 『아웃사이더의 역설』, 『혼돈 속의 항해』, 『신의 침묵에 대한 질문』, 『우리 소설과 구도정신』 등이 있다.

문단 : 등단 이전 활동

「이상론－순수의식의 뇌성(牢城)과 그 파벽(破壁)」	서울대 《문리대 학보》 3권, 2호	1955.9.
「우상의 파괴」	《한국일보》	1956.5.6.

데뷔작

「현대시의 UMGEBUNG(環圍)와 UMWELT(環界) －시비평방법론서설」	《문학예술》 10월호	1956.10.
「비유법논고」	《문학예술》 11,12월호	1956.11.

* 백철 추천을 받아 평론가로 등단

논문

평론·논문

1.	「이상론－순수의식의 뇌성(牢城)과 그 파벽(破壁)」	서울대 《문리대 학보》 3권, 2호	1955.9.
2.	「현대시의 UMGEBUNG와 UMWELT－시비평방 법론서설」	《문학예술》 10월호	1956
3.	「비유법논고」	《문학예술》 11,12월호	1956
4.	「카타르시스문학론」	《문학예술》 8~12월호	1957
5.	「소설의 아펠레이션 연구」	《문학예술》 8~12월호	1957

학위논문

단평

국내신문

3. 「화전민지대-신세대의 문학을 위한 각서」　　　《경향신문》　　　　　1957.1.11.~12.

4. 「현실초극점으로만 탄생-시의 '오부제'에 대하여」《평화신문》　　　　　1957.1.18.

5. 「겨울의 축제」　　　　　　　　　　　　　　《서울신문》　　　　　1957.1.21.

6. 「우리 문화의 반성-신화 없는 민족」　　　　《경향신문》　　　　　1957.3.13.~15.

7. 「묘비 없는 무덤 앞에서-추도 이상 20주기」　《경향신문》　　　　　1957.4.17.

8. 「이상의 문학-그의 20주기에」　　　　　　　《연합신문》　　　　　1957.4.18.~19.

9. 「시인을 위한 아포리즘」　　　　　　　　　《자유신문》　　　　　1957.7.1.

10. 「토인과 생맥주-전통의 터너미놀로지」　　　《연합신문》　　　　　1958.1.10.~12.

11. 「금년문단에 바란다-장미밭의 전쟁을 지양」　《한국일보》　　　　　1958.1.21.

12. 「주어 없는 비극-이 시대의 어둠을 향하여」　《조선일보》　　　　　1958.2.10.~11.

13. 「모래의 성을 밟지 마십시오-문단후배들에게 말 《서울신문》　　　　　1958.3.13.
    한다」

14. 「현대의 신라인들-외국 문학에 대한 우리 자세」《경향신문》　　　　　1958.4.22.~23.

15. 「새장을 여시오-시인 서정주 선생에게」　　　《경향신문》　　　　　1958.10.15.

16. 「바람과 구름과의 대화-왜 문학논평이 불가능한가」《문화시보》　　　　1958.10.

17. 「대화정신의 상실-최근의 필전을 보고」　　　《연합신문》　　　　　1958.12.10.

18. 「새 세계와 문학신념-폭발해야 할 우리들의 언어」《국제신보》　　　　1959.1.

19. *「영원한 모순-김동리 씨에게 묻는다」　　　《경향신문》　　　　　1959.2.9.~10.

20. *「못 박힌 기독은 대답 없다-다시 김동리 씨에게」《경향신문》　　　　1959.2.20.~21.

21. *「논쟁과 초점-다시 김동리 씨에게」　　　　《경향신문》　　　　　1959.2.25.~28.

22. *「희극을 원하는가」　　　　　　　　　　　《경향신문》　　　　　1959.3.12.~14.

　　* 김동리와의 논쟁

23. 「자유문학상을 위하여」　　　　　　　　　《문학논평》　　　　　1959.3.

24. 「상상문학의 진의-펜의 논제를 말한다」　　《동아일보》　　　　　1959.8.~9.

25. 「프로이트 이후의 문학-그의 20주기에」　　《조선일보》　　　　　1959.9.24.~25.

26. 「비평활동과 비교문학의 한계」　　　　　　《국제신보》　　　　　1959.11.15.~16.

27. 「20세기의 문학사조-현대사조와 동향」　　《세계일보》　　　　　1960.3.

28. 「제삼세대(문학)-새 차원의 음악을 듣자」　《중앙일보》　　　　　1966.1.5.

29. 「'에비'가 지배하는 문화-한국문화의 반문화성」《조선일보》　　　　1967.12.28.

56. 「半島性의 상실과 회복의 역사」 《한국일보》 광복50년 신년특집 1995.1.4.
특별기고
57. 「한국언론의 새로운 도전」 《조선일보》 75주년 기념특집 1995.3.5.
58. 「대고려전시회의 의미」 《중앙일보》 1995.7.
59. 「이인화의 역사소설」 《동아일보》 1995.7.
60. 「한국문화 50년」 《조선일보》 광복50년 특집 1995.8.1.
　외 다수

외국신문

1. 「通商から通信へ」 《朝日新聞》 교토포럼 主題論文抄 1992.9.
2. 「亞細亞の歌をうたう時代」 《朝日新聞》 1994.2.13.
　외 다수

국내잡지

1. 「마호가니의 계절」 《예술집단》 2호 1955.2.
2. 「사반나의 풍경」 《문학》 1호 1956.7.
3. 「나르시스의 학살－이상의 시와 그 난해성」 《신세계》 1956.10.
4. 「비평과 푸로파간다」 영남대 《嶺文》 14호 1956.10.
5. 「기초문학함수론－비평문학의 방법과 그 기준」 《사상계》 1957.9.~10.
6. 「무엇에 대하여 저항하는가－오늘의 문학과 그 근거」《신군상》 1958.1.
7. 「실존주의 문학의 길」 《자유공론》 1958.4.
8. 「현대작가의 책임」 《자유문학》 1958.4.
9. 「한국소설의 현재의 장래－주로 해방후의 세 작가 《지성》 1호 1958.6.
를 중심으로」
10. 「시와 속박」 《현대시》 2집 1958.9.
11. 「작가의 현실참여」 《문학평론》 1호 1959.1.
12. 「방황하는 오늘의 작가들에게－작가적 사명」 《문학논평》 2호 1959.2.
13. 「자유문학상을 향하여」 《문학논평》 1959.3.
14. 「고독한 오솔길－소월시를 말한다」 《신문예》 1959.8.~9.

43. 「이상문학의 출발점」	《문학사상》	1975.9.
44. 「분단기의 문학」	《정경문화》	1979.6.
45. 「미와 자유와 희망의 시인 – 일리리스의 문학세계」	《충청문장》 32호	1979.10.
46. 「말 속의 한국문화」	《삶과꿈》 연재	1994.9~1995.6.

외 다수

외국잡지

| 1. 「亞細亞人の共生」 | 《Forsight》新潮社 | 1992.10. |

외 다수

대담

1. 「일본인론 – 대담:金容雲」	《경향신문》	1982.8.19.~26.
2. 「가부도 논쟁도 없는 무관심 속의 '방황' – 대담:金環東」	《조선일보》	1983.10.1.
3. 「해방 40년, 한국여성의 삶 – "지금이 한국여성사의 터닝포인트" – 특집대담:정용석」	《여성동아》	1985.8.
4. 「21세기 아시아의 문화 – 신년석학대담:梅原猛」	《문학사상》 1월호, MBC TV 1일 방영	1996.1.

외 다수

세미나 주제발표

1. 「神奈川 사이언스파크 국제심포지움」	KSP 주최(일본)	1994.2.13.
2. 「新潟 아시아 문화제」	新潟縣 주최(일본)	1994.7.10.
3. 「순수문학과 참여문학」(한국문학인대회)	한국일보사 주최	1994.5.24.
4. 「카오스 이론과 한국 정보문화」(한·중·일 아시아 포럼)	한백연구소 주최	1995.1.29.
5. 「멀티미디어 시대의 출판」	출판협회	1995.6.28.
6. 「21세기의 메디아론」	중앙일보사 주최	1995.7.7.
7. 「도자기와 총의 문화」(한일문화공동심포지움)	한국관광공사 주최(후쿠오카)	1995.7.9.

8. 「역사의 대전환」(한일국제심포지움)	중앙일보 역사연구소	1995.8.10.
9. 「한일의 미래」	동아일보, 아사히신문 공동주최	1995.9.10.
10.「춘향전」과 '忠臣藏'의 비교연구」(한일국제심포지엄)	한림대·일본문화연구소 주최	1995.10.
외 다수		

기조강연

1. 「로스엔젤러스 한미박물관 건립」	(L.A.)	1995.1.28.
2. 「하와이 50년 한국문화」	우먼스클럽 주최(하와이)	1995.7.5.
외 다수		

저서(단행본)

평론·논문

1. 『저항의 문학』	경지사	1959
2. 『지성의 오솔길』	동양출판사	1960
3. 『전후문학의 새 물결』	신구문화사	1962
4. 『통금시대의 문학』	삼중당	1966
* 『축소지향의 일본인』	갑인출판사	1982
* '縮み志向の日本人'의 한국어판		
5. 『縮み志向の日本人』(원문: 일어판)	学生社	1982
6. 『俳句で日本を讀む』(원문: 일어판)	PHP	1983
7. 『고전을 읽는 법』	갑인출판사	1985
8. 『세계문학에의 길』	갑인출판사	1985
9. 『신화속의 한국인』	갑인출판사	1985
10. 『지성채집』	나남	1986
11. 『장미밭의 전쟁』	기린원	1986

에세이

『다시 한번 날게 하소서』		성안당	2022
『눈물 한 방울』		김영사	2022

칼럼집

1.	『차 한 잔의 사상』	삼중당	1967
2.	『오늘보다 긴 이야기』	기린원	1986

편저

1.	『한국작가전기연구』	동화출판공사	1975
2.	『이상 소설 전작집 1,2』	갑인출판사	1977
3.	『이상 수필 전작집』	갑인출판사	1977
4.	『이상 시 전작집』	갑인출판사	1978
5.	『현대세계수필문학 63선』	문학사상사	1978
6.	『이어령 대표 에세이집 상,하』	고려원	1980
7.	『문장백과대사전』	금성출판사	1988
8.	『뉴에이스 문장사전』	금성출판사	1988
9.	『한국문학연구사전』	우석	1990
10.	『에센스 한국단편문학』	한양출판	1993
11.	『한국 단편 문학 1-9』	모음사	1993
12.	『한국의 명문』	월간조선	2001
13.	『뜻으로 읽는 한국어 사전』	문학사상사	2002
14.	『매화』	생각의나무	2003
15.	『사군자와 세한삼우』	종이나라(전5권)	2006
	1. 매화		
	2. 난초		
	3. 국화		
	4. 대나무		
	5. 소나무		
16.	『십이지신 호랑이』	생각의나무	2009

17. 『십이지신 용』	생각의나무	2010
18. 『십이지신 토끼』	생각의나무	2010
19. 『문화로 읽는 십이지신 이야기 – 뱀』	열림원	2011
20. 『문화로 읽는 십이지신 이야기 – 말』	열림원	2011
21. 『문화로 읽는 십이지신 이야기 – 양』	열림원	2012

희곡

| 1. 『기적을 파는 백화점』 | 갑인출판사 | 1984 |

 * '기적을 파는 백화점', '사자와의 경주' 등 다섯 편이
 수록된 희곡집

| 2. 『세 번은 짧게 세 번은 길게』 | 기린원 | 1979, 1987 |

대담집&강연집

| 1. 『그래도 바람개비는 돈다』 | 동화서적 | 1992 |
| * 『기업과 문화의 충격』 | 문학사상사 | 2003 |

 * '그래도 바람개비는 돈다'의 개정판

2. 『세계 지성과의 대화』	문학사상사	1987, 2004
3. 『나, 너 그리고 나눔』	문학사상사	2006
4. 『지성과 영성의 만남』	홍성사	2012
5. 『메멘토 모리』	열림원	2022
6. 『거시기 머시기』(강연집)	김영사	2022

교과서&어린이책

| 1. 『꿈의 궁전이 된 생쥐 한 마리』 | 비룡소 | 1994 |
| 2. 『생각에 날개를 달자』 | 웅진출판사(전12권) | 1997 |

 1. 물음표에서 느낌표까지

 2. 누가 맨 먼저 시작했나?

 3. 엄마, 나 한국인 맞아?

8.	『느껴야 움직인다』	시공미디어	2013
9.	『지우개 달린 연필』	시공미디어	2013
10.	『길을 묻다』	시공미디어	2013

일본어 저서

*	『縮み志向の日本人』(원문: 일어판)	学生社	1982
*	『俳句で日本を讀む』(원문: 일어판)	PHP	1983
*	『ふろしき文化のポスト・モダン』(원문: 일어판)	中央公論社	1989
*	『蛙はなぜ古池に飛びこんだのか』(원문: 일어판)	学生社	1993
*	『ジャンケン文明論』(원문: 일어판)	新潮社	2005
*	『東と西』(대담집, 공저:司馬遼太郎 編, 원문: 일어판)	朝日新聞社	1994. 9

번역서

『흙 속에 저 바람 속에』의 외국어판

1.	* 『In This Earth and In That Wind』 (David I. Steinberg 역) 영어판	RAS-KB	1967
2.	* 『斯土斯風』(陳寧寧 역) 대만판	源成文化圖書供應社	1976
3.	* 『恨の文化論』(裵康煥 역) 일본어판	学生社	1978
4.	* 『韓國人的心』 중국어판	山侏人民出版社	2007
5.	* 『В ТЕХ КРАЯХ НА ТЕХ ВЕТРАХ』 (이리나 카사트키나, 정인순 역) 러시아어판	나탈리스출판사	2011

『縮み志向の日本人』의 외국어판

6.	* 『Smaller is Better』(Robert N. Huey 역) 영어판	Kodansha	1984
7.	* 『Miniaturisation et Productivité Japonaise』 불어판	Masson	1984
8.	* 『日本人的縮小意识』 중국어판	山侏人民出版社	2003
9.	* 『환각의 다리』 『Blessures D'Avril』 불어판	ACTES SUD	1994
10.	『장군의 수염』 『The General's Beard』(Brother Anthony of Taizé 역) 영어판	Homa & Sekey Books	2002
11.	* 『디지로그』 『デヅログ』(宮本尙寬 역) 일본어판	サンマーク出版	2007
12.	* 『우리문화 박물지』 『KOREA STYLE』 영어판	디자인하우스	2009

공저

1.	『종합국문연구』	선진문화사	1955
2.	『고전의 바다』(정병욱과 공저)	현암사	1977
3.	『멋과 미』	삼성출판사	1992
4.	『김치 천년의 맛』	디자인하우스	1996
5.	『나를 매혹시킨 한 편의 시1』	문학사상사	1999
6.	『당신의 아이는 행복한가요』	디자인하우스	2001
7.	『휴일의 에세이』	문학사상사	2003
8.	『논술만점 GUIDE』	월간조선사	2005
9.	『글로벌 시대의 한국과 한국인』	아카넷	2007

전집

5. 『한국과 한국인』 　　　　　삼성출판사(전6권) 　　　　　1968

　　1. 한국인의 정신적 고향(상)
　　2. 한국인의 정신적 고향(하)
　　3. 노래여 천년의 노래여
　　4. 생활을 창조하는 지혜
　　5. 웃음과 눈물의 인간상
　　6. 사랑과 여인의 풍속도

지성의 숲을 걷기 위한 길 안내

34종 24권 5개 컬렉션으로 분류, 10년 만에 완간

이어령이라는 지성의 숲은 넓고 깊어서 그 시작과 끝을 가늠하기 어렵다. 자칫 길을 잃을 수도 있어서 길 안내가 필요한 이유다. '이어령 전집'의 기획과 구성의 과정, 그리고 작품들의 의미 등을 독자들께 간략하게나마 소개하고자 한다. (편집자 주)

북이십일이 이어령 선생님과 전집을 출간하기로 하고 정식으로 계약을 맺은 것은 2014년 3월 17일이었다. 2023년 2월에 '이어령 전집'이 34종 24권으로 완간된 것은 10년 만의 성과였다. 자료조사를 거쳐 1차로 선정한 작품은 50권이었다. 2000년 이전에 출간한 단행본들을 전집으로 묶으며 가려 뽑은 작품들을 5개의 컬렉션으로 분류했고, 내용의 성격이 비슷한 경우에는 한데 묶어서 합본 호를 만든다는 원칙을 세웠다. 이어령 선생님께서 독자들의 부담을 고려하여 직접 최종적으로 압축한 리스트는 34권이었다.

평론집 『저항의 문학』이 베스트셀러 컬렉션(16종 10권)의 출발이다. 이어령 선생님의 첫 책이자 혁명적 언어 혁신과 문학관을 담은 책으로

1950년대 한국 문단에 일대 파란을 일으킨 명저였다. 두 번째 책은 국내 최초로 한국 문화론의 기치를 들었다고 평가받은 『말로 찾는 열두 달』과 『오늘을 사는 세대』를 뼈대로 편집한 세대론 『거부하는 몸짓으로 이 젊음을』으로, 이 두 권을 합본 호로 묶었다. 베스트셀러 컬렉션의 세 번째 책은 박정희 독재를 비판하는 우화를 담은 액자소설 「장군의 수염」, 보카치오의 『데카메론』 형식을 빌려온 「전쟁 데카메론」, 스탕달의 단편 「바니나 바니니」를 해석하여 다시 쓴 한국 최초의 포스트모던 소설 「환각의 다리」 등 중·단편소설들을 한데 묶었다. 한국 출판 최초의 대형 베스트셀러 에세이 『흙 속에 저 바람 속에』와 긍정과 희망의 한국인상에 대해서 설파한 『오늘보다 긴 이야기』는 합본하여 네 번째로 묶었으며, 일본 문화비평사에 큰 획을 그은 기념비적 작품으로 일본문화론 100년의 10대 고전으로 선정된 『축소지향의 일본인』은 베스트셀러 컬렉션의 다섯 번째 책이다.

여섯 번째는 한국어로 쓰인 가장 아름다운 자전 에세이에 속하는 『하나의 나뭇잎이 흔들릴 때』와 1970년대에 신문 연재 에세이로 쓴 글들을 모아 엮은 문화·문명 비평 에세이 『현대인이 잃어버린 것들』을 함께 묶었다. 일곱 번째는 문학 저널리즘의 월평 및 신문·잡지에 실렸던 평문들로 구성된 『지성의 오솔길』인데 1956년 5월 6일 《한국일보》에 실려 문단에 충격을 준 「우상의 파괴」가 수록되어 있다.

한국어 뜻풀이와 단군신화를 분석한 『뜻으로 읽는 한국어사전』과 『신화 속의 한국정신』은 베스트셀러 컬렉션의 여덟 번째로, 20대의 젊은이에게 들려주고 싶은 말을 엮은 책 『젊은이여 한국을 이야기하자』는 아홉 번째로, 외국 풍물에 대한 비판적 안목이 돋보이는 이어령 선생님의 첫 번째 기행문집 『바람이 불어오는 곳』은 열 번째 베스트셀러 컬렉션으로 묶었다.

이어령 선생님은 뛰어난 비평가이자, 소설가이자, 시인이자, 희곡작가였다. 그는 남들이 가지 않은 길을 가고자 했다. 그 결과물인 크리에이티브 컬렉션(2권)은 이어령 선생님의 장편소설과 희곡집으로 구성되어 있다. 『둥지 속의 날개』는 1983년 《한국경제신문》에 연재했던 문명비평적인 장편소설로 10만 부 이상 팔린 베스트셀러이고, 원래 상하권으로 나뉘어 나왔던 것을 한 권으로 합본했다. 『기적을 파는 백화점』은 한국 현대문학의 고전이 된 희곡들로 채워졌다. 수록작 중 「세 번은 짧게 세 번은 길게」는 1981년에 김호선 감독이 영화로 만들어 제18회 백상예술대상 감독상, 제2회 영화평론가협회 작품상을 수상했고, TV 단막극으로도 만들어졌다.

아카데믹 컬렉션(5종 4권)에는 이어령 선생님의 비평문을 한데 모았다. 1950년대에 데뷔해 1970년대까지 문단의 논객으로 활동한 이어령 선생님이 당대의 문학가들과 벌인 문학 논쟁을 담은 『장미밭의 전쟁』은 지금도 여전히 관심을 끈다. 호메로스에서 헤밍웨이까지 이어령 선생님과 함께 고전 읽기 여행을 떠나는 『진리는 나그네』와 한국의 시가문학을 통해서 본 한국문화론 『노래여 천년의 노래여』는 합본 호로 묶었다. 한국인이 사랑하는 김소월, 윤동주, 한용운, 서정주 등의 시를 기호론적 접

근법으로 다시 읽는 『시 다시 읽기』는 이어령 선생님의 학문적 통찰이 빛나는 책이다. 아울러 박사학위 논문이기도 했던 『공간의 기호학』은 한국 문학이론사에서 빼놓을 수 없는 명저다.

사회문화론 컬렉션(5종 4권)은 이어령 선생님의 우리 사회와 문화에 대한 관심을 담았다. 칼럼니스트 이어령 선생님의 진면목이 드러난 책 『차 한 잔의 사상』은 20대에 《서울신문》의 '삼각주'로 출발하여 《경향신문》의 '여적', 《중앙일보》의 '분수대', 《조선일보》의 '만물상' 등을 통해 발표한 명칼럼들이 수록되어 있다. 『어머니와 아이가 만드는 세상』은 「천년을 달리는 아이」, 「천년을 만드는 엄마」를 한데 묶은 책으로, 새천년의 새 시대를 살아갈 아이와 엄마에게 띄우는 지침서다. 아울러 이어령 선생님의 산문시들을 엮어 만든 『시와 함께 살다』를 이와 함께 합본 호로 묶었다. 『저 물레에서 운명의 실이』는 1970년대에 신문에 연재한 여성론을 펴낸 책으로 『사씨남정기』, 『춘향전』, 『이춘풍전』을 통해 전통사상에 입각한 한국 여인, 한국인 전체에 대한 본성을 분석했다. 『일본문화와 상인정신』은 일본의 상인정신을 통해 본 일본문화 비평론이다.

한국문화론 컬렉션(5종 4권)은 한국문화에 대한 본격 비평을 모았다. 『기업과 문화의 충격』은 기업문화의 혁신을 강조한 기업문화 개론서다. 『푸는 문화 신바람의 문화』는 '신바람', '풀이'라는 키워드를 통해 고금의 예화와 일화, 우리말의 어휘와 생활 문화 등 다양한 범위 속에서 우리 문화를 분석했고, '붉은 악마', '문명전쟁', '정치문화', '한류문화' 등의 4가지 코드로 문화를 진단한 『문화 코드』와 합본 호로 묶었다. 한국과 일본 지식인들의 대담 모음집 『세계 지성과의 대화』와 이화여대 교수직을 내려놓으면서 각계각층 인사들과 나눈 대담집 『나, 너 그리고 나눔』이 이 컬렉션의 대미를 장식한다.

 2022년 2월 26일, 편집과 고증의 과정을 거치는 중에 이어령 선생님이 돌아가신 것은 출간 작업의 커다란 난관이었다. 최신판 '저자의 말'을 수록할 수 없게 된 데다가 적잖은 원고 내용의 저자 확인이 필요한 부분이 있었으니 난관이 아닐 수 없었다. 다행히 유족 측에서는 이어령 선생님의 부인이신 영인문학관 강인숙 관장님이 마지막 교정과 확인을 맡아주셨다. 밤샘도 마다하지 않으면서 꼼꼼하게 오류를 점검해주신 강인숙 관장님에게 이 지면을 빌려 감사의 말씀을 드린다.

KI신서 10650
이어령 전집 13

장미밭의 전쟁

1판 1쇄 인쇄 2023년 2월 17일
1판 1쇄 발행 2023년 2월 26일

지은이 이어령
펴낸이 김영곤
펴낸곳 (주)북이십일 21세기북스

TF팀 이사 신승철
TF팀 이종배
출판마케팅영업본부장 민안기
마케팅1팀 배상현 한경화 김신우 강효원
출판영업팀 최명열 김다운
제작팀 이영민 권경민
진행·디자인 다함미디어 | 함성주 유예지 권성희
교정교열 구경미 김도언 김문숙 박은경 송복란 이진규 이충미 임수현 정미용 최아림

출판등록 2000년 5월 6일 제406-2003-061호
주소 (10881) 경기도 파주시 회동길 201(문발동)
대표전화 031-955-2100 **팩스** 031-955-2151 **이메일** book21@book21.co.kr

© 이어령, 2023

ISBN 978-89-509-3874-1 04810

(주)북이십일 경계를 허무는 콘텐츠 리더

21세기북스 채널에서 도서 정보와 다양한 영상자료, 이벤트를 만나세요!
페이스북 facebook.com/jiinpill21 포스트 post.naver.com/21c_editors
인스타그램 instagram.com/jiinpill21 홈페이지 www.book21.com
유튜브 youtube.com/book21pub